Emily Jane Brontë (1818-1848) nació en Thornton, en el norte de Inglaterra. Hija de un clérigo y huérfana de madre a muy temprana edad, se educó junto a sus cuatro hermanas y su hermano en una rectoría aislada en los brezales de Yorkshire. Bajo el seudónimo de Ellis Bell publicó en 1846 unos cuantos poemas reunidos junto a otros de sus hermanas Charlotte y Anne, y en 1847 la novela *Cumbres Borrascosas*, considerada una de las obras maestras de la narrativa en lengua inglesa. Murió en Haworth con solo treinta años.

Lucasta Miller es autora de *The Brontë Myth* (2001).

Pauline Nestor es catedrática de literatura inglesa y autorade los ensayos *Charlotte Brontë* (1987) y *Charlotte Brontë's Jane Eyre* (1992), entre otros.

EMILY BRONTË

Cumbres Borrascosas

Prólogo de
LUCASTA MILLER

Introducción de
PAULINE NESTOR

Traducción de
NICOLE D'AMONVILLE ALEGRÍA

NUEVA EDICIÓN REVISADA

PENGUIN CLÁSICOS

Papel certificado por el Forest Stewardship Council®

Penguin
Random House
Grupo Editorial

Título original: *Wuthering Heights*

Primera edición en Penguin Clásicos: julio de 2015
Decimosegunda reimpresión: julio de 2023

PENGUIN, el logo de Penguin y la imagen comercial asociada son marcas registradas
de Penguin Books Limited y se utilizan bajo licencia

© 2012, 2022, Penguin Random House Grupo Editorial, S. A. U.
Travessera de Gràcia, 47-49. 08021 Barcelona
© 2003, Lucasta Miller, por el prólogo
© 1995, 2000, 2003, Pauline Nestor, por la introducción
© 2012, 2022, Nicole d'Amonville Alegría, por la traducción
© 2015, Inga Pellisa Díaz, por la traducción del prólogo y la introducción
Diseño de la cubierta: Penguin Random House Grupo Editorial
Ilustración de la cubierta: © Rundesign

Printed in Spain – Impreso en España

ISBN: 978-84-9105-024-7
Depósito legal: B-13.990-2015

Compuesto en M. I. Maquetación, S. L.
Impreso en Liberdúplex
Sant Llorenç d'Hortons (Barcelona)

PG 2 5 9 3 C

ÍNDICE

Prólogo

Cuando a los doce años leí por primera vez *Cumbres Borrascosas*, me sentí confusa, ofendida incluso, porque no se ajustaba a mis expectativas. Las primeras páginas presentaban a un narrador que no había manera de que me gustara, y mucho menos me inspirara confianza. Y es que su tono me molestaba; además, Heathcliff no tenía nada de ese encanto seductor de Laurence Olivier.

Por supuesto, estas ideas preconcebidas las había suscitado inconscientemente no el libro en sí sino el clásico de Hollywood de 1939 y la premisa, comúnmente aceptada aunque engañosa, de que *Cumbres Borrascosas* representa el *locus classicus* de la novela romántico-erótica del castigador. Visto en retrospectiva, da la impresión de que cometí un error tan gracioso como el del señor Lockwood de Emily Brontë cuando, en el capítulo 2 del primer libro, confunde un montón de conejos muertos con los gatitos de su anfitriona. Lo que encontré era infinitamente más perturbador de lo que esperaba, y aquello cambió mi actitud hacia la lectura. Hasta ese momento, los libros habían sido para mí una fuente de placer para evadirme sin más. En cambio, ahora había uno que me ponía en un estado de alerta ansiosa y me desconcertaba.

La obra maestra de Emily Brontë debe de ser una de la novelas del canon que ha tenido más adaptaciones. Su gran difusión la ha elevado a la categoría de mito moderno, y ha inspirado películas y obras de teatro, secuelas y poemas, una ópera, un musical y un número uno de la música pop. Sin embargo, muchas de estas reinterpretaciones se han empeñado en normalizar lo que es: un libro radicalmente transgresor, como señala Pauline Nestor en su introducción. Puede que la pasión mutua que sienten Cathy y Heathcliff se haya convertido en sinónimo de la aventura amorosa arquetípica. Sin embargo, la suya es en realidad una relación cuasi incestuosa, extrañamente carente de erotismo y más Romántica que romántica, que amenaza con socavar certidumbres tan básicas como la de la identidad individual.

El hecho de que *Cumbres Borrascosas* haya atraído tantas capas de adiciones culturales puede verse como una manera de responder a ese carácter perturbador. Es un libro que genera tensiones —entre el sueño y la realidad, entre el yo y el otro, entre lo natural y lo sobrenatural, entre el realismo y el melodrama, entre la estructura formal y el caos emocional—, pero que las deja sin resolver. Esta falta de resolución es, tal vez, lo que la hace inolvidable. No obstante, también ha provocado en críticos, biógrafos y adaptadores un impulso encubierto de encasillarla, controlarla o reducirla a explicaciones.

La idea de que *Cumbres Borrascosas* debe ser domesticada ha estado presente desde el momento en que se publicó, bajo seudónimo, en 1847. Aunque algunos de los primeros críticos aplaudieron su fuerza y su originalidad, las escenas de crueldad y el rechazo a la moral convencional extrañaban a todos, y repugnaban a unos cuantos. Para la reputación posterior de la novela y de su autora, más significativos fueron aún los comentarios ambiguos y contradictorios de Charlotte Brontë en su «Nota biográfica» y en el «Prólogo a *Cumbres Borrascosas*» que publicó en 1850, tras la muerte de Emily.

Charlotte presentaba sus comentarios como un ejercicio esclarecedor: revelaba al público, por primera vez, la auténtica identidad de Ellis Bell. Pero en lugar de limitarse a exponer los hechos, creó una leyenda. Como muchos después de ella, ante la incomodidad generada por *Cumbres Borrascosas*, optó por refugiarse en el mito.

En lugar de reconocer la sofisticación intelectual de Emily, Charlotte la presentaba como una sencilla chica de campo, nada «culta», que había acabado escribiendo un libro desconcertante, más por ingenua que por versada. Con falsa candidez, nos presentaba su hogar como un páramo aislado y poco civilizado, en el que habitaban «campesinos analfabetos y curtidos terratenientes». En realidad, el municipio industrial de Haworth no estaba ni mucho menos tan desconectado culturalmente como daba a entender, y Emily era una mujer con una gran —si bien anárquica— educación. De todos modos, aunque Charlotte pretendía atraer las simpatías del mundo literario londinense tiñendo de romanticismo la vida de Yorkshire, su necesidad de mitificar a su hermana no era una simple cuestión de relaciones públicas.

Al parecer, a Charlotte le preocupaba sinceramente la imaginación indómita de Emily. Sintió siempre el impulso ambivalente de proteger y al mismo tiempo controlar a su amada aunque a menudo recalcitrante hermana pequeña. En su prólogo quiere dotarla de heroicidad («más fuerte que un hombre») y a la vez de infantilismo («más simple que un niño»). Sin embargo, es incapaz de aceptar a Emily como una artista adulta y consciente, dueña de su propia creación. No puede soportar considerarla responsable de la «irredimible» figura de Heathcliff, así que elimina tal responsabilidad presentando a Emily como una vasija irreflexiva de la que manan «el Destino o la Inspiración».

Pese a que la intención de Charlotte era rescatar a su hermana del oprobio de los críticos, sus palabras causarían un efecto ambiguo en la reputación de Emily. Pasaría mucho tiempo hasta que los críticos dejaran de considerar *Cumbres Borrascosas* el producto fallido de una mente infantiloide o el desvarío místico de una sibila del páramo. Las reticencias a creer que era la obra de una joven inocente condujeron incluso a la afirmación apócrifa de que había sido Branwell Brontë, y no Emily, quien la había escrito.

En realidad, los aspectos literarios que hacen de ella una novela tan extraña no son meramente estrafalarios, sino que pueden analizarse, culturalmente, desde la perspectiva de su relación con el Romanticismo. Aun así, incluso después de que Mrs. Humphry Ward planteara por primera vez este enfoque —hace ya un siglo—, los divulgadores de la leyenda de las Brontë siguieron buscando la respuesta al enigma de Emily en tesis sentimentalistas o sensacionalistas sobre misteriosos amantes y apariciones sobrenaturales. Al igual que las adaptaciones románticas hollywoodienses de la novela, estas tesis aportaban una respuesta cómoda a su incómodo legado.

En cierto modo, nunca podemos dar por finalizada la lectura de *Cumbres Borrascosas*. Sin embargo, en el siglo y medio transcurrido desde que fue escrita, parece que ha habido algún progreso en la voluntad de los críticos, no solo en el sentido de reconocer su genialidad, sino también en el de aceptar —e incluso celebrar— la incomodidad que despierta. Desde mi primer y confuso intento de leerla, la he releído muchas veces, apoyando estas lecturas con la obra de muchos críticos modernos. Pero de alguna manera, aquella primera exposición inmadura a la novela posee una crudeza que recuerdo con nostalgia y también con simpatía. Hice añicos mi complacencia y me proporcioné a mí misma la primera pista de que en la literatura con mayúsculas las preguntas son tan importantes como las respuestas. En el capítulo 9, Cathy le dice a Nelly Dean: «He tenido sueños en mi vida que me han quedado grabados para siempre y me han cambiado las ideas; me han calado hasta la médula, como el vino cala el agua, y han alterado el color de mi mente». *Cumbres Borrascosas* es justamente ese tipo de sueño.

Lucasta Miller

INTRODUCCIÓN

(Advertimos a los lectores que esta introducción
describe la trama con detalle).

I

Emily Brontë, la quinta de seis hermanos, nació el 30 de julio de
1818 y se crió en la parroquia del pueblo de Haworth, en Yorkshire. Aunque no se trataba de la pequeña aldea que ha inventado la
leyenda popular, sino de una localidad de casi cinco mil habitantes
con una industria textil floreciente, la vida de Emily en Haworth
estuvo en gran medida confinada a la esfera familiar; vivía aislada en
una casa en las afueras del pueblo, con la iglesia y el camposanto
delante como salvaguardia, y el brezal detrás como vía de escape.
Su infancia quedó ensombrecida por la muerte: primero de su
madre, en 1821, y luego de sus dos hermanas mayores, Maria y Elizabeth, en 1825. No es de extrañar que cuando de niña empezó a
escribir historias, las llenara a modo de consuelo milagroso, de personajes que volvían de entre los muertos con cierta regularidad.

Durante la mayor parte de su vida, Emily compartió su mundo con sus dos hermanas, Charlotte y Anne, su hermano Branwell,
su tía, su padre y la criada de la familia, Tabby. Las dos cosas que
más le importaban eran la cotidianidad reconfortante de la rutina
doméstica familiar y la magia del mundo imaginario que creó en
su infancia junto a su hermana Anne en una serie de historias conocidas como la saga Gondal. A pesar de que leía mucho, a Emily

le interesaba más bien poco el mundo que se encontraba más allá de su querido brezal de Yorkshire y de su círculo inmediato. La vida política y social de Londres —a apenas 320 kilómetros de distancia—, que tanto atraía a su hermana mayor Charlotte, era para ella menos real y menos importante que el mundo de fantasía que compartía con Anne. Sus prioridades quedan claras, por ejemplo, en la nota que escribió, como si se tratara de una pequeña cápsula del tiempo, con ocasión del vigésimo cumpleaños de Branwell. Corría el año 1837 e Inglaterra andaba obsesionada con la coronación de la joven reina Victoria. Sin embargo, en el mundo de Emily ese acontecimiento trascendental apenas es digno de mención:

Lunes, tarde, 26 de junio de 1837

Son las cuatro y pico y Charlotte está trabajando en el cuarto de la tía, Branwell le está leyendo *Eugene Aram*, y Anne y yo estamos escribiendo en el salón: Anne un poema que empieza «bonita era la tarde y brillante el sol»; yo, la vida de Agustus Almedes, volumen primero, a cuatro páginas del final. Aunque ha refrescado bastante y hay algunas nubes grises, es un día bonito y soleado, la tía trabaja en la salita y papá ha salido. Tabby está en la cocina; los emperadores y emperatrices de Gondal y Gaaldine se preparan para partir de Gaaldine a Gondal para prepararse para la coronación que tendrá lugar el 12 de julio; la reina Victoria ascendió al trono este mes. Northangerland está en Monceys Isle; Zamorna en Eversham. Todo perfecto y en su sitio, como esperamos estar todos un día como hoy dentro de cuatro años, momento en que Charlotte tendrá 25 años y 2 meses; Branwell justo 24, dado que hoy es su cumpleaños; yo 22 años y 10 meses y pico, y Anne 21 y casi y medio. Me pregunto dónde estaremos y qué clase de día hará entonces, esperemos lo mejor.[1]

---

[1] Citado en Juliet Barker, *The Brontës*, Londres, Phoenix, 1995, p. 271.

Escrita diez años antes de que se publicara *Cumbres Borrascosas,* esta breve nota de Emily revela no obstante los mismos intereses y los mismos hábitos mentales que más adelante veremos reproducidos en su novela. Encontramos el mismo placer y la misma atención en los detalles domésticos; la misma sensación de un mundo encerrado en sí mismo, casi herméticamente sellado; la vigilancia atenta del mundo natural, y el apasionado compromiso con el mundo oscuro y ardiente de la imaginación.

El corolario de Emily, la expresa complacencia con su mundo de Yorkshire —esa sensación de que estaba «todo perfecto y en su sitio»— era la razón de su persistente tristeza siempre que tenía que abandonarlo. Lo pasó muy mal en sus breves estancias en la escuela: primero en Cowan Bridge, el internado al que asistió de pequeña (y que Charlotte retrataría de un modo muy gráfico en *Jane Eyre,* bajo el nombre de Lowood), y luego en Roe Head. De igual manera, su posterior intento de ganarse la vida como maestra auxiliar en la escuela femenina de Law Hill terminó en fracaso tras seis meses de insoportable nostalgia del hogar. Y después de estudiar un año en Bélgica con Charlotte, estaba tan triste que se negó en redondo a regresar al continente con su hermana para estudiar otro curso en la escuela femenina de M. Heger.

II

Para cuando murió Emily Brontë, en 1848, en Inglaterra eran ya evidentes los inicios de un movimiento feminista: en las protestas a favor del sufragio femenino, de la reforma de las leyes matrimoniales y del aumento de las oportunidades educativas y laborales para las mujeres. Sin embargo, pocos de los beneficios concretos de las protestas estuvieron a su alcance. Aun así, la educación relativamente atípica que recibió le permitió ciertas libertades. Desde edad muy temprana, por ejemplo, le fue inculcada la creencia de su padre de que se debía proporcionar a las hijas una educación que les permitiera abrirse camino en el mundo. En consecuencia, todas las hermanas Brontë recibieron algún tipo de educación reglada y fueron también instruidas en casa por su padre, que había estudiado en Cambridge. Crecieron además junto a su tía soltera, ejemplo de mujer decidida e independiente, y nadie las sometió a la presión habitual de contraer matrimonio. Como explicaba Charlotte:

> Pase lo que pase después, asegurarse una educación es una ventaja adquirida, una ventaja inestimable. Pase lo que pase, es un paso hacia la independencia, y una maldición considerable de la vida de soltera es su dependencia [...] Tus hijas, al igual que tus hijos, deberían aspirar a labrarse su propio y honrado camino en la vida. No quieras mantenerlas encerradas en casa. Créeme, puede que las maestras trabajen demasiado, estén mal pagadas y sean menospreciadas, pero la chica que se queda en casa sin hacer nada es mucho más pobre que la burra de carga más explotada y peor pagada de un colegio.[2]

La enseñanza era una de las pocas opciones laborales que tenían a su alcance las hijas de clase media, y aunque las tres hermanas odiaban la sujeción a «la esclavitud de la institutriz», lo cierto es que albergaban la esperanza de fundar algún día su propia escuela en casa.

Emily y sus hermanas escaparon también de otras restricciones que solían imponerse a las chicas de clase media de la época. Mediante una combinación de progresismo y negligencia, por ejemplo, su padre prácticamente dio rienda suelta a las lecturas de sus hijos. Devoraban con avidez periódicos y revistas contemporáneos, y conocían las comedias más picantes de Shakespeare y la

---

[2] T. J. Wise y J. A. Symington (eds.), *The Brontës: Their Lives, Friendships and Correspondence*, Oxford, Shakespeare Head, 1934, III, p. 5.

poesía de Byron tan bien como la Biblia y *El progreso del peregrino*. Y al igual que sus hermanas, Emily encontró tiempo para su extensa obra de juventud, pues, aunque debía ayudar en las tareas domésticas, su tiempo libre no estaba sometido a una supervisión tan implacable como el de otras chicas de clase media.

En este entorno, Emily era famosa por su libertad de pensamiento y por la fortaleza de su carácter. En la «Nota biográfica de Ellis y Acton Bell» (que reproducimos más adelante), por ejemplo, Charlotte describía a su hermana como poseedora de «un poder y un fuego secretos que podrían haber dado forma al cerebro de un héroe e inflamado sus venas», y la veneraba como a alguien excepcional: «Más fuerte que un hombre, más simple que un niño, su naturaleza no tenía igual» (p. 458). Influida por la visión de Charlotte, Elizabeth Gaskell describió a Emily de un modo similar, como alguien tenaz en sus «costumbres independientes» y atraída por la «intratabilidad fiera y salvaje» de los animales.[3] Gaskell citaba también a su maestra belga, M. Heger, quien proponía una valoración romántica de Emily, que ella compartía: «Tendría que haber sido un hombre, un gran navegante. [...] Su razón poderosa habría extraído nuevas esferas de descubrimiento del saber de los antiguos, y su voluntad fuerte e imperiosa jamás se habría dejado amedrentar por la oposición o la dificultad; nunca habría cedido más que dejándose la vida».[4]

En realidad, no se conocen con seguridad muchos detalles de la vida y el carácter de Emily, y en bastantes relatos las especulaciones han acabado ocupando el lugar de los hechos.[5] Sin embargo,

---

[3] Elizabeth Gaskell, *The Life of Charlotte Brontë*, 1857 (reimp., Londres, Dent, 1971), pp. 258 y 184. [Traducción al castellano de Ángela Pérez: *Vida de Charlotte Brontë*, Barcelona, Alba, 2001.]

[4] *Ibid.*, p. 151.

[5] Edward Chitham destaca esta escasez de información en *A Life of Emily Brontë* (Oxford, Basil Blackwell, 1987), separando escrupulosamente realidad y ficción.

los pocos retratos que nos han llegado ofrecen el testimonio seductor de una naturaleza salvajemente independiente y estoica; una naturaleza al parecer imbuida del mismo espíritu desafiante que da forma tanto a su poesía como a su novela. Así, por ejemplo, las historias que cuenta Elizabeth Gaskell acerca de cómo golpeaba Emily a su querido, y al mismo tiempo feroz y desobediente perro, Keeper, a puño limpio, o de cómo se cauterizó en secreto la mordedura de un perro sospechoso de tener la rabia,[6] parecen confirmar la veracidad del primer verso de uno de sus poemas más conocidos: «No es alma cobarde la mía».

En el fondo, no obstante, Emily no era feminista. Por tentador que sea interpretar su carácter en esta clave, hay que reconocer que la fortaleza de Emily era personal e idiosincrática, y que no se apoyaba en ninguna ideología compartida ni en el sentido de una causa común. En consecuencia, mientras que *Jane Eyre*, de Charlotte, era famosa por sus reivindicaciones de igualdad sexual (su heroína insiste en que «las mujeres sienten igual que los hombres» y en que ella es «igual» que el héroe, Rochester), y *La inquilina de Wildfell Hall*, de Anne, contenía una censura tanto del doble rasero sexual como de las leyes injustas que se imponían a las mujeres casadas, en la novela de Emily no existe este tipo de militancia política.

Cuando Kathleen Tillotson quiso caracterizar las novelas de la década de 1840, señaló que «la situación de la gente» pasó a ser un tema dominante, y que la «novela de tesis» emergió como una forma común: «Muchos novelistas de los cuarenta y los cincuenta escogieron el pedregoso y espinoso terreno de la controversia religiosa y social».[7] De un modo similar, Raymond Williams afirmaba que «una nueva e importante generación de novelistas apareció en la década de 1840» y que su aportación y su logro distintivo

---

[6] Elizabeth Gaskell, *op. cit.*, pp. 184–185

[7] Kathleen Tillotson, *Novels of the Eighteen-Forties*, Oxford, Clarendon Press, 1954, pp. 81 y 115.

fue «la exploración de la comunidad».[8] Aunque resulte extraño, *Cumbres Borrascosas*, publicada en 1847, parece estar reñida con tales generalizaciones, pues desafía las expectativas que crean. A diferencia de las novelas industriales de Charles Dickens, Elizabeth Gaskell, Benjamin Disraeli y Charles Kingsley, *Cumbres Borrascosas* no muestra ningún compromiso con problemas sociales de gran alcance: su entorno está tremendamente desvinculado. Lockwood, el narrador, es un forastero simbólico y perturbador, y hasta la vida del pueblo más cercano, Gimmerton, parece remota, desconocida y se presenta apenas de manera esquemática. El reino de las Cumbres y de la Granja de los Tordos funciona como un mundo aparte, una realidad en exclusiva para el texto, de modo que cuando los personajes abandonan ese mundo, como lo hacen Heathcliff e Isabella, da la impresión de que desaparecen misteriosamente en el vacío.

Si *Cumbres Borrascosas* parece fuera de lugar en su momento histórico, quizá pueda entenderse mejor en relación con obras anteriores, sobre todo con la novela gótica de finales del siglo XVIII y con la obra poética de los románticos. Al igual que la novela gótica, *Cumbres Borrascosas* crea un mundo oscuro y apasionado de reclusión y tortura, de fantasmas y niños cambiados. Y comparte también con los románticos la obsesión por la autoridad de la imaginación y la emoción, y la preocupación por la influencia de la formación en la infancia y por la relación del hombre con el medio natural. Su foco es «antisocial», y no ético o comunitario, y su personaje central, Heathcliff, encarna una variante del héroe byroniano.

---

[8] Raymond Williams, *The English Novel: From Dickens to Lawrence*, St. Albans, Paladin, 1974, pp. 8 y 11. [Traducción al castellano de Nora Catelli: *Solos en la ciudad: la novela inglesa de Dickens a D.H. Lawrence*, Madrid, Debate, 1997.]

III

Aunque *Cumbres Borrascosas* escandalizó a muchos de sus primeros lectores, disfrutó no obstante de un éxito modesto en su día. Los críticos contemporáneos[9] reconocieron en una u otra medida su «excelencia intrínseca», y el interés por la obra se avivó tras la muerte de Emily en 1848, tanto por afinidad con el éxito de las novelas de Charlotte, como por la creciente fascinación en torno a la biografía de las Brontë. Al principio, la publicación casi simultánea de las obras de tres hermanas anónimas despertó una enorme curiosidad, puesto que denotaba una extraordinaria concentración de talento en una sola familia, curiosidad que alimentaron más adelante los sorprendentes detalles de la existencia aislada y excéntrica de las Brontë en los brezales de Yorkshire, que Elizabeth Gaskell describió vívidamente en *Vida de Charlotte Brontë* (1857).

De todas formas, *Cumbres Borrascosas* no obtuvo ni mucho menos el éxito de *Jane Eyre*, de Charlotte, que fue de calle el libro más vendido de 1847. De hecho, no fue hasta el siglo xx cuando la novela de Emily empezó a disfrutar de la popularidad y de la consideración crítica que merecía. Con el paso del tiempo, no obstante, *Cumbres Borrascosas* se ha convertido en uno de esos textos excepcionales, como *Frankenstein* o *Drácula*, que han trascendido sus orígenes literarios y han entrado a formar parte del léxico de la cultura popular, como el tema de una película, de una canción e incluso de una comedia. Paralelamente, se ha convertido en una de las novelas en lengua inglesa sobre la que más se ha escrito, hasta tal punto que la historia crítica de *Cumbres Borrascosas* puede leerse como la historia de la crítica en sí misma.

---

[9] G. H. Lewes, *Leader*, 28 de diciembre de 1850, citado en Miriam Allott (ed.), *Emily Brontë Wuthering Heights: A Casebook*, Londres, Macmillan, ed. rev., 1992, p. 64. Esta edición aporta una valiosa selección de críticas contemporáneas.

Tras la modesta acogida durante el siglo XIX, el comienzo del siglo XX fue testigo de un cambio de corriente en la opinión crítica, a raíz del influyente prólogo de Mrs. Humphry Ward a la edición Haworth de las obras de las hermanas Brontë. Ward afirmaba que Emily superaba como escritora a Charlotte, opinión que David Cecil reforzó más adelante, en su *Early Victorian Novelists* (1934). Con el auge del New Criticism en la década de 1940, se realizaron numerosos estudios, que aportaron una lectura detallada y rigurosa del texto y permitieron cortar las tenaces amarras biográficas de tantas críticas anteriores, así como reivindicar la sofisticación formal y la excelencia de la novela.[10] Estos estudios se centraban en la imaginería, la metafísica y la compleja estructura narrativa de la obra. Más recientemente, las lecturas ideológicas de críticos marxistas, feministas y psicoanalíticos se han centrado en cuestiones de clase, género y sexualidad, y todas ellas han tendido a recalcar que en la novela hay conflicto y división.

Esta extraordinaria diversidad de interpretaciones se ha convertido por sí misma en materia de investigación crítica. Michael Macovski, por ejemplo, apunta que la novela «pone en primer plano el acto interpretativo, encuadrando las experiencias de los personajes en el contexto de una escucha ininterrumpida. De hecho, para que estos personajes "suelten" sus secretos (en palabras de Catherine), se diría que es vital la presencia de un intérprete».[11] De modo similar, en «Coherent Readers, Incoherent Texts», James Kincaid sostiene que la novela demanda una multiplicidad de lecturas.[12] Frank Kermode afirma en términos más generales que en las obras de arte como *Cumbres Borrascosas*, la apertura o «tole-

---

[10] Tales afirmaciones tuvieron un precedente en la rompedora obra de C. P. Sanger, *The Structure of Wuthering Heights*, Londres, Hogarth Press, 1926.

[11] Michael Macovski, «*Wuthering Heights* and the Rhetoric of Interpretation», *ELH*, 54, 1987, p. 366.

[12] James Kincaid, «Coherent Readers, Incoherent Texts», *Critical Inquiry*, 3, 1977, pp. 781-802.

rancia» de la interpretación —lo que denomina el «excedente de significantes»— conforma la medida de su grandeza.[13]

IV

Cumbres Borrascosas, por tanto, ofrece muchas cosas a muchos lectores, sean críticos o sean público en general. Tal vez su persistente poder de fascinación provenga del hecho de que la novela no solo incorpora elementos de diversos géneros, sino que también cuestiona los distintos elementos creando tensión entre ellos. Así, por ejemplo, el placer por los detalles familiares que transmite el realismo del texto rivaliza con el poder transgresor del género fantástico y del terror, satisfaciendo de este modo nuestro gusto por las «emociones de identificación» así como por las «emociones de sorpresa».[14] De modo similar, la intensidad y el escapismo del romance de la novela tiene su contrapeso en el sagaz entendimiento y en la objetividad de la exploración psicológica.

La concepción popular tiende a centrar la grandeza de la novela en el poder de la relación central del libro entre Cathy y Heathcliff. Ciertamente, la atracción de la obra como historia de amor no es difícil de aislar. En cierto nivel, la novela parece celebrar un amor trascedente que traspasa los límites de la autoridad, de lo terrenal e incluso de la muerte. Cathy y Heathcliff comparten un compromiso de resistencia y comprensión consumadas, y al plantear una relación como esta, la novela reconoce e invoca explícitamente un deseo universal de encontrar al Otro ideal:

---

[13] Frank Kermode, «A Modern Way with a Classic», *New Literary History*, V, primavera de 1974, p. 434.

[14] Henry James, *Partial Portraits*, Londres, Macmillan, 1888, p. 133.

No puedo explicarlo, pero seguro que tú, como todo el mundo, intuyes que existes, o deberías existir, más allá de ti. ¿De qué serviría que haya sido creada si estuviera enteramente contenida en mi cuerpo? Mis mayores miserias en este mundo han sido las de Heathcliff y desde el principio he visto y sentido cada una de ellas. Él es la razón de mi existencia. Si todo lo demás pereciera y solo quedara él, yo seguiría existiendo; y si quedara todo lo demás y él fuera aniquilado, el universo se me antojaría sobremanera extraño. Sentiría que no formo parte de él. (libro I, cap. 9)

De todas formas, si bien la novela parece contener por un lado la promesa de gratificación, por otro investiga —más que ejemplifica— de un modo más complejo e interesante el cliché romántico del amor perfecto. Así pues, incluso la celebrada declaración de amor de Cathy a Heathcliff queda socavada por la premisa fallida en la que se basa. Cuando tacha de tontería la preocupación de Nelly por que Heathcliff se sienta rechazado a causa de su matrimonio con Edgar —«es por alguien que abarca en su persona mis sentimientos hacia Edgar y hacia mí misma» (libro I, cap. 9)—, se equivoca. Como descubre después, pagando un alto precio, Heathcliff no «abarca» nada de eso, y al imaginar que su comprensión es absoluta, Cathy ha pecado de proyectar su visión y su deseo sobre Heathcliff. Ese elemento de proyección es todavía más evidente cuando Cathy debe enfrentarse a la realidad intransigente del dolor de Heathcliff y declara: «Ese no es mi Heathcliff. Yo seguiré queriendo al mío, y ese se vendrá conmigo porque le llevo en el alma» (libro II, cap. 1).

Por descontado, Cathy no es el único personaje que traslada sus deseos y sus miedos a Heathcliff. Lockwood imagina tontamente que Heathcliff y él son almas gemelas —«Sé por instinto que su reserva nace de su aversión a que se exhiban los sentimientos» (libro I, cap. 1)—, y el viejo señor Earnshaw construye a partir de él su versión del hijo perfecto (libro I, cap. 4), mientras que Nelly se va al extremo opuesto y ve al diablo en él. Es el misterio que rodea a Heathcliff —la falta de una historia personal, la hosca reserva, la capacidad mágica para rehacerse durante su ausencia de las Cumbres— lo que lo convierte en un foco idóneo para las proyecciones de los otros. Heathcliff es el «cuco» sin historia, un enigma tan inquietante que Nelly, al igual que después algunos críticos, se siente inclinada a inventarle un pasado:[15]

> Quién sabe si tu padre no sería emperador de China y tu madre una reina india, cada uno con el dinero suficiente para comprar Cumbres Borrascosas y la Granja de los Tordos con las rentas de una semana, y te raptarían unos malvados marineros que te trajeron a Inglaterra. ¡Yo que tú me forjaría un alto concepto de mi cuna [...]! (libro I, cap. 7)

Al carecer de una narración de su vida, y al negarse a proporcionar una, Heathcliff se convierte en el receptáculo de las fantasías de los demás. Así pues, en cierto modo, no es tanto la pareja ideal de Cathy como el Otro ideal.

Tal como han señalado muchos críticos, el amor de Cathy hacia Heathcliff es algo infantil. Tal vez por esta razón su fantasma reaparece en forma de niña y sus sueños de felicidad se sitúan en la primera juventud. No es simplemente una cuestión de inocencia e ingenuidad el hecho de que Cathy se crea capaz de conciliar su amor gemelo hacia Edgar y hacia Heathcliff, y que no comprenda los celos de su amante. En esencia, los esfuerzos de Cathy por acomodar ambos amores son un intento de eludir la necesidad de elegir y, por consiguiente, de evitar la limitación. En la práctica, Cathy lo quiere todo, un impulso que recuerda lo que Freud definió como la perversidad polimorfa del niño. Cathy también da muestras de un narcisismo infantil cuando se imagina universalmente

---

[15] Véase, por ejemplo, James Kavanagh, en *Emily Brontë* (Oxford, Basil Blackwell, 1985), que sugiere que Heathcliff tiene procedencia irlandesa de clase obrera.

amada y adorada: «¡Qué extraño! Creía que, aunque los demás se odiasen y se despreciasen unos a otros, no podían evitar quererme a mí» (libro I, cap. 12).

Esta visión de la dimensión infantil del amor de Cathy puede llevarse aún más lejos. Cuando sostiene que en Heathcliff ella existe más allá de su propia existencia y que «es más yo que yo misma» (libro I, cap. 9), está expresando en realidad el deseo de una simbiosis imposible, de un estado de indiferenciación entre el yo y el Otro que, según el psicoanalista Jacques Lacan, pertenece al reino psicológico de lo «imaginario».[16] Resulta significativo que Catherine, como una niña pequeña, no reconozca su imagen en el espejo cuando, cerca de la muerte, anhela unirse a Heathcliff:

—¿El armario negro? ¿Dónde? —pregunté—. ¡Habla usted en sueños!

—Allí, contra la pared, como siempre —repuso—. La verdad es que tiene un aspecto extraño. ¡Veo una cara en él!

—No hay ningún armario en la habitación y nunca lo ha habido —dije sentándome de nuevo y atando las cortinas de la cama para poder observarla.

—¿Tú no ves esa cara? —preguntó mirando el espejo, muy seria.

Por más que lo intenté fui incapaz de hacerle entender que aquella cara era la de ella, de modo que me levanté y cubrí el espejo con un chal. (libro I, cap. 12)

---

[16] En este estado, el niño imagina una situación de absoluta unidad en la relación diádica con la madre, en la que no existe ninguna distinción entre el yo y el otro, entre el sujeto y el objeto. Para alcanzar la yoidad, el niño debe pasar a reconocer su existencia separada, a verse parte y no todo. En otras palabras, para ocupar la posición del Yo, el niño debe reconocer la existencia de lo que es no-Yo. Lacan sostiene que un paso significativo de este proceso tiene lugar en la fase del espejo, en la que el niño empieza a reconocer su reflejo en el espejo, ya sea literalmente o en el «reflejo» de sí mismo que le devuelven al niño las percepciones de los otros.

Aunque se la caracterice como a una niña, es importante constatar que el anhelo de Cathy de una unión y una plenitud «imaginarias» no es en sí mismo inusual o anormal.[17] Sin embargo, representa el extremo opuesto a la sexualidad madura.[18] Además, este estado «imaginario» es irreversible para el sujeto humano precisamente porque implica un abandono de la subjetividad o identidad individual y, por lo tanto, el impulso hacia él, aunque es un sentimiento universal, representa un impulso hacia o bien la psicosis o bien la muerte. De manera muy significativa, cuando Edgar plantea sin rodeos a Cathy la elección adulta que ella debe afrontar —«¿Estás dispuesta a renunciar a Heathcliff a partir de ahora o prefieres renunciar a mí? Es imposible que seas mi amiga y la de él a la vez, preciso saber en este instante a quién eliges» (libro I, cap. 11)—, Cathy busca ese abandono desmayándose primero y sumiéndose luego en la locura y en la muerte.

Así leída, la novela dista mucho de ser una historia del amor ideal; más bien es una exploración tanto de la tenacidad como de la imposibilidad de tal deseo. Por consiguiente, el amor de Cathy y Heathcliff nunca llega a consumarse. Su reunión en el lecho de muerte de Catherine destaca principalmente por la naturaleza frustrada y desesperada del encuentro:

[17] De hecho, Lacan sugiere que existe un «deseo humano eterno e irreductible [...] por alcanzar la no-relación, donde la identidad no significa nada». Jacques Lacan, *The Language of the Self: the Function of Language in Psychoanalysis*, Baltimore, Johns Hopkins University Press, 1968, p. 191.

[18] Como resumía, por ejemplo, la teórica feminista francesa Luce Irigaray: «El amor puede ser el modo de convertirse en aquello que se apropia del otro para sí consumiéndolo, introyectándolo hasta que el otro desaparece. O puede ser el movimiento de convertirse en aquello que permite que el uno y el otro crezcan. Para que exista tal amor, cada uno debe preservar la autonomía de su cuerpo. Uno no puede ser la fuente del otro, ni el otro la del uno. Ambas vidas deben abrazarse y fecundarse una a otra sin metas ni fines preestablecidos para ninguna de las dos», Luce Irigaray, *Passions élémentaires*, 1982, trad. de Elizabeth Grosz, en *Sexual Subversions: Three French Feminists*, Sydney, Allen & Unwin, 1989, p. 170.

En aquel momento, sus blancas mejillas, exangües labios y chispeantes ojos manifestaban un salvaje afán de venganza, y conservaba en el puño parte de los rizos que había tenido agarrados. En cuanto a su compañero, que se había apoyado en una mano para levantarse, le había agarrado el brazo con la otra, y su provisión de ternura se adecuaba tan poco a lo que ella requería en su estado que cuando la soltó vi que le había dejado cuatro nítidas marcas azules en la pálida piel. (libro II, cap. 1)

Y la frustración consume a Heathcliff el resto de su vida, perseguido literal y metafóricamente por una satisfacción aplazada eternamente:

... ¡casi alcanzaba a verla, pero no la veía! ¡En ese momento debería haber sudado sangre, tal era la angustia que me causaba el anhelo y tal el fervor de mis súplicas de que me permitiese verla siquiera un instante! Pero no me lo permitió. [...] Y cuando dormía en su aposento ella me echaba, me era imposible conciliar el sueño porque apenas cerraba los ojos la veía del otro lado de la ventana, o descorriendo los paneles de la cama, o entrando en la alcoba, o aun reclinando su querida cabeza en la misma almohada que cuando era niña. No me quedaba más remedio que abrir los ojos y mirar. ¡De modo que cada noche los abría y cerraba cien veces, siempre para llevarme la misma desilusión! ¡Qué tormento! (libro II, cap. 15)

A fin de cuentas, tal es la paradoja del deseo imposible, reñido con el cuerpo que arde en deseo, como admite el propio Heathcliff: «La dicha de mi alma está aniquilando mi cuerpo, pero no se da por satisfecha» (libro II, cap. 20). El deseo inalcanzable solo puede conducir a la aniquilación del cuerpo, un destino que tanto Heathcliff como Cathy escogen de algún modo para sí mismos.

V

El deseo de Cathy de fundirse con el Otro en la figura de Heathcliff le genera un conflicto con los límites de la identidad. Así pues, cuando pronuncia su afirmación más fundamental, si bien extravagante —«Nelly, yo *soy* Heathcliff» (libro I, cap. 9)—, está desafiando claramente las ideas convencionales de la yoidad y de la individualidad. Desde el punto de vista formal, la novela provoca un efecto parecido sembrando la confusión en torno a los nombres. Al igual que Lockwood, que da vueltas en la cabeza a todas las variantes del nombre de Catherine inscritas en el alféizar de la ventana —Catherine Earnshaw, Catherine Heathcliff, Catherine Linton—, el lector debe lidiar no solo con nombres cambiantes, sino con una duplicación desconcertante que a menudo complica la identificación individual. Además, las similitudes entre generaciones ayudan a desdibujar las diferencias. El linaje parece confuso, ya que, por ejemplo, Hareton, el sobrino de Cathy, se parece más a ella que su propia hija Cathy, y al mismo tiempo parece más hijo de Heathcliff que el hijo biológico de este, Linton.

En un mundo así, es difícil dar nada por sentado, como torpemente demuestra Lockwood. La malinterpretación crónica de la situación por parte de Lockwood, quien se adentra en el reino de Cumbres Borrascosas con sus ideas convencionales del mundo a cuestas, constituye una advertencia sobre lo fuera de lugar que está la convencionalidad. Al igual que el sermón de Jabes Branderham, la novela nos plantea «raras transgresiones que jamás habría[mos] imaginado que existieran» (libro I, cap. 3). Normalmente, nos apoyamos en los límites tanto para regular como para generar una noción de realidad. Sin embargo, la novela de Emily Brontë desafía muchos de esos límites, y al hacerlo, *Cumbres Borrascosas* adquiere progresivamente un poder transgresor que nos ofrece una potente mezcla compuesta por la satisfacción de las fantasías y la fascinación del horror.[19]

Esta transgresión de los límites tiene lugar a nivel literal y también metafórico. Algunos críticos han señalado la obsesión de la novela por los límites físicos, como muros, ventanas, vallas, umbrales y cerraduras.[20] Estos límites acostumbran a estar custodiados y, con la misma frecuencia, acostumbran también a ser vulnerados. De este modo, pese a que un personaje tras otro traten de hacerse con el control de su mundo dejando a los otros encerrados dentro o fuera de él, la novela documenta el fracaso de cada uno de estos intentos.

De modo similar, los límites sirven para tratar de regular el espacio psicológico, aunque, como prueba la novela, estas barreras metafóricas son tan vulnerables como las físicas. Como hemos visto, la distinción entre el yo y el otro en *Cumbres Borrascosas* no es tan inmutable como sería de imaginar, y tampoco lo es entre lo masculino y lo femenino. No cabe duda de que, con su ferocidad byroniana, Heathcliff podría personificar cierta clase de estereotipo masculino; y que Isabella, con su romanticismo bobo, insinúa una debilidad femenina opuesta. No obstante, entre estos dos extremos estereotípicos, los personajes resultan mucho más difíciles de catalogar, ya que, como observa Joseph: «Seimpre temos algo d'aquende o d'allende» (libro II, cap. 10). Antes de que Cathy sea cuidadosamente instruida en feminidad en la Granja de los Tordos, por ejemplo, está perfectamente a la altura de Heathcliff en coraje, temeridad y rebeldía, y en su decadencia anhela de nuevo

---

[19] Para un esclarecedor análisis del poder transgresor de cada género, véase Rosemary Jackson, *Fantasy: the Literature of Subversion*, Londres, Methuen, 1981; y Julia Kristeva, *Powers of Horror: an Essay on Abjection*, trad. de Leon Roudiez, Nueva York, Columbia University Press, 1984.

[20] Véase especialmente Elizabeth Napier, «The Problem of Boundaries in *Wuthering Heights*», *Philological Quarterly*, 63, 1984, pp. 95-107. Y también Dorothy van Ghent, *The English Novel: Form and Function*, Nueva York, Rinehart, 1953.

ese yo menos constreñido: «¡Ojalá me hallara de nuevo allí arriba, ojalá volviera a ser una niña robusta, asilvestrada y libre, y me riera de los agravios en lugar de enloquecer por ellos! ¿Por qué estoy tan cambiada?» (libro I, cap. 12). En contraposición, Linton Heathcliff aparece descrito como alguien extraordinariamente afeminado, que es «más niña que niño» (libro II, cap. 7), a decir de Hareton. En consecuencia, Linton adopta un rol tradicionalmente femenino durante el cortejo a la joven Catherine, mientras que la relativa fortaleza física de esta, su coraje y su libertad de movimientos sugieren un rol más masculino.

La novela parece apelar a las construcciones estereotípicas de los roles sexuales al insinuar que las estrategias de supervivencia tienen que ver con el género. Así, por ejemplo, frente al sufrimiento, el impulso de Heathcliff va dirigido a la venganza, mientras que Cathy reacciona a la adversidad lanzándose a la autodestrucción: «Bien, si no puedo conservar la amistad de Heathcliff, y Edgar va a ponerse celoso y mezquino, intentaré partirles el corazón *partiéndome el mío* (libro I, cap. 11) [las cursivas son mías]. De un modo similar, el «inicial deseo» de Isabella en la amargura de su matrimonio es «que me mate» (libro II, cap. 3). Tanto el impulso hacia la venganza como el impulso hacia la autodestrucción son violentos, pero el primero es sádico y va dirigido hacia fuera, mientras que el segundo es masoquista y se ha vuelto hacia dentro. La novela, sin embargo, no nos permite considerar sin más que una forma de comportamiento sea inherentemente masculina y la otra femenina, porque deja claro que las circunstancias y la necesidad, más que el género o una disposición natural, determinan estas estrategias. Nelly señala, por ejemplo, que en lo que respecta al carácter violento de los Earnshaw, Cathy «se lleva la palma» (libro I, cap. 12); Isabella, por su parte, tiene tendencia a la violencia, al igual que Heathcliff, pero no es capaz de actuar:

Inspeccioné el arma con curiosidad y me vino a la cabeza una espantosa idea. ¡Lo poderosa que sería yo si poseyera un instrumento semejante! Se la quité de las manos y toqué la hoja. Él me miró, pasmado ante la expresión que durante unos breves segundos debió de asumir mi rostro. Su mirada no expresaba terror, sino codicia. (libro I, cap. 13)

El alto nivel de violencia de la novela, al parecer al alcance de cualquier personaje, pone también en tela de juicio los supuestos acerca de los límites restrictivos del comportamiento civilizado. Tal vez Heathcliff ocupe una posición tan liminar[21] en algunos momentos parece rozar a la bestia y en otros al diablo, que no nos choque su «amansada ferocidad» (libro I, cap. 10). No obstante, hasta los representantes del mundo civilizado de la Granja traicionan la débil línea que separa restricción y abandono, cultura y naturaleza. Edgar odia a Heathcliff con «insólita intensidad teniendo en cuenta su manso temperamento» (libro II, cap. 3), Linton desearía poder ser cruel —«Oí que le pintaba a Zillah un bonito cuadro de lo que te haría si fuese tan fuerte como yo» (libro II, cap. 15)—, e Isabella, pese a ser una víctima, participa en la violencia de Heathcliff, atraída por ella:

> Lo primero que me vio hacer cuando salimos de la Granja fue colgar a su perrita del cuello y cuando me rogó que la soltara, las primeras palabras que pronuncié fueron que ojalá pudiese ahorcar a todos los suyos, menos a una. Quizá interpretara que esa excepción se refería a ella. Pero entonces mi brutalidad no le repugnó, tal vez porque le inspira una admiración innata, ¡siempre que su valiosa persona se halle libre de todo daño! (libro I, cap. 14)

Quizá lo más perturbador sea la vívida descripción de Lockwood cuando frota la muñeca de la niña fantasmal de lado a lado, contra el cristal roto del marco de la ventana, pues nos enfrenta con la brutalidad potencial que acecha incluso en el inconsciente

[21] Véase Frank Kermode, «A Modern Way with the Classic», *New Literary History*, V, primavera de 1974, p. 420.

del personaje más inocuo; de hecho, el personaje vinculado más estrechamente al lector por su posición de forastero y oyente.

El poder transgresor de la novela es todavía más patente en sus devaneos con los tabúes fundamentales, en especial los del incesto y la necrofilia. Para ser exactos, en la novela, claro está, no llega a cometerse incesto porque a Heathcliff y a Cathy no los unen lazos de sangre y, en cualquier caso, su relación nunca se consuma. De todos modos, hay un elemento seudoincestuoso en el vínculo que los une, dado que se han criado como hermanos. Este aspecto resuena en los matrimonios cruzados de segunda generación, dado que Catherine casa sucesivamente a sus dos primas, prácticamente sin conocer a ningún hombre casadero fuera de su familia. Es más, antes de casarse, Catherine sirve a su padre en calidad de compañera sustituta, a quien, insiste, ama más que a Linton (libro II, cap. 13). De hecho, cuando escapa de su nuevo marido, corre a abrazar a su padre moribundo, que «clavaba sus dilatados ojos en las facciones de su hija con una mirada extática» (libro II, cap. 14).

La desafiante negativa de Heathcliff a aceptar las restricciones impuestas por cualquier tabú es más evidente que nunca en su afán por el cuerpo sin vida de Catherine. Despreciando toda convención, trata de desenterrar su féretro el mismo día que la entierran, y dieciocho años después retira la tapa del ataúd y sueña con tenderse con «la helada mejilla contra la de ella» (libro II, cap. 15). Los detalles de su conversación con Nelly —«Y si se hubiese convertido en polvo, o en algo peor, ¿con qué hubiese soñado?» (libro II, cap. 15)— y de sus planes de retirar los tablones laterales de los ataúdes de ambos introducen un sobrecogedor elemento corpóreo en lo que de otro modo podría verse como un deseo convencional de reunirse después de la muerte.[22]

---

[22] De hecho, el cadáver puede verse como el transgresor definitivo que cruza los límites entre la vida y la muerte, como ha señalado Julia Kristeva: «El cadá-

El fantasma de Cathy, la encarnación posterior de su cadáver, es igualmente perturbador, y desafía no solo los límites de la vida sino también los de la realidad. Resulta significativo que la primera vez el fantasma aparezca en el sueño de Lockwood, no porque esto le otorgue una plausibilidad ambigua, sino porque en *Cumbres Borrascosas* los sueños constituyen una fuente crucial de conocimiento y comprensión. Tanto Cathy como Heathcliff visualizan en sueños su felicidad, y Cathy le expresa a Nelly su poder transformador: «He tenido sueños en mi vida que me han quedado grabados para siempre y me han cambiado las ideas; me han calado hasta la médula, como el vino cala el agua, y han alterado el color de mi mente» (libro I, cap. 9).

En algunos aspectos, el mundo de la novela al completo es como un sueño. Geográficamente remoto, social y temporalmente aparte, es un mundo que funciona al margen de toda norma. Las transgresiones de la identidad, la sexualidad y los tabúes son propias del estado de sueño, que ofrece un reino sin censuras, libre de las rigideces de la lógica; un espacio en el que no se aplican límites. En los sueños, uno puede ser al mismo tiempo el observador y el participante, el yo y el otro. El mundo de los sueños es un lugar de multiplicidad que no requiere excluir opciones. No se estructura por causalidad sino por contigüidad, de modo que, dentro de él, puede haber diferencia sin oposición; puede haber elementos contradictorios, uno al lado del otro, sin perturbación o interacción. Es un estado que se asocia más habitualmente con la poesía que con la prosa,[23] pero, aun así, es sin lugar a dudas el estado de *Cumbres Borrascosas*.

---

ver visto sin un Dios, fuera del campo de la ciencia, es la culminación de lo abyecto. Es la muerte que infecta la vida. Abyecto. Es un desecho del que no nos separamos, del que no nos protegemos como lo haríamos de un objeto». Julia Kristeva, *Powers of Horror*, p. 4.

[23] Edward Chitham destaca precisamente esas cualidades en la poesía de Emily Brontë: «Emily expone, no compara. Lo que es más, expone pensamientos o sentimientos contradictorios en poemas consecutivos». *A Life of Emily Brontë*, p. 202.

VI

Muchos críticos han interpretado la segunda parte de la novela como si esta supusiera la restauración del orden y el equilibrio en la segunda generación, tras los excesos y el trastorno de la primera. El más conocido de ellos, David Cecil, sostuvo que la oposición topográfica entre el mundo natural primitivo de las Cumbres y el mundo decadente cultivado de la Granja se corresponde con la oposición metafísica entre las fuerzas de la tormenta y las fuerzas de la calma. Con el matrimonio de Hareton y Catherine, afirmaba Cecil, la rueda «completa una vuelta» y «el orden cósmico queda restablecido una vez más».[24] De acuerdo con este enfoque, la escena en la que Hareton, bajo la dirección de Catherine, planta flores ornamentales en el funcional jardín de las Cumbres sirve como emblema de reintegración.

El problema con esta lectura de la novela es que sobredimensiona la finalidad o la resolución del final, y también que pasa por alto la amenazante sensación de fluctuación que ha dominado toda la obra. La imagen que emplea Nelly, por ejemplo, para describir la pacífica existencia de Cathy en la Granja —«durante medio año, aquella pólvora fue inofensiva como la arena» (libro I, cap. 10)— insinúa la precariedad de su conversión y la posibilidad siempre presente de regresión. No podemos dar por hecho que el cambio en Hareton sea más en firme, sobre todo teniendo en cuenta que, como hemos visto, todos los personajes hacen gala de cierta capacidad para recurrir a la violencia en determinadas circunstancias.

Cualquier sensación de cierre queda además socavada por el hecho de que la novela está llena de personajes que tratan de controlar la inclusión y la exclusión, y cuyos esfuerzos son sin embar-

---

[24] David Cecil, *Early Victorian Novelists*, 1934 (reimp. Londres, Constable, 1960), p. 167.

go fútiles. Esta lucha por excluir queda más clara que nunca en la imagen de la tapia que separa el parque cultivado de la Granja y la extensión natural y agreste del brezal. Esta barrera, no obstante, es traspasada desde ambos lados constantemente, ya que Heathcliff va y viene a su antojo, y Catherine, a pesar de la prohibición de su padre, idea fácilmente estrategias para escapar.

La interpretación de Cecil, al igual que tantas otras que derivan de ella, sitúa además la fuente de toda alteración de un modo demasiado específico en la pasión entre Heathcliff y Cathy, y pasa por alto el papel perturbador que tiene en la novela, de manera más general, el poder del deseo. El mundo de la Granja es vulnerable a la intrusión precisamente porque en ciertos aspectos la anhela. Como han señalado Sandra Gilbert y Susan Gubar, en su primera incursión en la Granja, Cathy, más que entrar en ese mundo, es capturada por él.[25] De hecho, Heathcliff y ella están en plena huida cuando un perro impide la fuga de Cathy y el sirviente la lleva al interior de la casa. Una vez se encuentra con ella, Edgar no puede dejarla marchar. A pesar de que es testigo de la violencia de su «verdadera naturaleza», que Nelly ve como su oportunidad de «¡A ver si escarmientas y te largas!», Edgar siente una atracción irresistible: «Su capacidad para marcharse era tan nula como la de un gato para dejar a un ratón mitad muerto o a un pájaro a medio comer» (libro I, cap. 8). Después de entrar en contacto con este mundo, no lo consigue controlar. Así, por ejemplo, cuando llevan a Cathy a la Granja para que convalezca, introduce allí la fiebre que mata a los padres de Edgar; y más adelante pierde también a su hermana frente a las fuerzas de las Cumbres, cuando Heathcliff se la lleva y se casa con ella.

[25] Sandra Gilbert y Susan Gubar, *The Madwoman in the Attic: the Woman Writer and the Nineteenth-Century Literary Imagination*, New Haven, Yale University Press, 1979, p. 271. [Traducción al castellano de Carmen Martínez Gimeno: *La Loca del desván: la escritora y la imaginación literaria del siglo XIX*, Madrid, Cátedra, 1998.]

El mundo de las Cumbres no es más seguro, ni tiene más capacidad de exclusión que la Granja. En consecuencia, aunque educar a Hareton en la brutalidad se convierte en el proyecto vital de Heathcliff, este no puede controlar el deseo que siente el joven hacia Catherine, y tiene que quedarse mirando, desconcertado, cómo todo su trabajo se viene abajo. Asimismo, ni el aislamiento ni la xenofobia de las Cumbres —«Por aquí no solemos congeniar con los extranjeros» (libro I, cap. 6)— bastan para protegerlas de la intrusión absolutamente inesperada de los forasteros. Primero, la familia se queda perpleja ante la admisión del «gitano baboso», Heathcliff; y luego atónita, una vez más, ante la aparición de Frances, la esposa de Hindley. Ambos intrusos llegan sin explicaciones, sin una historia previa, y ambos deben su entrada a los deseos del patriarca.

Afirmar, por tanto, que las fuerzas de la novela se reconcilian armoniosamente equivale a ignorar las dinámicas de atracción y repulsión, de inclusión y exclusión. La novela pone en escena la imposibilidad de la estabilidad, la vulnerabilidad de los límites y la futilidad de los intentos por controlarlos. Julia Kristeva subraya la naturaleza sisifea de este empeño en *Powers of Horrors*, donde analiza las formas en que:

> ... la subjetividad y la socialidad «correctas» requieren la expulsión de lo incorrecto, lo sucio y lo turbulento. Esta idea no es nueva, sino una variación del enfoque de Freud en *Tótem y tabú*, donde afirma que la civilización en sí se funda en la expulsión de los vínculos incestuosos «impuros». Lo que es nuevo es la aseveración de Kristeva de que lo excluido nunca puede ser eliminado por completo, sino que merodea en los límites de nuestra existencia, amenazando la unidad aparentemente asentada del sujeto con la perturbación y la posible disolución. Es imposible excluir estos elementos psicológica y socialmente amenazadores con carácter definitivo alguno.[26]

[26] Elizabeth Grosz, *Sexual Subversions*, p. 71.

Así pues, no es tanto el centro, como diría Yeats, lo que «no se sostiene», sino los márgenes. Con gran acierto, la novela termina evocando por un lado los fantasmas de Cathy y de Heathcliff, y apuntando por otro el rechazo del hombre convencional, Lockwood, a admitir tal posibilidad: «Deambulé en torno a ellas bajo aquel benigno cielo, contemplé el revoloteo de las mariposas nocturnas entre los brezos y las campánulas, escuché el suave soplo del viento al hendir la hierba, y me pregunté cómo podía ocurrírsele a nadie que aquellos durmientes fueran a tener un sueño desapacible en aquella apacible tierra» (libro II, cap. 20).

PAULINE NESTOR

Cronología:
vida y obra de Emily Brontë

1818   El 30 de julio nace Emily Jane Brontë, quinta hija del reverendo Patrick Brontë y de Maria Branwell. Hermanos mayores: Maria, Elizabeth, Charlotte y Branwell. Hermana menor: Anne.

1820   El 17 de enero nace Anne Brontë. En abril la familia se traslada a la parroquia de Haworth.

1821   El 15 de septiembre muere la madre.

1824   El 25 de noviembre Emily se une a sus hermanas Maria, Elizabeth y Charlotte en la escuela Cowan Bridge para hijas del clero (escuela que Charlotte retrató en *Jane Eyre* bajo el nombre de Lowood).

1825   El 14 de febrero mandan a casa a Maria, enferma. Muere el 6 de mayo.
        El 31 de mayo mandan a casa a Elizabeth, enferma. Sacan a Charlotte y a Emily de la escuela al día siguiente. Elizabeth muere el 15 de junio.

1826   Los cuatro hijos supervivientes escriben juntos «obras» inspiradas originalmente por las remesas de soldaditos de juguete de Branwell.

1831   Emily y Anne comienzan a crear sus propias historias, conocidas como la saga Gondal.

1835   El 29 de julio Emily asiste a la escuela Roe Head. Añora su hogar y regresa a Haworth después de solo tres meses, con la salud «rota». Anne ocupa el lugar de Emily en Roe Head.

1836   El 12 de julio aparece el primer poema de Emily, «Will the day be bright or cloudy?».

1837   Emily compone otros diecinueve poemas.

1838   Emily empieza a dar clases como maestra adjunta en la escuela femenina de Law Hill. Una vez más, su salud se resiente. Regresa a casa entre marzo y abril de 1839. Escribe veintiún poemas más.

1838-42 Emily lleva escritos más de la mitad de los poemas que se han conservado.

1841   Una nota del diario de Emily del 30 de julio informa: «Ahora mismo hay un plan en ciernes para establecernos en una escuela propia».

1842   En febrero Emily acompaña a Charlotte a Bruselas, a la escuela femenina de M. Heger. El 29 de octubre muere la tía Elizabeth Branwell. Charlotte y Emily regresan de Bruselas al recibir la noticia. Emily se niega a volver con Charlotte para estudiar allí otro año. En diciembre, cada una de las tres hermanas Brontë (y una prima) heredan unas 300 libras de la tía Branwell.

1844   Emily copia sus poemas en dos libros titulados *Gondal Poems* y *EJB*.

1845   El 30 de junio Emily y Anne se marchan tres días a York, una excursión lejos de casa inusual para Emily. «Nuestro primer viaje largo solas». En otoño, Charlotte descubre el manuscrito de poemas de Emily y convence a sus hermanas para que publiquen una antología conjunta de su poesía.

1846   En mayo los poemas se publican bajo seudónimo como *Poems by Currer, Ellis and Acton Bell*, a cuenta de las hermanas.

El 4 de julio Charlotte escribe al editor londinense Henry Colburn para ofrecerle «tres historias, de un volumen cada una, con la posibilidad de editarse juntas o por separado» (esto es, *El profesor*, de Charlotte, *Cumbres Borrascosas*, de Emily, y *Agnes Grey*, de Anne).

1847   En octubre Charlotte publica *Jane Eyre* con una gran acogida por parte de la crítica, después de que su primera intentona, *El profesor*, fuese rechazada por un sinfín de editores.

Cumbres Borrascosas se publica en diciembre en una sola edición junto con *Agnes Grey*, de Anne.

1848   El 24 de septiembre muere Branwell y el 19 de diciembre muere Emily.

1849   El 28 de mayo muere Anne.

1850   En diciembre Charlotte publica una nueva edición de *Cumbres Borrascosas* (junto con *Agnes Grey*, una «Nota biográfica» [incluida en esta edición] y poemas escogidos de Emily y Anne), en la que normaliza el estilo idiosincrático de Emily y censura su vigorosa expresión.

1854   Charlotte se casa con Arthur Nicholls el 29 de junio.

1855   El 31 de marzo muere Charlotte.

NOTA A ESTA EDICIÓN

Querido lector:

Esta segunda edición de *Cumbres Borrascosas* responde a la necesidad de enriquecer la primera, publicada en 2012, haciendo debida justicia a dos escollos estrechamente relacionados a los que se enfrenta el traductor de *Wuthering Heights* y que hasta la fecha no han sido abordados: la ambientación de la novela en los Moors de Yorkshire y la caracterización de algunos personajes mediante el uso del dialecto propio de la región, que se remonta a los albores de la lengua inglesa.

En el centenar de traducciones españolas de *Wuthering Heights* realizadas hasta el momento, incluida la mía, el término *moor* ha sido traducido por «páramo» y, en algún caso, por «pantano». Sin embargo, en calidad de topónimo, los Moors evocan un lugar concreto en el Condado de Yorkshire (conocido como el «Condado de Dios»), tan inclemente bajo la nieve como celestial cuando los brezos en flor tiñen de malva sus ondulantes colinas. No en vano afirma el señor Lockwood hacia el final de la novela: «No hay nada más inhóspito en invierno ni más divino en verano que esas cañadas encajonadas entre cerros y esos escarpados y abruptos collados cubiertos de brezo». La omnipresencia en el paisaje no solo de brezo, sino también de ciénagas y turba, me orientó para inscribir la historia no en un «páramo», sino en unos «brezales húmedos».

Además, estos cuentan con un rico ecosistema, como indican los términos *moorgame y moorcock,* aplicados a los lagópodos y urogallos específicos de la zona —por desgracia, esa especificidad se pierde en español, ya que en virtud de su nombre científico se les llama «escoceses»—, y *moor sheep,* la oveja de raza swaledale, que sí he calificado de «oveja de los brezales».

El paisaje, además de incidir en la flora y la fauna, lo hace en los humanos: determina su físico y su mente y, por ende, la lengua en que se expresan. Ello da pie a una gran variedad de registros mediante los que Emily Brontë establece diferencias de clase que abarcan toda la escala social. Por un lado se halla el señor Lockwood, representante de la burguesía capitalina del sur y, por otro, el resto de los personajes, pertenecientes a las élites y el proletariado del norte. Los terratenientes se expresan en un inglés más o menos estándar, y los sirvientes en un dialecto más o menos puro, a excepción de la señora Dean, que, pese a su condición de gobernanta, hace gala de una lengua muy cuidada, equiparable a la de sus amos, aunque rociada como la de estos con lo que no sin cierto esnobismo el londinense tilda de «provincianismos de escasa relevancia». Entre los empleados, el abanico lingüístico abarca desde el sirviente Joseph, cuyo idiolecto le sitúa en el rango más bajo de su estamento, hasta el ama de llaves Zillah, cuyo inglés apenas salpimentado con dejes populares la ubica en el más alto, dándose entre ambos todas las gradaciones.

La traducción dialectal sigue siendo uno de los mayores retos de la teoría y la práctica de la traducción, y la única manera de normalizarla es llevarla a la práctica. Así, valiéndome de procedimientos lingüísticos similares a los utilizados por la autora, he ideado un habla que podría llamarse un «plurilecto», porque no lo he limitado a una región ni a un país, ni siquiera a un continente, sino que he aprovechado la riqueza añadida de nuestra lengua a ambos lados del Atlántico. En el caso de Joseph, para señalar la particularidad de su lenguaje, además de recurrir a varios procedimientos a la vez como para los acentos más cerrados, he añadido la metátesis del diptongo «ie» y, en pos de la verosimilitud, he respetado las pocas oraciones exentas de rasgos dialectales en todo lo relativo a Dios.

De haberse tratado de una edición crítica habría domesticado menos el texto y lo hubiera acompañado de notas que incluyesen no solo explicaciones de términos socioculturales intraducibles, sino también referencias a Shakespeare, Byron y la poesía de la propia Brontë. No siendo así, en un delicado equilibrio entre extranjerización y domesticación, para dar el color local he conservado expresiones como «no vale un ochavo», «no volvería a hacer una caminata semejante ni por los tres reinos de Gran Bretaña» (en este caso con ampliación lingüística) y su variante «¡no querría estar en tu lugar ni por un único reino!», y he conservado los siguientes términos no recogidos en el diccionario de la Real Academia Española, pero sí en internet: *Sabbath* [domingo protestante], *lascar* [marino o militar indio empleado en buques europeos], *sizar* [suerte de becario de Cambridge y Trinity College], *soberano* [moneda de oro del Reino Unido, acuñada desde 1817, equivalente a una libra esterlina], *negus* [vino de Oporto caliente mezclado con agua], *mulled ale* [cerveza caliente sazonada con azúcar y especias] y *glee* [especie de madrigal, puramente inglés, propio del siglo XVIII, para voces masculinas].

La domesticación no siempre es nociva, recordemos la película de Buñuel, *Abismos de pasión*, inspirada en *Wuthering Heights*, que, aunque está ambientada en México y no recoge toda la novela, preserva en absoluto su espíritu. De ahí que haya traducido las medidas inglesas, y, de haber sido posible, también habría alterado el título de la novela, que, en lugar de *Cumbres Borrascosas* —traducción acuñada por Cebrià de Montoliu en 1921 y perpetuada hasta nuestros días—, quedaría en *Picos Ululantes*, porque así como la orografía cristaliza en el nombre de Heathcliff (literalmente, «Riscobrezal»), el de su casa no solo la dota de sonido, sino también de sentido: por un lado, el término «ululantes» correspondería al adjetivo onomatopéyico dialectal *wuthering*, que imita el sonido del viento y, por otro, haciendo uso del género, inexistente en inglés, la masculinización del sustantivo *heights* contribuiría a subrayar el antagonismo entre ambas casas, la de labor, emplazada en las alturas y azotada por el viento, de la que se adueña el viril protagonista, y la de su afeminado rival, ubicada en el bucólico valle de «Cordera». Es más, en un experimento hasta ahora no realizado nunca, habría traducido los también reveladores nombres propios. Con todo, sí he traducido los elocuentes nombres de los perros —no así el de la gata Grimalkin, debido a sus connotaciones de hada de las montañas en las leyendas populares y de asistente profética de la primera de las tres brujas en *Macbeth*— y los no menos elocuentes topónimos ficticios Cordera, Susurro Corderil y Riscos del Buriel.

La recreación del habla de los sirvientes ha sido todo un reto. Solo me queda esperar que sepas interpretarla y que contribuya a arrancarte una sonrisa, cuando no una carcajada, un efecto sin duda intencionado para hacer más digerible esta «umbría» historia.

NICOLE D'A. A.

Cumbres Borrascosas

LIBRO I

1

1801. Vengo de hacer una visita a mi casero, el vecino solitario con el que tendré que tratar. ¡Esta es sin duda una tierra hermosa! No creo que habría podido decidirme por un enclave más apartado del mundanal ruido en toda Inglaterra. Es el paraíso perfecto para un misántropo, y el señor Heathcliff y yo somos la pareja idónea para repartirnos este yermo. ¡Un compañero estupendo! No imagina la simpatía que me inspiró cuando observé, según me acercaba a caballo, la suspicacia con que escondía los ojos negros bajo las cejas y que en el momento de anunciar mi nombre hundía aún más los dedos en su chaleco con celosa determinación.

—¿El señor Heathcliff? —dije.

Su réplica fue una inclinación de cabeza.

—Soy el señor Lockwood, su nuevo inquilino, señor. Me permito el honor de hacerle una visita nada más llegar para decirle que espero no haberle importunado con mi perseverante solicitud de ocupar la Granja de los Tordos. Ayer oí que tenía intención…

—Dispongo de la Granja de los Tordos, señor, como me place —interrumpió estremeciéndose—. Si pudiese evitarlo, no permitiría que nadie me importunara. ¡Pase!

Profirió el «pase» apretando los dientes, como queriendo decir: «¡Váyase al cuerno!». Ni siquiera la cancela contra la que se hallaba apoyado manifestó el menor movimiento de empatía con sus palabras; y creo que esa circunstancia me resolvió a aceptar su invitación: sentí interés por un hombre que parecía aún más exageradamente reservado que yo.

Al ver que mi caballo empujaba la barrera de lleno con el pecho se animó a sacar la mano para quitar la cadena y luego me precedió hurañamente por el camino empedrado. Cuando entrábamos en el patio ordenó:

—Joseph, hazte cargo del caballo del señor Lockwood; y sube vino.

«Supongo que la plantilla de empleados domésticos se reduce a uno —pensé al oír aquella orden múltiple—. No es de extrañar que la hierba crezca entre los adoquines y que el ganado sea el único que poda los setos».

Joseph era un hombre mayor; no, un viejo, quizá un anciano, aunque fuerte y fibroso.

—¡El Señor ampárenos! —dijo para sí con un trasfondo de irritada displicencia mientras me desembarazaba de mi caballo.

Me miraba con tal acrimonia que caritativamente conjeturé que precisaba auxilio divino para digerir el almuerzo y que su pía exclamación no guardaba relación alguna con mi intempestiva visita.

Cumbres Borrascosas es el nombre de la morada del señor Heathcliff. El elocuente adjetivo regional *wuthering* [ululantes] describe el tumulto atmosférico al que está expuesto el lugar en tiempo borrascoso. En efecto, en todo momento han de tener allí una pura y vigorizante ventilación. Es fácil imaginar el poderío con que sopla el viento del norte a juzgar por el excesivo sesgo de unos desmochados abetos ubicados en un extremo de la casa y una hilera de escuálidos espinos, todos con los miembros estirados en la misma dirección, como si imploraran limosna al sol. Por fortuna, el arquitecto de la casa tuvo la precaución de construirla con solidez: las angostas ventanas se hallan profundamente empotradas en la pared y grandes piedras de guarda protegen las esquinas.

Antes de franquear el umbral me detuve un momento a admirar una cantidad de tallas grotescas repartidas por toda la fachada, pero sobre todo en torno a la puerta principal, sobre la que entre una desenfrenada profusión de grifos en ruinas y niños desvergonzados detecté la fecha «1500» y el nombre «Hareton Earnshaw». Me habría gustado hacer algún comentario al respecto y solicitar de su hosco dueño una breve historia del lugar, pero su actitud en la puerta parecía exigir que entrara enseguida o saliera de allí para siempre, y no quería agravar su impaciencia antes de inspeccionar el sanctasanctórum.

Un limen nos condujo directamente a la sala de estar, porque no había recibidor ni pasillo introductorio. Aquí, por antonomasia, se denomina a esta pieza «la casa». Suele incluir cocina y sala, pero creo que en Cumbres Borrascosas el personal de la cocina ha tenido que batirse en retirada a otra dependencia, al menos oí un parloteo de lenguas y un estrépito de utensilios culinarios muy al fondo y no percibí ningún indicio de que estuvieran asando, hirviendo o cociendo nada en torno a la enorme chimenea, ni ningún destello de sartenes de cobre ni coladores de estaño en las paredes. Un rincón sí reflejaba de modo espléndido tanto la luz como el calor procedentes de unas hileras de inmensas fuentes de peltre, intercaladas con jarras y picheles de plata, apilados en un enorme aparador de roble hasta el techo. Este carecía de cielo raso y, ante un ojo inquisidor, toda su anatomía quedaba desnuda, salvo donde la ocultaba un armazón de madera cargado con tortas de avena y hacinamientos de perniles de vaca, cordero y jamón. Encima de la chimenea colgaban diversas viles y viejas escopetas y un par de pistolas de arzón, y tres botes pintados de abigarrados colores se hallaban dispuestos a lo largo del vasar a modo decorativo. El suelo era de piedra blanca y lisa, las sillas de alto respaldo y rudimentaria estructura estaban pintadas de verde y había una o dos, negras y pesadas, encubiertas en la sombra. Bajo el arco del aparador reposaba una enorme y parda perra de muestra, rodeada de un hervidero de cachorros chillones, y más perros ocupaban otros escondrijos.

La estancia y los muebles no habrían tenido nada de extraordinario si su dueño hubiese sido un sencillo granjero del norte, de voluntarioso semblante y fornidos miembros, realzados con calzones y polainas. En estas colinas, en un radio de ocho o nueve kilómetros es fácil ver a esa clase de individuo sentado en su sillón frente a una espumeante jarra de cerveza posada en una mesa redonda si uno aparece en su casa a la hora adecuada, después del almuerzo. Pero el señor Heathcliff contrasta de forma singular con su morada y su estilo de vida. Su aspecto es el de un gitano de piel oscura y, su atuendo y modales, los de un señor, es decir, cuan señor alcanza a ser un terrateniente rústico: bastante desaliñado quizá, pero esa negligencia no transmite desorden porque tiene buen porte y es bien parecido, aunque bastante taciturno. Es posible que alguna gente piense que adolece de un cierto orgullo maleducado, pero una fibra de simpatía en mi fuero interno me dice que no es eso. Sé por instinto que su reserva nace de su aversión a que se exhiban los sentimientos, a las manifestaciones de mutua amabilidad. Amará y odiará de la misma forma encubierta y estimará que es una suerte de impertinencia ser amado u odiado a su vez. No, voy demasiado rápido, le atribuyo mis propios rasgos con excesiva liberalidad. Es posible que las razones por las que el señor Heathcliff retira la mano cuando se topa con un aspirante a su amistad sean muy distintas de las que me mueven a mí a hacer lo propio. Quiero creer que mi temperamento es casi único: mi querida madre solía decir que yo nunca tendría un hogar acogedor y el verano pasado me demostré a mí mismo que era en absoluto indigno de él.

Estaba gozando un mes de buen tiempo en la costa cuando de improviso me vi en compañía de una criatura de lo más fascinante: una verdadera diosa a mis ojos, siempre que ella no se fijara en mí. «Nunca le descubrí mi amor» de forma verbal, pero, si las miradas hablaran, el más idiota habría advertido que me tenía embelesado. Por fin me comprendió y me correspondió con la mirada más dulce que quepa imaginar. Y ¿qué hice yo? Lo confieso avergonzado: me replegué glacialmente como un caracol. A cada mirada de ella me mostraba más frío y distante, hasta que al final la pobre inocente llegó a dudar de su propio juicio y, abrumada y confusa por su presunto error, convenció a su madre de que se marcharan.

Estas curiosas mudanzas de humor me han granjeado la fama —solo yo puedo decir cuan poco merecida— de ser deliberadamente despiadado.

Tomé asiento en un extremo del hogar, del lado opuesto al que se dirigía mi casero, y llené un intervalo de silencio con una tentativa de acariciar a la madre canina, que había abandonado a sus cachorros y pasaba furtiva y lobunamente por detrás de mis piernas frunciendo el hocico, mostrando sus blancos dientes y haciéndosele agua la boca por un bocado.

Mi caricia provocó un prolongado y gutural gruñido.

—Haga el favor de dejar a la perra en paz —gruñó a su vez el señor Heathcliff mientras frenaba demostraciones más feroces con un puntapié—. No está acostumbrada a que la mimen; no la tenemos de mascota.

Luego, dirigiéndose a grandes zancadas hacia una puerta lateral, gritó de nuevo:

—¡Joseph!

Joseph masculló algo confuso desde las profundidades de la bodega, pero no dio señales de subir, por lo que su amo se precipitó escaleras abajo en su busca dejándome frente a frente con la perra rufiana y un par de fieros y peludos perros pastores que compartían con ella una celosa vigilancia de todos mis movimientos.

Como no quería entrar en contacto con sus colmillos, permanecí sentado, pero, por desgracia, pensando que aquellos animales no entenderían los insultos tácitos, me di el gusto de hacer guiños y muecas al trío, y algún cambio en mi fisonomía irritó tanto a madame que de repente montó en cólera y me saltó a las rodillas. La arrojé al suelo y me apresuré a interponer la mesa entre nosotros. Aquello sublevó a toda la caterva: media docena de diablos cuadrúpedos de diversos tamaños y edades salieron de sus ocultas guaridas al centro común. Sentí que mis talones y la orilla de mi abrigo se hallaban particularmente sujetos al asalto y en tanto que intentaba repeler con el atizador a los combatientes más grandes me vi obligado a exigir en voz alta la asistencia de algún habitante de la casa para restablecer la calma.

El señor Heathcliff y su sirviente subieron la escalera de la bodega con irritante flema. No creo que lo hicieran un segundo más rápido de lo habitual, y eso que el hogar era una auténtica tempestad de mordiscos y gañidos.

Por fortuna, una ocupante de la cocina actuó con mayor premura: una dama lozana que traía el vestido arremangado, los brazos desnudos y las mejillas encendidas entró a todo correr blandiendo una sartén, y utilizó esa arma y la lengua con tal resolución que la tormenta amainó como por arte de magia. Cuando su amo entró en escena solo quedaba ella, palpitando como el mar tras un vendaval.

—¿Qué demonios pasa? —preguntó clavándome una intolerable mirada después de aquel trato tan poco hospitalario.

—¡En efecto, qué demonios! —murmuré—. Ni una piara de cerdos poseídos estaría habitada por peores espíritus que esos animales suyos, señor. ¡Lo mismo sería dejar a un extraño con una camada de tigres!

—No se meten con personas que no tocan nada —observó poniéndome una botella delante y volviendo a colocar la mesa en su sitio—. Los perros hacen bien en vigilar. ¿Vaso de vino?

—No, gracias.

—Mordido no, ¿verdad?

—De haberlo hecho, habría estampado al animal con mi sello.

Heathcliff relajó el rostro hasta esbozar una abierta sonrisa.

—Vamos, vamos, señor Lockwood —dijo—, está usted alterado. Tome un poco de vino. Las visitas son tan sumamente raras en esta casa que mis perros y yo, estoy dispuesto a reconocerlo, casi no sabemos cómo recibirlas. ¡A su salud, señor!

Me incliné y devolví el brindis. Empezaba a sentir que no sería conveniente seguir enfurruñado por la mala conducta de una jauría de perros de mala raza; además, no estaba dispuesto a proporcionar mayor diversión a aquel individuo a mi costa, puesto que su humor parecía haber virado en esa dirección.

Él, seguramente movido por prudentes consideraciones acerca de la insensatez de ofender a un buen inquilino, relajó un tanto su lacónico estilo de omitir pronombres y verbos auxiliares, e inició una conversación sobre las ventajas y desventajas de mi actual lugar de retiro pensando que ese sería un tema de mi interés.

Por los asuntos que tocamos me pareció un hombre muy inteligente y antes de marcharme a casa me sentía tan animado que ofrecí hacerle otra visita al día siguiente.

Era obvio que no deseaba que reiterara mi intrusión. Iré de todos modos. Es pasmoso lo sociable que me siento comparado con él.

2

La tarde de ayer se anunció neblinosa y fría. Tuve la tentación de pasarla junto al fuego de mi despacho en lugar de caminar por brezos y lodo hasta Cumbres Borrascosas.

Con todo, después de almorzar (lo hago entre las doce y la una; el ama de llaves, una matrona que vino con el mobiliario de la casa, no pudo o no quiso entender mi petición de que me sirviera a las cinco), al subir la escalera con ese indolente designio y entrar en la estancia vi a una joven sirvienta que, postrada de hinojos y rodeada de cepillos y carboneras, echaba montones de ceniza sobre las llamas para extinguirlas, levantando con ello un polvo infernal. Aquel espectáculo me echó atrás en el acto. Agarré mi sombrero y tras una caminata de más de seis kilómetros llegué a la cancela del jardín de Heathcliff, justo antes de que empezaran a caer los primeros plumosos copos de una nevada.

En la inhóspita cima de esa colina, la tierra se hallaba endurecida por una escarcha negra y el aire me hacía tiritar de pies a cabeza. Viéndome incapaz de retirar la cadena, salté la barrera. Eché a correr por el empinado camino de piedra, orillado por desordenadas matas de grosella espinosa, y llamé en vano a la puerta para que me abrieran, hasta que los nudillos me escocieron y los perros se pusieron a aullar.

—¡Malditos! —exclamé para mis adentros—. Merecéis el aislamiento perpetuo de vuestra especie por tan grosera falta de hospitalidad. Yo al menos no tendría las puertas atrancadas de día. No me importa, ¡entraré, sí o sí!

Agarré resueltamente el pestillo y lo sacudí con vehemencia. Joseph asomó su cabeza de avinagrado rostro a una ventana redonda del granero.

—¿Qué busca qui? —gritó—. L'amo ta hi nel redil. Si con él queire hablar, dé vuelta por tras del granero.

—¿No hay nadie dentro que me abra la puerta? —grité a mi vez.

—N'hay naide dentro eceto l'ama y non v'abrir por más k'arme tremenda bulla ta l'anochecía.

—¿Por qué? ¿No puede decirle quién soy, eh, Joseph?

—Non seré yo quein hágalo. Non queiro nada que ver con iso —murmuró la cabeza al desaparecer.

La nieve empezó a azotar con fuerza. Acababa de asir el pestillo para hacer un nuevo intento cuando de improviso apareció en el patio trasero un joven sin abrigo, que traía un horcón al hombro. Me gritó que le siguiera y tras atravesar a paso castrense un lavadero y una zona adoquinada, donde había una carbonera, una bomba y un palomar, llegamos por fin a la amplia, cálida y alegre estancia donde me recibieran la primera vez.

La habitación resplandecía deliciosamente con el fulgor de un inmenso fuego de carbón, turba y leña, y cerca de la mesa dispuesta para una abundante colación tuve el placer de contemplar a la «señora», una individua de cuya existencia no tenía la más remota idea.

Me incliné y esperé, pensando que me invitaría a tomar asiento. Se me quedó mirando reclinada en su silla, inmóvil y muda.

—¡Menuda borrasca! —observé—. Me temo, señora Heathcliff, que la puerta ha pagado por la indolente acogida de sus sirvientes: me ha costado horrores hacerme oír.

La mujer seguía sin abrir la boca. Yo clavaba los ojos en ella, y ella en mí. Sea como fuere, su mirada expresaba tal frialdad e indiferencia que se me hizo sobremanera embarazosa y desagradable.

—Siéntese —dijo el joven con brusquedad—. No tardará en llegar.

Obedecí. Carraspeé y llamé a la malvada Juno, que en este segundo encuentro se dignó menear la punta de la cola para indicar que me reconocía.

—¡Hermoso animal! —continué—. ¿Tiene intención de desprenderse de los pequeños, señora?

—No son míos —dijo mi amable anfitriona en un tono aún más repelente del que podría haber empleado el propio Heathcliff.

—¡Oh! ¿Sus preferidos son esos otros? —proseguí volviéndome hacia un oscuro almohadón cubierto con algo que parecían gatos.

—Extraña predilección —observó con desdén.

Por desgracia, se trataba de un rimero de conejos muertos. Volví a carraspear, me acerqué a la chimenea y repetí mi comentario sobre la tarde borrascosa.

—No haber venido —dijo al tiempo que se levantaba y tomaba del vasar dos de los botes pintados.

En la anterior posición, la mujer quedaba protegida de la luz. Ahora me era posible ver claramente su figura y su semblante. Era delgada y se me antojó que hacía muy poco que había dejado atrás la niñez: tenía un cuerpo admirable y la carita más delicada que haya tenido el placer de contemplar jamás; sus facciones eran menudas y muy bonitas; unos pequeños bucles muy rubios o, mejor dicho, dorados colgaban sueltos sobre su esbelto cuello y sus ojos, de haber tenido una expresión agradable, habrían resultado irresistibles. Por fortuna para mi vulnerable corazón, el único sentimiento que manifestaban oscilaba entre el desdén y una suerte de desesperación que en ese rostro resultaban especialmente antinaturales.

Casi no alcanzaba los botes. Hice ademán de ayudarla y se volvió hacia mí como haría un avaro al que ofrecieran ayuda para contar su oro.

—No quiero su ayuda —saltó—, puedo alcanzarlos yo sola.

—¡Usted perdone! —me apresuré a contestar.

—¿Le han invitado a tomar el té? —exigió saber atándose un delantal sobre el pulcro vestido negro y apoyando en el bote una cuchara repleta de hojas de té.

—Tomaré una taza con mucho gusto —repuse.

—¿Le han invitado? —reiteró ella.

—No —dije esbozando una vaga sonrisa—. Usted es la persona indicada para hacerlo.

Arrojó el té en el bote con cuchara incluida y, enfurruñada, regresó a su asiento frunciendo la frente y sacando hacia fuera el rojo labio inferior como una niña a punto de llorar.

A todo esto, el joven había colocado en la parte superior de su persona una prenda de vestir decididamente andrajosa e irguiéndose frente a la llamarada me miraba desde arriba con el rabillo del ojo como si entre nosotros se interpusiese una afrenta mortal aún no dirimida. Empecé a dudar que fuera un sirviente. Tanto su atuendo como su lenguaje eran groseros y estaban en absoluto desprovistos de la superioridad observable en el señor y la señora Heathcliff: sus gruesos rizos castaños eran ásperos y asilvestrados, las patillas le cruzaban las mejillas como un oso y tenía las manos curtidas de un bracero común. Sin embargo, su porte era relajado, casi altanero, y no manifestaba la menor diligencia en servir a la señora de la casa.

A falta de pruebas claras de su condición estimé que lo mejor era abstenerme de prestar atención a su curiosa conducta y, cinco minutos después, la entrada de Heathcliff vino a sacarme en cierta medida de aquella incómoda situación.

—¡Como ve, señor, he venido tal como prometí! —exclamé asumiendo un aire alegre—. Me temo que me quedaré aquí bloqueado durante una media hora, siempre que pueda ofrecerme cobijo durante ese tiempo.

—¿Media hora? —dijo mientras se sacudía de la ropa los blancos copos—. Me extraña que haya elegido el momento álgido de una tormenta de nieve para darse un paseo. ¿Sabe que corre peligro de perderse en las ciénagas? Aun la gente familiarizada con estos brezales húmedos se pierde más de una vez en tardes como esta y le aseguro que de momento no hay visos de que el tiempo mejore.

—Tal vez uno de sus mozos podría hacerme de guía; podría pernoctar en la Granja y regresar mañana por la mañana. ¿Qué me dice?

—No.

—¡Ah, vaya! Bien, en ese caso tendré que encomendarme a mi propia sagacidad.

—¡Bah!

—¿Vas a hacer el té o no? —exigió el del abrigo raído apartando de mí su feroz mirada y desviándola hacia la joven.

—¿Tomará él? —preguntó ella dirigiéndose a Heathcliff.

—Prepáralo, pardiez.

Mi casero pronunció la respuesta con tal violencia que me estremecí. El tono de sus palabras revelaba una genuina maldad. Ya no me inclinaba a calificar a Heathcliff de compañero estupendo.

—Ahora, señor, acerque su silla —me invitó cuando hubieron concluido los preparativos.

Todos nosotros, incluido el joven rústico, nos agrupamos en torno a la mesa y se hizo un sepulcral silencio mientras saboreábamos la colación.

Pensé que, si yo había sido el causante de aquella nube, mi deber era esforzarme por disiparla. No era posible que un día tras otro se sentaran a la mesa tan severos y taciturnos, ni que, por antipáticos que fueran, aquel ceño universal que traían fuese su semblante a diario.

—Es extraño —comencé mientras terminaba una taza de té y me servían otra—, es extraño hasta qué punto la costumbre puede llegar a conformar nuestros gustos y pensamientos; muchos no podrían imaginar que exista la felicidad en una vida tan completamente aislada del mundo como la que lleva usted, señor Heathcliff, y, sin embargo, me atrevería a decir que rodeado de su familia y teniendo a su amable señora de duende protector de su hogar y su corazón...

—¡Mi amable señora! —interrumpió él con una mueca de burla casi diabólica—. ¿Dónde está mi amable señora?

—Me refiero a la señora Heathcliff, su esposa.

—Oh, sí. ¡Ah! Usted sugiere que su espíritu, aun habiéndose separado del cuerpo, se ha asignado el puesto de ángel guardián y vela por la buena fortuna de Cumbres Borrascosas. ¿Es así?

Al percibir mi metedura de pata intenté corregirla. Debí haber reparado en que existía una diferencia de edad demasiado grande entre ambos para que pudiesen ser marido y mujer. Él rondaba los cuarenta, una etapa de vigor mental cuando los hombres no suelen albergar la ilusión de que una joven se case con ellos por amor —ese sueño está reservado para solaz de nuestros últimos años—, y ella no aparentaba más de diecisiete.

Luego se me hizo la luz. «A lo mejor su esposo es el fantoche que tengo a mi lado, ese que sorbe su té de un tazón y come pan sin haberse lavado las manos. Heathcliff hijo, claro. He aquí la consecuencia de haberse enterrado en vida: ¡la pobre se ha echado a perder poniéndose en manos de ese palurdo por pura ignorancia de que existían individuos mejores! Una verdadera lástima. Veremos si logro que se arrepienta de su elección».

Este último razonamiento podría parecer jactancioso, pero no lo es. Mi vecino me resultaba casi repulsivo y yo sé por experiencia que soy bastante atractivo.

—La señora Heathcliff es mi nuera —dijo Heathcliff corroborando mi suposición.

Al decir aquello dirigió una peculiar mirada a la joven, una mirada de odio, a menos que tenga un conjunto de músculos faciales en extremo perversos que se niega a interpretar como los de los demás el lenguaje de su alma.

—Ah, claro, ahora entiendo. Usted es el afortunado dueño del hada benéfica —observé volviéndome hacia mi vecino.

Aquello empeoró las cosas. El joven fue poniéndose cada vez más colorado y apretó el puño con todo el aspecto de estar preparando una embestida. Pero no tardó en refrenarse y vadeó el temporal mascullando una brutal maldición en mi contra, que me cuidé de ignorar.

—¡Se equivoca en sus conjeturas, señor! —observó mi anfitrión—; ninguno de los dos tenemos el privilegio de ser el amo de su hada madrina. Su compañero murió. Dije que era mi nuera, por tanto tiene que haberse casado con mi hijo.

—Y ¿este joven es…?

—¡Desde luego, hijo mío no es!

Heathcliff volvió a sonreír, como si fuera una broma demasiado atrevida que alguien le atribuyese la paternidad de aquel oso.

—¡Mi nombre es Hareton Earnshaw —gruñó el otro—, y l'aconsejo que lo respete!

—No le he faltado al respeto —repuse riéndome para mis adentros de la dignidad con que se había presentado.

Me clavó la mirada más tiempo del que yo quería sostenérsela, porque temía acabar dándole un guantazo o haciendo audible mi hilaridad. Empezaba a sentirme inequívocamente incómodo en aquel ameno círculo familiar. La tétrica atmósfera espiritual antes superaba que neutralizaba las resplandecientes comodidades físicas del entorno, de modo que resolví ser cauteloso cuando me aventurase bajo aquellas vigas por tercera vez.

Como vi que el asunto del refrigerio había concluido y que nadie pronunciaba una palabra sociable me acerqué a una ventana para examinar el tiempo.

Vi un panorama penoso: la oscura noche caía prematuramente y el cielo y las colinas se confundían en un gélido y asfixiante remolino de viento y nieve.

—No creo que me sea posible llegar a casa sin un guía —no pude evitar exclamar—. Los caminos estarán sepultados y, aunque no lo estuvieran, no veré más allá de mi nariz.

—Hareton, mete a esa docena de ovejas en el cobertizo. Si las dejas en el redil toda la noche, se cubrirán de nieve. Y colócales una tabla delante —dijo Heathcliff.

—¿Cómo haré? —proseguí con creciente irritación.

No hubo respuesta a mi pregunta. Busqué a mi casero con la mirada, pero solo vi a Joseph, que traía un balde de avena para los perros, y a la señora Heathcliff, inclinada sobre el fuego y entretenida en quemar un pequeño fajo de cerillas que se había caído del vasar de la chimenea cuando restituía a su lugar el bote de té.

El primero, tras haber depositado su carga, hizo un crítico repaso a la habitación y rechinó con su voz cascada:

—N'enteindo cómo pues tar hi parao sin facer nada y pior, hora que saleiron toos. Mas er'un negao y non sirve pa nada hablar. ¡Nunca vas cambiar tus infames hábitos! ¡Vas ir derech'a l'infeirno como tu madr'enantes que tú!

Por un momento pensé que aquella muestra de elocuencia iba dirigida a mí; sintiéndome lo bastante colérico, avancé hacia el viejo granuja con toda la intención de sacarle de allí a patadas, pero la señora Heathcliff me frenó con su respuesta.

—¡Eres un viejo sinvergüenza y un hipócrita! —repuso—. ¿No tienes miedo de que el diablo se te lleve si pronuncias su nombre? Te lo advierto, abstente de provocarme o le pediré que me haga el favor especial de raptarte. Basta. Ojo, Joseph —prosiguió al tiempo que agarraba un grueso y oscuro libro de un estante—, verás cuánto he progresado en magia negra. No tardaré en estar en condiciones de valerme de ella para dejar esta casa bien limpia. ¡La vaca colorada no murió por casualidad y tú no puedes achacar tu reumatismo a un castigo providencial!

—¡Arpía, arpía! —gritó el anciano—. ¡El Señor líbrenos del mal!

—¡No, réprobo! Eres un paria. ¡Márchate o te haré daño de verdad! Os modelaré a todos en cera y arcilla, y al primero que rebase los límites que yo fije… No diré lo que le pasará, ¡ya lo veréis! ¡Vete, que te tengo puesto el ojo!

La brujita, que los tenía muy hermosos, asumió en ellos una expresión de simulada malicia, y Joseph, temblando de auténtico pavor, se escabulló a toda prisa rezando y profiriendo «arpía».

Pensé que la conducta de la joven debía de responder a una suerte de broma pesada y aproveché que estábamos solos para procurar despertar su interés por el trance en que me hallaba.

—Señora Heathcliff —dije muy serio—, disculpe que la moleste, pero me atrevo a hacerlo porque estoy seguro de que con ese rostro no puede por menos de tener buen corazón. Deme alguna indicación para que alcance a encontrar el camino de regreso. ¡Tan poca idea tengo yo de cómo llegar a mi casa, como usted tendría de cómo llegar a Londres!

—Desande el camino que hizo al venir —repuso acomodándose en una silla con una vela y aquel grueso libro abierto en su regazo—. Es un consejo sucinto, pero el más sensato que puedo darle.

—¿No le remorderá la conciencia si oye decir que me han encontrado muerto en una ciénaga o en un foso cubierto de nieve? ¿No se sentirá un poco culpable?

—¿De qué? Yo no puedo acompañarle. No me dejarían llegar ni hasta el final de la tapia.

—No pretendo que me acompañe usted. No se me ocurriría nunca pedirle que saliera de casa en una noche como esta para acomodarme a mí —exclamé—. Quiero que me indique el camino, no que me lo muestre. O, de lo contrario, que persuada al señor Heathcliff de que me facilite un guía.

—¿A quién? Aquí solo estamos él, Earnshaw, Zillah, Joseph y yo. ¿A cuál quiere?

—¿No hay mozos en la finca?

—No, hay los que le he dicho.

—En ese caso, no tendré más remedio que permanecer aquí.

—Eso debe acordarlo con su anfitrión. Yo no tengo ni voz ni voto.

—Espero que esto le haga escarmentar y no vuelva a hacer excursiones temerarias por estos montes —gritó la severa voz de Heathcliff desde la entrada de la cocina—. En cuanto a permanecer aquí, no tengo cuarto de huéspedes, de modo que, si se queda, deberá compartir cama con Hareton o Joseph.

—Puedo dormir en una silla de esta habitación —repuse.

—¡No, no! Sea rico o sea pobre, un extraño es un extraño. ¡No permitiré que nadie se enseñoree de la casa cuando bajo la guardia! —dijo el miserable grosero.

Aquel insulto acabó con mi paciencia. Proferí entre dientes mi indignación, le aparté para salir al patio y en mi apresuramiento choqué contra Earnshaw. La oscuridad era tal que no encontraba la salida y al volver sobre mis pasos oí otro ejemplo de la cortés conducta que observaban entre ellos.

Al principio el joven parecía dispuesto a ayudarme.

—L'acompañaré ta'l parque —dijo.

—¡Le acompañarás al infierno! —prorrumpió su amo o lo que fuera de él—. Y ¿quién se encargará de los caballos, eh?

—La vida de un hombre es más importante que dejar de atender a los caballos una noche. Alguien tiene que ir —murmuró la señora Heathcliff con mayor amabilidad de la que esperaba.

—¡No bajo tus órdenes! —repuso Hareton—. Si algo t'importa este señor, será mejor que cierres el pico.

—Pues ¡espero que su fantasma te acose y que el señor Heathcliff no vuelva a encontrar a un inquilino hasta que la Granja sea una ruina! —respondió ella con aspereza.

—¡Cucha, cucha, ta'chándoles el mal d'ojo! —murmuró Joseph al ver que me dirigía hacia él.

Se hallaba sentado cerca, ordeñando las vacas a la luz de un candil. Se lo arranqué sin ceremonias y, gritando que se lo haría llegar al día siguiente, me precipité hacia el postigo más próximo.

—Amo, amo, ta rubando'l quinqué —gritó el anciano persiguiéndome en mi retirada—. ¡Eh, Gruñón! ¡Eh, perro! ¡Eh, Lobo! ¡Pillarle, pillarle!

Apenas abrí el portillo, dos monstruos peludos se abalanzaron sobre mi cuello, dieron con mis huesos en el suelo y apagaron la luz, al tiempo que las carcajadas conjuntas de Heathcliff y Hareton remachaban mi rabia y humillación.

Por fortuna, los animales parecían más dispuestos a estirar las patas, bostezar y menear la cola que a devorarme vivo. Pero no iban a consentir la menor resurrección, por lo que me vi obligado a permanecer tumbado en el suelo hasta que a sus malvados dueños les viniera en gana liberarme. Cuando lo hicieron, sin sombrero y temblando de ira, ordené a aquellos sinvergüenzas que me permitiesen salir. Les advertí con diversas e incoherentes amenazas que, si me retenían un minuto más, corrían el riesgo de ser objeto de tan virulentas represalias que, por su indefinida profundidad, les sabrían a rey Lear.

La vehemencia de mi agitación me provocó un copioso sangrado de nariz, lo que no impidió que Heathcliff continuara riéndose, y yo increpándole. No sé qué habría puesto fin a esa escena si no llega a hallarse presente otra persona bastante más sensata que yo y más benévola que mi anfitrión. Era Zillah, la corpulenta ama de llaves, que acabó saliendo para conocer la causa de aquel tumulto. Pensó que uno de ellos me había agredido y no atreviéndose a atacar al amo dirigió su artillería vocal hacia el granuja más joven.

—¡Vaya, señor Earnshaw —exclamó—, qué tramará después! ¿Hora hemos d'asesinar a la gente en las puertas de casa? Ya veo que ta casa no's pa mí. ¡Mire a ese probe zagal! ¡S'ahoga! ¡Chis, chis! No puede quedarse ansí, entre que lo cure. Muy bien, tese quieto.

Dicho aquello, me echó una inesperada pinta de agua helada por la nuca y, tirando de mí, me introdujo en la cocina. El señor Heathcliff, cuyo involuntario regocijo se había disipado por completo, entró detrás de nosotros con su habitual desabrimiento.

Me sentía sobremanera enfermo, mareado y débil, por lo que no tuve más remedio que aceptar hospedaje bajo su techo. Heathcliff dijo a Zillah que me sirviese una copa de coñac y pasó de largo hacia una estancia interior. Ella, compadecida de mi lamentable situación, habiendo obedecido las órdenes de su amo (por lo que me sentí revivir un tanto), me condujo hasta mi cama.

3

Mientras me precedía escaleras arriba me recomendó que escondiera la vela y que no hiciese el menor ruido porque el amo tenía una peregrina idea sobre el aposento donde iba a instalarme y no accedía nunca de buen grado a que nadie durmiera allí.

Pregunté por qué motivo.

Repuso que no lo sabía. No llevaba en esa casa sino un año o dos y sucedían tantas cosas extrañas que no había tenido tiempo de que aquello le despertara la menor curiosidad.

Demasiado aturdido como para sentir curiosidad a mi vez, atranqué la puerta y paseé la mirada por el aposento buscando la cama. El mobiliario se reducía a una silla, una cómoda y un gran arcón de madera de roble cuya parte superior contenía unas aberturas cuadradas que semejaban las ventanillas de una diligencia.

Me acerqué a esa estructura, miré en su interior y me percaté de que era una suerte de cama anticuada, muy extraña, convenientemente diseñada para obviar la necesidad de que cada miembro de la familia tuviera su propio cuarto. Formaba una pequeña alcoba e incluía una ventana cuyo alféizar servía de mesa.

Descorrí los paneles laterales, me metí dentro con la vela, los cerré y me sentí a salvo de la vigilancia de Heathcliff y de todos los demás.

El alféizar donde deposité la vela contenía un rimero de libros mohosos en una esquina, y el resto se hallaba cubierto de inscripciones rayadas en la pintura. Sin embargo, estas no consistían sino en un mismo nombre repetido con toda suerte de letras, grandes y pequeñas: «Catherine Earnshaw», con la variante aquí y allá «Catherine Heathcliff» y, aun, «Catherine Linton».

Presa de una apática languidez apoyé la cabeza contra la ventana y seguí deletreando una y otra vez «Catherine Earnshaw... Heathcliff... Linton», hasta que se me cerraron los ojos. Pero no los habría descansado ni cinco minutos cuando surgió de la oscuridad un destello de letras blancas, vívidas como espectros. El aire era un enjambre de «Catherines» y cuando me levanté para disipar aquel molesto nombre descubrí que el pabilo de mi vela se hallaba apoyado contra uno de los viejos tomos y perfumaba el lugar con un olor a piel de becerro chamuscada.

Apagué la vela y, sintiéndome muy incómodo debido a una fría y persistente náusea, me incorporé y abrí el dañado tomo sobre mi regazo. Era un Nuevo Testamento impreso en letra fina y despedía un espantoso olor a humedad. Una guarda llevaba la inscripción «Catherine Earnshaw, su libro» y una fecha de cerca de un cuarto de siglo atrás. Lo cerré y agarré otro, y luego otro, hasta que los hube examinado todos. La biblioteca de Catherine era selecta, y su estado de deterioro era la prueba de que se le había dado buen uso, aunque con un fin no del todo legítimo. Solo un capítulo se había librado de los comentarios escritos a pluma —al menos tenían aspecto de comentarios— que llenaban todos los espacios en blanco dejados por el impresor.

Algunos consistían en frases sueltas, otros adquirían forma de metódico diario, todo ello garabateado con una inmadura mano infantil. En la parte superior de una página en blanco, cuyo hallazgo debió de constituir todo un tesoro, me divirtió mucho ver una excelente caricatura de mi amigo Joseph dibujada con toscos aunque poderosos trazos.

Aquello me despertó un inmediato interés por esa desconocida Catherine y en el acto me puse a descifrar sus desdibujados jeroglifos.

«Un domingo terrible —empezaba el párrafo al pie de la caricatura—. Ojalá mi padre estuviera aquí. Hindley es un sustituto detestable, su comportamiento con Heathcliff es atroz. H. y yo vamos a rebelarnos: dimos el primer paso esta tarde.

»Ha estado lloviendo a cántaros todo el día. No pudimos ir a la iglesia, de modo que Joseph tuvo que congregar a sus feligreses en la buhardilla y, mientras Hindley y su esposa gozaban del calor de un cómodo fuego abajo —no precisamente ocupados en leer sus Biblias, puedo dar fe de ello—, nos ordenó a Heathcliff, a mí y al infeliz gañán que subiésemos con nuestros devocionarios. Nos sentamos en fila en un saco de trigo, gimiendo y tiritando y deseando que Joseph también tiritara para que abreviara su homilía por su propio bien. ¡Vano pensamiento! El oficio duró tres horas exactas y encima mi hermano tuvo la desfachatez de decir cuando nos vio bajar:

»—¿Cómo? ¿Ya habéis terminado?

»Los domingos por la tarde solía permitírsenos jugar si no hacíamos demasiado ruido. ¡Ahora basta una risita para que nos pongan de cara a la pared!

»—Olvidáis que aquí mando yo —dijo el tirano—. ¡Al primero que me saque de mis casillas le hago papilla! ¡Insisto en una seriedad y un silencio absolutos! ¡Vaya! ¿Has sido tú? Frances, querida, tírale del pelo cuando pases por su lado. Le he oído chasquear los dedos.

»Frances tiró a Heathcliff del pelo con saña y luego fue a sentarse en el regazo de su esposo; pasaron de esa guisa varias horas como dos criaturas, besándose y diciendo tonterías por los codos, haciendo gala de una estúpida verborrea, digna de vergüenza.

»Nos acomodamos lo mejor que pudimos bajo el arco del aparador. Yo acababa de atar nuestros delantales uno con otro y los había colgado a modo de cortina cuando entró Joseph, que venía de la cuadra con una misión. Derribó mi invento, me dio un guantazo y gruñó:

»—L'amo ta recéin bajo teirra y'l Sabbath aun tovía non acabó. Además ¡aun tovía habéis el sonío de l'evangelio nos oíos y atrevíes de brincar! ¡Disgraciaos! ¡Sentaros, niños infames! Ahí teníes libros buenos bastante pa leer; ¡sentaros y pensar en las vuestras almas!

»Acto seguido nos obligó a colocarnos de manera que pudiéramos recibir del lejano fuego un tenue rayo que iluminase el texto de los tochos que nos arrojó. Aquella actividad me resultaba insoportable. Agarré el pringoso libro por el lomo y lo lancé a la caseta del perro jurando que odiaba los libros píos. Heathcliff lanzó el suyo al mismo lugar de una patada. ¡La que se armó!

»—¡Amo Hindley! —gritó nuestro capellán—. ¡Amo, venga qui! ¡La señoíta Cathy rancó la solapa d'*El yelmo de la salvación* y Heathcliff pisotó la primer palte de *L'ancho camín de la perdición*! Es tremendo que déjelos siguir ansí. ¡Aj! ¡El veijo daríales su merecío, mas ya non ta con nos!

»Hindley abandonó precipitadamente su paraíso junto al hogar y agarrándonos a él por el cogote y a mí por el brazo nos arrojó a la trascocina, donde como aseveró Joseph "el dianche" iría a buscarnos con toda certeza. De este modo consolados, cada cual buscó un escondrijo en espera de su advenimiento.

»Yo agarré este libro y un tintero de un estante, entorné la puerta de la casa para que entrara un poco de luz y ahora llevo veinte minutos escribiendo, pero mi camarada está impaciente y propone que nos apropiemos de la capa de la lechera y que con ese abrigo hagamos una escapada a los brezales. Una agradable sugerencia. Además, si a ese malhumorado viejo le da por entrar, pensará que se ha cumplido su profecía. No sentiremos más la humedad y el frío bajo la lluvia que aquí».

Supongo que Catherine llevaría a cabo su proyecto, porque en la frase siguiente cambiaba de tema y se ponía lacrimosa.

«¡Nunca imaginé que Hindley me haría llorar hasta este punto! Me duele tanto la cabeza que ni siquiera puedo apoyarla en la almohada, pero no puedo parar. ¡Pobre Heathcliff! Hindley le tilda de vagabundo y le tiene prohibido sentarse a la mesa con nosotros. Dice que él y yo no podemos jugar juntos y amenaza con echarle de casa si desobedecemos sus órdenes.

»Echa la culpa a nuestro padre (¡cómo se atreve!) por tratar a H. con demasiada liberalidad y jura que le bajará los humos…».

Empezaba a cabecear sobre la página borrosa y los ojos se me iban del manuscrito a la página impresa. Vi un rojo y ornamentado título que rezaba: «Setenta veces siete y el primero de los primeros setenta. Pío sermón pronunciado por el reverendo Jabes Branderham en la capilla del Susurro Corderil». Y mientras me devanaba los sesos en un estado de semiinconsciencia para intentar adivinar cómo desarrollaría Jabes Branderham su tema me arrellané en la cama y me dormí.

¡Ay de los efectos de un té malo y de la mala sangre! ¿Qué otra cosa pudo hacerme pasar una noche tan espantosa? Desde que tengo capacidad de sufrimiento no recuerdo nada ni remotamente comparable.

Empecé a soñar casi antes de haber perdido la noción de dónde estaba. Creía que había amanecido y que me encaminaba a casa, acompañado de Joseph, que ejercía de guía. El camino se hallaba sepultado bajo varios metros de nieve y, a medida que avanzábamos debatiéndonos, mi acompañante me agobiaba con continuos reproches por no haber traído mi bordón de peregrino. Me decía que no lograría entrar en casa sin él mientras blandía jactanciosamente una «cachiporra», como supe que se llamaba.

Por un momento me pareció absurdo que pudiese necesitar un arma así para entrar en mi propia vivienda. Luego se me hizo la luz. No me dirigía allí: íbamos a oír al famoso Jabes Branderham, que predicaba a partir del texto «Setenta veces siete». Uno de los tres, Joseph, el predicador o yo, había cometido el «primero de los primeros setenta» e iba a ser desenmascarado y excomulgado en público.

Llegamos a la capilla. En la vida real he pasado por allí dos o tres veces en mis paseos. Se halla ubicada en una cuenca elevada entre dos colinas, próxima a una ciénaga, cuya humedad, según dicen, posee el don de embalsamar los pocos cadáveres que allí se depositan. El tejado aún se conserva intacto, pero, como el estipendio del clérigo es de apenas veinte libras al año y la casa no tiene sino dos habitaciones que amenazan con convertirse en una, ningún clérigo quiere asumir la función de pastor, sobre todo porque dicen que su rebaño preferiría dejarle morir de hambre que incrementar sus rentas con un solo penique de su bolsillo. Pero en mi sueño Jabes tenía numerosos y atentos feligreses. ¡Qué sermón el suyo, Dios mío! ¡Se hallaba dividido en *cuatrocientas noventa* partes, cada una tenía la misma extensión que un discurso habitual desde el púlpito y cada una versaba sobre un pecado distinto! ¿De dónde los sacaría? No sabría decirlo. Interpretaba el término a su manera y parecía necesario que el hermano cometiera un pecado distinto en cada ocasión.

Los pecados eran de naturaleza muy extraña: se trataba de raras transgresiones que jamás habría imaginado que existieran.

¡Oh, qué agotamiento sentía! ¡Cómo me retorcía, bostezaba, cabeceaba y volvía en mí! ¡Cuántas veces me pellizqué, pinché, froté los ojos, levanté, senté de nuevo y di un codazo a Joseph para que me indicara si aquello tendría fin!

Estaba condenado a oírlo todo. Por fin llegó al «Primero de los primeros setenta». En aquel decisivo momento una repentina inspiración descendió sobre mí. Algo me movió a levantarme y a delatar a Jabes Branderham como el pecador del pecado que no tiene perdón de Dios.

—Señor —exclamé—, he aguantado de un tirón, sentado entre estas cuatro paredes, los cuatrocientos noventa apartados de su discurso y le he perdonado. Setenta veces siete he agarrado mi sombrero y he querido marcharme. Setenta veces siete me ha obligado absurdamente a regresar a mi asiento, pero cuatrocientas noventa y una ya no. ¡Hermanos mártires, duro con él! ¡Derribadle y moledle a palos para que la morada que le conoce no le vuelva a reconocer!

—¡Tú eres el Hombre! —vociferó Jabes tras una solemne pausa inclinándose sobre el pretil—. Setenta veces siete contorsionaste el rostro bostezando y setenta veces siete consulté con mi alma. ¡Ved, he aquí la debilidad humana, eso también puede absolverse! El primero de los primeros setenta ha venido. ¡Hermanos, aplicadle la sentencia que está escrita! ¡Gloria es esta para todos sus santos!

Con esas últimas palabras, la asamblea en pleno, enarbolando sus bordones de peregrino, me rodeó como un solo cuerpo y, como yo no tenía un arma que blandir en defensa propia, inicié una lucha cuerpo a cuerpo con Joseph, mi asaltante más cercano y feroz, para quitarle la suya. En la confluencia de esa multitud se cruzaron varias porras, golpes dirigidos a mí caían sobre otros cráneos. La capilla no tardó en retumbar con los porrazos que unos daban y otros recibían. La mano de cada hombre se alzaba contra su prójimo, y Branderham, que no quería quedarse sin hacer nada, prodigaba su celo con una lluvia de sonoros golpes contra los tablones del púlpito, que reverberaron de tal forma que, por fin, para mi indecible alivio, me despertaron.

Pero ¿qué me había sugerido ese tremendo tumulto? ¿Qué había desempeñado el papel de Jabes en la pelea? ¡Era la rama de un abeto que a cada ráfaga de viento gemía y golpeteaba sus piñas secas contra los cristales de mi ventana!

Agucé el oído unos instantes con recelo; luego, tras haber detectado la rama que incordiaba, me di media vuelta, me dormí y volví a soñar, pero de forma aún más desagradable que antes si cabe.

Esta vez era consciente de que me hallaba en la alcoba de roble y oía con toda nitidez el viento borrascoso y el azote de la nieve. Oía también el enervante golpeteo de la rama de abeto y lo atribuía a su verdadera causa, pero me molestaba tanto que decidí tratar de silenciarla. Creí que me levantaba para intentar abrir la ventana. El gancho estaba soldado a la argolla, una circunstancia que ya había advertido estando despierto, pero que había olvidado.

«¡Tengo que detenerla como sea!», murmuré mientras rompía el cristal con el puño y sacaba el brazo para agarrar la inoportuna rama, pero ¡mis dedos se cerraron sobre los de una manita fría como el hielo!

Se apoderó de mí el intenso pavor de la pesadilla. Intenté retirar el brazo, pero esa mano se aferraba a él y una voz tristísima sollozaba:

—¡Ábreme! ¡Ábreme!

—¿Quién eres? —pregunté pugnando por liberar el brazo.

—Catherine Linton —repuso la temblorosa voz. (¿Por qué me vino a las mientes «Linton»? Había leído «Earnshaw» veinte veces más que «Linton»)—. He vuelto a casa. ¡Me había extraviado en el brezal!

Mientras la voz hablaba divisé la cara borrosa de una niña asomada a la ventana. El terror me volvió cruel y, viendo que era inútil tratar de librarme de aquella criatura, apreté su muñeca contra el cristal roto y la froté de lado a lado hasta que la sangre brotó y empapó las sábanas. Pero ella seguía gimiendo: «¡Ábreme!», sin aflojar su tenaz agarre. Casi enloquecí de miedo.

—¿Cómo quieres que lo haga? —dije al final—. ¡Suéltame si quieres que te abra!

Relajó los dedos; yo retiré los míos por el agujero, apilé a toda prisa los libros en forma de pirámide contra el hueco y me tapé los oídos para no oír aquella lastimosa súplica.

Me parecía que los había tenido tapados más de un cuarto de hora, pero en cuanto volví a escuchar ¡oí que aquella triste voz continuaba quejándose!

—¡Largo de aquí! —grité—. ¡Jamás te dejaré entrar, ni aunque me lo estuvieses rogando durante veinte años!

—Han transcurrido veinte años —lloró la voz—, veinte años. ¡He sido una vagabunda durante veinte años!

A continuación oí que arañaban débilmente el cristal y la pila de libros se movió como si la empujaran desde fuera.

Intenté levantarme de un salto, pero no podía mover ni un dedo, por lo que, muerto de miedo, lancé un frenético grito.

Ante mi confusión, descubrí que mi grito no era imaginario. Percibí un rumor de pasos que se acercaban presurosos a la puerta de mi aposento. La abrió una mano vigorosa y el brillo de una trémula luz entró por las aberturas que había en lo alto de mi cama. Me senté, sin dejar de temblar, y me enjugué el sudor de la frente. El intruso pareció vacilar y murmuró algo entre dientes.

Al final dijo casi en un susurro, sin aguardar respuesta:

—¿Hay alguien aquí?

Pensé que lo mejor era confesar mi presencia, porque reconocí la voz de Heathcliff y temí que prosiguiera su búsqueda si permanecía callado.

Con ese propósito, me di la vuelta y abrí los paneles. Nunca olvidaré el efecto que tuvo mi acción.

Heathcliff se hallaba junto a la entrada, en pantalón y mangas de camisa; tenía el rostro blanco como la pared y una vela le goteaba en los dedos. Al primer crujido del roble se sobresaltó como si hubiese recibido una descarga eléctrica, y la vela que traía salió despedida a cerca de un metro de distancia; su agitación era tan extrema que apenas podía recogerla.

—No soy sino su huésped, señor —grité deseoso de evitarle la humillación de seguir exhibiendo su cobardía—. He tenido la desgracia de gritar en sueños debido a una espantosa pesadilla. Siento haberle molestado.

—¡Ah, Dios le maldiga, señor Lockwood! Ojalá estuviera usted en… —comenzó mi anfitrión al tiempo que posaba la vela en una silla porque no alcanzaba a sujetarla con pulso firme—. ¿Puede saberse quién le ha acomodado en este cuarto? —prosiguió clavándose las uñas en la palma de la mano y rechinando los dientes para dominar las convulsiones maxilares—. ¿Quién ha sido? ¡Estoy por echar de casa en este mismo instante a quien haya sido!

—Ha sido Zillah, su sirvienta —repuse saltando al piso y recogiendo mi ropa a toda prisa—. No me importaría que la echara, señor Heathcliff, lo tiene bien merecido. Supongo que quería tener a mi costa una prueba más de que la habitación está embrujada. Bueno, lo está. ¡Está plagada de fantasmas y trasgos! Hace bien en tenerla cerrada, se lo aseguro. ¡Nadie le agradecerá una cabezada en semejante madriguera!

—¿Por qué lo dice? —preguntó Heathcliff—. ¿Qué está haciendo? Acuéstese y termine de pasar la noche, ya que está aquí, pero ¡por el amor de Dios!, no vuelva a hacer ese espantoso ruido. ¡No tiene excusa posible, a menos que le estuvieran degollando!

—¡Si esa diablilla hubiese entrado por la ventana, doy por seguro que me habría estrangulado! —repuse—. No pienso volver a padecer el acoso de sus espléndidos antepasados. ¿No era el reverendo Jabes Branderham pariente de usted por parte de madre? Y en cuanto a esa insolente Catherine Linton o Earnshaw o comoquiera que se llame, ¡esa mala pécora tiene que haber sido una niña cambiada! Me dijo que lleva veinte años vagando sobre la tierra, ¡sin duda un merecido castigo por sus transgresiones mortales!

En cuanto hube pronunciado esas palabras recordé que en el libro también había leído el nombre de Heathcliff, asociado con el de Catherine. Había borrado ese detalle en absoluto de mi mente hasta que fui despertado de aquella manera. Me ruboricé por mi falta de consideración, pero me apresuré a añadir, sin mostrar mayor conciencia de mi ofensa:

—La verdad, señor, es que he pasado la primera parte de la noche… —Aquí me frené en seco. Estaba por decir «leyendo esos viejos libros», lo que habría revelado que conocía su contenido manuscrito, además del impreso, de modo que, corrigiéndome, proseguí—:… deletreando el nombre grabado en ese alféizar. Una actividad monótona con la que esperaba conciliar el sueño, como contar o…

—¿Cómo se atreve a hablarme así? —rugió Heathcliff con salvaje vehemencia—. ¿Cómo? ¿Cómo se atreve, hallándose bajo mi techo? ¡Dios! ¡Habla usted como un demente!

Se golpeó la frente con rabia.

Yo no sabía si ofenderme por sus palabras o si continuar explicándome, pero mi anfitrión se mostraba tan hondamente afectado que me apiadé de él y seguí contándole mis sueños. Le aseguré que nunca antes había oído el nombre «Catherine Linton», pero que de tanto leerlo me había causado tan honda impresión que se había personificado cuando yo ya no tenía control sobre mi imaginación.

Mientras yo hablaba, Heathcliff había ido retrocediendo poco a poco hasta entrar en el refugio de la cama, donde se sentó, quedando casi escondido. Sin embargo, adiviné por su irregular y entrecortada respiración que luchaba por vencer un violento acceso de emoción.

Para disimular que advertía su conflicto seguí aseándome ruidosamente, miré mi reloj e inicié un soliloquio acerca de lo larga que se me estaba haciendo la noche:

—¡No son ni las tres! Habría jurado que eran las seis; aquí el tiempo se eterniza. ¡Serían las ocho cuando nos fuimos a acostar!

—En invierno, siempre a las nueve y a las cuatro en pie —dijo mi anfitrión sofocando un gemido.

Por la sombra de su brazo deduje que hacía un rápido gesto para enjugarse una lágrima.

—Señor Lockwood —añadió—, puede trasladarse a mi cuarto. Si baja tan temprano no hará sino estorbar. Su pueril alboroto ha dado al traste con mi sueño.

—Lo mismo digo —repuse—. Saldré a dar un paseo por el patio hasta que amanezca y luego me iré. Y no tema, no repetiré mi intrusión. Estoy en absoluto curado de buscar la compañía del prójimo, y ello tanto en el campo como en la ciudad. Lo sensato es hallar compañía suficiente en uno mismo.

—¡Encantadora compañía! —murmuró Heathcliff—. Agarre la vela y váyase a donde le plazca. Enseguida estaré con usted. Pero no se le ocurra salir al patio, porque los perros están sueltos. Y la casa… allí monta guardia Juno… así que… nada, solo puede andar por la escalera y los pasillos… Pero ¡lárguese ya! ¡Yo iré dentro de dos minutos!

Obedecí en cuanto a lo de salir del aposento, pero, como ignoraba adónde conducían aquellos angostos pasillos, me detuve en el umbral. En ese momento, sin querer fui testigo de una escena de superstición protagonizada por mi casero que desmentía extrañamente su aparente cordura.

Se encaramó a la cama, abrió violentamente la ventana y se deshizo en un incontrolable mar de lágrimas.

—¡Entra! ¡Entra! —sollozaba—. ¡Cathy, por favor, ven! ¡Por favor, aunque sea por última vez! ¡Oh! ¡Prenda de mi corazón, escúchame por esta vez! ¡Catherine, por fin!

El espectro mostró las veleidades propias de su condición: no dio señales de existir. Sin embargo, el viento y la nieve irrumpieron en salvajes torbellinos hasta donde yo estaba y extinguieron mi vela.

Había tal angustia en su efusión de dolor durante su desvarío que la lástima me llevó a obviar su locura. Me alejé con una mezcla de enojo por lo que había oído y de bochorno por haberle contado aquella ridícula pesadilla que le había acongojado de tal forma, aunque el motivo de su sufrimiento escapaba a mi comprensión.

Bajé con cautela a las regiones inferiores y aterricé en la trascocina, donde gracias a unos rescoldos agrupados en un montón compacto pude volver a prender la vela.

No se oía la menor señal de vida, salvo por una gata gris atigrada que salió sigilosamente de entre las cenizas y me saludó con un quejumbroso maullido.

Dos bancos semicirculares rodeaban el hogar casi por completo. Me tumbé en uno de ellos y Grimalkin se encaramó al otro. Ambos empezábamos a dar cabezadas, sin que nadie invadiera nuestro retiro, cuando Joseph bajó ruidosamente por una escalera de madera que desaparecía en el techo por una trampilla; imagino que conducía a su buhardilla.

Lanzó una siniestra mirada hacia la llamita que yo había logrado reanimar, echó a la gata y, ocupando su sitio, inició la operación de rellenar con tabaco una pipa de más de siete centímetros de largo. Era evidente que a sus ojos mi presencia en su santuario era una insolencia tan reprobable que no merecía el menor comentario. Aplicó la boquilla a sus labios sin mediar palabra, se cruzó de brazos y empezó a echar bocanadas de humo.

Le dejé gozar ese lujo sin molestarle. Cuando hubo exhalado la última espiral de humo con un profundo suspiro, se levantó y salió con la misma solemnidad que al entrar.

A continuación oí que entraban en la cocina unos pasos más ligeros. Abrí la boca para decir «buenos días», pero la cerré sin pronunciar el saludo. Hareton Earnshaw decía en un susurro sus oraciones, que consistían en una serie de improperios dirigidos a cada uno de los objetos que tocaba, mientras hurgaba en un rincón en busca de una pala o una azada para dejar el camino expedito de nieve. Miró por encima del respaldo del banco, dilató las aletas de la nariz y tuvo tan en poco intercambiar cortesías conmigo como con mi compañera la gata.

Sus preparativos me indujeron a pensar que ya era posible salir y, abandonando mi duro lecho, hice amago de seguirle. Él se percató, golpeó una puerta interior con la punta de la azada y mediante un inarticulado sonido me dio a entender que era allí donde debía ir si cambiaba de lugar.

Abrí y entré en la casa, donde las mujeres ya trajinaban: Zillah, armada con un enorme fuelle, avivaba lenguas de fuego que ascendían por la chimenea, y la señora Heathcliff, arrodillada en el suelo del hogar, leía un libro a la luz de la lumbre.

Interponía una mano entre el calor del fuego y sus ojos, parecía absorta en la lectura: solo la interrumpía para reñir a la sirvienta por cubrirla de chispas o para echar a un perro que de vez en cuando le arrimaba el hocico demasiado a la cara.

Me sorprendió ver que Heathcliff también se hallaba allí. Estaba de pie junto al fuego, de espaldas a mí, y acababa de montarle un tempestuoso número a la pobre Zillah, que de cuando en cuando interrumpía su labor para recoger la esquina de su delantal y lanzar un indignado gemido.

—Y ¿tú qué, despreciable...? —explotó cuando yo entraba dirigiéndose a su nuera con un inofensivo epíteto, como «ganso» o «pécora», pero que suele representarse mediante un asterisco—. ¡Ya estás otra vez con tus trazas de holgazana! ¡Aquí todo el mundo se gana el pan, menos tú, que vives de mi caridad! Recoge tu basura y busca algo que hacer. Me pagarás por el fastidio de tenerte eternamente ante la vista. ¿Me oyes, odiosa mujerzuela?

—Recogeré mi basura, porque, si me niego, utilizarás la fuerza —repuso la joven mientras cerraba el libro y lo arrojaba sobre una silla—. Pero ¡por más que me injuries y saques la lengua no haré sino lo que me plazca!

Heathcliff alzó la mano y ella se apartó de un salto para guardar una prudente distancia. Sin duda ya conocía su peso.

Como no tenía el menor deseo de presenciar una pelea entre perros y gatos fingí no haber oído aquel interrumpido altercado y avancé unos pasos como si quisiera compartir el calor del hogar. Tuvieron la cortesía de suspender sus hostilidades: Heathcliff, para evitar cualquier tentación, hundió los puños en sus bolsillos, y la señora Heathcliff hizo una mueca y se dirigió hacia un asiento apartado. Una vez allí mantuvo su palabra de desempeñar el papel de estatua durante el resto de mi estancia.

No la prolongué mucho tiempo. Decliné el ofrecimiento de compartir su desayuno y aproveché el primer resplandor del alba para escapar al aire libre. Hacía un tiempo despejado y sereno, pero frío como un impalpable hielo.

No había llegado al final del jardín cuando oí los gritos de mi casero, que ofrecía acompañarme hasta la linde del brezal. Menos mal que lo hizo, porque toda la falda de la colina se había convertido en un blanco y ondulante océano. Crestas y vaguadas no se correspondían con las elevaciones y depresiones del terreno. Muchos hoyos se hallaban cubiertos de nieve, y cadenas enteras de montículos formados por los residuos de las canteras se habían borrado del mapa que quedara grabado en mi mente durante el paseo del día anterior.

Había observado que a un lado del camino, a intervalos de cinco o seis metros, una hilera de piedras erguidas se extendía a lo largo de toda esa tierra baldía: las habían levantado y encalado con el propósito de que sirvieran de guía en la oscuridad cuando una nevada como aquella confundiera los hondos pantanos que bordean el camino con la tierra más firme. Pero, salvo algún punto gris que descollaba aquí y allá, todo rastro de su existencia había desaparecido y, en múltiples ocasiones, mi acompañante halló necesario advertirme de que me desviara hacia la derecha o la izquierda cuando yo pensaba que seguía correctamente los recodos del camino.

Intercambiamos pocas palabras y al llegar a la entrada del parque de Los Tordos se detuvo y me dijo que a partir de allí ya no había pérdida. Nuestra despedida se redujo a una rápida inclinación de cabeza, tras lo que seguí adelante encomendándome a mis propios medios, porque la caseta del portero seguía desocupada.

Entre la verja y la casa media una distancia de tres kilómetros, y creo que me las arreglé para que se convirtieran en seis, porque me perdí entre los árboles y me hundí hasta el cuello en la nieve, un aprieto en el que hay que haber estado para apreciarlo. En cualquier caso, fueran cuales fuesen los rodeos que di, el reloj daba las doce cuando entré en casa, lo que equivale exactamente a una hora por kilómetro y medio del camino habitual desde Cumbres Borrascosas.

Mi humano mobiliario y sus satélites salieron a mi encuentro, exclamando alborozados que me habían dado por muerto. Conjeturaban que había perecido la noche anterior y se preguntaban cómo harían para ir por mis restos.

Les pedí que, como ya estaba de regreso, se tranquilizaran y, aterido hasta los huesos, me arrastré escaleras arriba. Después de haberme mudado de ropa y haber paseado de un lado para otro durante treinta o cuarenta minutos para entrar en calor me he trasladado a mi despacho. Me siento débil como un gatito, quizá demasiado para gozar el alegre fuego y el humeante café que la sirvienta me ha preparado para reanimarme.

4

¡Qué veleidosas veletas somos! Yo, que había resuelto mantener-
me al margen de todo trato social y agradecía mi buena estrella
porque por fin había encontrado un lugar casi inaccesible; yo, un
pobre infeliz que había librado un combate contra la soledad y el
desánimo hasta el atardecer, al final me vi obligado a arriar ban-
dera y bajo pretexto de recabar información sobre las necesidades
del personal a mi servicio pedí a la señora Dean que cuando trajera la cena me hiciera compañía, albergando la viva esperanza de
que resultara ser la típica chismosa y de que su cháchara, o bien
me levantara los ánimos, o bien me arrullara hasta dormirme.

—Lleva un tiempo considerable viviendo aquí —comencé—.
Me dijo que dieciséis años, ¿verdad?

—Dieciocho, señor. Vine a servir a la señora cuando se casó. Al
morir ella, el amo me retuvo en calidad de ama de llaves.

—Eso es.

Se produjo un silencio. Temí que solo fuera una chismosa en
lo tocante a sus propios asuntos, porque para mí estos carecían del
menor interés.

Sin embargo, tras quedarse pensativa un rato, apoyando los puños en las rodillas y exhibiendo una nube de meditación en su
rubicundo semblante, exclamó:

—¡Oh, los tiempos han cambiado mucho desde entonces!

—Sí —observé—, imagino que habrá visto muchos cambios.

—Así es. Y también desgracias —dijo.

«¡Ya sé: encauzaré la conversación hacia la familia de mi casero! —me dije—. Es un buen tema para empezar... y me gustaría conocer la historia de esa bonita y joven viuda, saber si es oriunda de estas tierras o, lo que es más probable, una exótica con la que no desean hallarse emparentados esos malhumorados indígenas». Con ese objeto pregunté a la señora Dean por qué Heathcliff alquilaba la Granja de los Tordos y prefería vivir en una casa y un emplazamiento tan inferiores.

—¿Acaso no le alcanza el dinero para mantener esa finca en buen estado? —pregunté.

—¿Dinero, señor? —repuso—. Tiene nadie sabe qué cantidad de dinero y su capital incrementa cada año. Sí, sí, es lo bastante rico como para vivir en una casa mucho mejor que esa, pero es muy verrugo, agarrado. Aunque tuviera intención de mudarse a la Granja de los Tordos, no desperdiciaría la ocasión de embolsarse unos cuantos cientos más si apareciera un buen inquilino. ¡No entiendo cómo puede ser tan codicioso cuando no tiene a nadie en el mundo!

—Parece que tuvo un hijo, ¿verdad?

—Sí, lo tuvo... Ha muerto.

—Y esa joven, la señora de Heathcliff, ¿es su viuda?

—Sí.

—¿De dónde es oriunda?

—Es hija de mi difunto amo, señor. Su nombre de soltera era Catherine Linton. ¡Yo la crie, pobrecilla! Sí, yo quería que el señor Heathcliff se trasladase aquí para que volviéramos a estar todos juntos.

—¡Cómo! ¡Catherine Linton! —exclamé pasmado.

Pero me bastó un minuto de reflexión para convencerme de que no se trataba de mi fantasmagórica Catherine.

—Es decir, que el apellido de mi antecesor —proseguí— era Linton, ¿no es así?

—Eso es.

—¿Y quién es ese Earnshaw, Hareton Earnshaw, que vive con el señor Heathcliff? ¿Son parientes?

—No. Él es sobrino de la difunta señora Linton.

—Ah, ¿primo de la señorita?

—Sí. Su esposo también era primo de ella. El uno por parte de madre y el otro por parte de padre. Heathcliff se casó con la hermana del señor Linton.

—He visto que encima de la puerta principal de Cumbres Borrascosas se halla grabado el nombre «Earnshaw». ¿Se trata de una familia muy antigua?

—Mucho, señor. Y Hareton es el último descendiente de esa familia, como Cathy es la última de la nuestra, de los Linton, quiero decir. ¿Ha estado usted en Cumbres Borrascosas? Perdone que se lo pregunte, pero me gustaría saber cómo está ella.

—¿La señora Heathcliff? Tenía muy buen aspecto y la encontré muy guapa, aunque creo que no es muy feliz.

—¡Ah, no me extraña! Y ¿qué le pareció el amo?

—Un tipo más bien áspero, señora Dean. ¿No es ese su carácter?

—¡Áspero como el filo de una sierra y duro como el pedernal! Cuanto menos se relacione con él, mejor le irá.

—Debe de haber pasado por muchas vicisitudes para acabar convertido en semejante patán. ¿Sabe algo de su historia?

—Es como la del cuco, señor. La conozco muy bien, salvo dónde nació, quiénes eran sus padres y cómo consiguió su primer dinero. Ha desplumado a Hareton como a un acentor común. ¡El desafortunado muchacho es el único en toda la parroquia que no sabe en qué medida ha sido estafado!

—Bien, señora Dean, haría una obra de caridad si me contara algo acerca de mis vecinos. Siento que, si me voy a la cama ahora, no descansaré. De modo que tenga la amabilidad de sentarse a charlar conmigo durante una hora.

—¡Con mucho gusto, señor! Permítame ir por mi labor de costura y luego me sentaré con usted el tiempo que desee. Pero ha pillado frío: le he visto tiritar. Le serviré unas gachas para que entre en calor.

La encomiable sirvienta se apresuró a salir de la estancia y yo me acuclillé junto al fuego. Notaba la cabeza caliente y el resto del cuerpo frío. Además, tenía los nervios y el cerebro tan excitados que estaba por ponerme a desvariar, de modo que me sentía, si no incómodo, sí bastante asustado (y sigo estándolo) de las posibles graves consecuencias de los incidentes de ayer y hoy.

La sirvienta no tardó en regresar con un tazón humeante y una cesta de costura. Depositó lo primero en el vasar de la chimenea y acercó su silla. Era evidente que estaba encantada de que me hallara tan sociable.

Antes de venirme a vivir aquí —comenzó sin esperar a que reiterara mi deseo de oír su relato—, pasaba el rato en Cumbres Borrascosas porque, como mi madre había criado al señor Hindley Earnshaw, el padre de Hareton, me había acostumbrado a jugar con sus hijos. Aunque no solo jugaba, también hacía recados, ayudaba a preparar heno e iba de un lado para otro por la finca, siempre dispuesta a hacer lo que me mandaran.

Una hermosa mañana de verano —recuerdo que empezaba la siega—, el señor Earnshaw, mi antiguo amo, bajó la escalera vestido con ropa de viaje y tras dejar dicho a Joseph lo que tenía que hacer durante el día se volvió hacia Hindley, Cathy y yo —porque me hallaba sentada a la mesa con ellos, comiendo avena— y habló a su hijo de la siguiente manera:

—Bien, caballero. Hoy me marcho a Liverpool… ¿Qué quieres que te traiga? Puedes pedirme lo que quieras, pero que sea algo pequeño porque haré el trayecto a pie. Son unos cien kilómetros de ida y otros tantos de vuelta. ¡Es un buen trecho!

Hindley pidió un violín. Luego el amo hizo la misma pregunta a la señorita Cathy y ella eligió una fusta, porque con seis añitos ya era capaz de montar cualquier caballo de la cuadra.

No se olvidó de mí, porque, aunque a veces era bastante severo, tenía buen corazón. Prometió traerme una bolsa repleta de peras y manzanas. Luego dio un beso de despedida a sus hijos y se marchó.

Los tres días que se prolongó su ausencia se nos hicieron muy largos; la pequeña Cathy preguntaba una y otra vez cuándo regresaría. La señora Earnshaw, que le esperaba para cenar la noche del tercer día, fue retrasando hora tras hora el momento de servir. Pero el señor no aparecía y al final los niños se cansaron de ir corriendo hasta la verja para ver si venía. Cuando hubo anochecido, su madre quiso mandarles a la cama, pero ellos le suplicaron apenados que les permitiera permanecer levantados. A eso de las once, el pestillo se alzó sin efectuar el menor ruido y el amo entró. Se desplomó en una silla entre risas y gemidos, y les pidió que no se le acercaran porque venía agotado: no volvería a hacer una caminata semejante ni aunque le ofrecieran los tres reinos de Gran Bretaña.

—¡Y todo para terminar muerto de cansancio! —dijo abriendo el gabán que traía en brazos a modo de fardo—. Mira esto, mujer. Nada en la vida me ha dejado más exhausto; y tendrás que aceptarlo como un don del cielo aunque sea tan oscuro que casi parece hijo del diablo.

Todos nos apiñamos a su alrededor y por encima de la cabeza de la señorita Cathy pude ver a un niño sucio, andrajoso y de pelo negro que ya tenía edad para andar y hablar. Es más, de cara parecía mayor que Catherine, pero cuando le pusieron de pie se limitó a mirar a su alrededor y a repetir una y otra vez una algarabía que nadie fue capaz de entender. Yo me asusté y la señora Earnshaw estuvo a punto de ponerle de patitas en la calle: se encolerizó y preguntó a su marido cómo se le había ocurrido traer a aquel gitano baboso a casa cuando ya tenían a sus propios rorros que alimentar y defender, qué pensaba hacer con él y si se había vuelto loco.

El amo trató de explicar el asunto, pero lo cierto es que estaba extenuado, y entre eso y los reproches de su esposa lo único que pude sacar en claro fue que le había encontrado muerto de hambre, desamparado y casi sin habla en las calles de Liverpool, donde lo había recogido con la intención de encontrar a su dueño. Dijo que nadie sabía de donde había salido y que, como tenía el tiempo y el dinero justos, había hallado preferible traerle a casa enseguida que correr con gastos inútiles allí, porque de ninguna manera iba a dejarle en el estado en que le había encontrado.

Bien, aquello terminó en que mi ama, de tanto quejarse, se tranquilizó un poco, y el señor Earnshaw me mandó que lavara al niño, le pusiera ropa limpia y le llevara a dormir con sus hijos.

Hindley y Cathy se contentaron con mirar y escuchar hasta que se hubo restablecido la calma. Luego ambos se lanzaron a hurgar en los bolsillos de su padre en busca de los presentes que les había prometido. El primero, que ya tenía catorce años, rompió a llorar como un bebé cuando sacó del gabán de su padre los pedazos de lo que había sido un violín, y Cathy, cuando se enteró de que por atender a aquel extraño mi amo había perdido la fusta, manifestó su mal genio haciendo una mueca burlona y escupiendo a la pobre criatura, lo que le valió un recio bofetón de su padre para que aprendiera a guardar las formas.

Ambos se negaron en redondo a que durmiera en su cama e, incluso, a que compartiera su cuarto. Yo no manifesté mayor sensatez que ellos, porque le dejé en el descansillo de la escalera con la esperanza de que a la mañana siguiente hubiera desaparecido. No sé si fue casualidad o que le atrajo la voz del amo, el caso es que se arrastró sigilosamente hasta la puerta del cuarto del señor Earnshaw, donde este le encontró cuando salió de su aposento. Se puso a indagar cómo había llegado hasta allí y me vi obligada a confesar la verdad. De forma que, como pago por mi cobardía y falta de humanidad, me echó de casa.

Aquel fue el primer contacto de Heathcliff con la familia. Cuando unos días más tarde regresé, porque no consideraba que mi expulsión fuera definitiva, descubrí que le habían bautizado como «Heathcliff». Ese había sido el nombre de un hijo de los señores Earnshaw que murió en la infancia y ese es el apelativo que le ha servido de nombre y apellido desde entonces.

La señorita Cathy y él se convirtieron en uña y carne, pero Hindley le odiaba y, a decir verdad, yo también. Es bochornosa la manera en que le fustigábamos y nos metíamos con él. Ni yo tenía la suficiente sensatez para ser consciente de mi injusto proceder ni el ama le defendió nunca cuando le maltratábamos delante de ella.

Se mostraba paciente y taciturno, quizá estuviera acostumbrado al maltrato, porque encajaba los guantazos de Hindley sin pestañear ni derramar una sola lágrima, y mis pellizcos solo le hacían contener la respiración y abrir los ojos como si se hubiera hecho daño accidentalmente y nadie tuviera la culpa. Esa capacidad de aguante enfurecía al viejo Earnshaw cuando descubría que su hijo atormentaba al pobre niño huérfano, como él le llamaba. Extrañamente, se encariñó con Heathcliff: creía cuanto le decía (lo cierto es que hablaba bien poco y cuando lo hacía solía decir la verdad) y desde luego le mimaba mucho más que a Cathy, que era demasiado traviesa y díscola para ser su favorita.

De modo que desde el primer momento sembró la discordia en casa. A la muerte de la señora Earnshaw, que aconteció menos de dos años después, el señorito había aprendido a ver en su padre antes a un opresor que a un amigo y, en Heathcliff, a un usurpador de sus privilegios y del afecto paterno; a fuerza de dar vueltas a esas injusticias se le fue agriando el carácter.

Yo compartí sus sentimientos durante un tiempo, pero cuando los niños enfermaron de sarampión y me tocó cuidarlos y echarme a la espalda las responsabilidades de una mujer adulta cambié de opinión. La vida de Heathcliff corrió serio peligro y en el punto culminante de su enfermedad me tuvo constantemente a la cabecera de su cama. Supongo que percibía que yo hacía cuanto estaba en mi mano por él y no atinaba a ver que lo hacía por obligación. No obstante, tengo que decir que era el niño más callado que jamás velara enfermera alguna. La diferencia entre él y los otros dos me indujo a ser más imparcial. Cathy y su hermano me acosaban sin cesar, mientras que él era sumiso como un cordero, aunque la poca guerra que daba se debía antes a su dureza que a su dulzura.

Por fin salió de aquel trance y el doctor aseveró que mis cuidados habían contribuido en gran parte a su sanación y me ensalzó por ello. Sus encomios me envanecieron y me nació cierta ternura hacia aquel ser por cuya causa los había merecido. Fue así como Hindley perdió a su última aliada. Sin embargo, tampoco es que yo perdiera la cabeza por Heathcliff; con frecuencia me preguntaba qué veía el amo tan digno de admiración en ese niño taciturno que nunca, que yo recuerde, le pagó su indulgencia con la menor muestra de gratitud. No es que se mostrara insolente con su benefactor, sencillamente era insensible, y eso que sabía muy bien que tenía ganado su corazón y que bastaba con que dijera una palabra para que toda la casa tuviera que complacer sus deseos.

A modo de ejemplo, recuerdo que en una ocasión el señor Earnshaw compró un par de potros en la feria de la parroquia y regaló uno a cada niño. Heathcliff eligió el más hermoso, pero el animal no tardó en quedarse cojo y, cuando su dueño lo advirtió, dijo a Hindley:

—Tienes que cambiar mi caballo por el tuyo. El mío no me gusta. Si no lo haces, le diré a tu padre que esta semana me has dado tres palizas y le enseñaré el brazo: lo tengo amoratado hasta el hombro.

Hindley le sacó la lengua y le dio un bofetón.

—Yo que tú lo haría de inmediato —insistió Heathcliff escapando al porche, porque se hallaban en la cuadra—. No tendrás más remedio que hacerlo, porque, si cuento lo de los golpes, te los devolverán con creces.

—¡Largo de aquí, perro! —gritó Hindley al tiempo que le amenazaba con una pesa de hierro que usaban para las patatas y el heno.

—Tírala —repuso él sin moverse—, luego iré a decirle que te has jactado de que me pondrás de patitas en la calle en cuanto se muera y ya veremos si no es a ti a quien echa en el acto.

Hindley le tiró la pesa al pecho y Heathcliff cayó al suelo. Pero enseguida se levantó como pudo, pálido y sin aliento. De no haber sido por mi intervención se habría presentado ante el amo en aquel estado y habría logrado una venganza absoluta con dejar que su condición hablara por él y revelar quién había sido el culpable.

—¡Está bien, gitano, toma mi potro! —dijo el joven Earnshaw—. Rezaré para que te rompa el pescuezo. ¡Tómalo y vete al infierno, miserable intruso! Despoja a mi padre de todo lo que tiene, pero luego enséñale quién eres, diablejo de Satanás. ¡Tómalo! ¡Ojalá te abra la cabeza a coces!

Heathcliff había ido a desatar al animal para llevárselo a su propio pesebre. Cuando pasaba por detrás del caballo, Hindley remachó su arenga asestándole un golpe que le hizo caer bajo sus pezuñas y, sin detenerse a comprobar si se habían cumplido sus esperanzas, huyó cuan rápido le permitían sus piernas.

Me sorprendió ver la frialdad con que el niño se levantó y prosiguió con lo que se proponía hacer, hasta intercambió las sillas de montar. Antes de entrar en casa se sentó en una bala de heno para que se le pasara el mareo que le había causado aquel violento golpe.

Me fue fácil persuadirle de que me permitiera echar la culpa de sus magulladuras al caballo. Le tenía sin cuidado lo que contáramos, había obtenido lo que quería. Es más, se quejaba tan rara vez de ese tipo de conmoción que yo de verdad pensaba que no era vengativo. Como usted oirá, estaba muy equivocada.

5

Con el paso del tiempo, el señor Earnshaw empezó a decaer. Había estado activo y sano, pero de improviso le abandonaron las fuerzas y, viéndose confinado en un rincón de la chimenea, se fue poniendo cada vez más irritable. Se ofendía por cualquier nimiedad, y la menor sospecha de desacato a su autoridad casi le ocasionaba un ataque de histeria.

Ello era especialmente notable cuando alguien intentaba dominar o imponerse a su favorito. Ponía especial celo en evitar que nadie le hablara mal; parecía habérsele metido en la cabeza que, precisamente porque él le apreciaba, todos le odiábamos y estábamos deseando jugarle una mala pasada.

Aquella parcialidad redundaba en perjuicio del zagal, porque, como los más amables de entre nosotros no queríamos irritar al amo, la consentíamos, y ese consentimiento no hacía sino alimentar el orgullo y el mal genio del niño. Pero en cierto sentido no podía ser de otra manera. En dos o tres ocasiones, las manifestaciones de desprecio por parte de Hindley, estando su padre cerca, causaron que el viejo montara en cólera: agarró el bastón para golpearle y se puso a temblar de rabia porque no era capaz de hacerlo.

Al final intervino nuestro coadjutor (por aquel entonces teníamos un coadjutor que compensaba sus magros ingresos dando clase a los pequeños Linton y Earnshaw, y cultivando él mismo su pequeña parcela de tierra), quien aconsejó al señor Earnshaw que mandara a Hindley al instituto. Este accedió, aunque de mala gana, porque decía que Hindley era un cero a la izquierda y que le mandara donde le mandase no llegaría nunca a nada.

Yo esperaba de todo corazón que aquello nos trajese paz. Me dolía pensar que el amo pudiera sufrir a causa de su buena acción. Yo creía, porque él así lo afirmaba, que lo que le causaba aquel desasosiego, propio de la vejez y la enfermedad, eran las riñas familiares, pero ¿sabe usted, señor?, lo cierto es que empezaba a fallarle todo el cuerpo.

No obstante, podríamos habernos llevado tolerablemente bien de no haber sido por dos personas: la señorita Cathy y Joseph, el sirviente, creo que usted le ha visto allí arriba. Era y seguramente sigue siendo el fariseo más aburrido y santurrón que jamás saqueara una Biblia con el único fin de acaparar para él todas las promesas y arrojar todas las maldiciones sobre sus semejantes. Su habilidad para sermonear y proferir discursos piadosos le había granjeado la confianza del señor Earnshaw y, cuanto más se debilitaba el amo, mayor influencia tenía Joseph sobre él.

No se cansaba de mortificarle con inquietudes relativas a la salvación de su alma y a la rígida educación que debía dar a sus hijos. Le inducía a mirar a Hindley como a un réprobo y no había noche que no rezongara con una sarta de embustes de cosecha propia contra Heathcliff y Catherine, pero siempre cuidándose de halagar la debilidad que Earnshaw tenía por el primero y depositando el grueso de la culpa sobre esta última.

Lo cierto es que Catherine hacía cosas que nunca he visto hacer a ninguna niña. Nos sacaba a todos de quicio cuarenta veces al día, o más: desde que bajaba la escalera por la mañana hasta que se iba a acostar no pasaba un minuto sin que temiéramos que hubiera hecho una de las suyas. Siempre tenía el ánimo por las nubes, y la lengua suelta; tan pronto cantaba como reía e increpaba a todo aquel que se negara a hacer lo mismo. Era una chiquilla vivaracha y asilvestrada, pero tenía los ojos más hermosos, la sonrisa más dulce y los pies más ligeros de toda la parroquia. Creo que en el fondo no deseaba ningún mal a nadie, porque cuando te hacía llorar de verdad no era raro que añadiera sus lágrimas a las tuyas, lo que te obligaba a serenarte para consolarla a ella.

Estaba en exceso encariñada con Heathcliff. El mayor castigo que podíamos infligirle era separarla de él, y eso que de todos nosotros era a ella a quien más regañaban por culpa del muchacho.

En los juegos, lo que más le gustaba era hacer de señora. Movía las manos con soltura y daba órdenes a sus compañeros. También lo intentó conmigo, pero le hice saber que yo no iba a tolerar sus cachetes y sus órdenes.

Ahora bien, el señor Earnshaw no entendía que sus hijos le gastasen bromas, porque siempre había sido estricto y riguroso con ellos. Y Catherine, por su parte, no lograba entender por qué su padre se enfadaba más y tenía menos paciencia en su condición de enfermo que cuando estaba sano y fuerte.

Sus agrios reproches despertaron en ella el perverso placer de provocarle. Cuando más contenta estaba era cuando la regañábamos todos a la vez y ella nos desafiaba con su intrépida e insolente mirada y sus mordaces palabras. Se mofaba de las religiosas maldiciones de Joseph, me atormentaba a mí y provocaba a su padre con lo que él más odiaba: le demostraba que su fingida insolencia (que el señor Earnshaw creía auténtica) tenía más influjo sobre Heathcliff que la bondad de él, y que el muchacho hacía siempre lo que ella quería, mientras que a él solo le obedecía cuando le venía en gana.

A veces, por la noche, después de haberse portado de la peor manera posible durante todo el día, se le acercaba toda mimosa para hacerse perdonar.

—No, Cathy —decía el viejo—, no puedo quererte. Eres peor que tu hermano. Ve a decir tus oraciones, hija, y pide a Dios que te perdone. ¡Temo que algún día tu madre y yo tengamos que lamentar haberte traído al mundo!

Al principio aquello la hacía llorar, pero luego, al verse continuamente rechazada, se endureció; y cuando yo le decía que se arrepintiera de sus ofensas y pidiera perdón, se echaba a reír.

Sin embargo, por fin llegó la hora que puso término a las miserias del señor Earnshaw en este mundo. Murió una tarde de octubre, tranquilamente sentado en su sillón junto al fuego.

Un fuerte viento que soplaba sin tregua alrededor de la casa rugía en la chimenea. Sonaba salvaje y tormentoso, pero no era frío y estábamos todos juntos. Yo me hallaba un poco alejada del hogar, entretenida con mi labor de costura, y Joseph leía la Biblia junto a la mesa (los sirvientes solíamos sentarnos en la casa una vez terminado nuestro trabajo). La señorita Cathy había estado enferma y permanecía muy quieta. Se hallaba apoyada en las rodillas de su padre, y Heathcliff, tumbado en el suelo, reclinaba la cabeza en el regazo de ella.

Recuerdo que el amo, antes de sumirse en un sopor, había estado acariciando los hermosos cabellos de su hija, porque le gustaba sobremanera verla cariñosa, y le dijo:

—¿Por qué no puedes ser siempre una niña buena, Cathy?

Ella volvió el rostro hacia él, se echó a reír y contestó:

—¿Y tú, padre, por qué no puedes ser siempre un hombre bueno?

Pero, en cuanto vio que volvía a hacerle enfadar, le besó la mano y le dijo que le cantaría una canción para que se durmiera. Se puso a cantar muy bajito, hasta que los dedos de él soltaron los de ella y la cabeza le cayó sobre el pecho. Entonces yo, temiendo que le despertara, le pedí que dejara de cantar y no se moviera. Permanecimos todos callados como ratones durante una buena media hora y habríamos continuado de esa guisa si Joseph, al terminar su lectura diaria del Evangelio, no se hubiese levantado diciendo que debía despertar al amo para que rezara sus oraciones antes de llevarle a la cama. Se le acercó, le llamó por su nombre y le tocó el hombro, pero el amo no se movía, de modo que agarró una vela y le miró.

Cuando depositó la vela de nuevo en su sitio pensé que algo iba mal. Joseph agarró a cada niño por un brazo y les dijo en un susurro que subieran enseguida y no hicieran ruido, que aquella noche rezaran sus oraciones ellos solos porque él tenía algo que hacer.

—Primero debo darle las buenas noches a papá —dijo Catherine echándole los brazos al cuello antes de que pudiéramos impedírselo.

La pobrecilla descubrió su pérdida en el acto.

—¡Oh, ha muerto, Heathcliff! ¡Ha muerto! —gritó.

Ambos se pusieron a dar unos alaridos que partían el corazón.

Yo me uní a su sonoro y amargo llanto, y Joseph preguntó por qué diantre bramábamos de aquella forma por un santo que estaba en el cielo.

Me mandó ponerme el abrigo y correr a Cordera en busca del médico y el coadjutor. Yo no veía de qué iba a servir ninguno de los dos en aquellos momentos. No obstante, fui, desafiando el viento y la lluvia, y regresé con uno: el médico. El otro dijo que vendría a la mañana siguiente.

Dejé que Joseph explicara lo ocurrido y subí corriendo al cuarto de los niños. La puerta estaba entornada y descubrí que, aunque ya era medianoche pasada, aún no se habían acostado. Sin embargo, estaban más tranquilos y no requerían mi consuelo. Los pobrecillos se consolaban mutuamente con mejores pensamientos que los que hubieran podido ocurrírseme a mí. Ningún coadjutor habrá imaginado jamás un cielo más hermoso que el que ellos describían con sus inocentes palabras. Y mientras los escuchaba, sin dejar de llorar, no pude evitar desear que continuáramos estando todos juntos y a salvo.

6

El señorito Hindley volvió a casa para el funeral, y lo que nos dejó pasmados y provocó las habladurías de los vecinos a diestra y siniestra fue que trajo consigo a su esposa.

No nos dijo nunca quién era ni dónde había nacido. Seguramente no tenía dinero ni nombre que la avalaran, porque de lo contrario Hindley no habría ocultado aquella unión a su padre.

Ella, por sí sola, no habría alterado demasiado el orden de la casa. Desde el momento en que cruzó el umbral se mostró encantada con cada objeto y cada circunstancia, salvo con los preparativos para el entierro y la presencia de los dolientes.

Su conducta en esos momentos de duelo me llevó a pensar que era medio dunda: se marchó corriendo a su cuarto y me pidió que la acompañara, cuando yo tenía que haber estado vistiendo a los niños. Permaneció allí sentada, temblando, juntando las manos y preguntando sin cesar:

—¿Se han marchado ya?

Luego empezó a describirme con histerismo la impresión que le causaba ver tanto luto. Se sobresaltaba, temblaba y acabó echándose a llorar. Cuando le pregunté qué le pasaba repuso que no lo sabía, pero ¡que tenía muchísimo miedo de morir!

La posibilidad de que ella muriera se me hacía tan remota como que muriera yo misma. Era muy delgada, aunque joven y de tez lozana, y los ojos le brillaban como dos diamantes. Lo cierto es que observé que se le aceleraba mucho la respiración cuando subía la escalera, que el menor inesperado ruido la hacía estremecerse y que a veces tosía de forma alarmante. Pero desconocía en absoluto lo que esos síntomas presagiaban y la verdad es que no me movieron a compasión. Por aquí no solemos congeniar con los extranjeros, señor Lockwood, a menos que ellos lo hagan primero con nosotros.

El joven Earnshaw había cambiado considerablemente en esos tres años de ausencia. Se hallaba más enjuto y pálido, y hablaba y vestía de manera muy distinta. El mismo día de su regreso nos dijo a Joseph y a mí que en adelante debíamos instalarnos en la trascocina y dejarle la casa a él. Traía el proyecto de enmoquetar y empapelar una habitación adicional para convertirla en gabinete, pero su esposa se mostró tan encantada con el suelo blanco, la enorme y resplandeciente chimenea, el aparador con los platos de peltre, la caseta del perro y el amplio espacio que había para moverse que no lo consideró necesario para acomodarla y abandonó su propósito.

Su cónyuge también se mostró muy contenta de haber encontrado a una hermana entre sus nuevos conocidos y al principio se dedicó a parlotear con Catherine, besarla, corretear con ella y colmarla de regalos. Sin embargo, se cansó muy pronto de ser cariñosa y, a medida que se volvía más huraña, Hindley se convertía en un tirano. Bastaba con que dijera unas palabras de antipatía hacia Heathcliff para despertar en Hindley todo su antiguo odio hacia el muchacho. Le desterró de su vista, le mandó vivir con los sirvientes, le privó de la instrucción del coadjutor y le conminó a abandonar las clases y labrar la tierra, obligándole a trabajar tan duro como cualquier mozo de la finca.

Al principio, Heathcliff sobrellevaba aquella degradación bastante bien, porque Cathy le enseñaba cuanto aprendía y salía a labrar o a jugar con él en los campos. Cuando constataron que el joven amo se había desentendido por completo de su conducta y sus actividades, se prometieron solemnemente el uno al otro criarse tan rudos como salvajes y optaron por evitarle en todo momento. Hindley ni siquiera habría insistido en que fueran a la iglesia los domingos de no haber sido por Joseph y el coadjutor, que le reprobaban su negligencia cuando se ausentaban, lo que le recordaba que debía mandar que azotaran a Heathcliff y que Catherine se quedara sin almuerzo o sin cena.

Sin embargo, una de las diversiones predilectas de los niños era escapar a los brezales por la mañana y permanecer allí todo el día, y el consiguiente castigo llegó a antojárseles insignificante y risible. Bien podía el coadjutor castigar a Catherine con aprenderse de memoria los versículos que quisiera y Joseph apalear a Heathcliff hasta que le doliera el brazo, que en cuanto volvían a estar juntos lo olvidaban todo, al menos el minuto cuando ideaban un malvado plan de venganza. Con frecuencia yo lloraba en silencio porque percibía que cada día se mostraban más temerarios y no me atrevía a pronunciar una sílaba por miedo a perder la precaria influencia que aún conservaba sobre aquellas desvalidas criaturas.

Un domingo por la tarde los echaron del salón por haber hecho ruido, o por alguna otra leve ofensa similar, y cuando fui a llamarlos para la cena no los encontré en ninguna parte.

Los buscamos por toda la casa, arriba y abajo, registramos el patio y las cuadras: se habían vuelto invisibles. Al final Hindley montó en cólera, nos mandó echar el cerrojo a las puertas y juró que pasarían esa noche a la intemperie.

Todos se fueron a dormir, salvo yo, que estaba demasiado angustiada para acostarme. Abrí mi ventana de celosía y, a pesar de la lluvia, asomé la cabeza para aguzar el oído, resuelta a saltarme la prohibición de mi amo y abrirles la puerta si regresaban.

Al rato percibí un rumor de pasos que subían la cuesta y la luz trémula de un quinqué traspuso la cancela.

Me cubrí la cabeza con un chal y salí corriendo para evitar que llamasen a la puerta y despertaran al señor Earnshaw. Allí estaba Heathcliff, solo; me llevé un buen susto.

—Pero ¿dónde está la señorita Catherine? —exclamé enseguida—. No habrá tenido ningún accidente, espero.

—En la Granja de los Tordos —repuso—, y yo también debería estar allí, pero no han tenido la delicadeza de invitarme como a ella.

—¡Esto te costará caro! —dije—. No te quedarás tranquilo hasta que te echen de casa. ¿Qué diantre os llevó hasta la Granja de los Tordos?

—Deja que me quite la ropa mojada y te lo contaré todo, Nelly —contestó.

Le pedí que se cuidara de no despertar al amo y, en tanto que él se desvestía y yo esperaba para apagar la vela, prosiguió:

—Cathy y yo nos escapamos del cuarto de la colada para salir a dar un paseo a nuestras anchas. Vimos luz en la Granja y se nos ocurrió ir a ver si los Linton pasaban la tarde del domingo tiritando en los rincones mientras sus padres comían y bebían a la luz de la lumbre entre cantos y risas. ¿Crees que es así? O ¿piensas que leen sermones y se dejan catequizar por un sirviente que les obliga a aprenderse una retahíla de nombres bíblicos si yerran en la respuesta?

—No, seguramente no —repuse—. Sin duda son niños muy buenos que no merecen el trato que se os da a vosotros por vuestra mala conducta.

—No empieces con tus sermones, Nelly —dijo—. ¡Bobadas! Echamos a correr desde la cima de Cumbres Borrascosas hasta el parque, sin parar. Catherine llegó exhausta porque iba descalza. Mañana tendrás que ir a la ciénaga por sus zapatos. Nos colamos por un seto roto, subimos la cuesta a tientas y nos plantamos en una jardinera que hay debajo de la ventana del salón. La luz provenía de allí. No habían cerrado los postigos y las cortinas estaban a medio correr. Desde ese lugar, encaramados en el zócalo y agarrados al alféizar de la ventana, ambos nos asomamos al interior. ¡Oh! ¡Qué hermosura! Vimos una casa espléndida, tapizada con alfombras carmesíes, sillas y mesas, también forradas de carmesí, y un techo blanquísimo con una cenefa de oro en cuyo centro una lluvia de gotas de cristal, colgadas de cadenas de plata, relucía a la luz de los cirios. El señor y la señora Linton no estaban. ¡Edgar y su hermana tenían toda la casa para ellos! ¡Bien podían estar contentos! ¡Para nosotros aquello hubiera sido como estar en el paraíso! Y ahora adivina qué hacían esos niños tan buenos… Isabella, que tendrá once años, uno menos que Cathy, yacía en un extremo de la habitación y chillaba como si las brujas estuvieran clavándole agujas al rojo vivo en todo el cuerpo. Edgar lloraba en silencio, de pie en el hogar, y en el centro de la mesa había un perrito sentado que meneaba la pata y gañía. Por sus acusaciones mutuas dedujimos que por poco lo habían despedazado vivo. ¡Qué idiotas! ¡No tenían mejor manera de divertirse! Se peleaban por tener en brazos un ovillo de pelo caliente y se habían echado a llorar, cada uno por su lado, porque después de haberse peleado por él ambos se negaban a agarrarlo. ¡Nos reímos abiertamente de aquellos consentidos, los despreciamos! ¿Cuándo me has visto a mí codiciar nada que Catherine deseara poseer? ¿Cuándo nos has pillado a solas tratando de divertirnos pegando gritos, llorando y revolcándonos por el suelo, cada uno en una punta de la habitación? Por nada del mundo cambiaría mi situación aquí por la de Edgar Linton en la Granja de los Tordos, ¡ni aunque tuviese el privilegio de despeñar a Joseph desde el tejado más alto de la casa y de pintar la fachada con la sangre de Hindley!

—¡Tranquilo, tranquilo! —interrumpí—. Aún no me has dicho, Heathcliff, por qué Catherine sigue allí.

—Te he dicho que nos echamos a reír —repuso—. Los Linton nos oyeron y se abalanzaron sobre la puerta, ambos a una. Hubo un silencio y luego gritos: «¡Ay, mami, mami! ¡Ay, papi! ¡Ay, mami, ven! ¡Ay, papi, ay!». Daban verdaderos alaridos, así como te lo imito. Hicimos un ruido espantoso para asustarlos aún más y luego nos descolgamos del alféizar porque alguien descorría los cerrojos y pensamos que era mejor huir. Yo llevaba a Cathy de la mano y le metía prisa, cuando de repente cayó al suelo.

»—¡Corre, Heathcliff, corre! —dijo en un susurro—. ¡Han soltado al dogo y me ha pillado!

»Ese endiablado perro le había apresado el tobillo, Nelly. Oí sus abominables bufidos. Cathy no gritó, ¡claro que no! No se habría dignado hacerlo ni aunque se hubiese hallado empalada en los cuernos de una vaca rabiosa. Pero yo sí lo hice: me puse a soltar maldiciones suficientes como para aniquilar a cualquier demonio en el seno de la cristiandad. Agarré una piedra y la metí entre las fauces del perro procurando con todas mis fuerzas que se la tragara. Por fin salió una bestia de sirviente con un candil, gritando:

»—¡Aprieta, Braco, aprieta!

»Sin embargo, cambió de tono cuando vio la presa de Braco. El animal se estaba asfixiando. Su enorme lengua colgaba amoratada y sus caídos belfos chorreaban una sanguinolenta baba. El hombre cargó a Cathy en brazos. En ese momento, ella vomitó, no de miedo, estoy seguro, sino de dolor. La llevó adentro y yo los seguí, farfullando maldiciones y amenazas.

»—¿Qué clase de presa traes, Robert? —preguntó el señor Linton desde la entrada.

»—Braco tie pillao a una niña, señor —repuso. Y luego, tratando de agarrarme a mí, añadió—: ¡Y qui hay un zagal con pinta d'uténtico desvergunzia! Siguro que los cacos mandáronlos entrar pola ventana pa k'abriesen la puelt'a toa la banda cuando 'tuviésemos dormíos y ansí poder sesinarnos a toos. ¡Y tú, cierra'l pico, roñoso ladrón deslenguao! Pagaraslo con la cárcel. ¡Señor Linton, non guarde l'escopeta!

»—¡No, no, Robert! —dijo el viejo tontaina—. Estos granujas habrán sabido que ayer era mi día de recaudo y los muy ladinos querían sacar tajada. Pase, que les daremos su merecido. Vamos, John, vaya a poner la cadena. Jenny, dele un poco de agua a Braco. ¡Hay que ver, desafiar a un juez de paz en su propia casa, y encima un domingo! ¡Qué insolencia! ¡Oh! Ven a ver, querida Mary. No te asustes, no es sino un niño, aunque frunce tanto el ceño que consideraría beneficioso para toda la comarca ahorcarle en el acto y evitar que manifieste su vileza con sus actos, además de con sus facciones.

»Me empujó debajo de la araña; la señora Linton se colocó los lentes en la nariz y levantó los brazos, horrorizada. Los cobardes de sus hijos se acercaron sigilosamente.

»—¡Ez horripilante! Enciérrale en la bodega, papá. Ez idéntico al hijo de aquella adivina que me robó el faizán domezticado. ¿A que zí, Edgar? —ceceó Isabella.

»Según me examinaban, Cathy se acercó, oyó las últimas palabras y se echó a reír. Edgar Linton clavó en ella una mirada inquisitiva hasta que acertó a reconocerla. Como sabes, nos ven en la iglesia, aunque es bastante raro que nos los crucemos en ninguna otra parte.

»—Pero ¡si és la señorita Earnshaw! —dijo por lo bajo a su madre—. Y mira, Braco la ha mordido. ¡Fíjate, le sangra el pie!

»—¿La señorita Earnshaw? ¡Bobadas! —exclamó la señora—. ¿Cómo va a andar la señorita Earnshaw correteando por el campo con un gitano? Sin embargo, querido mío, la niña va de luto… tiene que ser ella… ¡Anda que si se queda coja de por vida!

»—¡Esta es una muy reprochable negligencia por parte de su hermano! —exclamó el señor Linton desviando la mirada de mi rostro al de Catherine—. Tengo entendido por Shielders —se refería a nuestro coadjutor, señor— que permite que se críe como una auténtica pagana. Pero ¿quién es este? ¿De dónde ha sacado a este compañero? ¡Ah! Juraría que es esa extraña adquisición que hizo mi difunto vecino en su viaje a Liverpool. Es posible que sea un pequeño lascar, o un náufrago americano o español.

»—¡Sea lo que sea —comentó la vieja—, es un niño malvado que no pinta nada en una casa decente! ¿Te has fijado en los improperios que suelta, Linton? Me escandaliza que mis hijos los hayan oído.

»No te enfades, Nelly, pero volví a renegar, de modo que mandaron a Robert que me pusiera de patitas en la calle. El tipo, como yo me negaba a irme sin Cathy, me llevó a rastras hasta el jardín, me plantó un quinqué en la mano y me aseguró que informarían al señor Earnshaw de lo ocurrido. Me conminó a marcharme en el acto y atrancó la puerta.

»Como una de las dos cortinas seguía amarrada en una esquina regresé a mi puesto de vigilancia: si veía que Catherine quería regresar a casa y no le permitían salir, estaba dispuesto a hacer añicos aquellos enormes ventanales.

»La vi tranquilamente sentada en el sofá. La señora Linton le había quitado la capa gris de la lechera que habíamos hurtado para nuestra excursión y creo que la estaban reconviniendo, porque meneaba la cabeza. No dejaba de ser una señorita y no podían darle el mismo trato que a mí. Después, la sirvienta trajo una jofaina con agua templada y le lavó los pies. El señor Linton le preparó un *negus* e Isabella le volcó en el regazo un plato rebosante de dulces. Edgar guardaba cierta distancia y la miraba boquiabierto. A continuación le secaron y peinaron el hermoso pelo, le llevaron un par de zapatillas gigantes y la acercaron al fuego. La dejé allí contentísima, repartiendo su comida entre Braco, cuyo hocico pellizcaba mientras comía, y el otro perrito, y vi que, a modo de pobre reflejo de su propio rostro encantador, había logrado encender una chispa de vida en los azules y vacíos ojos de los Linton, rebosantes de estúpida admiración. Cathy es tan inconmensurablemente superior a ellos y a cualquier persona del mundo, ¿verdad, Nelly?

—Este asunto traerá más cola de la que imaginas —repuse mientras le arropaba y apagaba la vela—. No tienes remedio, Heathcliff. Ya verás cómo el señor Hindley toma alguna medida extrema.

Mis palabras resultaron mucho más ciertas de lo que me habría gustado. Aquella desafortunada aventura enfureció a Earnshaw. Y luego, para colmo, el propio señor Linton nos hizo una visita al día siguiente y sermoneó de tal manera a mi joven amo sobre el mal camino por el que guiaba a su familia que acabó convenciéndole de que debía ser mucho más vigilante.

Heathcliff no recibió ningún azote, pero le dijeron que a la primera palabra que dirigiese a la señorita Catherine le echarían con cajas destempladas. La señora Earnshaw se comprometió a refrenar debidamente a su cuñada cuando volviera a casa. Emplearía la maña, no la fuerza: le habría sido imposible forzarla.

7

Cathy permaneció en la Granja de los Tordos cinco semanas, hasta Navidad. Para entonces, el tobillo se le había curado del todo y sus modales habían mejorado mucho. Entretanto, mi ama le hizo varias visitas e inició su plan de reforma tratando de estimular el amor propio de la joven con trajes elegante y halagos que ella aceptaba con gusto, de modo que en lugar de franquear el umbral una fierecilla salvaje con la cabeza descubierta que diera saltos de impaciencia por estrecharnos entre los brazos hasta quitarnos la respiración, se apeó de una preciosa jaca negra una persona muy digna cuyos tirabuzones asomaban bajo un sombrero de piel de castor adornado con plumas, ataviada con un largo traje de montar que se vio obligada a sostener con ambas manos para entrar en casa con majestuosidad. Hindley la ayudó a desmontar y exclamó encantado:

—¡Cathy, estás hecha una preciosidad! Casi no te he reconocido, ahora sí que pareces una señorita. Isabella Linton no le llega ni al tobillo, ¿verdad, Frances?

—Isabella no tiene sus encantos naturales —repuso su esposa—. Pero deberá cuidar de no asilvestrarse estando aquí. Ellen, ayude a la señorita Catherine con sus cosas. Espera, cariño, que te despeinarás los rizos, deja que te desate yo el sombrero.

Le quité el traje, y debajo de este resplandecieron un elegante vestido de seda escocesa, un pantalón blanco y unos lustrosos zapatos y, aunque sus ojos chispeaban de júbilo cuando los perros se abalanzaron sobre ella en señal de bienvenida, no se atrevió a acariciarlos por miedo a que le estropearan su espléndido atuendo.

Viéndome a mí cubierta de harina, porque había estado amasando el pastel de Navidad, en lugar de darme un abrazo me dio un leve un beso y luego miró en torno a ella buscando a Heathcliff. El señor y la señora Earnshaw estaban ansiosos por presenciar aquel encuentro: pensaban que, en cierta medida, aquello les permitiría calibrar cuán fundada era su esperanza de lograr separar a los dos amigos.

Nos costó encontrar a Heathcliff. Si antes de la ausencia de Catherine ya era descuidado y dejado de la mano de Dios, lo había sido diez veces más desde entonces.

Yo era la única que tenía la bondad de llamarle sucio y de mandarle que se lavara una vez a la semana; ya se sabe que a esa edad los niños no suelen ser amigos del jabón y el agua, de modo que tenía la cara y las manos ennegrecidas, por no hablar de su espeso y enmarañado cabello ni de su ropa, que había experimentado tres meses de servicio en el fango y el polvo. Lo más probable era que se hubiese escondido detrás del escaño cuando vio que entraba en casa tan luminosa y grácil damisela, en lugar de la tozuda réplica de sí mismo que esperaba.

—¿No está Heathcliff? —quiso saber ella mientras se quitaba los guantes y descubría unos dedos fabulosamente blancos a fuerza de no hacer nada y de estar todo el día metida en casa.

—Heathcliff, acércate —gritó el señor Hindley regodeándose con el desconcierto del muchacho y anticipando que no le quedaría más remedio que dejarse ver con esa facha de auténtico canalla—. Ven a dar la bienvenida a la señorita Catherine como los demás sirvientes.

Cathy, que había sorprendido a su amigo en su escondite, voló a abrazarle y en poco más de un segundo le plantó siete u ocho besos en la mejilla. Luego se apartó un poco, se echó a reír y exclamó:

—¡Qué negro y furioso estás! ¡Y qué… qué divertido y huraño! Pero es que estoy acostumbrada a Edgar e Isabella Linton. ¿Qué pasa, Heathcliff, acaso me has olvidado?

No le faltaba razón para hacerle esa pregunta, porque el bochorno y el orgullo ensombrecían el rostro del joven por partida doble y lo paralizaban.

—Dale la mano, Heathcliff —dijo el señor Earnshaw con condescendencia—. Si es de vez en cuando, está permitido.

—No quiero —dijo el muchacho, a quien por fin se le había destrabado la lengua—. ¡No seré el hazmerreír de nadie, no lo consentiré!

Y se habría salido del corro si la señorita Cathy no le hubiese retenido.

—No pretendía reírme de ti —dijo ella—, no he podido contenerme. ¡Vamos, Heathcliff, al menos dame la mano! ¿Por qué estás enfurruñado? Es que te veo raro… Si te lavas la cara y te peinas, estarás estupendo. ¡Estás muy sucio!

Miró preocupada los renegridos dedos que tenía entre los suyos y, luego, su vestido, como si temiera que se deslustrara con el roce.

—¡No haberme tocado! —repuso él a la vez que seguía la dirección de su mirada y retiraba bruscamente la mano—. Iré lo sucio que me dé la gana; me gusta ir sucio y seguiré yendo sucio.

Diciendo aquello, se lanzó de cabeza fuera de la habitación ante las carcajadas de mis amos y la gran consternación de Catherine, que no podía comprender que sus comentarios hubieran motivado aquel estallido de mal genio.

Después de ejercer de doncella de la recién llegada, meter mis pasteles en el horno y alegrar la casa y la cocina con grandes fogatas propias de Nochebuena, me disponía a sentarme y a divertirme cantando villancicos yo sola, obviando los asertos de

Joseph de que las alegres tonadas que elegía eran prácticamente canciones.

El anciano se había retirado a su cuarto para rezar en privado y los señores Earnshaw acaparaban la atención de Catherine enseñándole las diversas y festivas baratijas que habían comprado para que las regalara a los pequeños Linton en señal de gratitud por su amabilidad.

Les habían invitado a pasar el día siguiente en Cumbres Borrascosas y ellos habían aceptado con una única condición: la señora Linton rogaba que mantuvieran a sus queridos hijos apartados de aquel «niño grosero y malhablado».

En esas circunstancias, me quedé sola. Olí el rico aroma de las especias en el fuego, admiré la deslumbrante batería de cocina, el bruñido reloj adornado con acebo, las jarras de plata dispuestas en una bandeja, listas para ser llenadas con *mulled ale* durante la cena, y en particular la inmaculada limpieza del suelo, que era mi responsabilidad barrer y fregar a conciencia.

Di a cada objeto la debida aprobación y recordé que el viejo Earnshaw solía entrar cuando ya todo estaba limpio, me decía que era una moza muy despierta y me deslizaba un chelín en la mano como aguinaldo de Navidad. Me puse a pensar en el cariño que el señor profesaba a Heathcliff y en el temor que le asaltaba ante la idea de que a su muerte el zagal quedara desamparado, lo que naturalmente me llevó a considerar su triste situación en aquel momento y mudé mi canto en llanto. Pero pronto me di cuenta de que, en lugar de verter lágrimas por él, lo sensato era intentar subsanar algunos de sus agravios, de modo que me levanté y salí al patio a buscarle.

No andaba lejos. Le encontré en la cuadra cepillando el lustroso pelaje de la nueva jaca y dando de comer a los demás animales, como de costumbre.

—¡Apresúrate, Heathcliff! —dije—. La cocina está muy acogedora y Joseph ha subido a su cuarto. Apresúrate y te engalanaré antes de que venga la señorita Cathy. Luego, como tendréis el hogar para vosotros, podréis instalaros allí y charlar un buen rato hasta que os vayáis a acostar.

Él siguió con lo que estaba haciendo y ni siquiera se dignó volver la cabeza para mirarme.

—¡Vamos! ¿Vienes? —insistí—. Tengo un pastelito que alcanza para los dos y tardaré media hora en acicalarte.

Esperé cinco minutos y, como no obtuve respuesta, me marché. Catherine cenó con su hermano y su cuñada, mientras Joseph y yo compartíamos una comida poco amena, salpimentada con reproches por una parte e impertinencias por la otra. El pastel y el queso de Heathcliff permanecieron en la mesa toda la noche para consumo de las hadas. Consiguió prolongar su faena hasta las nueve y, luego, arisco y sin mediar palabra, se retiró a su habitación.

Cathy estuvo levantada hasta muy tarde porque aún tenía que disponer un sinfín de preparativos para recibir a sus nuevos amigos. Entró una vez en la cocina para hablar con su antiguo camarada, pero este ya no estaba. Solo me preguntó si sabía qué le pasaba, y se esfumó.

A la mañana siguiente, Heathcliff se levantó temprano y, como era festivo, se llevó su mal genio a los brezales y no volvió a aparecer hasta que todos se hubieron marchado a la iglesia. El ayuno y la reflexión parecían haber mejorado su humor. Estuvo conmigo un buen rato y, de repente, como si se armara de valor, exclamó:

—Nelly, ponme guapo. Voy a ser bueno.

—Ya era hora, Heathcliff —dije—. Has afligido mucho a Catherine, ¡tanto que hasta se arrepiente de haber vuelto a casa! Cualquiera diría que le tienes envidia porque le hacen más caso que a ti.

La idea de envidiar a Catherine se le antojaba incomprensible, pero entendió muy bien la de haberla afligido.

—¿Ha dicho ella que estaba afligida? —preguntó con el semblante muy serio.

—Se ha echado a llorar cuando le he contado que esta mañana habías vuelto a desaparecer.

—Bueno, pues yo lloré anoche —repuso—, y con mayor motivo que ella.

—Sí, el de irte a la cama con el corazón henchido de orgullo y el estómago vacío. Los soberbios engendran sus propias cuitas. Pero, hazme caso, si te avergüenzas de tu susceptibilidad, debes pedirle disculpas en cuanto entre. Tienes que acercarte a ella, darle un beso y decirle… Tú sabrás mejor que yo qué decir, pero hazlo de corazón y no la mires como si se hubiera convertido en una extraña solo porque lleva un vestido elegante. Y ahora, aunque me toca preparar la cena, dedicaré unos minutos a ponerte tan guapo que a tu lado Edgar Linton parecerá un monigote, que es lo que es. Tú eres menor que él, pero desde luego eres más alto y tienes las espaldas el doble de anchas. Podrías derribarle a la primera ¿no crees?

A Heathcliff se le iluminó el rostro un momento, pero enseguida se le volvió a nublar y suspiró.

—Pero, Nelly, bien podría derribarle veinte veces, que eso no me haría a mí más guapo, ni a él menos. ¡Me gustaría tener el cabello rubio y la tez clara, y vestir bien y tener buenos modales, y la suerte de hacerme tan rico como lo será él!

—Ya, y lloriquear todo el rato en las faldas de mamá —añadí— y echarte a temblar porque un chico del pueblo te amenaza con el puño y quedarte metido en casa porque caen cuatro gotas. ¡Vamos, Heathcliff, levanta ese ánimo! Acércate al espejo y te enseñaré qué deberías desear. ¿Ves esos dos pliegues que fruncen tu entrecejo y esas cejas tan pobladas que se hunden en el centro en lugar de arquearse hacia arriba, y esos dos demonios negros tan profundamente soterrados que nunca abren sus ventanas de par en par, sino que acechan chispeantes por debajo como espías del diablo? Desea y aprende a alisar ese hosco ceño y a levantar los párpados con franqueza, y trueca esos patetas por ángeles confiados e inocentes que no recelan ni remusgan de nada y, por doquier, donde no tienen enemigos declarados, ven amigos. No pongas esa cara de perro de mala raza que aparenta dar por merecidos los puntapiés que recibe, pero que en realidad odia a todo el mundo, también a quien le pega, por el daño que le infligen.

—En otras palabras, lo que debo desear es tener los ojos grandes y azules, y la frente lisa de Edgar Linton —repuso—. Ya lo deseo, y ¿de qué me sirve?

—Un buen corazón, hijo mío, contribuiría a que tuvieras una cara bonita —proseguí—, aunque fueras un negro de verdad. Pero un mal corazón convierte al más guapo en algo peor que feo. Y ahora que hemos terminado de asearte, peinarte y lloriquear, dime: ¿no te encuentras más bien guapo? Pues yo sí. Podrías pasar por un príncipe embozado. Quién sabe si tu padre no sería emperador de China y tu madre una reina india, cada uno con el dinero suficiente para comprar Cumbres Borrascosas y la Granja de los Tordos con las rentas de una semana, y te raptarían unos malvados marineros que te trajeron a Inglaterra. ¡Yo que tú me forjaría un alto concepto de mi cuna y esa idea me daría valor y dignidad para soportar el avasallamiento de un insignificante granjero!

Continué hablando en estos términos; poco a poco, Heathcliff iba perdiendo el ceño cuando de improviso nuestra charla se vio interrumpida porque oímos un ruido sordo que se aproximaba por el camino y que luego entró en el patio. Él corrió a la ventana y yo a la puerta justo a tiempo para ver a los dos Linton descender de la diligencia envueltos en mantos de pieles y a los Earnshaw apearse de sus cabalgaduras (en invierno solían usarlas para ir a la iglesia). Catherine tomó a cada niño de la mano, los condujo adentro y los instaló frente al fuego, que no tardó en arrebolar sus pálidos rostros.

Alenté a mi compañero a que se afanara en mostrarse afable con ellos; me obedeció de buen grado, pero la mala suerte quiso que, mientras él abría la puerta de la cocina desde dentro, Hindley la abría desde fuera. Al verse cara a cara, mi amo, quizá irritado porque veía al zagal limpio y alegre, o porque deseaba cumplir la promesa que había hecho a la señora Linton, dio a Heathcliff un fuerte empellón que le mandó de vuelta a la cocina y, dirigiéndose a Joseph, le ordenó que le mantuviera fuera de la estancia, que le encerrara en el desván hasta que hubiesen terminado de cenar.

—Si le dejamos solo un minuto, meterá los dedos en las tartas y robará toda la fruta.

—No, señor —no pude por menos de decir—, él seguro que no tocará nada, aunque supongo que tiene tanto derecho como nosotros a su parte de los manjares.

—Como vuelva a pillarle por aquí abajo antes de que anochezca, recibirá su parte de mi propia mano —gritó Hindley—. ¡Largo de aquí, vagabundo! ¿Qué pasa? ¿Ahora tienes cresta de gallo? ¡Espera a que te agarre por esos elegantes rizos y ya verás cómo te los estiro un poco más!

—Bastante largos los tiene ya —observó el señorito Linton metiendo la nariz en la cocina—. No entiendo cómo no le dan jaqueca. ¡Si le cubren los ojos como las crines de un potro!

Aventuró aquel comentario sin intención de insultarle, pero no podía esperarse que Heathcliff, con su airado genio, soportase la menor impertinencia por parte de alguien al que hasta entonces había dado muestras de odiar como a un rival. Agarró una sopera llena de compota de manzana caliente, lo primero que tenía a mano, y la volcó en la cara y el cuello de Linton, que enseguida se puso a lloriquear, por lo que Isabella y Catherine acudieron presurosas para ver qué había pasado.

Al punto, el señor Earnshaw asió al culpable y le llevó a su cuarto, donde debió de administrarle un duro remedio para templar su arrebato de cólera, porque volvió rojo y sin aliento. Agarré un paño de cocina y me puse a frotar la boca y la nariz de Edgar con harta ojeriza mientras le decía que lo tenía bien merecido por meterse donde no le llamaban. Su hermana se puso a gimotear y a decir que quería marcharse a casa, y Cathy, que estaba a su lado, los miraba a ambos confusa y abochornada.

—¡No haberle hablado! —explicaba al señorito Linton—. Estaba de mal humor y, mira, has estropeado vuestra visita y a él le azotarán. ¡Odio que le azoten! He perdido el apetito. ¿Por qué has tenido que hablarle, Edgar?

—No le he dicho nada —lloriqueó el joven escapando de mí y terminando de limpiarse con su pañuelo de batista—. ¡Prometí a mamá que no le dirigiría la palabra y no lo he hecho!

—¡Está bien, no llores! —contestó Catherine con desprecio—. Cualquiera diría que te han asesinado. Vamos, no empeores las cosas. ¡Cállate, que viene mi hermano! ¡Basta ya, Isabella! ¿Te ha pegado alguien a ti?

—¡Vamos, vamos, niños, a la mesa! —exclamó Hindley irrumpiendo en la estancia—. Ese animal me ha hecho entrar en calor. La próxima vez, Edgar, tómate la justicia por tus puños, ¡ya verás cómo te abre el apetito!

Ante aquel fragante festín, el pequeño grupo recobró la ecuanimidad. La cabalgata los había dejado hambrientos y, como no habían sufrido ningún daño real, no les fue difícil consolarse.

El señor Earnshaw trinchaba y servía copiosos platos y la señora alegraba la reunión con su animada cháchara. Yo estaba sirviendo detrás de su silla y me dolió ver que Catherine se disponía a cortar el ala de ganso que tenía en el plato con suma indiferencia y los ojos secos.

«Esta niña no tiene sensibilidad —pensé—. Con qué ligereza olvida las desdichas de su antiguo compañero de juegos. Nunca imaginé que fuera tan egoísta».

Iba a llevarse un buen bocado a la boca, pero enseguida lo depositó de nuevo en el plato. Se le ruborizaron las mejillas y empezaron a chorrearle las lágrimas. Fingió que se le había caído el tenedor al suelo y se apresuró a esconderse bajo el mantel para ocultar su turbación. Ya no se me ocurrió volver a tildarla de insensible: entendí que para ella el día entero había sido un martirio y que se moría de impaciencia de hallar la ocasión de quedarse a solas o de subir a ver a Heathcliff, al que, según pude comprobar cuando quise hacerle llegar una provisión de víveres, el amo había encerrado bajo llave.

Por la noche hubo baile. Cathy suplicó que liberaran a Heathcliff para la ocasión, porque Isabella Linton no tenía pareja, pero nadie atendió sus súplicas, sino que me encargaron a mí que supliera esa falta.

La excitación que nos causó el ejercicio disipó nuestra melancolía, más aún cuando llegó la banda de Cordera, compuesta por una trompeta, un trombón, clarinetes, fagots, cornetas francesas y una viola de gamba, quince músicos en total, sin contar los cantantes. En Navidad hacen la ronda de todas las casas respetables y recaudan el aguinaldo. Para nosotros era un enorme regalo poder escucharlos.

Después de los villancicos tradicionales les pedimos canciones y *glees*. La señora Earnshaw estaba encantada con la música, de modo que nos la brindaron en abundancia.

Catherine también estaba encantada, pero dijo que desde el rellano de la escalera sonaba aún más dulce y subió los peldaños a oscuras. Yo la seguí. Cerraron la puerta de abajo y, con el gentío que había, nadie se percató de nuestra ausencia. Pero Cathy no permaneció en el descansillo, sino que siguió subiendo hasta alcanzar la buhardilla donde Heathcliff se hallaba confinado y le llamó. Al principio, se negaba tercamente a contestar, pero tras insistir un poco le persuadió de que se comunicaran a través de los tablones de la puerta.

Dejé que los pobrecillos conversaran tranquilos, hasta que percibí que las canciones tocaban a su fin y que los cantantes se disponían a tomar un refresco. Entonces volví a subir para avisar a Catherine.

Pero, en lugar de encontrármela fuera, oí su voz dentro. Había salido al tejado por la claraboya de una buhardilla y había reptado como una monita hasta la de aquella; me costó lo mío convencerla de que saliera.

Cuando por fin lo hizo, traía a Heathcliff con ella, y me insistió que le acompañara a la cocina aprovechando que mi compañero de servicio había ido a casa de un vecino para huir de nuestra «salmodia infernal», como gustaba calificar la música.

Les dije que no tenía la menor intención de tomar parte en sus tretas, pero que, como el cautivo no había roto su ayuno desde la noche anterior, por una vez haría la vista gorda si burlaba al señor Hindley.

Heathcliff bajó. Le senté en un taburete al amor de la lumbre y le ofrecí ricos manjares, pero apenas comió porque se encontraba mal. Tampoco agradeció mis tentativas de distraerle. Se hallaba absorto en sus pensamientos, con los codos apoyados en las rodillas y la barbilla entre las manos. Cuando le pregunté por el objeto de sus cavilaciones contestó muy serio:

—Estoy pensando cómo hacérselo pagar a Hindley. No me importa si la espera es larga con tal de conseguirlo. ¡Espero que no muera antes que yo!

—¡Vergüenza debería darte, Heathcliff! —dije—. Solo Dios puede castigar a los inicuos; nosotros debemos aprender a perdonar.

—No, Dios no obtendría la misma satisfacción que yo —repuso—. ¡Lo único que quiero es hallar la mejor forma de hacerlo! Déjame tranquilo y urdiré una estratagema; mientras pienso en eso no siento dolor.

Pero, señor Lockwood, olvidaba que estas historias no deben de divertirle. Me da no sé qué haber hablado tanto y a semejante velocidad. ¡Sus gachas están frías y está dando cabezadas porque quiere irse a acostar! Podría haberle contado la historia de Heathcliff, al menos cuanto pueda ser de su interés, en media docena de palabras.

El ama de llaves, tras haber interrumpido su relato de esta forma, se levantó y se puso a recoger su labor, pero yo hallaba imposible alejarme del fuego y distaba mucho de dar cabezadas.

—¡No se mueva, señora Dean! —exclamé—. ¡Por favor, quédese media hora más! Ha hecho muy bien en contar la historia con todo lujo de detalle. Ese es el método que me gusta y debe proseguir en el mismo estilo. Me interesan más o menos todos los personajes que ha mencionado.

—El reloj acaba de dar las once, señor.

—No importa, no suelo acostarme hasta pasada la medianoche. La una o las dos es pronto para quien luego se levanta a las diez.

—No debería levantarse a las diez. Mucho antes de esa hora ya ha pasado lo mejor de la mañana. Quien no tiene hecha la mitad de la jornada de trabajo antes de las diez corre peligro de dejar la otra mitad por hacer.

—Sea como fuere, señora Dean, tome asiento de nuevo, porque tengo intención de alargar la noche hasta mañana por la tarde. Me auguro a lo menos un tenaz resfriado.

—Espero que se equivoque, señor. Bien, permita que me salte unos tres años. Durante ese tiempo, la señora Earnshaw…

—¡No, no! ¡No consentiré nada de eso! ¿Conoce el estado de ánimo de quien, hallándose a solas, observa con tal atención a una gata que lame a su gatito en una alfombra a sus pies que le sacará seriamente de quicio que la minina deje una oreja por lamer?

—Un estado de ánimo de lo más ocioso, diría yo.

—Al contrario, es un estado de agotadora actividad. Como el mío en estos momentos, de modo que prosiga sin escatimar detalle. Percibo que, de la misma manera que una araña en un calabozo cobra mayor valor que en una casita de campo a los ojos de sus respectivos ocupantes, en estas latitudes las personas cobran mayor valor que en las ciudades. Pero no creo que ese mayor atractivo dependa únicamente de las circunstancias del observador. Lo cierto es que viven de forma más sincera, más ensimismados y menos en la superficie cambiante de las cosas externas y frívolas. Hasta pienso que aquí es posible tener un amor para toda la vida, y eso que nunca he creído en ningún amor que dure más de un año. El primer estado es comparable a sentar a un hombre hambriento ante un único plato en el que concentrar todo su apetito y hacerle cumplidos honores, mientras que el segundo sería como sentarle a una mesa servida por cocineros franceses. Quizá ese hombre obtenga, en conjunto, la misma satisfacción que en el primer caso, pero en su recuerdo cada plato tendrá el valor de un simple átomo.

—¡Oh, pero si aquí, cuando se nos llega a conocer, somos como en cualquier otra parte! —observó la señora Dean algo perpleja ante mi discurso.

—Disculpe —repuse—, usted misma, mi querida amiga, es una aplastante prueba de lo contrario. Quitando unos pocos provincianismos de escasa relevancia, no hallo en usted ningún rastro de las formas que suelo considerar propias de su clase social. Estoy seguro de que ha reflexionado bastante más que la mayoría de los sirvientes, de que a falta de ocasiones para desperdiciar su vida en nimiedades se ha visto en la necesidad de utilizar sus facultades reflexivas.

La señora Dean se echó a reír.

—La verdad es que me considero un ser bastante sensato y equilibrado —dijo—. Pero no precisamente porque vivo en el monte y veo las mismas caras y acciones de año en año, sino porque me he atenido a una férrea disciplina que me ha brindado cierta sabiduría. También he leído más de lo que supone, señor Lockwood. No abrirá un libro en esta biblioteca en el que no haya metido la nariz y del que no haya extraído algo, salvo los de aquella sección, que están en griego y en latín, y los de aquella otra, que están en francés. Pero incluso esos sé distinguirlos unos de otros. Es cuanto puede pedírsele a la hija de un pobre. Sea como fuere, si he de proseguir mi historia a la manera de un auténtico chisme, será mejor que continúe y, en lugar de saltarme tres años, me contentaré con pasar al verano siguiente: el verano de 1778, es decir, hace casi veintitrés años.

8

La mañana de un hermoso día de junio nació una criatura preciosa, mi primer niño de pecho y el último descendiente de la vieja estirpe de los Earnshaw.

Estábamos atareados recogiendo el heno en un campo lejano cuando la muchacha que solía traernos el almuerzo se presentó una hora antes de lo habitual; cruzaba el prado corriendo y, según subía por la vereda, me llamaba.

—¡Qué guapura de rorro! —dijo sin aliento—. ¡Es el zagal más hermoso del mundo! Pero diz el doctor que la señora se nos va, que lleva años consumiéndose de tisis. Oí que le decía al señor Hindley que ya nada la retiene y que no llegará al invierno. Tiene que venir a casa al punto. Le tocará criarlo, Nelly, tendrá que alimentarlo con leche y azúcar, y cuidar de él día y noche. ¡Quién estuviere en su lugar, porque cuando la señora falte lo tendrá para usted solita!

—Pero ¿tan grave está? —pregunté al tiempo que dejaba caer el rastrillo y me ataba la capota.

—Supongo que sí —repuso la joven—, aunque le pone ganas. Habla como si pensara vivir hasta verlo hecho un hombre. ¡El niño es tan hermoso que no cabe en sí de felicidad! Desde luego, yo en su lugar no me moriría. Me pondría buena con solo mirarlo, dijera Kenneth lo que dijese. Me enojé harto con él. Doña Archer tenía bajado con el querubín a la casa para que el amo lo viera y cuando su cara empezaba a iluminarse va y se acerca ese viejo cascarrabias y le dice: «Earnshaw, es una bendición que su esposa haya vivido hasta ahora para darle este hijo. La primera vez que la vi ya pensé que no la tendríamos con nosotros mucho tiempo y ahora debo decirle que seguramente el invierno acabará con ella. Procure no alarmarse ni alborotarse demasiado, porque no hay nada que hacer. ¡Haberlo pensado mejor antes de elegir a una zagala frágil como un junco!».

—Y ¿qué dijo el amo? —pregunté.

—Creo que renegó, pero no le presté atención porque lo que yo quería era ver al rorro.

Y siguió describiendo su hermosura con embeleso. Yo, contagiada de su entusiasmo, corrí ilusionada a casa para admirarle con mis propios ojos, aunque estaba muy apenada por Hindley. En su mente solo cabían dos ídolos: su esposa y él. Adoraba a ambos, pero a ella le tenía veneración y me preocupaba que no fuera capaz de sobrellevar su pérdida.

Cuando llegamos a Cumbres Borrascosas le vimos en el umbral y le pregunté cómo estaba la criatura.

—¡A punto de ponerse a corretear, Nell! —repuso con una alegre sonrisa.

—¿Y la señora? —me atreví a preguntar—. El médico dice que…

—¡Al diablo con el médico! —interrumpió poniéndose colorado—. Frances tiene toda la razón, dentro de una semana estará como nueva. ¿Vas arriba? ¿Puedes decirle que enseguida subo, pero con la condición de que me prometa no hablar? Precisamente he tenido que dejarla porque no calla y lo que tiene que hacer… Dile que el señor Kenneth ha dicho que no le conviene excitarse.

Transmití el recado a la señora Earnshaw. Parecía estar de un ánimo muy voluble y repuso alegremente:

—Pero si casi no he abierto la boca, Ellen, y ya van dos veces que él sale de aquí llorando. Bien, dile que prometo no hablar más, ¡aunque eso no impedirá que me ría de él!

¡Pobrecilla! Hasta una semana antes de su muerte tuvo el corazón gozoso y su marido seguía asegurando con obstinación o, mejor dicho, con rabia que su salud mejoraba día tras día. Cuando Kenneth le advirtió que las medicinas eran inútiles en esa fase de la enfermedad y que no merecía la pena seguir pagándole para que la atendiera, replicó:

—Ya sé que no la merece. ¡Se ha curado y sus servicios sobran! Nunca ha estado tísica. Tuvo unas fiebres y ya pasaron. Su pulso es tan lento como el mío y tiene las mejillas igual de lozanas.

Contó a su esposa el mismo cuento y ella pareció creerle. Pero una noche, cuando ella estaba reclinada en su hombro diciéndole que se sentía con fuerzas para levantarse al día siguiente, fue presa de un acceso de tos, muy leve. Él la cargó en brazos; ella le rodeó el cuello con las manos, se le demudó el rostro y murió.

Tal como había vaticinado la muchacha, Hareton hijo quedó enteramente a mi cargo. El señor Earnshaw, con tal de verle crecer sano y no oírle llorar, se daba por satisfecho a ese respecto. En cuanto a él, enloqueció. Su dolor era de la índole que no admite lamentos. No lloraba ni rezaba, sino que maldecía y desafiaba, abominaba de Dios y de los hombres, y se entregó a una disipación sin freno.

Los sirvientes no soportaron mucho tiempo su tiranía y su maldad. Joseph y yo fuimos los únicos que quisimos quedarnos. No tuve agallas para abandonar al niño a mi cargo y además, como usted sabe, Earnshaw era mi hermano de leche, por lo que me era más fácil disculpar su conducta que si hubiese sido un extraño.

Joseph se quedó para intimidar a arrendatarios y jornaleros con sus bravatas y porque su vocación era estar allí donde hubiera mucha maldad que reprochar.

Los malos hábitos y las malas compañías del amo constituyeron un bonito ejemplo para Catherine y Heathcliff. El trato que dio al segundo era suficiente para convertir a un santo en un demonio. Y lo cierto es que en aquella época daba la impresión de que el zagal se hallaba realmente poseído por algo diabólico. Se regodeaba viendo cómo Hindley se degradaba irremisiblemente y cada día se hacían más ostensibles su salvaje malhumor y su ferocidad.

No se imagina hasta qué punto nuestra casa era un infierno. El coadjutor dejó de visitarnos y al final ya no se acercaba por allí ninguna persona decente, a menos que consideremos una excepción las visitas de Edgar Linton a la señorita Cathy. A los quince años, ella era la reina de la comarca. ¡No tenía parangón, por lo que cada día se mostraba más caprichosa y altanera! Confieso que yo ya no le tenía el mismo aprecio que cuando era niña y que con frecuencia la hacía sufrir para bajarle los humos. Sin embargo, ella nunca me tuvo ojeriza: era admirablemente fiel a sus viejos afectos. Incluso Heathcliff conservó un inalterable lugar en su corazón, mientras que el joven Linton, con toda su superioridad, lo tuvo difícil para dejar en mi señorita una huella igual de profunda.

Linton fue mi último amo; ahí le tiene, en ese retrato que hay encima de la chimenea. Solía colgar junto al de su esposa, pero quitaron el de ella, de modo que no puede hacerse una idea de cómo era. ¿Alcanza a ver algo desde allí?

La señora Dean alzó la vela y distinguí un rostro de rasgos suaves que guardaba una pasmosa semejanza con la joven que había visto en Cumbres Borrascosas, aunque su expresión era más afable y pensativa. Era una imagen muy dulce. El cabello largo y rubio se le rizaba ligeramente en las sienes, sus ojos eran grandes y serios, y su figura casi demasiado agraciada. No me extrañó que Catherine Earnshaw hubiese relegado al olvido a su amigo de la infancia en favor de aquel otro. Lo que me maravillaba era que Linton, siempre y cuando su espíritu se correspondiera con su cuerpo, hubiera podido enamorarse de la Catherine Earnshaw que yo imaginaba.

—Es un retrato muy agradable —comenté—. ¿Es fidedigno?

—Sí —repuso el ama de llaves—, pero era más guapo cuando estaba alegre. Ese es su semblante habitual. Lo que le faltaba en general era un poco de brío.

Catherine había mantenido la relación con los Linton desde que pasara aquellas cinco semanas en su casa y, como no tenía el menor deseo de que vieran su lado malo, pero sí la sensatez de avergonzarse de ser grosera donde la trataban con invariable cortesía, sin darse cuenta, en virtud de su franca cordialidad se metió a los viejos señores en el bolsillo, se ganó la admiración de Isabella y el hermano de esta se entregó a ella en cuerpo y alma, conquistas que desde el inicio espolearon su inmensa ambición y que, sin que ella tuviese la precisa intención de engañar a nadie, la llevaron a acusar un desdoblamiento de personalidad.

Donde había oído decir que Heathcliff era un «vulgar rufián» y «peor que un animal» se cuidaba mucho de conducirse como él, pero en casa no tenía el menor aliciente para practicar buenos modales que solo suscitaban burlas ni para refrenar su naturaleza díscola, porque sabía que ni lo uno ni lo otro iban a granjearle honra ni elogios.

El señorito Edgar rara vez se armaba de valor para visitar abiertamente Cumbres Borrascosas. Le horrorizaba la reputación de Earnshaw y evitaba cruzarse con él, aunque siempre le recibíamos con la mayor cordialidad: el propio amo, porque conocía el motivo de sus visitas, evitaba ofenderle y, si no se veía capaz de ser cortés, se esfumaba. Casi diría que su presencia allí desagradaba a Catherine. Ella no era artera, no coqueteaba nunca y era evidente que se oponía a que sus dos amigos coincidieran, porque, cuando Heathcliff, en presencia de Linton, ostentaba su desprecio hacia él, no podía darle la razón como cuando no le tenían delante, y cuando Linton manifestaba su aversión y antipatía hacia Heathcliff, no osaba fingir indiferencia ante esos sentimientos como si aquel desprecio hacia su compañero de juegos no le afectase para nada.

En más de una ocasión me mofé de las perplejidades y los inconfesados tormentos que pugnaba en vano por recatar de mis burlas. Eso suena a mala fe, pero es que era tan orgullosa que me resultaba en absoluto imposible apiadarme de sus sufrimientos hasta que no escarmentase y se mostrase más humilde.

Lo cierto es que acabó confesándose conmigo y confiándome sus cuitas. No tenía a nadie más a quien pedir consejo.

Una tarde que el señor Hindley había salido, Heathcliff aprovechó para tomarse el día libre. Creo que ya había cumplido dieciséis años y, aunque sus facciones no eran feas ni tenía ninguna deficiencia intelectual, se las componía para causar una repulsiva impresión, interior y exterior, de la que no queda huella en su aspecto actual.

En primer lugar, para entonces ya había perdido los beneficios de su primera educación: el duro y continuo trabajo de sol a sol había extinguido toda su curiosidad por instruirse y cualquier amor por los libros o el aprendizaje que pudiera haber tenido. En él no quedaba rastro del sentimiento de superioridad que había fomentado el viejo señor Earnshaw. Durante mucho tiempo se esforzó por conservar cierta igualdad con Catherine en los estudios, pero acabó claudicando con un conmovedor aunque secreto pesar. Claudicó del todo. Cuando vio que estaba abocado a bajar cada vez más de nivel no hubo forma de convencerle de que diera el menor paso para volver a ascender. Su aspecto físico empezó a correr parejo con su deterioro mental; asumió un andar desgarbado y una mirada innoble. Su temperamento, naturalmente reservado, degeneró en una grosera hosquedad, a veces rayana en la estupidez. Era como si le produjese un macabro placer suscitar antes aversión que estima en la poca gente que trataba.

Catherine y él seguían siendo inseparables siempre que las faenas del campo le permitían tomarse un respiro, aunque había dejado de expresar su amor hacia ella con palabras y rehuía con furiosa suspicacia sus infantiles caricias como si hallara imposible que las muestras de afecto que ella le prodigaba pudieran serle gratificantes. La tarde a la que antes he aludido, yo estaba ayudando a la señorita Cathy a vestirse cuando Heathcliff entró en la casa para anunciar su intención de no hacer nada: ella no había previsto que a Heathcliff se le metería en la cabeza no trabajar y, como pensaba que tendría la casa para ella sola, se las había ingeniado, no sé cómo, para informar al señorito Edgar de la ausencia de su hermano y estaba preparándose para recibirle.

—¿Tienes algo que hacer esta tarde, Cathy? —preguntó—. ¿Vas a alguna parte?

—No, llueve —repuso ella.

—Entonces, ¿por qué te has puesto ese vestido de seda? —añadió él—. ¿No será que viene alguien?

—No, que yo sepa —tartamudeó mi señorita—. Pero tú deberías estar faenando, Heathcliff. Hace ya una hora que terminamos de almorzar. Pensaba que te habías ido.

—Hindley no suele librarnos de su infausta presencia —observó el muchacho—. No pienso trabajar más por hoy. Me quedaré contigo.

—¡Oh, pero Joseph se chivará —sugirió ella—, será mejor que te vayas!

—Joseph está cargando cal en la otra punta de los Riscos del Buriel y no volverá hasta la noche. No se enterará.

Diciendo aquello fue a tumbarse junto al fuego. Catherine reflexionó unos instantes frunciendo el ceño: no tenía más remedio que preparar el terreno para una intrusión.

—Isabella y Edgar Linton hablaron de venir esta tarde —dijo tras guardar un minuto de silencio—. Como está lloviendo, casi no los espero, pero es posible que vengan. Si al final aparecen, corres el riesgo de que te regañen y eso no sería bueno.

—Mándales recado por Ellen de que estás ocupada, Cathy —insistió él—. ¡No me eches por culpa de esos lamentables y ridículos amigos tuyos! A veces estoy por quejarme de que ellos… pero no.

—¿De que ellos qué? —gritó Catherine mirándole con preocupación—. ¡Ay, Nelly! —exclamó irritada apartando bruscamente la cabeza de mis manos—. ¡Me has dejado sin tirabuzones! Basta ya, déjame en paz. ¿Estás por quejarte de qué, Heathcliff?

—De nada… Solo te digo que mires el almanaque que hay en esa pared —dijo señalando una página enmarcada que colgaba de la pared junto a una ventana. Y prosiguió—: Las cruces corresponden a las tardes que has pasado con los Linton, y los puntos a las que has pasado conmigo. ¿Ves que he puesto una marca en cada día?

—Sí. Qué tontería. ¡Como si me importara! —repuso Catherine malhumorada—. ¿Qué me quieres decir con eso?

—Quiero que veas que a mí sí me importa —dijo Heathcliff.

—Y ¿por qué tengo que estar todo el rato contigo? —preguntó ella cada vez más crispada—. ¿Qué saco con eso? ¿Acaso me das conversación? ¡Estar contigo es como estar con un mudo o un bebé, tanto por lo que dices para divertirme como por las cosas que haces!

—¡Nunca me habías dicho que hablara poco ni que no te gustara mi compañía, Cathy! —exclamó Heathcliff muy alterado.

—No puede hablarse de compañía cuando una persona no sabe nada ni dice nada —dijo ella entre dientes.

Su amigo se levantó, pero no pudo seguir explayándose acerca de sus sentimientos porque se oyeron los cascos de un caballo en los adoquines y el joven Linton, tras llamar suavemente a la puerta, entró con el rostro radiante de placer por aquella inesperada convocatoria.

Catherine debió de percibir la diferencia entre sus dos amigos en el momento en que uno entraba y el otro salía. El contraste entre ambos era como pasar de una sombría y montañosa región minera a un hermoso y fértil valle, y la diferencia no radicaba solo en el aspecto, sino también en la voz y la forma de saludar. Linton hablaba con suavidad y dulzura, pronunciaba las palabras como usted, es decir, con menor aspereza y en un tono más bajo que por estos lares.

—No habré venido demasiado pronto, ¿verdad? —dijo lanzando una mirada hacia mí.

Yo me hallaba de hinojos en el otro extremo de la habitación: me disponía a secar la vajilla y a ordenar unos cajones del aparador.

—No, no —repuso Catherine—. Pero ¿qué haces tú aquí, Nelly?

—Mi trabajo, señorita —repuse (el señor Hindley me había mandado que, cada vez que Linton eligiera visitar a mi señorita en privado, yo me hallara presente).

Se me acercó por detrás y me susurró enfadada:

—¡Vete con el plumero a otra parte! ¡Cuando hay visita los sirvientes no se ponen a limpiar y a fregar en la misma estancia!

—Aprovecho ahora que el amo no está —repuse en voz alta—. Odia verme trajinar en su presencia. Estoy segura de que el señorito Edgar sabrá disculparme.

—Y yo odio verte trajinar en *mi* presencia —exclamó la joven en tono imperioso y sin dar tiempo a su invitado de contestar: no había logrado recobrar la compostura desde su pequeño altercado con Heathcliff.

—Pues ¡lo siento, señorita Catherine! —fue mi respuesta, tras lo que diligentemente reanudé mi tarea.

Ella, pensando que Edgar no la veía, me arrancó el trapo de las manos y me pellizcó el brazo con saña.

Le he dicho antes que yo no la quería y que de vez en cuando me regodeaba en mortificar su vanidad. Además, me había hecho muchísimo daño, así que me levanté de un salto y grité:

—¡Esto es una canallada, señorita! ¡No tiene derecho a pellizcarme y no pienso consentirlo!

—¡No te he tocado, mentirosa! —exclamó ella con las orejas rojas de rabia y haciendo amago de repetir su acción.

Nunca fue capaz de controlar su ira, siempre se encendía como una hoguera.

—Y entonces ¿esto qué es? —repliqué enseñándole un evidente moratón que desmentía sus palabras.

Pateó el suelo y, luego, tras vacilar un momento, irresistiblemente impelida por el mal genio que la habitaba, me propinó una sonora bofetada en la mejilla que me llenó ambos ojos de lágrimas.

—¡Catherine, querida! ¡Catherine! —intervino Linton profundamente impresionado por la doble falta de falsedad y violencia que había cometido su ídolo.

—¡Largo de aquí, Ellen! —repetía ella temblando de pies a cabeza.

El pequeño Hareton, que estaba sentado en el suelo junto a mí porque me seguía a todas partes, al ver mis lágrimas, él también se echó a llorar y se quejó entre sollozos de la «malvada tía Cathy», por lo que ella dirigió su cólera contra su desafortunada cabeza: le agarró por los hombros y le zarandeó hasta que el pobre niño se puso blanco como la cera, a lo que Edgar le sujetó las manos, sin pensar, para que le soltara. En cuestión de segundos, una cedió y el pasmado joven la sintió en la oreja con tal fuerza que no pudo tomarlo a broma.

Retrocedió consternado. Yo cargué a Hareton en brazos y me lo llevé a la cocina, aunque dejé la puerta entornada porque tenía curiosidad por ver cómo resolverían aquella discrepancia.

El ofendido visitante, pálido y con labios temblorosos, se dirigió hacia el lugar donde había dejado su sombrero.

«¡Eso es! —me dije—. ¡A ver si escarmientas y te largas! Le ha hecho un favor dejándole entrever su verdadera naturaleza».

—¿Dónde vas? —preguntó Catherine avanzando hacia la puerta.

Él la esquivó e intentó seguir su camino.

—¡No puedes irte! —exclamó ella enérgicamente.

—¡Sí que puedo, y lo haré! —repuso él en voz baja.

—No —insistió ella agarrando la manija—. Aún no, Edgar Linton. Siéntate, no me dejes en este estado. ¡Lo pasaré mal toda la noche y no pienso pasarlo mal por culpa tuya!

—¿Cómo quieres que me quede después de que me hayas abofeteado? —preguntó Linton.

Catherine enmudeció.

—Has conseguido que te tema y me avergüence de ti —prosiguió él—. ¡No pienso volver a esta casa!

Los ojos de Catherine empezaron a destellar, y sus párpados, a titilar.

—Y ¡has mentido a conciencia! —dijo él.

—¡No es verdad! —exclamó ella recobrando el habla—. No he hecho nada a conciencia. Está bien, vete si quieres. ¡Lárgate! Romperé a llorar, ¡lloraré hasta vomitar!

Cayó de rodillas junto a un sillón y se echó a llorar muy en serio.

Edgar perseveró en su resolución hasta llegar al patio, pero una vez allí se detuvo. Decidí alentarle a seguir.

—¡La señorita es indeciblemente díscola, señor! —le dije a voz en grito—. Le pasa lo que a cualquier niña malcriada. Será mejor que suba al caballo y se marche, porque de lo contrario vomitará de verdad solo para infundirnos lástima.

El muy blandengue se asomó a la ventana con recelo. Su capacidad para marcharse era tan nula como la de un gato para dejar a un ratón mitad muerto o a un pájaro a medio comer.

«Ay —pensé—, a este no hay quien le salve. ¡Está condenado y se precipita hacia su perdición!».

Y así fue. De pronto dio media vuelta, entró corriendo en la casa y cerró la puerta. Cuando más tarde entré a decirles que Earnshaw había vuelto a casa borracho como una cuba, dispuesto a armar un cisco (su habitual estado de ánimo en aquella condición), vi que la disputa no había hecho sino estrechar el lazo entre ambos: había derribado los murallones de su timidez juvenil y les había permitido renunciar a la máscara de la amistad y confesarse su amor.

Ante la noticia de la llegada del señor Hindley, Linton se apresuró a subir a su caballo y Catherine, a encerrarse en su aposento. Yo fui a esconder al pequeño Hareton y a descargar la escopeta del amo, porque cuando se hallaba en ese estado de demencial agitación solía jugar con ella, poniendo en peligro la vida del primero que le provocara o que sencillamente llamase demasiado la atención. Al final se me ocurrió quitarle la munición para que causara menos estragos si llegaba a disparar el arma.

9

Entró gritando blasfemias que lastimaban los oídos y me pilló en el acto de esconder a su hijo en la alacena de la cocina. Hareton se hallaba marcado por un saludable terror a toparse tanto con el cariño de fiera salvaje como con la demencial ira de su padre, porque con lo uno corría peligro de morir a besos y achuchones, y con lo otro de que le arrojara al fuego o le estampase contra la pared, de modo que el pobre se quedaba muy quietecito le metiera donde le metiese.

—¡Vaya, por fin me entero! —gritó Hindley agarrándome por el pescuezo como a un perro—. ¡Por todos los santos y demonios, os habéis confabulado para asesinar a este niño! Ahora ya sé por qué no le veo nunca. Pero ¡con la ayuda de Satanás, Nelly, haré que te tragues el cuchillo de trinchar! No te rías, no; precisamente acabo de hundir la cabeza de Kenneth hasta el fondo en la ciénaga del Caballo Negro, y lo mismo da uno que dos. ¡Estoy deseando cargarme a alguno de vosotros y no descansaré hasta que lo haga!

—Pero es que el cuchillo de trinchar no me gusta, señor Hindley —contesté—. Lo he usado para cortar lo podrido. Si no le importa, preferiría que me disparara.

—¡Preferirías irte al infierno! —dijo—. Y eso harás. ¡No hay ley en Inglaterra capaz de impedir que un hombre vele por el decoro de su casa, y la mía es abominable! Abre la boca.

Empuñó el cuchillo y me introdujo la punta entre los dientes, pero a mí nunca me intimidaron sus arrebatos. Escupí y le aseguré que sabía a rayos y que no pensaba tragármelo bajo ningún concepto.

—¡Oh! —dijo soltándome—. Veo que este pequeño y detestable granuja no es Hareton. Te ruego que me disculpes, Nell. Si lo fuera, merecería que le despellejara vivo por ponerse a chillar como si viera a un trasgo en lugar de correr a mi encuentro. ¡Ven aquí, cachorro antinatural! ¡Te enseñaré a no abusar de un padre bondadoso y burlado! Ahora bien, ¿no crees, Nelly, que el zagal estaría más guapo si le cortáramos las orejas? Se lo hacen a los perros para que sean más fieros y a mí me chifla lo fiero. Dame un par de tijeras. ¡Queremos algo fiero y recortadito! Además, es una infernal afectación, una diabólica presunción obstinarse en conservar las propias orejas cuando ya somos burros de sobra sin ellas. ¡Chitón, niño, chitón! ¡Vaya, pero si es mi amorcito! Cállate, sécate esas lágrimas. Así me gusta. Dame un beso. ¡Qué! ¿Se niega? ¡Dame un beso, Hareton! ¡Maldito seas, dame un beso! ¡Voto a Dios que no he de seguir criando a este monstruo! ¡Tan cierto como que me llamo Hindley le retorceré el pescuezo a este baboso!

El pobre Hareton berreaba y pataleaba con todas sus fuerzas en brazos de su padre y redobló sus chillidos cuando este le llevó arriba y le asomó al vacío por encima de la barandilla. Le grité que no asustara al niño de aquella manera porque le daría un síncope y corrí a rescatarle.

Cuando los alcancé, Hindley se hallaba inclinado sobre la barandilla: escuchaba un sonido que venía de abajo, casi olvidado de lo que tenía en brazos.

—¿Quién anda ahí? —preguntó al oír que alguien se acercaba al pie de la escalera.

Yo también me asomé para avisar por señas a Heathcliff, cuyos pasos había reconocido, de que no siguiera avanzando; y en cuanto aparté mis ojos de Hareton, el niño dio un inesperado brinco, se zafó de los negligentes brazos que le sostenían y cayó.

Apenas tuvimos tiempo de estremecernos de horror porque enseguida vimos que el pobre infeliz se hallaba sano y salvo. En ese preciso momento, Heathcliff se encontraba debajo de él. Con un gesto instintivo detuvo su caída y, poniéndole de pie en el piso, miró hacia arriba para descubrir quién había causado aquel accidente.

Un avaro que vendiera un décimo de lotería premiado por cinco chelines y al otro día descubriese que en esa transacción había perdido cinco mil libras no habría puesto la cara que puso Heathcliff al ver sobre su cabeza la figura del señor Earnshaw. Su rostro expresaba mejor que cualquier palabra la intensísima angustia de haberse convertido, sin querer, en el instrumento que había frustrado su propia venganza. Lo más probable es que, de haberle amparado la oscuridad, habría intentado subsanar su error estampando el cráneo de Hareton contra los peldaños; pero habíamos presenciado su salvación; y yo me había precipitado escaleras abajo para estrechar al precioso niño a mi cargo contra mi pecho.

Hindley bajó más despacio, despejado y corrido.

—Ha sido culpa tuya, Ellen —dijo—. Tendrías que haberle apartado de mi vista. ¡Tendrías que habérmelo quitado! ¿Se ha hecho daño?

—¿Daño? —grité furiosa—. ¡Si no le ha matado, le habrá dejado idiota! ¡Oh! Lo raro es que su madre no se levante de la tumba para ver cómo le trata. ¡Es peor que un infiel! ¡Mire que maltratar de esa manera a un ser consanguíneo de usted!

Intentó tocar al niño. Este había dejado de llorar en cuanto se halló en mis brazos, pero apenas su padre le puso un dedo encima se puso a berrear de nuevo y a forcejear como si fuera a padecer convulsiones.

—¡No se le ocurra tocarle! —proseguí— ¡Le odia, todos le odian, esa es la pura verdad! ¡Mire qué familia más alegre la suya y el bonito estado en que ha venido usted a parar!

—¡Pararé en un estado aún más bonito, Nelly! —se mofó el infeliz recobrando su dureza—. Y ahora vete con el niño a otra parte. ¡Y tú, Heathcliff, escúchame bien! A ti tampoco quiero verte ni oírte. No querría asesinarte esta noche, a menos que me dé por incendiar la casa. Ya veremos qué se me antoja...

Diciendo aquello sacó una botella de medio litro de brandy del aparador y se sirvió un vaso.

—¡No, no lo haga! —le rogué—. Señor Hindley, haga el favor de escarmentar. ¡Si no se quiere nada a sí mismo, al menos apiádese de este desafortunado niño!

—Estará mejor con cualquier otra persona que conmigo —repuso.

—¡Apiádese de su propia alma! —dije intentando arrebatarle el vaso de las manos.

—¡Ni hablar! Todo lo contrario, me causará gran placer empujarla a la perdición para castigar a su creador —exclamó el muy blasfemo—. ¡Brindo por su inequívoca condena!

Apuró el aguardiente y nos despachó de malos modos, remachando la orden con una serie de espantosas imprecaciones, demasiado impías para ser repetidas ni recordadas.

—Es una lástima que no se mate con la bebida —masculló Heathcliff haciendo eco de las maldiciones de Hindley cuando la puerta se cerró—. Hace cuanto está en su mano para lograrlo, pero su constitución se le resiste. El señor Kenneth dice que apostaría su yegua a que sobrevivirá a cualquier hombre de este lado de Cordera; dice que, a menos que le acontezca algún afortunado imprevisto, ese pecador irá a su sepultura peinando canas.

Entré en la cocina y me senté a arrullar a mi corderito. Creía que Heathcliff había cruzado en dirección del granero, pero luego resultó que no había llegado sino al extremo de mi escaño y se había tumbado en un banco adosado a la pared, lejos del fuego, donde permanecía en silencio.

Yo mecía a Hareton en mi regazo y tarareaba una canción que decía:

En noche entrada, el rorro lloraba.
La madre bajo tierra escuchaba.

La señorita Cathy, que había oído todo ese barullo desde su cuarto, asomó la cabeza y susurró:

—¿Estás sola, Nelly?

—Sí, señorita —repuse.

Entró y se acercó al hogar. Alcé la vista porque me pareció que venía a hablar conmigo. Traía una expresión turbada y ansiosa. Tenía los labios entreabiertos como si fuera a decir algo. Tomó aliento, pero en lugar de una frase soltó un suspiro.

Yo seguí cantando porque no había olvidado su reciente conducta conmigo.

—¿Dónde está Heathcliff? —dijo interrumpiéndome.

—Faenando en la cuadra —contesté.

Él no me contradijo; quizá se había quedado dormido.

Se hizo otro largo silencio durante el que advertí que una o dos gotas resbalaban por las mejillas de Catherine y caían al enlosado.

«¿Estará arrepentida de su vergonzosa conducta? —me pregunté—. Sería toda una novedad. Pero ¡ya irá al grano cuando le venga en gana, no pienso ayudarla!».

No, a ella no le preocupaba nada que no fueran sus propias tribulaciones.

—¡Pobre de mí! —exclamó por fin—. ¡Soy muy desgraciada!

—Es una lástima —observé—. Es usted difícil de complacer. ¡Cómo es posible que con tantos amigos y tan pocos desvelos no consiga estar contenta!

—Nelly, ¿me guardarías un secreto? —prosiguió ella arrodillándose a mi lado y alzando hacia mí sus encantadores ojos para dedicarme una de esas miradas que desarman, aunque una tenga todo el derecho del mundo de estar enfadada.

—¿Merece la pena guardarlo? —pregunté menos enfurruñada.

—Sí. ¡Es algo que me preocupa y tengo que soltarlo! Quiero que me digas qué debo hacer. Hoy Edgar Linton me ha pedido la mano y le he dado una respuesta. Ahora bien, antes de decirte si le di el sí o le rechacé, dime tú qué debería haber contestado.

—Pero, bueno, señorita Catherine, ¿cómo voy yo a saberlo? —repuse—. Desde luego, teniendo en cuenta el numerito que ha montado usted esta tarde delante de él creo que lo más sensato habría sido rechazarle, pero, como se la ha pedido después de eso, una de dos, o es un rematado imbécil o un tonto muy atrevido.

—Si sigues hablando así, no te contaré nada más —repuso irritada levantándose—. Le he dado el sí, Nelly. ¡Apresúrate, dime si he hecho mal!

—¿Le ha dado el sí? En ese caso, ¿de qué sirve hablar del asunto? Ha dado su palabra y no puede retractarse.

—Pero ¡dime si he hecho bien, por favor! —exclamó crispada al tiempo que fruncía el ceño y se retorcía las manos.

—Habría que tomar en consideración muchas cosas para atinar en la respuesta —dije en tono sentencioso—. Lo primero y lo más importante: ¿quiere usted al señorito Edgar?

—¿Cómo podría no quererle? Claro que le quiero —repuso.

Luego la sometí a un minucioso interrogatorio, que resultó bastante sensato, dado que yo era una joven de veintidós años:

—¿Por qué le quiere, señorita Cathy?

—¡Qué tontería! Le quiero y basta.

—No basta para nada. Tiene que decirme por qué.

—Bueno, porque es guapo y me gusta su compañía.

—Mal —fue mi comentario.

—Y porque es joven y alegre.

—También mal.

—Y porque él me quiere a mí.

—Eso no hace al caso.

—Además, él será rico y yo me convertiré en la mujer más influyente de la comarca y estaré orgullosa de tener un marido como él.

—¡Eso es lo peor de todo! Y ahora, dígame: ¿cómo le quiere?

—Pues como quiere todo el mundo. Qué tonta eres, Nelly.

—Nada de eso. Conteste.

—Amo la tierra que pisa y el aire que respira, y todo lo que toca y cada palabra que dice. Amo todas sus miradas y todos sus actos, le amo enterito, por dentro y por fuera y de arriba abajo. ¡Para que veas!

—Y ¿por qué?

—No, te lo tomas a broma. ¡Eso es de muy mala fe! ¡Para mí no es ninguna broma! —dijo la joven frunciendo el ceño y volviendo el rostro hacia la lumbre.

—No me lo tomo a broma para nada, señorita Catherine —repuse—. Usted quiere al señor Edgar porque es guapo, joven, alegre y rico, y porque él la quiere a usted. Pero lo último no sirve. Seguramente le querría lo mismo aunque él no la quisiera, pero no le querría si él, queriéndola, no poseyera los otros cuatro atributos.

—No, desde luego que no. Si fuera feo y rústico solo conseguiría infundirme lástima, hasta puede que llegase a odiarle.

—Pero hay muchos otros jóvenes guapos y ricos en el mundo, posiblemente mucho más que él. ¿Qué le impide amarlos a ellos?

—Si los hay, están fuera de mi alcance. Nunca he conocido a nadie como Edgar.

—Pero quizá conozca a alguno. Además, él no será siempre joven y guapo, y quizá tampoco sea siempre rico.

—Ahora lo es y para mí lo único que cuenta es el presente. Ojalá hablases de forma más racional.

—Vaya, pues asunto concluido. Si lo único que cuenta para usted es el presente, cásese con el señorito Linton.

—No necesito tu permiso. Pienso casarme con él. Sin embargo, aún no me has dicho si he obrado bien o no.

—Ha obrado usted muy bien en la medida en que alguien hace bien en casarse solo porque vive el momento. Y ahora oigamos qué la hace desgraciada. Dará una alegría a su hermano… No creo que los señores Linton pongan pega alguna, saldrá usted de una casa caótica y carente de comodidades para entrar en otra rica y respetable. Edgar la ama a usted y usted a él. Todo parece ir sobre ruedas, ¿dónde está el problema?

—¡Aquí y aquí! —repuso Catherine golpeándose la frente con una mano y el pecho con la otra—. Viva donde viva el alma, ¡mi alma y mi corazón me dicen que hago mal!

—¡Qué extraño! No consigo entenderlo.

—Es mi secreto, pero, si dejas de burlarte de mí, te lo contaré; no puedo explicártelo con claridad, pero sí darte una idea de lo que siento.

Tomó asiento a mi lado de nuevo: asumió una expresión más seria y triste, y las manos, que tenía enlazadas, le temblaban.

—Nelly, ¿nunca tienes sueños extraños? —dijo de repente tras unos minutos de reflexión.

—Sí, de vez en cuando —contesté.

—Yo también. He tenido sueños en mi vida que me han quedado grabados para siempre y me han cambiado las ideas; me han calado hasta la médula, como el vino cala el agua, y han alterado el color de mi mente. Te contaré uno, pero procura no reírte en ningún momento.

—¡Ay, no, señorita Catherine! —exclamé—. Estamos ya bastante abatidas como para ponernos a convocar fantasmas y visiones que nos desconcierten. Vamos, vamos, ¡alegre esa cara y sea usted misma! Vea al pequeño Hareton, él no sueña con nada triste. ¡Mire con qué dulzura sonríe en sueños!

—Ya. Y ¡con qué dulzura reniega su padre en su soledad! Sin duda recordarás que él también fue una cosita regordeta como esa, casi tan joven e inocente. Nelly, aunque no quieras, te obligaré a escuchar; no es muy largo. Además, esta tarde no me veo capaz de estar alegre.

—¡No quiero oírlo! ¡No quiero oírlo! —repetí a toda prisa.

Yo era entonces muy supersticiosa con respecto a los sueños, y sigo siéndolo. Además, Catherine tenía un aspecto inusualmente sombrío y me daba miedo que dijera algo que me llevase a conjeturar un presagio o a prever una terrible catástrofe.

Se dolió, pero no continuó. Al cabo de un rato, haciendo como que cambiaba de tema, prosiguió.

—Si yo estuviera en el cielo, Nelly, sería muy desgraciada.

—Porque no es digna de ir allí —repuse—. Todos los pecadores serían desgraciados en el cielo.

—Pero no lo digo por eso. Una vez soñé que estaba allí.

—¡Le he dicho que no quiero oír sus sueños, señorita Catherine! Me voy a acostar —interrumpí de nuevo.

Se echó a reír y, al ver que hacía ademán de levantarme, me retuvo en la silla.

—Si no es nada —exclamó ella—. Solo iba a decir que no sentía que el cielo fuera mi casa y lloraba a mares porque quería regresar a la tierra. Los ángeles se enfadaron tanto que me arrojaron fuera y fui a caer en el centro del brezal que hay en la cima de Cumbres Borrascosas. Desperté allí, llorando de alegría. Lo mismo vale este sueño como el otro para explicar mi secreto. No soy más digna de casarme con Edgar Linton que de entrar en el cielo, y si ese malvado de allí dentro no hubiese hecho caer tan bajo a Heathcliff, ni se me habría pasado por la cabeza hacerlo. En estos momentos casarme con Heathcliff me degradaría, de modo que nunca sabrá cuánto le quiero. Y no por guapo, Nelly, sino porque es más yo que yo misma. Sea cual sea la sustancia de la que están hechas las almas, la de él y la mía son idénticas, mientras que la de Linton es tan diferente como un rayo de luna de un relámpago, o la escarcha del fuego.

Antes de que terminara de hablar sentí la presencia de Heathcliff. Volví la cabeza porque había percibido un ligero movimiento y vi que se levantaba del banco y salía a hurtadillas sin hacer el menor ruido. Alcanzó a oír hasta cuando Catherine dijo que casarse con él la degradaría y con eso tuvo suficiente.

Mi compañera se hallaba sentada en el suelo y el respaldo del escaño le impidió advertir tanto la presencia de Heathcliff como su salida; pero ¡yo me estremecí y le pedí que guardase silencio!

—¿Por qué? —preguntó mirando en torno a ella con nerviosismo.

—Ha llegado Joseph —contesté al tiempo que oía el oportuno sonido de las ruedas del carro en el camino— y Heathcliff vendrá con él. No estoy segura, pero creo que ahora mismo está en la puerta.

—¡Bien, pero no me oirá desde la puerta! —dijo—. Dame a Hareton mientras preparas la cena y llámame cuando esté lista para que cenemos juntas. Quiero burlar a mi incómoda conciencia y convencerme de que Heathcliff no tiene la menor idea de estas cosas; porque no la tiene, ¿verdad? ¿Verdad que no sabe lo que es estar enamorado?

—No veo por qué no iba a saberlo tan bien como usted —repuse—. Y ¡si la ha elegido a usted, será la criatura más desgraciada de la tierra! ¡En cuanto se convierta en la señora Linton, él perderá su amistad, su amor y todo lo demás! ¿Se ha parado a pensar cómo llevará usted la separación y lo que significará para él quedarse completamente solo en el mundo? Porque, señorita Catherine...

—¡Completamente solo! ¡Separados nosotros! —exclamó indignada—. ¿Quién va a separarnos? ¡Di! ¡Quien lo haga correrá la suerte de Milón! Ellen, eso no lo conseguirá ningún mortal mientras yo viva. Todos los Linton sobre la faz de la tierra se habrán convertido en polvo antes de que yo acceda a abandonar a Heathcliff. ¡Oh, no es eso lo que pretendo, no me refiero a eso! ¡No sería la señora Linton a ese precio! Él seguirá significando para mí lo que ha significado toda mi vida. Edgar tendrá que deponer su antipatía y, al menos, tolerarle. Lo hará cuando conozca mis verdaderos sentimientos hacia Heathcliff. Nelly, ahora veo que me tienes por una miserable egoísta, pero ¿nunca se te ha ocurrido pensar que, si Heathcliff y yo nos casáramos, seríamos unos pordioseros? Mientras que, si me caso con Linton, podré ayudar a Heathcliff a medrar para que no se halle bajo el poder de mi hermano.

—¿Con el dinero de su esposo, señorita Catherine? —pregunté—. No creo que le halle tan manejable como calcula. Y aunque no soy quién para juzgar, considero que, de todos los motivos que me ha dado hasta ahora para convertirse en esposa del joven Linton, ese es el peor.

—No lo es —replicó—. ¡Es el mejor! Los otros apenas satisfacen mis caprichos, aunque también son por el bien de Edgar, para complacerle a él. Este es por alguien que abarca en su persona mis sentimientos hacia Edgar y hacia mí misma. No puedo explicarlo, pero seguro que tú, como todo el mundo, intuyes que existes, o deberías existir, más allá de ti. ¿De qué serviría que haya sido creada si estuviera enteramente contenida en mi cuerpo? Mis mayores miserias en este mundo han sido las de Heathcliff y desde el principio he visto y sentido cada una de ellas. Él es la razón de mi existencia. Si todo lo demás pereciera y solo quedara él, yo seguiría existiendo; y si quedara todo lo demás y él fuera aniquilado, el universo se me antojaría sobremanera extraño. Sentiría que no formo parte de él. Mi amor hacia Linton es como el follaje de los bosques. Soy muy consciente de que el tiempo lo cambiará, lo mismo que el invierno cambia los árboles. Pero mi amor por Heathcliff es como las eternas rocas que hay debajo, fuente de escaso deleite para la vista, pero necesaria. Nelly, yo *soy* Heathcliff. Le tengo presente siempre, no tanto como algo agradable, en la medida en que no siempre me gusto, sino como mi propio ser. Así que no vuelvas a hablar de separación entre nosotros, eso no es factible y además…

Hizo una pausa y escondió la cara entre los pliegues de mi vestido, pero se la aparté de un empujón. ¡Me había sacado de quicio con sus disparates!

—Si algún sentido les veo a sus sandeces, señorita —dije—, es la convicción de que ignora las obligaciones que contrae casándose; o, de lo contrario, que es usted una muchacha perversa y sin escrúpulos. Y no me fastidie contándome más secretos, porque no prometo guardárselos.

—¿Me guardarás este? —preguntó angustiada.

—No, no prometo guardárselo —repetí.

Ella iba a insistir, pero la entrada de Joseph puso fin a nuestra conversación. Catherine se desplazó con su silla hasta un rincón y se puso a acunar a Hareton mientras yo preparaba la cena.

Cuando estuvo lista, mi compañero de servicio y yo empezamos a discutir sobre quién llevaría al señor Hindley su parte y no alcanzamos un acuerdo hasta que todo estuvo prácticamente frío. Al final convinimos en que esperaríamos a que él la pidiera, porque lo que más temíamos era entrar a verle cuando llevaba un tiempo solo.

—¿Y cómo k'a tas horas se negao tovía non volvió de los campos? ¿Qué tará tramando se vilordo? —exigió el viejo buscando a Heathcliff con la mirada.

—Iré a llamarle —repuse—. Seguro que está en el granero.

Fui allí y le llamé, pero no obtuve respuesta. A mi vuelta susurré a Catherine que me constaba que el muchacho había oído gran parte de lo que me había dicho; le conté que le había visto salir de la cocina en el momento en que ella se quejaba del trato que le daba su hermano.

Se levantó de un brinco muy alarmada, dejó caer a Hareton en el escaño y salió corriendo en busca de su amigo, sin pararse a considerar por qué estaba tan alterada ni de qué manera sus palabras habían podido afectarle a él.

Tardó tanto en volver que Joseph propuso que no la esperáramos más. Conjeturó ladinamente que si no aparecían era para no oír su interminable bendición de la mesa. Aseguró que «de tan infames, nomás tenían de ser unos malcriaos» y aquella noche añadió una plegaria especial al acostumbrado cuarto de hora de oraciones previas a la cena. Y habría agregado otra al final de la bendición si su joven ama no le hubiese interrumpido con la perentoria orden de que corriera camino abajo y que dondequiera que Heathcliff hubiese ido a parar ¡le encontrase y le hiciese volver en el acto!

—Quiero hablar con él y tengo que hacerlo antes de subir a mi cuarto —dijo—. La cancela está abierta. Estará en alguna parte donde no puede oírnos, porque he estado llamándole a viva voz desde lo alto de la colina y no me ha contestado.

Al principio, Joseph se opuso; sin embargo, ella hablaba demasiado en serio para sufrir que la contradijeran, de modo que acabó poniéndose el sombrero y marchándose enfurruñado.

Mientras tanto, Catherine paseaba de un lado para otro en la habitación exclamando:

—¿Dónde estará? ¿Dónde se habrá metido? ¿Qué dije, Nelly? Lo he olvidado. ¿Estaba dolido por mi mal genio esta tarde? ¡Por Dios! Dime: ¿qué he hecho para afligirle? Ojalá viniera. ¡Ojalá!

—¡Qué barullo está usted armando por nada! —exclamé, aunque yo misma estaba inquieta—. ¡Se asusta por una nimiedad! No es motivo de alarma que Heathcliff haya salido a dar un paseo en los brezales a la luz de la luna o que esté tumbado en el henil, demasiado contrito para hablarnos. Seguro que se ha escondido allí. ¡Ya verá cómo le encuentro!

Me marché para reiniciar mi búsqueda, pero esta resultó en un fiasco. Y la búsqueda de Joseph terminó en lo mismo.

—¡Se zagal va de mal en pior! —observó al volver—. ¡Dejó la verja abeilta de par en par, y'l potro de la señoíta tiró dos pilas de grano y marchó trotando ta'l prao! Menúa peiza, l'amo pondrase ech'una furia mañana, ¡y bein k'ará! Es la paceincia encarnada con esos desconsideraos ñiquiñaques. ¡Es la paceincia encarnada! Mas non va ser seimpre ansí, ¡vereilo toos vosotros! ¡A l'amo non sácaselo de quicio ansí k'ansí!

—¿Has encontrado a Heathcliff, animal? —interrumpió Catherine—. ¿Has ido a buscarle como te mandé?

—Enantes fuer'a busca'l caballo —repuso—, hubeire más sentío. ¡Porque nuna noche com'esta, preita com'una chiminea, non pueo buscar ni'l caballo ni l'hombre! Y Heathcliff n'es un dividuo que contest'a los silbíos. ¡Por ventura sea menos duro d'oío con usté!

Lo cierto es que era una noche muy oscura para ser verano: las nubes amenazaban con ponerse a tronar y dije que lo mejor que podíamos hacer era esperar, porque sin duda la lluvia que se avecinaba le traería a casa sin más.

Sin embargo, no hubo manera de persuadir a Catherine de que se tranquilizara. Iba de un lado para otro, desde la cancela hasta la puerta, en tal estado de agitación que no podía estarse quieta. Al final se apostó de forma permanente a un lado de la tapia, cerca del camino, y allí permaneció, sorda a mis protestas, a los reverberantes truenos y a las gruesas gotas que empezaban a salpicarle por doquier. De vez en cuando le llamaba y luego se paraba a escuchar, hasta que rompió a llorar abiertamente. En lo de explotar en un sonoro y apasionado acceso de llanto no le ganaban ni Hareton ni ningún otro niño.

Cerca de medianoche, estando todos aún despiertos, la tormenta se desató con toda su furia sobre Cumbres Borrascosas. El huracanado viento o los truenos hendieron un árbol ubicado en una esquina del edificio. Una enorme rama cayó sobre el tejado y derribó parte del fuste de la chimenea del ala este, lo que lanzó un estrepitoso montón de piedras y hollín al hogar de la cocina.

Creíamos que nos había caído un rayo, y Joseph se postró y rogó al Señor que se acordara de los patriarcas Noé y Lot, y que, como antaño, salvase a los justos, aunque castigase a los impíos. En cierta forma yo también sentía que aquello era un castigo divino. A mi juicio, el Jonás de la casa era el señor Earnshaw, de modo que sacudí el pestillo de su guarida para asegurarme de que seguía con vida. Su respuesta fue lo bastante audible como para que mi compañero se pusiera a clamar a voz en grito pidiendo que se estableciera una clara distinción entre los santos como él y los pecadores como el amo. Pero, al cabo de veinte minutos, la barahúnda cesó, dejándonos a todos indemnes menos a Cathy, que estaba calada hasta los huesos debido a su obstinada negativa a cobijarse y a que había permanecido a la intemperie, sin sombrero y sin chal, y se había empapado el pelo y la ropa todo lo que pudo y más.

Entró chorreando y se tumbó en el escaño, vuelta contra el respaldo, cubriéndose el rostro con las manos.

—¡Vaya, señorita! —exclamé poniéndole la mano en el hombro—. ¿Acaso se ha empeñado en buscar su muerte? ¿Sabe la hora que es? Las doce y media. ¡Vamos! ¡Váyase a la cama! Es inútil seguir esperando a ese insensato. Habrá ido a Cordera y a estas alturas ya se quedará allí. Se figurará que no vamos a estar esperándole a estas horas o, al menos, que el único que sigue despierto es el señor Hindley y prefiere evitar que sea el amo quien le abra la puerta.

—¡No, no, non ta'n Cordera! —dijo Joseph—. Non trañaríame que 'tuveise metío nel fondo d'una céinaga. 'Te castigo divino no's de balde. Y usté, señoíta, pue ser la siguéinte, conque váyase con ojo. ¡Gracias al ceilo por too! ¡Too's pa'l bein de los elegíos y sacaos d'entre l'inmundicia! Ya sabe'l que dicen las Escrituras…

Y se puso a citar distintos pasajes, indicándonos los capítulos y versículos de referencia.

Yo, tras haber suplicado en vano a la obstinada muchacha que se levantase y subiera a quitarse la ropa mojada, dejé a Joseph con sus prédicas y a Catherine tiritando, y me retiré con el pequeño Hareton, que dormía profundamente como si en torno a él todos hubiésemos estado durmiendo.

Oí que Joseph seguía leyendo un rato más; luego percibí sus tardos pasos en la escalera y me dormí.

Bajé un poco más tarde que de costumbre y gracias a los rayos de sol que se filtraban por las rendijas de las persianas advertí que la señorita Catherine continuaba sentada junto a la chimenea. Además, la puerta de la casa estaba entornada y la luz entraba por las ventanas abiertas. Hindley había salido de allí y estaba de pie en el hogar de la cocina, ojeroso y somnoliento.

—¿Qué tienes, Cathy? —preguntaba cuando entré—. Pareces un cachorro ahogado. ¿Por qué estás tan empapada y pálida, niña?

—Me he mojado —respondió ella de mala gana— y tengo frío. Eso es todo.

—¡Oh, mire si es traviesa! —exclamé yo viendo que el amo se hallaba relativamente sobrio—. Anoche se empapó bajo la lluvia y ha pasado la noche entera aquí sentada; me resultó imposible conseguir que se moviera.

El señor Earnshaw nos miraba boquiabierto.

—La noche entera —repitió—. Y ¿qué la mantuvo despierta? No sería el miedo a los truenos, ¿verdad?, porque hace ya horas que pasó la tormenta.

Ninguna de las dos deseaba mencionar la ausencia de Heathcliff mientras pudiéramos seguir ocultándola, por lo que yo contesté que no sabía por qué se había obstinado en permanecer despierta y ella no dijo nada.

Hacía una mañana fresca y despejada. Abrí la ventana de celosía y en el acto la habitación se inundó de las dulces fragancias que llegaban del jardín. Catherine se dirigió a mí malhumorada:

—Cierra la ventana, Ellen. ¡Me muero de frío!

Le castañeteaban los dientes y se acurrucó junto a las ya casi extinguidas brasas.

—Está enferma —dijo Hindley tomándole el pulso—. Supongo que ese es el motivo por el que no quería acostarse. ¡Maldita sea! No quiero ser importunado con más enfermedades en esta casa. ¿Qué te indujo a salir bajo la lluvia?

—¡Corría tras de los zagales como seimpre! —gruñó Joseph aprovechando la oportunidad que le brindaba nuestro titubeo para meter cizaña—. ¡Si yo fuere l'amo, señor, daríales con la puelta nas narices a los bein nacíos y a los otros! N'hay día'n k'usté non salga y Linton n'acérquese por qui a rondar. ¡Y menúa es tambéin doña Nelly! Espéralo a usté na cocina y ansí com'ust'entra pol'una puelta, él sale pola otra, ¡y de siguío la nuestra gran dama sale correind'a que la coltejen hi fuera! ¡Bonita manera de poltase's vagar polos campos pasada la medianoche con se grosero y'spantoso pateta gitano de Heathcliff! Creen que toy ceigo, ¡mas n'es ansí, ni mucho menos! ¡Vi'l mozo Linton entrar y salir, y vit'a ti —dijo dirigiéndome su perorata—, bruja, cochina, negada! ¡Mira que tar cuchando y'ntrar correindo na casa nomás oíste'l sonío de los cascos del caballo de l'amo subir pol camín!

—¡Silencio, fisgón! —gritó Catherine—. ¡No consentiré que seas impertinente en mi presencia! Hindley, Edgar Linton vino ayer de improviso y yo misma le dije que se marchara porque sabía que no te habría gustado que te viese en ese estado.

—Es evidente que estás mintiendo, Cathy —repuso su hermano—. ¡Eres una maldita simplona! Pero de momento olvídate de Linton. Dime: ¿estuviste con Heathcliff anoche? Vamos, di la verdad. No temas por él, porque, aunque le sigo odiando igual que siempre, hace poco me hizo un favor y eso hará que me remuerda la conciencia cuando vaya a retorcerle el pescuezo. Para evitarlo, le despediré con cajas destempladas esta misma mañana. ¡Os aconsejo que os andéis con mucho ojo cuando se haya marchado, porque descargaré todo mi mal genio sobre vosotros!

—No es cierto que viera a Heathcliff anoche —contestó Catherine rompiendo a llorar amargamente—. Y si de verdad le echas de casa, me iré con él. Aunque quizá no tengas ocasión de echarle, a lo mejor ya se ha ido.

Al llegar a este punto se deshizo en un incontrolable mar de lágrimas y ya no pudo articular palabra.

Hindley la cubrió con un torrente de injurias y le mandó que se fuera a su habitación de inmediato, porque, de lo contrario, ¡tendría verdaderos motivos para llorar! Yo la obligué a obedecer, y nunca olvidaré el numerito que me montó cuando llegamos a su dormitorio. Me aterró, pensé que había perdido el tino y rogué a Joseph que fuera corriendo en busca del médico.

Resultó ser un principio de delirio; el señor Kenneth, apenas la vio, le diagnosticó una enfermedad grave: padecía calentura.

La sangró y me dijo que la alimentara a base de agua de avena y suero de leche, y que la vigilara, no fuera a ser que se despeñase por el hueco de la escalera o por la ventana. Luego se marchó, alegando que tenía mucho que hacer en esa parroquia donde la distancia habitual entre vivienda y vivienda es de cuatro o cinco kilómetros.

Aunque no puedo decir que yo fuese una enfermera cariñosa —y Joseph y el amo no eran mejores que yo—, y aunque nuestra paciente era de lo más pesada y terca, capeó la enfermedad.

Hay que decir que la vieja señora Linton nos hizo varias visitas: puso orden en casa y se dedicó a reprendernos y a darnos órdenes a todos. Cuando Catherine entró en fase de convalecencia insistió en llevársela a la Granja de los Tordos y todos le agradecimos que nos librara de su presencia. Pero la pobre señora tuvo fundados motivos para arrepentirse de su bondad, porque tanto ella como su esposo contrajeron las mismas fiebres y fallecieron con escasos días de diferencia.

Nuestra señorita volvió con nosotros más descarada, colérica y altanera que nunca. No habíamos vuelto a saber nada de Heathcliff desde la noche de la tormenta y, un día que Cathy me había provocado más de la cuenta, tuve la desgracia de echarle a ella la culpa de su desaparición (lo que, además, era cierto, como bien sabía ella). A partir de entonces y durante varios meses dejó de comunicarse conmigo y se limitó a tratarme como a una mera sirvienta. Joseph también fue objeto de su ninguneo, aunque él seguía cantándole las cuarenta y riñéndola como a una niña, cuando ella se consideraba una mujer y nuestra ama, y creía que su pasada enfermedad le confería el derecho a recibir un trato deferente. Además, el médico había dicho que no convenía llevarle la contraria, que debíamos dejar que siempre se saliese con la suya; y a los ojos de Cathy, quien tuviera la desfachatez de encarársele o contradecirla perpetraba poco menos que un asesinato.

Evitaba a su hermano y a sus compinches, pero el señor Earnshaw, aleccionado por Kenneth y por la seria amenaza de padecer una crisis que solía acompañar sus rabietas, accedía a cuanto ella tuviera a bien exigir y por regla general evitaba excitar su fogoso temperamento. Lo cierto es que era demasiado indulgente y le consentía todos sus caprichos, y no lo hacía por cariño, sino por vanidad. Deseaba ardientemente que su hermana trajera honra y prez a la familia a través de su alianza con los Linton y, con tal de que a él le dejara en paz, ¡le tenía sin cuidado que a nosotros nos pisoteara como a esclavos!

Edgar Linton estaba locamente enamorado, como infinidad de personas lo han estado antes que él y seguirán estándolo después de él, y el día que entró con ella del brazo en la iglesia de Cordera, tres años después de la muerte de su padre, se tuvo por el hombre más dichoso del mundo.

Muy a mi pesar me indujeron a abandonar Cumbres Borrascosas y a venirme aquí con ella. El pequeño Hareton iba a cumplir cinco años y yo estaba empezando a enseñarle a leer. Nuestra despedida fue muy triste para ambos, pero las lágrimas de Catherine pudieron más que las nuestras. Cuando me negué a mudarme y vio que sus súplicas no me ablandaban fue a quejarse con su marido y su hermano. El primero me ofreció un generoso salario, y el segundo me mandó hacer las maletas. Dijo que ahora que su señora ya no estaba no quería mujeres en casa y que, en cuanto a Hareton, el coadjutor no tardaría en hacerse cargo de él. De forma que no me quedó más remedio que hacer lo que me mandaban. Dije al amo que lo único que él quería era librarse de toda persona decente para precipitarse cuanto antes hacia su propia ruina. Di un beso de despedida a Hareton, que desde entonces ha sido un extraño para mí y, por peregrino que me resulte pensarlo, estoy segura de que ha olvidado completamente a Ellen Dean. Y ¡pensar que él lo había sido todo para ella, y ella para él!

Al llegar a este punto del relato, el ama de llaves miró el reloj que había encima de la chimenea y se quedó estupefacta cuando vio que las manecillas marcaban la una y media. Se negó en redondo a permanecer conmigo un segundo más. La verdad es que yo también me hallaba predispuesto a que aplazase el resto de su narración. Ahora que se ha ido a descansar y llevo una o dos horas reflexionando, me armaré de valor para hacer lo propio desafiando la dolorosa flojera que siento en la cabeza y las extremidades.

10

¡Encantadora introducción a la vida eremítica! ¡Cuatro semanas de tortura, agitación y malestar! ¡Ay, estos desapacibles vientos, estos gélidos cielos norteños, estos intransitables caminos y estos pausados médicos rurales! Y ¡ay, esta escasez de fisonomías humanas! Y lo peor de todo: ¡la terrible advertencia de Kenneth de que no cuente con salir de casa hasta la primavera!

El señor Heathcliff acaba de honrarme con una visita. Hará unos siete días me mandó un par de urogallos, los últimos de la temporada. ¡Sinvergüenza! No deja de tener bastante culpa de mi enfermedad y no me han faltado ganas de decírselo. Pero ¡por Dios! ¿Cómo iba ofender a un hombre que ha tenido la caridad de venir a sentarse una hora larga a la cabecera de mi cama y hablarme de algo que no sean pastillas, brebajes, ventosas y sanguijuelas?

Este momento es bastante llevadero. Sigo demasiado débil para leer, pero me gustaría entretenerme con algo interesante. ¿Por qué no le pido a la señora Dean que termine su relato? Recuerdo los principales incidentes de cuanto me ha referido. Sí, recuerdo que el protagonista había huido y que hacía tres años que nadie sabía nada de él; y que la heroína había contraído matrimonio. La llamaré. Estará encantada de encontrarme animado y hablador.

La señora Dean acudió a mi llamada.

—Faltan veinte minutos, señor, para tomar la medicina —dijo.

—¡Fuera! ¡Eso, fuera! —repuse—. Deseo que…

—El doctor dice que hay que suspender los polvos.

—¡Con mil amores! No me interrumpa. Venga a sentarse aquí conmigo y manténgase alejada de esa implacable falange de frasquitos. Saque su labor de punto del bolsillo. Eso es. Y ahora prosiga con la historia del señor Heathcliff desde donde la dejó hasta el momento actual. ¿Terminó su educación en el continente y regresó hecho un señor? U ¿obtuvo un puesto de *sizar*? O ¿escapó a Norteamérica y se cubrió de gloria derramando su sangre en defensa de su país de adopción? O ¿amasó una fortuna de forma más inmediata en los caminos ingleses?

—Es posible que haya hecho un poco de todo eso, señor Lockwood, pero no se lo puedo garantizar. Ya le dije antes que no sé cómo hizo su dinero; tampoco sé cómo logró salir de la salvaje ignorancia en que se hallaba sumido. Pero, con su permiso, proseguiré a mi manera, siempre y cuando ello le divierta y no le fatigue. ¿Se encuentra mejor esta mañana?

—Mucho mejor.

—Cuánto me alegro.

Me trasladé con la señorita Catherine a la Granja de los Tordos y ante mi grata decepción se portó infinitamente mejor de lo que me habría atrevido a esperar. Profesaba un cariño casi excesivo al señor Linton y hasta manifestaba tenerle mucho afecto a su hermana. Lo cierto es que ambos eran muy atentos con ella. Aquí el espino no se doblegaba ante las madreselvas, sino que las madreselvas abrazaban el espino. No había concesiones mutuas: uno se mantenía erguido y las otras cedían. ¿Cómo puede nadie tener mala fe y mal genio cuando a su alrededor no hay oposición ni indiferencia?

Observé que el señor Edgar tenía un profundo y arraigado temor de crisparla. A ella procuraba ocultárselo, pero, si alguna vez me oía a mí contestarle con brusquedad o veía que el semblante de cualquier otro sirviente se nublaba a causa de una imperiosa orden de ella, mostraba su desazón frunciendo el ceño con displicencia, cuando su semblante nunca se ensombrecía por sí solo. Más de una vez me regañó por mi insolencia y me confesó que una puñalada no le causaría mayor dolor que ver a su señora irritada.

Para evitar afligir a un amo tan bondadoso aprendí a ser menos susceptible y, durante medio año, aquella pólvora fue inofensiva como la arena, porque no se le arrimó ningún fuego que la hiciera explotar. De vez en cuando, Catherine padecía episodios de melancolía y mutismo que su esposo respetaba observando un comprensivo silencio. Los achacaba al cambio operado en su constitución a raíz de aquella grave enfermedad, porque nunca antes había sido propensa al abatimiento. Correspondía al regreso de la alegría manifestando la misma alegría. Creo poder afirmar que realmente se hallaban en posesión de una felicidad cada vez más profunda.

Aquello se acabó. Y es que a la larga no nos queda más remedio que mirar por nosotros mismos: el egoísmo de la gente buena y generosa no es sino más justo que el de la autoritaria. Aquello se acabó cuando las circunstancias los llevaron a reparar en que el interés del uno no era la principal consideración en los pensamientos del otro.

Una apacible tarde de septiembre, yo venía del jardín cargada con una pesada cesta de manzanas que acababa de recoger. Ya había oscurecido y la luna asomaba por encima de las altas tapias del patio causando que indefinidas sombras acecharan en las esquinas de los numerosos salientes del edificio. Deposité mi carga en los peldaños que conducen a la cocina y me detuve a descansar y a sorber unas bocanadas de aquel aire dulce y templado. Contemplaba la luna, de espaldas a la entrada, cuando detrás de mí oí una voz que decía:

—Nelly, ¿eres tú?

La voz era profunda y el acento, extranjero, pero algo en la manera de pronunciar mi nombre me resultó familiar. Me volví para ver quién era, con miedo, porque las puertas estaban cerradas y no había visto a nadie al aproximarme a las gradas.

Algo se movió en el porche y, cuando se me acercó, distinguí a un hombre alto, vestido con ropas oscuras, cuyo rostro y cabello también eran oscuros. Se apoyó en un lateral de la puerta y colocó los dedos en el pestillo como si se dispusiera a abrir.

«¿Quién puede ser? —pensé—. ¿El señor Earnshaw? ¡No, por Dios! Esa voz no se parece nada a la de él».

—Llevo una hora retrasando el momento de verla —prosiguió mientras yo seguía mirándole en hito— y todo este tiempo he sentido una quietud de muerte a mi alrededor. No me atrevía a entrar. ¿No me reconoces? ¡Mírame, no soy un extraño!

Un rayo de luna iluminó sus rasgos. Tenía las cetrinas mejillas mitad cubiertas por patillas negras, las cejas fruncidas y unos singulares ojos hundidos. Recordaba esos ojos.

—¡Cómo! —exclamé levantando las manos perpleja, sin saber si considerarle un visitante de ultratumba—. ¡Cómo! ¿Ha vuelto? ¿De verdad es usted? ¿Lo es?

—Sí, soy Heathcliff —repuso alzando la vista a las ventanas, de las que no salía ninguna luz, pero cuya superficie reflejaba un sinfín de lunas titilantes—. ¿Están en casa? ¿Dónde está ella? Nelly, no te alegras; no hace falta que te alteres tanto. ¿Está aquí? ¡Contéstame! Quiero cruzar dos palabras con ella, con tu ama. Ve y dile que una persona de Cordera desea verla.

—¿Cómo se lo tomará? —exclamé—. ¿Qué hará? Si esta sorpresa me ha dejado perpleja a mí, ¡a ella le hará perder el juicio! ¿De verdad es usted, Heathcliff? Pero ¡qué cambiado está! No, no hay quien lo entienda. ¿Se alistó en el ejército?

—Ve a llevar mi recado —interrumpió con impaciencia—. ¡Me hallaré en el infierno hasta que lo hagas!

Levantó el pestillo y entré en casa, pero cuando llegué al gabinete donde se encontraban los señores Linton no me decidía a entrar.

Al final resolví pretextar que entraba a preguntar si querían que encendiera las velas y abrí la puerta.

Estaban sentados junto a una ventana cuya celosía se hallaba abierta contra la pared y desde la que se veían los árboles del jardín, el verde y agreste campo, y todo el valle de Cordera casi cubierto hasta arriba por una sinuosa franja de niebla (porque, como quizá haya observado, justo después de pasar la capilla el desaguadero que mana desde las ciénagas se une a un arroyo que sigue la curva de la cañada). Cumbres Borrascosas descollaba por encima de ese vapor argénteo, pero nuestra antigua casa no alcanzaba a verse porque queda bastante hundida en la otra vertiente.

Tanto la habitación como sus ocupantes y la escena que contemplaban transmitían una extraordinaria sensación de paz. Inquirí acerca de las velas, pero se me quitaron las ganas de dar el recado, y ya me alejaba sin haberlo dado cuando me di cuenta de que era una locura obviarlo, de modo que regresé.

—Un hombre de Cordera desea verla, señora —murmuré.

—¿Qué quiere? —preguntó ella.

—No se lo he preguntado —repuse.

—Está bien, Nelly —dijo—. Corre las cortinas y sube el té. Vuelvo enseguida.

Salió de la estancia y el señor Edgar preguntó con aire despreocupado quién era.

—Alguien cuya visita la señora no espera —repuse—. Es ese Heathcliff que, como usted recordará, vivía en casa del señor Earnshaw.

—¿Cómo? ¿Ese gitano… ese gañán? —exclamó—. ¿Por qué no se lo ha dicho a Catherine?

—¡Calle! No debe tildarle de esas cosas, amo —dije—. La señora se llevaría un buen disgusto si le oyera. Su fuga casi le partió el corazón, por lo que imagino que su regreso le dará una enorme alegría.

El señor Linton se acercó a una ventana ubicada en el otro extremo de la habitación, que daba al patio. La abrió y se asomó. Debió de verlos allí, porque enseguida gritó:

—¡No te quedes ahí parada, cariño! Hazle pasar si es alguien en concreto.

Poco después oí el clic del pestillo y Catherine se precipitó escaleras arriba. Entró arrebatada, sofocada y demasiado excitada como para dejar traslucir su alegría. Lo cierto es que la expresión de su rostro hacía temer una espantosa calamidad.

—¡Oh, Edgar, Edgar! —jadeaba al tiempo que le echaba los brazos al cuello—. ¡Oh, Edgar, querido! Heathcliff ha vuelto. ¡Está aquí!

Y su abrazo se convirtió en un achuchón.

—¡Vaya, vaya —gritó su esposo enojado—, ese no es motivo para que me estrangules! Nunca le he tenido por una joya de gran valor. ¡No hace falta que te pongas histérica!

—Sé que no le tenías aprecio —contestó ella refrenando un poco la intensidad de su alegría—. Pero ahora, por mi bien, tenéis que ser amigos. ¿Le digo que suba?

—¿Aquí? —dijo—. ¿Al gabinete?

—Y ¿adónde si no? —preguntó ella.

Aquello pareció irritar al amo, que sugirió la cocina como un lugar más apropiado para él.

La señora Linton se le quedó mirando con una expresión divertida, mezcla de furia y mofa, ante su quisquillosidad.

—No —añadió al cabo de un rato—, no puedo recibirle en la cocina. Dispón dos mesas aquí, Ellen, una para el amo y la señorita Isabella, que son gente bien, y otra para Heathcliff y para mí, los plebeyos. ¿Te parece bien así, cielo? O ¿prefieres que me enciendan un fuego en otra parte? Si es así, da las órdenes pertinentes. Yo bajo corriendo en busca de mi invitado. ¡Me temo que mi dicha es demasiado grande como para ser real!

Se disponía a salir como una flecha, pero Edgar la detuvo.

—Mándele subir —dijo dirigiéndose a mí—. Y tú, Catherine, ¡intenta estar contenta sin ser absurda! No necesitamos que toda la casa se entere de que estás recibiendo a un sirviente fugitivo como si fuera tu hermano.

Bajé y encontré a Heathcliff esperando en el porche; era evidente que contaba con que le invitarían a entrar. Me siguió sin malgastar palabras y le conduje ante la presencia de mis amos, cuyas encendidas mejillas delataban que acababan de tener una acalorada disputa. Aunque las de la señora ardieron con un sentimiento muy distinto cuando su amigo apareció en la puerta. Se levantó de un salto, fue a asirle ambas manos y le acercó hasta donde estaba Linton. Luego agarró los reacios dedos de su esposo y los embutió en la mano de Heathcliff.

Ahora que la luz de la lumbre y las velas le daba de lleno, la transformación de Heathcliff me dejó aún más pasmada. Se había convertido en un hombre alto, atlético y bien formado, a cuyo lado mi amo parecía un mozalbete harto escuálido. Su porte erguido sugería que podía haber servido en el ejército. Por la expresión y la firmeza de sus facciones, su semblante denotaba mucha mayor madurez que el del señor Linton; tenía un aire de inteligencia: no quedaba rastro de su antigua degradación. Una semisalvaje aunque amansada ferocidad seguía al acecho en las cejas fruncidas y los ojos rebosantes de fuego negro, y su talante, en absoluto exento de rudeza, era hasta digno, aunque demasiado severo para ser elegante.

La estupefacción de mi amo igualaba o excedía la mía: guardó un minuto de silencio porque no sabía cómo dirigirse al que acababa de tildar de gañán. Heathcliff soltó la menuda mano de Linton y se le quedó mirando fríamente hasta que el otro se decidió a hablar.

—Siéntese, señor —dijo por fin—. La señora Linton me ha pedido que le dispense una cordial bienvenida en recuerdo de los viejos tiempos y, como es natural, siempre me agrada tener ocasión de complacerla.

—Lo mismo digo —repuso Heathcliff—, sobre todo si se trata de algo en lo que yo tomo parte. Con mucho gusto permaneceré una hora o dos con ustedes.

Tomó asiento frente a Catherine, que clavaba los ojos en él como si temiera que fuera a esfumarse en cuanto desviara la mirada. Él apenas alzaba los suyos; se contentaba con dirigirle azarosas y furtivas miradas, que, sin embargo, manifestaban con creciente confianza el no disimulado deleite que bebía de los de ella.

Se hallaban demasiado absortos en su mutua alegría como para sentirse violentos. No así el señor Edgar: palideció de puro fastidio, un sentimiento que alcanzó su máxima intensidad cuando su señora se levantó y, cruzando al otro lado de la alfombra, volvió a tomar las manos de Heathcliff entre las suyas y se echó a reír como una loca.

—¡Mañana pensaré que todo esto ha sido un sueño! —exclamó—. No podré creer que te he visto, tocado y hablado otra vez. Y, sin embargo, ¡cruel Heathcliff!, no mereces esta bienvenida. ¡Mira que ausentarte y guardar silencio durante tres años sin haberte acordado nunca de mí!

—¡Algo más de lo que tú te has acordado de mí! —murmuró—. Hace poco supe de tu boda, Cathy; y mientras esperaba abajo en el patio, mi único objetivo era ver tu rostro un momento, que quizá me dedicases una mirada perpleja o de fingido placer, luego ir a ajustar cuentas con Hindley y después anticiparme a la ley ejecutándome a mí mismo. Tu acogida me ha quitado esas ideas de la cabeza, pero ¡cuídate mucho de recibirme con otra cara la próxima vez! No, no volverás a echarme. Dices que te compadeciste mucho de mí, y no te faltaban motivos. Desde que oí tu voz por última vez me he abierto camino en esta amarga vida, y debes perdonarme, porque no he luchado sino por ti.

—Catherine, haz el favor de venir a la mesa antes de que se nos enfríe el té —interrumpió Linton esforzándose por conservar su habitual tono de voz y cierta urbanidad—. El señor Heathcliff tendrá una larga caminata por delante dondequiera que se hospede esta noche y tengo sed.

Catherine ocupó su puesto frente a la tetera y la señorita Isabella apareció, convocada por la campanilla. Yo, tras haberles acercado las sillas a la mesa, salí de la estancia.

La colación no duró ni diez minutos. Catherine ni siquiera alcanzó a llenar su taza; no podía comer ni beber. Edgar había derramado su té en el platillo y no tragó sino un sorbo.

El invitado no quiso prolongar su visita más de una hora aquella tarde. Cuando nos despedimos le pregunté si se dirigía a Cordera.

—No, a Cumbres Borrascosas —repuso—. El señor Earnshaw me invitó esta mañana cuando fui a hacerle una visita.

¡El señor Earnshaw le había invitado y él le había hecho una visita! Cuando se hubo marchado sopesé lenta y dolorosamente sus palabras. ¿Será que se ha convertido en un hipócrita y ha venido aquí con el único designio encubierto de hacer daño? En mi fuero interno sentía, como si fuera una premonición, que habría hecho mejor en no regresar.

En plena noche me sacó de mi primer sueño la sigilosa entrada de la señora Linton en mi aposento; se sentó a la cabecera de mi cama y me tiró del pelo para despertarme.

—No puedo dormir, Ellen —dijo a modo de disculpa—. ¡Necesito que un ser vivo comparta mi felicidad! Edgar está enfurruñado porque estoy feliz por algo que para él no tiene el menor interés. Se niega a abrir la boca, salvo para soltar absurdos y mezquinos sermones. Sostiene que soy cruel y egoísta porque me empeño en hablarle cuando él se encuentra muy mal y está muerto de sueño. ¡Siempre se hace el enfermo al menor enfado! Proferí unas palabras de encomio respecto a Heathcliff y él, ya fuera porque tenía dolor de cabeza o porque sintió una punzada de envidia, se echó a llorar. Así que me levanté y le dejé solo.

—¿De qué sirve elogiar a Heathcliff? —contesté—. Se tienen mutua aversión desde pequeños y a Heathcliff también le dolería que usted ensalzase al señor Linton; así es la naturaleza humana. Si no quiere que riñan abiertamente, deje en paz al señor Linton y no vuelva a hablarle de Heathcliff.

—Pero ¿no crees que eso denota una gran debilidad por su parte? —prosiguió—. Yo no soy envidiosa, nunca he envidiado el rubio y lustroso cabello de Isabella, ni la blancura de su piel, ni su exquisita elegancia, ni el cariño que le profesa toda la casa. Incluso tú, Nelly, si alguna vez reñimos, enseguida te pones de su parte y yo cedo como una madre ingenua, le digo que es un sol y la adulo hasta que se pone de buen humor. A su hermano le gusta vernos cariñosas la una con la otra y, a mí, darle ese gusto. Pero se parecen mucho entre ellos: son unos consentidos que creen que el mundo ha sido creado para servirles. Y aunque yo les siga el humor a ambos, pienso que una buena lección no les vendría nada mal.

—Se equivoca, señora Linton —dije—. Son ellos quienes le siguen el humor a usted. ¡Y bien sé lo que pasaría si dejasen de hacerlo! Ya puede permitirse complacer los momentáneos caprichos de ambos, siempre que ellos se anticipen al menor deseo de usted. Sin embargo, quizá acaben enemistándose entre ustedes por algo que revista la misma importancia para ambas partes y ¡ya veremos si esos a quienes tilda de débiles no se muestran tan obstinados como usted!

—En ese caso se entablará una lucha a muerte, ¿verdad, Nelly? —repuso echándose a reír—. ¡No! Te digo que tengo tal fe en el amor de Linton que pienso que hasta podría llegar a matarle sin que él tomara la menor represalia contra mí.

Le aconsejé que por eso mismo debía valorarle más.

—Ya lo hago —repuso—. Pero que no lloriquee por nimiedades. En lugar de conducirse como un niño y deshacerse en un mar de lágrimas porque dije que ahora Heathcliff merece la estima de todos y que el señor más influyente de la comarca se sentirá honrado con su amistad, debería haberme dado la razón. Desde luego, teniendo en cuenta que Heathcliff tiene serios motivos para no sufrirle, ¡se ha portado de maravilla!

—¿Y qué me dice de que haya ido a Cumbres Borrascosas? —pregunté—. Al parecer, se ha reformado de pies a cabeza: ¡es todo un cristiano en eso de tender la mano al conjunto de sus enemigos!

—Me lo ha contado —repuso—, yo también me extrañé. Dijo que fue allí porque pensaba que tú seguías viviendo en esa casa y quería que le dieras nuevas de mí. Joseph avisó a Hindley, que salió y se puso a indagar sobre la vida que había llevado y lo que había estado haciendo, hasta que al final le invitó a entrar. Había algunos individuos jugando a cartas y Heathcliff se les unió. Le ganó algún dinero a mi hermano, quien, al ver que Heathcliff nadaba en la abundancia, le pidió que regresara esta misma noche, y él aceptó. Hindley es demasiado temerario como para elegir a sus amistades con sensatez; no se detiene a pensar que podría tener motivos para desconfiar de una persona a la que ha agraviado vilmente. Pero Heathcliff asegura que el principal motivo por el que quiere reanudar la relación con su antiguo acosador es que desea instalarse en un lugar desde donde pueda venir caminando hasta la Granja, además de que está apegado a la casa donde vivimos juntos y alberga la esperanza de que yo tenga mayor ocasión de ir a verle allí que si se instalara en Cordera. Piensa ofrecer una generosa suma para poder alojarse en las Cumbres y no dudo de que mi hermano aceptará por pura codicia, porque siempre ha sido codicioso, aunque lo que agarra con una mano lo derrocha con la otra.

—¡Bonito lugar para que un joven fije su residencia! —dije—. ¿No teme las consecuencias, señora Linton?

—Por mi amigo, para nada —repuso—, su pragmatismo le pondrá a salvo de todo peligro. Por Hindley sí tengo un poco de miedo. Pero en lo moral ya no puede caer más bajo y en lo físico yo me interpongo entre su persona y el daño que puedan hacerle.

¡Lo ocurrido esta tarde me ha reconciliado con Dios y con toda la humanidad! Me había sublevado rabiosamente contra la Providencia. ¡Oh, lo he pasado muy muy mal, Nelly! Si ese individuo supiera cuánto he sufrido, se avergonzaría de ensombrecer el cese de mi sufrimiento con su ridículo malhumor. Si he padecido yo sola, ha sido por bondad hacia él, porque, de haber expresado la angustia que con frecuencia sentía, él habría aprendido a ansiar aliviarla con el mismo ardor que yo. Sin embargo, eso es agua pasada y no me vengaré de su insensatez. ¡Después de esto me siento capaz de soportar cualquier cosa! Si la criatura más vil me diera un cachete en la mejilla, no solo pondría la otra, sino que pediría perdón por haberla provocado. Y para demostrártelo, ahora mismo voy a hacer las paces con Edgar. Buenas noches. ¡Soy un ángel!

Se marchó con esa autocomplaciente convicción. El éxito en el cumplimiento de su propósito quedó de manifiesto a la mañana siguiente. El señor Linton no solo había depuesto su irritabilidad (aunque su ánimo aún parecía hallarse dominado por la exuberante vitalidad de Catherine), sino que no puso objeción alguna a que Isabella la acompañase a Cumbres Borrascosas esa misma tarde. Ella le recompensó prodigándole una dulzura y un cariño tales que la casa se convirtió en un paraíso durante varios días, y tanto el amo como los sirvientes nos beneficiamos de aquella perpetua bonanza.

Al principio, Heathcliff —o el señor Heathcliff, como le llamaría en lo sucesivo— hizo un cauteloso uso de su permiso para visitar la Granja de los Tordos: parecía estar sopesando hasta qué punto iba a permitir su dueño aquella intrusión. Y Catherine, por su lado, estimó prudente moderar las expresiones de júbilo cuando le recibía; de modo que, poco a poco, él fue estableciendo su derecho a visitarlos.

Conservaba en gran medida la reserva que le caracterizaba de niño, lo que le ayudaba a reprimir toda alarmante manifestación de sus sentimientos. El desasosiego de mi amo experimentó una tregua y durante un tiempo nuevas circunstancias lo desviaron por otro cauce.

La nueva fuente de problemas surgió de que Isabella Linton tuvo la singular desgracia de manifestar una repentina e irresistible atracción hacia aquel tolerado visitante. En aquella época, ella era una encantadora joven de dieciocho años y maneras infantiles, pero poseedora tanto de una viva inteligencia y unos vivos sentimientos, como de un vivo genio cuando la irritaban. Su hermano, que la quería con ternura, estaba horrorizado ante aquella insólita elección. Aparte de la deshonra que acarrearía a la familia contraer matrimonio con un individuo sin nombre y la posibilidad de que la hacienda de los Linton, a falta de herederos varones, acabase en manos de alguien así, tuvo el sentido común de entender el carácter de Heathcliff y de saber que, aunque hubiese cambiado por fuera, su mente era inalterable y continuaba inalterada. Esa mente le horrorizaba, le repugnaba, por lo que repelió como un mal agüero la idea de encomendarle a Isabella.

Habría rehuido la idea aún más de haber sabido que aquel encariñamiento había nacido sin ser solicitado y sin que despertara ninguna reciprocidad de sentimiento, porque el instante en que descubrió su existencia atribuyó toda la culpa a una premeditada maquinación de Heathcliff.

Hacía algún tiempo que todos habíamos reparado en que algo atormentaba y consumía a la señorita Linton. Se ponía furiosa y pesada, y continuamente incordiaba y contestaba mal a Catherine corriendo el inminente riesgo de agotar su limitada paciencia. La excusábamos, hasta cierto punto, con el pretexto de que estaba enferma —decaía y se desmejoraba ante nuestros ojos—, pero un día en que estaba particularmente rebelde —había rechazado el desayuno, se había quejado de que los sirvientes no la obedecían, que la señora no consentía que ella pintara nada en casa, que Edgar no la atendía, que se había resfriado porque alguien había dejado las puertas abiertas y que habíamos permitido que se extinguiera la lumbre del gabinete solo para hacerla rabiar, y cientos de frívolas acusaciones más—, la señora Linton insistió perentoriamente en que se fuera a la cama y, tras regañarla con dureza, amenazó con llamar al médico.

A la mención de Kenneth se puso a gritar que gozaba de perfecta salud y que lo único que la hacía desgraciada era la aspereza de Catherine.

—¿Cómo puedes decir que soy áspera contigo, babosa consentida? —exclamo la señora, estupefacta ante aquella irrazonable acusación—. No cabe duda de que estás perdiendo el juicio. ¿Cuándo he sido áspera contigo? ¡Dime!

—Ayer —sollozó Isabella—. Y ¡ahora!

—¿Ayer? —preguntó su cuñada—. ¿En qué momento?

—Cuando fuimos de excursión al brezal. ¡Me dijiste que me fuera donde quisiera mientras tú seguías paseando con el señor Heathcliff!

—Y ¿a eso lo llamas tú ser áspera? —dijo Catherine echándose a reír—. No pretendía insinuar que nos sobrase tu compañía, nos daba igual que permanecieras con nosotros. Sencillamente pensé que la conversación de Heathcliff no sería nada entretenida para tus oídos.

—No es cierto —sollozó la señorita—. ¡Querías que me fuera porque sabías que deseaba estar con vosotros!

—¿Tú crees que está en sus cabales? —preguntó la señora Linton dirigiéndose a mí—. Isabella, voy a repetirte nuestra conversación palabra por palabra para que me digas qué atractivo habría podido tener para ti.

—La conversación es lo de menos —repuso—. Lo que yo quería era estar con...

—¡Vaya! —dijo Catherine percibiendo que la otra no se decidía a terminar la frase.

—Con él. ¡Y no pienso consentir que siempre me echéis! —continuó acalorada—. ¡Eres como el perro del hortelano, Cathy, no permites que nadie reciba amor, salvo tú!

—¡Eres una impertinente diablilla! —exclamó la señora Linton, sorprendida—. Pero ¡no pienso tragarme esa estupidez! ¡No es posible que busques la admiración de Heathcliff ni que le tengas por una persona agradable! Espero haberte entendido mal, Isabella.

—No, no me has entendido mal —dijo la enamorada joven—. Le quiero más de lo que tú hayas podido querer nunca a Edgar. Y si tú lo permitieras, ¡quizá él me correspondiese!

—¡En ese caso, no querría estar en tu lugar ni por un único reino! —declaró Catherine con énfasis y aparente sinceridad—. Nelly, ayúdame a convencerla de que esto es una locura. Explícale quién es Heathcliff, un niño abandonado sin educación ni cultura, un árido erial de tojo y basalto. ¡Antes soltaría a ese canario en medio del parque un día en invierno que alentarte a que le entregues tu corazón! Niña, solo tu deplorable ignorancia de su carácter explica que se te haya metido en la cabeza semejante fantasía. ¡No vayas a pensar, te lo ruego, que bajo su severa apariencia oculta una bondad y un cariño profundos! No es un diamante en bruto ni un rústico que, como una ostra, contenga una perla. Es un hombre fiero, despiadado y lobuno. Yo nunca le digo «deja en paz a tal o cual enemigo, porque sería mezquino o cruel hacerle daño», sino «déjalos en paz porque no tolero que los lastimes». Y a ti, Isabella, te aplastaría como a un huevo de gorrión apenas sintiera que eres una molesta carga para él. Sé que no podría amar nunca a una Linton y, sin embargo, sería muy capaz de casarse con tu fortuna y tu herencia. La avaricia está convirtiéndose en su mayor pecado. Así es como yo le retrataría, y eso que es mi amigo. Tanto es así que, si hubiese pensado seriamente en darte caza, quizá me habría atado la lengua y permitido que cayeras en su trampa.

La señorita Linton miró a su cuñada con indignación.

—¡Qué vergüenza! ¡Qué vergüenza! —repitió furiosa—. ¡Eres peor que veinte enemigos juntos! ¡Tu amistad es veneno!

—Ah, ¿entonces no me crees? —dijo Catherine—. ¿Crees que hablo por malicioso egoísmo?

—Desde luego que sí —repuso Isabella—. ¡Y me estremece oírte!

—¡Muy bien! —gritó la otra—. Si eso es lo que quieres, ve a comprobarlo por ti misma. No tengo nada más que decir ante tu descarada insolencia. Hemos terminado.

—¡Y yo tengo que sufrir por culpa de su egolatría! —exclamó Isabella sollozando, al tiempo que la señora Linton salía de la habitación—. Todo, absolutamente todo, se pone en mi contra; ha destrozado mi único consuelo. Pero ¿verdad que no ha dicho sino mentiras? El señor Heathcliff no es un demonio. Tiene un alma fiel y honrada, porque, de lo contrario, ¿cómo iba a acordarse de Catherine?

—Destiérrele de sus pensamientos, señorita —dije—. Es un pájaro de mal agüero; no es un buen compañero para usted. La señora Linton ha hablado con dureza, pero no puedo contradecirla. Conoce su corazón mucho mejor que yo, y que cualquiera, y nunca le retrataría peor de lo que es. Las personas honradas no ocultan sus hazañas. ¿Cómo ha vivido estos años? ¿Cómo se ha hecho rico? ¿Por qué se aloja en Cumbres Borrascosas, la residencia de un hombre al que aborrece? Dicen que, desde que él ha vuelto, el señor Earnshaw va de mal en peor. Hace apenas una semana oí que pasan la noche entera despiertos y que Hindley ha hipotecado sus tierras y no hace más que jugar y beber. Me lo dijo Joseph cuando me lo encontré en Cordera. «Nelly —dijo—, d'aquí a poco habremos un forense'n casa. L'uno enantes coltarías'un deo qu'impedir que l'otro suicidárase. L'amo, bein sabel'usté, ta'mpeñao'n llega'l tribunal supremo. ¡Se non teme n'a la magistratura, n'a Pablo, n'a Pedro, n'a Juan, n'a Mateo, n'a ningún d'ellos! ¡Mejor dicho, gústale retalles con to'l descaro! ¡Y, to hay que decillo, el su bonito zagal Heathcliff es un dividuo insólito! ¡Sonríe d'oreja a oreja y ríese como to hijo de vecino d'una broma solutamente diabólica! ¿No cuéntales cuando llégas'a la Granja la buena vida que dase entre nos? La cosa es ansí: abren los ojos a l'atardecía; daos, brandy, pestillos echaos y luz de vela ta'l mediodía sigueinte. De siguío se bobo vas'a su cualto jurando y pejurando de tal foma que las personas decentes temos de tapanos los oíos de pura vergunzia. Y l'otro granuja pónes'a contar las perras, come, duerme y llégase ond'el vecino pa comadrear con l'esposa. Siguro que cuéntal'a doña Cathy qu'él t'alzando to l'oro de su padre y qu'en meintras su hermano tir'a to meter pol camín de la ruina, él adelántase p'abrille las pueltas de par en par».

Pues bien, señorita Linton, Joseph es un viejo granuja, pero no un mentiroso y, si su versión de la conducta de Heathcliff se atiene a la verdad, no creo que a usted se le ocurriera desear tenerle por esposo, ¿cierto?

—¡Te has confabulado con los demás, Ellen! —repuso—. No pienso escuchar tus calumnias. ¡Cuánta maldad debe de anidar en tu corazón para que quieras convencerme de que no existe la felicidad en este mundo!

No sé si de haberla dejado decidir por sí misma se le habría pasado el enamoramiento o si habría perseverado en alimentarlo a perpetuidad. Tuvo poco tiempo para reflexionar. Al día siguiente se celebró un juicio en el pueblo vecino al que mi amo se vio obligado a asistir, y el señor Heathcliff, enterado de su ausencia, vino a vernos bastante más temprano que de costumbre.

Catherine e Isabella se hallaban en la biblioteca, hostiles, pero en silencio: la segunda, alarmada por su reciente indiscreción al haber revelado sus sentimientos más íntimos en un arrebato de cólera; la primera, tras madura reflexión, muy ofendida con su compañera y, aunque por dentro siguiera riéndose de la insolencia de su cuñada, no iba a consentir que ella también se la tomara a guasa.

Sin embargo, no pudo evitar echarse a reír cuando vio a Heathcliff pasar por delante de la ventana. Yo estaba barriendo el hogar y percibí una socarrona sonrisa en sus labios. Isabella, sumida en sus meditaciones o en la lectura, permaneció inmóvil hasta que la puerta se abrió y ya era demasiado tarde para intentar escapar, lo que, de haber sido posible, habría hecho con mucho gusto.

—¡Adelante, eso es! —exclamó el ama alegremente acercando una silla a la lumbre—. Tienes aquí a dos personas que, por triste que sea, están necesitadas de una tercera para romper el hielo y tú eres precisamente la que ambas habríamos elegido. Heathcliff, me enorgullece presentarte por fin a alguien que te ama con mayor locura que yo misma. Espero que te sientas halagado. ¡No, no es Nelly, no la mires a ella! A mi pobre cuñadita se le parte el corazón con solo contemplar tu belleza física y moral. ¡Está en tu mano convertirte en cuñado de Edgar! No, no, Isabella, no te irás corriendo —prosiguió mientras detenía con fingido espíritu juguetón a la perpleja joven, que se había levantado indignada—. Hemos peleado por ti como dos gatas, Heathcliff, pero ella ha sido la indiscutible vencedora en cuanto a proclamar fervor y admiración. Es más, ¡me ha comunicado que, si tuviese la decencia de quitarme de en medio, ella, que se considera mi rival, traspasaría tu corazón con una saeta que te avasallaría para siempre y relegaría mi imagen al más perpetuo olvido!

—Catherine —dijo Isabella apelando a su dignidad y renunciando a intentar zafarse de aquella mano que la tenía bien agarrada—. ¡Agradecería que te ciñeras a la verdad y que no me calumniaras, ni en broma! Señor Heathcliff, tenga la gentileza de pedirle a esta amiga suya que me suelte. Olvida que usted y yo no somos amigos íntimos y lo que para ella es una diversión, para mí es tan doloroso que no hay palabras para expresarlo.

Como el invitado no dijo nada, sino que se limitó a tomar asiento haciendo gala de una profunda indiferencia ante los sentimientos que la joven abrigaba hacia él, esta se volvió hacia su torturadora y le suplicó por lo bajo que la soltase.

—¡Ni hablar! —exclamó la señora Linton—. Nadie volverá a tildarme de perro del hortelano. ¡Te quedarás aquí porque lo digo yo! Heathcliff, ¿por qué no te alegran mis agradables nuevas?

Isabella jura que el amor que Edgar me tiene a mí no es nada comparado con el que ella abriga por ti. Estoy segura de que dijo algo similar, ¿no es así, Ellen? Desde el paseo que dimos anteayer está tan apenada y encolerizada porque la despaché privándola de tu compañía, lo que para ella es imperdonable, que no ha probado bocado.

—Me parece que no la has entendido bien —dijo Heathcliff dándole la vuelta a su silla para quedar frente a ellas—. ¡Ahora es ella quien desea privarse de mi compañía a cualquier precio!

Clavó la mirada en el objeto de sus palabras como si se tratase de un extraño y repulsivo animal —un ciempiés de las Indias, por ejemplo— que la curiosidad impele a examinar pese a la aversión que causa.

La pobrecilla no pudo soportarlo. Primero se puso blanca, luego roja y, según las lágrimas le perlaban las pestañas, aplicó toda la fuerza de sus pequeños dedos para intentar liberarse de las garras de Catherine; cuando constató que apenas abría un dedo de los que asían su brazo, otro se cerraba, y no podía abrirlos todos a la vez, empezó a hacer uso de las uñas, cuyo filo no tardó en ornamentar la mano de su captora con rojos crecientes de luna.

—¡Menuda tigresa! —exclamó la señora Linton soltándola y agitando la mano dolorida—. ¡Por el amor de Dios, lárgate y quítame de la vista esa cara de arpía! Hay que ser necia para utilizar esas garras delante de él. ¿No te imaginas las conclusiones que sacará? ¡Mira, Heathcliff! Son auténticos instrumentos de tortura; tendrás que protegerte los ojos.

—Si se atreviera a amenazarme con ellas, se las arrancaría —contestó brutalmente Heathcliff cuando la puerta se hubo cerrado—. Pero, Cathy, ¿con qué objeto martirizas a esa individua? Lo que has dicho no es cierto, ¿verdad que no?

—Sí que es cierto, te lo aseguro —repuso ella—. Lleva varias semanas languideciendo por ti y esta mañana te ha puesto por las nubes y me ha soltado un aluvión de insultos porque le he pormenorizado tus defectos a fin de mitigar su adoración. Pero no tomes mayor nota de ello. Quería castigarla por su insolencia, eso es todo. Le tengo demasiado cariño, querido Heathcliff, para permitir que la caces y la devores enterita.

—Y yo le tengo demasiado odio para intentarlo siquiera —dijo él—, como no sea de forma muy macabra. Llegarían a tus oídos cosas muy extrañas si viviera a solas con esa meliflua y cerosa cara. Lo habitual sería pintarle, día sí, día no, lo blanco con los colores del arcoíris y ennegrecer esos ojos azules. Son odiosamente parecidos a los de Linton.

—Deliciosamente —observó Catherine—. Tienen ojos de paloma, ¡de ángel!

—Ella es la heredera de su hermano ¿no es así? —preguntó él tras guardar un breve silencio.

—Sentiría mucho que así fuera —repuso su compañera—. ¡Quiera el cielo que media docena de sobrinos la despojen de ese título! De momento, quítate esa idea de la cabeza. Eres demasiado propenso a codiciar los bienes del vecino: recuerda que los bienes de este vecino son míos.

—Y seguirían siéndolo si pasaran a ser míos —dijo Heathcliff—. Pero, aunque Isabella Linton sea tonta, dista mucho de estar loca. En fin, será mejor descartar este asunto, tal como me aconsejas.

Lo descartaron de su conversación, y Catherine, seguramente también de sus pensamientos. En cuanto al otro, estoy segura de que lo recordó muchas veces en el curso de la tarde, porque cada vez que la señora Linton salía de la habitación él esbozaba una sonrisa o, mejor dicho, sonreía de oreja a oreja y se sumía en un estado meditativo que no presagiaba nada bueno.

Resolví espiar todos sus movimientos. Invariablemente, mi corazón se inclinaba de parte de mi amo, no de Catherine. Y creía que con razón, porque él era bondadoso, fiel y honrado. No es que ella fuera todo lo contrario, pero me parecía tan permisiva consigo misma que tenía escasa fe en sus principios, y sus sentimientos me despertaban aún menor simpatía. Deseaba que sucediese algo que, sin grandes aspavientos, librase ambas Cumbres Borrascosas y la Granja de Heathcliff, dejándonos igual que antes de su llegada. Para mí sus visitas eran una continua pesadilla y sospechaba que también lo eran para mi amo. Su residencia en las Cumbres me causaba una indescriptible angustia. Sentía que Dios había abandonado a su oveja descarriada a sus vergonzosas correrías y que una malvada fiera rondaba entre esta y el redil esperando el momento de abalanzarse sobre ella y destruirla.

11

A veces, cuando rumiaba sobre estos asuntos a solas, me levantaba presa de un repentino terror y me ponía la capota para ir a ver cómo iban las cosas en la finca; había convencido a mi conciencia de que era mi deber avisarle de que la gente hablaba de sus vicios, pero luego recordaba sus inveterados malos hábitos y perdía la esperanza de poder ayudarle, me echaba atrás en cuanto a volver a entrar en esa lóbrega casa porque temía no soportar que me tomase la palabra.

Un día, camino de Cordera, me desvié de mi ruta y pasé por delante de la vieja cancela. Sucedió en más o menos la misma época a la que he llegado en mi relato; hacía una tarde luminosa y gélida. La tierra estaba pelada, y el camino, duro y seco.

Había llegado al mojón donde la carretera se bifurca a mano izquierda en dirección del brezal. Es un tosco pilar de arenisca que lleva grabadas en el lado norte las iniciales «C. B.», en el este «C.», y en el sudoeste «G. T.». Sirve de poste indicador para la Granja, Cumbres Borrascosas y el pueblo.

El amarillo centelleo del sol iluminaba su cresta gris y me hizo evocar el verano. No sé por qué, pero de improviso un chorro de sensaciones de cuando era niña inundó mi corazón. Para Hindley y para mí, aquel había sido nuestro lugar favorito veinte años atrás.

Me quedé mucho rato mirando aquel bloque de piedra erosionado por las inclemencias del tiempo y al agacharme percibí que un hueco próximo a su base seguía colmado de las conchas de caracol y los guijarros que, junto con otras cosas más perecederas, nos gustaba almacenar allí. Y me pareció ver con diáfana nitidez a mi antiguo compañero de juegos sentado sobre la agostada hierba: agachaba la oscura y honesta cabeza en tanto que escrutaba la tierra con un pedazo de pizarra en la manita.

—¡Pobre Hindley! —exclamé sin querer.

Me estremecí. ¡Mis ojos corporales cayeron en la momentánea trampa de creer que el niño había alzado el rostro y me había mirado a la cara! La visión se desvaneció en un abrir y cerrar de ojos, pero de inmediato sentí un irresistible deseo de hallarme en las Cumbres. La superstición me empujó a obedecer ese impulso. ¡Y si había muerto o fuera a morir en breve! ¡Y si aquello fuera un presagio de muerte!

Cuanto más me acercaba a la casa, mayor era mi agitación, y al avistarla me puse a temblar de pies a cabeza. La aparición se me había adelantado: me miraba a través de la valla. Aquello fue lo primero que pensé cuando vi a un niño de enmarañado cabello y ojos marrones que apoyaba su rubicundo rostro contra los barrotes. Tras pensarlo un poco mejor caí en la cuenta de que debía de ser Hareton, mi Hareton. No estaba muy cambiado desde que le había dejado allí diez meses antes.

—¡Que Dios te bendiga, cariño! —exclamé olvidando en el acto mis ridículos miedos—. Hareton, soy Nelly. Tu aya, Nelly.

Retrocedió hasta quedar fuera de mi alcance y agarró una gran piedra.

—He venido a ver a tu padre, Hareton —añadí adivinando por su acción que no identificaba a aquella Nelly, si es que seguía viva en su memoria, con la persona que tenía delante.

Levantó el misil para arrojármelo. Yo intenté tranquilizarle, pero no pude frenar su mano. El pedrusco me alcanzó en la capota y, acto seguido, brotó de los tartamudeantes labios del pequeño una sarta de maldiciones, que, entendiera o no su significado, pronunció con ensayado énfasis, lo que distorsionó sus rasgos infantiles de tal manera que asumieron una alarmante expresión de maldad.

Le aseguro que aquello antes que enfurecerme me apenó. A punto de echarme a llorar, saqué una naranja del bolsillo y se la ofrecí con ánimo de apaciguarle.

Él vaciló y luego me la arrebató, como si pensara que mi única intención era tentarle para luego defraudarle.

Le enseñé otra, pero esta vez la mantuve fuera de su alcance.

—¿Quién te ha enseñado a decir esas palabrotas, mi rorro? —pregunté—. ¿El coadjutor?

—¡Al infierno con el coadjutor y contigo! Dam'eso —contestó.

—Te la daré si me dices quién te ha enseñado esas cosas —dije—. ¿Quién es tu maestro?

—Papi demonio —fue su respuesta.

—Y ¿qué aprendes de papi? —proseguí.

Dio un salto para agarrar la fruta. Se la puse más alta.

—¿Qué te enseña? —pregunté.

—Nitos —dijo—. Nomás a desaparecer de su vista. Papi no me traga poque l'insulto.

—¡Ah! Entonces ¿es el demonio quien te enseña a insultar a tu papi? —pregunté.

—Sí… no… —dijo alargando las sílabas.

—Entonces ¿quién?

—Heathcliff.

Le pregunté si quería al señor Heathcliff.

—Sí —repuso de nuevo.

Cuando quise conocer los motivos que tenía para quererle, solo pude captar frases como las siguientes: «No sé… devuelv'a papi los golpes que me da a mí… insult'a papi por insultarm'a mí… diz que pueo hacer lo que me venga'n gana».

—Y ¿el coadjutor no te enseña a leer y a escribir? —proseguí.

—No, me dijeron qu'el coadjutor ib'a tragase sus * dientes hasta el * si s'atrevía a traspasar el umbral. ¡Heathcliff lo prometió!

Le puse la naranja en la mano y le pedí que comunicara a su padre que una mujer llamada Nelly Dean esperaba junto a la cancela del jardín para hablar con él.

Subió por el empedrado y entró en casa. Pero, en lugar de Hindley, apareció Heathcliff, por lo que enseguida di media vuelta y, presa de indecible terror —ni que hubiera visto a un trasgo—, corrí camino abajo como alma que lleva el diablo y no me detuve hasta que llegué al poste indicador.

Esto no guarda mucha relación con el asunto de Isabella, salvo que me urgió a tomar la firme resolución de montar una atenta guardia y de hacer cuanto estuviera en mi mano para impedir que tan mala influencia se extendiera hasta la Granja, aun a riesgo de provocar una tormenta en casa por frustrar los deseos de la señora Linton.

La segunda vez que Heathcliff apareció por casa daba la casualidad de que mi joven señora se hallaba en el patio dando de comer a las palomas. Hacía tres días que no le dirigía la palabra a su cuñada, aunque a la vez había depuesto sus malhumoradas quejas, lo que nos dio a todos un franco respiro.

Yo sabía que Heathcliff no acostumbraba tratar a la señorita Linton con la menor cortesía. Ahora bien, en aquella ocasión, lo primero que hizo apenas la vio fue abarcar con la mirada la fachada de la casa. Yo estaba de pie junto a la ventana de la cocina y me aparté para que no me viera. Caminó por el enlosado hasta donde estaba la joven y le dijo algo. Ella se mostraba corrida y deseosa de marcharse, y él, para evitarlo, le posó la mano en el brazo. Ella apartó la cara; me pareció que le había hecho una pregunta que ella no tenía intención de contestar. Él volvió a dirigir una furtiva mirada hacia la casa y, pensando que nadie le veía, el muy canalla tuvo la desfachatez de besarla.

—¡Judas! ¡Traidor! —exclamé—. Encima eres un hipócrita, un deliberado embustero, ¿no es así?

—¿De quién hablas, Nelly? —dijo la voz de Catherine a mi lado.

Me hallaba tan absorta observando a la pareja que no la había oído entrar.

—¡De su despreciable amigo! —contesté acalorada—. De ese solapado canalla de allí fuera. ¡Nos ha visto, está entrando en casa! Veremos si tiene arte suficiente para urdir una excusa verosímil por haber estado haciendo la corte a la señorita cuando a usted le ha dicho que la odia.

La señora Linton vio que Isabella lograba escapar y corría al jardín. Un minuto después, Heathcliff abrió la puerta.

No pude evitar dar rienda suelta a mi imaginación, pero Catherine insistió furiosa en que guardase silencio y amenazó con echarme de la cocina si tenía la osadía de desatar mi insolente lengua.

—¡Cualquiera que te oyera diría que la señora de la casa eres tú! —gritó—. ¡Lo que necesitas es que te bajen esos humos! Y tú, Heathcliff, ¿qué pretendes armando este alboroto? ¡Te he dicho que dejes en paz a Isabella! ¡Te ruego que lo hagas, a menos que estés cansado de que ser recibido en esta casa y quieras que Linton te cierre la puerta en las narices!

—¡Dios no quiera que lo intente! —contestó el vil villano (en esos momentos le odiaba)—. ¡Dios le conserve la mansedumbre y la paciencia! ¡Cada día ardo más en ansias de mandarle al cielo!

—¡Cállate! —dijo Catherine cerrando la puerta de dentro—. No me irrites. ¿Por qué has hecho caso omiso de lo que te pedí? ¿Te salió ella al encuentro?

—¡Y a ti qué te importa! —rezongó—. Tengo derecho a besarla si ella me deja y tú no tienes derecho a impedirlo. ¡Yo no soy tu esposo, no tienes ningún motivo para estar celosa de mí!

—No estoy celosa de ti —repuso mi ama—. Recelo de ti. ¡Vamos, alegra esa cara, no me frunzas el ceño! Si te gusta Isabella, te casarás con ella. Pero ¿en serio te gusta? Di la verdad, Heathcliff. ¿Ves?, no contestas. ¡Estoy convencida de que no te gusta!

—Además, ¿acaso cree que el señor Linton daría su consentimiento a semejante unión? —inquirí yo.

—Sí —repuso mi señora sin dudarlo.

—Por mí, puede ahorrarse la molestia —dijo Heathcliff—. No necesito su consentimiento para casarme. Y en cuanto a ti, Catherine, ya que estamos me gustaría decirte un par de cosas. Quiero que sepas que yo sé que me has dado un trato infernal, ¡infernal! ¿Me oyes? ¡Si crees que no lo veo, eres tonta, si piensas que puedes consolarme con dulces palabras, eres imbécil y, si crees que voy a sufrir sin vengarme, muy pronto te convenceré de lo contrario! Entretanto, gracias por revelarme el secreto de tu cuñada. ¡Juro que le sacaré todo el partido que pueda y que no permitiré que te entrometas!

—¿Qué nueva faceta de su carácter es esa? —exclamó la señora Linton muy sorprendida—. ¡Te he dado un trato infernal y te vengarás! ¿Cómo te vengarás, bicho desagradecido? ¿Por qué dices que te he dado un trato infernal?

—No intento vengarme de ti —repuso Heathcliff con menor vehemencia—. Eso no entra en mis planes. El tirano oprime a sus siervos y ellos no se revuelven contra él, sino que aplastan a quienes tienen debajo. Puedes seguir divirtiéndote conmigo hasta matarme si quieres, pero deja que yo también me divierta un poco a tu manera y, en la medida de lo posible, abstente de insultarme. Si has arrasado mi palacio, ahora no me erijas un cuchitril ni admires, pagada de ti misma, tu propia caridad ofreciéndomelo como hogar. ¡Si realmente creyera que deseas que me case con Isabella, me cortaría el cuello!

—¡Ah! Lo malo es que no estoy celosa, ¿es eso? —exclamó Catherine—. Muy bien, no volveré a preocuparme de buscarte una esposa, sería como ofrecer un alma perdida a Satanás. Tú, como él, estás en la gloria cuando infliges el mayor sufrimiento posible. Me lo estás demostrando. Ahora que Edgar se ha repuesto del malhumor que le causó tu llegada y que yo empiezo a estar más estable y tranquila, tú, que no soportas vernos en paz, te has empeñado en provocar una pelea. Heathcliff, peléate con Edgar y engaña a su hermana si quieres: habrás dado con la manera más eficaz de vengarte de mí.

Aquello puso fin a la conversación. La señora Linton se sentó junto a la lumbre, sofocada y triste. El genio que la servía estaba volviéndose intratable: ya no era capaz de calmarlo ni dominarlo. Él estaba de pie en el hogar, de brazos cruzados, dando vueltas a sus malvados pensamientos, y así los dejé para ir en busca del amo, que no se explicaba por qué Catherine tardaba tanto en subir.

—Ellen —dijo cuando entré—, ¿has visto a la señora?

—Sí, está en la cocina, señor —contesté—. Está muy disgustada por la conducta del señor Heathcliff y, la verdad, creo que es hora de poner coto a sus visitas. Hace mal en ser tan blando, señor, ya ve dónde hemos ido a parar…

Le conté la escena del patio y, luego, con la exactitud que me permitió mi atrevimiento, la riña a que había dado lugar. Me decía que aquello no perjudicaría a la señora Linton, a menos que luego ella empeorara las cosas saliendo en defensa de su huésped.

Edgar Linton apenas pudo escucharme hasta el final. Sus primeras palabras pusieron de manifiesto que no absolvía de culpa a su esposa.

—¡Esto es intolerable! —exclamó—. ¡Es vergonzoso que le tenga por un amigo y me imponga a mí su compañía! Ellen, ve a llamar a dos hombres y esperadme en el vestíbulo. No consentiré que Catherine permanezca un minuto más discutiendo con ese infame rufián, ya le he seguido suficiente el humor.

Bajó, mandó a los sirvientes que esperaran en el pasillo y, seguido por mí, se dirigió a la cocina. Sus ocupantes habían reanudado su airada disputa, o al menos la señora Linton amonestaba a Heathcliff con renovado brío. Este, como si aquella violenta reprimenda le hubiera acobardado, se había desplazado a la ventana y se hallaba cabizbajo.

Él fue el primero en ver al amo y rápidamente le hizo un gesto a ella para que guardase silencio; ella obedeció en el acto apenas descubrió el motivo de su indicación.

—¿Qué significa esto? —dijo Linton dirigiéndose a ella—. ¿Qué noción de la decencia es la tuya para que continúes aquí después de las obscenidades que te ha soltado este canalla? Supongo que no le concedes importancia porque esa es su habitual manera de hablar: estás acostumbrada a su bajeza y ¡quizá imagines que yo también me acostumbraré a ella!

—¿Has estado escuchando detrás de la puerta, Edgar? —preguntó la señora en un tono particular, calculado para provocar a su esposo, que indicaba a un tiempo indiferencia y desprecio ante su irritación.

Heathcliff, que había alzado los ojos al oír las primeras palabras, soltó una carcajada de mofa cuando escuchó las segundas, pronunciadas con el evidente propósito de llamar la atención del señor Linton.

Y lo consiguió, pero Edgar no tenía intención de entretenerle desplegando su ira.

—Hasta ahora he tolerado su presencia, señor —dijo con tranquilidad—, no porque no conociera su miserable y depravada naturaleza, sino porque sentía que solo en parte era usted culpable de ser como es y porque Catherine deseaba conservar su amistad. Pero ha sido un craso error. Su presencia es un veneno moral capaz de contaminar hasta al más virtuoso. Por ello, y para evitar mayores males, desde hoy le veto la entrada a esta casa y le hago saber que exijo su salida inmediata. Un retraso de tres minutos convertirá su presencia aquí en indeseada e ignominiosa.

Heathcliff midió la altura y la anchura de su interlocutor con ojos burlones.

—¡Cathy, este corderito tuyo amenaza como un toro! —dijo—. Corre el peligro de partirse el cráneo contra mis nudillos. ¡Voto a Dios, señor Linton, que lamento a morir que no sea usted digno de mis puños!

Mi amo lanzó una mirada al pasillo y me hizo señas para que fuera en busca de los sirvientes. No tenía la menor intención de arriesgarse a luchar cuerpo a cuerpo con Heathcliff.

Obedecí sus órdenes, pero la señora Linton, que sospechaba algo, me siguió y, cuando me disponía a llamarlos, tiró de mí, cerró la puerta de golpe y corrió el cerrojo por dentro.

—¡Magnífico proceder! —dijo en respuesta a la furiosa mirada de sorpresa que le dirigió su esposo—. Si no tienes valor para atacarle, discúlpate o déjate pegar. Eso te curará de simular tener más valentía de la que tienes. ¡No, antes me tragaré la llave que entregártela! ¡Así me agradecéis ambos mi amabilidad! ¡Después de haber profesado una constante indulgencia con la debilidad del uno y la maldad del otro se me paga con dos ejemplos de ciega ingratitud cuya estupidez raya en lo absurdo! Edgar, estaba defendiéndoos a ti y a los tuyos. ¡Ojalá Heathcliff te dé una buena paliza por haberte atrevido a pensar mal de mí!

No fue necesario recurrir a una paliza para que se produjera en el amo el mismo efecto que si la hubiese recibido. Intentó arrebatarle la llave a Catherine, y ella, como medida de seguridad, la lanzó a lo más candente del fuego, tras lo que el señor Edgar fue presa de un temblor nervioso y su semblante adquirió una cadavérica palidez. Por más que lo intentase era incapaz de evitar aquel acceso de emoción: una mezcla de angustia y humillación se apoderó de él por completo. Se apoyó en el respaldo de una silla y se cubrió la cara con las manos.

—¡Santo cielo! —exclamó la señora Linton—. ¡En otros tiempos te habrían armado caballero por algo así! ¡Hemos sido derrotados! ¡Hemos sido derrotados! Tan capaz sería Heathcliff de levantar un dedo contra ti como un rey de mandar a sus ejércitos contra una colonia de ratones. ¡Alegra esa cara, no te hará daño! Tú no eres un cordero, sino un lebrato de leche.

—¡Enhorabuena por haber elegido a semejante cobarde con sangre de horchata, Cathy! —dijo su amigo—. Te felicito por tu buen gusto, ¡ese es el baboso miedica que preferiste a mí! No quiero propinarle un puñetazo para no tener que tocarle con las manos, pero le daría una patada de muy buen grado. ¿Está llorando o va a desmayarse de puro susto?

El tipo avanzó y dio un empellón a la silla en la que se apoyaba Linton. Habría hecho mejor en guardar distancia: mi amo se levantó de un salto y le golpeó de lleno en el cuello con una fuerza que habría derribado a cualquier hombre menos robusto que Heathcliff.

Le dejó sin respiración durante unos segundos y aprovechó que Heathcliff se estaba asfixiando para salir al patio por la puerta trasera y dirigirse hacia la entrada principal.

—¡Ahí lo tienes! Has acabado con tus visitas a esta casa —gritó Catherine—. Y ahora, lárgate. Volverá con un par de escopetas y media docena de hombres. Claro que, si nos ha oído, no te perdonará jamás. ¡Me has jugado una mala pasada, Heathcliff! Pero ¡vete, date prisa! Antes prefiero ver a Edgar acorralado que a ti.

—¿De verdad crees que me iré después de este golpe que aún me arde en el gaznate? —tronó—. ¡No, de ninguna manera! ¡Antes de trasponer el umbral he de hundirle las costillas y pulverizárselas como a una avellana podrida! Si no le derribo ahora, le asesinaré en cualquier otro momento, de modo que, si valoras su existencia, ¡deja que le dé su merecido!

—Él no vendrá —intervine diciendo una mentirijilla—. Veo al cochero y a los dos jardineros… ¡No irá a esperarlos para que le pongan de patitas en la calle! Todos traen una cachiporra en la mano y lo más probable es que el amo esté asomado a las ventanas del gabinete para cerciorarse de que acatan sus órdenes.

Era cierto que allí estaban los jardineros y el cochero, pero Linton venía con ellos. Ya habían entrado en el patio. Heathcliff, tras pensarlo mejor, decidió evitar una contienda con tres subalternos. Agarró el hurgón, rompió el cerrojo de la puerta de dentro y escapó en el momento en que ellos entraban ruidosamente en casa.

La señora Linton, que estaba muy alterada, me pidió que la acompañase arriba. Desconocía mi participación en la refriega y procuré seguir ocultándosela.

—¡Estoy enloqueciendo, Nelly! —exclamó desplomándose en el sofá—. ¡Mil martillos de herrero me golpean la cabeza por dentro! Di a Isabella que no se me acerque; ella tiene la culpa de este alboroto y no respondo de mí si ella o cualquier otra persona viene ahora a agravar mi cólera. Y, Nelly, di a Edgar, si vuelves a verle esta noche, que corro peligro de caer gravemente enferma. Ojalá así sea. ¡Me ha hecho estremecerme y me ha causado una espantosa angustia! Quiero que se asuste. Es más, es capaz de venir a soltarme una sarta de insultos o quejas; ¡estoy segura de que se lo recriminaría y sabe Dios cómo terminaríamos! ¿Lo harás, querida Nelly? Tú sabes que no tengo culpa en este asunto. ¿Cómo se le ocurrió ponerse a fisgonear? Después de irte tú, las palabras de Heathcliff fueron escandalosas, pero yo no habría tardado en quitarle de la cabeza a Isabella; lo demás me tenía sin cuidado. ¡Ahora todo se ha echado a perder por culpa de esas estúpidas ansias de oír hablar mal de uno mismo que hostigan a algunas personas como un demonio! Si Edgar no hubiese oído nuestra conversación, no habría salido tan mal parado. De verdad, cuando abrió la puerta y se dirigió a mí con ese irrazonable tono de reproche, cuando lo único que yo había hecho era reconvenir a Heathcliff hasta desgañitarme, poco me importaba lo que se hicieran el uno al otro, sobre todo porque sentí que, terminara como terminase aquella escena, ¡todos nos quedaríamos destrozados durante quién sabe cuánto tiempo! Bien, si no puedo conservar la amistad de Heathcliff, y Edgar va a ponerse celoso y mezquino, intentaré partirles el corazón partiéndome el mío. ¡Será una expeditiva manera de acabar con todo, ya que me llevan a ese extremo! Pero esa es una hazaña que me reservo para cuando ya no me quede esperanza alguna. No creo que a Linton le pillase por sorpresa. Hasta ahora se ha mostrado prudente y le ha dado pavor provocarme. Debes decirle lo peligroso que sería abandonar esa táctica y recordarle que tengo un temperamento colérico que cuando se enciende raya en locura. ¡Ojalá pudieras disipar esa apatía de tu rostro y te preocuparas más por mí!

Sin duda, la imperturbabilidad con que recibí sus instrucciones debía de ser bastante exasperante, porque me las dio con perfecta sinceridad, pero me pareció que una persona capaz de premeditar la manera de sacar partido de sus accesos de cólera también debería ser capaz, a fuerza de voluntad, de controlarse un poco, incluso hallándose bajo el influjo de uno de ellos. Además, no tenía el menor deseo de asustar a su esposo, como pretendía ella, ni de multiplicar sus disgustos solo para satisfacer su egoísmo.

De modo que cuando me crucé con el amo, que se dirigía al gabinete, no le dije nada, aunque me tomé la libertad de volver sobre mis pasos y aguzar el oído por si se ponían a discutir otra vez.

Él fue el primero en hablar.

—Quédate donde estás, Catherine —dijo sin rabia en la voz, pero con gran desaliento y tristeza—. Yo ya me voy. No he venido ni en busca de pelea ni de reconciliación. Solo quiero saber si después de lo ocurrido esta tarde tienes intención de seguir intimando con...

—¡Oh, por el amor de Dios! —interrumpió el ama pateando el suelo—. ¡Por el amor de Dios, deja ya eso! Tu sangre fría no puede causarte calentura; a ti te correrá horchata por las venas, pero las mías están que arden y tu frialdad ha hecho que me palpiten.

—Si quieres librarte de mí, contesta a mi pregunta —insistió el señor Linton—. Es imperativo que la contestes; tu violencia no me alarma. He descubierto que cuando quieres puedes ser tan estoica como cualquiera. ¿Estás dispuesta a renunciar a Heathcliff a partir de ahora o prefieres renunciar a mí? Es imposible que seas mi amiga y la de él a la vez, preciso saber en este instante a quién eliges.

—¡Y yo preciso que me dejes en paz! —exclamó Catherine furiosa—. ¡Lo exijo! ¿No ves que apenas me tengo en pie? Edgar, tú… ¡Tú déjame!

Tiró del cordón de la campanilla hasta que lo quebró. Entré sin apresurarme. ¡Aquellas tremendas y absurdas rabietas ponían a prueba la paciencia de un santo! ¡Se hallaba tumbada, dando cabezazos contra el brazo del sofá y rechinando los dientes con tal fuerza que temí que fuera a hacérselos añicos!

El señor Linton la miraba presa de una compunción y un miedo repentinos. Me pidió que le trajera agua, ella no podía hablar porque le faltaba el aliento.

Le traje un vaso lleno hasta arriba y, como no quería beber, le rocié la cara. En cuestión de segundos quedó tumbada a la larga, rígida y con los ojos en blanco, y sus exangües mejillas adquirieron la lividez de la muerte.

Linton la miraba aterrado.

—No es nada —dije por lo bajo.

No quería que él cediera, aunque en el fondo no podía evitar estar asustada.

—¡Tiene sangre en los labios! —dijo estremeciéndose.

—¡No se preocupe! —dije con aspereza.

Y le conté que antes de que él llegara, ella había decidido simular un acceso de locura. Pero no tuve la cautela de bajar la voz y ella me oyó, porque se levantó de un salto: el cabello despeinado le ondulaba sobre los hombros, los ojos le brillaban y tenía los músculos del cuello y los brazos anormalmente abultados. Me preparé para salir de allí al menos con algún hueso roto, pero la señora se limitó a lanzar una fugaz y feroz mirada en torno a ella y salió corriendo de la habitación.

Mi amo me ordenó que la siguiera. La seguí hasta la puerta de su aposento, pero me impidió pasar de allí, cerrándomela en las narices.

A la mañana siguiente, como no bajaba a tomar el desayuno, subí a preguntarle si quería que se lo subieran.

—¡No! —repuso tajantemente.

Volví a hacerle la misma pregunta a la hora del almuerzo y a la del té; y de nuevo a la mañana siguiente, pero siempre me daba la misma respuesta.

El señor Linton, por su parte, se encerró en la biblioteca y no preguntó por su esposa. Estuvo hablando una hora con Isabella para procurar sonsacarle algún sentimiento de auténtico horror ante las insinuaciones de Heathcliff, pero no sacaba nada en claro de sus evasivas respuestas y se vio obligado a concluir el interrogatorio de forma no satisfactoria, aunque aún añadió la solemne advertencia de que, si estaba tan chiflada como para alentar a aquel despreciable pretendiente, podía dar por roto todo vínculo entre ellos.

12

Mientras la señorita Linton andaba como alma en pena por el parque y el jardín, siempre callada y casi siempre llorosa, y su hermano se encerraba entre libros que nunca abría, harto, creo yo, de alimentar la continua y vaga esperanza de que Catherine, arrepintiéndose de su conducta, viniese por iniciativa propia a pedirle perdón y hacer las paces, y ella mantenía su pertinaz ayuno pensando seguramente que Edgar no soportaba su ausencia durante las comidas, por lo que corría el riesgo de morir atragantado, y solo el orgullo le impedía correr a postrarse a sus pies, yo me afanaba con las tareas domésticas, convencida de que la Granja tenía entre sus paredes a una única alma sensata y que esa alma residía en mi cuerpo.

No perdí el tiempo en consolar a la señorita ni en hacer entrar en razón al ama y tampoco presté atención a los suspiros del amo, que anhelaba oír hablar de su señora porque no podía oír su voz.

Resolví dejar que se las compusieran como pudiesen; y aunque fue un proceso lento y cansino, por fin tuve la alegría de percibir un tenue albor de progreso o, al menos, eso pensaba al principio.

Al tercer día, la señora Linton descorrió el cerrojo de su puerta. Había agotado el agua tanto del cántaro como de la garrafa, y pidió que se los rellenaran y le trajeran un tazón de gachas porque se sentía morir. Yo interpreté que aquello era un mensaje destinado a los oídos de Edgar y, como no creí que sus palabras se correspondieran con la realidad, me las guardé para mí y me limité a llevarle té y tostadas a palo seco.

Comió y bebió con avidez, y luego, retorciéndose las manos y gimiendo, se reclinó de nuevo en la almohada.

—Oh, me dejaré morir —exclamó—, puesto que a nadie le importo un comino. Ojalá no hubiese tomado eso.

Luego, un buen rato después, la oí murmurar:

—No, no me dejaré morir. ¡Le daría una alegría, no me tiene el menor cariño, no me echaría en falta!

—¿Desea algo, señora? —pregunté conservando una aparente calma, a pesar de su semblante cadavérico y de su peregrina y exagerada conducta.

—¿Qué está haciendo ese apático? —reclamó apartando de su maciento rostro sus gruesos y enmarañados tirabuzones—. ¿Está aletargado o ha muerto?

—Ni lo uno ni lo otro —repuse—, si se refiere al señor Linton. Creo que está bastante bien, aunque el estudio le absorbe mucho más de lo que debiera; pasa el tiempo metido entre sus libros porque no tiene más compañía que esa.

De haber sabido que su estado era grave no le habría hablado de esa forma, pero no podía evitar seguir pensando que su trastorno era en parte comedia.

—¡Entre sus libros! —gritó perpleja—. ¡Y yo muriéndome! ¡Con un pie en la tumba! ¡Por Dios! ¿Sabe hasta qué punto estoy deteriorada? —prosiguió mirándose en un espejo que colgaba de la pared que tenía enfrente—. ¿Es esa Catherine Linton? Quizá imagine que esto es una simple rabieta, que estoy de broma. ¿No puedes informarle de que va muy en serio? Nelly, en cuanto conozca sus sentimientos, si no es demasiado tarde, elegiré entre las siguientes dos cosas: o dejarme morir de hambre ahora mismo, lo que no sería un castigo para él si no tiene corazón, o reponerme y abandonar la comarca. ¿Me decías la verdad hace un momento cuando me hablabas de él? Mira bien lo que dices. ¿De verdad manifiesta esa absoluta indiferencia con respecto a mi vida?

—Por favor, señora —repuse—. El amo no tiene la menor idea de que esté trastornada y desde luego no teme que vaya a dejarse morir de hambre.

—¿Tú tampoco lo crees? ¿No vas a decirle que estoy dejándome morir? —repuso—. ¡Convéncele, díselo como si saliera de ti, dile que estás segura de que lo haré!

—No, señora Linton —sugerí—. Olvida que ha comido con apetito esta tarde. Ya verá cómo mañana siente el benéfico efecto de haberlo hecho.

—¡Si al menos pudiese estar segura de que eso le mataría —interrumpió—, me quitaría la vida ahora mismo! Llevo tres horribles noches sin pegar ojo, ¡no sabes hasta qué punto he estado atormentada! ¡He estado poseída, Nelly! Pero empiezo a pensar que no me aprecias. ¡Qué extraño! Creía que, aunque los demás se odiasen y se despreciasen unos a otros, no podían evitar quererme a mí, y en cuestión de horas todos han pasado a ser mis enemigos. Ellos seguro, los de aquí. ¡Qué triste es estar a las puertas de la muerte rodeada de sus fríos rostros! Isabella, horripilada y entelerida, no osa entrar en esta habitación porque le espanta la idea de ver morir a Catherine. Y Edgar espera solemnemente a que todo haya terminado para luego alabar y dar gracias a Dios por haber restablecido la paz en esta casa ¡y regresar a sus libros! ¿Qué, en nombre de todo lo sensible, se le ha perdido en los libros cuando yo me estoy muriendo?

No podía soportar la idea, que yo le había metido en la cabeza, de que el señor Linton se tomara aquello con filosófica resignación. A fuerza de agitarse su febril desconcierto derivó en enajenación y empezó a desgarrar la almohada con los dientes. Luego se incorporó, abrasada toda ella, y me pidió que abriese la ventana. Estábamos en pleno invierno y soplaba un recio viento procedente del nordeste, así que me negué a abrirla.

Tanto las mudanzas en la expresión de su rostro como sus altibajos de humor empezaron a alarmarme en extremo y me trajeron a la memoria su pasada enfermedad y el mandato del médico de que no debíamos contrariarla.

Un minuto antes se había puesto violenta y ahora, apoyada en un brazo y sin percatarse de que no la había obedecido, parecía hallar una pueril diversión en extraer plumas de los rasgones que acababa de hacer e irlas alineando sobre la sábana, agrupadas según su especie: su mente se había desviado hacia otras asociaciones.

—Esta es de pavo —murmuraba para sí—, y esta de pato salvaje, y esta de paloma. ¡Ah, meten plumas de paloma en las almohadas, no me extraña que no consiga morirme! Tengo que acordarme de tirarla al suelo cuando vuelva a acostarme. Y esta es de urogallo negro, y esta la reconocería entre miles, es de avefría. Es un pájaro precioso, revoloteaba sobre nuestra cabeza en pleno brezal. Quería volver al nido porque las nubes rozaban las lomas y sintió que iba a llover. Esta pluma la recogieron en el brezal, al ave no le dispararon porque en invierno vimos su nido colmado de pequeños esqueletos. Heathcliff puso un cepo encima y los padres no se atrevían a acercarse. Le hice prometer que no volvería a disparar a un avefría nunca más y no volvió a hacerlo. ¡Sí, aquí hay más! ¿Disparó a mis avefrías, Nelly? ¿Hay alguna roja? Déjame ver.

—¡Basta de niñerías! —interrumpí quitándole la almohada y colocándola de manera que los agujeros quedaran contra el colchón, porque estaba vaciando su contenido a manos llenas—. Acuéstese y cierre los ojos, está delirando. ¡Qué desastre! ¡El plumón vuela por los aires como si fuera nieve!

Yo iba de aquí para allá recogiéndolo todo.

—Nelly, veo en ti a una mujer mayor —continuó como en sueños—. Tienes el pelo cano y la espalda encorvada. Este lecho es la cueva de las Hadas que hay bajo el Risco del Buriel y tú recoges saetas de elfo para herir a nuestras vaquillas; pero, aunque yo estoy cerca, finges que no son sino mechones de lana. Así serás dentro de cincuenta años. Ya sé que ahora no lo eres. No estoy delirando, te equivocas, si estuviera delirando creería que ya eres esa arrugada vieja bruja y que realmente me hallo bajo el Risco del Buriel, pero soy consciente de que es de noche y de que hay dos velas encima de la mesa que causan destellos en el armario negro como si fuera de azabache.

—¿El armario negro? ¿Dónde? —pregunté—. ¡Habla usted en sueños!

—Allí, contra la pared, como siempre —repuso—. La verdad es que tiene un aspecto extraño. ¡Veo una cara en él!

—No hay ningún armario en la habitación y nunca lo ha habido —dije sentándome de nuevo y atando las cortinas de la cama para poder observarla.

—¿Tú no ves esa cara? —preguntó mirando el espejo, muy seria.

Por más que lo intenté fui incapaz de hacerle entender que aquella cara era la de ella, de modo que me levanté y cubrí el espejo con un chal.

—¡Sigue allí detrás! —continuó angustiada—. Y se ha movido. ¿Quién es? ¡Espero que no salga cuando te hayas ido! ¡Oh! ¡Nelly, la habitación está embrujada! ¡Me da miedo quedarme sola!

Tomé su mano y le pedí que se serenase, porque su cuerpo se convulsionó con una serie de estremecimientos y ella se esforzaba en seguir mirando hacia el espejo.

—¡Aquí no hay nadie! —insistí—. Era usted misma, señora Linton. Lo sabía hace un momento.

—¡Yo misma! —gritó—. ¡Y el reloj está dando las doce! Entonces es cierto. ¡Es espantoso!

Agarró la sábana y se cubrió los ojos. Traté de escurrirme hacia la puerta con la intención de ir a llamar a su esposo, pero un desgarrador chillido me hizo volver a su lado. El chal se había caído del marco.

—Pero ¿qué pasa? —exclamé—. ¿Quién es la cobarde ahora? ¡Despierte! Esa es la luna, el espejo, señora Linton. Está viéndose a sí misma, y yo también me hallo allí, junto a usted.

Se agarró a mí con fuerza, temblando y desconcertada, pero poco a poco el terror fue desapareciendo de su rostro y la vergüenza trocó su palidez en rubor.

—¡Ay, Dios! —suspiró—. Creía que estaba en mi casa, creía que me hallaba acostada en mi cuarto en Cumbres Borrascosas. La debilidad me ha licuado los sesos y he gritado sin darme cuenta. No digas nada, pero quédate conmigo. Me da miedo dormir, mis sueños me horrorizan.

—Una buena dormida le sentaría bien, señora —repuse—. Y espero que este sufrimiento la haga desistir de volver a privarse de comida y bebida.

—¡Oh, si al menos estuviese en el lecho de mi antigua casa! —prosiguió con amargura retorciéndose las manos—. Y ese viento que silba a través de los abetos del otro lado de la celosía… Por favor, deja que lo sienta en mi cuerpo, baja directamente del brezal, ¡deja que lo respire un momento!

Para apaciguarla, entreabrí la ventana unos segundos y entró una ráfaga de aire frío. Luego la cerré y volví a mi puesto.

Yacía inmóvil con el rostro bañado en lágrimas. El agotamiento físico había sosegado su espíritu. ¡Nuestra colérica Catherine se había convertido en una niña llorona!

—¿Cuánto hace que me encerré aquí? —preguntó volviendo en sí de repente.

—Fue el lunes por la noche —contesté— y ahora es la noche del jueves o, mejor dicho, la madrugada del viernes.

—¡Cómo! ¿De la misma semana? —exclamó—. ¿Tan poco hace?

—Es bastante para haberse alimentado de agua fría y mal genio —observé.

—Pues a mí se me ha hecho muy largo y agotador —murmuró incrédula—. Tiene que haber sido más. Recuerdo que estaba en el gabinete después de que ellos se pelearan, que Edgar me hostigaba con crueldad y que yo me vine a la desesperada a esta habitación. En cuanto hube atrancado la puerta me sumí en una oscuridad absoluta y caí al suelo. ¡No fui capaz de explicarle a Edgar que estaba segura de que iba a darme un ataque o a volverme loca de atar si persistía en martirizarme! No era dueña de mi lengua ni de mi mente, quizá no se diera cuenta de mi angustia; apenas si conservaba juicio suficiente para escapar de él y de su voz. No me recuperé lo bastante como para poder ver y oír hasta que empezó a clarear. Y, Nelly, te diré lo que pensaba, lo que me repetía una y otra vez hasta el punto de que temí perder la razón. Mientras yacía en el suelo con la cabeza reclinada contra la pata de la mesa y mis ojos apenas vislumbraban el cuadrado gris de la ventana, creía que estaba en mi casa, recluida en la cama que tiene los paneles de roble, y tenía el alma acongojada por algo que, al volver en mí, no recordaba qué era. Reflexioné y le di muchas vueltas para descubrir qué podía haber motivado aquella congoja, ¡y lo más extraño es que se me borraron los últimos siete años de mi vida! Ni siquiera recordaba haberlos vivido. Era una niña, acababan de enterrar a mi padre, y mi extremo dolor tenía por causa que Hindley me había mandado que me separara de Heathcliff. Era la primera vez que dormía sola y al despertar de un breve y triste sueño, después de haberme pasado la noche llorando, levanté la mano para abrir los paneles ¡y dio contra el tablero de la mesa! Deslicé la mano por la alfombra y de improviso me invadieron los recuerdos. Un paroxismo de desesperación sofocó mi angustia reciente. No sabría decir por qué me sentía tan sumamente desgraciada, debí de sucumbir a una enajenación pasajera porque tenía escasos motivos para sentirme así. Pero imagina que a los doce años me hubiesen apartado a la fuerza de Cumbres Borrascosas, de todos los recuerdos de mi infancia y del único objeto de mi atención, que en esos momentos era Heathcliff, para verme convertida de la noche a la mañana en la señora Linton, la esposa de un extraño y la dueña de la Granja de los Tordos, exilada, desterrada para siempre de lo que había sido mi mundo. ¡Quizá vislumbres el abismo en que me hallaba postrada! Bien puedes menear la cabeza, Nelly, ¡tú has contribuido a desestabilizarme! ¡Desde luego, debías haber hablado con Edgar y haberle obligado a que me dejara tranquila! ¡Ah, estoy ardiendo! ¡Ojalá me hallara de nuevo allí arriba, ojalá volviera a ser una niña robusta, asilvestrada y libre, y me riera de los agravios en lugar de enloquecer por ellos! ¿Por qué estoy tan cambiada? ¿Por qué me bulle la sangre en un infierno de confusión por unas pocas palabras? Estoy segura de que volvería a ser yo misma si me hallase entre los brezos que cubren esos montes… ¡Vuelve a abrir la ventana, ábrela de par en par y déjala abierta! Rápido, ¿por qué no te mueves?

—Porque no quiero matarla de frío —contesté.

—Querrás decir que no quieres brindarme la oportunidad de vivir —dijo enfurruñada—. Pero aún no soy una inválida, la abriré yo misma.

Resbalo de la cama antes de que yo pudiese evitarlo, cruzó la habitación a paso muy vacilante, empujó la ventana y se asomó obviando el viento gélido que soplaba en torno a sus hombros, cortante como un cuchillo.

Le supliqué que se apartara de allí y al final intenté obligarla a hacerlo. Pero pronto me di cuenta de que, en su delirio, su fuerza era muy superior a la mía (porque deliraba de verdad, me convencieron de ello sus subsiguientes actos y desvaríos).

No había luna y a sus pies todo se hallaba sumido en una brumosa oscuridad. No brillaba ninguna luz en ninguna casa, ni cerca ni lejos; hacía tiempo que todas se habían extinguido y las de Cumbres Borrascosas nunca han sido visibles desde aquí, pero ella aseguraba que percibía su resplandor.

—¡Mira! —gritó ilusionada—. Aquel es mi dormitorio, aquel que tiene la vela encendida y unos árboles que se balancean delante de él; y esa otra vela es la de la buhardilla de Joseph. Joseph suele acostarse tarde, ¿verdad? Está esperando a que yo vuelva para cerrar la verja. Bueno, tendrá que esperar un poco más. Es un duro viaje para hacerlo con el corazón tan triste, ¡y de camino tenemos que pasar por el cementerio de Cordera! Cuántas veces hemos desafiado juntos a sus fantasmas, nos retábamos para ver quién de los dos se atrevería a meterse entre las tumbas para convocarlos. Pero, Heathcliff, ¿te atreverás si te reto ahora? Si lo haces, me quedaré contigo. No quiero yacer allí sola. Aunque me entierren a cuatro metros de profundidad y me echen la iglesia entera encima, no descansaré hasta que te reúnas conmigo. ¡No descansaré nunca!

Hizo una pausa y prosiguió con una extraña sonrisa:

—Lo está pensando… ¡Preferiría que fuese yo a su encuentro! ¡En ese caso, halla el camino! No, por el camposanto no… ¡Qué lento eres! ¡Deberías alegrarte, tú siempre me has seguido!

Viendo que era inútil hacerla entrar en razón, estaba pensando en cómo cubrirla con algo sin dejar de sostenerla, porque no me fiaba de dejarla sola con la ventana abierta de par en par, cuando para mi gran consternación oí el sonido de la manija y entró el señor Linton. No había salido de la biblioteca hasta entonces y, al cruzar el vestíbulo, oyó nuestras voces y movido por la curiosidad o el miedo se vio impelido a entrar para ver qué podía estar sucediendo a aquellas altas horas de la noche.

—¡Ay, señor! —prorrumpí al percibir la exclamación que estaba por salir de sus labios cuando vio aquel panorama y percibió la desapacible atmósfera que reinaba en el aposento—. Mi pobre señora está enferma y tiene más fuerza que yo; no puedo con ella. Le ruego que venga a convencerla de que se acueste. Olvide su enojo, porque no hay quien la guíe, no hace sino lo que se le antoja.

—¿Catherine, enferma? —dijo acercándose a toda prisa—. ¡Cierre la ventana, Ellen! ¡Catherine! ¿Por qué…?

Guardó silencio. El maciento rostro de la señora Linton le había quitado el habla y se limitaba a mirarnos a la una y a la otra, escandalizado y atónito.

—Ha estado corroyéndose aquí dentro —proseguí—, sin apenas haberse llevado un bocado a la boca ni haberse quejado en ningún momento. No ha querido dejar entrar a nadie hasta esta tarde, de modo que si no le informamos de su estado de salud, es porque lo ignorábamos. Pero no es nada.

Sentí que mis explicaciones sonaban muy torpes. El amo frunció el ceño.

—De modo que no es nada, ¿eh, Ellen Dean? —dijo secamente—. ¡Tendrá que darme cumplida cuenta de por qué se me ha ocultado todo esto!

Cargó a su esposa en brazos y la miró angustiado. Al principio ella no parecía reconocerle, era invisible a sus extraviados ojos. Sin embargo, su delirio no era constante; cuando logró apartar la mirada de la oscuridad exterior, poco a poco fue centrando su atención en él y descubrió quién era la persona que la tenía en brazos.

—¡Ah! ¡Conque has venido, Edgar Linton! —dijo animada por la ira—. ¡Eres como una de esas cosas que siempre aparecen cuando menos se necesitan y que cuando se necesitan no aparecen nunca! Supongo que ahora me vendrás con lamentos, lo veo venir, pero ¡eso no impedirá que me vaya a mi angosta morada, allá a lo lejos, al lugar de reposo al que acudiré antes de que termine la primavera! Se halla allí, pero no entre los Linton, bajo el techo de la capilla, sino al aire libre, con una lápida. ¡Tú puedes hacer lo que te plazca, ir a reunirte con ellos o reunirte conmigo!

—Catherine, ¿qué has hecho? —comenzó el amo—. ¿Es que ya no significo nada para ti? ¿Acaso amas a ese miserable Heath…?

—¡Cállate! —gritó la señora Linton—. ¡Cállate ahora mismo! ¡Si vuelves a mencionar ese nombre, me tiro por la ventana y asunto concluido! Podrás quedarte con lo que ahora tocas, pero mi alma estará en esa cumbre antes de que vuelvas a ponerme las manos encima. No te amo, Edgar; he dejado de amarte. Regresa a tus libros. Me alegro de que tengas ese consuelo, porque el que tenías en mí ha desaparecido.

—Delira, señor —interrumpí—. Lleva toda la tarde diciendo disparates. Pero espere a que descanse y la cuidemos como es debido y ya verá cómo se recupera. En lo sucesivo debemos evitar causarle disgustos.

—No quiero que me siga dando consejos —repuso el señor Linton—. Usted, conociendo como conocía a la señora, me animó a atormentarla ¡y para colmo no me ha dado la menor nueva de su estado en estos tres días! ¡Desalmada! ¡Ni varios meses de enfermedad hubiesen obrado este cambio en ella!

Intenté defenderme. Consideraba muy injusto que se me echase a mí la culpa de la rebeldía y la crueldad de otra persona.

—¡Yo sabía que la señora Linton era testaruda y autoritaria —exclamé—, pero no que usted quisiera fomentar su temible genio! No sabía que para complacerla tenía que hacer la vista gorda con el señor Heathcliff. ¡Al decírselo estaba cumpliendo con mi deber de fiel servidora y este es el pago que recibo por mi lealtad! Está bien, así escarmiento para la próxima vez. ¡La próxima vez tendrá que procurarse la información usted mismo!

—La próxima vez que me venga con chismes, Ellen Dean —repuso—, dejará de estar a mi servicio.

—En ese caso, supongo, señor Linton, que preferiría no haberse enterado de nada —dije—. ¿Cuenta Heathcliff con su permiso para dejarse caer por aquí cada vez que usted se ausenta y ponerse a cortejar a la señorita a fin de emponzoñar a la señora en su contra?

Catherine, confundida como estaba, aguzó el ingenio para aplicarse en nuestra conversación.

—¡Ah! Nelly es la traidora —exclamó encolerizada—. Nelly es mi enemiga oculta. ¡Bruja! ¡Así que es verdad que buscas saetas de elfo para hacernos daño! ¡Suéltame, voy a hacer que se arrepienta! ¡Haré que se retracte a gritos!

Bajo sus cejas ardía una furia demencial; pugnaba desesperadamente por zafarse de los brazos de Linton. Yo no tenía ningunas ganas de seguir presenciando aquello, de modo que salí del aposento, decidida a asumir la responsabilidad de buscar la asistencia de un médico.

Al cruzar el jardín para salir a la carretera, vi que en un garfio empotrado a la pared algo blanco se movía de forma anormal y que lo movía un agente distinto del viento. A pesar de la prisa que llevaba me detuve a examinarlo para evitar que se me quedara grabada para siempre la convicción de que había visto a un ser de ultratumba.

Cuáles no serían mi sorpresa y mi perplejidad al descubrir, antes por el tacto que por la vista, que se trataba de Fanny, la springer spaniel de la señorita Isabella, colgada del cuello con un pañuelo, casi agonizante.

Me apresuré a soltar a la perra y la dejé en el jardín. La había visto subir la escalera detrás de su dueña cuando esta se había ido a acostar y no comprendía cómo había llegado hasta allí ni quién había sido el malvado que la había maltratado de semejante forma.

Mientras deshacía el nudo en torno al garfio me pareció oír, una y otra vez, el tamborileo de los cascos de un caballo que galopaba a cierta distancia; pero tenía la cabeza tan llena de cosas que, aunque aquel era un sonido extraño en ese lugar a las dos de la madrugada, apenas le presté atención.

Por fortuna, según caminaba por una calle del pueblo me crucé con el señor Kenneth, que acababa de salir de su casa para ir a visitar a un paciente y que, al oír mi descripción de la enfermedad de Catherine Linton, decidió acompañarme en el acto.

Era un hombre sencillo y tosco, y no tuvo el menor reparo en expresarme sus dudas de que la señora sobreviviera a aquella segunda crisis si no se mostraba más dispuesta a seguir sus indicaciones que en la anterior ocasión.

—Nelly Dean —dijo—, se me antoja que todo esto ha de tener alguna otra causa. ¿Qué ha sucedido en la Granja? Nos llegan extraños rumores. Una joven fuerte y sana como Catherine no enferma por una nimiedad, y así debería ser con esa clase de personas. Es muy difícil lograr que se recuperen de una calentura y de otras cosas por el estilo. ¿Cómo empezó?

—El amo le informará —contesté—. Pero ya conoce el carácter violento de los Earnshaw, y la señora Linton se lleva la palma. Lo que puedo decirle es que todo empezó con una riña. En mitad de un estallido de cólera padeció una especie de crisis. Al menos eso dice, porque en lo más álgido de ese estallido se fue volando a su cuarto y atrancó la puerta por dentro. Luego se negó a comer y ahora sufre intermitentes crisis de delirio y permanece en un estado de semiinconsciencia; reconoce a la gente de casa, pero tiene la cabeza atiborrada con todo tipo de extrañas ideas y fantasías.

—El señor Linton estará muy apenado, ¿verdad? —observó Kenneth inquisitivamente.

—¿Apenado? ¡Se le partirá el corazón si le sucede algo a ella! —repuse—. Procure no alarmarle más de lo justo.

—Bien, ya le advertí que no bajase la guardia —dijo mi acompañante— y ¡ahora tendrá que atenerse a las consecuencias por no haberme hecho caso! O ¿acaso el señor Heathcliff y él no han sido uña y carne últimamente?

—Sí, Heathcliff viene bastante por la Granja —repuse—, pero lo hace porque el ama le conoce desde niño y no porque el amo aprecie su compañía. Por ahora le han ahorrado la molestia de aparecer por casa debido a las presuntuosas aspiraciones que ha manifestado respecto a la señorita Linton. No creo que vuelvan a recibirle.

—Y ¿la señorita Linton le ha dado calabazas? —fue la siguiente pregunta del doctor.

—La señorita no me hace confidencias —repuse reacia a seguir con el tema.

—No, es una raposa —observó meneando la cabeza—. ¡Se lo guarda todo para ella! Pero hace auténticas tonterías. Sé de buena tinta que anoche, ¡una noche preciosa!, Heathcliff y ella estuvieron paseando más de dos horas por la plantación que hay detrás de la casa de ustedes y que él la presionaba para que no volviese a entrar, ¡sino que subiese a su caballo y se largara con él! La persona que me lo ha contado dice que lo único que logró disuadirle fue que ella le dio su palabra de honor de que estaría lista en su próxima cita. Mi informante no logró oír la fecha, pero ¡ya puede avisar al señor Linton de que esté ojo avizor!

Aquellas nuevas me infundieron nuevos temores. Tomé la delantera al señor Kenneth y corrí la mayor parte del trayecto. La perrita seguía aullando en el jardín. Me entretuve un minuto en abrirle la verja, pero en lugar de dirigirse hacia la puerta de casa se puso a corretear de arriba abajo olisqueando la hierba y, de no haberla agarrado para que entrara conmigo, habría escapado a la carretera.

Mis sospechas se confirmaron cuando subí al cuarto de Isabella: estaba vacío. Si hubiese llegado unas horas antes, quizá la noticia de la enfermedad de la señora Linton habría detenido ese temerario paso. Pero ¿qué podíamos hacer ahora? Cabía una minúscula posibilidad de alcanzarlos si se les perseguía enseguida. Sin embargo, yo no podía ir tras ellos y no me atrevía a despertar a toda la casa y armar alboroto, ¡y menos aún revelar el asunto a mi amo, absorto como estaba en la calamidad presente y no teniendo un corazón de repuesto para soportar un segundo golpe!

No me quedó más remedio que morderme la lengua y dejar que las cosas siguieran su curso: como Kenneth ya había llegado, fui a anunciarle con el semblante descompuesto.

Catherine se había entregado a un desapacible sueño. Su esposo había logrado aplacar su acceso de locura y se hallaba inclinado sobre su almohada, espiando el menor cambio en la dolorida expresión de su rostro.

El doctor, tras haber examinado a la enferma, le habló de forma esperanzadora asegurándole que aquello evolucionaría favorablemente si lográbamos preservar una perfecta y constante paz en torno a ella. A mí me dio a entender que el peligro que corría no era tanto morir, como quedar enajenada de por vida.

Esa noche no pegué ojo y el señor Linton tampoco. Lo cierto es que no llegamos a acostarnos. Todos los sirvientes se levantaron mucho antes que de costumbre: andaban por casa a paso furtivo e intercambiaban susurros cuando se cruzaban unos con otros según realizaban sus distintas tareas. Todo el mundo estaba activo, salvo la señorita Isabella, y empezaron a comentar que tenía un sueño muy profundo. También su hermano preguntó si se había levantado; se mostraba impaciente por verla, como si le doliera que manifestara tan poco interés en su cuñada.

Yo temblaba de miedo de que me mandase ir a llamarla, pero me ahorraron tener que ser yo la primera en proclamar su fuga. Una de las doncellas, una joven atolondrada que había salido muy temprano a hacer un recado en Cordera, subió la escalera boquiabierta y jadeante, e irrumpió en la habitación exclamando:

—¡Ay, Dios mío, ay, Dios mío! ¿Qué nueva desgracia ocurriranos hora? Amo, amo, nuestra señorita...

—¡No alborotes tanto! —atajé yo furiosa por sus clamorosas maneras.

—Baja la voz, Mary —dijo el señor Linton—. ¿Qué ocurre? ¿Qué le ha pasado a tu señorita?

—¡No está! ¡No está! ¡Se Heathcliff tiene huido con ella! —dijo la muchacha con la voz entrecortada.

—¡Eso no es cierto! —exclamó Linton al tiempo que se levantaba muy agitado—. No puede ser. ¿Cómo se te ocurre pensar una cosa así? Ellen Dean, ve a buscarla. Es increíble, no puede ser.

Y diciendo aquello acompañó a la doncella hasta la puerta y volvió a preguntarle en qué se fundaba para afirmar semejante cosa.

—Es que na carretera encontreme con el zagal que viene pola leche —tartamudeó—, y perguntome si no habíamos problemas na Granja. Como yo pensé que referíase a l'enfermedá de la señora, contesté que sí. Entonces él dijo: «Figúrome que alguien habrá ido tras ellos». Yo quedémelo mirando con unos ojos como platos.

Como vio que yo no sabía nada, ¡contome k'a la medianoche pasada un caballero y una dama tenían fecho un alto nuna herrería a tres kilómetros de Cordera pa herrar una de las monturas! Y que la hija del herrero teníase levantao sin ser vista pa ver quiénes eran y teníales reconocido al punto. Vio que l'hombre (ella ta segura que era Heathcliff y, además, naide podría confundille con otro) colocaba na mano de su padre un soberano. La señora tapábase la cara con un rebozo, mas quiso beber un poco d'agua y cayósele, conque la muchacha pudo verla prefetamente. Cuando salían al galope, d'espaldas al pueblo, y huían cuan rápido permiten tas carreteras llenas de baches, Heathcliff llevaba las riendas d'ambos caballos. La muchacha no dijo nada a su padre, pero ta mañana tiene divulgao la noticia por todo Cordera.

Subí corriendo y para guardar las formas me asomé al cuarto de Isabella. A mi regreso confirmé el relato de la sirvienta. El señor Linton había vuelto a tomar asiento junto a la cama. Cuando me vio entrar alzó los ojos, leyó el significado de mi mirada vacía y volvió a bajarlos sin decir una palabra ni dar una sola orden.

—¿Hay que tomar medidas para alcanzarla y traerla de vuelta? —pregunté—. ¿Qué debemos hacer?

—Se ha ido por su propia voluntad —repuso el amo—. Tiene derecho a irse si así lo desea. No vuelvas a importunarme al respecto. En lo sucesivo no tendrá de hermana sino el nombre, y no porque yo la haya repudiado, sino porque ella me ha repudiado a mí.

Eso fue cuanto dijo sobre el asunto. No hizo más preguntas ni volvió a mencionarla nunca más. Me mandó que reuniese sus pertenencias y que en cuanto conociera su paradero las mandase a su nuevo hogar, se hallara donde se hallase.

13

Los fugitivos estuvieron fuera dos meses y durante su ausencia la señora Linton padeció y superó la peor postración nerviosa, causada por unas fiebres denominadas cerebrales. Ninguna madre habría cuidado a su único hijo con mayor devoción que Edgar a su esposa. La velaba día y noche, y sobrellevaba pacientemente todas las molestias que son susceptibles de ocasionar unos nervios alterados y una razón perturbada. Y aunque Kenneth le hizo saber que aquello que él había librado de la muerte no le pagaría sus cuidados sino convirtiéndose en una constante fuente de ansiedad —que, de hecho, estaba sacrificando su salud y sus fuerzas para salvar a una mera ruina humana—, su gratitud y su júbilo no conocieron límites cuando la vida de Catherine se declaró fuera de peligro. Pasaba largas horas sentado a su lado espiando el paulatino retorno de su salud física y alimentando esperanzas demasiado optimistas de que también su mente recobraría el debido equilibrio y de que pronto volvería a ser la misma de antes.

La primera vez que abandonó su habitación fue a comienzos de marzo. Por la mañana, el señor Linton le había dejado encima de la almohada un manojo de doradas flores de azafrán. Cuando despertó, sus ojos, ajenos durante mucho tiempo a la menor chispa de alegría, se posaron en las flores y brillaron de gozo mientras las recogía, ilusionada, para hacer un ramillete.

—¡En las Cumbres estas son las primeras en salir! —exclamó—. Me recuerdan los templados vientos del deshielo, los cálidos rayos del sol y la nieve casi fundida. Edgar, ¿no sopla el viento del sur?, ¿no está a punto de desaparecer la nieve?

—¡Aquí abajo la nieve ha desaparecido del todo, querida! —repuso su esposo—. Y no veo sino dos manchas blancas en toda la cadena de brezales. El cielo está azul, cantan las alondras y los arroyos y riachuelos corren llenos a rebosar. Catherine, la primavera pasada ardía en ansias de tenerte conmigo bajo este techo; ahora me gustaría verte dos o tres kilómetros monte arriba: allí el aire es tan puro que siento que te curaría.

—¡No volveré allí sino por última vez! —dijo la enferma—. Luego tú me dejarás y yo permaneceré allí para siempre. La primavera entrante de nuevo arderás en ansias de tenerme contigo bajo este techo; volverás la vista atrás y pensarás que en estos momentos eras feliz.

Linton la cubrió de las más tiernas caricias e intentó animarla con las más cariñosas palabras, pero ella, con la mirada perdida en las flores, dejaba que las lágrimas perlaran sus pestañas y corrieran por sus mejillas sin trabas.

Sabíamos que estaba francamente mejor, por lo que decidimos que su prolongado confinamiento en un mismo lugar era en gran medida la causa de su desazón y que un cambio de escenario contribuiría a disiparla.

El amo me mandó encender la chimenea del gabinete, que llevaba varias semanas cerrado, y que colocara un sillón al sol junto a la ventana. Luego la llevó allí en brazos y ella permaneció sentada un buen rato gozando del agradable calor; y, tal como suponíamos, fue reviviendo a la vista de los objetos que la rodeaban, porque, aunque le resultaban familiares, se hallaban exentos de los tristes recuerdos que sitiaban su odiada alcoba de enferma. A la tarde ya se la veía sobremanera exhausta, pero no hubo forma de persuadirla de que regresara a su habitación, y no me quedó más remedio que hacerle la cama en el sofá del gabinete mientras le preparábamos otro cuarto.

Para evitarle la fatiga de subir y bajar la escalera la acomodamos en el aposento donde duerme usted ahora, en la misma planta que el gabinete, y pronto se sintió con fuerza suficiente como para trasladarse de un cuarto a otro apoyada en el brazo de Edgar.

«Oh —pensaba yo—, con todos los cuidados que recibe, a lo mejor se recupera». Lo que era deseable por partida doble, porque otra existencia dependía de la de ella: abrigábamos la esperanza de que pronto el señor Linton se regocijaría con el nacimiento de un heredero, que además pondría sus tierras a salvo de las garras de un extraño.

Debería mencionar que Isabella, unas seis semanas después de marcharse, había mandado una breve nota a su hermano para anunciarle su boda con Heathcliff. El tono era seco y frío, pero al pie había garabateado a lápiz una críptica disculpa si su proceder lo había ofendido, y una súplica de reconciliación y de ser recordada con cariño. Aseguraba que no había podido impedir aquel matrimonio y que, habiéndose consumado, no tenía potestad para revocarlo.

Creo que Linton no contestó a la nota. Dos semanas más tarde recibí una larga carta que se me antojó un poco rara, sobre todo viniendo de la pluma de una recién casada que regresaba de su luna de miel. Se la leeré, porque aún la conservo. Toda reliquia de un muerto al que apreciamos en vida es muy valiosa. Dice así:

Querida Ellen:

Anoche llegué a Cumbres Borrascosas y me enteré de que Catherine ha estado y sigue estando muy enferma. Supongo que no debo escribirle a ella y que mi hermano está demasiado furioso o demasiado compungido para responder a lo que le mandé. Pero tengo que escribirle a alguien y no tengo más remedio que dirigirme a ti.

Dile a Edgar que daría la vida por volver a verle, que mi corazón había regresado a la Granja de los Tordos apenas veinticuatro horas después de haberme marchado y que en este mismo instante se halla allí, henchido de cálidos sentimientos hacia él ¡y hacia Catherine! *Sin embargo, no puedo seguirlo* (estas palabras están subrayadas), así que diles que no me esperen y que saquen de ello las conclusiones que quieran, pero que no lo achaquen a una falta de voluntad o de cariño por mi parte.

El resto de esta carta es solo para ti. Quiero hacerte dos preguntas.

La primera es: ¿cómo te las ingeniaste para seguir empatizando con la naturaleza humana cuando vivías aquí? No reconozco en quienes me rodean ningún sentimiento afín.

La segunda pregunta, en la que tengo mucho interés, es la siguiente: ¿es un hombre el señor Heathcliff? Y si lo es, ¿está loco? Y si no lo está, ¿es un demonio? No voy a revelar mis motivos para hacer esta pregunta, pero te ruego que me aclares, si puedes, con qué me he casado, me refiero a cuando vengas a verme. Tienes que venir cuanto antes, Ellen. No me escribas; ven y tráeme algo de parte de Edgar.

Ahora te contaré cómo me han recibido en mi nuevo hogar, porque todo me hace pensar que eso serán las Cumbres para mí. Solo para divertirme haré hincapié en asuntos como la falta de comodidades, puesto que estas no han ocupado mis pensamientos hasta que las he echado en falta. ¡Me pondría a reír y a bailar de alegría si descubriese que todos mis males se reducen a esas carencias y que lo demás es un sueño antinatural!

El sol se ponía detrás de la Granja cuando doblamos en dirección de los brezales, lo que me sugirió que eran las seis de la tarde. Mi acompañante hizo un alto de media hora para inspeccionar lo mejor que pudo el parque y los jardines y, seguramente, el propio edificio, por lo que ya era de noche cuando desmontamos en el patio adoquinado de la finca y tu antiguo compañero de servicio, Joseph, salió a recibirnos a la luz de una vela de sebo. Hizo gala de una cortesía que no desmerece de su fama. Su bienvenida fue levantar la vela para verme la cara, entornar malignamente los ojos, sacar el labio inferior hacia fuera y darse la vuelta.

Luego agarró las riendas de los dos caballos, los llevó a la cuadra y apareció de nuevo para atrancar la verja de la entrada como si viviésemos en un vetusto castillo.

Heathcliff se quedó hablando con él y yo entré en la cocina, un sórdido y desordenado antro; no creo que la reconocieras de lo mucho que ha cambiado desde que estaba a tu cargo.

Junto a la lumbre había un niño brutal, de fornidos miembros y mugriento atuendo, que tenía un aire a Catherine en los ojos y en torno a la boca.

«Es el sobrino político de Edgar —pensé— y, en cierto modo, también el mío. Debo estrecharle la mano y darle un beso, claro que sí. Lo propio es establecer una buena relación desde el principio».

Me acerqué y, tratando de agarrar su rechoncha muñeca, dije:

—¿Cómo estás, cariño?

Me contestó en una jerga que fui incapaz de entender.

—¿Quieres que tú y yo seamos amigos, Hareton? —fue mi segunda tentativa de entablar conversación.

El pago que recibí por mi insistencia fue una palabrota y la amenaza de azuzar a Jifero contra mí si no me esfumaba.

—¡Eh, Jifero, zagal! —dijo en un susurro el miserable pequeño despertando a un bulldog mestizo, que salió del rincón donde se hallaba su cubil—. Qué, ¿lárgaste o non? —preguntó en tono imperioso.

Mi instinto de supervivencia me llevó a obedecer y traspuse el umbral a la espera de que llegaran los demás. El señor Heathcliff había desaparecido y Joseph, a quien seguí hasta la cuadra para pedirle que me acompañase adentro, después de clavarme la mirada y murmurar algo entre dientes, arrugó la nariz y repuso:

—¡Ñiñiñi, ñiñiñi, ñiñiñi! ¿Tendrá algún cristiano oío nada parecío? ¡Ñoña finolis! ¿Cómo queire qu'entéindale naide'l que diz?

—¡Digo que quiero que me acompañe adentro! —grité creyéndole sordo, aunque estaba muy indignada por su grosería.

—¡N'hablar! Yo téngome d'ocupar d'otros menesteres.

Y siguió con su tarea, pero sin dejar de mover las enjutas mandíbulas ni de examinar con soberano desprecio mi vestido y mi cara (lo primero era demasiado elegante, pero estoy segura de que la tristeza de mi rostro fue de su agrado).

Di la vuelta al patio y salí por una portezuela a otra puerta, a la que me tomé la libertad de llamar con la esperanza de que apareciera un sirviente más educado.

Tras unos minutos de incertidumbre la abrió un hombre alto y adusto, sin pañuelo al cuello, cuyo aspecto general era de extremo desaliño. Largas greñas caían sobre sus hombros y ocultaban sus facciones. También él tenía los ojos de Catherine, pero de una Catherine espectral, porque no quedaba en ellos rastro de su belleza.

—¿Qué hace aquí? —exigió de forma siniestra—. ¿Quién es usted?

—Mi nombre *era* Isabella Linton —repuse—. Ya nos habíamos visto, señor. Estoy recién casada con el señor Heathcliff; él me ha traído aquí, imagino que con su permiso.

—¿Así que ha vuelto? —preguntó el ermitaño mirándome con la ferocidad de un lobo hambriento.

—Sí, acabamos de llegar —dije—. Pero me dejó en la puerta de la cocina y, cuando me disponía a entrar, su hijito, ejerciendo de centinela, me ahuyentó con la ayuda de un bulldog.

—¡Menos mal que ese endiablado villano ha cumplido su palabra! —gruñó mi futuro anfitrión escrutando la oscuridad a mi espalda como si esperase encontrar a Heathcliff allí.

Luego se entregó a un soliloquio de imprecaciones y amenazas sobre lo que habría hecho si ese «pateta» le hubiese engañado.

Me arrepentía de haber hecho aquel segundo intento de entrar y estaba por escabullirme sin dejarle terminar de maldecir, pero antes de que pudiese poner en práctica mis intenciones me mandó entrar y atrancó la puerta.

Ardía un enorme fuego que iluminaba por sí solo la gigantesca estancia, cuyo suelo ha adquirido un tono gris uniforme, y los antaño bruñidos cacharros de peltre que solían llamarme la atención cuando era niña participaban de una opacidad similar debido a la falta de lustre y el polvo.

Pregunté si podía llamar a la doncella para que me instalase en un aposento. El señor Earnshaw no se dignó contestar. Caminaba de un lado para otro con las manos en los bolsillos, al parecer en absoluto ajeno a mi presencia. Su ensimismamiento era tan evidente y profundo, y su aspecto tan misantrópico, que no me atreví a volver a molestarle.

No te extrañará, Ellen, que me sintiera particularmente abatida y más sola que la soledad en ese inhóspito hogar cuando recordé que me hallaba apenas a siete kilómetros de mi encantadora morada, la que alberga a las únicas personas a las que quiero en este mundo. Pero ¡bien podía habernos separado el Atlántico en lugar de esos siete kilómetros, porque no podía franquearlos!

Me preguntaba: ¿dónde hallaré solaz? Y —pero, por favor, no digas nada a Edgar ni a Catherine— ¡el dolor que descollaba por encima de cualquier otro era la desesperación de constatar que no hallaría a nadie que pudiese o quisiese ser mi aliado contra Heathcliff!

Había ido a alojarme en Cumbres Borrascosas casi con alegría, porque eso me garantizaba que no viviría a solas con él; pero él conocía a la gente con la que íbamos a convivir y no temía que se entremetieran.

Permanecí sentada pensando durante un triste rato. El reloj dio las ocho, y las nueve, y mi compañero seguía paseando de un lado para otro con la cabeza gacha y en perfecto silencio, salvo por algún gruñido u otra virulenta descarga que de vez en cuando escapaba de sus labios.

Yo aguzaba el oído por ver si detectaba la voz de una mujer, al tiempo que me invadían atroces remordimientos y sombríos presagios que acabaron por expresarse de forma audible mediante suspiros y sollozos.

No me di cuenta de que mi aflicción fuera tan evidente hasta que Earnshaw detuvo sus metódicos pasos delante de mí y me clavó una mirada de sorpresa, como si despertase de un sueño. Aprovechando que volvía a prestarme atención, exclamé:

—¡Estoy cansada del viaje y quiero irme a acostar! ¿Dónde está la doncella? ¡Condúzcame hasta ella, ya que ella no viene a mí!

—No tenemos doncella —repuso—. ¡Tendrá que valerse por sí misma!

—En ese caso, ¿dónde voy a dormir? —sollocé.

Estaba tan rendida y me sentía tan desdichada que la dignidad era la última de mis preocupaciones.

—Joseph la llevará al aposento de Heathcliff —dijo—. Abra esa puerta. Le encontrará allí dentro.

Me disponía a obedecer, pero de improviso me detuvo y añadió en un tono sobremanera extraño:

—Haga el favor de echar llave a su puerta y de correr el cerrojo. ¡No lo olvide!

—¡Anda! —dije—. ¿Por qué debo hacerlo, señor Earnshaw?

No me entusiasmaba la idea de encerrarme con Heathcliff en la habitación.

—¡Mire usted! —repuso extrayendo de su chaleco una pistola de singular factura, que tenía una navaja de resorte con hoja de doble filo adosada al cañón—. Es una gran tentación para un hombre desesperado, ¿no cree? No puedo dejar de subir con ella todas las noches y verificar si ha cerrado su puerta. ¡Si alguna vez la encuentro abierta, está perdido! Lo hago invariablemente, aunque un minuto antes me hayan asaltado mil motivos por los que debería abstenerme: es algún demonio el que me apremia a desbaratar mis propios planes y matarle. Combata por amor a ese demonio mientras pueda, ¡porque cuando llegue el momento ni todos los ángeles del cielo podrán salvarle!

Inspeccioné el arma con curiosidad y me vino a la cabeza una espantosa idea. ¡Lo poderosa que sería yo si poseyera un instrumento semejante! Se la quité de las manos y toqué la hoja. Él me miró, pasmado ante la expresión que durante unos breves segundos debió de asumir mi rostro. Su mirada no expresaba terror, sino codicia. Me arrebató celosamente la pistola, cerró la navaja y volvió a introducir el arma en su escondrijo.

—Me tiene sin cuidado que le avise —dijo—. Póngale en guardia y vele por él. Ya veo que está al corriente de cómo nos llevamos, porque no le escandaliza el peligro que corre.

—¿Qué le ha hecho Heathcliff? —pregunté—. ¿De qué manera le ha agraviado para que merezca un odio tan atroz? ¿No sería más razonable pedirle que salga de esta casa?

—¡Ni hablar! —tronó Earnshaw—. ¡Como me diga que se marcha, es hombre muerto y, como usted le mueva a intentarlo, la asesina será usted! ¿Acaso debo perderlo todo sin recuperar nada? ¿Acaso Hareton ha de ser un mendigo? ¡Maldita sea! ¡Recuperaré mi dinero y también me llevaré su oro, y luego su sangre, y el infierno se llevará su alma! ¡Con semejante invitado, las tinieblas serán diez veces más negras que antes!

Ya me habías hablado tú, Ellen, de los hábitos de tu antiguo amo. No cabe duda de que está al borde de la locura, al menos lo estaba anoche. Tanto me horrorizaba su compañía que a su lado hasta la huraña rudeza del sirviente me resultaba comparativamente agradable.

Luego reanudó su taciturno pasear y yo levanté el pestillo y escapé a la cocina.

Joseph se hallaba inclinado sobre el fuego vigilando el contenido de una gran marmita que se balanceaba sobre las llamas; en el escaño había un cuenco de madera con copos de avena. Cuando el contenido de la marmita empezó a hervir se volvió para introducir la mano en el cuenco. Conjeturé que esos preparativos serían para nuestra cena; como estaba hambrienta, me propuse que fuera comestible y dije a voces:

—¡Yo prepararé la avena!

Coloqué el recipiente fuera de su alcance y me dispuse a quitarme el sombrero y el traje de montar.

—El señor Earnshaw —proseguí— me ha indicado que debo valerme por mí misma, y así lo haré. No desempeñaré el papel de señora entre ustedes porque no quiero morirme de hambre.

—¡Santo Dios! —murmuró al tiempo que se sentaba y se pasaba la mano desde la rodilla hasta el tobillo por encima de los calcetines de cordoncillo—. Si tei d'haber nuevas órdenes hora que íbame costumbrando a haber dos amos, si he d'haber l'incordio d'un'ama, paréceme qu'es hora de machase. ¡Non pensé nunca que llegare'l día de ter de machame de ta veija casa, mas témome que tei llegao sa hora!

No presté atención a sus lamentos. Me puse a trabajar con gran brío, suspirando en recuerdo de otros tiempos cuando aquello habría sido una diversión muy entretenida, pero rápidamente me obligué a ahuyentar ese recuerdo. Me atormentaba evocar la felicidad pasada y cuanto mayor era el peligro de conjurar su aparición, más rápido giraba la cuchara de palo y más veloces caían al agua los puñados de avena.

Joseph observaba mi manera de cocinar con creciente indignación.

—¡Ea! —exclamó—. Ta noche quedaste sin avena, Hareton; non serán más que grumos tamaños como mi puño. ¡Y ea, y otra vez! ¡Yo k'usté chaba'l cuenco y to! Vamos, eche d'una vez toa sa cochinada, ansí cabará enantes. ¡Pum! ¡Pum! ¡Milagro's que non desfonde'l cazo!

Tengo que reconocer que mi cena resultó desastrosa, lo constaté cuando volqué el contenido de la marmita en los cuatro tazones que había en la mesa. Trajeron del establo una jarra de leche fresca; Hareton la agarró y se puso a beber de su ancho pico, derramando parte del líquido.

Protesté y le pedí que se sirviera la leche en un tazón, asegurando que no pensaba probarla si hacía esas porquerías. Al viejo cínico le dio por sentirse muy ofendido con mis finuras y me aseguró una y otra vez que «el rorro valía lo mesmo» que yo, que «taba lo mesmo de sano», que cómo me atrevía a ser tan engreída. A todo esto, el brutal niño seguía chupando y me miraba ceñudo y desafiante mientras las babas le caían dentro de la jarra.

—Me voy a cenar a otro cuarto —dije—. ¿No tienen ninguno que califiquen de gabinete?

—¡Gabinete! —repitió, mofándose—. ¡Gabinete! No, non temos «gabinetes». Si non gústale nuestra compañía, tei la de l'amo, y si la de l'amo non gústale, tennos a nos.

—En ese caso me iré arriba —contesté—. ¡Indíqueme una habitación!

Coloqué mi tazón en una bandeja y fui yo misma por más leche.

El tipo se levantó profiriendo tremendos gruñidos y me precedió escalera arriba. Subimos hasta las buhardillas. De vez en cuando abría una de las puertas que íbamos pasando para asomarse a las habitaciones.

—Qui tei un cualto —dijo por fin empujando una tabla cimbrada, ajustada con bisagras—. Ta decente pa comer una poca avena. Hi nel rincón tei un saco de grano bein limpio; si tei meido d'ensuciase las sus elegantes ropas de seda, ponga el su pañuelo por cima.

El «cualto» era una suerte de trastero que despedía un fuerte olor a malta y a grano. Había varios sacos de cada apilados aquí y allá, que dejaban un amplio espacio vacío en el centro.

—¡Vamos, sirviente! —exclamé encarándome con él, furiosa—. Este no es lugar para dormir. Quiero ver mi alcoba.

—¡Alcova! —repitió en tono de mofa—. Enseñarele toas las «alcovas» que temos. Esa d'hi's la mía.

Señaló una segunda buhardilla, que solo difería de la primera por tener las paredes más desnudas y, en un extremo, un gran lecho bajo y sin cortinas, cubierto con una colcha añil.

—Y ¿a mí qué me importa que esa sea la suya? —repuse—. Supongo que el señor Heathcliff no dormirá en la parte más alta de la casa, ¿verdad?

—¡Ah, es la de l'amo Heathcliff que queire! —exclamó como si acabase de hacer un descubrimiento—. ¿Non podía decillo enantes? Si tuvéirelo dich'enantes, teníam'horrao to te trabajo. Ese es l'único que non pue ver: tenlo seimpre cerrao y naide más qu'él mete las narices hi dentro.

—Bonita casa tienen ustedes, Joseph —no pude por menos que observar—, y sus ocupantes son de lo más agradables. ¡Creo que el día que uní mi destino al de ustedes vino a alojarse en mi cerebro la quintaesencia de la locura del mundo! Pero eso ahora no viene al caso, habrá otras habitaciones. ¡Por el amor de Dios, dese prisa y acomódeme en alguna parte!

No hizo caso de mis ruegos; se limitó a bajar los peldaños con obstinada resolución y se detuvo frente a una habitación que, por la forma en que lo hizo y la calidad superior de su mobiliario, conjeturé que sería la mejor de todas.

Contaba con una alfombra —una buena alfombra, aunque el polvo había borrado el dibujo—, una chimenea de la que colgaban unos papeles recortados que se caían a trozos y un hermoso lecho de madera de roble con grandes cortinas carmesíes de una tela bastante cara y de corte moderno. Pero era evidente el maltrato del que habían sido objeto: las cenefas, desprendidas de sus anillas, pendían hechas jirones, y la barra de hierro que les servía de soporte se hallaba arqueada de un lado, por lo que el cortinaje se arrastraba por el suelo. También las sillas estaban estropeadas, la mayoría en gran extremo, y unas grandes hendiduras deformaban el artesonado de la pared.

Intentaba hacer acopio de valor para entrar a tomar posesión del cuarto, cuando el necio de mi guía anunció:

—Te de qui es el de l'amo.

A aquellas alturas, mi cena estaba fría, había perdido el apetito y se me había agotado la paciencia. Insistí en que me proporcionase de inmediato un lugar donde cobijarme y un soporte donde dormir.

—Onde diablos —saltó el viejo beato—. ¡El Señor bendíganos! ¡El Señor perdónenos! ¿Onde demonios queire tar? ¡Maculada y latosa pelele! Tei vístolo to menos el cuchitril de Hareton. ¡N'hay nengún otro gujer'onde yacer nesta casa!

Yo estaba tan enfadada que arrojé mi bandeja y todo su contenido al suelo; luego me senté en el rellano de la escalera, me cubrí la cara con las manos y me eché a llorar.

—¡Aj! ¡Aj! —exclamó Joseph—. ¡Mu bein, señoíta Cathy! ¡Mu bein, señoíta Cathy! Hora l'amo va trompezar con los cacharros rotos y verá usté la k'ármase. Habrá k'oír lo k'abrá k'oír. ¡Necia pelele! ¡Merece pasar d'hambre d'aquí a Navidá por tener rojao los preciaos presentes de Dios al suelo en la su tremenda rabeita! Más paréceme que non v'a durarle mucho se mal genio. ¿Cree que

Heathcliff va aguantalle las sus bonitas maneras? Nomás espero que sorpréndala con es'ataque d'histeria. Nomás espero k'hágalo.

Y, sin dejar de regañarme, bajó a su guarida llevándose la vela y dejándome a oscuras.

Tras reflexionar unos momentos sobre mi ridículo comportamiento no tuve más remedio que tragarme mi orgullo, sofocar mi ira y menearme para eliminar sus efectos.

No tardó en aparecer una inesperada ayuda bajo la figura de Jifero, al que en ese momento reconocí como hijo de nuestro viejo Braco. De cachorro vivía en la Granja y mi padre se lo había regalado al señor Hindley. Creo que él también me reconoció. Acercó el hocico a mi nariz a modo de saludo y luego se apresuró a devorar la avena en tanto que yo recogía a tientas, escalón por escalón, la loza hecha añicos y secaba con mi pañuelo de bolsillo la leche que había salpicado la barandilla.

Apenas hubimos concluido nuestras respectivas tareas oí los pasos de Earnshaw en el pasillo. Mi asistente metió el rabo entre las patas y se arrimó a la pared; yo me escabullí por la puerta más próxima. Las tentativas del perro por evitarle fueron infructuosas, según pude adivinar cuando lo oí rodar escaleras abajo y proferir prolongados y lastimeros gañidos. Yo tuve más suerte. Earnshaw pasó de largo, entró en su aposento y cerró la puerta.

Acto seguido, Joseph subió con Hareton para acostarle. El cuarto donde me había refugiado era el de Hareton, y el viejo, al verme allí, me dijo:

—Ya hay cualto pa los dos nesta casa, usté y el su orgullo, faltaría más. Ta vacío. Pue habello to pa usté, ¡y pa Él, poque'n tan mala compañía, Él seimpre es el tecero!

Aproveche muy gustosa su sugerencia y, en el instante en que me dejé caer en una silla junto a la lumbre, me puse a cabecear y me dormí.

Me sumí en un dulce y profundo sueño que concluyó demasiado pronto. El señor Heathcliff me despertó; acababa de llegar y, cariñoso como siempre, exigía una explicación a mi presencia en ese cuarto.

Le dije que si seguía despierta a esas horas de la noche era porque él llevaba en el bolsillo la llave de nuestro dormitorio.

Tomó por una ofensa mortal el adjetivo «nuestro». Juró que no era ni sería nunca el mío y que… Pero no voy a repetir sus palabras ni a describir su conducta habitual. ¡Es ingenioso e infatigable en su empeño por ganarse mi aborrecimiento! A veces me deja tan intensamente anonadada que amortigua mi miedo. Pero te aseguro que no hay tigre ni víbora capaz de suscitarme el terror que él me causa. Me contó de la enfermedad de Catherine y acusó a mi hermano de habérsela ocasionado. Me juró que yo sería la apoderada del sufrimiento de Edgar hasta que pudiese ponerle las manos encima.

Le odio, soy muy desdichada. ¡He sido una necia! Cuídate mucho de decir ni una palabra de todo esto a nadie en la Granja. Estaré esperándote todos los días. ¡No me falles!

ISABELLA

14

En cuanto hube leído atentamente esta epístola fui a ver al amo y le conté que su hermana había llegado a las Cumbres y me había mandado una carta en la que manifestaba su aflicción por el estado de la señora Linton y sus ardientes ansias de verle. Expresaba además el deseo de que le transmitiera lo antes posible, por mediación mía, alguna muestra de perdón.

—¿Perdón? —dijo Linton—. No tengo nada que perdonarle, Ellen. Si quieres, puedes ir a Cumbres Borrascosas esta misma tarde y decirle que no estoy enojado, sino pesaroso por haberla perdido, sobre todo porque me es imposible creer que sea feliz. No obstante, no iré a verla bajo ningún concepto: nuestra separación es para siempre. Si de verdad quiere complacerme, que convenza a ese canalla con el que se ha casado de que se marche de aquí.

—¿No le escribirá una notita, señor? —imploré.

—No —repuso—. Es inútil. Mi comunicación con la familia de Heathcliff será tan parca como la suya con la mía. ¡Será inexistente!

La frialdad del señor Edgar me deprimió mucho. Durante todo el camino desde la Granja iba devanándome los sesos tratando de hallar la manera de dulcificar sus palabras cuando me tocase repetirlas y de suavizar su negativa de mandar siquiera unas líneas de consuelo a Isabella.

Seguramente llevaba toda la mañana esperándome. Cuando subía por el empedrado del jardín la vi asomada a la ventana y le hice un gesto con la cabeza, pero ella se apartó como si temiera ser descubierta.

Entré sin llamar. ¡No he visto nunca un panorama más inhóspito y lóbrego que el que presentaba aquella casa, antaño tan alegre! Tengo que confesar que, de haberme hallado en el lugar de la señorita, al menos habría barrido el hogar y pasado un trapo a las mesas. Pero ella ya participaba del espíritu de abandono que la rodeaba. Su hermoso rostro se hallaba pálido y macilento, y tenía el cabello alisado; lo llevaba recogido de cualquier manera y algunos mechones le caían lacios sobre los hombros. Me pareció que no se había cambiado de vestido desde la noche anterior.

Hindley no estaba. El señor Heathcliff se hallaba sentado a una mesa hojeando papeles en una cartera; cuando entré se levantó, me saludó con cierta amabilidad y me ofreció una silla.

A mis ojos, él era lo único presentable en aquella casa, nunca le había visto con mejor aspecto. ¡Las circunstancias habían modificado tanto las respectivas posiciones de la pareja que un extraño habría pensado que él era un señor de casta y cuna, y su esposa una auténtica pazpuerca!

Isabella se me acercó ilusionada para saludarme y me tendió una mano para recibir la carta que esperaba.

Meneé la cabeza. Ella no quiso entender mi gesto, sino que me siguió hasta el aparador al que me dirigía para depositar mi capota y me dijo una y otra vez en un susurro que le entregase de inmediato lo que traía para ella.

Heathcliff adivinó el significado de sus maniobras y dijo:

—Nelly, si has traído algo para Isabella, como sin duda traes, dáselo. No hay por qué hacer de ello un secreto; entre nosotros no hay secretos.

—Es que no traigo nada —repuse pensando que era mejor decir la verdad enseguida—. Mi amo me ha encargado que diga a su hermana que por ahora no debe esperar carta ni visita algunas de su parte. Le manda su afecto, señora, su deseo de que sea feliz y su perdón por el dolor que le ha ocasionado. Pero considera que, a tenor de lo ocurrido, toda comunicación entre su casa y esta debe interrumpirse, porque conservarla no conduciría a nada bueno.

La señora Heathcliff acusó un leve temblor de labios y regresó a su asiento junto a la ventana; su esposo se colocó a mi lado en el piso de piedra del hogar y empezó a hacerme preguntas acerca de Catherine.

Le conté lo que estimé oportuno acerca de su enfermedad y él me sometió a un intenso interrogatorio para sonsacarme la mayoría de los hechos relacionados con su origen.

Yo la culpé a ella, como tenía merecido, porque consideraba que se la había inducido ella misma, y acabé manifestando mi esperanza de que él siguiera el ejemplo del señor Linton evitando en adelante cualquier trato con su familia, para bien o para mal.

—La señora Linton está apenas convaleciente —dije—. Nunca volverá a ser la de antes, pero se ha salvado, y si de verdad le tiene usted aprecio, procurará no volver a cruzarse en su camino nunca más. No, se marchará de aquí para siempre. Y para que le resulte más fácil hacerlo le diré que ¡Catherine Linton es tan distinta de su antigua amiga Catherine Earnshaw como esta señorita lo es de mí! Su aspecto ha cambiado mucho y su carácter aún más ¡y en lo sucesivo la persona que se ve obligada a ser su compañero no podrá conservar su afecto sino recordando lo que fue y apelando a una elemental humanidad y a su sentido del deber!

—Eso es muy posible —observó Heathcliff esforzándose por parecer tranquilo—, es muy posible que tu amo no pueda apelar sino a una elemental humanidad y a su sentido del deber. Pero ¿acaso crees que dejaré a Catherine en manos de su «deber» y su «humanidad»? ¿Acaso crees que mis sentimientos hacia Catherine son comparables con los de él? Antes de que te marches de esta casa he de arrancarte la promesa de que me conseguirás una cita con ella. ¡He de verla sí o sí! ¿Qué me dices?

—Digo, señor Heathcliff —repuse—, que no debe hacer eso y que nunca lo hará por mediación mía. ¡Otro encuentro entre usted y mi amo acabaría con ella!

—Con tu ayuda podríamos evitar que se produjera —prosiguió—. Y si existiera ese peligro y él fuese culpable de añadir una única aflicción más a su vida, ¡vaya, creo que estaría justificado que yo tomara medidas extremas! Ojalá tuvieras la sinceridad de decirme si perderle ocasionaría a Catherine un gran sufrimiento. Ese temor es lo único que me frena: ahí tienes la diferencia entre nuestros sentimientos. De haber estado él en mi lugar, y yo en el suyo, aunque le odiase hasta el punto de convertir mi vida en hiel, nunca se me habría ocurrido levantarle la mano. ¡Mírame con toda la incredulidad que quieras! Nunca le habría prohibido su compañía si ella desease la de él. ¡Apenas ella dejara de tenerle aprecio le arrancaría el corazón y me bebería su sangre! Pero hasta ese momento, y si no me crees es que no me conoces, ¡hasta ese momento me habría dejado morir lentamente antes de tocarle un pelo!

—Y, sin embargo —interrumpí—, no tiene usted el menor escrúpulo en frustrar toda esperanza de que se reponga del todo, puesto que ahora que ya casi le ha olvidado pretende imponerse en su recuerdo e implicarla en un nuevo torbellino de discordia y desazón.

—¿De verdad crees que ya casi me ha olvidado? —dijo—. ¡Oh, Nelly! ¡Sabes que no es así! ¡Sabes tan bien como yo que por cada pensamiento que dedica a Linton son mil los que me dedica a mí! En una de las épocas más amargas de mi vida, yo pensaba algo similar, esa era mi obsesión cuando el verano pasado regresé a la vecindad, pero ahora lo único que podría hacerme aceptar esa idea de nuevo sería que ella me lo confirmara. En ese caso, Linton ya no significaría nada para mí, ni Hindley, ni ninguno de los sueños que siempre soñé. Dos palabras comprenderían mi futuro: «muerte» e «infierno»; porque, de perderla a ella, mi vida sería un infierno. Sí, fui necio al suponer, aunque fuera por un instante, que para ella el cariño de Edgar pudiese ser más valioso que el mío. Aunque él llegase a amarla con todas las facultades de su endeble ser, ni durante ochenta años la amaría tanto como yo en un día. Y el corazón de Catherine es tan profundo como el mío. Pretender que él monopolice todo su afecto es como intentar contener toda el agua del mar en ese abrevadero. ¡Bah! No le quiere sino un poquito más que a su perro o a su caballo. Él no tiene la capacidad de ser amado que tengo yo, ¿cómo podría ella amar en él lo que él no posee?

—¡Catherine y Edgar se quieren tanto como puede quererse cualquier pareja! —gritó Isabella con repentina vitalidad—. ¡Nadie tiene derecho a hablar de esa manera de mi hermano y no pienso permitir que se le menosprecie en mi presencia!

—Sí, a ti también te quiere mucho tu hermano, ¿verdad? —observó Heathcliff con retintín—. Es sorprendente la presteza con que se ha deshecho de ti.

—No es consciente de lo que sufro —repuso ella—. Eso no se lo he contado.

—Lo que significa que algo le has contado. Le has escrito, ¿no es así?

—Le escribí para decirle que me había casado; tú viste la nota.

—Y ¿nada más?

—No.

—Mi señorita está muy desmejorada desde su cambio de condición —observé—. En su caso es evidente que el amor de alguien se queda corto. Puedo adivinar de quién, pero quizá no deba decirlo.

—Yo diría que es su amor propio —dijo Heathcliff—. ¡Ha degenerado hasta convertirse en una marrana! Se ha cansado inusitadamente pronto de intentar agradarme. No darás crédito a tus oídos, pero la mañana misma de nuestra boda ya estaba llorando porque quería volver a su casa. Sin embargo, encajará mucho mejor aquí si no se muestra en exceso pulcra, y ya me encargaré yo de que no me deshonre andando por ahí.

—En todo caso, señor —contesté—, espero que tenga en cuenta que la señora Heathcliff está acostumbrada a que la cuiden y la atiendan, y que la han criado como a una hija única a quien todos servían con gusto. Debe contratar a una doncella que le ordene sus cosas y ser amable con ella. Tenga la opinión que tenga del señor Edgar, no puede poner en duda que ella sí es capaz de albergar un amor profundo, porque de lo contrario no habría abandonado de buen grado la elegancia, las comodidades y las amistades de que gozaba en su antiguo hogar para venir a instalarse en este páramo con usted.

—Abandonó todo eso porque abrigaba una falsa ilusión —repuso—. Me veía como el héroe de una novela sentimental y esperaba de mi caballerosa devoción ilimitadas indulgencias. A tenor de su contumaz porfía en forjarse una fabulosa idea de mi naturaleza y de que se conducía según las falsas impresiones que ella misma alimentaba, apenas la considero un ser racional. Pero creo que por fin empieza a conocerme. Ya no le veo esas estúpidas sonrisas y muecas que tanto me irritaban al principio, ni esa absurda incapacidad para discernir que fui sincero cuando le di mi opinión de ella y su enamoramiento. Ha tenido que hacer un prodigioso esfuerzo de perspicacia para descubrir que no la amo. ¡En cierto momento pensé que no habría forma de hacérselo entender! Y ahora creo que solo aprendió la lección a medias, porque esta mañana me ha anunciado, haciendo gala de una espantosa inteligencia, ¡que he conseguido que me odie de verdad! ¡Una labor hercúlea, te lo aseguro! Si lo he logrado, tengo motivos para darle las gracias. ¿Puedo fiarme de tu declaración, Isabella? ¿Estás segura de que me odias? Si te dejo sola media jornada, ¿no me vendrás otra vez con lisonjas y suspiros? Creo que delante de ti, Nelly, habría preferido que yo aparentara prodigarle infinita ternura. Hiere su vanidad que se descubra la verdad. Pero a mí no me importa si se sabe que esa pasión no fue nunca mutua, porque jamás le mentí al respecto. No puede acusarme de haberle manifestado ni una pizca de falso cariño. Lo primero que me vio hacer cuando salimos de la Granja fue colgar a su perrita del cuello y cuando me rogó que la soltara, las primeras palabras que pronuncié fueron que ojalá pudiese ahorcar a todos los suyos, menos a una. Quizá interpretara que esa excepción se refería a ella. Pero entonces mi brutalidad no le repugnó, tal vez porque le inspira una admiración innata, ¡siempre que su valiosa persona se halle libre de todo daño! Ahora bien, ¿no crees que es el colmo del absurdo y de una genuina estupidez que esta lamentable, servil y perversa zorra haya sido capaz de soñar que yo la amaba? Di a tu amo, Nelly, que nunca en mi vida me había topado con algo tan abyecto; hasta deshonra el apellido Linton. En alguna ocasión he depuesto mis experimentos con medir su capacidad de aguante por pura falta de inventiva ¡y ha vuelto a mí arrastrándose de forma servicial y vergonzosa! Pero dile también, para aliviar su fraterno corazón de juez de paz, que no me salgo ni un ápice de los límites impuestos por la ley. Hasta aquí he evitado darle el menor derecho a reclamar la separación y, lo que es más, no le deberá a nadie nuestra desunión. Si desea irse, puede hacerlo. ¡El fastidio de su presencia excede todo placer que pueda hallar en atormentarla!

—Señor Heathcliff —dije—, habla como un loco, y lo más probable es que su esposa le haya aguantado hasta ahora porque está convencida de que lo está. Pero ahora que dice que puede marcharse estoy segura de que se valdrá de ese permiso. ¿Verdad, señora, que no está tan hechizada como para permanecer junto a él por su propia voluntad?

—¡Cuidado, Ellen! —contestó Isabella, con los ojos brillantes de ira (por su expresión no cabía duda de que las tentativas de su cónyuge para hacerse odiar habían tenido gran éxito)—. No creas ni una palabra de lo que dice. ¡Es un demonio embustero, un monstruo, no un ser humano! Ya me ha dicho otras veces que puedo marcharme y lo he intentado, pero ¡no me atrevo a repetir el intento! Ellen, prométeme que no mencionarás ni una sílaba de su infame conversación ni a mi hermano ni a Catherine. Podrá hacer la comedia que quiera, yo sé que lo que desea es abocar a Edgar a la desesperación; dice que se ha casado conmigo adrede para tener poder sobre él, pero ¡no lo conseguirá, antes prefiero morir! ¡Solo espero, rezo para que olvide su diabólica prudencia y me mate! ¡Lo único en el mundo capaz de darme gusto sería morir yo o verle muerto a él!

—¡Bien, con eso tengo suficiente por ahora! —dijo Heathcliff—. ¡Nelly, si te citan a declarar como testigo, acuérdate de sus palabras! Y fíjate bien en su rostro, está acercándose al punto que me convendría. No, Isabella, ahora no estás en condiciones de cuidar de ti misma y como yo soy tu protector legal, por desagradable que me resulte la obligación, no tengo más remedio que retenerte bajo mi custodia. Vete arriba. Quiero decirle algo a Ellen Dean en privado. ¡No se sube por ahí, te digo! ¡Anda, niña, sube la escalera!

La agarró, la echó de la habitación y volvió refunfuñando:

—¡No tengo piedad! ¡No tengo piedad! ¡Cuanto más se retuercen esos gusanos, más ardo en ansias de extirparles las entrañas! Es una dentera moral, y los dientes me rechinan con mayor fuerza a medida que incrementa mi dolor.

—¿Entiende lo que significa la palabra «piedad»? —dije apresurándome a recoger mi capota—. ¿Alguna vez en su vida ha sentido algo que se le parezca?

—¡Deja eso! —me interrumpió al ver que tenía intención de marcharme—. Todavía no te vas. Vamos, Nelly, ven aquí. He de conseguir, por las buenas o por las malas, que me ayudes en mi propósito de ver a Catherine, y sin dilación. Te juro que no busco hacer daño. No quiero causar ninguna molestia, ni exasperar ni insultar al señor Linton. Solo deseo oír de sus labios cómo se encuentra, por qué ha enfermado y preguntarle si puedo hacer algo por ella. Anoche pasé seis horas en el jardín de la Granja y regresaré esta noche; iré a rondar esa casa todas las noches y todos los días, hasta que halle ocasión de entrar. Si Edgar Linton se cruza conmigo, no vacilaré en derribarle y darle una buena paliza para que se esté quietecito mientras yo esté dentro. Si sus sirvientes me lo impiden, los amenazaré con estas pistolas. Pero, dime, ¿no sería mejor evitar que me cruzara con ellos o con el amo? ¡Para ti eso sería muy fácil! Yo te avisaría de mi llegada; luego, en cuanto ella se quedara a solas, me harías pasar sin que nadie me viera y te quedarías montando guardia hasta que me marchara, y todo eso con la conciencia muy tranquila porque estarías evitando una desgracia.

Protesté de tener que desempeñar un papel tan traicionero en casa de mi patrón. Además, insistí en que era cruel y egoísta arruinar el sosiego de la señora Linton solo para contentarle a él.

—El menor incidente le sobresalta muchísimo —dije—. Está hecha un manojo de nervios y seguro que no resistiría semejante sorpresa. ¡No insista, señor! ¡De lo contrario me veré obligada a informar de sus intenciones a mi amo, que se encargará de tomar medidas para garantizar la protección de su casa y de quienes la habitan de tan injustificada intrusión!

—¡En ese caso, sirvienta, también yo tomaré medidas y te convertiré en rehén! —exclamó Heathcliff—. No saldrás de Cumbres Borrascosas hasta mañana por la mañana. Es una tontería decir que Catherine no resistiría verme. Y en cuanto a sorprenderla, no lo pretendo. Debes prepararla y preguntarle si puedo ir. Dices que no pronuncia nunca mi nombre y que nadie me menta en su presencia. ¿A quién iba a hablarle de mí si soy un tema de conversación vedado en esa casa? Ella piensa que todos sois espías al servicio de su esposo. ¡Oh, estoy convencido de que para ella es un infierno hallarse entre vosotros! Por su silencio, más que por cualquier otra cosa, intuyo lo que siente. Dices que con frecuencia se muestra inquieta y ansiosa. ¿Acaso esa es señal de sosiego? Dices que está desconcertada: ¿cómo demonios podía ser de otra manera si se halla espantosamente aislada? ¡Y ese insípido y miserable ser la cuida por «deber» y «humanidad»! ¡Por caridad y lástima! ¡Lo mismo sería plantar un roble en una maceta y pretender que prosperara que pensar que él es capaz de devolverle la energía con el abono de sus pueriles cuidados! Resolvamos este asunto en este instante. ¿Te quedarás aquí y tendré que abrirme paso a la fuerza hasta Catherine pasando por encima de Linton y sus lacayos, o serás mi amiga como hasta ahora y harás lo que te pido? ¡Decide! ¡Porque si persistes en tu obstinada mala fe, no perderé un minuto más!

Pues bien, señor Lockwood, discutí con él, protesté y me negué en redondo cuarenta veces, pero al final me obligó a cerrar un trato. Me comprometí a llevar a mi señora una carta y le di mi palabra de que, si ella daba su consentimiento, le informaría de la próxima ausencia de Linton para que él viniese y entrase como pudiera, porque yo no iba a estar y mis compañeros de servicio se habrían quitado de en medio igual que yo.

¿Hice bien o mal? Me temo que mal, aunque hallara oportuno hacer lo que hice. Pensaba que dándole mi conformidad evitaba otro estallido y que quizá aquello propiciara una crisis favorable en la enfermedad mental de Catherine. Además, me acordaba de los duros reproches que me había hecho el señor Edgar por haberle ido con cuentos y procuraba aliviar toda mi desazón al respecto repitiéndome una y otra vez que aquella sería la última traición a su confianza, si es que merecía tan severo calificativo.

Con todo, el trayecto de vuelta fue más triste que el de ida. Me asaltaron muchas dudas antes de decidirme a poner aquella misiva en manos de la señora Linton.

Pero ya está aquí Kenneth. Voy a bajar a decirle lo mucho que ha mejorado usted. Mi historia es «umbría», como decimos por aquí, y servirá para pasar otra mañana entretenida.

«¡Umbría y escabrosa!», me quedé pensando mientras la buena mujer bajaba a recibir al médico. No es que sea precisamente la clase de historia que yo habría elegido para entretenerme. ¡No importa! Me las agenciaré para extraer de las amargas hierbas que me ofrece la señora Dean un saludable remedio. Pero antes que nada debo protegerme de la fascinación que acecha tras los brillantes ojos de Catherine Heathcliff. ¡Curiosa conquista haría si entregase mi corazón a esa joven y la hija resultase ser una réplica de su madre!

LIBRO II

1

Ha transcurrido otra semana ¡y estoy unos días más cerca de la salud y la primavera! Ya conozco toda la historia de mi vecino; el ama de llaves me la ha ido contando en varias sesiones cada vez que otras actividades más importantes le han dejado un rato libre. La proseguiré en sus propias palabras, aunque condensándola un poco. Es una narradora, en conjunto, muy buena, y no me veo capaz de mejorar su estilo.

Aquella noche, dijo, la noche de mi visita a las Cumbres, supe tan cierto como si le viese que el señor Heathcliff andaba cerca. Evité salir de casa, porque aún llevaba su carta en el bolsillo y no quería exponerme a más amenazas e interrogatorios de su parte.

Había resuelto no entregarla hasta que mi amo se ausentase, porque no podía adivinar cómo afectaría a Catherine su recepción. De ahí que no llegase a sus manos hasta tres días más tarde. Al cuarto, que era domingo, se la llevé a su habitación cuando todos se hubieron marchado a la iglesia.

Un sirviente solía quedarse conmigo al cuidado de la casa y teníamos por costumbre atrancar las puertas mientras duraba el oficio, pero en aquella ocasión hacía un tiempo tan templado y agradable que las dejé abiertas de par en par y, con objeto de cumplir mi compromiso, porque sabía quién iba a venir, dije a mi compañero que la señora tenía antojo de naranjas, que corriera al pueblo por unas cuantas y las dejase a deber hasta el día siguiente. Se marchó y yo subí.

La señora Linton llevaba un holgado vestido blanco, se había echado un ligero chal sobre los hombros y se hallaba sentada en el hueco de la ventana abierta, como de costumbre. Llevaba el espeso y largo cabello, que al principio de la enfermedad le habían cortado un poco, peinado de forma muy sencilla, y los naturales tirabuzones le caían sobre las sienes y la nuca. Como le había dicho a Heathcliff, su aspecto había cambiado, pero cuando estaba serena aquella mudanza parecía conferirle una belleza sobrenatural.

Sus ojos, antaño chispeantes, habían asumido una soñadora y melancólica dulzura. Daba la impresión de que ya no veía los objetos que tenía a su alrededor, sino que clavaba la mirada en la lejanía, y allende la lejanía, diríase que fuera de este mundo. Además, aunque la propia palidez de su rostro, que ya no se hallaba demacrado porque había vuelto a cobrar peso, y su peculiar expresión, fruto de su estado mental, constituyeran un doloroso recordatorio de sus causas, intensificaban el conmovedor interés que despertaba y, sin duda para mí, lo sé, e imagino que para cualquiera que la viese, refutaban pruebas más tangibles de su convalecencia y la señalaban como una persona condenada al deterioro.

Delante de ella, en el alféizar de la ventana, había un libro abierto cuyas hojas batía a ratos un viento apenas perceptible. Pensé que Linton lo habría dejado allí, porque ella ya no procuraba nunca distraerse leyendo ni con ninguna otra actividad y él pasaba las horas tratando de llamar su atención hacia algún asunto que antes le divirtiera.

Ella era consciente del propósito de su esposo y en sus mejores momentos sobrellevaba aquellos esfuerzos con placidez: se limitaba a manifestarle su inutilidad reprimiendo aquí y allá un suspiro de hastío, hasta que al final le frenaba con sonrisas y besos de lo más triste. Otras veces se volvía malhumorada y ocultaba el rostro entre las manos o incluso le rechazaba propinándole un furioso empellón; entonces él se cuidaba de dejarla en paz porque estaba seguro de que no le hacía ningún bien.

Las campanas de la iglesia de Cordera seguían repicando y a nuestros oídos llegaba el balsámico sonido del nutrido y manso arroyo que corre por el valle. Era un dulce sustituto del murmullo aún ausente del follaje estival que sofocaba aquella otra música en toda la Granja cuando los árboles se cubrían de hojas. En Cumbres Borrascosas siempre se oía en los apacibles días que seguían a un gran deshielo o a una temporada de lluvia constante. Y era en Cumbres Borrascosas que pensaba Catherine mientras lo escuchaba, si es que pensaba o escuchaba algo, porque lucía esa imprecisa y distante mirada que he mencionado y no expresaba el menor reconocimiento de las cosas materiales que se captan por la vista o el oído.

—Hay una carta para usted, señora Linton —dije insertándola con suavidad en una de las manos que tenía apoyadas en las rodillas—. Debe leerla en el acto porque aguarda respuesta. ¿Quiere que rompa el sello?

—Sí —repuso sin alterar la dirección de sus ojos.

La abrí. Era muy breve.

—Bien —proseguí—, léala.

Retiró la mano y la carta cayó al suelo. Volví a colocarla en su regazo y me quedé esperando a que tuviese a bien bajar la vista, pero se demoró tanto en hacerlo que al final tomé de nuevo la palabra.

—¿Quiere que se la lea, señora? Es del señor Heathcliff.

Se produjo un estremecimiento, una turbulenta reminiscencia y una lucha por ordenar sus ideas. Recogió la carta, pareció leerla con atención y, cuando llegó a la firma, suspiró; sin embargo, supe que aún no había calibrado su importancia, porque cuando quise conocer su respuesta se limitó a señalar el nombre y a mirarme en hito con una triste e inquisidora ilusión.

—Bien, desea verla —dije adivinando que necesitaba un intérprete—. A estas horas ya estará en el jardín, impaciente por conocer la respuesta que voy a llevarle.

Mientras hablaba vi a un gran perro tumbado al sol sobre el césped, que enderezaba las orejas como si se dispusiera a ladrar y luego las bajaba para anunciar mediante el meneo de la cola que se acercaba alguien a quien no consideraba un extraño.

La señora Linton se inclinó hacia delante y aguzó el oído conteniendo la respiración. Un minuto después se oyeron pasos en el vestíbulo: aquella casa abierta era demasiado tentadora como para que Heathcliff se resistiese a entrar. Lo más probable es que pensara que yo intentaría eludir mi promesa y ello le llevara a confiar en su propia audacia.

Catherine miraba con intensa ilusión hacia la entrada de su aposento. Él tardó en encontrarlo, por lo que me hizo un gesto para que le saliese al encuentro, pero antes de que yo alcanzase la puerta él ya lo había descubierto: se había plantado junto a ella dando un par de zancadas y la estrechaba entre los brazos.

Durante unos cinco minutos no habló ni aflojó su apretón, y en ese tiempo le dio más besos de los que, en mi opinión, diera en la vida. Pero hay que decir que mi ama fue la primera en besarle ¡y yo vi claramente que él, presa de auténtica angustia, apenas era capaz de mirarla de frente! En cuanto la vio tuvo la misma certeza que yo de que no cabía la menor posibilidad de que se curase: estaba irremisiblemente condenada a morir.

—¡Oh, Cathy! ¡Oh, mi vida! ¿Cómo podré soportarlo? —fueron las primeras palabras que pronunció en un tono que no buscaba disimular su desesperación.

La miraba en hito y con tal fervor que pensé que la propia intensidad de su mirada le humedecería los ojos, pero estos ardían en ansias y no se hicieron fuente.

—Y ¿ahora qué? —dijo Catherine reclinándose y devolviéndole la mirada con el semblante repentinamente ensombrecido, porque su humor no era sino una veleta al servicio de impredecibles caprichos—. ¡Edgar y tú me habéis partido el corazón, Heathcliff! ¡Y los dos me venís a llorar, como si los dignos de lástima fuerais vosotros! No pienso compadeceros para nada. Me has matado y parece que te has crecido haciéndolo. ¡Qué fuerte eres! ¿Cuántos años piensas sobrevivirme?

Heathcliff había apoyado una rodilla en el suelo para abrazarla. Intentó levantarse, pero ella le agarró por el pelo y le mantuvo allí.

—¡Ojalá pudiera tenerte abrazado —prosiguió con amargura— hasta que nos llegase la muerte a los dos! No me importaría cuánto hubieras sufrido. Tus sufrimientos me tienen sin cuidado. ¿Por qué no ibas a sufrir? ¡Yo sufro! ¿Me olvidarás? ¿Serás feliz cuando yo esté bajo tierra? Tal vez transcurridos veinte años dirás: «Aquella es la sepultura de Catherine Earnshaw. La amé hace mucho y fui muy desgraciado cuando la perdí, pero eso ya pasó. Desde entonces he amado a muchas otras. Quiero a mis hijos más de lo que la quise nunca a ella y a mi muerte no me alegrará ir a su encuentro, ¡me pesará tener que abandonarlos a ellos!». ¿Dirás eso, Heathcliff?

—No me tortures más porque acabaré tan loco como tú —gritó él zafando la cabeza de las manos de ella y haciendo rechinar los dientes.

A los ojos de un frío espectador, ambos juntos constituían un extraño y espeluznante cuadro. Bien podía Catherine creer que el paraíso sería para ella una tierra de exilio si antes no se desprendía no solo de su cuerpo mortal, sino también de su mortal carácter. En aquel momento, sus blancas mejillas, exangües labios y chispeantes ojos manifestaban un salvaje afán de venganza, y conservaba en el puño parte de los rizos que había tenido agarrados. En cuanto a su compañero, que se había apoyado en una mano para levantarse, le había agarrado el brazo con la otra, y su provisión de ternura se adecuaba tan poco a lo que ella requería en su estado que cuando la soltó vi que le había dejado cuatro nítidas marcas azules en la pálida piel.

—¿Acaso tienes el diablo metido en el cuerpo —prosiguió Heathcliff brutalmente— para hablarme de esa manera cuando estás moribunda? ¿Te das cuenta de que todas esas palabras quedarán grabadas a fuego en mi memoria y me corroerán eternamente en lo más hondo cuando me hayas dejado? ¡Catherine, sabes que mientes cuando dices que te he matado, sabes que antes podré olvidar mi propia existencia que olvidarte a ti! ¿No le basta a tu infernal egoísmo con saber que, cuando tú descanses en paz, yo estaré padeciendo los tormentos del infierno?

—No descansaré en paz —gimió Catherine, obligada a recordar su debilidad física debido al violento e inconstante latido de su corazón que, sometido a aquel exceso de emociones, palpitaba de manera visible y audible.

No volvió a articular palabra hasta que hubo pasado el paroxismo. Luego continuó con mayor amabilidad:

—¡Heathcliff, no deseo que padezcas un tormento mayor que el mío! Solo deseo que no nos separemos nunca. Y si de ahora en adelante una palabra de mi boca te hiere, piensa que yo sentiré la misma herida bajo tierra y, por mi propio bien, ¡perdóname! ¡Ven, arrodíllate a mi lado de nuevo! Tú jamás en la vida me has hecho daño. No, si alimentas la ira, ¡el recuerdo será peor que mis duras palabras! ¿No quieres volver aquí a mi lado? ¡Vamos, ven!

Heathcliff se le acercó por detrás; se inclinó sobre ella, pero no tanto como para que le viera la cara, que tenía lívida de emoción. Ella se volvió para mirarle, pero él no lo permitió; se apartó bruscamente y se dirigió hacia la chimenea, junto a la que permaneció de pie, en silencio, de espalda a nosotras.

La señora Linton seguía con recelosa mirada sus movimientos, y cada uno despertaba en ella una emoción distinta. Tras un silencio durante el que no dejó de mirarle, prosiguió dirigiéndose a mí con acento de indignado desengaño:

—¡Oh, ya lo ves, Nelly! ¡No me da un respiro ni cuando tengo un pie en la tumba! ¡Esa es su forma de quererme! Bien, ¡no importa! Ese no es mi Heathcliff. Yo seguiré queriendo al mío, y ese se vendrá conmigo porque le llevo en el alma. Después de todo —añadió pensativa—, lo que más me fastidia es esta ruinosa prisión. Estoy cansada, cansada de hallarme recluida en ella. Me muero por escapar a ese glorioso mundo y quedarme allí para siempre; no quiero entreverlo a través de las lágrimas y anhelarlo a través de las paredes de un corazón dolorido, sino estar de verdad con él y en él. Nelly, tú piensas que eres mejor y más afortunada que yo porque gozas de plena salud y fortaleza, y te doy lástima, pero muy pronto eso cambiará. Yo te tendré lástima a ti. Estaré incomparablemente más allá y por encima de todos vosotros. ¡Me admira que él no quiera estar a mi lado! —Luego prosiguió como para sí—: Pensaba que ese era su deseo. ¡Heathcliff, querido! No debes ser huraño ahora. Vamos, ven a mi lado, Heathcliff.

Se levantó muy ansiosa y se apoyó en el brazo de la silla. Ante el fervor de aquella súplica, Heathcliff se volvió hacia ella. Parecía ser presa de auténtica desesperación. Sus ojos, que tenía muy abiertos y, por fin, húmedos, le lanzaban feroces destellos y su pecho palpitaba con convulsiones. Guardaron distancia durante unos segundos y, luego, no sé cómo, se juntaron. Catherine dio un brinco, él la cazó al vuelo, y ambos se fundieron en un abrazo del que pensé que mi ama no saldría con vida. Lo cierto es que, a mis ojos, directamente había perdido la conciencia. Heathcliff se desplomó en el asiento más próximo y cuando me acerqué presurosa para comprobar si ella se había desmayado hizo rechinar los dientes, sacó espuma por la boca como un perro rabioso y la estrechó contra su pecho con celosa avidez. No sentía que me hallara en compañía de una criatura de mi propia especie. Pensé que aunque le dijera algo, no me entendería, de modo que me aparté y me mordí la lengua, sumida en la perplejidad.

No tardó en tranquilizarme un poco un movimiento de Catherine: él la abrazaba y ella levantó la mano para agarrarle el cuello y arrimar su mejilla a la de él, en tanto que él, cubriéndola a su vez de frenéticas caricias, decía salvajemente:

—Ahora me demuestras lo cruel que has sido, cruel y falsa. ¿Por qué me despreciaste? ¿Por qué traicionaste a tu propio corazón, Cathy? No tengo la menor palabra de consuelo. Tienes merecido lo que te ocurre. Te has matado a ti misma. Sí, bien puedes besarme y llorar y sonsacarme besos y lágrimas. Serán tu tormento y tu condena. Si me amabas, ¿con qué derecho me abandonaste? ¿Con qué derecho? Contéstame. ¿Por la pobre atracción que sentiste hacia Linton? Porque ni la zozobra, ni la degradación, ni la muerte, ni nada de lo que Dios o Satanás pudieran infligirnos nos habría separado; lo hiciste tú por tu propio pie. No he sido yo quien te ha partido el corazón, te lo has partido tú misma y, de paso, has partido el mío. Y yo me llevo la peor parte, porque aún no me fallan las fuerzas. ¿Que yo quiero vivir? ¿Qué clase de vida será la mía cuando tú…? ¡Por Dios! ¿Te gustaría a ti seguir con vida si tuvieras el alma en la sepultura?

—Déjame en paz. Déjame en paz —sollozó Catherine—. Si obré mal, muero por ello. ¡Con eso basta! Tú también me abandonaste ¡y no te lo reprocho! Te perdono. ¡Perdóname tú a mí!

—Es difícil perdonar y ver tus ojos y palpar tus atrofiadas manos —repuso él—. ¡Bésame otra vez y no permitas que te vea los ojos! Te perdono por lo que me has hecho. Yo amo a mi verdugo, pero ¡no al tuyo! ¿Cómo iba hacerlo?

Guardaron silencio ocultando sus rostros el uno contra el otro y bañados en las lágrimas el uno del otro. Al menos, supongo que el llanto era mutuo, porque al parecer Heathcliff sí era capaz de llorar en una gran ocasión como aquella.

A todo esto, empezaba a sentirme muy incómoda. La tarde caía a toda velocidad, el sirviente que había mandado al pueblo por naranjas ya había regresado y a la luz del sol poniente sobre el valle pude distinguir que la concurrencia se espesaba frente al portal de la capilla de Cordera.

—El oficio ha terminado —anuncié—. Mi amo llegará dentro de media hora.

Heathcliff masculló una maldición y estrechó a Catherine entre los brazos con mayor fuerza. Ella no se movió.

Poco después vi que un grupo de sirvientes subía hacia el ala de la cocina. El señor Linton los seguía a poca distancia. Él mismo abrió la verja y se encaminó a paso lento hacia su casa, seguramente gozando la hermosa tarde que parecía anunciar el verano.

—Ya está aquí —exclamé—. ¡Por el amor de Dios, baje enseguida! En la escalera principal no se topará con nadie. Por favor, apúrese y escóndase entre los árboles hasta asegurarse de que ha entrado.

—Debo irme, Cathy —dijo Heathcliff tratando de zafarse del abrazo de su compañera—. Pero, si vivo, volveré antes que te hayas dormido. No me alejaré ni cinco metros de tu ventana.

—¡No debes irte! —repuso ella sujetándole con toda la firmeza que le permitían sus fuerzas—. Te digo que no te irás.

—Una hora —le suplicó él de corazón.

—Ni un minuto —contestó ella.

—Debo hacerlo. Linton subirá de un momento a otro —insistió el alarmado intruso.

De haber podido se habría levantado y al hacerlo se habría zafado de las manos de ella, que se aferraba a él y respiraba con dificultad. Su rostro expresaba una demencial resolución.

—¡No! —gritó desesperada—. Oh, no te vayas, no te vayas. ¡Esta es la última vez! Edgar no nos hará daño. ¡Heathcliff, me moriré! ¡Me moriré!

—Maldito estúpido. Ya le tenemos aquí —exclamó Heathcliff desplomándose de nuevo en la silla—. ¡Tranquila, mi amor! ¡Tranquila, tranquila, Catherine! Me quedaré. Si me disparase en estos momentos, expiraría con una bendición en los labios.

Y ya volvían a estar abrazados. Oí que mi amo subía la escalera. Un sudor frío me bañaba la frente. Estaba aterrada.

—¿Va a escuchar sus desvaríos? —dije encolerizada—. No sabe lo que dice. ¿Acaso quiere cavar su tumba aprovechando que no tiene juicio para ayudarse a sí misma? ¡Levántese! Sería libre al instante. Este es el acto más diabólico que haya cometido jamás. Estamos todos perdidos, el amo, el ama y la sirvienta.

Me retorcía las manos y gritaba. El señor Linton apretó el paso, atraído por el ruido. En mitad de mi agitación tuve la sincera alegría de ver que los brazos de Catherine se soltaban inertes y le colgaba la cabeza.

«Se ha desvanecido o ha muerto —pensé—. Tanto mejor. Estaría mucho mejor muerta que rezagándose y continuar siendo una carga y un tormento para quienes la rodean».

Edgar se precipitó hacia el indeseado huésped, lívido de estupor y rabia. No sabría decir cuál era su intención; en cualquier caso, el otro frenó en seco su posible acción depositando en sus brazos aquel cuerpo aparentemente inánime.

—¡Mire usted —dijo—, a menos que sea un demonio, primero ayúdela a ella, luego ya hablará conmigo!

Heathcliff se dirigió al gabinete, donde se sentó. El señor Linton me llamó y, con gran dificultad y recurriendo a diversos medios, logramos que Catherine volviera en sí. Pero se hallaba muy desconcertada: suspiraba, gemía y no reconocía a nadie. Edgar estaba tan angustiado por ella que olvidó a su odiado rival. Yo no. A la primera oportunidad fui a verle y le rogué que se marchara, asegurándole que Catherine se encontraba mejor y que a la mañana siguiente le haría saber cómo había pasado la noche.

—No me negaré a salir —repuso—, pero permaneceré en el jardín. Y a ti, Nelly, más te vale cumplir tu palabra mañana. ¡Ojo!, estaré bajo los alerces. De lo contrario haré otra visita tanto si está Linton como si no.

Lanzó una furtiva mirada por la rendija de la puerta entornada del aposento y tras comprobar que mi aseveración era cierta libró la casa de su aciaga presencia.

2

En torno a las doce de aquella misma noche nació la Catherine que usted vio en Cumbres Borrascosas, una criatura enclenque y sietemesina; y, dos horas después, moría su madre sin que hubiera recobrado el conocimiento suficiente para echar en falta a Heath-cliff o reconocer a Edgar.

El trastorno que aquella pérdida causó en este último es un asunto demasiado doloroso para detenerse en él; sus secuelas pusieron de manifiesto hasta qué punto le había calado hondo.

A mis ojos, a ello se añadía el nada despreciable hecho de que se había quedado sin heredero. Yo lo lamentaba cuando miraba a aquella endeble huérfana y en mi fuero interno insultaba al viejo Linton, porque, debido a una natural parcialidad, había testado en favor de su propia hija, en lugar de la de su hijo.

¡Pobrecilla, fue un bebé no deseado! Durante las primeras horas de su existencia habría podido llorar hasta morir, porque nadie le prestaba la menor atención. Más tarde expiamos aquel abandono, pero el principio de su vida estuvo tan marcado por la falta de amor como seguramente lo estará su final.

A la mañana siguiente —una mañana luminosa y alegre—, la luz se colaba atenuada por las rendijas de las persianas del silencioso aposento y bañaba el canapé y a su ocupante de un tierno y dorado resplandor.

Edgar Linton tenía la cabeza reclinada en la almohada y los ojos cerrados. Sus jóvenes y hermosas facciones se hallaban casi tan cadavéricas como las del cuerpo a su lado, casi igual de rígidas. Pero la quietud de él era la de alguien extenuado por una extrema congoja, mientras que la de ella transmitía una paz absoluta. Lucía la frente lisa, los párpados cerrados, y una sonrisa en los labios: ningún ángel del cielo habría podido comparársele en hermosura. Yo participaba del infinito sosiego en que yacía. Nunca me hallé en tan sagrada disposición mental como cuando contemplaba aquella serena imagen del divino reposo. Instintivamente, me repetía las palabras que ella había pronunciado horas antes: «¡Incomparablemente más allá y por encima de todos vosotros!». ¡Esté donde esté, aún en la tierra o ya en el cielo, su espíritu ha regresado a Dios!

No sé si será una particularidad mía, pero cuando velo a un difunto, a menos que me toque velar con un doliente enloquecido o desesperado, no siento sino alegría. Veo un reposo que ni la tierra ni el infierno pueden turbar y siento una confirmación del más allá, infinito y sin sombras, de la Eternidad a la que ha entrado, donde la vida es ilimitada en duración, el amor en compasión, y la dicha en plenitud. ¡En aquella ocasión percibí el egoísmo que cabe aun en un amor como el del señor Linton, capaz de lamentar tanto la bendita liberación de Catherine!

Desde luego, cabría la duda de si ella, que había llevado una vida díscola e intranquila, merecía al final un remanso de paz. Cabría la duda tras un tiempo de fría reflexión, pero no en aquel momento, en presencia de su cadáver: aseveraba su propio reposo, lo que parecía dar fe de que sus antiguos habitantes gozaban el mismo sosiego.

—¿Usted cree que tales personas pueden ser felices en el más allá? Daría cualquier cosa por saberlo.

Decliné contestar a la pregunta, que se me antojó un tanto heterodoxa, y la señora Dean prosiguió:

—Si nos atenemos a la trayectoria de Catherine Linton, me temo que no nos es lícito pensar que ella lo es, pero dejémosla con su Creador.

El amo parecía hallarse dormido, de modo que poco después del amanecer me arriesgué a abandonar la habitación y salí a hurtadillas para respirar el aire puro y refrescante. Los sirvientes pensaban que salía a sacudirme la modorra ocasionada por la dilatada vigilia, pero en verdad mi principal motivo era reunirme con el señor Heathcliff. Si había pasado la noche entera bajo los alerces, no se habría enterado del alboroto armado en la Granja, a menos que oyera el galope del mensajero que habían despachado a Cordera. Por poco que se hubiera acercado, el revoloteo de luces que se desplazaban de un lado para otro le habría indicado que las cosas no iban del todo bien allí dentro.

Anhelaba y a la vez temía encontrarle. Consideraba que era mi deber comunicarle la terrible nueva y quería hacerlo cuanto antes, pero no sabía cómo.

Allí estaba, al menos unos metros parque adentro, apoyado en un viejo fresno. Tenía la cabeza descubierta y el pelo empapado del rocío acumulado en las yemas de las ramas, que caía tamborileando en torno a él. Debía de llevar mucho tiempo en aquella posición, porque vi a una pareja de mirlos, ocupada en construir un nido, que pasaba y volvía a pasar a un metro escaso de él, concediéndole la misma importancia que a un poste. A mi llegada, la pareja alzó el vuelo y él, la mirada.

—¡Ha muerto! —dijo—. No he esperado a que llegaras para saberlo. Guarda el pañuelo, no lloriquees delante de mí. ¡Malditos seáis todos! ¡Ella no necesita vuestras lágrimas!

Yo lloraba tanto por él como por ella: en ocasiones sentimos lástima de criaturas incapaces de experimentar ese sentimiento hacia ellos mismos, ni hacia los demás. Apenas le vi la cara supe que estaba al corriente de la calamidad y, necia de mí, imaginé que tenía el corazón sosegado y que estaba rezando, porque movía los labios y clavaba la mirada en el suelo.

—¡Sí, ha muerto! —repuse sofocando mis sollozos y enjugándome las mejillas—. Ha subido al cielo, espero, ¡donde puede que todos nos reunamos con ella si escarmentamos y abandonamos nuestras malvadas costumbres en pos del bien!

—¿Acaso crees que ella ha escarmentado? —preguntó Heathcliff a modo de mofa—. ¿Acaso ha muerto como una santa? Vamos, cuéntame la verdadera historia de este suceso. ¿Cómo murió…?

Intentó pronunciar su nombre, pero no fue capaz. Apretó los labios y se libró a una silenciosa lucha contra un agudo dolor interno, en tanto que desafiaba mi compasión dirigiéndome una feroz e insistente mirada.

—¿Cómo murió? —acertó a repetir, contento, a pesar de su audacia, de tener algo donde apoyarse porque, mal que le pesara, tras aquel combate temblaba de pies a cabeza.

«¡Pobre infeliz! —pensé—. ¡Tienes corazón y nervios como tus semejantes! ¿Por qué te empeñas en camuflarlos? ¡Tu orgullo no puede cegar a Dios! ¡Le tientas para que te los estruje hasta arrancarte un grito de humillación!».

—¡Tranquila como un cordero! —repuse en voz alta—. Exhaló un suspiro y se desperezó como una niña que se reanima un momento y luego vuelve a quedarse dormida; cinco minutos después escuché un último y tenue latido ¡y eso fue todo!

—¿No pronunció mi nombre? —preguntó él vacilante, como si temiera que la respuesta a su pregunta aportara algún detalle que no iba a poder soportar.

—A partir del momento cuando usted la dejó, ya no volvió a recobrar el juicio ni a reconocer a nadie —dije—. Yace con una dulce sonrisa en el rostro; sus últimos pensamientos se remontaron a los alegres días de su infancia. Su vida terminó en un tierno sueño; ¡ojalá despierte en el otro mundo con la misma dulzura!

—¡Ojalá despierte atormentada! —gritó él con espantosa vehemencia pateando el suelo y gruñendo, presa de un repentino paroxismo de irrefrenable cólera—. ¡Vaya, ha sido una mentirosa de principio a fin! ¿Dónde está? No allí, no en el cielo, no muerta, ¿dónde? ¡Ah! ¡Dijiste que mis sufrimientos te tenían sin cuidado! Pues yo elevo una plegaria, la repito hasta que se me agarrota la lengua: ¡Catherine Earnshaw, que no descanses mientras yo siga con vida! Dijiste que yo te había matado, ¡en ese caso, acósame! Los asesinados bien acosan a sus asesinos. No solo creo, sino que sé que hay las almas en pena que vagan sobre la tierra. ¡Acompáñame siempre, asume cualquier forma, vuélveme loco! Pero, por favor, ¡no me abandones en este abismo donde no soy capaz de encontrarte! ¡Oh, Dios! ¡Es indescriptible! ¡No puedo vivir sin mi vida! ¡No puedo vivir sin mi alma!

Se golpeó la cabeza contra el nudoso tronco y, alzando los ojos, emitió un bramido, no humano, sino de fiera salvaje aguijoneada de muerte con puñales y lanzas.

Percibí que había varias salpicaduras de sangre en la corteza del árbol y que él también tenía las manos y la frente manchadas. Seguramente la escena que yo presenciaba era una repetición de otras similares representadas durante la noche. No lograba moverme a compasión, me horrorizaba, pero me sentía reacia a abandonarle en ese estado. No obstante, apenas volvió en sí lo suficiente para percatarse de que le observaba me mandó a gritos que me marchara, y le obedecí. ¡Estaba más allá de mis capacidades apaciguarle o consolarle!

El funeral de la señora Linton se fijó para el viernes siguiente a su muerte. Hasta entonces, su cadáver estuvo de cuerpo presente en un féretro cubierto de flores y hojas aromáticas, situado en la sala principal. Linton permaneció allí día y noche velándola. Y, algo que nadie más que yo llegó a saber, Heathcliff pasó al menos las noches allí fuera, también él ajeno al reposo.

No había vuelto a comunicarme con él, pero era consciente de que se proponía entrar en cuanto pudiera. Ese martes, poco después de anochecer, aprovechando que mi amo, extenuado, se había visto obligado a retirarse para descansar un par de horas, movida por la perseverancia de Heathcliff, abrí una ventana para brindarle la oportunidad de despedirse por última vez de la evanescente imagen de su ídolo.

No desperdició la ocasión, y actuó con brevedad y cautela, la cautela suficiente de no revelar su presencia efectuando el menor ruido. Es más, yo tampoco habría descubierto su paso por allí de no haber sido por el desorden que observé en el sudario que cubría el rostro de la difunta y porque vi en el suelo un rizo rubio sujetado con un hilo de plata que, al examinarlo, advertí que había sido extraído de un guardapelo que Catherine llevaba colgado del cuello. Heathcliff había abierto el guardapelo, había sacado su contenido y lo había reemplazado por un rizo negro de su propia cabeza. Los enrosqué uno con otro y los introduje en la alhaja.

Como es natural, el señor Earnshaw fue invitado a acompañar los restos mortales de su hermana hasta la sepultura. No alegó ningún impedimento, pero no se presentó, de modo que, aparte de su esposo, el cortejo fúnebre se hallaba compuesto únicamente por arrendatarios y sirvientes. Isabella no fue invitada.

Ante la sorpresa de los aldeanos, el lugar designado para la sepultura de Catherine no fue el panteón de piedra labrada que los Linton poseían en el interior de la capilla, ni tampoco junto a las tumbas de sus propios parientes en el exterior. Cavaron su fosa en una verde loma situada en un rincón del camposanto, donde la tapia es tan baja que brezos y arándanos han trepado por ella desde el brezal, y la losa se halla casi enterrada bajo la turba. Su marido yace ahora en el mismo lugar; y para distinguir sus respectivas sepulturas, cada una cuenta con una sencilla lápida en la cabecera, y una lisa piedra gris a los pies.

3

Aquel viernes fue el postrero de los hermosos días que habíamos tenido durante un mes. Por la tarde cambió el tiempo. El viento mudó de sur a nordeste, trayendo primero lluvia y, luego, ventisca y nieve.

A la mañana siguiente era difícil creer que habíamos tenido tres semanas de verano. Las prímulas y flores de azafrán habían quedado ocultas bajo invernales ventisqueros, las alondras habían callado, y las tiernas y tempranas hojas de los árboles se hallaban magulladas y ennegrecidas. ¡La mañana discurría gris, fría y tétrica! Mi amo se encerró en su aposento y yo tomé posesión del gabinete abandonado para convertirlo en el cuarto del bebé. Estaba allí sentada meciendo de un lado para otro a aquella muñequita llorona en mi regazo, según contemplaba los copos de nieve que seguían arreciando y se acumulaban en la ventana sin cortinas, cuando la puerta se abrió y entró una persona que venía falta de aliento ¡y riéndose!

Por un instante me pudo más la cólera que la estupefacción y, creyendo que se trataba de una doncella, grité:

—¡Basta ya! ¿Cómo te atreves a manifestar esa frivolidad en esta casa? ¿Qué diría el señor Linton si te oyera?

—¡Usted perdone! —contestó una voz conocida—, pero sé que Edgar está acostado y no puedo contenerme.

Diciendo aquello, mi interlocutora, aún jadeante y llevándose una mano al costado, se acercó a la lumbre.

—¡He venido corriendo sin parar desde Cumbres Borrascosas!
—continuó tras una pausa—. Salvo cuando he volado. No puedo
sacar la cuenta de las veces que me he caído. ¡Ay, me duele todo!
No te alarmes, te daré una explicación en cuanto pueda, pero por
ahora te agradecería que mandaras preparar un coche de punto
que me lleve a Cordera y que pidieras a una sirvienta que recoja
algunos vestidos de mi armario.

La intrusa era la señora Heathcliff. Desde luego, su pinta no
tenía nada de cómico: el pelo le caía sobre los hombros chorreando nieve y agua, y vestía un traje infantil que solía llevar con frecuencia, un humilde vestido de manga corta, más propio de su
edad que de su condición de casada, y llevaba la cabeza y el cuello
descubiertos. El vestido, que traía empapado y adherido al cuerpo,
era de seda liviana, y apenas unas finas sandalias protegían sus pies.
Añada a ello un profundo corte debajo de la oreja cuya hemorra-
gia había frenado el frío, una cara pálida cubierta de arañazos y
moratones, y un cuerpo que apenas se tenía en pie de puro agotamiento y comprenderá que cuando pude examinarla con detenimiento no me recuperara demasiado del susto que me había llevado al principio.

—Mi querida señorita —exclamé—, no me moveré de aquí ni
escucharé nada hasta que no se haya quitado esas prendas y se haya
puesto ropa seca. Y, desde luego, no irá a Cordera esta noche, así
que es inútil preparar el coche.

—Desde luego que iré —dijo—, a pie o a caballo. Pero no me
opongo a vestirme con decencia. ¡Oh, mira cómo me corre por el
cuello! Ahora, con el fuego, sí me escuece.

Insistió en que decía obedecer sus instrucciones antes de que
me permitiera tocarla. Y hasta que el cochero no hubo recibido la
orden de enganchar y la doncella subido a empaquetar la ropa necesaria, no obtuve su consentimiento para curarle la herida ni ayudarla a cambiarse.

—Bien, Ellen —dijo cuando yo hube cumplido con mi cometido y ella se hallaba sentada en un sillón junto al fuego con una taza de té—, siéntate aquí delante y quítame de la vista a la pobre niña de Catherine. ¡No me gusta verla! No deduzcas por la forma tan necia en que he entrado que Catherine me tiene sin cuidado. Yo también he llorado amargamente, sí, y con mayor motivo que nadie; como recordarás, nos separamos sin habernos reconciliado y eso es algo que no me perdonaré nunca. Pero, con todo, no estaba por compadecerme de él, ¡de ese pedazo de bestia! ¡Oh, dame el atizador! Esto es lo último que conservo de él.

Extrajo de su dedo anular la alianza de oro y la arrojó al suelo.

—¡Voy a hacerla añicos! —prosiguió golpeando el anillo con infantil inquina—. ¡Y luego la quemaré!

Agarró el maltratado objeto y lo dejó caer sobre las ascuas.

—¡Ya está! Si algún día me recupera, tendrá que comprarme otra. Es capaz de venir por mí solo para fastidiar a Edgar. ¡No me atrevo a quedarme por si se le mete esa malvada idea en la cabeza! Además, Edgar no se ha mostrado amable, ¿no te parece? No he venido a implorar su ayuda ni a acarrearle más disgustos. La necesidad me ha empujado a refugiarme aquí y, si no hubiese tenido la certeza de que no me toparía con él, habría permanecido en la cocina. Me habría lavado la cara, habría entrado un poco en calor, dispuesto que me trajeses lo que necesito, y vuelto a marcharme a cualquier sitio, fuera del alcance de mi maldito... ¡de ese trasgo encarnado! ¡Oh, estaba hecho una auténtica furia! ¡Si llega a pillarme! No sé qué habría sido de mí si llega a pillarme. Es una lástima que Earnshaw no le aventaje en fuerza. ¡De lo contrario, no habría huido hasta ver cómo le hacía papilla!

—¡De acuerdo, pero no hable tan rápido, señorita! —interrumpí—. Se desatará el pañuelo que le he puesto en torno a la cara y el corte volverá a sangrarle. Tómese el té, respire hondo y deje de reírse. ¡Por desgracia, bajo este techo y en el estado en que se encuentra, la risa está fuera de lugar!

—Una gran verdad —repuso—. ¡Escucha a esa niña! No deja de berrear. Llévatela donde no pueda oírla, aunque sea una hora; no me quedaré más tiempo.

Toqué la campanilla y confié la niña al cuidado de una sirvienta. Luego pregunté a Isabella qué le había impulsado a escapar de Cumbres Borrascosas en tan lamentable estado y dónde pensaba dirigirse, puesto que se negaba a permanecer con nosotros.

—Debería quedarme —contestó—, y me gustaría hacerlo, aunque fuera para infundirle ánimos a Edgar y ocuparme del bebé; de entrada, por esas dos cosas, y también porque la Granja es mi verdadero hogar. Pero, te digo, ¡él no lo permitiría! ¿Crees que soportaría que yo engordase y volviese a estar alegre, que resistiría sabernos tranquilos y no se obstinaría en emponzoñar nuestro bienestar? Bien, tengo la satisfacción de haber comprendido que me detesta tanto que el mero hecho de verme u oírme le irrita sobremanera. Percibo que cuando me hallo en su presencia los músculos de la cara se le contraen involuntariamente en un rictus de odio, en parte porque sabe que tengo muy buenos motivos para albergar ese mismo sentimiento hacia él y en parte por la aversión que me tiene desde el principio. Su aversión es tal que estoy segura de que, si logro escapar sin dejar rastro, no se tomará la molestia de perseguirme por toda Inglaterra, de ahí que deba marcharme muy lejos. Me he curado de mi inicial deseo de que me mate. ¡Prefiero que se mate él! Ha conseguido aniquilar mi amor, de modo que estoy tranquila. Aún recuerdo cuánto le amaba y vagamente soy capaz de imaginar que podría volver a amarle si… ¡No, no! Aunque estuviese loco por mí, su diabólica naturaleza acabaría resurgiendo de una manera u otra. Catherine debía de tener un gusto horriblemente perverso para tenerle tanto aprecio conociéndole como le conocía. ¡Monstruo! ¡Ojalá pudiera borrarle de la creación y de mi memoria!

—¡Tranquila, tranquila! —dije—. Es un ser humano. Sea un poco más caritativa. ¡Hay hombres aún peores que él!

—Él no es un ser humano —replicó— y no tiene derecho a mi caridad. Le entregué mi corazón, y él lo agarró y lo aguijoneó a muerte, y luego lo arrojó a mis pies. Ellen, las personas sienten con el corazón y como él ha destrozado el mío ya no soy capaz de apiadarme de él, ¡no lo haría ni aunque le oyera gemir hasta el día de su muerte y derramase lágrimas de sangre por Catherine! ¡No, desde luego, desde luego que no!

Al llegar a este punto, Isabella rompió a llorar. Pero enseguida se enjugó las lágrimas de las pestañas y prosiguió:

—¿Me has preguntado qué me ha llevado a acabar fugándome? No me quedó más remedio que intentarlo porque había logrado inflamar su ira un grado más que su maldad. Requiere mayor sangre fría ir arrancando nervio por nervio con unas pinzas al rojo vivo que asestar un golpe en la cabeza. Estaba tan encendido que olvidó la diabólica prudencia de que tanto alardea y se entregó a una violencia asesina. Me deleitó constatar que era capaz de exasperarle a tal extremo; esa sensación de placer despertó mi instinto de supervivencia y me fugué, y si alguna vez vuelve a echarme el guante, ya tendrá ocasión de perpetrar su sonada venganza.

»Ayer, como sabes, el señor Earnshaw debía haber asistido al entierro. Con tal propósito procuró mantenerse sobrio, medianamente sobrio, es decir, no se entregó al desenfreno hasta las seis de la madrugada para levantarse aún borracho al mediodía siguiente. De ahí que despertara en un estado de ánimo suicida, tan apropiado para ir a la iglesia como a un baile, de modo que se sentó junto a la lumbre y se puso a beber vaso tras vaso de ginebra y brandy.

»Heathcliff, ¡me estremezco al nombrarle!, llevaba sin aparecer por la casa desde el pasado domingo hasta hoy. No sé si le alimentarían los ángeles o sus parientes de allá abajo, pero hacía casi una semana que no se sentaba a la mesa con nosotros. Llegaba a casa al alba, subía a su aposento y atrancaba la puerta, ¡como si a alguien pudiera pasársele por la cabeza desear su compañía! Permanecía allí, rezando como un metodista, ¡solo que la deidad a la que imploraba ya no es sino polvo sin sentido y que, cuando se dirigía a Dios, curiosamente lo confundía con su propio padre infernal! Apenas concluía sus preciadas oraciones, que solía prolongar hasta que se quedaba ronco y la voz se le estrangulaba en la garganta, se marchaba de nuevo. ¡Siempre se dirigía en derechura a la Granja! ¡No entiendo cómo Edgar no ha llamado a la policía para que le detengan! Lo que es yo, por apenada que me tuviera lo de Catherine, me resultaba imposible no tomarme ese respiro de su degradante opresión como unas vacaciones.

»Recobré el ánimo suficiente para oír los eternos sermones de Joseph sin echarme a llorar, y andar de un lado para otro por la casa a paso menos de caco asustado que hasta entonces. No es que nada de lo que dice Joseph haga llorar, sino que Hareton y él son unos compañeros detestables. Prefiero hallarme en compañía de Hindley y oír sus horribles imprecaciones que en la del "señoíto" y su firme aliado, ¡ese odioso viejo!

»Cuando Heathcliff está en casa suelo verme en la necesidad de refugiarme con ellos en la cocina para evitar morir congelada en las húmedas habitaciones vacías. Pero cuando no está, como ha sido el caso esta semana, pongo una mesa y una silla en un rincón del hogar; no reparo en lo que esté haciendo el señor Earnshaw y él tampoco se inmiscuye en lo que haga yo. Está más callado que antes, siempre que nadie le provoque; más huraño y deprimido, y menos furioso. Joseph asegura que es otra persona, que el Señor le ha tocado en el corazón y le ha salvado "como por el fuego". Yo no consigo detectar ningún indicio de ese favorable cambio, pero no es asunto mío.

»Anoche permanecí sentada en mi rincón leyendo unos viejos libros hasta casi las doce. ¡Se me antojaba muy tétrico subir a mi aposento cuando fuera soplaba una borrasca de nieve, y mis pensamientos regresaban una y otra vez al camposanto y a la fosa recién cavada! Casi no me atrevía a levantar los ojos de la página, porque, apenas lo hacía, aquella melancólica escena usurpaba su lugar.

»Hindley estaba sentado frente a mí; tenía la cabeza apoyada en las manos, quizá pensara en lo mismo que yo. Había dejado de beber justo antes de perder la facultad de raciocinio y durante dos o tres horas no se había movido ni mediado palabra. En toda la casa no se oía sino el gemido del viento que de tiempo en tiempo azotaba las ventanas, el tenue crepitar de los carbones y, a ratos, cada vez que yo cortaba la mecha de la vela, el golpecito de las despabiladeras. Hareton y Joseph ya estaban en la cama, profundamente dormidos. Todo era tristísimo y, según leía, suspiraba, porque sentía que la felicidad se había eclipsado de la faz de la tierra para siempre.

»Por fin, el sonido del pestillo de la cocina quebró aquel angustioso silencio. Heathcliff había regresado de su puesto de vigilancia antes que de costumbre, tal vez a causa de la inesperada tormenta.

»Aquella puerta estaba atrancada y le oímos dar la vuelta para entrar por la otra. Me levanté y por la forma en que lo hice debí de expresar lo que reprimían mis labios, porque mi compañero, que tenía la mirada clavada en la puerta, se volvió para mirarme.

»—Le dejaré fuera cinco minutos —exclamó—. ¿Tiene algo que objetar?

»—No, no, por mí puede dejarle fuera toda la noche —repuse—. ¡Hágalo! Eche llave a la puerta y corra los cerrojos.

»Earnshaw terminó de hacerlo antes de que su huésped alcanzara la puerta principal. Luego acercó su silla al otro extremo de mi mesa, se inclinó y buscó en mis ojos empatía con el ardiente odio que destellaba en los suyos. No halló exactamente empatía, porque su aspecto y sus sentimientos eran los de un asesino, pero algo vio que le alentó a hablar:

»—¡Usted y yo —dijo— tenemos importantes cuentas que saldar con ese hombre que está allí fuera! Si ninguno de los dos fuéramos cobardes, podríamos unirnos para saldarla. ¿Es usted tan blanda como su hermano? ¿Está dispuesta a aguantar hasta el final sin intentar cobrarse la deuda ni una vez?

»—Estoy harta de aguantar —repuse— y me encantaría desquitarme sin que ello se volviera en mi contra. Pero la traición y la violencia son armas de doble filo: hieren más a quienes recurren a ellas que a sus enemigos.

»—¡La traición y la violencia se pagan con traición y violencia! —gritó Hindley—. Señora Heathcliff, no le pediré que haga nada, solo que permanezca quieta y muda. Y ahora dígame, ¿será capaz? No me cabe duda de que le causará el mismo placer que a mí presenciar el término de la vida de ese íncubo. Si no le toma la delantera, ya sabemos lo que nos espera: a usted la muerte, y a mí la ruina. ¡Maldito sea ese infernal villano! ¡Llama a la puerta como si ya fuese el dueño de esta casa! Prometa morderse la lengua y antes que ese reloj marque la una, faltan tres minutos, ¡será una mujer libre!

»Sacó la herramienta que llevaba guardada en el pecho, esa que te describí en mi carta. Luego hizo amago de apagar la vela, pero yo se la arrebaté y le sujeté el brazo.

»—¡No me morderé la lengua! —dije—. No le toque… ¡Mantenga la puerta cerrada y no se mueva!

»—¡Ni hablar! Mi decisión está tomada ¡y voto a Dios que la ejecutaré! —exclamó el desesperado ser—. ¡Mal que le pese, le haré a usted un favor y vengaré a Hareton! No se moleste en intentar protegerme. Catherine ya no está. No queda nadie vivo que vaya a echarme de menos ni a avergonzarse de mí, aunque me cortara el cuello en este mismo instante. ¡Ya es hora de poner fin a todo esto!

»Lo mismo habría sido luchar con un oso o razonar con un demente. No me quedó más remedio que correr a una ventana y poner en guardia a la presunta víctima contra la suerte que le esperaba.

»—¡Será mejor que busques albergue en otra parte esta noche! —exclamé en un tono más bien triunfal—. El señor Earnshaw tiene intención de dispararte si insistes en entrar.

»—Como no me abras la puerta, * —contestó tildándome de un elegante término que no me tomaré la molestia de repetir.

»—No me inmiscuiré en este asunto —repliqué—. ¡Entra y que te maten de un tiro! Yo ya he cumplido con mi deber.

»Dicho aquello, cerré la ventana y de nuevo tomé asiento junto a la lumbre. Apenas me quedaban reservas de hipocresía para simular la menor ansiedad ante el peligro que se cernía sobre él.

»Earnshaw me vilipendió furioso. Alegó que seguía amando a aquel villano y me cubrió de insultos por la cobardía que manifestaba. En mi fuero interno (y mi conciencia nunca me lo ha reprochado), yo pensaba que para él sería una gran bendición que Heathcliff pusiera término a su sufrimiento ¡y que para mí sería una gran bendición que él mandara a Heathcliff a su justa morada! Estaba allí sentada alimentado esas reflexiones cuando, a mi espalda, un golpe del segundo individuo derribó el marco de la ventana de celosía y su negro semblante se asomó a ella. Los barrotes estaban demasiado juntos y sus hombros no pasaban entre ellos; sonreí alegremente porque me consideraba a salvo. Traía el pelo y la ropa emblanquecidos por la nieve, y sus afilados dientes de caníbal, que el frío y la ira dejaban al descubierto, destellaban en la oscuridad.

»—¡Isabella, ábreme o te arrepentirás! —"baladró", como dice Joseph.

»—No puedo cometer un asesinato —repuse—. El señor Hindley te espera con una navaja y una pistola cargada.

»—¡Ábreme la puerta de la cocina! —dijo.

»—Hindley llegará antes que yo —contesté—. Además, ¡qué amor más pobre el tuyo si no puede soportar una nevada! ¡En tanto que resplandecía la luna de verano nos dejabas descansar tranquilos por la noche, pero a la primera ráfaga invernal corres a cobijarte! Yo que tú, Heathcliff, iría a acostarme en su sepultura y moriría allí como un perro fiel… Seguro que para ti no vale la pena seguir viviendo en este mundo, ¿no es así? Me recalcaste que

Catherine había sido la única alegría de tu vida. No entiendo cómo crees que serás capaz de sobrevivir a su pérdida.

»—Está allí, ¿verdad? —exclamó mi compañero corriendo hacia el hueco—. ¡Si consigo sacar el brazo, podré alcanzarle!

»Me temo, Ellen, que me tendrás por una mujer francamente perversa, pero, como no lo sabes todo, ¡no me juzgues! Por nada del mundo habría participado o sido cómplice en un atentado, aun contra su vida. Sin embargo, es inevitable que desee verle muerto; de ahí que me llevara una terrible desilusión y me aterraran las posibles consecuencias de mis insultantes palabras cuando se abalanzó sobre el arma de Earnshaw y se la arrebató.

»La carga explotó y la navaja, debido a su cierre automático, se clavó en la muñeca de su dueño. Heathcliff tiró de ella con fuerza, rajando la carne al arrancársela, y la introdujo en su propio bolsillo goteando. Luego agarró una piedra, derribó un tabique entre dos ventanas y entró de un salto. Su adversario se había desvanecido a causa del excesivo dolor y de la sangre que manaba a chorros de una arteria o una gran vena.

»El muy canalla le propinó patadas, le pisoteó y le golpeó la cabeza una y otra vez contra las baldosas mientras con la mano libre me sujetaba a mí para evitar que fuera por Joseph.

»Estaba haciendo un esfuerzo sobrehumano por dominarse y no rematarle allí mismo, pero, como al final se quedó sin aliento, desistió y arrastró el cuerpo, al parecer inerte, hasta el escaño.

»Una vez allí, rasgó la manga de la levita de Earnshaw y le vendó la herida con brutal brusquedad, escupiendo y renegando durante toda la operación con la misma energía con que poco antes le había pateado.

»Al verme libre me apresuré a salir en busca del viejo sirviente, que cuando por fin captó el sentido de mi acelerado relato se precipitó escaleras abajo, jadeante y salvando los escalones de dos en dos.

»—¿Qué ta pasando qui, eh? ¿Qué ta pasando qui, eh?

»—Pasa —tronó Heathcliff— que tu amo está loco y que, si alcanza a vivir un mes más, tendré que encerrarle en un manicomio. ¿Cómo demonios, sabueso desdentado, has podido atrancar la puerta y dejarme fuera? No te quedes ahí rezongando y refunfuñando. Ven aquí, no seré yo quien le cure. Limpia todo esto y cuidado con la vela: ¡más de la mitad es aguardiente!

»—¿Conque quiso matallo? —exclamó Joseph alzando las manos y los ojos, horrorizado—. ¡Habrase visto alguna vez algo ansí! El Señor...

»Heathcliff le dio un empellón que le hizo caer de rodillas en mitad del charco de sangre y le tiró una toalla. Pero Joseph, en lugar de dedicarse a secar el suelo, juntó las manos y alzó una plegaria cuyo extraño fraseo me arrancó la risa. Me hallaba tan alterada que ya nada me escandalizaba. Es más, manifestaba la misma temeridad de que hacen gala algunos malhechores al pie de la horca.

»—Ah, me había olvidado de ti —dijo el tirano—. Eso lo harás tú. Al suelo. De modo que estabais conspirando contra mí, ¿no es así, víbora? ¡Eso es, ahí tienes una tarea apta para ti!

»Me zarandeó hasta que me rechinaron los dientes y me lanzó junto a Joseph, que concluyó sus oraciones sin inmutarse y luego se levantó, amenazando con acudir a la Granja en el acto. El señor Linton era juez de paz, de modo que, aunque hubiese perdido a cincuenta esposas, investigaría el asunto.

»Se obstinó tanto en esa resolución que Heathcliff halló necesario obligarme a contarle lo ocurrido; permaneció de pie frente a mí jadeando con malevolencia mientras yo reconstruía los hechos respondiendo a sus preguntas a regañadientes.

»Fue una ardua labor convencer al anciano de que el agresor no había sido Heathcliff, sobre todo porque era difícil arrancarme las respuestas. En cualquier caso, el señor Earnshaw no tardó en convencerle de que seguía vivo, y el viejo se apresuró a administrarle una dosis de aguardiente, por lo que su amo recobró la movilidad y la conciencia en el acto.

»Heathcliff, a sabiendas de que el herido ignoraba el maltrato del que había sido objeto mientras se hallaba inconsciente, le acusó de ser un delirante borracho y le dijo que no le tendría en cuenta su atroz conducta, pero le aconsejaba que fuera a acostarse. Para mi alegría se marchó después de haber brindado aquel sensato consejo. Hindley se tumbó a la larga en el suelo de piedra del hogar y yo me retiré a mi propio cuarto, maravillada de haber salido tan bien parada.

»Esta mañana, cuando bajé a la casa una media hora antes del mediodía, el señor Earnshaw se hallaba sentado junto a la lumbre, mortalmente enfermo; su maligno duende, casi tan demacrado y cadavérico como él, se apoyaba en la chimenea. Ninguno de los dos parecía querer almorzar, de modo que, tras haber esperado hasta que cuanto había en la mesa estaba frío, empecé sola.

»Nada me impidió comer con apetito. Hasta experimenté cierta satisfacción y superioridad, porque cada vez que dirigía la mirada hacia mis silenciosos compañeros sentía el alivio de saberme con la conciencia tranquila.

»Cuando hube terminado, me tomé la inusitada libertad de acercarme a la lumbre pasando por detrás del asiento de Earnshaw y me arrodillé en un rincón a su lado.

»Heathcliff no miraba hacia mí, de modo que alcé la vista y contemplé sus facciones casi con la misma libertad que si se hallaran petrificadas. Tenía la frente (que tiempo atrás se me antojaba tan varonil y, ahora, tan diabólica) ensombrecida por un nubarrón, y los ojos de basilisco casi cerrados debido a la falta de sueño, y quizá también al llanto, porque en ese momento sus pestañas estaban húmedas. Sus labios, exentos de la feroz mueca de desprecio que les es habitual, estaban sellados en una expresión de indecible tristeza. De haberse tratado de otra persona, me habría cubierto el rostro en presencia de tamaña congoja. Pero, en su caso, me alegraba, y por innoble que sea insultar a un enemigo vencido, no pude desaprovechar la oportunidad de zaherirle; aquella muestra de debilidad era mi única oportunidad para saborear el deleite de pagarle con su misma moneda.

—¡Válgame Dios, señorita! —interrumpí—. Cualquiera que la oyera pensaría que no ha abierto una Biblia en su vida. Ya tenemos suficiente con que Dios quebrante a sus enemigos, ¿no le parece? ¡Es a un tiempo malvado y presuntuoso añadir la tortura de usted a la de Él!

—Reconozco, Ellen —prosiguió—, que eso suele ser cierto. Pero ¿qué pena aplicada a Heathcliff podría satisfacerme si yo no tomo parte en ella? Prefiero que sufra menos con tal de ser yo la causante de su sufrimiento y que él sepa que lo soy. Oh, no sabes el rencor que le guardo. Solo podré perdonarle con una condición. Es la siguiente: haciéndole pagar ojo por ojo y diente por diente, y causándole por cada una de mis tribulaciones otra equivalente hasta verle reducido a mi nivel. Y que él sea el primero en implorar perdón, porque ha sido el primero en herir. Solo entonces, Ellen, podría manifestar cierta generosidad. Pero es en absoluto imposible que algún día logre resarcirme, de modo que no puedo perdonarle.

»Hindley quería agua. Le alargué un vaso y le pregunté cómo se encontraba.

»—No tan mal como quisiera —repuso—. Aunque, además del brazo, me duele cada milímetro del cuerpo como si hubiese librado una batalla contra una legión de diablillos.

»—Sí, no me extraña —fue mi siguiente observación—. Catherine solía jactarse de que ella se interponía entre usted y el daño físico que pudieran ocasionarle: se refería a que ciertas personas se abstendrían de hacerle daño por temor a ofenderla a ella. ¡Menos mal que los muertos no se aparecen de verdad, porque de lo contrario anoche Catherine habría presenciado una escena repulsiva! ¿No tiene cortes y magulladuras en el pecho y los hombros?

»—No sabría decirlo —contestó—. Pero ¿qué insinúa? ¿Acaso se atrevió a golpearme cuando me hallaba sin sentido?

»—Le pisoteó, le propinó patadas y le estampó contra el suelo —dije en un susurro—. Y hasta le caía la baba de las ganas que tenía de despedazarle a dentelladas. Porque de hombre solo tiene la mitad, y ni siquiera.

»El señor Earnshaw alzó los ojos, lo mismo que yo, hacia el semblante de nuestro mutuo enemigo, que, absorto en su congoja, se hallaba ajeno a cuanto sucedía en torno a él. Cuanto más tiempo permanecía allí de pie, con mayor claridad revelaban sus rasgos la negrura de sus pensamientos.

»—Oh, si al menos Dios me concediera la fuerza suficiente para estrangularle en mi agonía, iría al infierno de buen grado —gruñó ese impaciente pugnando por levantarse y acto seguido arrellanándose con desespero porque no era capaz de realizar ese esfuerzo.

»—No, ya tenemos suficiente con que haya asesinado a uno de ustedes —observé en voz alta—. En la Granja todo el mundo sabe que su hermana seguiría con vida de no haber sido por el señor Heathcliff. Después de todo, es preferible ser objeto de su odio que de su amor. Cada vez que recuerdo lo felices que éramos, lo feliz que era Catherine antes de que llegara él, no puedo por menos de maldecir ese día.

»Seguramente Heathcliff quedara más impresionado por la veracidad de esas palabras que por el tono de quien las pronunció. Vi que habían captado su atención, porque los suspiros le cortaban la respiración, y una lluvia de lágrimas cayó de sus ojos a las cenizas.

»Le miré de lleno a la cara y me eché a reír con desprecio. Por un momento esas oscuras ventanas del infierno me lanzaron un destello, pero el diablo que solía asomarse a ellas se hallaba tan apagado y hundido que no temí emitir otro sonido de burla.

»—Levántate y apártate de mi vista —dijo el doliente.

»O eso me figuré que había dicho, porque su voz era apenas inteligible.

»—Usted perdone —repuse—, pero yo también quería a Catherine, y su hermano precisa cuidados que pienso prodigarle en su nombre. Ahora que ha muerto la veo en Hindley, porque tiene los ojos idénticos a ella, aunque hayas intentado arrancárselos y se los hayas puesto negros y rojos, y su...

»—¡Levántate, maldita idiota, si no quieres que te mate a patadas! —gritó haciendo un ademán que me obligó a mí a hacer otro.

»—Claro que —continué apretándome a escapar—, si la pobre Catherine te hubiera hecho caso y hubiese asumido el ridículo, despreciable y degradante título de señora Heathcliff, ¡no habría tardado en tener un aspecto similar! Ella sí que no habría tolerado tu abominable conducta sin chistar; su aborrecimiento y su indignación habrían encontrado una voz.

»El respaldo del escaño y la persona de Earnshaw se interponían entre Heathcliff y yo, de modo que, en lugar de intentar pillarme, agarró un cuchillo de la mesa y me lo lanzó a la cabeza. Se me clavó debajo de la oreja y me cortó la palabra que me disponía a pronunciar. Pero mientras me desclavaba el cuchillo corrí hacia la puerta y desde allí le espeté otra que espero que le penetrara más hondo que a mí su proyectil.

»Lo último que alcancé a ver fue un furioso precipitarse por parte de él, frenado por el abrazo de su anfitrión, y que ambos caían enlazados al suelo del hogar.

»En mi huida por la cocina pedí a Joseph que se apresurara en socorrer a su amo. Ya en la puerta atropellé a Hareton, que estaba ahorcando a una camada de cachorros del respaldo de una silla, y, dichosa como alma evadida del purgatorio, brinqué, salté y volé por la empinada cuesta. Luego, para evitar las curvas, me lancé brezal a través, rodando por taludes y vadeando ciénagas. En realidad me precipitaba de cabeza hacia el faro de la Granja. Prefiero con mucho verme condenada a vivir eternamente en las regiones infernales que volver a dormir siquiera una noche bajo el techo de Cumbres Borrascosas.

Isabella dejó de hablar y bebió un sorbo de té. Luego se levantó y me pidió que le pusiera la capota y un gran chal que yo le había traído y, haciendo oídos sordos a mis súplicas de que se quedara una hora más, se encaramó a una silla para besar los retratos de Edgar y Catherine, se despidió de mí de la misma manera y se dirigió a donde la esperaba el coche, acompañada de Fanny, que gañía de alegría porque había recuperado a su ama. Salió de aquí en esa diligencia y no volvió a aparecer nunca más por estos lares. Sin embargo, cuando las aguas volvieron a su cauce, mi amo y ella establecieron una asidua correspondencia.

Creo que fijó su nueva residencia en el sur, cerca de Londres. Allí, pocos meses después de su fuga dio a luz a un hijo. Le bautizó con el nombre de Linton y desde el principio declaró que era una criatura arisca y achacosa.

Un día me crucé con el señor Heathcliff en el pueblo y me preguntó dónde vivía Isabella. Me negué a decírselo. Me advirtió que le tenía sin cuidado su paradero, pero que se guardara de regresar con su hermano, porque antes que permitir tal cosa se vería obligado a llevarla de nuevo a su casa.

Aunque yo me abstuve de proporcionarle la menor información, acabó enterándose por otros sirvientes tanto de sus señas como de la existencia del niño. No obstante, no la importunó; creo que ella pudo agradecérselo a la aversión que le tenía.

Cada vez que me veía me preguntaba por el pequeño, y cuando supo su nombre forzó una sonrisa y observó:

—Quieren que le odie a él también, ¿verdad?

—No creo que deseen que sepa nada de él —repuse.

—Pero, cuando yo quiera —dijo—, será mío. ¡Que no les quepa duda!

Por fortuna, la madre murió antes de que llegase ese momento, unos trece años después del fallecimiento de Catherine, cuando Linton tenía doce años, o poco más.

Al día siguiente de la inesperada visita de Isabella no hallé ocasión de hablar con mi amo: eludía toda conversación y no tenía capacidad para tratar ningún asunto. Cuando logré que me escuchase vi que le alegraba saber que su hermana había abandonado a su esposo, al que aborrecía con insólita intensidad teniendo en cuenta su manso temperamento. Tan profunda e impulsiva era su aversión hacia Heathcliff que evitaba ir a cualquier parte donde pudiese verle u oírle mentar. Aquello, añadido a la congoja, le convirtió en un auténtico ermitaño. Renunció a su puesto de juez de paz y hasta dejó de ir a la iglesia. Rehuía toda ocasión de ir al pueblo y vivía dentro de las lindes del parque y de sus terrenos en una reclusión absoluta, alterada únicamente por solitarios paseos en los brezales y visitas a la tumba de su esposa, sobre todo al anochecer o muy temprano por la mañana, antes de que circularan por allí otros paseantes.

Pero era demasiado bueno para seguir siendo tan infeliz durante mucho tiempo. Desde luego, él no rezó para que el alma de Catherine le acosara. El tiempo le trajo resignación y una melancolía más dulce que la alegría ordinaria. Guardaba su recuerdo con un ardiente y tierno amor, y aspiraba, esperanzado, a ese mundo mejor al que sin la menor sombra de duda había accedido ella.

No obstante, también tenía algunos consuelos y afectos terrenales. Ya le he dicho que durante unos días no hizo caso de la enclenque descendiente de la difunta: aquella frialdad se fundió como la nieve en abril y, antes de que ese diminuto ser pudiese balbucear una palabra o dar un tambaleante primer paso, ya gobernaba su corazón con cetro de déspota.

Le pusieron de nombre Catherine, pero su padre, así como nunca había utilizado el diminutivo para dirigirse a su esposa, seguramente porque Heathcliff solía hacerlo, a ella nunca la llamó por su nombre completo. Para él la pequeña fue siempre Cathy, lo que por un lado la distinguía de su madre y, por otro, la vinculaba con ella. Su cariño por la pequeña se debía mucho antes a que la relacionaba con su madre que a que fuera su propia hija.

Yo solía compararle con Hindley Earnshaw y me desconcertaba no hallar una explicación satisfactoria al hecho de que tuvieran conductas opuestas, cuando sus circunstancias eran muy parecidas. Ambos habían sido maridos afectuosos y estaban encariñados con sus hijos; no lograba entender por qué no habían tomado el mismo camino, para bien o para mal. Pero me decía que, por desgracia, Hindley, cuya cabeza se me antojaba mejor amueblada, había demostrado ser el peor y el más débil. Cuando el barco se estrelló, el capitán abandonó su puesto y la tripulación, en lugar de intentar salvarlo, enseguida se amotinó y desorientó, y abandonó el desafortunado navío a su suerte. Linton, por el contrario, desplegó el verdadero arrojo de un alma leal y honrada: se encomendó a Dios, y Dios le sustentó. Esperanzado el uno y desesperado el otro, cada cual eligió su propia suerte, y ambos fueron merecidamente condenados a atenerse a ella.

Pero no querrá, señor Lockwood, que me largue un sermón: usted juzgará todo esto tan bien como yo o, al menos, pensará que lo hace, lo que viene a ser lo mismo.

Earnshaw tuvo el final que cabía esperar. No tardó ni seis meses en terminar como su hermana. Nosotros en la Granja no tuvimos la menor noticia de su condición previa. Lo poco que sé lo averigüé cuando fui a echar una mano en los preparativos para el funeral. El señor Kenneth vino a anunciar el suceso a mi amo.

—Bien, Nelly —dijo entrando una mañana a caballo en el patio, demasiado de madrugada para que no me alarmara el instantáneo presentimiento de que traía malas nuevas—. Ahora nos toca a usted y a mí estar de duelo. ¿Quién cree que nos ha dado el esquinazo esta vez?

—¿Quién? —pregunté nerviosa.

—¡Adivine! —repuso apeándose del caballo y sujetando las bridas al garfio que hay junto a la puerta—. Agarre una punta de su delantal porque estoy seguro de que la va a necesitar.

—¡No será el señor Heathcliff! —exclamé.

—¡Cómo! ¿Sería capaz de llorar por él? —dijo el doctor—. No, Heathcliff es un joven robusto y hoy tiene un aspecto radiante.

Acabo de verle. Desde que ha perdido a su media naranja está entrando en carnes a ojos vistas.

—Entonces ¿quién es, señor Kenneth? —repetí impaciente.

—¡Hindley Earnshaw! Su viejo amigo Hindley —repuso—, que también era mi muy mordaz compadre, aunque en los últimos tiempos su vida era demasiado disoluta para mi gusto. ¡Ahí lo tiene! Ya le dije que habría lágrimas. Pero ¡alegre esa cara! Murió fiel a sí mismo, borracho como una cuba. Pobre muchacho, yo también lo siento. Uno no puede evitar echar de menos a un viejo camarada, aunque fuese capaz de las peores tretas que quepa imaginar y a mí me hiciera muchas perrerías. Al parecer, apenas tenía veintisiete años, es decir, la edad de usted. ¡Nadie diría que nacieron el mismo año!

Confieso que para mí aquel golpe fue más duro que la impresión que me había causado la muerte de la señora Linton, porque tenía el corazón henchido de viejos recuerdos. Me senté en el porche y le lloré como a un pariente de sangre. Hasta dije a Kenneth que pidiera a otro sirviente que anunciara su visita a mi amo.

No podía evitar hacerme la siguiente pregunta: ¿habían jugado limpio con él? Esa idea, por más que intentase evitarla, se apoderó de mí con tal agotadora tenacidad que resolví pedir licencia para acudir a Cumbres Borrascosas y contribuir a rendir tributo al difunto. El señor Linton se mostró en extremo reacio a darme su consentimiento, pero le argumenté con elocuencia que Hindley yacía en estado de desamparo y le dije que mi antiguo amo y hermano de leche tenía tanto derecho a mis servicios como él. También le recordé que Hareton niño era sobrino de su esposa y que, a falta de un pariente más próximo, él debería ser su tutor, y no solo debería, sino que tenía la obligación de informarse del estado de la herencia de pasar revista a los intereses de su cuñado.

En aquel momento, Linton no estaba en condiciones de ocuparse de esos asuntos, pero me mandó que hablara con su abogado y acabó concediéndome permiso para ir a verle. Su abogado había sido también el de Earnshaw. Fui al pueblo a buscarle y le pedí que me acompañara a casa. Meneó la cabeza y me sugirió que dejara en paz a Heathcliff porque, según afirmó, si algún día llegaba a conocerse la verdad, se descubriría que ahora Hareton era poco más que un mendigo.

—Su padre ha muerto endeudado hasta las cejas —dijo—. Su patrimonio entero está hipotecado y la única opción que le queda al heredero natural es que intente granjearse algún afecto en el corazón de su acreedor para que este tenga a bien tratarle con benevolencia.

Cuando llegué a Cumbres Borrascosas expliqué que había ido a cerciorarme de que todo se llevase a cabo con el debido decoro, y Joseph, que parecía hallarse adecuadamente acongojado, se mostró complacido con mi presencia. El señor Heathcliff dijo que en su opinión yo no hacía ninguna falta, pero que si quería podía quedarme y disponer los preparativos para el entierro.

—En rigor —observó—, habría que enterrar el cadáver de ese necio en un cruce de caminos sin ceremonia alguna. Ayer por la tarde se me ocurrió dejarle solo diez minutos ¡y aprovechó para atrancar las dos puertas de casa y dejarme fuera, y luego se pasó la noche bebiendo con la clara intención de acabar con su vida! Esta mañana forzamos la puerta, porque le oíamos resoplar como un caballo, y le vimos tirado en el escaño; no habríamos logrado despertarle ni aunque le hubiésemos despellejado o arrancado la cabellera. Mandé llamar a Kenneth, que apareció, pero no antes de que ese animal se hubiera convertido en carroña: estaba muerto, frío y rígido. ¡Tendrás que convenir en que ya no podíamos hacer nada por él!

El viejo sirviente confirmó sus palabras, pero murmuró:

—¡Yo tuveire preferío que fuer'él mesmo pol doctor! Toy convencío de que yo tuveire cuidao l'amo mejor qu'él. ¡Y non taba muelto cuando fui, nada d'iso!

Insistí en que el funeral se llevara a cabo con decencia. El señor Heathcliff dijo que en eso también me daba carta blanca, pero que no olvidara que el dinero para pagar todo aquello saldría de su bolsillo.

Mantuvo una actitud fría e indiferente que no revelaba ni alegría ni tristeza. Si algo dejaba traslucir era una pétrea satisfacción ante una tarea difícil ejecutada con éxito. Es más, hubo un momento en que su semblante manifestó algo parecido al alborozo. Fue justo cuando sacaban el féretro de casa. Tuvo la hipocresía de vestirse de luto y, antes de acompañar al difunto junto con Hareton, aupó al desdichado niño, le sentó en una mesa y le dijo en un susurro, con peculiar regodeo:

—¡Ahora, mi precioso zagal, eres mío! ¡Está por ver si este árbol crece tan torcido como el otro, puesto que los tuerce el mismo viento!

El pobre inocente parecía complacido con aquellas palabras, jugaba con las patillas de Heathcliff y le acariciaba la mejilla. Pero yo, que había adivinado su significado, comenté con aspereza:

—Este niño, señor, vendrá conmigo a la Granja de los Tordos. ¡No hay nada en el mundo que le pertenezca a usted menos que él!

—¿Eso dice Linton? —exigió saber.

—Por supuesto —repuse—. Me ha mandado que me lo lleve.

—Vaya —dijo el muy sinvergüenza—. No vamos a discutir eso ahora. Pero tengo ganas de comprobar si tengo buena mano para criar a un chiquillo, de modo que informa a tu amo de que, si intenta quitármelo, no me quedará más remedio que reemplazarle, con el mío. No me comprometo a soltar a Hareton sin más. ¡Lo que sí haré es asegurarme de que venga el otro! No olvides decírselo.

Aquella indirecta fue suficiente para que nos sintiéramos atados de pies y manos. A mi regreso di cuenta de lo esencial, pero Edgar Linton, que desde el principio había manifestado escaso interés por el asunto, no volvió a hablar de intervenir. En mi opinión, no creo que habría conseguido nada aunque se hubiese implicado de lleno.

El antiguo huésped se convirtió en el nuevo amo de Cumbres Borrascosas: tomó firme posesión de la casa y demostró a su apoderado, quien a su vez demostró al señor Linton, que Earnshaw había hipotecado hasta la última hectárea de sus tierras para sufragar su obsesión con el juego, y que él, Heathcliff, había sido el fiador.

Fue así como Hareton, que debería ser el señor más influyente de la vecindad, se vio reducido a un estado de absoluta dependencia del más encarnizado enemigo de su padre. Vive como un criado en su propia casa, privado de los beneficios de un salario, y es incapaz de remediar esa injusticia porque no tiene ningún amigo y desconoce en absoluto el agravio del que ha sido objeto.

4

Los doce años posteriores a aquella época tan sombría —prosiguió la señora Dean— fueron los más felices de mi vida: mis mayores preocupaciones en el transcurso de ese tiempo fueron las insignificantes enfermedades que aquejaban a nuestra pequeña señorita y que todo niño, rico y pobre, tiene que padecer.

Por lo demás, transcurridos los primeros seis meses se puso a crecer como un alerce y antes de que los brezos florecieran por segunda vez sobre el polvo de la señora Linton ya había aprendido a caminar, e incluso a hablar a su manera.

Era la cosa más encantadora que jamás alegrara aquella desolada vivienda. De cara era una auténtica belleza. Tenía los bellos y oscuros ojos de los Earnshaw, pero había heredado la tez clara, los rasgos finos y el cabello rubio y rizado de los Linton: Era muy vivaracha, pero no brusca, y se distinguía por tener un corazón sobremanera sensible y alegre en sus afectos. En esa capacidad de intenso apego me recordaba a su madre, pero en realidad no se le parecía en nada: cuando quería era tierna y mansa como una paloma, su voz era dulce, su expresión pensativa, sus enfados no eran nunca rabiosos, ni su amor violento, sino profundo y tierno.

No obstante, todo hay que decirlo, tenía algunos defectos que empañaban sus dotes. Uno era la propensión a la insolencia y, otro, la caprichosa terquedad que adquieren todos los niños mimados sin excepción, ya sean de temperamento apacible o airado. Si una sirvienta acertaba a contrariarla, su respuesta era siempre la misma: «¡Se lo diré a papá!». Y si este la reprendía, aunque fuese con la mirada, fingía que le había partido el corazón, aunque no creo que su padre le dirigiera jamás una palabra severa.

Linton se hizo enteramente cargo de la educación de su hija y la convirtió en una diversión. Por fortuna, la curiosidad y el avispado intelecto de la niña la incitaron a ser una alumna muy capaz, que honraba las enseñanzas de su padre asimilándolas con rapidez y entusiasmo.

Hasta los trece años no había salido sola del recinto del parque ni una vez. En contadas ocasiones, el señor Linton la había llevado de paseo a poco más de un kilómetro de la propiedad, pero fuera de sus terrenos no la dejaba en manos de nadie. Para Cathy, Cordera era un nombre sin sentido, y el único edificio al que se había acercado o en el que había entrado, a excepción de su propia casa, era la capilla. Ni Cumbres Borrascosas ni el señor Heathcliff existían para ella. Era una perfecta reclusa y se mostraba encantada de serlo. Sin embargo, a veces, cuando se ponía a contemplar el campo desde la ventana de su cuarto, preguntaba:

—Ellen, ¿falta mucho todavía para que pueda a pie hasta la cima de esas colinas? Me pregunto qué hay detrás: ¿el mar?

—No, señorita Cathy —respondía yo—, hay más colinas como esas.

—Y ¿cómo son esas rocas doradas —preguntó en una ocasión— cuando estás debajo de ellas?

Le llamaba especialmente la atención el despeñadero de los Riscos del Buriel, sobre todo cuando el sol poniente lo encendía, junto con los picos de las Cumbres, mientras que toda la extensión del paisaje circundante se hallaba ya sumido en sombras.

Le expliqué que eran masas de piedra pelada entre cuyas grietas apenas si había tierra para alimentar a un árbol enano.

—Y ¿por qué siguen brillando cuando aquí ya ha anochecido? —insistió.

—Porque están mucho más arriba que nosotras —repuse—.
No podría escalarlas, son demasiado altas y escarpadas. En invierno
siempre hiela allí antes que aquí ¡y en pleno verano he visto nieve
en la negra hondonada que hay en la cara nordeste!

—¡Ah, tú has estado allí! —exclamó con júbilo—. Así que yo
también podré ir cuando sea mayor. ¿Papá ha estado, Ellen?

—Su papá le diría, señorita —me apresuré a contestar—, que
no merece la pena ir allí. Los brezales donde la lleva de paseo son
mucho más bonitos y el parque de los Tordos es el lugar más hermoso del mundo.

—Pero el parque ya lo conozco, y los Riscos no —murmuró—. Me encantaría mirar a mi alrededor desde la cresta del pico
más alto de todos. Algún día me llevará mi jaquita Minny.

Una doncella tuvo la ocurrencia de hablarle de la cueva de
las Hadas, que le llamó tanto la atención que quería visitarla a
toda costa, y empezó a atosigar al señor Linton hasta que este le
prometió que haría aquella excursión cuando fuese un poco
mayor. Sin embargo, la señorita Catherine contaba su edad por
meses y…

—¿Tengo ya edad suficiente para ir a los Riscos del Buriel?
—era la pregunta que siempre afloraba a sus labios.

Pero el camino que conducía hasta ellos serpenteaba muy cerca de Cumbres Borrascosas y Edgar no tenía valor para pasar por
allí, de modo que su hija siempre recibía la misma respuesta:

—Aún no, cariño, aún no.

Dije que la señora Heathcliff vivió unos doce años después de
haber abandonado a su esposo. Todos los miembros de su familia
habían tenido una salud precaria y ni Edgar ni ella poseían la robusta constitución que suele ser habitual por estos lares. No estoy
segura de cuál fue su postrera enfermedad, pero conjeturo que
ambos hermanos murieron de lo mismo: una especie de calentura
que se manifiesta muy lentamente, pero es incurable, y al final se
acelera y causa la muerte.

Escribió a su hermano para informarle del probable desenlace de la indisposición que la aquejaba desde hacía cuatro meses. Le rogaba que, de ser posible, fuera a visitarla, porque tenía que poner muchas cosas en orden, y quería despedirse de él y encomendar al pequeño Linton a su cuidado. Esperaba que con él estuviera a salvo y siguiese llevando la misma vida que con ella, y se hallaba alegremente convencida de que su padre no tenía la menor intención de asumir la responsabilidad de mantenerle ni educarle.

Mi amo no dudó un instante en satisfacer su petición. Aunque era muy reacio a salir de casa para acudir a una llamada ordinaria, corrió a atender aquella. Encomendó a Catherine a mi exclusiva vigilancia durante su ausencia y me reiteró la prohibición de que saliera del parque, aun conmigo: no se le ocurrió que podía salir sola.

Se ausentó tres semanas: la joven a mi cargo pasó uno o dos días sentada en un rincón de la biblioteca, demasiado triste para leer o jugar, y mientras se halló en aquel tranquilo estado me causó pocos problema. Sin embargo, a aquello sucedió un período de intranquilo y desazonado hastío y, como yo estaba muy ocupada y ya era demasiado vieja para andar corriendo de un lado para otro con objeto de divertirla, ideé la manera de que se entretuviera ella sola.

La mandaba a emprender viajes por la propiedad, a veces a pie y, otras, a lomos de su jaca, y a su regreso la consentía escuchando pacientemente el recuento de todas sus aventuras, reales o imaginarias.

El verano se hallaba en su apogeo y le tomó tal gusto a aquellas excursiones solitarias que solía procurar permanecer fuera de casa desde el desayuno hasta la hora del té; luego pasaba las veladas refiriéndome sus quiméricos relatos. Yo no temía que traspusiera las lindes del parque, porque las verjas estaban casi siempre cerradas con llave y, aunque las hubieran dejado abiertas, no pensaba que se aventuraría a franquearlas sola.

Por desgracia me confié erróneamente. Un día, Catherine se presentó a las ocho de la mañana y me dijo que en aquella ocasión sería un mercader árabe que se disponía a atravesar el desierto con su caravana y que debía proporcionarle abundantes provisiones y animales: un caballo y tres camellos, representados estos últimos por un gran perro de caza y dos de muestra.

Preparé un buen acopio de golosinas y las introduje en una cesta, que colgué a un lado de la silla de montar. Ella se subió a la jaca de un salto, feliz como un hada, protegida del sol de julio por un sombrero de ala ancha y un velo de gasa, y salió al trote riéndose gozosamente y mofándose de mi prudente consejo de que evitase el galope y regresase pronto.

La muy traviesa no apareció a la hora del té. Uno de los viajeros, el perro de caza, que era viejo y amante de la comodidad, sí regresó, pero no había rastro de Cathy, ni de la jaca, ni de ninguno de los dos perros de muestra. Mandé emisarios a recorrer un camino y otro, y al final yo misma salí en su busca.

Vi a un jornalero que reparaba la cerca de un plantel en las lindes de la finca y le pregunté si había visto a la señorita.

—Vila ta amanecía —repuso—. Pidiome que coltárala una fusta d'avellano, luego saltó con la su *galloway* por cima d'aquel seto d'ahí, pola palte más baja, y alejose al galope ta que perdila de vista.

Imagine lo que sentí cuando oí aquello. Lo primero que pensé es que habría enfilado hacia los Riscos del Buriel.

—¿Qué será de ella? —exclamé mientras introducía el cuerpo por el boquete que aquel hombre estaba reparando y me dirigía en derechura hacia el camino principal.

Corrí kilómetro tras kilómetro, como si hubiera hecho una apuesta, hasta la curva desde la que se avistan las Cumbres, pero no detecté el menor rastro de Catherine, ni cerca ni lejos.

Los Riscos del Buriel distan dos kilómetros de la casa del señor Heathcliff, es decir, seis de la Granja, por lo que empecé a temer que me sorprendiera la noche de camino hacia allí.

«Y ¿si ha resbalado intentando trepar por esas peñas —me preguntaba— y se ha matado o roto algún hueso?».

La incertidumbre me resultaba tan dolorosa que cuando en mi carrera pasé por delante de la finca y vi allí a Charlie, nuestro perro de muestra más fiero, echado al pie de una ventana, con la cabeza tumefacta y una oreja sangrante, sentí un placentero alivio.

Abrí la cancela, corrí a la puerta y la golpeé con vehemencia. La abrió una mujer a la que conocía de vista, porque había vivido en Cordera. Resultó que la tenían de sirvienta desde la muerte del señor Earnshaw.

—¡Ah, es usté! —dijo—. ¿Es a su señorita a quien viene buscando? Estese tranquila, aquí la tiene, sana y salva. Hólgame que n'haiga sido l'amo.

—Entonces no está en casa, ¿verdad? —balbuceé jadeante por el susto y la larga carrera.

—No, no —repuso—. Tanto él como Joseph tan fuera y creo que tarán más d'un hora en volver. Pas'y descans'un rato.

Entré y vi a mi oveja descarriada sentada en el hogar. Su sombrero colgaba de la pared y ella se mecía en una pequeña mecedora que había sido de su madre cuando era niña, al parecer, muy cómoda y del mejor humor imaginable. Reía y cotorreaba dirigiéndose a Hareton. Este se había convertido en un muchachote de dieciocho años, alto y fuerte, que clavaba su mirada en ella con considerable curiosidad y estupefacción porque no entendía casi nada de la fluida sucesión de comentarios y preguntas que ella le disparaba sin cesar.

—¡Muy bien, señorita! —exclamé ocultando mi alegría tras un semblante severo—. Se acabaron las excursiones hasta que papá regrese. No pienso volver a dejarla traspasar el umbral. Es usted muy, pero que muy traviesa.

—¡Anda, Ellen! —gritó ella, feliz, al tiempo que se levantaba de un salto y corría a mi lado—. Esta noche podré contarte un cuento muy bonito. De modo que me has encontrado… ¿Habías estado aquí alguna vez en tu vida?

—Póngase el sombrero: nos vamos a casa enseguida —dije—. ¡Estoy muy indignada con usted, señorita Cathy, se ha portado muy, pero que muy mal! No sirve de nada hacer pucheros y llorar, con eso no va a quitarme el disgusto y el trabajo que me ha dado buscarla por todas partes. Pensar que el señor Linton me encomendó que no la dejase salir, y va usted y se marcha a la chita callando. Ha demostrado que es una pequeña raposa y ya nadie volverá a confiar en usted.

—Pero ¿qué he hecho? —lloriqueó dolida—. A mí papá no me encomendó nada, Ellen, y no me regañará. ¡Él nunca se enoja como tú!

—¡Vamos, vamos! —repetí—. Le ataré la cinta del sombrero. Y nada de berrinches. ¡Vergüenza debería darle! ¡Tiene ya trece años y se comporta como un bebé!

Dije aquello porque se había quitado el sombrero y había retrocedido hasta la chimenea, fuera de mi alcance.

—No, señora Dean, no sea tan dura con la linda zagala —dijo la sirvienta—. Nos la temos entretenío. Ella quería seguir p'alante, temerosa de preocuparla a usté. Hareton ofreciose a acompañarla y hallé oportuno que l'hiciera. Por estos montes el camín es bien agreste.

Mientras nosotras hablábamos, Hareton se estaba con las manos en los bolsillos, demasiado incómodo para hablar, aunque era obvio que mi intrusión no le había hecho ni pizca de gracia.

—¿Cuánto tiempo me va a hacer esperar? —proseguí obviando la intervención de la sirvienta—. Dentro de diez minutos habrá anochecido. ¿Dónde está su jaca, señorita Cathy? Y ¿dónde está Fénix? Si no se apura, me voy sin usted, así que ya lo sabe.

—La jaca está en el patio —repuso— y Fénix, encerrado allí dentro. Le han mordido, y a Charlie también. Pensaba contártelo todo, pero estás de tan mal humor que no mereces que te cuente nada.

Agarré su sombrero y me acerqué a ella para ponérselo, pero como vio que tenía a los de la casa de su parte se puso a dar brincos por la habitación, y cuando intenté darle alcance echó a correr como un ratón, pasando por encima, debajo y detrás de los muebles, haciéndome quedar en ridículo.

Hareton y la sirvienta se echaron a reír; ella se les unió y se mostró aún más impertinente. Grité muy irritada:

—Vamos a ver, señorita Cathy, si supiera de quién es esta casa, saldría de aquí de muy buen grado.

—Es de tu padre, ¿verdad? —dijo ella dirigiéndose a Hareton.

—No —repuso él bajando la vista y ruborizándose.

No resistía la mirada en hito de esos ojos, aunque fueran clavados a los suyos.

—Pues ¿de quién es? ¿De tu amo? —preguntó.

Él se ruborizó aún más, pero esta vez movido por otro sentimiento. Masculló una maldición y nos volvió la espalda.

—¿Quién es su amo? —insistió la agotadora niña apelando a mí—. Antes ha hablado de «nuestra casa» y «nuestra gente», de modo que pensé que era hijo del dueño. Además, no me ha tratado de señorita en ningún momento. Si fuera un sirviente, debería haberlo hecho, ¿no es así?

Aquellas pueriles palabras ensombrecieron el semblante de Hareton con un nubarrón. Zarandeé en silencio a mi inquisidora y por fin logré equiparla para el viaje de vuelta.

—Vamos, ve por mi caballo —dijo dirigiéndose a su desconocido pariente como si se tratara de un mozo de cuadra de la Granja—. Te doy licencia para que me acompañes. Quiero ver dónde se aparece el cazador de trasgos en la ciénaga y que me cuentes cosas de las «fadas», como llamas tú a las hadas. Pero ¡date prisa! ¿Qué te pasa? ¡Que vayas por mi caballo te digo!

—Antes te veré yo a ti condenada que tú a mí sirviéndote —gruñó el muchacho.

—¿Que me verás cómo? —preguntó Catherine, sorprendida.

—¡Condenada, bruja insolente! —repuso.

—¡Ahí lo tiene, señorita Cathy! Ya ve con qué clase de gente se ha juntado —intervine—. ¡Bonita manera de hablarle a una señorita! Por favor, no se ponga a discutir con él. Ea, vayamos nosotras por Minny y salgamos de aquí.

—Pero, Ellen —exclamó ella boquiabierta—, ¿cómo se atreve a hablarme así? ¿Es que nadie va a obligarle a obedecer? Eres un vil villano, le contaré a papá lo que me has dicho, ¡para que veas!

Hareton no se dio por aludido ante aquella amenaza, y a ella se le agolparon las lágrimas de pura indignación.

—¡Vaya usted por la jaca —gritó dirigiéndose a la sirvienta— y suelte a mi perro inmediatamente!

—No grite, señorita —repuso la aludida—. No se pierde nada con ser educada. Aunque el señorito Hareton no fuere hijo del amo, es primo d'usté, y a mí no m'han contratao pa servirla a usté.

—¡Que él es mi primo! —exclamó Cathy soltando una risa burlona.

—Así es —contestó su amonestadora.

—¡Oh, Ellen! No permitas que digan esas cosas —prosiguió ella muy alterada—. Papá ha ido a Londres a buscar a mi primo, mi primo es hijo de un señor. Que mi…

Se interrumpió y rompió a llorar, mortificada ante la mera idea de hallarse emparentada con semejante patán.

—¡Tranquila, tranquila! —dije en un susurro—. Se pueden tener muchos primos y de toda índole, señorita Cathy, sin que por ello salga uno peor parado, solo que no hay por qué tratarlos si son gente desagradable y mala.

—¡Él no lo es, Ellen, él no es mi primo! —insistía ella con un dolor que incrementaba cuanto más pensaba en ello, y se echó en mis brazos para protegerse de esa idea.

Yo estaba muy enojada con ambas, ella y la sirvienta, por sus mutuas revelaciones, porque no me cabía duda de que la inminente llegada de Linton, anunciada por la primera, sería comunicada al señor Heathcliff, y también sabía a ciencia cierta que lo primero que haría Catherine cuando su padre volviera sería pedirle explicaciones del aserto de la segunda acerca de su presunto parentesco con aquel grosero.

Hareton, que se había repuesto de la indignación de que le tomaran por un sirviente, parecía conmovido por la aflicción de ella y, para apaciguarla, después de traer a la jaca hasta la puerta, agarró de la perrera un precioso y patiestevado cachorro de terrier, que le puso en los brazos al tiempo que le pedía que se tranquilizase porque no había sido su intención ofenderla.

Ella atajó sus lamentos, le miró de arriba abajo con una mezcla de asombro y horror, y volvió a estallar en sollozos.

Apenas pude contener una sonrisa ante aquella manifestación de antipatía hacia el pobre muchacho. Era un joven atlético, bien formado y de bellas facciones, además de sano y robusto, pero cuyas ropas delataban sus ocupaciones diarias, que consistían en trabajar en la granja y matar el tiempo en los brezales persiguiendo conejos y caza menor. Sin embargo, me pareció detectar en su fisonomía una mente dotada de mejores cualidades que las que nunca poseyera su padre. Cualidades cuya exuberancia compensaba con creces su abortado crecimiento, pero que a todas luces se habían echado a perder entre una maraña de malas hierbas. Sin embargo, subsistía una evidente tierra fértil capaz de producir lozanas cosechas en condiciones más favorables. No creo que el señor Heathcliff le maltratase físicamente, porque la intrépida naturaleza del muchacho no se prestaba a ese género de opresión: carecía en absoluto de la timorata susceptibilidad que, a juicio de Heathcliff, hacía ameno el maltrato. Parecía haber aplicado su maldad en embrutecerle: nadie le había enseñado nunca a leer ni a escribir, nadie le había corregido un mal hábito que no irritara a su guardián, nadie le había alentado a dar el menor paso en pos de la virtud ni le había protegido del vicio mediante el menor precepto. Y, por lo que he oído, Joseph, cuya parcialidad y estrechez de miras le habían llevado a adularle y a mimarle de niño, porque era el cabeza de la vieja familia, contribuyó en gran medida a su degradación. Así como cuando Catherine Earnshaw y Heathcliff eran pequeños solía acusarlos de que sus «pravas» maneras (como él las llamaba) sacaban de quicio a su amo y le empujaban a buscar solaz en la bebida, ahora achacaba toda la responsabilidad de los defectos de Hareton al usurpador de su hacienda.

Bien podía el muchacho soltar improperios y portarse de la forma más censurable posible, que Joseph no le reprendía nunca. Se mostraba complacido de verle llegar a los peores extremos. Reconocía que se veía abocado a la ruina y que su alma se hallaba abandonada a la perdición, pero pensaba que sería Heathcliff quien tendría que rendir cuentas de ello, que se le exigiría responder de la estirpe de Hareton, y aquel pensamiento constituía un inmenso consuelo para él.

Joseph le había inculcado el orgullo de su apellido y su linaje. De haberse atrevido, aun habría instigado el odio entre él y el actual propietario de las Cumbres, pero el pavor que le tenía a este último rayaba en lo supersticioso, así que se guardaba sus sentimientos para él y se limitaba a murmurar indirectas y secretas amenazas contra Heathcliff.

No puedo decir que conozca íntimamente cómo transcurría un día habitual en Cumbres Borrascosas en aquella época. Solo hablo de oídas, porque vi muy poco. Los lugareños afirmaban que el señor Heathcliff era muy «avariento», además de duro y cruel con sus arrendatarios, pero que bajo el gobierno femenino el interior había recuperado su antiguo aire acogedor y que entre sus paredes ya no tenían lugar los escándalos que eran habituales en vida de Hindley. El amo era demasiado taciturno para buscar la compañía, ya fuera buena o mala, de nadie, y sigue siéndolo.

Aunque esto no contribuye a hacerme avanzar en mi relato. La señorita Cathy rechazó el terrier que el muchacho le ofrecía para hacer las paces y exigió que le trajesen a sus propios perros, Charlie y Fénix. Llegaron cojeando y con la cabeza gacha, de modo que todos emprendimos el camino a casa tristemente maltrechos.

No pude sonsacarle a mi señorita cómo había pasado el día, salvo que, como suponía, el destino de su romería habían sido los Riscos del Buriel; había llegado sin sobresaltos hasta la cancela de la casa de labor en el momento preciso en que Hareton salía en compañía de unos seguidores caninos que atacaron a su séquito.

Los perros, antes que sus respectivos dueños lograsen separarlos, se enzarzaron en una encarnizada pelea: ello dio pie a una presentación. Catherine dijo a Hareton quién era y adónde se dirigía, le pidió que le indicase el camino y terminó engatusándole para que la acompañara.

Él le desveló los misterios de la cueva de las Hadas y de veinte lugares no menos curiosos, pero, como yo había caído en desgracia, no me honró con una descripción de los interesantes objetos que había visto.

Sin embargo, pude sacar en claro que su guía había sido la niña de sus ojos hasta que ella hirió sus sentimientos tratándole como a un sirviente, y el ama de llaves, los de ella al comunicarle que era su primo.

Además, la manera en que le había hablado le había dolido en el alma. ¡Ella, a la que todos en la Granja trataban siempre de «cielo», «cariño», «reina» y «ángel», no iba a consentir que un extraño la insultase de aquella escandalosa manera! No lograba entenderlo y me costó mucho arrancarle la promesa de que no iría a quejarse con su padre.

Le expliqué que su progenitor no veía con buenos ojos a ningún habitante de las Cumbres y que se llevaría un enorme disgusto si llegaba a saber que su hija había estado allí, aunque sobre todo insistí en que, si revelaba a su padre mi negligencia en cumplir sus órdenes, cabía la posibilidad de que se encolerizara tanto que no me quedaría más remedio que marcharme. Cathy no pudo soportar esa idea: me dio su palabra y, por amor a mí, la cumplió. En el fondo era una niña muy dulce.

5

Una carta ribeteada de negro anunció el regreso de mi amo. Isabella había muerto y me escribía para pedirme que vistiera de luto a su hija y preparase una habitación con todo lo necesario para su joven sobrino.

Catherine no cabía en sí de alegría ante la expectativa de volver a ver a su padre y, previendo innumerables virtudes en su «verdadero» primo, se entregó a esperanzas de lo más optimistas.

Por fin llegó la tarde de su anhelado regreso. Desde primera hora de la mañana, Cathy había estado muy atareada poniendo en orden sus pequeños asuntos. Ahora, ataviada con su nuevo vestido negro (¡pobrecilla, la verdad es que la muerte de su tía no le había causado ningún dolor específico!), se hallaba tan inquieta que me obligó a acompañarla hasta la verja del jardín para salir al encuentro de quienes llegaban.

—Linton es solo seis meses menor que yo —cotorreaba mientras transitábamos a paso lento por montículos y hondonadas cubiertos de musgoso césped bajo la sombra de los árboles—. ¡Será fabuloso tenerle de compañero de juego! La tía Isabella mandó a papá un hermoso mechón de su pelo. Es más claro y lacio que el mío, pero igual de fino. Lo tengo cuidadosamente guardado en una cajita de cristal y muchas veces he pensado que me encantaría conocer a su dueño. ¡Oh, soy tan feliz! Y ¡mi papá, mi queridísimo papá! ¡Vamos, Ellen, corramos! ¡Vamos, corre!

Se echó a correr, regresó y de nuevo salió corriendo, y así en repetidas ocasiones hasta que mis mesurados pasos alcanzaron la verja; luego se sentó en la hierba de una loma junto al camino y trató de esperar pacientemente. Pero le resultaba imposible, no podía estarse quieta un segundo.

—¡Cuánto tardan! —exclamaba—. ¡Ah, veo polvo en la carretera, ya están aquí! ¡No! ¿Cuándo llegarán? ¿No podríamos andar un poquito? Un kilómetro, Ellen, solo un kilómetro. ¡Vamos, di que sí, hasta el bosquecillo de abedules que hay a la vuelta!

Me negué en redondo y por fin su incertidumbre cesó: la diligencia apareció ante nuestros ojos.

En cuanto la señorita Cathy vio la cara de su padre a través de la ventanilla lanzó un grito y abrió los brazos de par en par. Él se apeó casi tan ilusionado como su hija y transcurrió un tiempo considerable antes de que se parasen a pensar en otra persona que no fueran ellos mismos.

En tanto que intercambiaban caricias me asomé al interior del coche para ocuparme de Linton. Venía dormido en un rincón, envuelto en una gruesa capa forrada de piel como si estuviésemos en invierno. Era un niño pálido, endeble y afeminado, tan parecido a mi amo que hubiera pasado por su hermano menor, aunque su rostro dejaba traslucir una enfermiza irritabilidad que Edgar Linton no había manifestado nunca.

Este último me vio mirando y tras estrecharme la mano me sugirió que cerrase la portezuela y dejase dormir al primero porque venía muy cansado del viaje.

Cathy se moría de ganas de echar un vistazo, pero su padre le pidió que le siguiera y echaron a andar por el parque, mientras yo me apresuraba a adelantarme para avisar a los sirvientes.

—Mira, cariño —dijo el señor Linton dirigiéndose a su hija cuando se detuvieron al pie de la escalinata—, tu primo no es tan fuerte ni alegre como tú; y no olvides que acaba de perder a su madre, así que no esperes que se ponga a jugar y a corretear contigo enseguida. Y no le atosigues hablando mucho. Al menos esta noche déjale tranquilo, ¿lo harás?

—Sí, sí, papá —repuso Catherine—. Pero quiero verle y no ha asomado la cabeza ni una vez.

El coche se detuvo y el durmiente, al que ya habían despertado, salió de él en brazos de su tío, que le colocó en el suelo.

—Linton, esta es tu prima Cathy —dijo juntándoles las manitas—. Ya te tiene mucho cariño, así que no vayas a afligirla con tus lloros esta noche. Tienes que intentar estar alegre. El viaje ha terminado, ahora podrás descansar y divertirte como te venga en gana.

—Entonces deja que me acueste —repuso el niño retrocediendo, al tiempo que soltaba la mano de Cathy y se llevaba los dedos a los ojos para enjugarse las incipientes lágrimas.

—Vamos, vamos, pórtese bien —le dije por lo bajo llevándole adentro—. Va a conseguir que ella también llore. ¡Mire la pena que le da!

No sé si su prima le tenía lástima o no, pero asumió una expresión de idéntica tristeza y volvió con su padre. Entraron los tres y subieron a la biblioteca, donde el té estaba servido.

Le quité a Linton la capa y la boina, y le acomodé en una silla junto a la mesa. Pero en cuanto se hubo sentado se echó a llorar de nuevo. Mi amo le preguntó qué le pasaba.

—No puedo sentarme en una silla —sollozó el niño.

—Pues ve al sofá y Ellen te traerá un poco de té —repuso su tío pacientemente.

Sin duda el haber tenido a su cargo a ese melindroso y enfermizo crío durante el viaje habría fatigado mucho a mi amo.

Linton se arrastró hasta el sofá, donde se tumbó. Cathy se le acercó con un taburete y su propia taza.

Al principio, ella guardó silencio, pero aquello no podía durar. Había resuelto hacer de su primito su mascota. Se puso a acariciarle los rizos, a besarle la mejilla y a darle té en su platillo como si fuera un bebé. Y a él, como era poco más que eso, le gustó. Se secó los ojos y una tenue sonrisa le iluminó el rostro.

—Oh, se pondrá estupendo —dijo el amo tras haberles observado unos instantes—. Estupendo, Ellen, si conseguimos que se quede con nosotros. La compañía de una niña de su misma edad no tardará en infundirle nuevos ánimos; se pondrá fuerte con solo desearlo.

«¡Sí, si conseguimos que se quede!», dije para mis adentros, porque me asaltaron serias dudas de que cupiera esa esperanza. Luego, pensé: ¿cómo iba a poder ese enclenque niño vivir en Cumbres Borrascosas con Hareton y su padre? Menudos compañeros de juego y menudos maestros serían.

Nuestras dudas no tardaron en ser atajadas, aun antes de lo que pensaba. Después de llevarme a los niños a sus habitaciones, una vez terminada la colación, y de dejar a Linton dormido —no me permitió separarme de él hasta entonces—, bajé de nuevo, y me hallaba junto a la mesa del vestíbulo encendiendo una vela para llevársela al señor Edgar cuando una sirvienta salió de la cocina y me informó de que Joseph, el sirviente del señor Heathcliff, se hallaba en la puerta y quería hablar con el amo.

—Primero iré a preguntarle qué quiere —contesté muy turbada—. No son horas de venir a molestar a la gente, y menos cuando está recién llegada de un largo viaje. No creo que el amo pueda recibirle.

A todo esto, Joseph había entrado por la cocina y de improviso apareció en el vestíbulo. Iba endomingado y lucía su cara más santurrona y amarga. Se puso a limpiarse los zapatos en el felpudo, sosteniendo su sombrero en una mano y su bastón en la otra.

—Buenas noches, Joseph —dije con frialdad—. ¿Qué le trae por aquí a estas horas?

—Yo's con l'amo Linton con quein queiro hablar —dijo rechazándome con un displicente ademán.

—El señor Linton se está retirando. A menos que tenga algo concreto que comunicarle estoy segura de que no le recibirá a estas horas —proseguí—. Lo mejor que puede hacer es confiarme su recado y esperar allí dentro.

—¿Onde's su cualto? —insistió el tipo inspeccionando la hilera de puertas cerradas.

Viendo que se hallaba resuelto a rechazar mi mediación, muy a mi pesar subí a la biblioteca y anuncié aquella intempestiva visita, no sin aconsejar al amo que le mandase regresar al día siguiente.

El señor Linton no tuvo tiempo de darme su autorización, porque Joseph, que había subido pisándome los talones, había irrumpido en la estancia. Se plantó en el extremo opuesto de la mesa y, apoyando ambas manos en el puño de su bastón, comenzó, alzando mucho la voz como si anticipara resistencia:

—Heathcliff mandome por su zagal y non volvereme sin él.

Edgar Linton guardó silencio durante un minuto. Su rostro se nubló con una expresión de extrema zozobra. El niño le daba pena de por sí, pero cuando recordó las esperanzas y los temores de Isabella, sus angustiosos anhelos en lo relativo a su hijo y el hecho de que le hubiera encomendado su cuidado a él, se acongojó ante la idea de desprenderse de él y se debatía buscando la forma de evitarlo. Pero no se le ocurría nada: la mera manifestación del menor deseo de retenerle habría llevado al solicitante a mostrarse aún más imperioso. No tenía más remedio que renunciar a él. Sin embargo, no estaba dispuesto a despertarle.

—Diga al señor Heathcliff —repuso con parsimonia— que su hijo acudirá a Cumbres Borrascosas mañana. Ahora mismo está en la cama, demasiado cansado como para recorrer esa distancia. Dígale también que la voluntad de la madre de Linton era que permaneciese bajo mi tutela y que en estos momentos su salud es muy precaria.

—¡Nada d'iso! —dijo Joseph dando un golpe en el suelo con la contera de su bastón y asumiendo un aire autoritario—. ¡Nada d'iso! So non tei impoltancia nenguna. A Heathcliff n'impóltale'l que diz la madre y tovía menos el que diz usté. Nomás queire al su zagal. Preciso llevámelo, ¡conque aviando!

—¡No será esta noche! —zanjó Linton—. Márchese ahora mismo y transmítale a su amo lo que acabo de decirle. Ellen, acompáñale. Váyase.

Y agarrando del brazo al indignado anciano le echó de la habitación y cerró la puerta.

—¡Mu bein! —chilló Joseph al tiempo que retrocedía poco a poco—. Mañana vendrá él mesmo, ¡échel'a él si atrévese!

6

Para evitar el riesgo de que se cumpliera aquella amenaza, el señor Linton me encargó que a primera hora de la mañana montara al muchacho en la jaca de Catherine y le llevase a su nueva casa.

—Como ya no podremos influir en su destino —dijo— ni para bien ni para mal, no quiero que digas nada a mi hija sobre su paradero. En lo sucesivo no podrá relacionarse con él y vale más que ignore que le tiene cerca, porque de lo contrario se pondría nerviosa y ansiaría ir a verle a las Cumbres. Dile que de improviso su padre ha mandado a buscarle y ha tenido que dejarnos.

Linton se mostró muy reacio a levantarse de la cama a las cinco de la madrugada y se quedó atónito cuando le anuncié que tenía que prepararse para viajar de nuevo. Le doré un poco la píldora explicándole que iba a pasar una temporada con su padre, el señor Heathcliff, que tenía tales deseos de verle que no quería postergar ese placer hasta que él se hubiera repuesto de su viaje reciente.

—¿Mi padre? —exclamó perplejo—. Mamá nunca me dijo que tuviese padre. ¿Dónde vive? Preferiría quedarme con el tío.

—Vive a poca distancia de la Granja —repuse—, justo detrás de esos montes. Lo bastante cerca como para que usted venga caminando hasta aquí cuando se ponga fuerte. Debería alegrarse de volver casa para conocer a su padre. Tiene que procurar quererle tanto como a su madre, así él también le querrá a usted.

—Pero ¿por qué no he oído hablar nunca de él? —preguntó Linton—. ¿Por qué no vivían juntos mamá y él como los demás padres?

—Él debía encargarse de unos asuntos en el norte —contesté—, y a la madre de usted le convenía vivir en el sur por motivos de salud.

—Pero ¿por qué mamá no me habló nunca de él? —insistió el niño—. Me hablaba muy seguido del tío, de modo que aprendí a quererle hace mucho tiempo. ¿Cómo puedo querer a papá? No le conozco.

—Oh, todos los niños quieren a sus padres —dije—. Quizá su mamá pensara que, si le hablaba mucho de él, usted querría irse a vivir con su padre. Démonos prisa. Un paseo a caballo en una mañana tan hermosa como esta es mucho mejor que una hora más de sueño.

—¿Vendrá ella con nosotros? —preguntó—. ¿La niña que conocí ayer?

—De momento no —repuse.

—¿Y el tío? —prosiguió él.

—No. Yo le acompañaré hasta allí —dije.

Linton se acomodó en la almohada y quedó absorto en sus pensamientos.

—No iré sin el tío —exclamó por fin—. No sé dónde quiere llevarme.

Intenté convencerle de que era una maldad no querer conocer a su padre y, aun así, se resistía tercamente a vestirse, de modo que tuve que solicitar la ayuda de mi amo para engatusarle y sacarle de la cama.

Por fin, el pobrecillo se puso en marcha después de que le hubiésemos brindado falsas garantías de que su ausencia sería breve y que el señor Edgar y Cathy irían a visitarle, y luego fui inventando y repitiendo otras promesas, igualmente carentes de fundamento, cada cierta distancia en nuestro trayecto.

Al cabo de un rato, el aire puro y fragante de los brezales, el brillo del sol y el medio galope de Minny acabaron aliviando su desazón. Empezó a hacerme preguntas sobre su nuevo hogar y sus habitantes con mayor interés e ilusión.

—¿Es Cumbres Borrascosas un lugar tan agradable como la Granja de los Tordos? —preguntó volviéndose para echar una última mirada al valle, desde donde se alzaba una tenue bruma que formaba una aborregada nube en las faldas del azul.

—No se halla tan escondida entre los árboles —repuse— y no es tan grande, pero ofrece una hermosa vista de toda la comarca y el aire es más fresco y seco, más sano para usted. Es posible que al principio encuentre que el edificio es viejo y oscuro, aunque se trata de una casa muy respetable, la mejor de la vecindad, después de la nuestra. Y ¡qué estupendos paseos se dará por los brezales! Hareton Earnshaw, el otro primo de la señorita Cathy y, por eso, en cierto modo, también el de usted, le enseñará rincones de lo más placentero. Cuando haga buen tiempo podrá llevar un libro y hacer de una verde hondonada su despacho. Y quizá de vez en cuando su tío le acompañe a dar un paseo, porque suele pasear por esos montes.

—Y ¿cómo es mi padre? —preguntó—. ¿Es tan joven y guapo como el tío?

—Es igual de joven —dije—, pero tiene el pelo y los ojos negros y un aspecto más severo, y es bastante más alto y corpulento. Quizá al principio no le encuentre igual de cariñoso y bueno, porque no tiene el mismo carácter, pero procure ser franco y cordial y, como es natural, acabará queriéndole más que ningún tío porque usted es su hijo.

—¡El pelo y los ojos negros! —dijo Linton pensativo—. No me lo imagino. Entonces no me parezco a él, ¿verdad?

—No mucho —repuse.

«Ni por asomo», pensé contemplando con pesar la blanca tez, el magro cuerpo y los lánguidos ojazos de mi compañero de viaje, que eran los de su madre, aunque, salvo cuando una malsana susceptibilidad los encendía un instante, carecían en absoluto de su chispeante viveza.

—Qué raro que nunca viniese a vernos a mamá y a mí —murmuró—. ¿Me ha visto alguna vez? Si lo ha hecho, yo debía de ser un bebé. ¡No tengo el menor recuerdo de él!

—Vamos, señorito Linton —dije—, cuatrocientos ochenta y tres kilómetros es una gran distancia y diez años no se le hacen tan largos a un adulto como a usted. Es probable que cada verano el señor Heathcliff se propusiera ir a verles, pero que no se le brindara nunca la oportunidad de hacerlo, y ahora ya es tarde. No le moleste haciéndole preguntas al respecto: le irritaría y no conduciría a nada bueno.

El muchacho se sumió en sus cavilaciones durante el resto del viaje, hasta que nos detuvimos frente a la cancela del jardín de la finca. Yo estaba atenta a su rostro para intentar adivinar sus impresiones. Examinó con solemne atención la esculpida fachada, las burdas celosías, las rozagantes grosellas espinosas y los torcidos abetos, y meneó la cabeza. En su fuero interno hizo un juicio en absoluto negativo de su nueva morada, pero tuvo la sensatez de aplazar sus quejas por si el interior le deparaba alguna compensación.

Me adelanté a abrir la puerta antes de que él desmontara. Eran las seis y media, y apenas habían terminado de almorzar. La sirvienta estaba despejando y limpiando la mesa. Joseph se hallaba de pie junto a la silla de su amo y le contaba algo relacionado con la cojera de un caballo. Hareton se disponía a ir a segar.

—¡Anda, Nelly! —exclamó el señor Heathcliff cuando me vio—. Empezaba a temer que tendría que ir yo mismo por lo mío. Lo has traído, ¿verdad? Veamos cómo es.

Se levantó y se dirigió a grandes trancos hacia la puerta. Hareton y Joseph le siguieron boquiabiertos, picados por la curiosidad. El pobre Linton paseó una asustada mirada por las caras de los tres.

—Non cabe la menor dúa —dijo Joseph tras inspeccionarle con gravedad—: hale dao'l cambiazo, amo, y ¡ta de qui's su hija!

Heathcliff, tras mirar en hito a su hijo, lo que dejó a este desconcertado y febril, soltó una carcajada de desprecio.

—¡Dios! ¡Qué hermosura! ¡Qué cosa más guapa y encantadora! —exclamó—. ¿No le habrán criado a base de caracoles y leche agria, Nelly? ¡Ah, maldita sea mi alma! Es mucho peor de lo que esperaba ¡y bien sabe el diablo que no era optimista!

Dije al tembloroso y pasmado niño que desmontase y entrara en casa. No había entendido bien el discurso de su padre, ni si iba dirigido a él o no: de hecho, ni siquiera estaba seguro de que aquel desabrido y displicente extraño fuese su padre. Pero se agarraba a mí con creciente zozobra y, cuando el señor Heathcliff tomó asiento y le dijo «ven aquí», ocultó el rostro en mi hombro y se echó a llorar.

—¡Eh, eh! —dijo Heathcliff al tiempo que alargaba una mano y tiraba de él con rudeza hasta que le tuvo entre las rodillas. Luego, agarrándole por la barbilla, le levantó la cabeza—. ¡Basta de tonterías! No vamos a hacerte daño, Linton. ¿No es así como te llamas? ¡Eres el vivo retrato de tu madre! ¿Qué habrás heredado de mí, gallina llorica?

Le quitó la boina, le echó para atrás los gruesos y rubísimos rizos, y le palpó los delgados brazos y los deditos. Durante aquel examen, Linton dejó de llorar y levantó sus grandes ojos azules para inspeccionar, él a su vez, a su inspector.

—¿Me conoces? —preguntó Heathcliff tras haber constatado la debilidad y la fragilidad de todos los miembros del niño.

—¡No! —dijo Linton con atemorizada y ausente mirada.

—Pero habrás oído hablar de mí, ¿verdad?

—No —repitió él.

—¿No? ¡Qué vergüenza que tu madre no haya despertado nunca en ti sentimientos filiales para conmigo! Bien, pues yo te digo que eres mi hijo y que tu madre se ha portado como una zorra marrana por no iluminarte acerca de la clase de padre que tienes. ¡Anda, no hagas muecas ni te pongas colorado! Aunque al menos así veo que no tienes sangre de horchata. Tú pórtate bien, y yo cuidaré de ti. Nelly, si estás cansada, puedes sentarte y, si no, vuelve a tu casa. Imagino que darás parte de cuanto oigas y veas a ese cero a la izquierda de la Granja, y este adefesio no se calmará mientras sigas a su lado.

—Bien —repuse—. Espero que sea amable con el niño, señor Heathcliff, o no le tendrá mucho tiempo con usted. Es el único pariente consanguíneo que tiene usted en el mundo, y el único que tendrá nunca. No lo olvide.

—¡Seré amabilísimo con él, no temas! —dijo echándose a reír—. Solo que no quiero que nadie más sea amable con él. Ardo en ansias de monopolizar su afecto. Y para empezar a manifestar mi amabilidad: ¡Joseph, tráele el desayuno! Y tú, Hareton, cernícalo del demonio, lárgate a faenar. —Cuando ambos se hubieron marchado, añadió—: Sí, Nell, mi hijo es el presunto heredero de vuestra casa y no quisiera que muriera antes de haberme asegurado de que seré su sucesor. Además, es mío, y quiero gozar del triunfo de ver a mi descendiente convertido en dueño y señor del patrimonio de ellos, verle contratar a los hijos de ellos para que labren las tierras de sus padres a cambio de un sueldo. Eso es lo único capaz de hacerme soportar a este mocoso. ¡Le desprecio por lo que es y le odio por los recuerdos que me trae! Pero esa consideración es suficiente. Conmigo estará a salvo y le atenderé con el mismo cuidado con que tu amo atiende a los suyos. Le he preparado un cuarto arriba y lo he hecho amueblar por todo lo alto. También he contratado a un preceptor que recorrerá treinta y dos kilómetros tres veces por semana para venir a enseñarle lo que él quiera aprender. He dado órdenes a Hareton de que le obedezca. Es más, lo he dispuesto todo en pos de preservar su condición de señor y su superioridad sobre los demás. Solo me pesa que merezca tan poco la pena. Si alguna bendición esperaba de este mundo era que fuera digno de mi orgullo ¡y estoy terriblemente decepcionado con este ceroso y miserable quejica!

Mientras hablaba, Joseph volvió con un tazón de avena con leche que colocó delante de Linton. Él removió aquel mejunje casero, puso cara de asco y aseguró que no podía comerlo.

Percibí que, en gran medida, el viejo sirviente compartía el desprecio de su amo por el niño, aunque no tenía más remedio que guardarse para sí ese sentimiento, porque era evidente que Heathcliff deseaba que sus subordinados le trataran con respeto.

—¿Non pue comello? —repitió escudriñando el rostro de Linton. Luego, bajando la voz por temor a que le oyeran, añadió por lo bajo—: Pero'l señoíto Hareton nomás que comía so de chico y lo que fuera bueno pa él, tendrá de ser bueno pa ti, ¡faltaría más!

—¡No pienso comérmelo! —repuso Linton secamente—. Lléveselo.

Joseph, indignado, le quitó la comida y nos la trajo a nosotros.

—¿Qué tei l'avena? —preguntó acercando la bandeja a la nariz de Heathcliff.

—¿Qué habría de tener? —dijo él.

—¡Bah! —repuso Joseph—. Su delicao niño diz que non pue comella. ¡Figúrome qu'es natural! Su madre er'igualica: nos éramos demasiao roñosos pa sembrá'l trigo con k'amasábamosle'l pan.

—No me mientes a su madre —dijo el amo, furioso—. Tráele algo que le guste, eso es todo. ¿Qué suele comer, Nelly?

Sugerí leche hervida o té, y el ama de llaves recibió la orden de prepararle eso.

«Vaya —reflexioné—, a lo mejor el egoísmo de su padre contribuya a su bienestar. Ha reparado en que tiene una constitución delicada y hay que tratarle medianamente bien. Consolaré al señor Edgar informándole del cambio operado en el humor de Heathcliff».

Como no tenía excusa para seguir demorándome allí, me escurrí aprovechando que Linton se hallaba ocupado en intentar rechazar con timidez los avances de un amistoso perro pastor. Pero estaba demasiado en guardia como para dejarse engañar. Cuando cerré la puerta le oí gritar y repetir frenéticamente:

—¡No me deje! ¡No quiero quedarme aquí! ¡No quiero quedarme aquí!

Luego se alzó el pestillo y volvió a caer. No le permitieron salir. Monté en Minny y salimos al trote. Aquello puso fin a mi breve tutela.

Aquel día, la pequeña Cathy nos dio mucha guerra. Se había levantado llena de júbilo y estaba ansiosa por reunirse con su primo, por lo que la noticia de su marcha le arrancó lamentos y lágrimas tan apasionados que el propio Edgar tuvo que consolarla asegurándole que Linton regresaría pronto. Aunque añadió «si consigo traerle», y eso no iba a ser posible.

Aquella promesa no apaciguó mucho a Cathy, pero el tiempo pudo más y, aunque de vez en cuando siguiese preguntando a su padre cuándo regresaría Linton, los rasgos de su primo se le fueron desdibujando hasta el punto de que cuando volvió a verle no le reconoció.

Cada vez que yo iba a Cordera a hacer alguna gestión y me topaba con el ama de llaves de Cumbres Borrascosas le preguntaba cómo andaba el señorito, porque vivía casi tan recluido como la propia Catherine y nunca se dejaba ver. Por lo que me comentaba pude colegir que su salud seguía siendo delicada y que era un enfermo muy pesado. Me dijo que el señor Heathcliff parecía haberle cobrado aún mayor y más tenaz aversión, aunque hacía algún esfuerzo por ocultarla. Le irritaba el sonido de su voz y no soportaba estar con él en la misma habitación más de unos pocos minutos seguidos.

Era raro que se dirigieran la palabra. Linton había aprendido la lección y pasaba las tardes en un pequeño cuarto que ellos llamaban «el gabinete» o permanecía en la cama todo el día, porque siempre tenía tos, resfriados y achaques de toda índole.

—Nunca vi a una creatura más enclenque —añadió la mujer— ni más melindrosa. Se pone muy pesao si dejo la ventana abierta cuando ya ha oscurecido. ¡Oh! ¡Una bocanada d'aire noturno le mataría! Y la chimenea tiene d'estar encendida en pleno verano; y la pipa de tabaco de Joseph es veneno; y siempre ta pidiendo dulces y golosinas, y siempre leche, leche hasta morir, dale lo mesmo que en invierno los demás haigamos de privarnos d'ella. Y permanece sentao en su silla cabe la lumbre, envuelto en su capa forrada de piel, con unas tostadas y agua o algún que otro brebaje pa sorber en el vasar. Y si Hareton s'apiada d'él y va a hacerle compañía, porque Hareton, por bruto que sea, no tiene mal carácter, siempre acaban separándose, el uno renegando y el otro llorando. Creo que al amo, si no fuere porque es hijo d'él, le gustaría que Earnshaw le propinara una buena tunda. Y toy segura que l'echaría de casa de buen grado si conociere la mitá de los cuidaos qu'esige. Pero lo cierto es que no corre peligro de caer nesa tentación. Nunca pone los pies nel gabinete y si Linton hiciere gala d'esa atitú en la casa delante d'él, lo mandaría p'arriba al punto.

Aquel relato me dio a entender que la absoluta falta de cariño había llevado al joven Heathcliff a convertirse en una persona egoísta y desagradable, si es que no lo era ya antes. De forma que mi interés por él fue mermando, aunque seguía compadeciéndole y lamentando que no hubiese podido quedarse con nosotros.

El señor Edgar me alentaba a recabar información sobre él, supongo que porque siempre le tenía en sus pensamientos y estaba dispuesto a correr algún riesgo para verle. Un día me pidió que preguntase al ama de llaves si el niño iba al pueblo alguna vez.

Esta dijo que solo lo había hecho un par de veces, a caballo y acompañado de su padre, y que en ambas ocasiones había pasado los tres o cuatro días posteriores quejándose de que aquello le había dejado rendido.

Si mal no recuerdo, esa ama de llaves se marchó dos años después de que llegara Linton. Le sucedió otra a quien yo no conocía y que sigue allí.

En la Granja el tiempo fue transcurriendo al mismo dulce ritmo de siempre hasta que la señorita Cathy cumplió los dieciséis. El día de su cumpleaños no manifestábamos nunca el menor regocijo, porque coincidía con el aniversario de la muerte de mi antigua ama. Su padre siempre se encerraba en la biblioteca, pasaba el día solo y al anochecer daba un paseo hasta el camposanto de Cordera, donde permanecía hasta pasada la medianoche, por lo que Catherine no tenía más remedio que recurrir a su ingenio para divertirse.

Aquel 20 de marzo hizo un hermoso día de primavera y mi señorita, apenas su padre se hubo retirado, bajó vestida para salir; me dijo que le había pedido permiso para ir a dar un paseo conmigo en las lindes de los brezales y que él le había dado su consentimiento, siempre que no nos alejáramos mucho y estuviéramos de vuelta al cabo de una hora.

—¡Así que apúrate, Ellen! —exclamó—. Ya sé adónde quiero ir: al lugar donde se ha instalado una colonia de lagópodos escoceses. Quiero ver si ya han anidado.

—Eso tiene que ser muy arriba —repuse—. Esas aves no crían en las lindes del brezal.

—No, no lo es —dijo ella—. He estado muy cerca de allí con papá.

Me puse la capota y me apresuré a salir sin darle más vueltas al asunto. Ella brincaba delante de mí, regresaba a mi lado y volvía a salir disparada como un joven galgo. Al principio, yo iba muy entretenida escuchando el canto cercano y lejano de las alondras al tiempo que gozaba los dulces y cálidos rayos del sol y la miraba a ella, la niña de mis ojos y el sol de mi vida: sus dorados tirabuzones volaban al viento, sus encendidas mejillas tenían el suave y puro rubor de una rosa silvestre y sus diáfanos ojos resplandecían con un placer que no oscurecía nube alguna. En aquella época era un ser feliz y angelical. Es una lástima que no se diera por satisfecha.

—Bien —dije—, ¿dónde están sus lagópodos escoceses, señorita Cathy? Ya deberíamos haber llegado. Hemos dejado muy atrás la verja del parque de la Granja.

—Oh, un poquito más arriba, muy poquito, Ellen —me respondía cada vez—. Subes a ese collado, pasas esa loma y, en cuanto la hayas franqueado, yo ya habré espantado a las aves.

Pero había tantos collados y tantas lomas que subir y pasar que al cabo de un rato empecé a sentirme cansada y le dije que teníamos que detenernos y volver sobre nuestros pasos.

Se lo dije a voz en grito, porque me había dejado muy atrás, pero no me oyó o no quiso oírme; continuó avanzando y no me quedó más remedio que seguirla. Al final desapareció en una hondonada y cuando volví a avistarla se hallaba tres kilómetros más cerca de Cumbres Borrascosas que de su propio hogar. Advertí que dos personas la detenían y supe a ciencia cierta que una de ellas era el propio señor Heathcliff.

Había sorprendido a Cathy en el acto de hurtar o, al menos, de buscar los nidos de los lagópodos.

Las Cumbres eran propiedad de Heathcliff, quien estaba reprobando a la cazadora furtiva.

—No he tocado ninguno, ni siquiera los he encontrado —decía ella abriendo las manos para corroborar su alegato en tanto que yo me acercaba con dificultad—. No tenía intención de llevármelos, pero papá me ha dicho que hay muchos por esta zona y quería ver los huevos.

Heathcliff me miró un momento esbozando una maligna sonrisa que indicaba que había identificado a la interesada y, por tanto, la malevolencia que le tenía, tras lo que exigió saber quién era «papá».

—El señor Linton, de la Granja de los Tordos —repuso ella—. Ya me figuraba que no me conocía, de lo contrario no me habría hablado de esa forma.

—De modo que usted piensa que su papá es muy querido y respetado, ¿no es así? —dijo él con sarcasmo.

—Y ¿qué es usted? —preguntó Catherine clavando unos ojos llenos de curiosidad en su interlocutor—. A ese hombre ya le conozco, ¿es su hijo?

Señalaba a Hareton, el otro individuo, que en aquellos dos años no había ganado sino en robustez y fuerza, porque se le veía más torpe y rudo que nunca.

—Señorita Cathy —les interrumpí—, pronto hará tres horas, y no una, que estamos fuera. Es hora de regresar.

—No, este hombre no es mi hijo —repuso Heathcliff apartándome a un lado—. Pero tengo uno al que usted también conoce y, por mucha prisa que tenga su doncella, creo que tanto a ella como a usted les vendría bien descansar un poco. ¿No quieren dar la vuelta a ese espolón cubierto de brezo y entrar en mi casa? Serán muy bien recibidas y, si descansan un rato, llegarán a casa antes.

En un susurro dije a Catherine que no debía aceptar su invitación bajo ningún concepto, que ni lo soñara.

—¿Por qué? —preguntó en voz alta—. Estoy cansada de correr y no puedo sentarme aquí porque el suelo está rociado. ¡Vamos, Ellen! Además, dice que conozco a su hijo. Creo que se equivoca, pero imagino dónde vive: en la finca que visité cuando volvía de los Riscos del Buriel, ¿no te parece?

—A mí sí —dijo el señor Heathcliff—. Vamos, Nelly, cierra el pico. A ella le hace mucha ilusión hacernos una visita. Hareton, adelántate con la muchacha. Y tú, Nelly, ven conmigo.

—No, no irá a ninguna parte —exclamé luchando por liberar el brazo que Heathcliff me había agarrado.

Pero ella había dado la vuelta al promontorio a todo correr y ya casi se hallaba en la entrada. El acompañante que le habían asignado no tenía la menor intención de escoltarla. Se desvió del camino y desapareció.

—Hace usted muy mal, señor Heathcliff —continué—, y lo sabe de sobra. Ella verá a Linton allí y a nuestro regreso lo contará todo y me echarán la culpa a mí.

—Precisamente quiero que vea a Linton —contestó—. No suele estar presentable y últimamente tiene mejor aspecto. No tardaremos en convencerla de que guarde el secreto de esta visita. ¿Qué mal hay en ello?

—El mal —repuse— está en que su padre me odiaría si descubriera que le he permitido entrar en esta casa. Además, estoy convencida de que la alienta a hacerlo con el peor de los propósitos.

—Mi propósito es el más honesto posible. Te diré en qué consiste —dijo—: me gustaría que ambos primos se enamoraran y se casasen. Es un acto de generosidad para con tu amo. Su muchachita no tiene la menor perspectiva de futuro y, si secunda mis deseos, en el acto tendría asegurada su manutención, porque pasaría a ser coheredera junto con Linton.

—Y si Linton muriese —repuse—, porque su vida pende de un hilo, Catherine sería la heredera.

—No, no lo sería —dijo él—. El testamento no contiene ninguna cláusula que afirme tal cosa. La propiedad de mi hijo pasaría a ser mía. Pero, para evitar disputas, quiero que se produzca esa unión y estoy dispuesto a provocarla.

—Y yo estoy dispuesta a que ella no vuelva a acercarse por aquí conmigo nunca más —repliqué cuando ya estábamos llegando a la cancela, donde la señorita Cathy nos esperaba.

Heathcliff me mandó callar y, precediéndonos por el empinado camino, se apresuró a abrir la puerta. Mi señorita le dirigía frecuentes miradas como si no supiera qué pensar de él. Pero él le sonreía cuando se topaba con su mirada y dulcificaba la voz cuando se dirigía a ella, y tuve la necedad de pensar que el recuerdo de su madre le quitaría las ganas de desearle ningún mal.

Linton se hallaba de pie en el hogar. Había estado paseando en los campos, porque aún llevaba la boina puesta y llamaba a Joseph para que le trajera zapatos secos.

Aún faltaban unos meses para que cumpliese dieciséis años y era muy alto para su edad. Sus facciones seguían siendo bonitas, y tenía los ojos y la tez más brillantes de lo que yo recordaba, aunque su lustre era pasajero: lo debían a la salubridad del aire y a la calidez del sol.

—Bien, ¿quién es él? —preguntó el señor Heathcliff volviéndose hacia Cathy—. ¿Lo adivina?

—¿Su hijo? —dijo ella después de mirar dubitativamente, primero al uno y luego al otro.

—Sí, sí —contestó Heathcliff—. Pero ¿es esta la primera vez que le ve? ¡Piénselo! ¡Oh! Tiene usted mala memoria. Linton, ¿no recuerdas a tu prima, con lo mucho que nos fastidiaste porque querías verla?

—¡Linton! —exclamó Cathy iluminándosele el rostro ante la alegre sorpresa de haber oído ese nombre—. ¿Este es el pequeño Linton? Pero ¡si es más alto que yo! ¿Eres Linton?

El joven dio un paso hacia delante y se dio a conocer. Ella le besó con fervor y se quedaron mirándose, pasmados por el cambio que el tiempo había operado en el aspecto de ambos.

Catherine había alcanzado su estatura definitiva. Su cuerpo era a la vez rollizo y esbelto, y dúctil como el acero. Toda ella rebosaba salud y vitalidad. El aspecto y los movimientos de Linton eran lánguidos, y su cuerpo, sobremanera escuálido, pero su talante tenía una gracia que mitigaba aquellos defectos y le hacía bastante atractivo.

Cathy, tras haber intercambiado numerosas muestras de afecto con su primo, se dirigió al señor Heathcliff, que había permanecido junto a la puerta y repartía su atención entre los objetos de dentro y los de fuera, es decir, aparentaba observar los segundos, cuando en realidad solo veía los primeros.

—Entonces ¡usted es mi tío! —exclamó empinándose para darle un beso—. Ya decía yo que me caía simpático, aunque al principio se enojara conmigo. ¿Por qué no viene con Linton a la Granja a hacernos una visita? Es extraño que vivamos tan cerca desde hace tantos años y que no nos veamos nunca. ¿Por qué no ha venido usted nunca?

—Estuve allí una o dos veces de más antes de que tú nacieras —repuso—. ¡Ahí lo tienes, maldita sea! Si aún te quedan besos que prodigar, dáselos a Linton en lugar de desperdiciarlos conmigo.

—¡Qué mala eres, Ellen! —exclamó Catherine precipitándose a atacarme a mí la siguiente con sus abundantes caricias—. ¡Malvada, Ellen! Mira que intentar impedir que entrase. Pero de ahora en adelante me daré este paseo todas las mañanas. ¿Puedo hacerlo, tío, y traer a papá en alguna ocasión? ¿No se alegrará de vernos?

—¡Por supuesto! —repuso su tío intentando disimular una mueca de profunda aversión ante la idea de recibir a esos dos visitantes—. Pero espera —prosiguió volviéndose hacia la joven—, ahora que lo pienso, será mejor que te lo diga. El señor Linton está predispuesto en mi contra. En cierto momento de nuestra vida discutimos con una ferocidad poco cristiana y, si le dices que quieres venir aquí, te prohibirá terminantemente que vuelvas a visitarnos. Por tanto, no debes mencionarlo, a menos que no quieras volver a ver a tu primo nunca más. Puedes venir si quieres, pero no debes mencionárselo a tu padre.

—¿Por qué discutieron? —preguntó Catherine cariacontecida.

—Él me consideraba demasiado pobre para que me casase con su hermana —repuso Heathcliff— y le dolió que lograra convertirla en mi esposa. Se sintió herido en su orgullo y no me lo perdonará nunca.

—¡Eso está mal! —dijo la joven—. Algún día se lo diré a papá. Pero ni Linton ni yo tenemos nada que ver con vuestra riña. De modo que no seré yo quien venga aquí, sino él quien vaya a la Granja.

—Está demasiado lejos para mí —murmuró su primo—, caminar siete kilómetros me mataría. No, venga usted aquí, señorita

Catherine, no digo todas las mañanas, pero sí de cuando en cuando, una o dos veces por semana.

Su padre le lanzó una mirada de profundo desprecio.

—Me temo, Nelly, que dará al traste con todo mi esfuerzo —masculló dirigiéndose a mí—. La señorita Catherine, como la llama este majadero, acabará por descubrir lo poco que vale y le mandará al cuerno. Ahora bien, de haberse tratado de Hareton... ¿Sabes que a pesar de toda su degradación pienso cariñosamente en Hareton veinte veces al día? De haberse tratado de otra persona, le habría querido mucho. Pero creo que está a salvo del amor de ella. Le convertiré en rival de ese miserable pelele, a menos que se active rápidamente. No calculamos que alcance a cumplir más de dieciocho años. ¡Ah, maldito sea ese insípido ser! Está absorto en secarse los pies y ni siquiera la mira. ¡Linton!

—Sí, padre —contestó el muchacho.

—¿No tienes nada que enseñar a tu prima allí fuera? ¿Ni siquiera un conejo o una hura de comadreja? Antes de cambiarte de calzado llévala al jardín y a la cuadra a que vea tu caballo.

—¿No prefieres quedarte aquí? —preguntó Linton dirigiéndose a Cathy en un tono que indicaba reticencia a volver a moverse.

—No sé —repuso ella dirigiendo una anhelante mirada hacia la puerta, evidentemente deseosa de hallarse activa.

Él no solo permaneció en su asiento, sino que lo arrimó un poco más a la lumbre.

Heathcliff se levantó, entró en la cocina, salió al patio, y llamó a Hareton.

Hareton contestó y no tardaron en entrar los dos juntos. El joven había estado lavándose, como delataban sus relucientes mejillas y su pelo mojado.

—Ah, se lo preguntaré a usted, tío —exclamó la señorita Cathy recordando el alegato del ama de llaves—. Ese no es mi primo, ¿verdad?

—Sí —repuso él—, es sobrino de tu madre. ¿No te gusta?

Catherine se mostró extrañada.

—¿No te parece guapo? —insistió Heathcliff.

La muy maleducada se puso de puntillas y dijo algo al oído de Heathcliff.

Él se echó a reír y Hareton se ensombreció. Reparé en que era muy sensible al menor indicio de desprecio y que tenía una evidente aunque confusa noción de su inferioridad. Pero su amo o guardián le desfrunció el ceño exclamando:

—¡Verás cómo te prefiere a todos nosotros, Hareton! Ha dicho que eras un... ¿Cómo ha dicho? Bueno, algo muy halagüeño. ¡Mira! Irás tú a enseñarle la finca. ¡Y pórtate como un señor! No digas palabrotas, no te la quedes mirando cuando ella no te mire a ti, y si lo hace, baja los ojos. Cuando hables pronuncia las palabras despacio y sácate las manos de los bolsillos. Marchaos; entretenla lo mejor que puedas.

Se quedó mirando a la pareja que pasaba por delante de la ventana. Earnshaw tenía la cara vuelta en dirección opuesta a su acompañante. Parecía que escudriñara el paisaje que conocía tan bien con el interés de un forastero o un artista.

Catherine le dirigió una pícara mirada que no denotaba gran admiración. Luego se puso a buscar algún objeto de diversión para ella misma y siguió paseando jovialmente mientras canturreaba una alegre tonada para suplir la falta de conversación.

—Le he atado la lengua —observó Heathcliff—. ¡No se atreverá a pronunciar una sílaba en todo el paseo! Nelly, tú recordarás cómo era yo a esa edad; no, era algunos años menor... ¿Alguna vez fui tan estúpido, tan «colto», como dice Joseph?

—Peor —repuse—, porque además era usted más huraño.

—¡Hareton hace mis delicias! —prosiguió pensando en voz alta—. Ha colmado mis expectativas. Si fuera tonto de nacimiento, no me haría gozar ni la mitad de lo que gozo. Pero de tonto no tiene un pelo y, además, me identifico con todos sus sentimientos porque los he experimentado en carne propia. Por ejemplo, ahora mismo sé exactamente cuánto está sufriendo, aunque este es solo el principio de lo que le queda por sufrir. Y nunca será capaz de salir de la tosquedad y la ignorancia a las que le he reducido. Le tengo atado más de cerca de lo que me tenía a mí el granuja de su padre, y le he hecho caer más bajo, porque se enorgullece de su brutalidad. Le he enseñado a mofarse de cuanto no es estrictamente animal diciéndole que lo demás es pura sandez y debilidad. ¿No crees que Hindley estaría orgulloso de su hijo si pudiese verle? Casi tan orgulloso como yo del mío. Pero existe una diferencia: el uno es oro utilizado para hacer adoquines, y el otro, hojalata pulida en imitación de una vajilla de plata. El mío no vale nada, pero mi mérito consistirá en lograr que llegue lo lejos que pueda a partir de ese material tan pobre. El de Hindley tenía dotes de primer orden, pero se han echado a perder y ahora son peor que inútiles. No me arrepiento de nada; él habría podido tener más de lo que nadie, salvo yo, es capaz de imaginar… ¡Y lo mejor de todo es que Hareton me quiere como un condenado! Tendrás que admitir que en eso he superado a Hindley. ¡Si ese bellaco se levantara de la tumba para injuriarme por los agravios ocasionados a su vástago, me proporcionaría la diversión de ver cómo dicho vástago le atacaba a él, indignado de que se atreviera a recriminar algo al único amigo que tiene en el mundo!

Heathcliff soltó una risita diabólica imaginándose la escena. Yo di la callada por respuesta, porque vi que no la esperaba.

A todo esto, nuestro joven compañero, que estaba sentado demasiado lejos para oír lo que decíamos, empezó a dar muestras de nerviosismo, seguramente arrepentido de haberse privado del placer de acompañar a Catherine por temor a fatigarse un poco.

Su padre reparó en las inquietas miradas que dirigía hacia la ventana, y que su mano no se decidía a agarrar la boina.

—¡Levántate, haragán! —exclamó con fingida efusividad—. Ve tras ellos. Están a la vuelta de la esquina, junto a las colmenas.

Linton hizo acopio de energía y abandonó el hogar. La ventana de celosía estaba abierta y cuando él salía oí que Cathy preguntaba a su hermético acompañante qué significaba la inscripción que coronaba la puerta.

Hareton levantó la vista y se rascó la cabeza como un auténtico payaso.

—Es un maldito escrito —contestó—. No sé leerlo.

—¿No sabes leerlo? —exclamó Catherine—. Yo sí: está en inglés. Pero quiero saber por qué está ahí.

Linton soltó una risita tonta. Era la primera muestra de alegría que daba.

—No sabe leer —dijo a su prima—. ¿Te puedes creer que exista alguien tan monumentalmente zopenco?

—¿Está bien de la cabeza? —preguntó la señorita Cathy muy seria—. ¿O es que es simple… algo corto? Esta es la segunda vez que le pregunto algo y en ambas ocasiones ha puesto una cara tan estúpida que creo que no me entiende. ¡Lo que está claro es que a mí me cuesta mucho entenderle a él!

Linton soltó otra risita y miró socarronamente a Hareton, que desde luego no parecía tener la cabeza muy clara en aquel momento.

—No le pasa nada, es pura vagancia, ¿verdad, Earnshaw? —dijo—. Mi prima piensa que eres idiota. Ahí tienes el resultado de no haberte dignado a «estodiar libros», como dirías tú… ¿Te has fijado, Catherine, en el espantoso acento que tiene?

—Ya, y ¿pa qué diablos serve eso? —gruñó Hareton, mucho más avispado a la hora de contestar a su compañero de todos los días.

Iba a expandirse, pero a los otros dos les dio un ataque de risa. Mi atolondrada señorita estaba feliz de haber descubierto que su primo era capaz de convertir aquella extraña manera de hablar en motivo de diversión.

—¿Por qué has metido al diablo en esa frase? —dijo Linton soltando otra risita—. Papá te ha pedido que no digas palabrotas, pero no eres capaz de abrir la boca sin soltar una. ¡Haz el favor de intentar portarte como un señor!

—Si no fueres más niña que niño, po mis mueltos tirabat'al suelo hora mesmo. ¡N'eres más k'un deplorable y achacoso guiñapo! —repuso el patán, furioso, retrocediendo.

Le ardía la cara con una mezcla de rabia y humillación porque era consciente de que le estaban insultando, pero no sabía qué hacer para devolver la afrenta.

El señor Heathcliff, que había oído igual que yo toda la conversación, sonrió cuando le vio marcharse; pero inmediatamente después lanzó una singular mirada de aversión hacia la frívola pareja que se había quedado cotorreando en la entrada. El joven iba animándose según hablaba de los defectos y deficiencias de Hareton, y contaba anécdotas de sus meteduras de pata, y la joven se reía con los insolentes y maliciosos comentarios del otro sin detenerse a considerar lo malintencionados que eran. Lo cierto es que yo empezaba a sentir más antipatía que compasión hacia Linton y a disculpar en cierta medida a su padre por tacharle de rastrero.

Permanecimos allí hasta pasado el mediodía: me fue imposible llevarme a Cathy antes. Por fortuna, mi amo no había salido de su aposento y nuestra prolongada ausencia le pasó inadvertida.

De camino a casa me habría gustado iluminar a la joven a mi cargo acerca del carácter de la gente a la que acabábamos de dejar, pero a ella se le había metido entre ceja y ceja que yo estaba predispuesta en contra de ellos.

—¿Lo ves, Ellen? —exclamó—. ¡Te pones de parte de papá! Sé que no eres objetiva, porque de lo contrario no me hubieses engañado todos estos años haciéndome creer que Linton vivía muy lejos. ¡Estoy extremadamente enfadada, solo que como también estoy muy contenta no se me nota el enfado! Pero debes morderte la lengua en lo tocante a mi tío… Es mi tío, no lo olvides. Reñiré a papá por haber discutido con él.

Y continuó de aquella guisa hasta que cejé en mi empeño de convencerla de su error.

Aquella noche no mencionó la visita porque no vio al señor Linton. Por desgracia, y para mi gran consternación, todo se supo al día siguiente y, sin embargo, no me pareció del todo mal que así fuera. Me dije que su padre se encargaría de ilustrarla y ponerla sobre aviso con mayor eficacia que yo, pero se mostró demasiado pusilánime a la hora de ofrecerle motivos convincentes para justificar su deseo de que evitara todo contacto con los habitantes de Cumbres Borrascosas y a Catherine le gustaba que le dieran motivos de peso para toda restricción que frustrara sus caprichos.

—¡Papá! —exclamó tras darle los buenos días—. Adivina a quién vi ayer en mi paseo por los brezales... ¡Oh, papá, te has sobresaltado! No te has portado bien, ¿verdad que no? Vi... Pero escucha y oirás cómo os he desenmascarado a ti y a Ellen. Porque ella está aliada contigo y, sin embargo, ¡simulaba tenerme mucha lástima cuando yo seguía esperando que Linton regresase y cada vez me decepcionaba porque no lo hacía!

Trazó un relato fidedigno de su excursión y de las consecuencias que había tenido, y mi amo, aunque me dirigiera más de una mirada de reproche, no dijo nada hasta que su hija hubo terminado. Luego la atrajo hacia él y le preguntó si sabía por qué le había ocultado la proximidad de Linton. ¿Cómo iba ella a pensar que él le habría negado un placer inofensivo?

—Porque no aprecias al señor Heathcliff —repuso ella.

—¿Acaso crees que me importan más mis sentimientos que los tuyos, Cathy? —dijo él—. No, no ha sido porque no aprecie al señor Heathcliff, sino porque el señor Heathcliff no me aprecia a mí, y porque es un hombre de lo más diabólico que goza agraviando y destruyendo a quienes odia apenas se le brinda la menor oportunidad. Yo sabía que no podías seguir tratando a tu primo sin que te relacionaras con su padre y, también sabía, que él te odiaría por mi causa, de modo que por tu propio bien, y nada más que por eso, tomé precauciones para que no volvieses a ver a Linton. Tenía intención de explicártelo algún día cuando fueras mayor ¡y ahora me pesa haber aplazado el momento de hacerlo!

—Pero el señor Heathcliff fue muy atento, papá —observó Catherine, nada convencida— y, a diferencia de ti, no se opuso a que nos veamos. Dijo que puedo ir a su casa cuando quiera, pero que no te lo dijera porque estabas peleado con él y no le perdonabas que se hubiera casado con la tía Isabella. Y tú no quieres… Tú eres el único culpable. Al menos él está dispuesto a permitir que nosotros, Linton y yo, seamos amigos, mientras que tú no.

Mi amo, viendo que Cathy no quería aceptar que su tío político fuera un hombre malvado, le hizo un rápido resumen de su conducta con Isabella y de cómo se había apropiado de Cumbres Borrascosas. No soportaba explayarse demasiado sobre ese asunto porque, aunque rara vez hablaba de ello, le guardaba a su viejo enemigo la misma aversión y el mismo odio que habían invadido su corazón desde la muerte de la señora Linton. «¡De no haber sido por él, quizá seguiría con vida!», se repetía con amargura. A sus ojos, Heathcliff era poco más que un asesino.

La señorita Cathy, que no conocía mayor maldad que sus pequeñas desobediencias, injusticias y rabietas, fruto del mal genio y la inconsciencia, de las que siempre se arrepentía el mismo día, se hallaba pasmada ante la negrura de un espíritu capaz de premeditar y encubrir una venganza durante tantos años, y luego ejecutarla al pie de la letra sin una sombra de remordimiento. Se mostraba tan hondamente impresionada y escandalizada por aquella nueva percepción de la naturaleza humana, excluida hasta entonces de todos sus pensamientos y estudios, que el señor Edgar juzgó innecesario seguir hablando del asunto. Se limitó a añadir:

—En lo sucesivo, cariño, entenderás por qué deseo que evites su casa y a sus habitantes. Ahora regresa a tus antiguas actividades y diversiones ¡y no pienses más en ellos!

Catherine dio un beso a su padre y se sentó a estudiar un par de horas en silencio, como de costumbre. Luego le acompañó a dar un paseo por la finca y el resto del día transcurrió con normalidad. Pero por la noche, cuando ya se había retirado a su cuarto y entré para ayudarla a desvestirse, me la encontré arrodillada junto a la cama, llorando.

—¡Válgame Dios, no sea necia! —exclamé—. Si la aquejara una auténtica aflicción, le daría vergüenza derrochar una sola lágrima por esta pequeña contrariedad. No tiene la menor idea de lo que es un disgusto serio, señorita Catherine. Imagine por un instante que el amo y yo hubiéramos muerto y se hallase usted sola en el mundo, ¿cómo se sentiría entonces? Compare el presente suceso con una aflicción semejante y dé gracias por los amigos que tiene en lugar de desear más.

—No lloro por mí, Ellen —repuso—, sino por él. Anhelaba volver a verme mañana y, mira, se le caerá el mundo a los pies. ¡Estará esperándome y yo no acudiré!

—¡Qué tontería! —dije—. ¿Acaso cree que él ha pensado tanto en usted como usted en él? ¿Acaso no tiene la compañía de Hareton? Ni una persona de cada cien lloraría la pérdida de un conocido al que apenas ha visto dos tardes. Linton se imaginará lo ocurrido y dejará de preocuparse por usted.

—Pero ¿no puedo escribirle una nota para decirle por qué no podré ir? —preguntó levantándose—. Solo quiero mandarle los libros que le prometí. Sus libros no son tan bonitos como los míos y cuando le conté lo interesantes que eran se mostró en extremo ávido de tenerlos. ¿No puedo, Ellen?

—¡Desde luego que no! —repuse yo terminantemente—. Luego él le escribiría de vuelta y sería el cuento de nunca acabar. No, señorita Catherine, debe cortar la relación por completo. ¡Ese es el deseo de su papá y yo haré que se cumpla!

—Pero ¿qué hay de malo en una notita? —suplicó.

—¡Silencio! —interrumpí—. Déjese de notitas. ¡Acuéstese!

Me dirigió una mirada muy pícara, tan pícara que no quise darle un beso de buenas noches. La arropé y cerré la puerta, muy disgustada. Pero a medio camino me arrepentí y regresé sin hacer ruido. Y ¡mire por dónde! La señorita estaba de pie junto a la mesa con una hoja en blanco frente a ella y un lápiz en la mano, que ocultó con aire de culpabilidad apenas me vio entrar.

—Aunque escriba algo en ese papel —dije—, no encontrará a nadie que se lo lleve. Y ahora voy a apagar la vela.

Coloqué el apagavelas sobre la llama y en ese momento recibí un golpe en la mano, acompañado de un malhumorado «¡cascarrabias!». Salí de nuevo y ella echó el cerrojo haciendo gala de uno de sus peores y más antipáticos humores.

Terminó la carta, y un lechero que venía del pueblo la remitió a su destinatario, aunque de eso no me enteré hasta pasado algún tiempo. Fueron transcurriendo las semanas y Cathy se atemperó, aunque adquirió la inusitada afición de esconderse por los rincones, y cada vez que me acercaba a ella y la sorprendía leyendo se sobresaltaba y se inclinaba sobre el libro, a todas luces deseosa de esconderlo, y percibí que entre sus páginas siempre sobresalía la punta de unas hojas sueltas.

También adquirió la manía de bajar por la mañana muy temprano y rondar por la cocina como si esperase que llegara algo. Además, pasaba horas entretenida con un cajoncito que su padre le había asignado en un mueble de la biblioteca y cuidaba mucho de llevarse la llave cuando se iba.

Un día me puse a inspeccionar el cajón y vi que los juguetes y las baratijas que solía contener se habían transmutado en pedazos de papel doblado.

Aquello despertó mi curiosidad y mis sospechas, y resolví echar un vistazo a esos misteriosos tesoros, de modo que esa noche, en cuanto ella y mi amo hubieron subido a sus respectivas habitaciones, busqué entre mis llaves de la casa una que encajase en la cerradura. Una vez abierto el cajón, vacié todo su contenido en mi delantal y me lo llevé a mi aposento para examinarlo a mis anchas.

Aunque no podía por menos de sospechar algo, me sorprendió descubrir una copiosa correspondencia —debía de ser casi diaria— de parte de Linton Heathcliff en respuesta a las cartas que ella le había remitido. Las de fecha más antigua eran breves y tímidas; sin embargo, iban alargándose paulatinamente hasta convertirse en voluminosas cartas de amor, tan necias como cabía esperar de un escritor tan joven, aunque se hallaban salpicadas de palabras que parecían proceder de alguien más experimentado.

Algunas contenían una singular y extraña mezcla de ardor e insulsez. Empezaban respondiendo a un apasionado sentimiento y terminaban con la afectación y la verbosidad propias de un colegial que se dirigiera a un amor ficticio e incorpóreo.

No sé si convencerían a Cathy, pero a mí me parecieron pura palabrería barata.

Después de hojear cuantas cartas estimé conveniente las envolví en un pañuelo, las guardé y eché llave al cajón vacío.

A la mañana siguiente, mi señorita bajó temprano, como de costumbre, y entró en la cocina. Percibí que se dirigía a la puerta y salía al encuentro de un niño y que, mientras la lechera llenaba la lata que traía, ella le deslizaba algo en el bolsillo de la chaqueta y sacaba otra cosa.

Di la vuelta a la casa por el jardín y me quedé esperando al mensajero, que luchó con valentía para defender lo que le habían confiado, y entre ambos derramamos la leche; sin embargo, logré sustraerle la misiva y, amenazándole con serias represalias si no se marchaba a casa en el acto, me quedé allí al amparo de la tapia para leer con detenimiento la cariñosa redacción de la señorita Cathy. Era más sencilla y elocuente que las de su primo, muy bonita y muy ridícula. Meneé la cabeza y entré en casa meditabunda.

Como llovía, Catherine no pudo distraerse paseando por el parque, de modo que cuando terminó sus estudios matutinos recurrió al solaz del cajón. Su padre se hallaba sentado a la mesa leyendo; yo fingía estar ocupada remendando los flecos de una cortina que no estaban rotos y no le quitaba el ojo.

Ningún pájaro que dejase un nido colmado de crías gorjeantes y a su regreso descubriera que lo habían saqueado habría expresado mayor desesperación con sus angustiados reclamos y aleteos que ella con su único «¡ay!» y con el cambio que transfiguró su poco antes feliz semblante.

El señor Linton levantó la vista.

—¿Qué pasa, amor mío? ¿Te has hecho daño? —dijo.

Por su tono de voz y su mirada, Cathy supo que no había sido él quien había descubierto su tesoro.

—No, papá… —repuso con la voz entrecortada—. ¡Ellen! ¡Ellen! Ven arriba conmigo. ¡Estoy mareada!

Obedecí sus órdenes y la seguí.

—¡Oh, Ellen! Las tienes tú —dijo cayendo de rodillas en cuanto estuvimos encerradas en su cuarto—. ¡Oh, dámelas y te prometo que no volveré a hacerlo nunca más! No se lo digas a papá. No se lo habrás dicho a papá, ¿verdad, Ellen? ¡Ay, di que no! ¡Me he portado muy mal, pero no volveré a hacerlo!

Asumiendo un acento grave y serio, le mandé levantarse.

—Bien, señorita Catherine —exclamé—, por lo que veo lleva bastante tiempo escribiéndole cartas ¡y bien puede avergonzarse de ellas! Desde luego, menuda porquería estudia en sus horas de recreo: ¡si hasta merece ser publicada! Y ¿qué cree que pensará el amo cuando se la exhiba? Aún no lo he hecho, pero no crea que voy a guardar sus ridículos secretos. ¡Vergüenza debería darle! Y usted habrá sido la primera en escribir semejantes disparates, porque no me cabe duda de que a él no se le habría ocurrido iniciar la correspondencia.

—¡No he sido yo! ¡No he sido yo! —sollozó Cathy como si aquel disgusto fuera a matarla—. No se me habría ocurrido jamás enamorarme de él, hasta que…

—¿Enamorarse? —exclamé en el tono más despectivo que pude—. ¿Enamorarse? ¡Habrase oído cosa semejante! Lo mismo sería que yo dijese que me he enamorado del molinero que viene a comprarnos el cereal una vez al año. ¡Valiente manera de enamorarse es esa, las dos veces que ha visto a Linton no suman ni cuatro horas de su vida! Bien, aquí tiene su infantiloide porquería. Me la llevo a la biblioteca y ya veremos qué opina su padre de semejante «enamoramiento».

Se abalanzó sobre sus valiosas misivas, pero las sostuve por encima de mi cabeza, de modo que profirió otras frenéticas súplicas de que las quemase o hiciese con ellas lo que quisiera, salvo enseñárselas a su padre. Y como en realidad tanto me daba echarme a reír como regañarla, porque consideraba que aquello no respondía sino a una pueril vanidad, acabé cediendo un poco y le pregunté:

—Si accedo a quemarlas, ¿me prometerá de buena fe que no volverá a mandar ni a recibir ninguna carta ni ningún libro (porque he visto que le ha mandado libros), ni mechones de pelo, ni anillos, ni trebejos?

—¡No nos hemos mandado trebejos! —exclamó Catherine, cuyo orgullo se había impuesto a su bochorno.

—¡Bien, no mandará nada de nada, señorita! —dije—. Si no me lo promete, allá voy.

—¡Lo prometo, Ellen! —exclamó agarrándome el vestido—. ¡Ay, por favor, échalas al fuego, por favor!

Pero, cuando me dispuse a abrir un hueco en la lumbre con el atizador, el sacrificio se le hizo demasiado doloroso para poder soportarlo. Me suplicó de todo corazón que salvase una o dos.

—¡Una o dos, Ellen, para que las conserve por amor a Linton!

Desaté el pañuelo y por uno de sus extremos empecé a dejarlas caer hasta que la llama se enroscó chimenea arriba.

—¡Conservaré una, malvada! —gritó echando la mano al fuego y sacando algunos fragmentos a medio consumir a costa de sus dedos.

—¡Muy bien, yo también me quedaré algunas para enseñárselas a su papá! —repuse mientras restituía el resto a su lugar y me
dirigía de nuevo hacia la puerta.

Volcó los chamuscados fragmentos sobre las llamas y me hizo
un gesto para que concluyese la inmolación. Así se hizo; removí las
cenizas y las sepulté bajo una paletada de brasas, tras lo que ella se
retiró a su aposento sin mediar palabra, sintiéndose intensamente
agraviada. Bajé a decir a mi amo que a la señorita ya casi se le había
pasado el mareo, pero que yo había estimado oportuno que se
tumbara un rato.

No quiso comer; sin embargo, a la hora del té reapareció, pálida, con los ojos enrojecidos y una maravillosa serenidad exterior.

A la mañana siguiente yo misma respondí a la carta con un
papelito, donde escribí: «Se ruega al señorito Heathcliff que se
abstenga de mandar más notas a la señorita Linton, porque no las
recibirá». Y en lo sucesivo el niño de la leche vino con los bolsillos
vacíos.

8

El verano tocó a su fin y dio paso a un otoño prematuro. Habíamos dejado atrás la fiesta de San Miguel, pero aquel año la cosecha se había retrasado y aún nos quedaban algunos campos por segar.

El señor Linton y su hija solían caminar hasta allí y deambular entre los segadores. El día que estos cargaban las últimas gavillas se rezagaron en los campos hasta el atardecer y, como la tarde era fría y húmeda, mi amo agarró un fuerte catarro que se le instaló tenazmente en los pulmones y le tuvo enclaustrado durante todo el invierno.

La pobre Cathy, desde que había renunciado a su pequeño romance por miedo a las represalias, se hallaba bastante más triste y apagada, y su padre insistía en que leyera menos e hiciese más ejercicio. Como ella ya no gozaba de su compañía estimé que, en la medida de lo posible, mi deber era intentar suplir esa carencia con la mía. Pero no fui una sustituta eficaz, porque mis numerosas tareas diurnas me dejaban apenas dos o tres horas libres para seguirle los pasos y, además, era obvio que mi compañía le resultaba menos deseable que la de él.

Una fresca y lluviosa tarde de octubre o principios de noviembre, cuando las marchitas y húmedas hojas crujían en el césped y los senderos, y el cielo frío y azul se hallaba en parte escondido tras serpentinas nubes gris oscuro que ascendían deprisa por el oeste y presagiaban chubascos, pedí a mi señorita que renunciase a su paseo porque estaba segura de que llovería. Ella se negó y no me quedó más remedio que ponerme una capa, agarrar un paraguas y acompañarla hasta el lindero del parque. Su paso comedido indicaba que se hallaba alicaída, lo que siempre sucedía cuando la salud del señor Edgar empeoraba y, aunque él no lo confesaba nunca, ambas lo deducíamos de que su silencio y la melancolía de su semblante se hacían más patentes.

Avanzaba a paso triste: no corría ni saltaba como antes, y eso que el viento frío bien podría haberla alentado a echar una carrera. En varias ocasiones percibí con el rabillo del ojo que levantaba una mano y se quitaba algo de la mejilla.

Yo miraba a mi alrededor en busca de algo que pudiese distraerla. A un lado del sendero se erguía una alta y accidentada loma, donde atrofiados robles y avellanos cuyas raíces quedaban semidesnudas proclamaban su inestable ocupación del terreno: el suelo era demasiado flojo para los primeros y los fuertes vientos los habían doblado hasta dejarlos en posición casi horizontal. En verano, la señorita Catherine solía trepar por sus troncos, sentarse en sus ramas y columpiarse a seis metros de altura. Y yo, aunque me recreara con su agilidad y su alegre corazón infantil, estimaba oportuno regañarla cada vez que la sorprendía allí arriba, aunque lo hacía de tal forma que ella sabía que no era necesario que bajara. Permanecía en aquella cuna mecida por la brisa desde el almuerzo hasta la hora del té, donde no hacía sino cantarse viejas canciones populares que yo le había enseñado, u observar a los pájaros con los que compartía el árbol alimentar a sus crías y enseñarles a volar, o acurrucarse con los párpados cerrados, entre pensativa y soñadora, henchida de inefable dicha.

—¡Mire, señorita! —exclamé señalando una guarida bajo las raíces de un árbol torcido—. Aún no ha llegado el invierno. Y allí arriba hay una florecilla, el último capullo de la plétora de campánulas azules que en el mes de julio añublaran aquellos tramos de césped con una niebla malva. ¿No quiere trepar y recogerla para que la vea su papá?

Cathy se quedó mirando aquella solitaria y temblorosa flor en su morada terrestre y al cabo de un rato contestó:

—No, no pienso tocarla. Parece melancólica, ¿verdad, Ellen?

—Sí —observé—, casi tan aterida y murria como usted. Tiene las mejillas exangües. ¿Por qué no me da la mano y echamos una carrera? Está usted tan desanimada que creo que podré seguirle el ritmo.

—No —repitió.

Siguió andando despacio, deteniéndose cada cierto tiempo a meditar sobre un pedazo de musgo, una mata de pálida hierba o una seta que desplegaba su naranja chillón entre montículos de hojas marrones y, de vez en cuando, volvía la cara y se llevaba la mano a la mejilla.

—Catherine, cielo, ¿por qué llora? —pregunté acercándome y poniéndole la mano en el hombro—. Que su papá esté resfriado no es motivo para llorar. Dé gracias de que no tenga algo más grave.

No pudo seguir conteniendo las lágrimas; los sollozos le cortaban la respiración.

—Ya verás cómo al final tendrá algo más grave —dijo—. ¿Qué será de mí cuando papá y tú me dejéis y me quede sola? No puedo olvidar tus palabras, Ellen, suenan de continuo en mis oídos. Qué cambio se producirá en mi vida y qué inhóspito será el mundo cuando papá y tú hayáis muerto.

—Nunca se sabe, tal vez usted muera antes que nosotros —repuse—. No es bueno anticipar las desgracias. Esperemos que pasen muchos años antes de que fallezca ninguno de nosotros. El amo es joven y yo tengo apenas cuarenta y cinco años, y estoy fuerte. Mi madre vivió hasta los ochenta y fue una mujer muy enérgica hasta el final. Vamos a suponer que el señor Linton viva hasta los sesenta, le quedarían más años de los que ha cumplido usted, señorita. ¿No le parece que es una tontería ponerse a llorar por una calamidad que tardará más de veinte años en suceder?

—Pero la tía Isabella era más joven que papá —observó levantando la vista con la tenue esperanza de que siguiera consolándola.

—Su tía Isabella no nos tenía a usted y a mí para cuidar de ella —repuse—. No era tan feliz como el amo ni tenía tantas razones para vivir. Lo que usted debe hacer es atender bien a su padre, alegrarle mostrándose alegre y evitar causarle disgustos. ¡Ojo con eso, Cathy! No quiero ocultarle que podría acabar con su vida si se conduce de forma alocada y temeraria alimentando un amor descabellado y fantasioso por el hijo de una persona que desearía verle a él bajo tierra y dejándole entrever que sufre por una separación que él ha estimado oportuno imponer.

—No sufro por nada más que por la enfermedad de papá —contestó mi acompañante—. Papá me importa más que nada en el mundo. Y nunca, nunca, nunca, mientras esté en mis cabales, haré nada ni pronunciaré una palabra que pueda afligirle. Le quiero más que a mí misma, Ellen. Lo sé por lo siguiente: rezo todas las noches implorando sobrevivirle, porque prefiero ser yo desgraciada a que lo sea él. Eso demuestra que le quiero más que a mí misma.

—Bonitas palabras —repuse—, pero obras son amores. Cuando se haya repuesto procure no olvidar las decisiones que ha tomado condicionada por el miedo.

Según íbamos hablando nos acercamos a una puerta que se abría al camino principal, y mi señorita, a quien de nuevo se le iluminó el semblante, se encaramó a la tapia, se sentó y alargó la mano para agarrar unos escaramujos que salpicaban de escarlata las ramas más altas de los rosales silvestres y cuya sombra se proyectaba del lado de la carretera: los frutos más bajos habían desaparecido y a menos que uno se hallara donde Cathy, solo los pájaros podían alcanzar los más altos.

Al estirarse para agarrarlos se le cayó el sombrero y, como la puerta estaba cerrada con llave, propuso descolgarse por la tapia para recuperarlo. Le pedí que tuviese cuidado de no caerse y desapareció con suma agilidad.

Pero el regreso no resultó tan fácil; las piedras eran lisas y se hallaban cuidadosamente cementadas, y ni los rosales ni las zarzas desparramados por la tapia podían asistirla en su ascenso. Yo, necia de mí, no recordaba que aquello era así hasta que la oí reír y exclamar:

—¡Ellen, tendrás que ir por la llave, de lo contrario, tendré que dar la vuelta a la carrera hasta la garita del portero para que me abra! ¡No puedo escalar el muro de este lado!

—Quédese donde está —repuse—. Traigo un manojo de llaves en el bolsillo y puede que encuentre una que sirva; si no es así, iré yo misma por ella.

Catherine se divertía danzando de acá para allá frente a la puerta en tanto que yo iba probando todas las llaves grandes, una tras otra. Constaté que la última tampoco servía, y me disponía a regresar a casa a todo correr, no sin haberle reiterado mi deseo de que no se moviera de allí, cuando me detuvo un sonido que se oía cada vez más cerca. Era el trote de un caballo. Cathy detuvo su baile y, un minuto después, el caballo hizo lo propio.

—¿Quién es? —pregunté en un susurro.

—Ellen, ojalá pudieses abrir la puerta —repuso a su vez en un susurro mi angustiada acompañante.

—¡Vaya, señorita Linton! —exclamó una voz grave (la del jinete)—. Me alegra verla. No tenga prisa por entrar, porque he venido a pedirle una explicación y no me iré sin ella.

—¡No pienso hablar con usted, señor Heathcliff! —repuso Catherine—. Papá dice que es usted un hombre malvado y que nos odia a él y a mí; y lo mismo dice Ellen.

—Eso no viene al caso —dijo Heathcliff (pues era él)—. Supongo que no odiaré a mi hijo, y es por su bien que exijo la atención de usted. ¡Sí! Tiene sobrados motivos para ruborizarse. ¿Acaso no tenía por costumbre escribir a Linton dos o tres meses atrás? Le hacía la corte en broma, ¿eh? ¡Ambos merecían unos buenos azotes! Sobre todo usted, porque es la mayor y, al parecer, la menos sensible. Obran en mi poder todas sus cartas y, si se pone insolente, las remitiré a su padre. Imagino que se cansó de la diversión y la abandonó, ¿no es así? Bien, pues de paso abandonó a Linton en un cenagal de desesperanza. Él se había enamorado de verdad. Tan cierto como que respiro, se muere por usted; su inconstancia le ha partido el corazón, pero no de forma figurada, sino muy real. Por más que Hareton lleve seis semanas mofándose de él y que yo haya tomado medidas más severas para sacudirle la tontería, su salud empeora día tras día y ¡si usted no le reanima, antes de que llegue el verano estará criando malvas!

—¿Cómo puede mentirle a la pobre niña con semejante descaro? —grité desde dentro—. ¡Haga el favor de seguir su camino! ¿Cómo se atreve a urdir semejantes embustes? Señorita Cathy, romperé el candado con una piedra. No crea esos viles disparates. Seguro que siente en carne propia que es imposible que nadie muera de amor hacia un extraño.

—No sabía que hubiera fisgones por aquí —murmuró el muy canalla al verse sorprendido—. Venerable señora Dean, aprecio tu persona, pero no tu doble juego —añadió en voz alta—. ¿Cómo puedes *tú* mentir con semejante descaro, decir que odio a la «pobre niña» e inventar cuentos de ogros para que no se atreva a acercarse a mi casa? Catherine Linton (el mero nombre me regocija), bonita, estaré fuera de casa toda la semana, ve a comprobar si lo que he dicho es verdad; ¡vamos, sé un ángel! Imagina que tu padre estuviera en mi lugar, y Linton en el tuyo: ¿qué opinión crees que te merecería tu displicente amante si se negara a hacer un gesto para consolarte habiéndoselo rogado tu propio padre? No caigas en el mismo error que él por pura estupidez. ¡Te juro por la salvación de mi alma que Linton tiene un pie en la tumba y que nadie más que tú puede salvarle!

El cerrojo cedió, y salí.

—Juro que Linton se está muriendo —repitió Heathcliff mirándome en hito—. El sufrimiento y el desengaño están acelerando su muerte. Nelly, si no consientes que vaya ella, acércate tú misma. No estaré de vuelta hasta dentro de una semana ¡y pienso que ni tu propio amo objetaría a que su hija visitara a su primo!

—Entre —dije agarrando a Cathy del brazo y casi empujándola, porque se había quedado mirando muy turbada los rasgos de nuestro interlocutor cuya impertérrita fachada no dejaba traslucir su embuste.

Acercó su caballo a ella e, inclinándose, comentó:

—Señorita Catherine, le confieso que tengo poca paciencia con Linton, y que la de Hareton y Joseph es aún menor que la mía. Confieso que vive con una inhóspita pandilla. Anhela amabilidad y amor, y una palabra amable salida de sus labios sería la mejor medicina para él. No haga caso de las crueles advertencias de la señora Dean, sea generosa y procure ir a verle. Mi hijo sueña con usted día y noche, pero como usted no le escribe ni va a verle, no hay quien le convenza de que no le odia.

Cerré la puerta, hice rodar una piedra para apuntalar el cerrojo cedido y abrí el paraguas para guarecer a la joven a mi cargo porque la lluvia, que empezaba a abrirse paso entre las quejumbrosas ramas de los árboles, nos instaba a no rezagarnos.

La prisa que llevábamos impidió que de camino a casa hiciéramos el menor comentario sobre nuestro encuentro con Heathcliff, pero intuía que ahora Catherine tenía el corazón nublado por una doble oscuridad. Su rostro manifestaba tal tristeza que no parecía ella. Era evidente que tomaba por verdadera cada sílaba que acababa de oír.

El amo se había retirado a descansar antes de nuestro regreso. Cathy subió sigilosamente a su cuarto para preguntarle cómo se encontraba, pero le halló dormido. Al volver me pidió que me sentase con ella en la biblioteca. Cenamos juntas; luego se tumbó en la alfombra y me pidió que no hablase porque estaba muy cansada.

Agarré un libro e hice ver que leía. En cuanto me creyó absorta en la lectura volvió a sollozar en silencio: hacía un tiempo que aquella parecía ser su diversión favorita. Permití que se desahogara un poco y luego protesté. Empecé a mofarme y a ridiculizar todo cuanto el señor Heathcliff había dicho acerca de su hijo, como si diera por sentado que ella me daría la razón. ¡Oh! Por desgracia no tuve maña suficiente para contrarrestar el efecto que habían tenido sus palabras; justo lo que él quería.

—Puede que tengas razón, Ellen —repuso—, pero no me quedaré tranquila hasta que lo compruebe por mí misma. Y quiero que Linton sepa que no es culpa mía que haya dejado de escribirle y convencerle de que no cambiaré.

¿De qué iba a servir enojarme y protestar de su ridícula credulidad? Aquella noche nos separamos enojadas, pero al día siguiente me vi caminando junto a la jaca de mi obstinada señorita en dirección de Cumbres Borrascosas. Se me hacía insoportable ver aquellos ojos hinchados y tamaño dolor en aquel pálido y triste rostro. Di mi brazo a torcer con la vaga esperanza de que el propio Linton nos ratificara, al recibirnos, el poco fundamento que tenía aquella fábula.

9

A la noche de lluvia había sucedido una mañana neblinosa, mezcla de llovizna y escarcha, y esporádicos y borboteantes arroyos que bajaban del altiplano cruzaban nuestro camino. Tenía los pies empapados y me hallaba descontenta y alicaída, el humor perfecto para sacar el máximo partido de aquellas desagradables circunstancias.

Entramos en la casa de labor por la cocina a fin de comprobar si la ausencia del señor Heathcliff era cierta, porque yo tenía escasa fe en su aserto.

Joseph se hallaba a solas, sentado junto a un crepitante fuego, al parecer, en una suerte de empíreo. En una mesa a su lado, atiborrada de grandes pedazos de tortas de avena tostada, tenía un cuarto de galón de cerveza, y en los labios, su corta y negra pipa.

Catherine se precipitó al hogar para entrar en calor y yo pregunté si el amo estaba en casa.

El anciano tardó tanto en contestar a mi pregunta que pensé que se había vuelto sordo y la repetí más alto.

—¡Noo! —gruñó o, mejor dicho, gritó por la nariz—. ¡Noo! ¡Váyanse po'nd'han venío!

—¡Joseph! —exigió una voz irritada desde la habitación contigua—. ¿Cuántas veces tengo que llamarte? No me quedan más que rescoldos. ¡Joseph, ven ahora mismo!

Unas enérgicas chupadas de la pipa y una resuelta mirada, clavada en la chimenea, declararon que no tenía oídos para aquella petición. No había rastro del ama de llaves ni de Hareton. Me figuré que ella habría salido a hacer un recado y que el otro estaría trabajando. Reconocimos la voz de Linton y entramos.

—¡Oh, ojalá mueras de inanición en una buhardilla! —dijo el muchacho pensando que quien se aproximaba era su despreocupado sirviente.

Al percibir su error, calló. Su prima corrió a su encuentro.

—¿Es usted, señorita Linton? —dijo levantando la cabeza del brazo del sillón donde se hallaba reclinado—. ¡No, no me bese! ¡Me cortaría la respiración, pobre de mí!

Luego, tras recuperarse un poco del abrazo de Catherine, que permanecía de pie junto a él, al parecer, muy contrita, añadió:

—Papá me dijo que vendría. ¿Puede cerrar la puerta, por favor? La ha dejado abierta y esas bestias, esos abominables seres, no quieren traer carbón. ¡Estoy muerto de frío!

Removí los rescoldos y fui por un cubo de carbón. El enfermo se quejó de que le había cubierto de ceniza, pero no le recriminé su mal genio porque tenía mucha tos, y aspecto de hallarse febril y enfermo.

—Bien, Linton —murmuró Catherine cuando el muchacho hubo desfruncido el ceño—: ¿Te alegras de verme? ¿Puedo hacer algo por ti?

—¿Por qué no ha venido antes? —dijo—. Debería haber venido en lugar de escribirme. Me resultaba agotador escribir esas cartas tan largas. Habría preferido mil veces hablar y ahora ya no soy capaz ni de eso. ¡Me pregunto dónde estará Zillah! ¿Puede ir a ver si está en la cocina?

Eso último lo dijo mirándome a mí. No me había agradecido mi servicio anterior y, como no estaba dispuesta a ir de un lado para otro ejecutando sus órdenes, repuse:

—Allí no hay nadie, salvo Joseph.

—Quiero beber —exclamó irritado volviendo la cabeza—. Desde que papá se marchó, Zillah se pasa el día en Cordera. ¡Es horroroso! Y no me queda más remedio que venir aquí, porque los demás han decidido hacer oídos sordos a mis llamadas cuando estoy arriba.

—¿Le cuida bien su padre, señorito Heathcliff? —pregunté percibiendo que Catherine había dejado de intentar ser amable.

—¿Cuidarme? Al menos obliga a los demás a cuidarme un poco —exclamó—. ¡Desgraciados! ¿Sabe, señorita Linton, que ese animal de Hareton se ríe de mí? Le odio; es más, los odio a todos. Son todos odiosos.

Cathy se puso a buscar agua. Encontró una jarra en el aparador, llenó un vaso y se lo trajo. Él le pidió que le añadiera una cucharada de vino de una botella que había en la mesa y cuando hubo bebido unos sorbos se mostró más tranquilo y le agradeció su amabilidad.

—¿Te alegras de verme? —inquirió ella reiterando su pregunta inicial, contenta de detectar el tenue albor de una sonrisa.

—Sí. ¡Es una novedad oír una voz como la suya! —repuso—. Pero la verdad es que me ha dolido que no haya querido venir antes. Y papá me ha echado la culpa de todo; me tachó de despreciable e inoperante pelele. Dijo que usted me despreciaba y que, de haber estado él en mi lugar, a estas alturas ya sería más dueño de la Granja que mi propio tío. Pero usted no me desprecia, ¿verdad que no, señorita?

—¡Me gustaría que me tutearas y me llamases Catherine o Cathy! —interrumpió ella—. ¿Despreciarte? ¡Para nada! Después de papá y Ellen, te quiero más que a nadie en el mundo. Pero no quiero al señor Heathcliff. No me atrevo a venir cuando él regrese. ¿Estará fuera muchos días?

—No muchos —repuso Linton—, pero desde que ha empezado la temporada de caza pasa mucho tiempo en los brezales. Podrías aprovechar su ausencia para hacerme compañía durante una o dos horas. ¡Por favor! ¡Di que sí! Creo que contigo no me pondría antipático, porque no me provocarás y siempre estarás dispuesta a ayudarme, ¿verdad?

—Sí —dijo Catherine acariciándole el suave cabello—. Si papá me diese su consentimiento, pasaría la mitad de mi tiempo contigo. ¡Mi hermoso Linton! ¡Ojalá fueras mi hermano!

—Y si lo fuese, ¿me querrías tanto como a tu padre? —preguntó él, más alegre—. Pero papá dice que, si fueras mi esposa, me querrías más que a él y que a todo el mundo. ¡Preferiría que fueras eso!

—¡No! Nunca querré a nadie más que a papá —replicó ella con gravedad—. Además, hay hombres que odian a sus esposas, pero no a sus hermanas y hermanos, así que, si fueras mi hermano, vivirías con nosotros y papá te tendría tanto cariño como a mí.

Linton negó que hubiera hombres que odiasen a sus esposas, pero Cathy le aseguró que sí y, dando muestra de su gran sabiduría, puso como ejemplo la aversión que Heathcliff había tenido a la tía de ella.

Intenté frenar su insensata lengua, pero no lo logré hasta que hubo soltado cuanto sabía. El señorito Heathcliff, muy molesto, insistió en que todo aquello era falso.

—¡Me lo contó papá, y papá no dice mentiras! —repuso ella con insolencia.

—¡Mi papá desprecia al tuyo! —exclamó Linton—. ¡Dice que es un ridículo fisgón!

—Y el tuyo, un hombre malvado —replicó Catherine—. Ha estado muy feo que te atrevas a repetir lo que él dice. ¡Tiene que ser malvado para que la tía Isabella tuviera que abandonarle de la manera en que lo hizo!

—No le abandonó —dijo el muchacho—. ¡Y no me contradigas!

—¡Sí que lo hizo! —gritó mi señorita.

—Pues ¡yo te diré algo a ti! —dijo Linton—. Tu madre, para que te enteres, odiaba a tu padre.

—¡Oh! —exclamó Catherine demasiado furiosa para continuar.

—¡Y amaba al mío! —añadió él.

—¡Eres un embustero! Ahora sí te odio —dijo Cathy casi sin aliento y con el rostro encendido de rabia.

—¡Le amaba! ¡Le amaba! —canturreó Linton retrepándose en el respaldo del sillón y echando la cabeza hacia atrás para regodearse con la agitación de su contrincante, que seguía detrás de él.

—¡Silencio, señorito Heathcliff! —dije—. Supongo que ese cuento también se lo ha contado su padre.

—Pues no ¡y tú cállate la boca! —respondió él—. ¡Le amaba, le amaba, Catherine, le amaba, le amaba!

Cathy, fuera de sí, dio un violento empujón a su sillón, que le hizo caer contra uno de sus brazos. En el acto fue presa de un sofocante acceso de tos que no tardó en poner fin a su triunfo.

Tosió tanto tiempo que aun yo me asusté. En cuanto a su prima, horrorizada por el daño que acababa de hacer, se echó a llorar con todas sus fuerzas, pero no dijo nada.

Le sostuve en mis brazos hasta que se le hubo pasado el ataque. Luego me apartó de mala manera y agachó la cabeza sin mediar palabra. Catherine sofocó sus sollozos, tomó asiento frente a él y se quedó mirando el fuego, muy seria.

—¿Cómo se encuentra ahora, señorito Heathcliff? —pregunté transcurridos diez minutos.

—¡Ojalá ella se encontrara como yo —repuso—, la muy pérfida y cruel! Hareton no me ha tocado nunca. No me ha pegado jamás en la vida. Hoy estaba mejor y mira…

La voz se le estranguló en un lloriqueo.

—¡No te he pegado! —masculló Cathy mordiéndose el labio para evitar otro estallido de llanto.

Linton gemía y suspiraba como si sufriera horrores, y continuó de esa guisa durante un buen cuarto de hora. Daba la impresión de que lo hacía adrede para afligir a su prima, porque cada vez que la oía contener un sollozo infundía mayor dolor y patetismo a las inflexiones de su voz.

—¡Siento haberte hecho daño, Linton! —acabó diciendo ella, atormentada más allá de lo soportable—. Pero a mí un pequeño empellón no me habría hecho tanto daño y no tenía la menor idea de que a ti sí. No ha sido para tanto, ¿verdad, Linton? ¡No me dejes volver a casa pensando que te he lastimado! Contesta, dime algo.

—No puedo decirte nada —murmuró él—. ¡Me has hecho tanto daño que pasaré la noche despierto ahogado por la tos! Si tú tuvieras mi tos, sabrías lo que eso significa; pero ¡no, tú te dormirás tan tranquila y yo estaré sufriendo lo indecible y sin tener a nadie a mi lado! ¡Ya me gustaría verte a ti pasar las espantosas noches que paso yo!

Y se puso a dar sonoros alaridos por pura lástima de sí mismo.

—Usted ya está acostumbrado a pasar noches espantosas —dije—, de forma que no será la señorita quien le impida descansar: se encontraría igual de mal si ella no hubiese venido. En cualquier caso, ella no volverá, y usted seguramente estará más calladito y tranquilo cuando nos hayamos marchado.

—¿Debo marcharme? —preguntó Catherine, compungida, inclinándose sobre él—. ¿Quieres que me vaya, Linton?

—El mal ya está hecho —repuso él, malhumorado, apartándose de ella—, ¡a menos que lo empeores fastidiándome hasta que me suba la fiebre!

—Entonces, ¿debo marcharme? —repitió ella.

—Al menos déjame en paz —dijo él—. ¡No soporto que me hables!

Ella se rezagaba y se resistía a mis instancias de que saliéramos de allí, pero al final, como él no alzaba la vista ni hablaba, se dirigió hacia la puerta y yo la seguí.

Un chillido nos hizo regresar. Linton se había dejado caer del sillón al suelo de piedra del hogar y se hallaba allí tirado, retorciéndose por la pura perversión de ser una peste de niño malcriado, empeñado en ser lo más penoso y agobiante posible.

La conducta del muchacho me permitió juzgar a fondo su temperamento y en el acto comprendí que sería una locura intentar seguirle el humor. No así mi acompañante, que corrió a su lado, se arrodilló, lloró, le apaciguó y le suplicó, hasta que él acabó callándose, pero por haberse quedado sin aliento, no porque le pesara un ápice haber afligido a su prima.

—Voy a acostarle en el banco —dije a la joven— para que se revuelque allí cuanto quiera; nosotras no nos quedaremos aquí mirándole. Espero, señorita Cathy, que esto la haya convencido de que usted no es la persona adecuada para ayudarle y de que su precario estado de salud no se debe al cariño que le tiene a usted. ¡Ea, ahí le tiene! Venga conmigo. ¡En cuanto vea que aquí no hay nadie que haga caso de sus tonterías se alegrará de estarse quietecito!

Ella le colocó un almohadón debajo de la cabeza y le ofreció agua; él rechazó lo segundo y empezó a menearse con incomodidad como si tuviera la cabeza apoyada en una piedra o un zoquete.

Ella intentó acomodárselo.

—No me sirve —dijo él—. ¡No está lo bastante alto!

Catherine trajo otro para ponerlo encima de aquel.

—¡Ahora está demasiado alto! —rezongó el muy provocador.

—Pues ¿cómo quieres que te los ponga? —preguntó ella desesperada.

Él se irguió agarrándose a ella, que tenía una rodilla apoyada en el suelo junto al escaño, y reclinó la cabeza en su hombro.

—¡No, eso sí que no! —dije—. ¡Se contentará con el almohadón, señorito Heathcliff! La señorita ya ha perdido suficiente tiempo con usted y no podemos quedarnos ni cinco minutos más.

—¡Sí, sí que podemos! —repuso Cathy—. Ahora se muestra bueno y paciente. Empieza a darse cuenta de que esta noche yo seré mucho más desgraciada que él si me marcho pensando que mi visita le ha hecho empeorar; de ser así, no me atrevo a volver. Dime la verdad, Linton, porque, si te he hecho daño, no volveré.

—Debes venir a curarme —repuso—. Deberías hacerlo porque me has hecho daño. ¡Me has hecho muchísimo daño y tú lo sabes! ¿Verdad que no estaba tan enfermo cuando entraste?

—Pero si se ha puesto enfermo usted solo de tanto llorar y tanta rabieta.

—Yo no tengo culpa alguna —dijo su prima—. En cualquier caso, hagamos las paces. Quieres que… Te gustaría verme de vez en cuando, ¿lo dices en serio?

—¡Ya te he dicho que sí! —repuso él con impaciencia—. Siéntate en el banco y deja que apoye la cabeza en tu rodilla. Eso hacía mamá las tardes enteras que pasábamos juntos. Quédate muy quieta y no hables, pero puedes cantar una canción si sabes cantar, o recitar una balada apropiadamente larga e interesante, una de esas que prometiste enseñarme, o si no cuéntame un cuento, aunque preferiría oír una balada: empieza.

Catherine recitó la balada más larga que sabía. Aquella actividad los encandiló a los dos. Linton quería oír otra, y luego otra, y así continuaron, en absoluto ajenos a mis enérgicas protestas, hasta que el reloj dio las doce y oímos en el patio a Hareton, que volvía para almorzar.

—¿Y mañana, Catherine, regresarás mañana? —preguntó el joven Heathcliff agarrándole el vestido cuando ella se levantó a regañadientes.

—¡No! —contesté—. Y tampoco volverá pasado mañana.

Sin embargo, era obvio que ella le había dado una respuesta distinta cuando se inclinó y le susurró al oído, porque se le alisó la frente.

—¡Señorita, no volverá mañana, entre en razón! —la regañé cuando ya estábamos fuera—. No estará pensando regresar, ¿verdad?

Sonrió.

—¡Ya me encargaré yo de que no lo haga! —proseguí—. Mandaré reparar el candado y no podrá escapar por ninguna otra parte.

—Puedo saltar la tapia —dijo ella echándose a reír—. La Granja no es una cárcel, Ellen, ni tú mi carcelera. Además, casi tengo diecisiete años. Ya soy una mujer y estoy segura de que Linton se pondría bueno enseguida si me tuviese a mí para cuidarle. Como sabes, soy mayor que él, y también más sensata y menos infantil, ¿no es cierto? Y si le engatuso un poco no tardará en hacer lo que yo le diga. Es un encanto cuando se porta bien. Si fuese mío, haría de él un pequeño tesoro. ¿Verdad que cuando nos acostumbremos el uno al otro no volveremos a discutir nunca más? ¿No te gusta, Ellen?

—¿Gustarme? —exclamé—. ¡Es el chiquillo más malhumorado y enfermizo que jamás haya logrado entrar en la adolescencia! ¡Menos mal que, como auguró el señor Heathcliff, no llegará a los veinte! Es más, dudo que llegue a la primavera que viene y su pérdida será insignificante para los ocupantes de esa casa cuando los deje. Es una suerte que su padre se haya hecho cargo de él. ¡Cuanta mayor amabilidad se le prodigara, más egoísta e insoportable se pondría! ¡Me alegra que no quepa la menor posibilidad de que llegue a tenerle por esposo, señorita Catherine!

Mi acompañante se puso muy seria al oírme decir aquello. Le hirió que hablara de su muerte tan a la ligera.

—Es más joven que yo —repuso tras haber reflexionado un buen rato—, debería sobrevivirnos a todos y lo hará; al menos tiene que vivir tanto como yo. Está igual de fuerte ahora como cuando vino al norte, ¡estoy convencida! No tiene sino un catarro, el mismo que papá. Dices que papá se curará, ¿por qué no iba a curarse él?

—Vaya, vaya —exclamé—. Sea como fuere, no vamos a preocuparnos por eso porque, escuche bien lo que voy a decirle, señorita y, ojo, porque mantendré mi palabra: si intenta regresar a Cumbres Borrascosas con o sin mí, informaré de ello al señor Linton y, a menos que él le dé permiso, olvídese de reanudar las relaciones con su primo.

—¡Ya las he reanudado! —masculló Cathy enfurruñada.

—Pues ¡tendrá que interrumpirlas! —dije yo.

—¡Eso ya lo veremos! —contestó, y salió al galope dejando que me las apañara yo sola.

Ambas llegamos a casa antes de la hora de comer. El amo se figuró que habíamos estado paseando por el parque y no nos pidió explicaciones. Nada más entrar corrí a cambiarme de medias y zapatos, porque tenía los pies calados, pero la dilatada estancia en las Cumbres ya me había hecho daño. A la mañana siguiente tuve que guardar cama; estuve tres semanas sin poder cumplir con mis obligaciones, una desgracia que no había ocurrido nunca y que, gracias a Dios, no ha vuelto a ocurrir.

Mi querida señorita se portó como un ángel: vino a cuidarme y a aliviar mi soledad. El confinamiento me dejó sumamente alicaída. Resultaba agotador para un cuerpo inquieto y activo, aunque pocas personas han tenido menos motivos de queja que yo. Apenas Catherine salía del cuarto del señor Linton venía a la cabecera de mi cama. Repartía su día entre nosotros dos sin concederse a sí misma un minuto de esparcimiento. Descuidaba sus comidas, sus estudios y sus juegos, y era la enfermera más cariñosa que jamás velara a un enfermo: ¡sabiendo cuánto quería a su padre, tiene que haber tenido muy buen corazón para darme tanto a mí!

He dicho que repartía su día entre nosotros dos, pero mi amo se acostaba temprano, y yo casi nunca necesitaba nada después de las seis, de modo que la noche era suya.

Pobrecilla, nunca me paré a pensar qué hacía después de cenar. Y aunque cuando entraba a desearme las buenas noches solía percibir un sano rubor en sus mejillas y tintes rosáceos en sus finos dedos, en lugar de atribuirlo a un frío paseo a caballo a través de los brezales, lo achacaba al calor del fuego de la biblioteca.

10

Al cabo de tres semanas pude abandonar mi dormitorio y deambular por la casa. La primera vez que permanecí levantada por la tarde pedí a Catherine que me leyese algo, porque tenía la vista cansada. Estábamos en la biblioteca y el amo ya se había retirado. Ella accedió, aunque bastante a regañadientes y, como pensé que su reticencia se debía a que no le gustaba el mismo tipo de libros que a mí, le pedí que eligiera uno que fuera de su agrado.

Escogió uno de sus libros favoritos y me leyó sin interrupción durante cerca de una hora. Luego empezó a dispararme preguntas, una tras otra.

—Ellen, ¿no estás cansada? ¿No sería mejor que te acostases ya? Te sentará mal, Ellen, quedarte levantada tanto tiempo.

—No, no, querida, no estoy cansada —contestaba yo una y otra vez.

Viendo que no me movía, recurrió a otro método para manifestar su fastidio. Bostezó, se desperezó y:

—Ellen, yo sí estoy cansada.

—Entonces déjelo y charlemos —repuse.

Pero aquello empeoró las cosas. Se puso a suspirar, a moverse de un lado para otro y a mirar su reloj, hasta que dieron las ocho. Al final se marchó a su cuarto muerta de sueño, a juzgar por la malhumorada mirada, los párpados caídos y el frote continuo al que sometía sus ojos.

La tarde siguiente se mostró aún más impaciente, y la tercera desde que yo volvía a hacerle compañía se quejó de jaqueca y subió a su habitación.

Su conducta se me antojó extraña, de modo que, tras haber permanecido sola un buen rato, decidí ir a preguntarle si se encontraba mejor y a pedirle que viniese a tumbarse en el canapé en lugar de estarse allí arriba a oscuras.

No hallé rastro de Catherine ni arriba ni abajo. Los sirvientes aseguraron que no la habían visto. Agucé el oído ante la puerta del señor Edgar, pero todo estaba en silencio. Volví a su aposento, apagué mi vela y me senté en el asiento de la ventana.

La luna brillaba esplendorosa y una fina capa de nieve cubría el suelo. Se me ocurrió que quizá se le hubiera metido en la cabeza dar un paseo por el jardín para despabilarse. Percibí una silueta que se deslizaba por la parte interna de la tapia del parque, pero no era mi señorita. Cuando salió a la luz reconocí a uno de nuestros mozos de cuadra.

Permaneció allí mucho tiempo avizorando el camino de carros que atraviesa la finca de cabo a rabo. Luego se alejó a paso ligero como si hubiese avistado algo y no tardó en reaparecer con la jaca de la señorita; y con él venía ella, recién desmontada.

El sirviente condujo sigilosamente al animal a través del césped hasta la cuadra. Cathy entró por la ventana del salón y subió sin hacer ruido hasta donde yo la esperaba.

Cerró la puerta con suavidad, se descalzó los zapatos cubiertos de nieve, se desató el sombrero y se disponía a quitarse la capa sin haber reparado en que yo estaba espiándola cuando de repente me levanté revelándole mi presencia. La sorpresa la dejó petrificada durante unos instantes: exclamó algo incomprensible y permaneció inmóvil.

—Mi querida señorita Catherine —comencé, aún demasiado conmovida por su reciente amabilidad como para romper a regañarla—, ¿de dónde viene a caballo a estas horas? ¿Por qué ha intentado engañarme inventando una patraña? ¿Dónde ha ido? ¡Hable!

—Hasta el final del parque —balbuceó—. No he inventado ninguna patraña.

—¿No ha ido a ninguna otra parte? —inquirí.

—No —murmuró.

—Oh, Catherine —exclamé apenada—. Usted sabe que ha obrado mal, porque de lo contrario no se habría visto obligada a decirme una mentira. Y eso me duele. Hubiera preferido seguir enferma tres meses más a verla urdir una falacia.

Se abalanzó sobre mí y, echándose a llorar, me echó los brazos al cuello.

—De acuerdo, Ellen, es que tengo mucho miedo de que te enfades —dijo—. Prométeme que no te enojarás y te contaré la verdad. Odio tener que ocultártela.

Nos sentamos en el hueco de la ventana. Prometí no regañarla fuera cual fuese su secreto, aunque por supuesto ya me figuraba dónde había ido, y comenzó:

—He ido a Cumbres Borrascosas, Ellen, y no he dejado de ir ni un solo día desde que caíste enferma, salvo los dos anteriores y los dos posteriores a que abandonases tu aposento. Regalaba a Michael libros y cuadros para que todas las tardes me ensillase a Minny y luego la metiese de nuevo en la cuadra. Pero a él tampoco le riñas, ¿eh? Llegaba a las Cumbres hacia las seis y media, permanecía allí hasta las ocho y media, y después galopaba a casa. No iba a divertirme, solía pasarlo mal todo el tiempo. Solo de vez en cuando me alegraba de haber ido, quizá una vez por semana. Al principio pensaba que me costaría mucho persuadirte de que me dejases cumplir la palabra que di a Linton, porque cuando le dejamos me comprometí a regresar al día siguiente. Pero, como ese día ya te quedaste arriba, me libré del problema. Por la tarde, aprovechando que Michael estaba reparando el candado de la verja, me hice con la llave y le conté que mi primo me había pedido que fuera a verle porque estaba enfermo y no podía venir a la Granja, y que papá no iba a consentir que yo fuera. Luego negocié con él para lo de la jaca. Le gusta leer y tiene pensado marcharse pronto para casarse, así que accedió a satisfacer mis deseos a cambio de que le prestase libros de la biblioteca. Le dije que prefería regalarle los míos y eso le gustó aún más.

»Durante mi segunda visita, Linton se mostró muy animado. Zillah, el ama de llaves, nos limpió la habitación, nos encendió un buen fuego y nos dijo que podíamos hacer lo que quisiésemos porque Joseph había ido a una asamblea de oración y Hareton estaba fuera con sus perros, despojando de faisanes nuestros bosques, según supe después.

»Zillah me trajo vino caliente y pan de jengibre, y fue amabilísima conmigo. Linton se sentó en el sillón, y yo en la pequeña mecedora que hay en el hogar. Estuvimos riendo y charlando muy animadamente, contándonos muchas cosas. Planeamos dónde iríamos y las cosas que haríamos cuando llegase el verano. Eso no hace falta que te lo cuente, porque te parecerán tonterías.

»Pero hubo un momento cuando estuvimos a punto de discutir. Él decía que la manera más agradable de pasar un caluroso día de julio sería yacer de la mañana a la noche en un ribazo cubierto de aulaga en pleno brezal, escuchando el somnoliento zumbido de las abejas a su paso entre las flores y el canto de las alondras sobre nuestra cabeza bajo un sol que brillara de continuo y un cielo azul sin nubes. Esa era su idea de la más perfecta y celestial felicidad. La mía, en cambio, era que nos meciéramos en un verde y rumoroso árbol donde soplase el viento del oeste y pasaran volando en lo alto blancas y brillantes nubes, y no solo alondras, sino zorzales, mirlos, pardillos y cucos prodigaran su música por doquier, y estar viendo a lo lejos el brezal, interrumpido aquí y allá por umbrías y frescas cañadas, pero teniendo cerca grandes extensiones de hierba alta que la brisa ondulara como si fuesen olas. Y bosques y el sonido del agua y el mundo entero despierto y loco de felicidad. Él quería que todo estuviera quieto en un éxtasis de paz, mientras que yo quería que todo centelleara y danzara en un glorioso festejo.

»Yo dije que su paraíso solo estaría vivo a medias y él dijo que el mío sería un paraíso ebrio. Yo le contesté que en el suyo me dormiría y él repuso que en el mío no podría respirar, y empezó a ponerse cada vez más irascible. Al final acordamos que intentaríamos hacer ambas cosas apenas llegase el buen tiempo. Después nos dimos un beso e hicimos las paces. Al cabo de una hora de estar sentados sin hacer nada me puse a mirar aquella gran estancia, su suelo liso y sin alfombras, y pensé que sería un fabuloso lugar de juego si apartábamos la mesa. Pedí a Linton que hiciese venir a Zillah para que nos ayudase: jugaríamos a la gallina ciega y ella intentaría pillarnos; recordarás que eso hacías tú, Ellen. Él se negó; dijo que no le veía la gracia a ese juego, pero accedió a jugar a la pelota conmigo. Encontramos dos en un aparador entre un montón de viejos juguetes, peonzas, aros, volantes y raquetas. Una estaba marcada con una C y la otra con una H. Yo quería jugar con la que llevaba la C porque era la C de Catherine, y la H debía de corresponder a Heathcliff, su nombre, pero esa estaba descascarillada y a Linton no le gustaba.

»Le gané una y otra vez; él volvió a enfadarse, se puso a toser y regresó a su asiento. Pero esa tarde recuperó el buen humor muy rápido. Le encantaron dos o tres canciones preciosas, las que me enseñaste tú, Ellen, y cuando llegó la hora de irme me rogó y me suplicó que regresara a la tarde siguiente, y le prometí que así lo haría.

»Minny y yo regresamos a casa raudas como el viento, y soñé con Cumbres Borrascosas y mi dulce y querido primo hasta el amanecer.

»A la mañana siguiente me sentía muy triste, en parte porque tú seguías enferma y en parte porque deseaba que mi padre estuviera al corriente de mis excursiones y las aprobara, pero después de cenar había una hermosa luz de luna y según me alejaba al galope mi abatimiento se fue disipando.

»"Pasaré otra tarde feliz —pensaba— y mi lindo primo también, y eso es lo que más me alegra".

»Entré al trote en el jardín y me disponía a doblar hacia la parte de atrás del edificio cuando ese individuo, Earnshaw, vino a mi encuentro, agarró las riendas de mi montura y me invitó a entrar por la puerta principal. Dio unas palmaditas a Minny en el cuello y dijo que era un animal precioso; parecía querer que le diese conversación. Me limité a decirle que dejase en paz a mi caballo si no quería que le soltara una coz.

»—¡Bah! No m'haría gran daño si l'hiciere —repuso en su vulgar acento, mirando las patas de Minny y esbozando una sonrisa.

»Casi me dieron ganas de hacérsela probar; sin embargo, ya se había adelantado a abrir la puerta y cuando levantó el pestillo miró hacia la inscripción que hay sobre el dintel y dijo con una estúpida mezcla de entusiasmo y torpeza:

»—Señorita Catherine, ya sé leer so de hi.

»—¡Fantástico! —exclamé—. ¡Por favor, continúa, enséñame lo listo que te has vuelto!

»Él deletreó el nombre deteniéndose en cada sílaba:

»—Ha-re-ton Earn-shaw.

»—¿Y los números? —reclamé alentándole a seguir al ver que había frenado en seco.

»—Toavía no los me sé —repuso.

»—¡Ah, menudo zopenco! —dije riéndome abiertamente de su fracaso.

»El muy necio se me quedó mirando con un conato de sonrisa en los labios y el ceño fruncido como si no estuviese seguro de si debía compartir mi regocijo, de si debía considerarlo una agradable muestra de familiaridad o lo que realmente era: desprecio.

»Zanjé sus dudas volviéndome a poner muy seria y diciéndole que se marchara porque no había ido a verle a él, sino a Linton.

»Él se ruborizó (lo advertí a la luz de la luna), soltó el pestillo y se escurrió con todo el aspecto de tener la vanidad muy herida. Supongo que creía que porque había aprendido a deletrear su propio nombre ya era tan competente como Linton y le desconcertaría sobremanera constatar que yo no opinaba lo mismo.

—¡Deténgase, señorita Catherine, querida! —interrumpí—. No la regañaré, pero aquí no me gusta nada su conducta. De haberse acordado de que Hareton es tan primo de usted como el señorito Heathcliff, habría reparado en lo indecoroso de su proceder. Que él deseara ser tan competente como Linton es al menos una ambición digna de encomio, y no creo que aprendiera a leer solo para vanagloriarse de ello. No me cabe duda de que usted ya le había hecho avergonzarse de su ignorancia en otra ocasión, y él quería ponerle remedio y darle gusto a usted. Mofarse de su imperfecta tentativa ha sido de pésima educación. ¿Acaso cree que usted sería menos burda que él si se hubiese criado en las mismas circunstancias? De niño era tan sagaz e inteligente como haya podido serlo usted, y me duele que se le desprecie debido al injusto trato que le ha dado ese vil Heathcliff.

—Bien, Ellen, no irás a echarte a llorar por eso, ¿verdad? —exclamó sorprendida por mi gravedad—. Pero espera y sabrás si repasó el abecé solo para darme gusto y si merecía o no la pena ser educada con ese bruto. Entré, y Linton, que estaba tumbado en el escaño, se incorporó a medias para saludarme.

»—Esta tarde no me encuentro bien, Catherine querida —dijo—, tendrás que hablar tú y permitir que yo me limite a escuchar. Ven, siéntate a mi lado. Estaba seguro de que no faltarías a tu palabra, y antes de que te vayas te pediré que vuelvas a hacerme la misma promesa.

»Como yo ya sabía que no debía importunarle porque estaba enfermo, le hablé con dulzura, me abstuve de hacerle preguntas y extremé las medidas para evitar irritarle. Le había traído algunos de mis libros más bonitos. Me pidió que le leyera uno breve y me disponía a hacerlo cuando Earnshaw, al que unos minutos de reflexión habían emponzoñado, abrió la puerta de golpe. Se abalanzó sobre nosotros, agarró a Linton por un brazo y le levantó del banco de malos modos.

»—¡Vet'a tu propio cualto! —dijo de forma casi ininteligible de la rabia que traía, y con el rostro hinchado y furibundo—. Llévatela hi si es a ti a quien vien'a ver. A mí no m'echarás d'este. ¡Largo d'aquí los dos!

»Empezó a insultarnos y Linton no tuvo tiempo de contestar, porque Hareton prácticamente le arrojó a la cocina. Cuando vio que yo iba detrás de ellos apretó el puño como si fuera a derribarme. Por un instante tuve miedo y se me cayó un libro. Hareton me lo acercó de una patada y atrancó la puerta, dejándonos fuera.

»Oí una maligna y cascada risa y, al volverme, vi a ese odioso de Joseph de pie junto a la lumbre frotándose las huesudas manos y tiritando.

»—¡Taba siguro que vengaríase! ¡Es un gran zagal! ¡Tei lo que hase de tener! Él sabe, sí, sabe tan bein como yo quéin tuveira de ser l'amo qui. ¡Aj, aj, aj! Tei fecho mu bein n'echaros. ¡Aj, aj, aj!

»—¿Dónde podemos ir? —pregunté a mi primo obviando las burlas del miserable anciano.

»Linton se hallaba lívido y temblaba. En esos momentos, Ellen, no estaba nada guapo. ¡Oh, no! ¡Tenía un aspecto espantoso! Su cara chupada y sus grandes ojos expresaban una colérica e impotente rabia. Agarró el pomo de la puerta y lo sacudió. El cerrojo estaba echado por dentro.

»—¡Si no me abres, te mataré! ¡Si no me abres, te mataré! —antes berreaba que decía—. ¡Demonio! ¡Demonio! ¡Te mataré, te mataré!

»Joseph volvió a soltar su cascada risa.

»—¡Hételo hi, hi ta'l padre! ¡Hi ta'l padre! Seimpre temos algo d'aquende o d'allende. Tranquilo, Hareton, zagal, non tengas meido, ¡non pue ponelte las manos encima!

»Agarré las de Linton e intenté apartarle de la puerta, pero se puso a chillar de forma tan espantosa que no me atreví a insistir. Al final se le estrangularon los gritos en un terrible acceso de tos. Empezó a sacar chorros de sangre por la boca y cayó al suelo.

»Muerta de miedo, salí corriendo al patio y llamé a Zillah con toda la fuerza que me permitían los pulmones. No tardó en oírme; estaba ordeñando a las vacas en el cobertizo que hay detrás del establo; abandonó su faena y se acercó a preguntar qué pasaba.

»Yo no tenía aliento para explicárselo. La arrastré dentro y me puse a buscar a Linton. Earnshaw había salido para examinar el daño que había causado y se disponía a llevarse al pobrecillo arriba. Zillah y yo subimos la escalera detrás de ellos, pero, al llegar al rellano, Hareton me detuvo y me dijo que no podía entrar, que me marchara a mi casa.

»Le grité que había matado a Linton y que pensaba entrar.

»Joseph atrancó la puerta, declaró que "no haría nada d'iso", y me preguntó si "quería tar tan tocada com'él".

»Me quedé allí llorando hasta que reapareció el ama de llaves. Me aseguró que Linton se pondría bien enseguida, pero que no le convenían esos gritos y esa bulla. Me agarró y me llevó casi a rastras hasta la casa.

»¡Ellen, por poco padezco una postración nerviosa! Sollocé y gemí hasta que casi se me cegaron los ojos, y todo ese rato el rufián al que tú tanto compadeces se hallaba de pie frente a mí y de vez en cuando osaba mandarme callar y negaba que él tuviera culpa alguna. Al final, asustado porque le aseguré que se lo contaría a papá y le meterían en la cárcel y le ahorcarían, se puso a lloriquear y salió corriendo para ocultar su cobarde agitación.

»Pero aún no me había librado de él. Cuando al cabo de un rato me exigieron que me marchase y ya me había alejado unos cien metros, de improviso, Hareton surgió de las sombras a un lado del camino, detuvo a Minny y me agarró.

»—Señorita Catherine, me sabe muy mal —empezó—, pero's que's una pena…

»Le di un latigazo porque pensaba que iba a asesinarme. Me soltó, me gritó una de sus horrendas imprecaciones y galopé a casa casi dislocada.

»Aquella tarde no entré a darte las buenas noches, y la siguiente no fui a Cumbres Borrascosas. Lo deseaba sobremanera, pero me hallaba presa de un extraño desasosiego: por un lado, tenía pavor de que me dijeran que Linton había muerto y, por otro, me estremecía ante la idea de toparme con Hareton.

»Al tercer día me armé de valor o, al menos, me vi incapaz de seguir soportando aquella incertidumbre y volví a escaparme. Me marché de aquí a las cinco, a pie, creyendo que de esa manera lograría colarme dentro y subir al cuarto de Linton sin ser vista. Sin embargo, los perros anunciaron mi llegada. Zillah me salió al encuentro, me dijo que "el zagal ya taba casi bueno" y me llevó a una pequeña habitación, limpia y alfombrada, donde para mi indecible dicha vi a Linton tumbado en un canapé leyendo uno de mis libros. Pero, Ellen, durante una hora entera se negó a hablarme y a mirarme (tiene un carácter lamentable), y lo que más me desconcertó fue que, cuando por fin abrió la boca, ¡lo hizo para calumniarme alegando que era yo quien había ocasionado aquel alboroto y que Hareton no tenía culpa de nada!

»Viéndome incapaz de contestarle sin perder los estribos, me levanté y salí de la habitación. En ese momento sí me lanzó un tenue: "¡Catherine!". No esperaba que reaccionase de la forma en que lo hice, pero no quise volver sobre mis pasos. El día siguiente a aquel fue el segundo que permanecí en casa, casi decidida a no verle nunca más.

»Pero me entristecía tanto acostarme y levantarme sin saber nada de él que mi resolución se desvaneció por completo aun antes de haberla tomado de verdad. Si la primera vez me había parecido mal hacer aquel trayecto, ahora me parecía mal no hacerlo. Michael vino a preguntarme si debía ensillar a Minny. Le dije que sí y mientras mi jaca me llevaba del otro lado de las colinas sentía que estaba cumpliendo con mi deber.

»No tenía más remedio que pasar por delante de las ventanas de la fachada principal para llegar al patio. Era inútil tratar de ocultar mi presencia.

»—El señorito ta en la casa —dijo Zillah cuando vio que me dirigía al gabinete.

»Entré. Earnshaw también estaba, pero se marchó enseguida. Vi a Linton sentado en el sillón, mitad dormido. Me acerqué a la lumbre y asumí un tono serio, en parte porque quería que fuera verdad lo que iba a decir:

»—Como no me aprecias, Linton, y crees que vengo con la única intención de hacerte daño y sostienes que te lo hago siempre, este será nuestro último encuentro. Digámonos adiós; y di al señor Heathcliff que no sientes el menor deseo de verme y que no tiene por qué urdir más embustes al respecto.

»—Siéntate y quítate el sombrero, Catherine —repuso—. Eres mucho más feliz que yo, deberías ser más buena. Papá ya se encarga lo suficiente de recordarme mis defectos y manifestarme su desprecio, de modo que no es de extrañar que dude de mí mismo. Me pregunto si no seré un inútil como él me califica cada dos por tres ¡y entonces siento una rabia y una amargura tales que odio a todo el mundo! Es cierto que casi siempre soy un inútil, tengo mal carácter y estoy de mal humor, así que eres libre de decirme adiós; te quitarás un estorbo de encima. Pero, Catherine, hazme la siguiente justicia: créeme que, si pudiera, antes que desear ser tan feliz y estar tan sano como tú desearía ser igual de dulce, amable y bondadoso. Y créeme, tu bondad me ha hecho quererte más profundamente que si mereciera tu amor, y aunque no he podido ni puedo evitar mostrarte mi verdadera naturaleza, me pesa ser así y me arrepiento de ello. ¡Me pesará y me arrepentiré hasta que me muera!

»Sentí que decía la verdad y que debía perdonarle, y que aunque discutiera conmigo un minuto después tendría que volver a perdonarle. Nos reconciliamos, pero no hicimos sino llorar durante todo el rato que estuve allí. Y no solo de tristeza, aunque a mí sí me apenaba que Linton tuviera un carácter tan retorcido. ¡No permite nunca que sus amigos se sientan cómodos y tampoco se siente cómodo él mismo!

»Desde aquella noche siempre he ido a su pequeño gabinete, porque su padre regresó al día siguiente. Creo que solo tres veces nos hemos sentido tan felices y esperanzados como la primera tarde. Todas mis demás visitas han sido tristes y turbulentas, unas veces debido a su egoísmo y su mala fe, y otras, a sus achaques; pero he aprendido a tolerar lo primero casi con la misma falta de rencor que lo segundo.

»El señor Heathcliff hace cuanto puede por evitarme. Casi no le he visto. Es más, el último domingo llegué más temprano que de costumbre y oí que insultaba con crueldad al pobre Linton por la forma en que se había portado conmigo la víspera. No sé cómo se enteró, a menos que estuviera escuchando detrás de la puerta. Desde luego, Linton se había puesto provocador, pero aquello no le incumbía a nadie salvo a mí, por lo que interrumpí la arenga del señor Heathcliff irrumpiendo en la habitación y diciéndoselo. Él se echó a reír y se marchó alegando que se alegraba de que me tomase las cosas de aquella manera. Aquel día sugerí a Linton que en lo sucesivo, cuando tenga algo desagradable que decir, me lo diga al oído.

»Bien, Ellen, ya lo sabes todo. No podéis impedirme que vaya a Cumbres Borrascosas sin hacer desgraciadas a dos personas, mientras que, si no le dices nada a papá, mis visitas no le quitarán el sueño a nadie. ¿Verdad que no te chivarás? No tendrías corazón si lo hicieras.

—Eso lo decidiré mañana, señorita Catherine —repuse—. Debo meditarlo, de modo que la dejaré descansar e iré a reflexionar sobre ello.

Reflexioné en voz alta y en presencia de mi amo. Me dirigí en derechura del cuarto de ella al de su padre y le conté toda la historia, salvo las conversaciones de Cathy con su primo; tampoco mencioné a Hareton en ningún momento.

El señor Linton se alarmó y afligió más de lo que me dio a entender. A la mañana siguiente, Catherine supo que yo había traicionado su confianza y que debía poner coto a sus clandestinas visitas.

De nada le sirvió llorar ni rebelarse contra aquella prohibición, ni implorar a su padre que se apiadara de Linton. El único consuelo que recibió fue la promesa de que él mismo se encargaría de escribirle y le daría permiso de que viniera a la Granja cuando quisiera, aunque no sin advertirle que no volvería a ver a Catherine en Cumbres Borrascosas. Quizá de haber sido más consciente del carácter de su sobrino y de su delicada salud habría considerado oportuno no brindarle siquiera ese lenitivo.

11

—Esto último ocurrió el invierno pasado, señor —dijo la señora Dean—, hace poco más de un año. ¡Quién iba a decirme que doce meses después estaría contándole estas cosas a una persona ajena a la casa para entretenerla! Pero quién sabe si seguirá siendo un extraño durante mucho tiempo. Es demasiado joven para que, viviendo solo, no busque la compañía de otras personas. Además, me da la impresión de que nadie que vea a Catherine Linton puede dejar de enamorarse de ella. Sí, sí, sonríe usted, pero ¿por qué se muestra tan interesado y animado cuando le hablo de ella? Y ¿por qué me ha pedido que cuelgue su retrato encima de su chimenea? Y ¿por qué…?

—¡Deténgase, querida amiga! —exclamé—. Es muy posible que me haya enamorado de ella, pero ¿podría ella enamorarse de mí? Tengo demasiadas dudas al respecto como para arriesgar mi sosiego precipitándome a caer en la tentación. Aparte de que mi hogar no es este: yo pertenezco al concurrido mundo y a sus brazos he de volver. Continúe. ¿Obedeció Catherine las órdenes de su padre?

—Sí —prosiguió el ama de llaves—. Su amor hacia él seguía ocupando un predominante lugar en su corazón. Y él le había hablado sin acritud, le había hablado con la profunda ternura de quien se dispone a abandonar a su tesoro rodeado de peligros y enemigos, consciente de que la única ayuda que podía legarle para guiarla era el recuerdo de sus palabras.

Pocos días después, me dijo:

—Ojalá mi sobrino me escribiese, Ellen, o nos hiciera una visita. Dime sinceramente qué opinión te merece. ¿Ha cambiado para mejor? O ¿cabe al menos alguna esperanza de que mejore cuando se haga un hombre?

—Está muy delicado, señor —repuse—, y es bastante improbable que llegue a hacerse un hombre. Pero lo que sí puedo decir es que no se parece a su padre y que, si la señorita Catherine tuviese la desgracia de casarse con él, Linton no escaparía a su control a menos que ella le tratase con estúpida y excesiva indulgencia. Sea como fuere, señor, tendrá tiempo de sobra para conocerle bien y ver si le conviene a su hija: aún le quedan más de cuatro años para que sea mayor de edad.

Edgar suspiró, se acercó a la ventana y miró hacia la iglesia de Cordera. Era una tarde neblinosa, pero el sol de febrero brillaba tenuemente y se alcanzaban a distinguir los dos abetos del camposanto y las sencillas y dispersas lápidas.

—He rezado muchas veces —dijo casi para sus adentros— para que llegase lo que se avecina; ahora empiezo a temerlo y a querer rehuirlo. ¡Creía que el recuerdo de cuando bajé por esa cañada convertido en novio no sería tan dulce como la esperanza de que pronto, unos meses o tal vez unas semanas después, me llevarían a hombros allí arriba y me depositarían en su solitaria hondonada! Ellen, he sido muy feliz con mi pequeña Cathy. Tanto las noches de invierno como los días de verano, mi hija ha sido una fuente de vida y esperanza para mí. Pero he sido igual de feliz cuando meditaba a solas entre las losas al abrigo de esa vieja iglesia y yacía las largas tardes de junio en el verde túmulo del sepulcro de su madre, deseando y anhelando que llegase la hora cuando pudiera yacer bajo él. ¿Qué puedo hacer por Cathy? ¿De qué manera debo abandonarla? Si Linton fuera capaz de consolarla de mi pérdida, me tendría sin cuidado que fuera hijo de Heathcliff y me la arrebatase. ¡No me importaría que Heathcliff lograra su propósito y triunfase despojándome de mi última bendición! Pero si Linton no es digno de ella, si no es sino un pelele en manos de su padre, ¡no puedo abandonarla a su suerte! Por duro que sea quebrantar su exuberante espíritu no me quedará más remedio que seguir afligiéndola mientras viva y dejarla sola tras mi muerte. ¡Pobrecilla! Mejor sería encomendarla a Dios y que la pongan bajo tierra antes que a mí.

—Encomiéndela a Dios sin más, señor —repuse— y si le perdemos a usted, Dios no lo quiera, bajo Su providencia yo seguiré siendo amiga y consejera de su hija hasta el final. La señorita Catherine es buena chica, no temo que vaya por el mal camino por su propia voluntad. Y quienes cumplen con su deber siempre son recompensados.

La primavera avanzaba, pero mi amo, aunque hubiera reanudado los paseos por la finca con su hija, no terminaba de cobrar fuerzas. Ella, en su inexperiencia, interpretó esos paseos como un síntoma de convalecencia; es más, como él solía tener las mejillas arreboladas y los ojos brillantes, estaba convencida de que se curaría.

El día que ella cumplió diecisiete años, su padre no fue al cementerio. Llovía, de modo que comenté:

—No irá a salir esta tarde, ¿verdad, señor?

—No, este año dejaré la visita para un poco más adelante —repuso.

Escribió de nuevo a Linton para manifestarle su gran deseo de verle y no me cabe duda de que, si el enfermo hubiese estado presentable, su padre lo habría permitido. Dadas las circunstancias, Linton contestó obedeciendo instrucciones: dio a entender que el señor Heathcliff se oponía a que fuese a la Granja, pero que estaba feliz de que su tío hubiese tenido la amabilidad de recordarle y esperaba encontrarse con él alguna vez en sus paseos para pedirle en persona que la separación entre su prima y él no siguiera siendo tan absoluta.

Esa parte de la carta era sencilla y, seguramente, de su propia cosecha. Heathcliff sabía que su hijo era capaz de rogar con elocuencia que se le concediera la compañía de Catherine.

> No pido que ella venga a verme aquí —decía—, pero ¿acaso no voy a volver a verla solo porque mi padre me prohíbe ir a su casa y usted le prohíbe a ella que venga a la mía? ¡Por favor, acceda de vez en cuando a dar un paseo con ella en dirección de las Cumbres para que podamos intercambiar algunas palabras en presencia de usted! No hemos hecho nada para merecer esta separación y usted mismo reconoce que no está enojado conmigo ni tiene el menor motivo para no apreciarme. ¡Querido tío! Mándeme una nota amable mañana y acceda a que nos veamos donde usted decida, excepto en la Granja de los Tordos. Pienso que un encuentro le convencería de que no tengo el mismo carácter que mi padre; él asegura que soy más sobrino de usted que hijo de él y, aunque tengo defectos que me hacen indigno de Catherine, ella me los ha perdonado y por amor a ella usted también debería perdonármelos. Pregunta por mi salud. Me encuentro mejor, pero mientras siga aquí aislado sin esperanza alguna, condenado a la soledad o a la compañía de quienes nunca me han querido ni me querrán, ¿cómo voy a estar alegre y bien?

Edgar, aunque lo sintió por el muchacho, no pudo acceder a su petición porque no estaba en condiciones de acompañar a Catherine.

Contestó diciendo que a lo mejor podrían reunirse en verano y que en el ínterin le gustaría seguir recibiendo nuevas de él de vez en cuando, y se comprometía a mandarle por vía epistolar todos los consejos y el consuelo de los que fuera capaz porque bien sabía lo difícil que era su situación familiar.

Linton accedió; y si no le hubiesen puesto trabas, seguramente lo habría estropeado todo atiborrando sus misivas de quejas y lamentos, pero su padre le vigilaba de cerca y, por supuesto, obligaba a su hijo a mostrarle cada renglón que le remitía mi amo. De modo que en lugar de consignar sus peculiares angustias y tribulaciones personales, que siempre acaparaban sus pensamientos, insistía una y otra vez en lo cruel que era obligarle a vivir separado de su amiga y su amor, e insinuaba veladamente que, si el señor Linton no le permitía pronto una entrevista, empezaría a sospechar que le engañaba con vanas promesas.

En casa, Cathy era una poderosa aliada para él, y entre ambos acabaron persuadiendo a mi amo de que les consintiera dar un paseo una vez por semana, ya fuera a caballo o a pie, en los brezales más próximos a la Granja, bajo mi tutela. Porque, en junio, mi amo seguía empeorando y, aunque cada año había ido apartando una parte de sus rentas para incrementar la fortuna de mi señorita, tenía el natural deseo de que su hija conservase la casa de sus antepasados o, al menos, que pudiese regresar a ella pronto, y consideraba que la única esperanza que tenía de lograrlo era contrayendo matrimonio con su heredero. No tenía la menor idea de que la vida de este se estuviera apagando casi tan deprisa como la de él, aunque creo que nadie la tenía, porque ningún médico visitó las Cumbres y ninguno de nosotros volvió a ver al señorito Heathcliff para poder avisar al resto de la casa de la gravedad de su estado.

Yo, por mi parte, empecé a pensar que había errado en mis vaticinios y que, en realidad, Linton iba cobrando fuerzas, porque hablaba de montar a caballo y de dar un paseo a pie en los brezales, y parecía empeñado en lograr su objetivo.

No me cabía en la imaginación que un padre pudiera tratar de forma tan tiránica y cruel a un niño moribundo, como supe después que Heathcliff había tratado a su hijo para obligarle a aparentar entusiasmo. Redoblaba sus esfuerzos cuanto más inminente era la amenaza de que la muerte viniera a truncar sus avariciosos y desalmados planes.

12

Ya casi habíamos dejado atrás el apogeo del verano cuando Edgar accedió, aunque a regañadientes, a los ruegos de los jóvenes, y Catherine y yo hicimos nuestra primera salida a caballo para ir a reunirnos con su primo.

Era un día bochornoso y sofocante. No brillaba el sol, pero el cielo se hallaba demasiado aborregado y calinoso como para amenazar lluvia. El lugar señalado para nuestra cita era el mojón ubicado en el cruce de caminos. Sin embargo, al llegar allí nos encontramos con un pastorcillo al que habían enviado en calidad de mensajero. Nos dijo:

—El señoíto Linton ta just'aquende de las Cumbres y taríales mu gradecío k'acercárense ta hi.

—Al parecer, el señorito Linton ha olvidado la principal condición que le puso su tío —observé—. El amo nos ha mandado no salir de sus terrenos y aquí ya estamos fuera de ellos.

—En ese caso, volveremos grupas en cuanto le encontremos —repuso mi señorita— y daremos el paseo en dirección a casa.

Pero, cuando llegamos donde estaba Linton, que era a cuatrocientos metros escasos de su propia casa, nos encontramos con que no tenía caballo y no tuvimos más remedio que desmontar y dejar que los nuestros pastasen por allí.

Estaba tumbado en el brezal esperando nuestra llegada y no se levantó hasta que nos hallamos a pocos metros de él. Cuando lo hizo le vimos andar con tal dificultad y estaba tan pálido que enseguida exclamé:

—Vaya, señorito Heathcliff, esta mañana no está usted en condiciones de dar un paseo. ¡Qué mal aspecto tiene!

Catherine le miraba afligida y atónita. La exclamación de júbilo que traía a flor de labio se convirtió en una de alarma, y el regocijo por aquel encuentro tanto tiempo postergado en ansiosa pregunta: ¿acaso se encontraba peor que de costumbre?

—¡No, mejor, mejor! —jadeó él temblando.

Retenía la mano de Catherine entre las suyas como si necesitara su apoyo, al tiempo que medrosamente paseaba sus grandes ojos azules por toda ella. Las ojeras que los cernían habían transformado su antigua lánguida expresión en una macilenta insania.

—Pero has estado peor —insistió su prima—, peor que la última vez que te vi. Estás más delgado y…

—Estoy cansado —se apresuró a interrumpir—. Hace demasiado calor para dar un paseo; sentémonos aquí a descansar. Casi siempre me encuentro mal por la mañana. Papá dice que es porque estoy creciendo muy deprisa.

Cathy, aunque no se dio por satisfecha, se sentó y él se tumbó a su lado.

—Esto se parece a tu paraíso —dijo ella esforzándose por mostrarse alegre—. ¿Te acuerdas que acordamos pasar dos días juntos en el lugar y de la forma que a cada uno se le antojase más agradable? Pues este es casi el tuyo, solo que hay nubes, aunque son tan tenues y doradas que resultan más bonitas que el sol. La semana que viene, si puedes, bajaremos a caballo hasta el parque de la Granja y probaremos el mío.

Linton no parecía saber de qué le hablaba: era evidente que le suponía un enorme esfuerzo mantener cualquier tipo de conversación. Su falta de interés por los temas que ella iniciaba y su incapacidad para contribuir a su diversión eran tan flagrantes que Catherine no pudo ocultar su decepción. Una indefinida mudanza se había operado en la persona y el comportamiento de Linton. Los berrinches que antaño los mimos podían transformar en ternura habían cedido a una impávida apatía. Tenía menos del irascible temperamento de un niño que se queja e incordia a los demás para que le apacigüen y más de la ensimismada hosquedad de un enfermo crónico que rechazaba todo consuelo y se apresta a considerar un insulto el alegre regocijo de quienes le rodean.

Catherine veía tan bien como yo que, para él, soportar nuestra compañía era antes un castigo que un placer, y no tuvo escrúpulos en proponer que nos marcháramos cuanto antes.

Aquella propuesta sacó a Linton de su letargo en el acto y le causó una extraña zozobra. Dirigió una temerosa mirada hacia las Cumbres y rogó a su prima que se quedara con él al menos media hora más.

—Pero yo creo —dijo Cathy— que estarías más cómodo en casa que aquí; además, veo que hoy no consigo divertirte con mis cuentos, mis canciones y mi cháchara. En los últimos cinco meses te has vuelto más sabio que yo, y mis diversiones ya no son de tu agrado. De lo contrario, si viera que soy capaz de distraerte, me quedaría con mucho gusto.

—Quédate y descansa un poco —repuso él—. Y, Catherine, no pienses ni digas que estoy muy mal. Lo que me entorpece es este bochorno. He andado tanto que antes de que llegaras ya estaba agotado. Di al tío que estoy bastante bien de salud, ¿lo harás?

—Le diré que eso dices tú, Linton. Yo no me atrevería a decir lo mismo —observó mi señorita, extrañada por aquel pertinaz aserto de algo que a todas luces era falso.

—Y regresa el jueves que viene —prosiguió él rehuyendo la perpleja mirada de su prima—. Y dale a tu padre las gracias de mi parte por haberte dejado venir, dile que se lo agradezco mucho, Catherine. Y... y si ves a mi padre y te pregunta qué tal ha ido, no le dejes entrever que he estado muy callado y tontorrón. No vayas a poner esa triste y abatida cara que pones ahora; se enfadaría.

—Me tiene sin cuidado que se enfade —exclamó Cathy pensando que el objeto de su furia sería ella.

—Pero a mí no —dijo su primo estremeciéndose—. No le hagas montar en cólera contra mí, Catherine, porque es muy duro.

—¿Es severo con usted, señorito Heathcliff? —pregunté—. ¿Acaso se ha cansado de ser indulgente y ha pasado del odio pasivo al odio activo?

Linton me miró, pero no contestó. Y Cathy, tras permanecer sentada junto a él otros diez minutos, durante los cuales su primo dejó caer la soñolienta cabeza sobre el pecho sin emitir sino sofocados gemidos de agotamiento o dolor, se solazó con ponerse a buscar arándanos y compartir conmigo los frutos de su exploración. No se los ofreció a él, porque vio que prestarle mayor atención solo serviría para cansarle e irritarle.

—¿Ya ha transcurrido media hora, Ellen? —me susurró al final—. No veo por qué tenemos que permanecer aquí. Él se ha quedado dormido y papá estará esperando que regresemos.

—Bien, pero no vamos a dejarle aquí dormido —repuse—. Tenga paciencia y espere a que despierte. Con las prisas que tenía por venir, ¡qué pronto se le han evaporado las ansias de ver al pobre Linton!

—¿Por qué quería él verme a mí? —repuso Catherine—. Me caía mejor antes en sus momentos de mayor irritación que ahora que está tan raro. Este encuentro es como un cometido que se ha visto obligado a cumplir por temor a que su padre le regañe. Pero no estoy dispuesta a venir solo para complacer al señor Heathcliff, sean cuales sean sus motivos para imponer a Linton semejante penitencia. Y aunque me alegra que esté mejor de salud, siento que se muestre mucho menos simpático y cariñoso conmigo.

—¿De verdad cree que está mejor de salud? —pregunté.

—Sí —contestó ella—, porque, como sabes, solía conceder suma importancia a sus achaques. Aunque no esté «bastante bien de salud», como me ha pedido que le diga a papá, seguramente está mejor.

—En eso diferimos, señorita Cathy —observé—. Yo diría que está mucho peor.

En aquel momento, Linton despertó sobresaltado, perplejo y aterrado, y preguntó si alguien le había llamado por su nombre.

—No —dijo Catherine—, a menos que haya sido en sueños. No entiendo cómo puedes quedarte dormido al aire libre y en plena mañana.

—Me ha parecido oír a mi padre —balbució él alzando los ojos hacia el ceñudo espolón que se erguía frente a nosotros—. ¿Estás segura de que nadie me ha llamado?

—Muy segura —repuso su prima—. Ellen y yo hablábamos de tu salud. ¿De verdad te sientes más fuerte, Linton, que cuando nos despedimos el invierno pasado? Si es así, una cosa se ha debilitado seguro, y es tu cariño hacia mí. Dime: ¿estás mejor?

Linton contestó con los ojos hechos fuente:

—¡Sí, sí, lo estoy!

Pero seguía hechizado por la voz imaginaria que había oído y revolvía los ojos por doquier para intentar detectar a su dueño.

Cathy se levantó.

—Tenemos que despedirnos por hoy —dijo—. No te ocultaré que nuestro encuentro me ha decepcionado mucho, aunque no pienso comentarlo con nadie más. ¡Y no porque tema al señor Heathcliff!

—¡Calla —murmuró Linton—, por el amor de Dios, calla! Viene hacia aquí.

Y se colgó del brazo de Catherine para detenerla. Pero ante aquel anuncio ella se zafó a toda prisa y silbó a Minny, que la obedeció como si fuera un perro.

—Regresaré el jueves que viene —gritó saltando a la silla—. Adiós. ¡Date prisa, Ellen!

Y así le dejamos. Él apenas se dio cuenta de que nos íbamos de tan absorto que estaba en anticipar la llegada de su padre.

Antes de que llegáramos a casa, el disgusto de Catherine se había ido dulcificando hasta convertirse en una perpleja sensación de lástima y remordimiento, entremezclada con vagas e inquietas dudas acerca de la verdadera condición física y social de Linton, dudas que yo compartía, aunque le aconsejé que no dijera demasiado porque un segundo viaje nos convertiría en mejores jueces.

Mi amo nos pidió que le diéramos parte de nuestra visita. La señorita Cathy le transmitió debidamente el agradecimiento de su sobrino, pero apenas mencionó lo demás. Yo tampoco le esclarecí gran cosa, porque no sabía bien qué ocultar y qué revelar.

13

Aquellos siete días pasaron volando, aunque cada uno trajo consigo un progresivo y rápido deterioro en la salud de Edgar Linton. Los estragos que hasta entonces habían causado los meses eran ahora emulados por el atropello de las horas.

Con mucho gusto habríamos seguido engañando a Catherine, pero su avispado espíritu se negaba a engañarla. Adivinaba en secreto la horrible probabilidad que poco a poco iba convirtiéndose en certeza y no cesaba de darle vueltas.

Cuando llegó el jueves, mi señorita no tuvo valor para mencionar su paseo a caballo; lo hice yo en su lugar y obtuve permiso para mandarla salir de casa, porque para ella ya no existía otro mundo que no fuera la biblioteca, donde su padre se detenía el poco tiempo que lograba permanecer levantado al día, y el aposento de este. Escatimaba cada segundo que no se hallaba inclinada sobre la almohada de su padre o sentada a su lado. Tenía el rostro cada día más maciento de tanto velar y sufrir, por lo que mi amo le dio licencia de buen grado con la ilusión de que para ella aquella salida supusiera un alegre cambio de escenario y de compañía, y consolándose con la esperanza de que su hija ya no estaría completamente sola cuando él muriera.

Basándome en varias observaciones que el señor Linton había dejado caer deduje que se había empeñado en que si su sobrino se le parecía en lo físico, también se le parecería en lo mental. Porque las cartas del joven Linton apenas dejaban traslucir, o no traslucían para nada, su deficiente temperamento. Y yo, por una debilidad perdonable, me abstuve de sacarle de su error; me decía que no serviría de nada amargarle los últimos momentos de su vida con una información de la que ya no podía sacar ningún provecho.

Aplazamos nuestra excursión hasta la tarde; una dorada tarde de agosto cuando cada soplo llegado de las colinas venía tan cargado de vida que daba la impresión de que reanimaría a cualquiera que lo respirase, incluido un moribundo.

El rostro de Catherine espejaba el paisaje; en él se sucedían sombras y rayos de sol en rápida alternancia; aunque los rayos eran más fugaces que las sombras, y su pobre corazoncito se reprochaba hasta un pasajero olvido de sus cuitas.

Avistamos a Linton montando guardia en el mismo lugar que había elegido en la anterior ocasión. Mi señorita se apeó y me dijo que, como había resuelto permanecer allí muy poco tiempo, lo mejor que podía hacer yo era no desmontar y sujetar las riendas de su jaca. Pero yo disentí: no iba a correr el riesgo de perder de vista ni un instante a la persona encomendada a mi cargo. De modo que subimos juntas la ladera cubierta de brezo.

Esta vez, el señorito Heathcliff nos recibió más animado, aunque su animación no era motivada por el entusiasmo, ni siquiera por la alegría, sino por el miedo.

—¡Es tarde! —dijo secamente y con dificultad—. ¿No está tu padre muy enfermo? Pensaba que no vendrías.

—¿Por qué no eres sincero conmigo? —exclamó Catherine tragándose el saludo—. ¿Por qué no confiesas ahora mismo que no me quieres? ¡Linton, es muy raro que por segunda vez me hayas hecho venir hasta aquí con el único propósito de hacernos pasar un mal rato a los dos, porque no parece que lo hagas por ningún otro motivo!

Linton se estremeció y le dirigió una mirada entre avergonzada y suplicante, pero su prima no tenía paciencia para seguir soportando aquel enigmático proceder.

—Sí, mi padre está muy enfermo —dijo—. ¿Por qué me has apartado de su cabecera? ¿Por qué no has mandado decir que me librabas de mi promesa si deseabas que no la cumpliese? ¡Vamos! Exijo una explicación. ¡Los juegos y las sandeces han sido en absoluto desterrados de mi mente: ahora mismo no puedo seguirle el juego a tu falta de naturalidad!

—¡Mi falta de naturalidad! —murmuró él—. ¿Qué falta de naturalidad? ¡Por el amor de Dios, Catherine, no pongas esa cara de rabia! ¡Despréciame cuanto quieras, soy un miserable, un inútil y un cobarde, merezco todo tu desprecio y más! Pero soy demasiado indigno de tu cólera. ¡Odia a mi padre y a mí conténtate con menospreciarme!

—¡Qué tontería! —gritó Catherine furiosa—. ¡Eres un niño ridículo y necio! ¡Vaya por Dios! ¡Tiembla como si fuera a ponerle las manos encima! No hace falta que reclames mi menosprecio, Linton, cualquiera te lo profesaría espontáneamente. ¡Vete! Yo regreso a casa. Es una locura arrancarte del calor de la chimenea y fingir… ¿Qué estamos fingiendo? ¡Suéltame el vestido! ¡Si me apiadara de ti porque lloras y pareces aterrado, desdeñarías mi compasión! Ellen, dile que su conducta es vergonzosa. Levántate, no te degrades convirtiéndote en un abyecto gusano.

Linton, al que las lágrimas corrían por la cara y en cuya expresión se leía un profundo dolor, había arrojado su enervado cuerpo al suelo. Se retorcía presa de intenso terror.

—¡Ah! —sollozaba—. ¡No lo soporto! ¡Catherine, Catherine! Encima ¡soy un traidor y no me atrevo a decírtelo! Pero ¡si me abandonas, me matará! Catherine, querida, mi vida está en tus manos. Has dicho que me querías y, si es así, no te haría ningún mal. ¿Verdad que no te irás? ¡Amable, dulce y bondadosa Catherine! ¡Quizá accedas, y él me dejará morir a tu lado!

Mi señorita, al presenciar aquella extraordinaria zozobra, se inclinó para levantarle. Su antiguo sentimiento de indulgente ternura pudo más que su irritación y empezó a sentirse cada vez más conmovida y alarmada.

—¿Acceder a qué? —preguntó—. ¿A quedarme? Si me explicas qué significan tus extrañas palabras, haré lo que me pides. ¡Te contradices tanto que me despistas! Cálmate, sé sincero y confiesa de una vez qué es lo que abruma tu corazón. No irás a hacerme daño, ¿eh, Linton? No permitirías que ningún enemigo me hiciera daño si pudieses evitarlo, ¿verdad? Estoy dispuesta a creer que eres cobarde contigo mismo, pero no que seas un cobarde capaz de traicionar a tu mejor amiga.

—Pero mi padre me ha amenazado —dijo el muchacho con la voz entrecortada, entrelazando los endebles dedos— y le tengo pavor. ¡Le tengo pavor! ¡No me atrevo a hablar!

—¡Está bien! —dijo Catherine con displicente compasión—. Guarda tu secreto, yo no soy ninguna cobarde. ¡Sálvate a ti mismo, yo no tengo miedo!

Aquella magnanimidad causó que a Linton se le saltaran las lágrimas. Rompió a llorar sin control y a besar las manos que le sustentaban, pero no lograba hacer acopio de valor para hablar.

Estaba yo devanándome los sesos para desentrañar aquel misterio, decidida a no tolerar bajo ningún concepto que Catherine sufriese por él o por nadie con mi mudo consentimiento, cuando oí un crujido entre los urces. Levanté la vista y vi al señor Heathcliff, que bajaba de las Cumbres y ya casi nos había alcanzado. No se dignó mirar a mis acompañantes, y eso que se hallaban lo bastante cerca como para que llegasen a sus oídos los sollozos de Linton, sino que me saludó a mí en un tono casi cordial que no asumía con nadie más y de cuya sinceridad no podía evitar tener mis dudas:

—¡Nelly, qué sorpresa verte tan cerca de mi casa! ¿Cómo van las cosas por la Granja? ¡Cuéntame! Corren rumores —añadió bajando un poco la voz— de que Edgar Linton está agonizante. ¿No estarán exagerando su gravedad?

—Me temo que no —repuse—; mi amo se está muriendo. Será una desgracia para todos nosotros ¡y una bendición para él!

—¿Cuánto crees que vivirá? —preguntó.

—No lo sé —dije.

—Porque... —prosiguió mirando a los dos jóvenes, que se habían quedado inmóviles. Daba la impresión de que Linton no se atrevía a moverse ni a levantar la cabeza, de modo que Catherine tampoco podía cambiar de postura— ... porque ese mozalbete parece decidido a ganarme la partida y yo agradecería que su tío se apresurara en estirar la pata y nos dejaría antes que él. ¡Vaya! ¿Hace mucho que este cachorrito está con ese juego? Y eso que ya le he aleccionado unas cuantas veces acerca de sus lloriqueos. ¿No suele mostrarse bastante animado cuando está con la señorita Linton?

—¿Animado? Para nada. Ha dado muestras del mayor abatimiento —repuse—. Cualquiera que le viese pensaría que en lugar de andar de paseo con su novia por estos montes debería hallarse en la cama y en manos de un médico.

—Lo estará dentro de un día o dos —murmuró Heathcliff—. Pero antes... ¡Linton, levántate! ¡Levántate! —gritó—. ¡No te arrastres por el suelo, vamos, levántate ahora mismo!

Linton había vuelto a caer postrado, presa de otro paroxismo de invencible miedo, provocado creo yo por la mirada que le dirigía su padre, porque nada más podía haberle causado semejante humillación. Hizo varios esfuerzos por obedecer, pero ya se le habían agotado las pocas fuerzas que tenía y volvió a desplomarse con un gemido.

El señor Heathcliff se le acercó y le incorporó para reclinarle en un ribazo cubierto de césped.

—Vamos a ver —dijo con reprimida brutalidad—, estás haciéndome enfadar y como no controles ese miserable ánimo... ¡Maldito seas! ¡Levántate ahora mismo!

—¡Sí, padre! —jadeó Linton—. Pero ¡suéltame si no quieres que me desmaye! He hecho lo que querías, te lo aseguro. Catherine te puede decir que… que he estado alegre. ¡Oh! Quédate a mi lado, Catherine, dame la mano.

—Toma la mía —dijo su padre—. ¡Levántate! Muy bien, y ahora ella te dará el brazo. Eso es, mírala a ella. Cualquiera diría que soy el diablo en persona, señorita Linton, para inspirar tanto terror. Tenga la amabilidad de acompañarle a casa, ¿quiere? Se pone a temblar en cuanto le toco.

—¡Linton, querido! —susurró Catherine—. Yo no puedo ir a Cumbres Borrascosas, papá me lo tiene prohibido. No te hará daño, ¿por qué le tienes tanto miedo?

—No pienso volver a entrar en esa casa —repuso—. ¡No volveré a entrar sin ti!

—¡Basta! —gritó su padre—. Respetaremos los escrúpulos filiales de Catherine. Nelly, acompáñale tú, y yo seguiré tu consejo en lo tocante al médico sin dilación.

—Hará bien —repuse—, pero yo debo permanecer junto a mi señorita. No me corresponde a mí cuidar de su hijo.

—¡Qué rígida eres! —dijo Heathcliff—. No es que no lo supiera ya, pero no me obligues a pellizcar al niño para que grite y te mueva a compasión. Ven aquí, mi héroe. ¿Estás dispuesto a volver si yo te acompaño?

Volvió a acercarse a la frágil criatura e hizo ademán de tocarle, pero Linton se echó para atrás, se agarró a su prima y le imploró que le acompañase con una insistencia tan frenética que no admitía negativa.

Por mal que me pareciera que lo hiciese, no pude impedírselo. Es más, ¿cómo iba ella a negarse? No teníamos forma de saber qué era lo que le inspiraba tanto terror, pero le veíamos tan impotente bajo las garras de su padre que daba la impresión de que no resistiría otra amenaza sin enloquecer del todo.

Llegamos al umbral. Catherine entró y yo, pensando que saldría enseguida, me quedé fuera esperando a que hubiese conducido al enfermo hasta una silla. Pero el señor Heathcliff me empujó dentro y dijo:

—Mi casa no está infestada por la peste, Nelly. Además, hoy he decidido ser hospitalario. Siéntate y, con tu permiso, voy a cerrar la puerta.

La cerró y le echó llave. Me asusté.

—Antes de volver a casa tomaréis un poco de té —añadió—. Estoy solo. Hareton ha ido a Lees con el ganado, y Zillah y Joseph tenían unos días libres y han salido de viaje. Y aunque estoy acostumbrado a la soledad, prefiero gozar de una compañía interesante si se me brinda la oportunidad. Señorita Linton, tome asiento junto a él. Le ofrezco lo que tengo; no es que mi regalo merezca mucho la pena, pero es cuanto puedo ofrecerle. Me refiero a Linton. ¡Cómo me clava la mirada esta mujer! ¡Es extraño, me nacen sentimientos muy salvajes ante todo lo que manifiesta temerme! De haber nacido en un lugar donde las leyes fueran menos estrictas y los gustos menos remilgados, me daría el gusto de efectuar una lenta vivisección de estos dos para amenizar la velada.

Respiró hondo, dio un puñetazo en la mesa y maldijo para sus adentros.

—¡Demonios, cuánto los odio!

—¡Yo a usted no le tengo ningún miedo! —exclamó Catherine, que no había captado la segunda parte de su discurso.

Se le arrimó; sus negros ojos centelleaban de cólera y resolución.

—Deme esa llave. ¡Démela! No comería ni bebería aquí ni aunque estuviera muerta de hambre y de sed.

Heathcliff sostenía la llave en la mano que seguía apoyada en la mesa. Alzó la vista presa de cierto asombro ante la osadía de Catherine, o tal vez porque su voz y su mirada le traían a la memoria a aquella de quien las había heredado.

Ella agarró la herramienta y casi logró arrebatársela. Pero ante ese gesto Heathcliff despertó al presente, y la recuperó en el acto.

—Bien, Catherine Linton —dijo—, apártese o la derribaré, y eso enojaría a la señora Dean.

Catherine, haciendo caso omiso de la advertencia, volvió a agarrarle el puño y su contenido.

—¡Nos marcharemos sí o sí! —exclamó haciendo supremos esfuerzos para vencer la resistencia de aquellos músculos de acero.

Y al comprobar que con las uñas no lograba nada le hincó los dientes hasta el fondo.

Heathcliff me dirigió tal mirada que durante unos instantes fui incapaz de intervenir. Catherine estaba demasiado pendiente de su mano para reparar en su rostro. De improviso él la abrió y soltó el objeto de la discordia, pero, antes de que ella pudiera hacerse con él, Heathcliff la agarró con la mano libre y, acercándola a sus rodillas, le administró con la otra una recia lluvia de bofetones a ambos lados de la cabeza, cuando con uno habría bastado para cumplir su amenaza de derribarla si no la hubiese tenido sujeta.

Yo, ante aquella diabólica violencia, me abalancé sobre él, ciega de ira.

—¡Miserable! —me puse a gritar—. ¡Es usted un miserable!

Un golpe en el pecho me hizo callar. Soy corpulenta y enseguida me quedo sin aliento: aquello, junto con la rabia que sentía, me hizo retroceder tambaleándome y con una sensación de mareo. Sentía que me ahogaba y que iba a estallarme una vena.

Aquella escena duró apenas dos minutos. Catherine, una vez que se vio libre, se llevó las manos a las sienes y se las palpó como para comprobar si seguía teniendo las orejas en su sitio. Temblaba como un junco, pobrecilla, y se apoyó en la mesa completamente aturdida.

—Ya ves que sé castigar a los niños —dijo el muy sinvergüenza en tono macabro al tiempo que se agachaba para recoger la llave—. ¡Y ahora vete junto a Linton como te he dicho y llora a tus anchas! Mañana te haré de padre, el único que tendrás dentro de poco, y recibirás mucho más; aguantarás mucho porque no eres debilucha y ¡como vuelva a sorprender ese endemoniado genio en tus ojos, te daré a probar mi mano a diario!

Cathy corrió hacia mí en lugar de hacia Linton, se arrodilló, posó su ardiente mejilla en mi regazo y rompió en un sonoro llanto. Su primo había reculado hasta una esquina del escaño y se hallaba callado como un ratón, imagino que feliz de que aquella tunda le hubiera caído a otra persona y no a él.

El señor Heathcliff, percibiendo nuestro desconcierto, se levantó y se aprestó a preparar el té él mismo. Las tazas y los platillos ya estaban en la mesa. Lo sirvió y me tendió una taza.

—Enjuágate la bilis —dijo—, y ocúpate de ayudar a tu traviesa prenda y a la mía. No está envenenado, aunque lo haya preparado yo. Voy por vuestros caballos.

Lo primero que pensamos cuando se marchó fue que teníamos que encontrar la manera de salir de allí. Lo intentamos por la puerta de la cocina, pero estaba cerrada por fuera; examinamos las ventanas, pero eran demasiado angostas, incluso para el cuerpecito de Cathy.

—Señorito Linton —exclamé viendo que nos hallábamos prisioneras de verdad—, usted sabe qué se propone su diabólico padre y o nos lo dice o le abofetearé como él a su prima.

—Sí, Linton, debes decírnoslo —dijo Catherine—. He venido aquí por ti y, si te niegas, darás muestra de una malvada ingratitud.

—Tengo sed, dame un poco de té y luego te lo diré —repuso—. Señora Dean, váyase, no me gusta tenerla tan cerca. ¡Vamos a ver, Catherine, te caen las lágrimas en mi taza! No pienso bebérmela. Dame otra.

Catherine le acercó otra taza y se enjugó la cara. Era indignante la serenidad que manifestaba aquel desgraciado desde que ya no temía por su persona. Su reciente angustia en el brezal se había mitigado nada más entrar en Cumbres Borrascosas, por lo que supuse que su padre le había amenazado con descargar su terrible ira sobre él si no lograba atraernos hasta allí y que, habiéndolo conseguido, no tenía más temores inmediatos.

—Papá quiere que nos casemos —prosiguió él tras sorber parte del líquido—. Sabe que tu papá no permitiría que nos casemos ahora y teme que yo muera si esperamos. De modo que permanecerás aquí toda la noche y nos casaremos mañana por la mañana, y si haces lo que él quiere, regresarás a tu casa al día siguiente y me llevarás contigo.

—¿Que le llevará consigo, lamentable cretino? —exclamé—. ¿Que ustedes van a casarse? O ese hombre está loco o nos toma a todos por tontos. ¿Acaso cree que esta hermosa joven rebosante de salud va a atarse a un diablillo agonizante como usted? ¿No ve que nadie, y mucho menos la señorita Linton, querrá tenerle por esposo? Merecía que le molieran a palos por habernos hecho entrar aquí mediante pérfidas y melindrosas tretas. ¡No ponga esa cara de inocente! Siento auténticas ganas de darle un serio zarandeo por su despreciable traición y su estúpida vanidad.

Le zarandeé ligeramente, pero aquello hizo que le volviera la tos y echara mano de su habitual recurso de echarse a gemir y a llorar, lo que me valió una reprimenda de Catherine.

—¿Permanecer aquí toda la noche? ¡Ni hablar! —dijo ella paseando una lenta mirada por la estancia—. Ellen, saldré de aquí aunque tenga que prender fuego a esa puerta.

Y se hubiera puesto manos a la obra en ese mismo instante de no haber sido por Linton, que habiéndose levantado alarmado, de nuevo temiendo por su valiosa persona, la rodeó con sus débiles brazos y sollozó:

—¿No vas a salvarme tomándome por esposo? ¿No me dejarás volver contigo a la Granja? ¡Ah! ¡Querida Catherine! Después de todo no puedes irte y abandonarme. ¡Debes obedecer a mi padre, tienes que hacerlo!

—Debo obedecer al mío —repuso ella— y librarle de esta cruel incertidumbre. ¡Toda la noche! ¿Qué pensará? A estas horas ya estará angustiado. Saldré de esta casa aunque tenga que quemar o derribar algo. ¡Cállate! Tú no corres peligro, pero, si tratas de impedírmelo… ¡Linton, quiero a papá más que a ti!

El mortal terror que el muchacho tenía a la ira del señor Heathcliff le restituyó su cobarde elocuencia. Catherine se hallaba casi desquiciada, pero aun así insistía en que tenía que regresar a casa y echó mano, ella a su vez, de la súplica para persuadirle de que dominara su egoísta zozobra.

En esto volvió a entrar nuestro carcelero.

—Vuestros caballos se han marchado al trote —dijo— y... ¡Vaya, Linton! ¿Ya estás lloriqueando otra vez? ¿Qué te ha hecho tu prima? Vamos, déjalo ya y vete a la cama. Dentro de uno o dos meses, zagal, podrás hacerle pagar con mano dura su actual tiranía. Te consumes de puro amor, ¿no es así? ¡No te sucede nada más, y ella te aceptará! ¡Anda, vete a la cama! Zillah no vendrá esta noche, tendrás que desvestirte tú solo. ¡Silencio! ¡Deja de hacer ruido! Cuando estés en tu cuarto no me acercaré a ti, no temas. Por cierto, te las has arreglado bastante bien. Ya me encargaré yo del resto.

Dijo esto último sosteniendo la puerta para que su hijo saliera y este obedeció como un spaniel que temiera que la persona que lo cuida fuera a darle un malicioso achuchón.

Heathcliff volvió a cerrar con llave y se acercó a la lumbre, junto a la que permanecíamos en silencio mi señorita y yo. Catherine alzó la vista e instintivamente se llevó la mano a la mejilla porque la proximidad de Heathcliff le había despertado una dolorosa sensación. Cualquier otra persona habría sido incapaz de juzgar con dureza ese gesto, pero él le frunció el ceño y masculló:

—¿No decías que no me temías? Pues disimulas muy bien tu valentía. ¡Te veo muerta de miedo!

—Ahora sí tengo miedo —repuso ella—, porque, si me quedo aquí, papá lo pasará mal y ¿cómo voy a poder soportar que lo pase mal ahora que... ahora que...? ¡Señor Heathcliff, déjeme volver a casa! Prometo casarme con Linton. A papá le gustaría que lo hiciese, y yo le quiero. ¿Por qué quiere forzarme a hacer algo que haré con gusto y por mi propia voluntad?

—¡Que se atreva a forzarte y verá lo que es bueno! —grité—. ¡Gracias a Dios, en este país, aunque vivamos en un rincón apartado del mundo, tenemos leyes! ¡Iría a denunciarle aunque fuese mi propio hijo: ese es un grave delito que ni siquiera goza de inmunidad eclesiástica!

—¡Silencio! —dijo el rufián—. ¡Al infierno con tus gritos! A ti no te he pedido tu opinión. Señorita Linton, me divertirá sobremanera pensar que su padre está pasándolo mal; es más, la satisfacción será tal que me quitará el sueño. No podía haber dado con una forma más segura de fijar su residencia bajo mi techo durante las próximas veinticuatro horas que informándome de las consecuencias que tendrá tal cosa. Y en cuanto a su promesa de casarse con Linton, ya me encargaré yo de que la cumpla, porque no saldrá de aquí hasta que se haya celebrado la boda.

—Entonces ¡mande a Ellen para que informe a papá de que me hallo sana y salva! —exclamó Catherine llorando amargamente—. O cáseme ahora. ¡Pobre papá! Ellen, pensará que nos hemos perdido. ¿Qué podemos hacer?

—¡Para nada! —contestó Heathcliff—. Pensará que se ha cansado de cuidarle y que se ha escapado para divertirse un poco. No puede negar que ha entrado en mi casa por su propio pie, desobedeciendo sus órdenes. Y es muy natural que a su edad quiera divertirse y esté harta de velar a un enfermo que encima no es sino su padre. Catherine, los días más felices de su vida terminaron cuando comenzaron los de usted. Es más, seguramente la maldijo por haber venido al mundo (al menos yo lo hice). Pero bastaría con que la maldiga cuando lo abandone. Yo me uniría a él. ¡Yo no la quiero! ¿Cómo iba a hacerlo? Llore cuanto quiera. Por lo que veo, en lo sucesivo esa será su principal diversión, a menos que Linton la compense de otras pérdidas, como parece suponer su próvido progenitor. Sus cartas de consejo y consuelo me han entretenido enormemente. En la última aconsejaba a mi tesoro que cuidara del suyo y que fuese bondadoso con ella cuando se convirtiera en su esposa. Cuidado y bondad. ¡Qué paternal! Pero Linton necesita todas sus reservas de cuidado y bondad para sí mismo. Linton sabe desempeñar muy bien el papel de pequeño tirano. Es capaz de torturar a todos los gatos que le pongan delante con tal de que previamente les hayan arrancado los dientes y cortado las uñas. Le aseguro que cuando vuelva a casa podrá contar al tío de él muchas cosas sobre la «bondad» de su sobrino.

—¡En eso lleva razón! —dije yo—. Explíquele cómo es su hijo. Demuéstrele lo mucho que se parece a usted. ¡Y entonces espero que la señorita Cathy se lo piense dos veces antes de dar el sí a semejante basilisco!

—Ahora mismo no tengo mucho interés en hablar de sus magníficas cualidades —contestó—, porque o le acepta, o seguirá prisionera, y tú con ella, hasta que muera tu amo. Puedo reteneros aquí a las dos sin que nadie sepa dónde estáis. Si lo pones en duda, ¡anímala a retractarse de su promesa y tendrás ocasión de juzgar por ti misma!

—No me retractaré de mi promesa —dijo Catherine—. Me casaré con él ahora mismo, siempre que después me permita regresar a la Granja de los Tordos. Es usted un hombre cruel, señor Heathcliff, pero no un demonio ¡y no destruirá irrevocablemente toda mi felicidad por pura maldad! Si papá pensase que le he abandonado adrede y muriera antes que yo regresase, ¿cómo iba a soportar yo la vida? He terminado de llorar, pero ¡me postraré a sus pies y no me levantaré ni le quitaré ojo hasta que me devuelva la mirada! ¡No, no mire hacia otro lado, míreme a mí! No verá nada que suscite su ira. Yo no le odio. No estoy enfadada porque me ha pegado. ¿Acaso no ha querido a nadie en toda su vida, tío? ¿Nunca? ¡Oh, míreme, aunque sea una vez! Soy tan desgraciada que no puede por menos de compadecerme y apiadarse de mí.

—¡Quítame de encima esos dedos de tritón y apártate o te daré una patada! —gritó Heathcliff rechazándola con brutalidad—. Antes prefiero el abrazo de una serpiente. ¿Cómo demonios te atreves a adularme? ¡Te detesto!

Se encogió de hombros y se estremeció como si realmente se le erizara la piel de aversión. Luego echó su silla para atrás al tiempo que yo me levantaba y abría la boca para arrojarle un aluvión de insultos. Pero a mitad de la primera palabra me hizo enmudecer, amenazando con encerrarme a solas en otra habitación si pronunciaba una sílaba más.

Anochecía. Oímos un rumor de voces en la cancela del jardín. Nuestro anfitrión se apresuró a salir: él no había perdido el tino, nosotras sí. Mantuvo una conversación de dos o tres minutos y volvió a entrar, él solo.

—Creía que era tu primo Hareton —dije a Catherine—. ¡Ojalá viniese ahora! Quién sabe, a lo mejor se pondría de parte nuestra.

—Eran tres sirvientes que venían de la Granja a buscaros —dijo Heathcliff, que me había oído—. Podías haber abierto una ventana y gritado. Pero juraría que a esta mujerzuela le alegra que no lo hayas hecho. Seguro que le alegra no tener más remedio que permanecer aquí.

Ambas, al reparar en la oportunidad que habíamos dejado escapar, dimos rienda suelta a nuestro dolor sin que pudiéramos controlarnos. Heathcliff nos dejó llorar hasta las nueve; luego nos mandó que subiésemos al cuarto de Zillah, pasando por la cocina, y yo dije por lo bajo a mi compañera que obedeciese, porque pensaba que a lo mejor podríamos saltar por la ventana de esa habitación o entrar en una buhardilla y salir por el tragaluz.

Pero esa ventana era tan angosta como las de abajo, y la trampilla de la buhardilla estaba atrancada contra nuestras tentativas, de modo que seguíamos tan prisioneras como antes.

Ninguna de las dos se acostó. Catherine se apostó junto a la ventana de celosía y esperó ansiosamente a que se hiciese de día. La única respuesta que obtuve a mis insistentes ruegos de que intentase dormir fue un hondo suspiro.

Yo me senté en una silla y allí me quedé, meciéndome hacia delante y hacia atrás mientras me reprendía severamente por mis numerosas negligencias en el cumplimiento de mi deber, que en aquel momento consideraba el origen de todas las desgracias de mis amos. Soy consciente de que en realidad no era así, pero aquella espantosa noche pensaba que lo era. Incluso pensaba que el propio Heathcliff era menos culpable que yo.

Apareció a las siete de la mañana y preguntó si la señorita Linton se había levantado.

Ella se precipitó hacia la puerta y contestó que sí.

—Entonces ven aquí —dijo él abriendo y sacándola afuera.

Me levanté para seguirlos, pero echó el cerrojo de nuevo. Exigí que me dejara en libertad.

—Sé paciente —repuso—. Dentro de un rato te haré llegar el desayuno.

Me puse a aporrear la puerta y a sacudir el pestillo con rabia. Catherine preguntó por qué yo seguía encerrada. Él contestó que debía aguantar una hora más, y se alejaron.

Aguanté dos o tres horas, hasta que por fin oí unos pasos, no los de Heathcliff.

—Le traigo comida —dijo una voz—. ¡Abra sa puerta!

Me apresuré a obedecer y me topé con Hareton, que venía cargado con comida suficiente para todo un día.

—¡Gárrela! —añadió plantándome la bandeja en las manos.

—Quédate un minuto —comencé.

—¡Ni hablar! —exclamó él, y se retiró obviando mis ruegos de que no se marchara.

Permanecí encerrada todo el día y toda la noche, y al día siguiente, y al otro. En total estuve allí cinco noches y cuatro días, sin ver más que a Hareton una vez al día, por las mañanas. Era un carcelero modélico: adusto, mudo y sordo a cualquier tentativa de despertar en él el menor sentimiento de justicia o compasión.

14

A la mañana o, mejor dicho, a la tarde del quinto día oí que se acercaban unos pasos distintos, más ligeros y cortos, y en esta ocasión la persona entró en el cuarto. Era Zillah, ataviada con su mantón escarlata y tocada con una capota de seda negra. Traía una cesta de mimbre colgada del brazo.

—¡Ay, por Dios, señora Dean! —exclamó—. ¡Qué espanto! Todo'l mundo habla d'usté en Cordera. ¡No me s'habría pasao por la cabeza creer que tuviéranse hundido en la ciénaga del Caballo Negro, y la señorita con usté, ta que l'amo me dijo que las encontró y las trajo pa casa! Se subirían a un islote, ¿cierto? ¿Cuánto espacio 'tuvieron nese hoyo? ¿Las salvó el amo, señora Dean? Pero no está usté muy delgada que digamos... No l'han pasao tan mal, ¿verdad?

—¡Su amo es un auténtico sinvergüenza! —repuse—. Pero me las pagará. No le servirá de nada haber inventado esa patraña. ¡Todo saldrá a la luz!

—Un momento —objetó Zillah—, esa no es una patraña inventada por él, nel pueblo cuentan que se perdieron en la ciénaga. Ansí com'entré le dije a Earnshaw: «Ay, señorito Hareton, qué cosas más extrañas han pasao desde que me marché. Qué lástima lo d'esa encantadora joven y la pía señora Dean». Como me se quedó mirando, pensé que no sabía nada, conque le conté los rumores. El amo taba escuchando, pero nomás sonrió y dijo: «Si se cayeron a la ciénaga, Zillah, ya están fuera. En estos precisos momentos encontrará a Nelly Dean alojada en su cuarto. Cuando suba puede decirle que se marche a la francesa; aquí tiene la llave. El agua del pantano se le subió a la cabeza y se habría marchado corriendo a su casa bastante ligera de cascos si no llego a retenerla aquí hasta que recobrara el juicio. Dígale que si tiene fuerza, regrese de inmediato a la Granja con el siguiente recado de mi parte: su señorita llegará a tiempo para asistir al funeral del señor».

—¿No habrá muerto el señor Edgar? —dije con la voz entrecortada—. ¡Oh, Zillah, Zillah!

—No, no. Siéntese, mi querida señora —repuso ella—, sigue usté muy débil. No ha muerto. El doctor Kenneth cree que por ventura vivirá un día más. Me lo encontré por el camino y le pregunté.

En lugar de sentarme, agarré mis cosas y bajé a toda prisa porque todo estaba en silencio.

Entré en la casa y miré a mi alrededor buscando a alguien que pudiese darme nuevas de Catherine.

El sol entraba a raudales por la puerta abierta de par en par, pero no veía a nadie a quien preguntar.

Mientras vacilaba entre marcharme enseguida o volver por mi señorita percibí una débil tos procedente del hogar.

Linton estaba tumbado en el escaño, completamente solo, chupando una barrita de azúcar cande, y seguía mis movimientos con una mirada apática.

—¿Dónde está la señorita Catherine? —exigí saber pensando que, porque me hallaba a solas con él, podría intimidarle y obligarle a que me brindara alguna información.

Él siguió chupando con aire inocente.

—¿Se ha ido? —pregunté.

—No —repuso—. Está arriba. No se irá, no vamos a permitírselo.

—¿Que no van a permitírselo, pequeño imbécil? —exclamé—. Indíqueme ahora mismo cuál es su habitación o le haré chillar.

—Papá es quien la hará chillar a usted si intenta llegar hasta ella —repuso—. Dice que no debo ser blando con Catherine: ¡es mi esposa y es vergonzoso que quiera abandonarme! Dice que ella me odia y está deseando que me muera para quedarse con mi dinero, pero no lo obtendrá. ¡Y no volverá a su casa! ¡No lo hará nunca! ¡Que llore y vomite cuanto quiera!

Dicho aquello reanudó su actividad previa y cerró los párpados como si tuviese intención de dormir.

—Señorito Heathcliff —insistí—, ¿acaso ha olvidado las mil atenciones que tuvo Catherine con usted el invierno pasado cuando usted declaraba que la quería, y ella le traía libros y le cantaba canciones y en múltiples ocasiones vino a verle desafiando el viento y la nieve? Si alguna tarde no podía venir, se echaba a llorar pensando que le daría un disgusto. ¡Usted decía entonces que ella le trataba descomedidamente bien y ahora se cree las mentiras que le cuenta su padre, a sabiendas de que los detesta a ambos! ¡Y encima se alía con él contra ella! Vaya muestra de gratitud, ¿no le parece?

Linton distendió las comisuras de los labios y se sacó de la boca la barrita de azúcar cande.

—¿Acaso cree que ella venía a Cumbres Borrascosas movida por el odio? —proseguí—. ¡Piénselo un poco! Y en cuanto a su dinero, ni siquiera sabe que lo tendrá. ¡Dice que ella vomita, pero la deja sola allí arriba en una casa extraña! ¡Usted, que sabe lo que es hallarse abandonado de esa forma! ¡Bien se apiada de sus propias cuitas, y ella también lo hacía, pero no es capaz de apiadarse de las de ella! Derramo lágrimas, señorito Heathcliff, ya lo ve, yo, que soy una mujer mayor y una simple sirvienta, mientras que usted, después de haber simulado tenerle tanto amor y teniendo motivo de sobra para prácticamente adorarla, se reserva las lágrimas para sí mismo y permanece ahí tumbado como si nada. ¡Oh! ¡Es usted un muchacho egoísta y desalmado!

—No puedo estar con ella —repuso enfadado—. Me niego a quedarme con ella a solas. Llora de tal forma que no lo soporto.

Y no quiere parar, ni diciéndole que llamaré a mi padre. Es más, una vez le llamé, y amenazó con estrangularla si no se callaba, pero en cuanto salió de la habitación ella volvió a las andadas; pasó la noche entera gimiendo y llorando, y eso que yo le gritaba irritado porque no me dejaba dormir.

—¿Ha salido el señor Heathcliff? —pregunté percibiendo que aquel desgraciado era incapaz de apiadarse de las torturas mentales a que estaba sometida su prima.

—Está en el patio —repuso—, hablando con el doctor Kenneth, que dice que esta vez, por fin, el tío se muere de verdad. Me alegro, porque, después de él, yo seré el amo de la Granja. Catherine siempre hablaba como si fuera su casa. ¡No es suya! Es mía: papá dice que todo lo de ella es mío. Todos los bonitos libros que tiene son míos. Ofreció regalármelos, junto con sus lindos pájaros y su jaca Minny, si me hacía con la llave de nuestro cuarto y la dejaba marchar, pero le dije que ella no tenía nada que regalar porque todo lo de ella, absolutamente todo, era mío. Se echó a llorar y se quitó del cuello un retrato en miniatura o, mejor dicho, dos retratos insertados en un medallón de oro: de un lado está su madre y, del otro, el tío, cuando eran jóvenes. Eso fue ayer. Le dije que aquello también era mío e intenté quitárselo, pero la muy perversa no me dejó; me apartó de un empujón y me hizo daño. Yo me puse a chillar, porque eso siempre la asusta, y cuando oyó que venía papá rompió las bisagras del medallón y me dio el retrato de su madre. Trató de esconder el otro, pero papá preguntó qué pasaba y se lo conté. Papá me quitó el retrato que yo tenía y le ordenó a ella que me diese el suyo. Ella se negó, y él, él... le dio una bofetada que la tiró al suelo, arrancó el medallón de la cadena y lo pisoteó.

—Y ¿le pareció bien que su padre le pegara? —pregunté porque tenía mis motivos para alentarle a hablar.

—Parpadeé —contestó—. Siempre que mi padre pega a un perro o a un caballo parpadeo, porque pega muy fuerte. Al principio me alegré, lo tenía merecido por haberme hecho daño. Pero luego, cuando papá se fue, me llevó a la ventana y me enseñó el corte que se había hecho con los dientes en la parte interna del carrillo; vi cómo se le llenaba la boca de sangre. Luego recogió los restos del retrato, fue a sentarse de cara a la pared y no ha vuelto a dirigirme la palabra. A veces pienso que el dolor le impide hablar, ¡no me gustaría que así fuera! Pero ¡es que no deja de llorar, y está tan pálida y enajenada que me asusta!

—¿Puede hacerse con la llave si quiere? —pregunté.

—Sí, cuando estoy arriba —repuso—; pero ahora no puedo subir la escalera.

—¿En qué habitación está? —pregunté.

—¡Eso no se lo digo! —gritó—. Es nuestro secreto. No debe saberlo nadie, ni Hareton, ni Zillah, ni nadie. ¡Para que lo sepa! Ya me ha cansado. ¡Lárguese, lárguese!

Volvió la cara, la apoyó en su brazo y cerró los ojos de nuevo.

Decidí que lo mejor era marcharme sin ver al señor Heathcliff y traer refuerzos de la Granja para rescatar a mi señorita.

A mi regreso, la perplejidad y la dicha de mis compañeros de servicio fueron intensas. Cuando supieron que su señorita estaba sana y salva, dos o tres se aprestaron a subir corriendo para gritar la nueva ante la puerta del señor Edgar, pero yo quería que la supiera de mis propios labios.

¡Qué demudado estaba en tan pocos días! Era el vivo retrato de la tristeza y la resignación, tendido allí en espera de la muerte. Ya tenía treinta y nueve años, pero no los aparentaba; yo le habría quitado como mínimo diez. Pensaba en Catherine, porque murmuraba su nombre. Le toqué la mano y le hablé:

—¡Catherine ya viene, mi querido amo! —le dije en un susurro—. Está sana y salva, y espero que la tengamos aquí esta misma noche.

Temblaba por ver cómo le afectaría aquella información. Se incorporó a medias, paseó una ansiosa mirada por la alcoba y se desvaneció.

En cuanto recobró el conocimiento le relaté nuestra visita forzada y nuestro secuestro en las Cumbres: le dije que Heathcliff me había obligado a entrar, lo que no era del todo cierto, eché la menor culpa posible a Linton y le ahorré los detalles de la brutal conducta de su padre, porque me había propuesto evitar, en la medida de lo posible, añadir más amargura a su ya rebosante cáliz.

Adivinó que uno de los propósitos de su enemigo era garantizar que su hijo heredase o, mejor dicho, que él mismo heredase sus bienes muebles e inmuebles. Pero como ignoraba que su sobrino y él abandonarían este mundo casi a la vez, no lograba entender por qué Heathcliff no esperaba a que él muriera.

Sin embargo, sintió que debía modificar su testamento y, en lugar de dejarle a Catherine toda su hacienda para que dispusiese de ella a su antojo, decidió ponerla en manos de unos fideicomisarios que le harían percibir el usufructo primero a ella, y luego a sus hijos si los tenía. De aquella forma, si Linton moría, Heathcliff no la heredaría.

Cuando hube recibido sus órdenes despaché a un sirviente en busca del notario y, a otros cuatro, convenientemente armados, a exigir al carcelero la puesta en libertad de mi señorita. Tanto el primero como los segundos tardaron mucho en regresar. El que había ido solo fue el primero en aparecer.

Dijo que el señor Green, el notario, no estaba en casa cuando él llegó y tuvo que esperar dos horas a que volviera; luego el señor Green le había dicho que debía ocuparse de un pequeño e inaplazable asunto en el pueblo, pero que procuraría llegar a la Granja de los Tordos antes que amaneciera.

Los otros cuatro sirvientes también regresaron con las manos vacías. Trajeron razón de que Catherine estaba enferma, demasiado enferma para salir de su cuarto, y que Heathcliff no les había permitido verla.

Di una buena reprimenda a esos estúpidos por haberse tragado semejante patraña, pero no dije nada al amo. Resolví que al amanecer acudiría a las Cumbres con toda una tropa y tomaríamos la casa literalmente por asalto, a menos que accedieran a entregarnos a la prisionera de forma pacífica.

«¡Su padre la verá sí o sí —me juré y me perjuré a mí misma—, aunque tengamos que matar a ese íncubo en su propia casa si intenta impedírnoslo!».

Por fortuna, pude ahorrarme el viaje y la molestia.

Había bajado por agua a eso de las tres y estaba cruzando el vestíbulo con la jarra en la mano cuando me sobresaltó un aldabonazo en la puerta principal.

«¡Ah! Es Green —me dije serenándome—. No es sino Green».

Y seguí andando con intención de mandar a otra persona a que le abriera. Pero el aldabonazo se repitió, no muy fuerte, pero sí de forma apremiante.

Posé la jarra en el balaústre y me apresuré a recibirle yo misma.

Fuera, la luna de la cosecha brillaba diáfana. No era el notario. Mi querida y dulce señorita se me colgó del cuello sollozando.

—¡Ellen! ¡Ellen! ¿Está vivo papá?

—¡Sí! —exclamé—. ¡Sí, corazón, lo está! ¡Bendito sea el Señor! ¡Ha vuelto junto a nosotros sana y salva!

Falta de aliento como venía, quería precipitarse escaleras arriba hasta el aposento del señor Linton, pero la obligué a que se sentara un momento, le di de beber, le lavé el pálido rostro y lo froté con mi delantal hasta conseguir que se le arrebolaran un poco las mejillas. Luego le dije que iba a subir yo primero para anunciar su llegada y le imploré que dijese a su padre que iba a ser muy feliz con el joven Heathcliff. Ella se me quedó mirando un momento, pero enseguida entendió por qué le aconsejaba que dijera una falsedad y me aseguró que no se quejaría.

No tuve valor para presenciar el encuentro entre padre e hija. Me quedé fuera un cuarto de hora y cuando entré casi no me atrevía a acercarme al lecho.

Sin embargo, reinaba la calma. La desesperación de Catherine era tan silenciosa como la dicha de su padre. Ella, tranquila en apariencia, le sostenía, y él clavaba sus dilatados ojos en las facciones de su hija con una mirada extática.

Murió muy dichoso y en paz, señor Lockwood. Murió después de besarle la mejilla y murmurar:

—Voy a reunirme con ella, y tú, mi querida niña, te reunirás con nosotros.

No volvió a moverse ni a hablar; siguió mirándola con embelesados y radiantes ojos hasta que de forma imperceptible se le paró el pulso y su alma abandonó su cuerpo. El tránsito fue tan plácido que nadie habría podido determinar el minuto exacto de su muerte.

Catherine, ya fuera porque había agotado las lágrimas o porque su dolor era demasiado grande para verterlas, permaneció allí sentada con los ojos secos hasta que salió el sol y, luego, hasta el mediodía, y así hubiera continuado sumida en sus cavilaciones junto a aquel lecho de muerte de no haber insistido yo en que se fuera a descansar un poco.

Menos mal que logré convencerla, porque a la hora de comer apareció el notario. Venía de Cumbres Borrascosas, donde había recibido instrucciones sobre el proceso a seguir. Se había vendido al señor Heathcliff y ese era el motivo de su tardanza en acudir a la llamada de mi amo. Por fortuna, este último no volvió a pensar en asuntos mundanos después de la llegada de su hija y pudo morir en paz.

El señor Green se arrogó el derecho de mandar en casa con respecto a todo y a todos. Licenció a todos los sirvientes menos a mí. Y aun habría llevado la autoridad conferida en él hasta el extremo de insistir en que Edgar Linton no fuera enterrado junto a su esposa, sino en el panteón familiar; sin embargo, allí estaban para impedirlo su testamento y mis enérgicas protestas ante cualquier infracción de sus instrucciones.

El funeral se celebró a toda prisa. Catherine, que ya era la señora Linton Heathcliff, obtuvo permiso para permanecer en la Granja hasta que el cadáver de su padre la hubiese abandonado.

Me contó que por fin su angustia había incitado a Linton a correr el riesgo de liberarla. Ella había oído a mis emisarios discutir en la puerta y se había figurado el sentido de la respuesta de Heathcliff. Aquello la había hecho enloquecer, lo que aterró a Linton, que desde mi partida se hallaba confinado en el pequeño gabinete, de modo que fue por la llave antes que su padre subiera de nuevo.

Tuvo la astucia de abrir la puerta con la llave y luego echarla, pero sin que la puerta quedara cerrada; cuando llegó la hora de acostarse rogó que se le permitiera dormir con Hareton y, por una vez, su petición fue concedida.

Catherine salió a hurtadillas antes de rayar el alba. No se atrevió a intentar abrir las puertas por temor a que los perros dieran la señal de alarma; recorrió los aposentos vacíos y examinó las ventanas. Por fortuna, dio con el cuarto de su madre y pudo salir sin problema por la ventana de celosía y saltar al suelo descolgándose por el abeto que hay enfrente. Su cómplice, a pesar de aquel medroso artificio, pagó cara su participación en la fuga.

15

Después del funeral mi señorita y yo pasamos la tarde sentadas en la biblioteca, ora reflexionando sobre nuestra pérdida con tristeza (y, una de nosotras, con desesperación), ora aventurando conjeturas acerca de nuestro sombrío futuro.

Acabábamos de convenir en que lo mejor para Catherine era que se le permitiera continuar residiendo en la Granja, al menos mientras Linton siguiese con vida: él vendría a reunirse con ella aquí y yo me quedaría en calidad de ama de llaves. No es que cupiera mayor esperanza de que aquella favorable solución se hiciese realidad, pero yo tenía esa ilusión y empecé a animarme ante la idea de conservar mi hogar y mi empleo, y, sobre todo, a mi querida señorita, cuando un sirviente, que, aunque le habían despedido, aún no se había marchado, entró precipitadamente y dijo que «ese demonio de Heathcliff» estaba cruzando el patio y si queríamos que le cerrase la puerta en las narices.

Aunque hubiésemos estado tan locas como para ordenar tal cosa, no nos habría dado tiempo. No se tomó la molestia de llamar a la puerta ni de pedir que le anunciaran. Era el amo y, como tal, se arrogó el privilegio de entrar directamente sin mediar palabra.

Oímos la voz del sirviente, que le guiaba hacia la biblioteca. Heathcliff entró, le hizo un gesto para que saliera y cerró la puerta.

Aquella era la misma estancia donde le habían recibido en calidad de invitado dieciocho atrás; del otro lado de la ventana resplandecía la misma luna y se extendía el mismo paisaje otoñal. Aún no habíamos encendido ninguna vela, pero toda la estancia era visible, incluidos los retratos que colgaban de la pared: la espléndida cabeza de la señora Linton, y la grácil de su esposo.

Heathcliff se acercó a la chimenea. En él tampoco había hecho mucha mella el tiempo. Salvo por unos kilos de más y la cara, oscura de por sí, mucho más cetrina y severa, era el mismo hombre.

Catherine, al verle, se levantó con ganas de salir corriendo.

—¡Quieta! —dijo él agarrándole el brazo—. ¡Se acabaron las huidas! ¿Adónde irías? He venido a llevarte a casa y espero que seas una hija obediente y no incites a mi hijo a que vuelva a desobedecerme. Cuando descubrí su intervención en este asunto no sabía cómo castigarle; es tan quebradizo que un pellizco puede acabar con su vida. Pero ¡ya verás por su mirada que le he dado su merecido! Anteanoche le llevé abajo, me limité a sentarle en una silla y no he vuelto a tocarle. Mandé salir a Hareton para que nos quedáramos solos y al cabo de dos horas llamé a Joseph para que le llevase arriba. Desde entonces, mi presencia le ataca los nervios como si viera a un fantasma. Es más, pienso que con frecuencia me ve, aunque no me tenga cerca. Hareton dice que por la noche despierta sobresaltado y pasa largas horas chillando sin parar y te llama a voces para que le protejas de mí. Tanto si te gusta tu querido esposo como si no, tienes que venir, él ya es asunto tuyo. Delego en ti todo mi interés por él.

—¿Por qué no permite que Catherine siga viviendo aquí —intercedí— y manda al señorito Linton que se reúna con ella? Como les odia a ambos, no les echaría en falta. No serán sino un tormento diario para su corazón antinatural.

—Estoy buscando un inquilino para la Granja —repuso— y desde luego quiero tener a mis hijos cerca. Además, esa zagala tiene que ganarse el pan prestándome algún servicio; no pienso malcriarla con lujos y holgazanerías cuando Linton ya no esté. Prepárese para salir ahora mismo. No me obligue a utilizar la fuerza.

—Lo haré —dijo Catherine—. Ya no me queda nadie a quien amar, salvo Linton, y aunque usted ha hecho cuanto ha podido para que él me resulte odioso a mí, y yo a él, ¡no logrará emponzoñarnos! Le reto a que se atreva a hacerle daño en mi presencia y le reto a que se atreva a atemorizarme.

—¡Eres la reina de la arrogancia! —repuso Heathcliff—. Pero no te tengo suficiente aprecio como para hacerle daño a él. Tú serás la única beneficiaria de su tormento, dure lo que dure, y no seré yo quien te haga odiarle, lo conseguirá su encantadora naturaleza. Tu deserción y sus consecuencias le revuelven la bilis, así que no esperes que te agradezca la noble devoción que le tienes. Oí que le pintaba a Zillah un bonito cuadro de lo que te haría si fuese tan fuerte como yo. Ganas no le faltan, y su propia debilidad le aguzará el ingenio para hallar un sustituto de la fuerza.

—Sé que tiene mal carácter —dijo Catherine—, al fin y al cabo, es hijo de usted. Pero me alegra que el mío sea mejor y me permita perdonárselo. Sé que él me quiere y por eso le quiero yo a él. Es usted, señor Heathcliff, quien no tiene a nadie que le quiera. Y ¡por desdichados que consiga hacernos, siempre tendremos el desquite de pensar que su crueldad procede de una desdicha mayor que la nuestra! ¿Acaso no es usted desdichado? ¿No es cierto que se siente solo como el demonio y es envidioso como él? ¡A usted no le quiere nadie y nadie le llorará cuando muera! ¡Yo no me cambiaría por usted!

Catherine hablaba en un tono de triste triunfo: parecía decidida a asumir el talante de su futura familia y a regodearse con el sufrimiento de sus enemigos.

—No tardarás en arrepentirte de ser tú —dijo su suegro— si permaneces aquí un minuto más. Lárgate, bruja, ve por tus cosas.

Ella se retiró con desdén.

Aproveché su ausencia para suplicar a Heathcliff que me diese el puesto de Zillah en Cumbres Borrascosas a cambio de cederle yo el mío, pero dijo que no lo consentiría bajo ningún concepto.

Me mandó callar y luego, por primera vez desde que había entrado, paseó la mirada por la habitación y se detuvo en los retratos. Después de contemplar el de la señora Linton, dijo:

—Ese lo colgaré en mi casa. No es que me haga falta, pero...

Se volvió abruptamente hacia la lumbre y prosiguió esbozando lo que, a falta de otra palabra, calificaré de sonrisa:

—¡Te contaré lo que hice ayer! Mandé al sepulturero que estaba cavando la tumba de Linton que quitara la tierra que cubre la tapa del ataúd de ella, y lo abrí. Antes pensaba que cuando volviera a ver su rostro (porque sigue siendo su rostro) me quedaría con ella para siempre. Al sepulturero le costó mucho apartarme de su lado, pero como me dijo que, si le daba el aire, su aspecto cambiaría, golpeé un lateral (¡no del lado de Linton, maldito sea!, ¡ojalá el suyo estuviese soldado con plomo!) hasta que la tabla cedió y luego volví a colocarla en su sitio. Después soborné al sepulturero para que cuando me metan allí a mí retire esa tabla y haga lo mismo con mi ataúd. ¡Mandaré construirlo así para que cuando Linton nos alcance no sepa quién es quién!

—¡Ha hecho usted muy mal, señor Heathcliff! —exclamé—. ¿No le da vergüenza molestar a los muertos?

—No he molestado a nadie, Nelly —repuso— y, en cambio, me siento un poco más aliviado. A partir de ahora no solo estaré mucho más tranquilo, sino que tú tendrás mayores posibilidades de que quiera permanecer bajo tierra cuando me llegue el turno a mí. ¿Molestarla yo a ella? ¡No! Ella es quien ha estado molestándome a mí, día y noche, durante dieciocho años, sin tregua y sin remordimiento, hasta anoche, cuando por fin pude sosegarme. Soñé que dormía el último sueño junto a esa durmiente, tenía el corazón detenido, y la helada mejilla contra la de ella.

—Y si se hubiese convertido en polvo, o en algo peor, ¿con qué hubiese soñado? —dije.

—¡Con convertirme en polvo a mi vez y ser aún más feliz! —repuso—. ¿Acaso crees que ese tipo de cambio me asusta? Cuando levanté la tapa esperaba ver una transformación, pero prefiero que no empiece a producirse hasta que yo la comparta. Además, si sus impasibles facciones no hubiesen hecho mella en mí, difícilmente me habría librado de aquella extraña sensación. Empezó de manera insólita. Tú sabes que cuando ella murió yo enloquecí, y rezaba de sol a sol para que regresase a mi lado. Me refiero a su espíritu, porque tengo una arraigada fe en los fantasmas. ¡Tengo la convicción de que no solo pueden existir, sino de que andan entre nosotros!

»El día que la enterraron cayó una gran nevada. Esa noche acudí al cementerio. Soplaba un crudo viento invernal y a mi alrededor reinaba la soledad. No había peligro de que al necio de su esposo se le ocurriera ir a esa boscosa hondonada a una hora tan tardía y a nadie más se le había perdido nada por allí.

»Como estaba solo y sabía que lo único que nos separaba eran unos escasos dos metros de tierra removida, me dije: "¡He de volver a tenerla entre mis brazos! Si está fría, me diré que lo que me hiela es el viento del norte, si está inmóvil, pensaré que duerme".

»Agarré una pala del cobertizo de herramientas y me puse a cavar con todas mis fuerzas: la pala arañó el ataúd. Caí de rodillas y seguí escarbando con las manos; la madera empezó a crujir alrededor de los tornillos. Estaba por lograr mi objetivo cuando me pareció oír un suspiro de alguien que se inclinaba sobre mí al filo de la tumba. "Si al menos pudiera retirar esto —murmuré—. ¡Ojalá nos cubrieran de tierra a los dos!". Y tiré de la tapa con aún mayor desespero. Oí otro suspiro casi junto a la oreja y me pareció sentir un cálido hálito que hendía el viento cargado de aguanieve. Sabía que allí no había ningún ser de carne y hueso, pero con la misma certeza con que percibimos que un cuerpo sólido se acerca en la oscuridad, aunque no sepamos qué es, sentí que Cathy estaba allí, no bajo tierra, sino a mi lado.

»Una repentina sensación de alivio brotó de mi corazón e inundó todo mi cuerpo. Apenas hube renunciado a esa lacerante labor me sentí solazado, inefablemente solazado. Su presencia me acompañaba; siguió acompañándome mientras volvía a llenar la fosa y se vino a casa conmigo. Ríete si quieres, pero estaba convencido de que la vería allí; estaba convencido de que la tenía a mi lado y no podía evitar hablarle.

»Al llegar a las Cumbres me precipité con ilusión hacia la puerta. Se hallaba cerrada con llave. Recuerdo que mi esposa y ese maldito Earnshaw no querían dejarme entrar. Recuerdo que me detuve a dar patadas a este último hasta dejarle sin respiración y que luego corrí escalera arriba hasta mi cuarto y, después, hasta el de ella. Miraba ansiosamente a mi alrededor; ¡la sentía a mi lado, casi alcanzaba a verla, pero no la veía! ¡En ese momento debería haber sudado sangre, tal era la angustia que me causaba el anhelo y tal el fervor de mis súplicas de que me permitiese verla siquiera un instante! Pero no me lo permitió. ¡Se portó conmigo como un demonio, como tantas veces en vida! ¡Y desde entonces, unas veces más y otras menos, se divierte sometiéndome a esa intolerable tortura! Es infernal, mantiene mis nervios en tal estado de tirantez que, si no los tuviera como cuerdas de tripa, hace mucho que se habrían distendido hasta acabar siendo tan laxos como los de Linton.

»Cuando me hallaba en la casa con Hareton sentía que en cuanto saliera de allí me la encontraría, y cuando daba un paseo por los brezales, que me toparía con ella en cuanto regresara. Cuando salía de casa me apresuraba a volver sobre mis pasos: ¡estaba convencido de que se hallaba en algún rincón de las Cumbres! Y cuando dormía en su aposento ella me echaba, me era imposible conciliar el sueño porque apenas cerraba los ojos la veía del otro lado de la ventana, o descorriendo los paneles de la cama, o entrando en la alcoba, o aun reclinando su querida cabeza en la misma almohada que cuando era niña. No me quedaba más remedio que abrir los ojos y mirar. ¡De modo que cada noche los abría y cerraba cien veces, siempre para llevarme la misma desilusión! ¡Qué tormento! Con frecuencia he gemido en voz alta, hasta que ese granuja de Joseph sin duda llegó a pensar que mi conciencia desempeñaba el papel de demonio en mi interior.

»Pero ahora, desde que la he visto, me he tranquilizado... un poco. ¡Ha tenido una extraña manera de matarme, no palmo a palmo, sino milímetro a milímetro, engatusándome durante dieciocho años con el espectro de una esperanza!

El señor Heathcliff guardó silencio y se enjugó la frente, a la que se adhería su cabello empapado de sudor; sus ojos miraban en hito las rojas ascuas del fuego; sus cejas no se hallaban fruncidas, sino levantadas hacia las sienes, lo que disminuía la adustez de su semblante, pero le confería una peculiar apariencia de inquietud y un doloroso aspecto de tensión mental centrada en un único y absorbente asunto. No se había dirigido a mí sino a medias, de modo que guardé silencio. ¡No era agradable oírle hablar!

Tras una breve pausa reanudó su meditación sobre el retrato, lo descolgó y lo apoyó en el sofá para contemplarlo mejor. Se hallaba ocupado en eso cuando Catherine entró para anunciar que ya estaba lista y que podían ensillar su jaca.

—Mándame eso mañana —me dijo Heathcliff. Luego, volviéndose hacia la joven, añadió—: Ya puedes olvidarte de la jaca. Hace una noche estupenda y en Cumbres Borrascosas no te hará falta jaca alguna; para los viajes que vas a hacer, te bastarán tus propios pies. Vamos.

—¡Adiós, Ellen! —dijo en un susurro mi querida amita cuyos labios, al besarme, sentí fríos como el hielo—. Ven a verme, Ellen, no te olvides.

—¡No se le ocurra hacer semejante cosa, señora Dean! —dijo su nuevo padre—. Cuando yo tenga algo que decirle, vendré aquí. ¡No quiero que ande metiendo las narices en mi casa!

Hizo un gesto a Cathy para que le precediera, y ella, echando una mirada hacia atrás que me partió el corazón, obedeció.

Me quedé asomada a la ventana mientras cruzaban el jardín. Heathcliff tenía sujeto el brazo de Catherine bajo el suyo, a lo que al principio ella opuso una evidente resistencia, y la introdujo a grandes trancos en la alameda, donde los árboles los ocultaron.

16

He ido una vez a las Cumbres, pero a ella no la he visto desde que se marchó. Cuando fui a preguntar por ella, Joseph sostuvo la puerta y no me permitió entrar. Dijo que la señora Linton estaba «atariada» y que el amo había salido. Zillah me ha ido contando algo de la vida que llevan, de lo contrario ni siquiera sabría quién ha muerto y quién sigue vivo.

Zillah piensa que Catherine es altanera y por cómo habla de ella sospecho que no le tiene mucha simpatía. Mi señorita requirió su ayuda al principio, recién llegada, pero el señor Heathcliff dijo a Zillah que se ocupase de sus propios asuntos y dejase que su nuera cuidara de sí misma, a lo que Zillah consintió de buen grado porque es una mujer egoísta y corta de miras. Ante esa desatención, Catherine manifestó una cólera infantil: se vengó despreciando a mi informadora e incluyéndola entre sus más acérrimos enemigos, como si realmente le hubiese jugado una mala pasada.

Hará unas seis semanas, poco antes de que llegase usted, me reuní con Zillah en el brezal, hablé largo y tendido con ella, y me dijo lo siguiente:

—Lo primero que hizo la señora Linton cuando llegó a las Cumbres —dijo— fue subir como una flecha sin darnos siquiera las buenas noches ni a Joseph ni a mí. Se encerró en el cuarto de Linton y no se movió d'ahí ta la mañana siguiente. Luego, cuando el amo y Earnshaw taban desayunando, entró en la casa y preguntó toda temblorosa si alguien podía avisar al doctor porque su primo taba muy enfermo.

»—¡Eso ya lo sabemos! —repuso Heathcliff—. Pero su vida no vale un ochavo y no pienso gastarme ni eso en él.

»—Pero ¡es que no sé qué hacer —dijo ella— y, si nadie me ayuda, morirá!

»—¡Largo de aquí! —gritó el amo—. ¡No quiero volver a oír una palabra al respecto! Aquí a nadie le importa lo que sea de él. Si a ti te importa, haz de enfermera, de lo contrario, enciérrale en su cuarto y déjale.

»Luego empezó a fastidiarme a mí y yo le dije que ya bastante guerra me había dao ese pesao, que cada uno tenía su cometido y que el de ella era cuidar de Linton, porque el señor Heathcliff me había dicho que esa tarea se la dejase a ella.

»No sé cómo se las apañarían. Me figuro que él se pondría muy quejica y la incordiaría de la mañana a la noche y no la dejaría pegar ojo, le se notaba nela cara pálida y los párpados pesaos. A veces entraba nela cocina toda desorientada con pinta de querer implorar ayuda, pero yo no taba por desobedecer al amo, señora Dean, y aunque me parecía mal que no avisaran a Kenneth, yo no soy quien p'aconsejar ni protestar. Nunca he querido meterme onde no me llaman.

»Una o dos veces, después de tenernos acostao, he abierto mi puerta y la he visto sentada en el rellano de la escalera, llorando, y enseguida he vuelto a encerrarme por miedo a que la compasión me moviere a intervenir. ¡Desde luego en esos momentos me daba pena, pero comprenderá que no quería perder mi puesto!

»Por fin una noche entró decidida en mi habitación y me dio un susto de muerte cuando dijo:

»—Avise al señor Heathcliff de que su hijo se muere. Esta vez estoy segura de que es así. ¡Levántese ahora mismo y dígaselo!

»Dicho aquello, desapareció. Yo permanecí en la cama por espacio de un cuarto de hora, aguzando el oído y temblando. No se escuchaba ni una mosca, toda la casa taba en silencio

»"Ta equivocada —me dije—. Él ha superao el trance. No hace falta que moleste a naide". Y empecé a dar cabezadas. Pero el agudo sonido de la campanilla me despertó por segunda vez (es la única que tenemos, la instalamos allí adrede pa Linton) y el amo me llamó pa que fuera a ver qué taba pasando e informara a los zagales de que no quería volver a escuchar ese ruido.

»Le transmití el recado de Catherine. Maldijo pa sus adentros y a poco salió con una vela encendida y se dirigió al cuarto d'ellos. Yo lo seguí. La señora Heathcliff taba sentada cabe la cama y tenía las manos cruzadas sobre las rodillas. Su suegro entró, acercó la vela a la cara de Linton, lo miró, lo palpó y luego se volvió hacia ella.

»—Bien, Catherine, ¿cómo te sientes? —dijo.

»Ella permanecía muda.

»—¿Cómo te sientes, Catherine? —repitió.

»—Él está a salvo y yo soy libre —repuso ella—. Debería sentirme bien, pero —prosiguió con una amargura que no podía ocultar— ¡me ha dejado usted luchar contra la muerte yo sola durante tanto tiempo que no siento ni veo más que muerte! ¡Me siento muerta!

»¡Y es que hacía cara de muerta! La di un poco de vino. En esto entraron Hareton y Joseph: el sonido de la campanilla y el rumor de pasos los tenían despertao y tenían escuchao nuestra conversación desde la puerta. Creo que pa Joseph esa muerte fue un alivio; a Hareton le se veía un pelín inquieto, aunque taba más ocupao en comerse a Catherine con los ojos que en pensar en Linton, pero el amo le mandó regresar a la cama porque no se requería su ayuda. Luego pidió a Joseph que trasladase el cuerpo al cuarto d'él y a mí me dijo que regresase al mío. La señora Heathcliff se quedó sola.

»A la mañana siguiente el amo me mandó ir a exigirle que bajara a desayunar. Ella teníase desvestido como si fuera a acostarse. Dijo que taba mareada, lo que no me sorprendió nada. Informé de ello al señor Heathcliff, que contestó:

»—Está bien, la dejaremos en paz hasta después del entierro. Suba a verla de vez en cuando para ver si necesita algo y, en cuanto le parezca que se encuentra mejor, me avisa.

Según Zillah, Cathy permaneció encerrada en su aposento dos semanas. Ella subía a verla dos veces al día y le hubiese gustado ser mucho más cordial, pero sus crecientes muestras de amabilidad recibieron un alado y soberbio rechazo.

El señor Heathcliff subió en una ocasión para enseñarle el testamento de Linton. Había legado todo a su padre, incluidos los bienes muebles de ella. El pobrecillo había sido engatusado o amenazado la semana en que ella se ausentó con ocasión de la muerte del tío de este. En cuanto a las tierras, como él era menor de edad, no pudo interferir en ello. Sin embargo, el señor Heathcliff las reclamó y las obtuvo en virtud del derecho de posesión de su esposa, y el de él mismo, supongo que legalmente. Sea como fuere, Catherine, desprovista de dinero y amigos, no puede alterar su estado posesorio.

—Salvo nesa ocasión —dijo Zillah—, naide salvo yo se acercó a su puerta y naide preguntó por ella. La primera vez que bajó a la casa fue un domingo por la tarde.

»Cuando le llevé la cena me gritó que no podía seguir soportando aquel frío. Le dije que el amo se marchaba a la Granja de los Tordos y que ni Earnshaw ni yo íbamos a impedirle que bajara, conque apenas oyó que el caballo de Heathcliff se alejaba al trote hizo su aparición, sencilla como una cuáquera: vestida de negro y con los rubios rizos peinados por detrás de las orejas, porque no podía alisárselos.

»Joseph y yo solemos ir a la capilla los domingos (la iglesia, sabe usted, se ha quedado sin pastor —aclaró la señora Dean—, y en

Cordera llaman capilla al lugar donde se reúnen los metodistas o los baptistas, no sé bien cuáles). Pero Joseph ya se había marchado —prosiguió Zillah—, y pensé que lo correcto era que yo me quedara en casa. Siempre es mejor que un adulto vigile a los jóvenes, y Hareton, por tímido que sea, no es ningún dechao de buena conducta. Le hice saber que casi seguro su prima bajaría a tar un rato con nosotros y que ella taba avezada a respetar el Sabbath, conque lo mejor que podía hacer era abandonar escopetas y tareas domésticas mientras ella estuviera allí.

»Aquella nueva le sacó los colores, y se miró las manos y la ropa. Al punto hizo desaparecer el aceite de ballena y la pólvora. Vi que tenía intención de hacerla compañía y por sus gestos me figuré que quería tar presentable, conque echándome a reír, cosa que no m'atrevo a hacer cuando está el amo, ofrecí ayudarlo si quería e hice broma de su azoramiento. Él se resintió y se puso a renegar.

»Vaya, señora Dean —prosiguió la mujer al percibir que no me gustaban sus maneras—, por ventura halle que su señorita es demasiao fina pa Hareton, y por ventura no yerre, pero admito que me encantaría bajarle los humos un pelín. ¿De qué le sirven ahora todos sus estudios y refinamientos? Es tan probe como usted o como yo, e incluso más, porque seguro que usted ha estao ahorrando algo y yo también he juntao lo poco que he podido.

Hareton consintió que Zillah le ayudase y ella le agasajó hasta ponerle de buen humor. De modo que, según me ha contado el ama de llaves, cuando Catherine bajó, él, que ya casi le había perdonado los anteriores insultos, procuró mostrarse afable. Le digo lo que me contó el ama de llaves.

—La señorita entró —dijo—, fría como un témpano y altiva como una princesa. Yo me levanté y le ofrecí mi sillón. Pero no, le hizo ascos a mi cortesía. Earnshaw también se levantó y la dijo que se sentara nel escaño, cabe la lumbre, porque debía tar congelada.

»—Hace más de un mes que estoy congelada —repuso ella subrayando las palabras con el mayor desprecio posible.

»Agarró una silla y fue a sentarse lejos de nosotros.

»Cuando hubo entrao en calor empezó a mirar en torno a ella y descubrió que había unos cuantos libros en el aparador. Al punto se levantó y se empinó para alcanzarlos, pero taban demasiao altos.

»Al final, su primo, después de tener observao sus tentativas durante un rato, se armó de valor y ofreció ayudarla. Ella sostuvo su vestido y él lo llenó con los libros que tenía a mano.

»Aquel fue un gran paso pal zagal. Ella no se lo agradeció, pero él se sintió pagao con que hubiera aceptao su ayuda y no solo se aventuró a permanecer de pie detrás de ella mientras la señorita los examinaba, sino que hasta se inclinó para señalar cosas que le llamaban la atención en las viejas imágenes que traían. Tampoco le intimidaron el descaro y la brusquedad con que ella apartó la página de su dedo. Se contentó con retroceder un poco y mirarla a ella en lugar del libro.

»Ella continuó leyendo o buscando algo que leer. Él, como no le veía la cara a ella y ella tampoco le veía a él, poco a poco fue centrando su atención en sus espesos y sedosos bucles. Al final, por ventura no muy consciente de lo k'hacía, pero encandilao como un niño por la luz de una vela, pasó de la vista al tacto: alargó la mano y acarició un bucle con la misma delicadeza que si fuera un pájaro. Pero ella, como si le tuvieran clavao un cuchillo en la nuca, se volvió sobresaltada ante tamaña osadía.

»—¡Largo de aquí ahora mismo! ¿Cómo te atreves a tocarme? ¿Qué haces ahí parado detrás de mí? —exclamó muy indignada—. ¡No te soporto! Si vuelves a acercarte, me iré arriba.

»El señorito Hareton retrocedió con una expresión en el rostro de lo más soez. Se sentó en el escaño, bien calladito, y ella continuó hojeando sus libros por espacio de otra media hora. Al final, Earnshaw cruzó la habitación y me susurró al oído:

»—¿Por qué no le pides que nos lea, Zillah? Toy harto de n'hacer nada y me gustaría… ¡por ventura me guste escucharla! No digas que quiero yo, pídelo como pa ti.

»El señorito Hareton desearía que nos leyera, señora —dije al punto—. Le sería muy grato y le estaría muy agradecido.

»Ella frunció el ceño y levantando la vista repuso:

»—¡El señorito Hareton y todos ustedes tendrán la cortesía de entender que rechazo cualquier afectación de amabilidad que tengan la hipocresía de brindarme! ¡Les desprecio y no tengo nada que decir a ninguno de ustedes! Cuando hubiese dado mi vida por una palabra cariñosa, o simplemente por verles la cara, se apartaron de mí. Pero ¡no pienso quejarme! He tenido que bajar a causa del frío, no estoy aquí para entretenerles ni para gozar de su compañía.

»—¿Qué podía tener hecho yo? —comenzó Earnshaw—. ¿De qué tengo culpa?

»—¡Oh! Porque tú eres una excepción —contestó la señora Heathcliff—. Nunca he echado de menos tus atenciones, precisamente.

»—Pero yo m'ofrecí más d'una vez y pedí… —dijo él sulfurándose ante la insolencia de ella—… pedí al señor Heathcliff que me permitiera velallo'n lugar d'usté…

»—¡Cállate! ¡Saldré afuera o me iré donde sea para que no me rompas los tímpanos con tu desagradable voz! —dijo mi ama.

»Hareton masculló que, por él, ¡podía irse al infierno!, y descolgando su escopeta ya no se privó más de realizar sus tareas dominicales.

»Después d'aquello Hareton se puso a hablar con bastante libertad y a poco ella estimó oportuno retirarse de nuevo a su soledad. Pero como ya se había asentao el frío no tuvo más remedio que tragarse el orgullo y condescender a soportar nuestra compañía cada vez más. No obstante, me cuidé de que no volviera a despreciar mi amabilidad. Desde entonces me he mostrao tan tiesa como ella. Entre nosotros naide la quiere ni le tiene simpatía ¡y lo tiene bien merecido, porque a la menor cosa que le se dice s'encrespa sin consideración hacia naide! Hasta ha llegao a responder al propio amo y a desafiarle a que le pegue; y cuanto más recibe, más venenosa se pone.

Lo primero que pensé cuando oí el relato de Zillah fue que mi obligación era dejar mi puesto, alquilar una casita y llevarme a Catherine a vivir conmigo. Pero pensar que el señor Heathcliff iba a permitir tal cosa era tan inverosímil como que fuera a ponerle una casa a Hareton. De modo que, por ahora, no le veo remedio a la situación, a menos que vuelva a casarse, y ese es un proyecto que no está en mi mano fraguar.

Así concluyó el relato de la señora Dean. A pesar del vaticinio del médico estoy cobrando fuerzas rápidamente y, aunque no estamos sino a mediados de enero, tengo previsto salir a caballo dentro de uno o dos días y presentarme en Cumbres Borrascosas para informar a mi casero de que pasaré los próximos seis meses en Londres y que, si quiere, puede buscar a otro inquilino para la casa a partir de octubre. No volvería a pasar otro invierno aquí ni loco.

17

Ayer hizo un día luminoso, apacible y glacial. Fui a las Cumbres como tenía previsto. Mi ama de llaves me rogó que llevase una nota de su parte a su señorita y yo accedí porque la buena mujer no veía que su petición tuviese nada de raro.

La puerta principal estaba abierta, pero, como en mi última visita, la recelosa cancela se hallaba cerrada. Llamé a voces a Earnshaw, que andaba entre los macizos del jardín. Quitó la cadena y entré. Ese individuo es el campesino más guapo que quepa imaginar. Esta vez me fijé particularmente en él. Aunque parece empeñado en sacar el menor partido posible de sus dotes.

Pregunté si el señor Heathcliff se hallaba en casa. Repuso que no, pero que vendría a la hora del almuerzo. Eran las once. Le anuncié mi intención de entrar a esperarle y enseguida arrojó sus herramientas al suelo y me acompañó, antes en calidad de perro guardián que de sustituto del anfitrión.

Entramos juntos. Catherine estaba dentro ayudando a preparar unas verduras para el almuerzo. Se me antojó más huraña y menos briosa que la primera vez que la vi. Apenas levantó la vista para reconocerme y siguió con su tarea con el mismo desprecio a las formas y a la cordialidad que en la última ocasión. No se dignó corresponder a mi inclinación ni a mis buenos días.

«No parece tan afable como la señora Dean quiere hacerme creer —pensé—. ¡Es cierto que es una preciosidad, pero no un ángel!».

Earnshaw le mandó de malos modos que se llevase sus bártulos a la cocina.

—Llévalos tú —dijo ella.

En cuanto hubo terminado de usarlos, los apartó y fue a sentarse en una banqueta junto a la ventana, donde se puso a recortar figuras de pájaros y fieras en las mondas de nabo que tenía en el regazo.

Me acerqué a ella pretextando que quería contemplar el jardín y dejé caer la nota en su falda, según yo, muy hábilmente, sin que Hareton lo viera. Pero ella preguntó en voz alta:

—¿Qué es esto?

Y la botó.

—Una carta de una vieja conocida de usted, el ama de llaves de la Granja —repuse, molesto de que pusiese en evidencia mi delicada cautela y temiendo que pensase que la misiva era mía.

Tras aquella aclaración ella habría recogido la nota de buen grado, pero Hareton se le adelantó. Se apoderó de ella y la introdujo en el bolsillo de su chaleco diciendo que antes debía verla el señor Heathcliff.

A continuación, Catherine volvió silenciosamente el rostro, sacó con mucho tiento un pañuelo y se lo llevó a los ojos. Su primo, tras luchar un momento consigo mismo para dominar sentimientos más tiernos, extrajo la carta y la arrojó a sus pies de la forma más descortés posible.

Catherine la recogió y la leyó con avidez. Luego me hizo algunas preguntas acerca de los ocupantes, racionales e irracionales, de su antiguo hogar y, mirando hacia las colinas, murmuró para sí:

—¡Me gustaría estar montando a Minny allá abajo! Me gustaría estar escalando allí arriba. ¡Oh, qué cansancio! ¡Estoy harta, Hareton!

Acto seguido reclinó su hermosa cabeza en el alféizar, mitad suspirando, mitad bostezando, y se sumió en una suerte de ensimismada melancolía, sin saber ni importarle si la mirábamos o no.

—Señora Heathcliff —dije tras haber guardado un largo silencio—. ¿Sabe hasta qué punto la conozco? Tan íntimamente que lo extraño es que no se me acerque a contarme sus cosas. Mi ama de llaves no se cansa de hablar de usted ni de cantar sus alabanzas. ¡Se llevará una gran decepción si regreso sin traerle nuevas, directas o indirectas, de usted, salvo que le entregué la carta y usted no dijo nada!

Mis palabras parecieron sorprenderla y preguntó:

—¿Ellen le tiene simpatía?

—Sí, mucha —repuse sin vacilar.

—Entonces dígale que contestaría a su carta —prosiguió— si tuviera material para escribir, aunque fuera un libro al que pudiera arrancar una hoja.

—¡No tiene libros! —exclamé—. ¿Cómo logra vivir aquí sin ellos? Disculpe que me haya tomado la libertad de hacerle esa pregunta, pero es que yo dispongo de una nutrida biblioteca en la Granja y aun así suelo aburrirme bastante. ¡Si me quitasen los libros, enloquecería!

—Cuando los tenía pasaba el día leyendo —dijo Catherine—. El señor Heathcliff no lee nunca, de modo que se le metió en la cabeza que debía destrozar mis libros. Hace semanas que no veo ninguno. Una única vez me atreví a hurgar en las provisiones teológicas de Joseph, lo que le irritó muchísimo. Y en otra ocasión, Hareton, descubrí una secreta reserva en tu habitación: había algunos en griego y latín, y otros de cuentos y poesía, todos ellos viejos amigos míos. Los últimos me los había traído de casa ¡y tú te apoderaste de ellos como una urraca se apodera de las cucharillas de plata, por el mero placer de robar! A ti no te sirven de nada, aunque quizá los escondiste con la mala intención de que, como tú no puedes gozarlos, nadie más lo haga. ¿Será que el señor Heathcliff me robó mis tesoros aconsejado por tu envidia? Pero ¡la mayoría están escritos en mi mente e impresos en mi corazón, y esos no podéis quitármelos!

Earnshaw se puso colorado como un tomate cuando su prima delató su furtivo acopio literario e, indignado y balbuciente, refutó sus acusaciones.

—El señorito Hareton desea ampliar sus conocimientos —dije yo socorriéndole—. No es envidioso, sino ambicioso: desea emular los logros de usted. ¡Dentro de unos años será un hombre muy instruido!

—Y mientras tanto quiere que yo me vaya idiotizando —repuso Catherine—. Sí, ya le oigo cuando intenta deletrear las palabras y leer en voz alta. ¡Comete errores garrafales! Me encantaría que volvieras a leer *Chevy Chase* como ayer, Hareton. ¡Fue divertidísimo! Te oí. ¡Y también oí que consultabas las palabras difíciles en el diccionario y que te ponías a renegar porque no eras capaz de leer las explicaciones!

Era evidente que el joven hallaba vergonzoso que se burlasen no solo de su ignorancia, sino también de sus intentos por remediarla. Yo opinaba lo mismo y, recordando la anécdota de la señora Dean sobre las primeras tentativas del muchacho de iluminar la oscuridad en que le habían criado, observé:

—Pero, señora Heathcliff, todos hemos tenido que empezar de cero y al principio todos nos hemos tambaleado y tropezado. Si nuestros profesores se hubiesen mofado de nosotros en lugar de ayudarnos, seguiríamos tambaleándonos y tropezándonos.

—¡Oh! —repuso ella—. Yo no deseo limitar sus conocimientos, pero ¡no tiene derecho a apropiarse de lo mío y a ridiculizarlo con sus groseras equivocaciones y su mala pronunciación! Esos libros, tanto en prosa como en verso, son sagrados para mí por los recuerdos que me traen, ¡odio verlos desdorados y profanados en su boca! ¡Además, como por pura malicia, entre todos ha elegido mis preferidos, los que más me gusta recitar!

El pecho de Hareton palpitó en silencio durante unos minutos. Parecía estar combatiendo intensos sentimientos de rabia y humillación que no eran nada fáciles de dominar.

Me levanté con la cortés intención de mitigar su bochorno y me acerqué a la puerta abierta, donde permanecí de pie mirando el paisaje.

Él siguió mi ejemplo y salió de la habitación, pero enseguida reapareció trayendo media docena de libros que dejó caer en el regazo de Catherine, exclamando:

—¡Toma! ¡No quiero volver a saber nada d'ellos, ni leerlos ni pensar n'ellos nunca más!

—¡Ahora ya no los quiero! —repuso ella—. ¡Los asociaría contigo y los aborrecería!

Abrió uno que daba muestras de haber sido bastante manoseado y leyó un fragmento alargando las sílabas como un principiante. Luego se echó a reír y lanzó el libro lejos de ella.

—¡Y escucha! —continuó para provocar.

Empezó a leer de la misma forma la primera estrofa de una vieja balada. Pero el amor propio de Hareton no pudo seguir soportando aquella tortura. Oí que frenaba a la deslenguada de su prima con la mano y no me pareció del todo mal que lo hiciera. Esa pícara había hecho todo lo posible para herir los delicados aunque incultos sentimientos de su primo, y un enfrentamiento físico era el único medio del que él disponía para equilibrar la balanza y saldar cuentas con su torturadora.

A continuación agarró los libros y los arrojó al fuego. Leí en su semblante el profundo dolor que le causaba ofrecer aquel sacrificio a su bilis. Me figuré que mientras los veía consumirse pensaba tanto en el placer que ya le habían proporcionado como en el triunfo y la creciente satisfacción que habrían podido granjearle. También creí adivinar qué era lo que le había incitado a ponerse a estudiar a escondidas. Hasta que Catherine se cruzó en su camino se había contentado con realizar su trabajo diario y con divertirse de forma bruta y burda. El bochorno que le causaba el desprecio de ella y la esperanza de obtener su aprobación algún día habían sido sus primeros acicates para ponerse metas más elevadas. Pero sus esfuerzos por instruirse, en lugar de protegerle de lo primero y hacerle merecedor de lo segundo, habían tenido precisamente el efecto contrario.

—¡Sí, ese es todo el provecho que un animal como tú es capaz de extraer de los libros! —gritó Catherine chupándose el labio herido y contemplando el incendio con indignación.

—¡Y ahora será mejor que cierres el pico! —le espetó él con fiereza.

Como su azoramiento le impedía seguir hablando, se precipitó hacia la entrada y yo me hice a un lado para dejarle pasar. Pero antes de que traspusiese el umbral tropezó con el señor Heathcliff, que llegaba de fuera y que, poniéndole la mano en el hombro, le preguntó:

—¿Y ahora qué te pasa, zagal?

—¡Nitos! ¡Nitos! —repuso Hareton.

Y huyó para dar rienda suelta a su dolor y su ira a solas.

Heathcliff le siguió con la mirada y suspiró.

—¡Tendría gracia que me saliese el tiro por la culata! —murmuró, sin reparar en que yo me hallaba detrás de él—. Pero ¡es que cuando busco a su padre en su rostro cada día la veo más a ella! ¿Cómo demonios puede parecérsele tanto? Casi no soporto verle.

Bajó los ojos al suelo y entró malhumorado. Estaba más enjuto y traía una expresión de inquietud y desasosiego que no le había visto nunca.

Su nuera, que le había avistado por la ventana, se apresuró a huir a la cocina, de modo que solo quedaba yo.

—Me alegro de volver a verle fuera de casa, señor Lockwood —dijo en respuesta a mi saludo—, en parte por motivos egoístas. No creo que me resulte fácil sustituirle en este yermo. Más de una vez me he preguntado qué le trajo por aquí.

—Me temo, señor, que me dio una ventolera —repuse—, o quizá sea una ventolera la que me haga desaparecer. La semana entrante me marcho a Londres y es mi obligación avisarle de que no me predispongo a conservar la Granja de los Tordos más allá de los doce meses pactados. No creo que siga ocupándola.

—¡Ah! ¡Vaya! Se ha cansado de vivir exilado del mundo, ¿verdad? —dijo—. Pero, si ha venido a solicitar que no siga cobrándole el alquiler de una casa que no va a ocupar, ha hecho el viaje en balde. No lo hago con nadie, siempre exijo que se me pague lo que se me debe.

—¡No he venido a solicitar nada semejante! —exclamé bastante irritado—. Puedo pagarle ahora mismo si quiere.

Extraje la billetera de mi bolsillo.

—No, no —contestó él con frialdad—, cuando se marche dejará lo suficiente para saldar la deuda por si no regresa; no corre tanta prisa. Pero siéntese y quédese a almorzar con nosotros. Por regla general un invitado del que estamos seguros de que no ha de volver es bienvenido. ¡Catherine, pon la mesa! ¿Dónde te has metido?

Catherine reapareció con una bandeja de cuchillos y tenedores.

—Tú comerás en la cocina con Joseph —masculló Heathcliff aparte— y permanecerás allí hasta que el señor Lockwood se haya marchado.

Ella obedeció sus órdenes al instante, quizá porque no tenía el menor interés en contravenirlas. Como vive entre patanes y misántropos, seguramente no es capaz de apreciar a la gente de mayor categoría cuando la tiene delante.

Teniendo al adusto y saturnino señor Heathcliff de un lado y a un Hareton en absoluto mudo del otro, el almuerzo no fue precisamente alegre, de modo que no tardé en despedirme. Me habría gustado salir por la puerta de la cocina para volver a ver a Catherine y fastidiar un poco al viejo Joseph, pero no pude satisfacer mi deseo porque Hareton recibió órdenes de traerme el caballo, y mi propio anfitrión me acompañó a la puerta.

«¡Qué lúgubre es la vida en esa casa! —iba pensando según bajaba la pendiente—. ¡La señora Linton Heathcliff habría podido ver materializado algo más romántico que un cuento de hadas si, como deseaba su buena aya, nos hubiéramos prendado el uno del otro y hubiésemos migrado juntos al emocionante ambiente de la ciudad!».

18

1802. Este mes de septiembre me invitaron a vaciar los brezales de un amigo en el norte e, inesperadamente, camino de su vivienda me hallé a unos veinte kilómetros de Cordera. El mozo de cuadra de la venta donde me detuve sostenía un cubo de agua para abrevar a mis caballos cuando pasó una carreta cargada de avena muy verde, recién cortada.

—¡So que train vien de Cordera, siguro! Siempre segan tres semanas en pos de los demás —comentó el joven.

—¿Cordera? —repetí.

Tenía un recuerdo borroso de mi estancia en esa localidad, como si hubiese sido un sueño.

—¡Ah, ya me acuerdo! ¿Queda muy lejos de aquí?

—Tien de ser ventidós kilómetros, mont'a través y pol camín malo —repuso.

Sentí un repentino impulso de visitar la Granja de los Tordos. Era antes del mediodía y se me ocurrió que en lugar de ir a una posada pasaría la noche bajo mi propio techo. Además, tenía tiempo de sobra para dedicar un día a saldar cuentas con mi casero, lo que me ahorraría la molestia de tener que volver a invadir aquellos predios.

Después de descansar un rato mandé a mi sirviente que averiguase cómo llegar al pueblo y, para gran fatiga de nuestras monturas, logramos cubrir esa distancia en poco más de tres horas.

Dejé a mi mozo en Cordera y emprendí el descenso hacia el valle yo solo. La iglesia gris me pareció aún más gris, y el solitario cementerio, aún más solitario. Columbré a una oveja de los brezales paciendo la menuda hierba que cubría las tumbas. Hacía un tiempo apacible y cálido, demasiado cálido para viajar, pero el calor no me impidió gozar del ameno paisaje que se extendía sobre mi cabeza y a mis pies. Estoy seguro de que si lo hubiese visto más cerca del mes de agosto, habría vuelto a verme tentado a perder un mes entre sus soledades. No hay nada más inhóspito en invierno ni más divino en verano que esas cañadas encajonadas entre cerros y esos escarpados y abruptos collados cubiertos de brezo.

Llegué a la Granja antes que se pusiera el sol y llamé a la puerta. Pero, a juzgar por el fino penacho de humo que salía de la chimenea de la cocina, sus habitantes se habían retirado a la parte trasera del edificio y no me oyeron.

Entré en el patio a caballo. Una niña de unos nueve o diez años se hallaba sentada en el porche tejiendo y, en la escalinata, una vieja fumaba en pipa con aire meditabundo.

—¿Está la señora Dean en casa? —pregunté a esta última.

—¿L'ama Dean? ¡No! Non vive qui —contestó—. T'arriba nas Cumbres.

—En ese caso, ¿es usted el ama de llaves? —proseguí.

—So mesmo. Soy l'incargada —repuso.

—Bien, yo soy el señor Lockwood, el amo. ¿Tiene alguna habitación para hospedarme? Quiero pasar la noche aquí.

—¡L'amo! —exclamó atónita—. ¡Mas si naide supiere que venía! ¡Tenía d'haber visao! Hora mesmo n'hay nengún rincón seco nin decentao'n toa la casa, ¡n'haylo, no!

Arrojó la pipa al suelo y entró precipitadamente. La niña la siguió, y yo también. No tardé en constatar la veracidad de sus palabras y, lo que es más, que mi intempestiva aparición casi le había hecho perder el juicio.

Le pedí que se tranquilizara. Yo saldría a dar un paseo y en el ínterin ella debía intentar prepararme un rincón en la sala donde cenar y un cuarto donde dormir. No era necesario que barriera ni que quitase el polvo; bastaba con unos buenos fuegos y sábanas secas.

Se mostró dispuesta a hacer cuanto estuviera en su mano, aunque introdujo la escobilla en el fuego en lugar del atizador y maltrató varios otros utensilios propios de su oficio; yo me retiré de todos modos, confiando en su energía para que a mi regreso me tuviera preparado un lugar donde dormir.

La meta de la excursión que tenía en mente no era otra que Cumbres Borrascosas. Pero, cuando hube salido del patio, una ocurrencia tardía me hizo volver sobre mis pasos.

—¿Cómo van las cosas en las Cumbres? —pregunté a la sirvienta.

—Bien, que nos sepamos —repuso escabulléndose con una olla llena de rescoldos.

De haber podido le habría preguntado por qué motivo la señora Dean había abandonado la Granja, pero vi que era imposible entretenerla en mitad de aquel trance, de modo que di media vuelta y salí a paso lento. Tenía a mis espaldas el resplandor del sol poniente y frente a mí la tenue gloria de la luna ascendente. Un astro iba apagándose y el otro ganando luminosidad según yo salía del parque y subía por el pedregoso camino vecinal que se bifurca en dirección de la morada del señor Heathcliff.

Cuando aún no alcanzaba a avistarla no quedaba del día sino una difusa y ambarina claridad en el oeste, pero gracias a aquella espléndida luna alcanzaba a distinguir cada guijarro y cada brizna de hierba en el sendero.

No tuve que dar voces ni saltar la verja: cedió bajo mi mano.

«¡Vaya, esto es una mejora!», pensé. Y mis narices me llevaron a descubrir otra: el aire traía una fragancia de alhelíes blancos y amarillos procedente de entre los frutales de la finca.

Las puertas y ventanas de celosía se hallaban abiertas. Sin embargo, como suele ocurrir en las regiones carboníferas, un espléndido fuego rojo alumbraba la chimenea. El deleite que el ojo obtiene de las llamas hace soportable el calor añadido, aunque en Cumbres Borrascosas la casa es tan amplia que sus habitantes tienen espacio suficiente para ponerse a resguardo de sus efluvios. De ahí que las pocas personas que había allí se hubiesen instalado cerca de una ventana. Las vi y oí antes de entrar, y me quedé mirándolas y escuchándolas con una mezcla de curiosidad y envidia que iba en aumento cuanto más me rezagaba.

—¡Con-tra-rio! —decía una melodiosa voz con timbre de campanilla de plata—. ¡Ya van tres veces que te lo digo, burro! No volveré a repetírtelo. ¡Haz memoria o te tiro del pelo!

—Está bien: contrario —repuso una voz grave pero dulce—. Y ahora dame un beso por haber prestado tanta atención.

—No, primero tienes que leerlo todo correctamente sin equivocarte ni una vez.

El interlocutor masculino inició la lectura. Era un joven bien vestido que se hallaba sentado a una mesa con un libro delante. Sus hermosas facciones resplandecían de gozo y los ojos se le iban constantemente de la página a la manita blanca, apoyada en su hombro, que le llamaba al orden con un alígero cachete cada vez que su dueña detectaba algún indicio de distracción.

Su dueña se hallaba de pie detrás del joven. Cada vez que se inclinaba para supervisar el trabajo de este, sus claros y lustrosos tirabuzones se mezclaban con los castaños rizos de él. Por fortuna, él no alcanzaba a verle la cara, de lo contrario le habría resultado imposible estarse tan quieto, pero yo sí la veía y me mordí los labios de rabia por haber desperdiciado la ocasión que quizá se me habría brindado de hacer algo más que contemplar con embeleso su sobrecogedora hermosura.

El alumno, una vez terminada la tarea, no sin nuevas meteduras de pata, reclamó su premio y recibió al menos cinco besos que, todo hay que decirlo, devolvió con largueza. Luego ambos se dirigieron a la puerta y por su conversación deduje que se disponían a dar un paseo en los brezales. Supuse que Hareton Earnshaw, cuando no de viva voz, al menos en su fuero interno, me condenaría al hoyo más profundo de las regiones infernales si en aquel momento revelaba mi inoportuna presencia, de modo que sintiéndome muy mezquino y malvado di la vuelta al edificio sin ser visto y busqué refugio en la cocina.

También aquella entrada se hallaba libre de obstáculos. Frente a la puerta estaba sentada mi vieja amiga Nelly Dean, cosiendo y cantando una canción, interrumpida cada dos por tres por duras palabras de desprecio e intolerancia procedentes del interior, proferidas en un tono no precisamente musical.

—¡Enantes prefireira mil veces qu'ellos llenárenme los oíos de blasfemias de la noche a la mañana k'haber d'oíll'a usté! —dijo el ocupante de la cocina en respuesta a una frase de Nelly que no alcancé a oír—. ¡Es un'auténtica vergunzia que non puea yo abrí'l Libro Sagrao sin k'usté póngase con esas glorias a Satanás y a toa l'aterraora maldá qu'encárnase nel mundo! ¡Ah! Eres un'auténtico cer'a l'izquierda, y l'otra tambéin, y entrambas echarán a perder a se probe zagal. ¡Probe zagal! —añadió con un gemido—. ¡Por mis mueltos que ta'mbrujao! ¡Oh, Señor, júzgalas, porque n'hay ley ni justicia entre nuestros dirigentes!

—¡De eso nada! —replicó la cantante—. Porque, en ese caso, supongo que arderíamos sobre flamígeros haces de leña. Pero chitón, viejo, lea su Biblia como un buen cristiano y olvídese de mí. Lo que estoy cantando es *Fairy Annie's Wedding*, una canción preciosa que va acompañada de un baile.

La señora Dean iba a seguir cantando cuando yo aparecí; me reconoció en el acto, se levantó de un salto y exclamó:

—¡Anda, bendita sea, señor Lockwood! ¿Cómo se le ha ocurrido volver así, sin más? La Granja de los Tordos está cerrada a cal y canto. ¡Debía haber avisado!

—He dispuesto alojarme allí el poco tiempo que me quedaré —repuse—. Me marcho mañana. Pero ¿cómo es que se ha mudado aquí, señora Dean? Cuénteme.

—Poco después de que se marchara usted a Londres, Zillah se fue y el señor Heathcliff me pidió que viniera aquí hasta que usted volviese. Pero ¡pase, por favor! ¿Ha venido caminando desde Cordera esta misma tarde?

—Desde la Granja —repuse—. Y mientras me preparan una habitación allí quiero saldar cuentas con su amo, porque no creo que se me brinde otra ocasión en un futuro próximo.

—¿Qué cuentas, señor? —dijo Nelly haciéndome pasar a la casa—. En este momento el amo no está y no regresará pronto.

—Se trata del alquiler —contesté.

—¡Ah! Entonces tendrá que tratar con la señora Heathcliff —observó— o, mejor dicho, conmigo. Ella aún no ha aprendido a llevar sus negocios, de modo que lo hago yo en su nombre. No hay nadie más.

Me mostré sorprendido.

—¡Ah! ¡Veo que no está al corriente de que el señor Heathcliff ha muerto! —prosiguió.

—¿Que Heathcliff ha muerto? —exclamé atónito—. ¿Cuánto hace?

—Hace tres meses. Pero siéntese y deme su sombrero, ahora se lo cuento todo. Aunque, un momento, ¿verdad que no ha comido nada?

—No quiero nada. He pedido que me preparen la cena en casa. Siéntese usted también. ¡Jamás imaginé que fuera a morir! Cuénteme cómo ocurrió. Ha dicho que no cree que vuelvan pronto, ¿se refería a los jóvenes?

—Sí. Todas las noches tengo que reñirles porque pasean hasta muy tarde, pero no me hacen el menor caso. Tome al menos un poco de nuestra *old ale*, le sentará bien. Tiene aspecto de estar cansado.

Se precipitó a ir por ella antes que yo pudiera rechazarla y oí a Joseph preguntar si «n'er'un escándalo esecrable qu'ella tuveise pretendeintes a su edá y k'aun tovía sacase las jarras de la bodega de l'amo. Er'una vergunzia ter de vivir pa ver aquello».

La señora Dean no se dignó contraatacar. Volvió un minuto después con una desbordante jarra de plata cuyo contenido ensalcé encarecidamente. A continuación me proporcionó el final de la historia de Heathcliff. Tuvo un final «curioso», según su propia expresión.

A las dos semanas de haberse marchado usted —empezó la señora Dean—, me mandaron mudarme a Cumbres Borrascosas y obedecí muy contenta, por Catherine.

¡Mi primera entrevista con ella me entristeció y escandalizó! Había cambiado mucho desde nuestra separación. El señor Heathcliff no me explicó los motivos que le habían llevado a cambiar de opinión acerca de mi traslado. Solo me dijo que me quería aquí y que estaba harto de ver a Catherine. Yo debía convertir el pequeño gabinete en mi sala de estar y mantenerla a ella a mi lado. Él tenía más que suficiente con verla una o dos veces al día.

Catherine se mostró complacida con ese acuerdo. Poco a poco me fui trayendo a hurtadillas un buen número de libros y otros objetos que habían hecho sus delicias en la Granja y me hice la ilusión de que lograríamos gozar de un cierto bienestar.

Pero esa ilusión duró poco. Catherine, que al principio parecía satisfecha, no tardó en irse poniendo cada vez más nerviosa e irritable. Por un lado, tenía prohibido salir del jardín y, al ir entrando la primavera, le agobiaba mucho hallarse confinada en sus angostas lindes. Por otro, mis labores me obligaban a dejarla sola muy a menudo y ella se quejaba de soledad. Prefería discutir con Joseph en la cocina que estar tranquila a solas.

Yo no hacía caso de los roces entre ellos, pero, cuando el amo quería la casa para él, Hareton no tenía más remedio que buscar refugio, él también, en la cocina. Y así como al principio en cuanto él entraba ella salía o se ponía a ayudarme en mis tareas, obviando su presencia y evitando dirigirle la palabra (aunque él siempre estaba de lo más callado y taciturno), pasado un tiempo cambió de actitud y era incapaz de dejarle tranquilo. Le hablaba sin cesar: hacía comentarios sobre su estupidez y su holgazanería, expresaba su asombro ante la insoportable vida que llevaba y no lograba entender que pasara las tardes mirando el fuego y dormitando.

—Es como un perro, ¿verdad, Ellen? —me comentó en una ocasión—. O como un caballo de tiro. ¡No hace sino trabajar, comer y dormir! ¡Debe de tener la mente aletargada y en blanco! ¿Sueñas alguna vez, Hareton? Y si lo haces, ¿con qué sueñas? Pero ¡no, tú no hablas conmigo!

Le miró, pero él no abrió la boca ni volvió a alzar la vista.

—A lo mejor está soñando ahora mismo —prosiguió ella—. Acaba de contraérsele el hombro como a Juno. Pregúntaselo, Ellen.

—¡Compórtese, de lo contrario el señorito Hareton pedirá al amo que la mande arriba! —dije yo.

Hareton no solo había contraído el hombro, sino que también había apretado el puño, como si se viera tentado a utilizarlo.

—Ya sé por qué Hareton no habla nunca cuando yo estoy en la cocina —exclamó en otra ocasión—. Teme que me ría de él. Ellen, ¿tú qué opinas? Una vez intentó aprender a leer por su cuenta, pero lo dejó y quemó sus libros solo porque me reí de él. ¿No te parece que hizo una tontería?

—¿No le parece una maldad lo que hizo usted? —dije—. Contésteme.

—Puede que sí —prosiguió—, pero es que no pensaba que haría algo tan estúpido. Hareton, si ahora te doy un libro, ¿lo aceptarás? ¡Voy a intentarlo!

Le puso en las manos un libro que ella había estado leyendo con mucha atención. Hareton lo lanzó lejos y masculló que, si no dejaba de molestarle, le retorcería el pescuezo.

—Está bien, lo dejaré aquí —dijo ella—, en el cajón de la mesa. Voy a acostarme.

Luego me dijo al oído que vigilase a ver si lo tocaba, y se marchó. Pero él se cuidó mucho de acercarse al libro y así se lo notifiqué a ella a la mañana siguiente, ante su gran decepción. Vi que le entristecía verle perennemente enfurruñado y ocioso, que le remordía la conciencia por haber frustrado su deseo de instruirse, pues lo había logrado de forma rotunda.

Pero puso a trabajar su ingenio para remediar el daño; mientras yo planchaba o realizaba determinadas labores que no podía llevarme al gabinete, me traía algún libro ameno y me lo leía en voz alta. Cuando Hareton estaba presente solía detenerse en un pasaje interesante y dejar el libro abierto en esa página. Lo hizo una y otra vez, pero él era terco como una mula y, en lugar de morder el anzuelo, los días de lluvia le dio por fumar con Joseph. Permanecían allí como dos autómatas, sentados uno a cada lado del fuego, el mayor felizmente demasiado sordo para captar las inicuas sandeces de ella, como él las habría calificado, y el menor esforzándose por aparentar que no las oía. Las tardes que hacía buen tiempo este último salía a cazar y Catherine bostezaba, suspiraba y me incordiaba para que le diese conversación, pero apenas lo hacía salía corriendo al patio o al jardín. Como último recurso, se echaba a llorar y decía que estaba cansada de vivir, que su vida no tenía sentido.

El señor Heathcliff, que cada día se mostraba más insociable, casi había desterrado a Earnshaw de la casa. A principios de marzo, el muchacho se convirtió durante unos días en parte del mobiliario de la cocina debido a un accidente. Se le reventó la escopeta cuando andaba solo por el monte, una astilla le hizo un corte en un brazo y camino de casa perdió mucha sangre. Por consiguiente, se vio condenado a permanecer quieto junto a la lumbre hasta que pudo subir la escalera de nuevo.

A Catherine le iba bien tenerle allí. Es más, aquello hizo que aborreciera más que nunca su cuarto ubicado en la primera planta y siempre me instaba a buscarle algo que hacer para bajar conmigo.

El lunes de Pascua, Joseph acudió a la feria de Cordera con parte del ganado. Esa tarde, yo estaba recogiendo los manteles de la cocina, Earnshaw se hallaba sentado, intratable como siempre, en un rincón de la chimenea, mientras mi señorita mataba el tiempo haciendo dibujos en los cristales de las ventanas. Compaginaba esa diversión con estallidos de canto contenido, exclamaciones pronunciadas entre dientes y furtivas miradas de enojo e impaciencia dirigidas a su primo, que fumaba impertérrito con los ojos clavados en el fuego.

Cuando vio que yo ya no podía con ella, me quitó la vela de las manos y se acercó a la chimenea. No presté mucha atención a sus movimientos, pero enseguida la oí decir:

—Me he dado cuenta, Hareton, de que ahora quiero… de que me alegra… de que si no te hubieras vuelto tan huraño y no te hubieses enfadado tanto conmigo, me gustaría que fueras mi primo.

Hareton no contestó.

—¡Hareton, Hareton, Hareton! ¿Me oyes? —insistió ella.

—¡Largo d'aquí! —gruñó él con absoluta rudeza.

—Dame esa pipa —dijo ella alargando la mano con cautela y quitándosela de la boca.

Antes de que él pudiese intentar recuperarla ya estaba la pipa rota detrás del fuego. El muchacho la insultó y agarró otra.

—Espera —exclamó ella—, antes tienes que escucharme. No puedo hablar con esas nubes que flotan ante mi cara.

—¡Por qué no te vas al diablo y me dejas en paz! —gritó él con fiereza.

—Ni hablar —insistió ella—. No quiero. Ya no sé qué hacer para que me hables, y tú te obstinas en no entenderlo. Que te llame idiota no significa nada, no quiere decir que te desprecie. Vamos, tienes que hacerme caso, Hareton; soy tu prima y quiero que me tengas por tal.

—¡Non quiero ter nada que ver contigo, ni con tu repuñante orgullo, ni con tus malditas burlas! ¡Iría al infierno en cuerpo y alma antes que volver a mirar por ti! ¡Quítate d'en medio hora mesmo!

Catherine frunció el ceño y fue a sentarse en el asiento de la ventana, al tiempo que se mordía los labios e intentaba disimular las crecientes ganas de llorar tarareando una excéntrica tonadilla.

—Debería hacer las paces con su prima, señorito Hareton —intervine—, ¡puesto que se arrepiente de su impertinencia! Le haría mucho bien tenerla de compañera, le convertiría en otro hombre.

—¡Compañera! —gritó—. ¿Cuando ella me odia y non me considera diño ni de limpialle los zapatos? ¡No, ni aunque eso me convirtiera nun rey, no volveré a permitir que m'haga burla solo porque busco su amistad!

—¡Yo no te odio, eres tú quien me odia a mí! —sollozó Cathy, que había dejado de disimular su desazón—. Me odias tanto o más que el señor Heathcliff.

—Eres una maldita embustera —comenzó Earnshaw—; en ese caso, ¿por qué le he hecho enfadar cientos de veces por tenerme puesto de tu parte? Y eso cuando tú te burlabas de mí y me despreciabas y… ¡Como sigas molestándome entraré allí a decir que m'has fastidiao tanto que m'has echao de la cocina!

—No sabía que te hubieras puesto de mi parte —repuso ella enjugándose las lágrimas—. Me sentía muy desdichada y estaba resentida con todo el mundo, pero ahora te lo agradezco y te ruego que me perdones. ¿Qué más puedo hacer?

Volvió a la chimenea y le tendió la mano de todo corazón.

Hareton torció el gesto y un nubarrón le ensombreció el rostro. Tenía los puños fuertemente apretados y la mirada clavada en el suelo.

Catherine debió de adivinar por instinto que la porfiada conducta del joven era antes debida a una contumaz obstinación que a la antipatía, porque tras vacilar unos instantes se agachó y le dio un cariñoso beso en la mejilla.

La muy pícara creía que no la había visto y, retirándose, volvió a tomar asiento junto a la ventana toda recatada.

Meneé la cabeza con reprobación y ella se ruborizó y me dijo en un susurro:

—¡Bueno! Y ¿qué querías que hiciera, Ellen? Se niega a darme la mano y a mirarme. De alguna forma tengo que demostrarle que le tengo simpatía y que quiero que seamos amigos.

No sabría decir si ese beso convenció a Hareton. Durante unos minutos se cuidó mucho de que le viéramos la cara y luego, cuando levantó la cabeza, no sabía dónde dirigir la mirada.

Catherine se puso a envolver con gran esmero un hermoso libro en un papel blanco y, tras haberlo atado con un pedazo de cinta y haber escrito en él «Señorito Hareton Earnshaw», me pidió que hiciese de mensajera y entregase el presente a su destinatario.

—Dile que, si lo acepta, le enseñaré a leer como es debido —dijo—, y que, si lo rechaza, subiré a mi cuarto y no volveré a molestarle nunca más.

Se lo llevé y le transmití el recado, vigilada por mi ansiosa patrona. Hareton no quería abrir las manos, de modo que dejé el paquete en su regazo y él no lo rechazó. Yo reanudé mi trabajo. Catherine tenía la cabeza y los brazos apoyados en la mesa, y permaneció en esa posición hasta que oyó el leve crujido del papel de envolver. Entonces se levantó sin hacer ruido y fue a sentarse al lado de su primo. Hareton temblaba y su rostro resplandecía: su rudeza y su huraño desabrimiento se habían disipado por completo. Al principio no lograba armarse de valor para pronunciar ni una sílaba en respuesta a la inquisidora mirada de ella y a la petición que le hizo en un murmullo.

—¡Di que me perdonas, Hareton, por favor! Me harás muy feliz si pronuncias esa pequeña palabra.

Él balbució algo ininteligible.

—¿Serás mi amigo? —añadió Catherine inquisitivamente.

—¡No! Te avergonzarías de mí todos los días de tu vida —repuso él—. Y cuanto más me fueres conociendo, pior. No puedo tolerarlo.

—Entonces ¿no quieres ser mi amigo? —dijo ella dedicándole una melosa sonrisa y acercándosele aún más.

No pude distinguir qué más dijeron, pero cuando miré de nuevo vi dos caras tan radiantes inclinadas sobre una página del libro aceptado que ya no me cupo duda de que ambas partes habían ratificado un acuerdo y de que en lo sucesivo los dos enemigos serían aliados de por vida.

La obra que los absorbía se hallaba colmada de lujosas ilustraciones y tanto estas como la postura de ambos tenían suficiente encanto para que permanecieran inmóviles hasta que llegó Joseph. El pobre, cuando vio que Catherine estaba sentada en el mismo banco que Hareton Earnshaw y tenía la mano apoyada en el hombro de él se quedó tan horrorizado como perplejo de que su favorito sufriese aquella proximidad. Ello le afectó tanto que aquella noche no fue capaz de hacer el menor comentario. Lo único que dejó traslucir su emoción fueron los inmensos suspiros que exhaló cuando abrió solemnemente su enorme Biblia sobre la mesa y la fue cubriendo con los sucios billetes que llevaba en la cartera, fruto de las transacciones del día. Al final llamó a Hareton y le hizo levantar de su asiento.

—Llévasel'a l'amo, zagal —dijo—, y quédate hi. Yo sub'a mi propio cualto. Te gujero no's decente nin diño de nos. ¡Temos d'irnos buscar otro!

—Vamos, Catherine —dije—, también nosotras tenemos «d'irnos». He terminado de planchar. ¿Está lista?

—¡Si no son ni las ocho! —contestó levantándose de mala gana—. Hareton, te dejo este libro encima de la chimenea y mañana te traeré más.

—Cualqueir livro que dej'usté qui, llevarel'a la casa —dijo Joseph—, y será una suelte que vuelva'ncontrallo. ¡Conk'haga usté'l que véngale'n gana!

Catherine amenazó con hacer lo mismo con la biblioteca de él y, sonriendo al pasar delante de Hareton, subió la escalera cantando, y diría que con el corazón más ligero que nunca bajo este techo, salvo quizá en sus primeras visitas a Linton.

La intimidad entre ellos iniciada de esa suerte se estrechó rápidamente, aunque experimentó interrupciones pasajeras. Para civilizar a Earnshaw se necesitaba algo más que un simple deseo, y mi señorita no era nada filósofa ni ningún dechado de paciencia. Pero como sus almas tendían a un mismo fin —la una, amorosa, ansiaba apreciar, y el otro, amoroso, ansiaba ser apreciado—, al final lograron alcanzarlo.

Como ve, señor Lockwood, era bastante fácil ganarse el corazón de la señora Heathcliff. Pero ahora me alegra que no lo intentara porque la culminación de todos mis deseos será la unión de ellos dos. El día de su boda no envidiaré a nadie. ¡No habrá mujer más dichosa en toda Inglaterra!

19

A la mañana siguiente de aquel lunes, Earnshaw seguía sin poder realizar sus actividades cotidianas: permaneció en casa y no tardé en descubrir que me resultaría imposible retener a mi señorita a mi lado como hasta entonces.

Bajó antes que yo y salió al jardín, donde había visto a su primo, que desempeñaba una sencilla tarea. Cuando fui a decirles que entrasen a desayunar me encontré con que ella le había convencido de que despejase una gran parcela de grosellas negras y uva espina, y se hallaban entretenidos proyectando entre ambos una importación de plantas de la Granja.

Me quedé aterrada cuando vi los estragos que habían hecho en menos de media hora. Los groselleros negros eran la niña de los ojos de Joseph ¡y ella había decidido poner un parterre de flores de su elección en su seno!

—¡Vaya! ¡Todo esto se le enseñará al amo apenas se descubra! —exclamé—. ¿Con qué pretexto se han tomado semejante libertad con el jardín? ¡Ya verán cómo nos calientan los cascos a todos! ¡Señorito Hareton, me sorprende que no haya tenido dos dedos de frente y haya hecho este desastre a petición de ella!

—Había olvidado que eran de Joseph —repuso Earnshaw, bastante turbado—, pero le diré que he sido yo.

Durante las comidas siempre nos sentábamos a la mesa con el señor Heathcliff. Yo desempeñaba el papel de señora de la casa, preparaba el té y trinchaba la carne, por lo que mi presencia era indispensable. Catherine solía sentarse a mi lado, pero ese día se acercó furtivamente a Hareton y no tardé en ver que no iba a ser más discreta en su amistad de lo que había sido en su enemistad.

—Bien, ojo con hablar mucho con su primo o hacerle demasiado caso —fueron las instrucciones que le di en un susurro cuando entramos en la habitación—. Ello molestará al señor Heathcliff y se enojará con los dos.

—No pienso hacer ni lo uno ni lo otro —repuso.

Al minuto siguiente ya se le había arrimado y estaba echando prímulas en su plato de avena.

Hareton no se atrevía a hablarle, apenas se atrevía a mirarla, pero ella siguió bromeando y hasta en dos ocasiones estuvo a punto de arrancarle una carcajada. Yo fruncí el ceño y ella dirigió una mirada al amo, que, a juzgar por su semblante, tenía la mente ocupada en asuntos ajenos a nosotros, y durante unos instantes escrutó su rostro con profunda gravedad. Luego se volvió y reanudó sus tonterías. Al final, Hareton soltó una risa sofocada.

El señor Heathcliff se sobresaltó y nos miró a todos un momento. Catherine le sostuvo la mirada con el habitual nerviosismo y aun desafío que él tanto aborrecía.

—Menos mal que estás fuera de mi alcance —exclamó—. ¿Por qué demonio estarás poseída para que siempre me claves la mirada con esos infernales ojos? ¡Bájalos! Y no vuelvas a recordarme tu existencia. ¡Creía que te había curado de la risa!

—He sido yo —murmuró Hareton.

—¿Qué dices? —preguntó el amo.

Hareton miró su plato y no reiteró su confesión.

El señor Heathcliff se le quedó mirando un momento. Luego siguió desayunando en silencio y volvió a sumirse en sus interrumpidas cavilaciones.

Ya casi habíamos terminado y como los jóvenes guardaban una prudente distancia no creía que fuéramos a tener más altercados durante la comida, cuando Joseph apareció en la puerta: sus temblorosos labios y su iracunda mirada revelaban que había detectado la atrocidad perpetrada contra sus queridas matas.

Seguro que había visto a Cathy y a su primo en torno al lugar antes de ir a examinarlo porque, aunque meneaba las mandíbulas como una vaca rumiante, lo que dificultaba la comprensión de su perorata, comenzó:

—¡Queiro mi jornal y queiro marchame! Calculaba morir qui, onde llevo sirveindo sesent'años. Con tal de volver a haber paz, pensaba llevar mis livros y toas mis cosas al desván, y dejar qu'ellos tuveisen la cocina pa ellos. Ya érame muy difícil renunciar a mi propia chiminea ¡y pensé que pudeise facello! ¡Mas no, ella arrancome'l jardín, y l'hizo pol corazón! ¡Non pueo sufrillo, amo! Hay que someters'al yugo y usté pue facello, mas yo non toy avezao y un veijo n'avézase ansí k'ansí a sopoltar nuevas cargas. ¡Enantes prefeiro ganame'l pan y la sopa con un maltillo na carretera!

—¡Vamos, vamos, estúpido! —interrumpió Heathcliff—. ¡Ve al grano! ¿De qué te quejas? No pienso inmiscuirme en tus riñas con Nelly. Bien puede arrojarte a la carbonera, me tiene sin cuidado.

—N'es Nelly —repuso Joseph—. Non marcharíame nunca por Nelly. ¡Con to lo mala y negada qu'es, gracias a Dios ella non pue robar l'alma a naide! Nunca tei sío tan buena moza como pa'ncandilar a naide. Tei sío su aterraora y desvergunziada mujerzuela la qu'embrujó'l zagal con sus descaraos ojos y sus atrevías maneras, ta'l punto… ¡No! ¡Pálteseme'l corazón! ¡Tei olvidao to'l qu'hice por él y d'él: tei desenterrao toa un hilera de las grosellas preitas más mañíficas del jardín!

Al llegar a este punto se echó a llorar abiertamente, amilanado tanto por el dolor que le causaban esas profundas heridas como por la ingratitud y el peligroso estado de Earnshaw.

—¿Está borracho ese imbécil? —preguntó el señor Heathcliff—. Hareton, ¿es a ti a quien acusa?

—He arrancado dos o tres matas —contestó el joven—, pero volveré a colocarlas en su sitio.

—Y ¿por qué las has arrancado? —preguntó el amo.

Catherine terció astutamente.

—Porque queríamos plantar flores —dijo—. La única culpable soy yo, porque le incité a hacerlo.

—Y ¿quién demonios te ha dado permiso de tocar nada en esta finca? —preguntó su suegro muy sorprendido. Y dirigiéndose a Hareton añadió —: Y a ti, ¿quién te manda obedecerla?

El muchacho había enmudecido.

—¡No debería escatimar los pocos metros de finca que quiero adornar, cuando usted me ha quitado a mí todas mis tierras! —repuso su prima.

—¿Tus tierras, perra insolente? ¡Tú nunca has tenido tierras! —dijo Heathcliff.

—Y mi dinero —continuó ella clavándole la misma iracunda mirada que él le dedicaba, mientras mordisqueaba una corteza de pan que aún le quedaba del desayuno.

—¡Silencio! —exclamó él—. ¡Termina de una vez y lárgate!

—Y las tierras de Hareton y su dinero —prosiguió la imprudente criatura—. ¡Hareton y yo nos hemos hecho amigos y pienso contarle todo lo que le ha hecho!

Durante unos instantes, el amo se mostró desconcertado. Palideció y se levantó, sin dejar de clavar en ella una mirada de odio mortal.

—¡Si me pega, Hareton le pegará a usted! —dijo—. De modo que será mejor que se siente.

—Si Hareton no te echa de la habitación, le daré una tunda de mil demonios —bramó Heathcliff—. ¡Maldita bruja! ¿Cómo te atreves a incitarle a rebelarse contra mí? ¡Lleváosla! ¿Es que no me oís? ¡Arrojadla a la cocina! ¡Ellen Dean, si vuelves a ponérmela delante, la mato!

Hareton intentó convencerla por lo bajo de que se marchara.

—¡Llévatela a rastras! —gritó el amo con brutalidad—. ¿Vas a quedarte ahí hablando?

Y se acercó a ella dispuesto a ejecutar su propia orden.

—¡Él no volverá a obedecerle, malvado! —dijo Catherine—. ¡Y pronto le odiará tanto como yo!

—¡Chitón! ¡Chitón! —balbució el joven en tono de reproche—. No permitiré que le hables así. ¡Basta!

—Pero no permitirás que me pegue, ¿verdad? —dijo ella a voz en grito.

—¡En ese caso, ven! —suplicó Hareton en un susurro.

Era demasiado tarde. Heathcliff ya la había agarrado.

—Y ¡ahora vete tú! —dijo a Earnshaw—. ¡Maldita bruja! Esta vez me ha provocado más allá de lo tolerable. ¡Haré que se arrepienta toda su vida!

La tenía asida por los pelos. Hareton intentaba hacerle soltar los tirabuzones mientras le suplicaba que por aquella vez no le hiciera daño. Los ojos negros de Heathcliff despedían chispas: parecía dispuesto a hacer papilla a Catherine. Yo acababa de armarme de valor para arriesgarme a acudir en su auxilio cuando de improviso el amo aflojó los dedos, soltó la cabeza de Catherine para agarrarle el brazo y se la quedó mirando en hito. Luego se pasó la mano por los ojos, hizo un esfuerzo por calmarse y, dirigiéndose de nuevo a Catherine, dijo con aparente serenidad:

—¡Tienes que aprender a no encolerizarme, de lo contrario algún día te asesinaré! Vete con la señora Dean y quédate con ella; reserva tus insolencias para sus oídos. En cuanto a Hareton Earnshaw, ¡como le sorprenda haciéndote caso, tendrá que buscarse el pan donde se lo den! Tu amor le convertirá en un paria y un mendigo. Nelly, llévatela y dejadme solo. ¡Todos! ¡Dejadme!

Me llevé a mi señorita y ella, feliz de haber escapado de las garras de Heathcliff, no opuso resistencia. El otro nos siguió y el señor Heathcliff tuvo la estancia para él solo hasta la hora de cenar.

Yo había aconsejado a Catherine que cenase arriba, pero apenas Heathcliff vio su silla vacía me mandó llamarla. No nos dirigió la palabra, comió muy poco y en cuanto hubo terminado se marchó dando a entender que no volvería hasta la noche.

Durante su ausencia, los dos nuevos amigos se instalaron en la casa, donde oí que Hareton reprendía severamente a su prima cuando esta le ofreció revelarle cómo se había portado su suegro con el padre de él.

Dijo que, aunque Heathcliff fuera el mismísimo diablo, no toleraría que ella le dirigiera una sola palabra de desprecio; que él siempre le defendería y que prefería que le maltratase a él, como solía hacer, a que empezara a maltratar al señor Heathcliff.

Catherine estaba montando en cólera, pero él halló la forma de atarle la lengua preguntándole si a ella le gustaría que él le hablara mal de su padre. Ella entendió que Earnshaw hacía suya la honra del amo y que le ataban a él lazos más fuertes que la razón, cadenas forjadas por la costumbre que sería cruel intentar aflojar.

A partir de entonces, Catherine tuvo la delicadeza de evitar tanto las quejas como las expresiones de antipatía hacia Heathcliff y me confesó que le pesaba mucho haber intentado sembrar cizaña entre él y Hareton. Es más, creo que no ha vuelto a pronunciar una sílaba contra su opresor en presencia del muchacho.

Una vez resuelta esa pequeña discordia, ambos jóvenes volvieron a ser uña y carne, y a dedicar el mayor tiempo posible a sus diversas actividades de profesora y alumno. Yo iba a hacerles compañía cuando terminaba mi trabajo, y me tranquilizaba y consolaba tanto verlos así que el tiempo pasaba volando. Como usted sabe, en cierto modo los consideraba a ambos hijos míos. Hacía tiempo que estaba orgullosa de ella, pero ya no me cabía duda de que él me daría los mismos motivos de satisfacción. Su espíritu honesto, cálido e inteligente no tardó en desembarazarse de las nubes de ignorancia y envilecimiento entre las que se había criado, y los sinceros encomios de Catherine contribuyeron a avivar su industria. A medida que se le iluminaba la mente, se le iluminaban también las facciones, lo que añadía vitalidad y nobleza a su semblante. Yo a duras penas reconocía en él al individuo que había visto el día que encontré a mi señorita en Cumbres Borrascosas después de su expedición a los Riscos.

Mientras yo los admiraba y ellos trabajaban, iba cayendo la noche, y con ella regresó el amo. Había entrado por la puerta principal y apareció de repente; nos pilló in fraganti a los tres antes de que pudiéramos levantar la cabeza para mirarle.

«Bien —pensé—, esta es una escena de lo más placentera e inofensiva y sería una auténtica vergüenza que los riñese».

El rojo fulgor de la lumbre resplandecía sobre sus hermosas cabezas e iluminaba sus rostros, animados por una entusiasta curiosidad infantil. Porque aunque él tuviera veintitrés años, y ella, dieciocho, a ambos les quedaba tanto por sentir y aprender que ninguno de los dos experimentaba ni exhibía los sentimientos propios de la sobria y desencantada madurez.

Levantaron los ojos a un tiempo y se toparon con el señor Heathcliff. Tal vez no haya reparado usted en que tienen los ojos idénticos: son los de Catherine Earnshaw. La Catherine actual no guarda ninguna otra semejanza con ella, salvo en la frente despejada y cierta curva en las aletas de la nariz que, le guste o no, le da un aire bastante altanero. Con Hareton el parecido va más allá. Es asombroso, siempre lo ha sido, pero en ese momento resultaba particularmente llamativo, porque tenía los cinco sentidos alerta y sus facultades mentales habían despertado a una inusitada actividad.

Imagino que el parecido desarmaría al señor Heathcliff. Se acercó a la chimenea, visiblemente alterado, pero apenas miró al joven su emoción se disipó o, mejor dicho, cambió de signo, porque seguía allí.

Le quitó el libro de las manos, echó un vistazo a la página abierta y se lo devolvió sin hacer el menor comentario. Se limitó a hacer un gesto a Catherine para que saliera. Su compañero no tardó en seguirla y yo me disponía a hacer lo propio cuando mi amo me mandó que me quedara donde estaba.

—Es una conclusión lamentable, ¿no te parece? —comentó después de dar unas cuantas vueltas a la escena que acababa de presenciar—. ¿Un colofón absurdo a los violentos esfuerzos que he hecho? ¡Me armo de palancas y azadones para demoler ambas casas, me entreno para ser capaz de trabajar como un Hércules y cuando ya lo tengo todo listo y en mi poder descubro que ya no siento el deseo de derribar una sola teja de ninguno de los dos tejados! Mis antiguos enemigos no me han vencido y este sería el momento oportuno para vengarme de sus representantes. Podría hacerlo, nadie me lo impediría, pero ¿para qué? ¡No tengo ganas de pegar, ni siquiera me tomaría la molestia de alzar la mano! Es como si todo este tiempo hubiese estado trabajando duro solo para acabar manifestando una espléndida magnanimidad. Pero no es eso para nada. He perdido la facultad de deleitarme con su destrucción y soy demasiado vago para destruir por destruir.

»Nelly, se avecina un cambio extraño y ahora mismo me hallo eclipsado por él. Presto tan poco interés a mi vida cotidiana que apenas me acuerdo de comer ni de beber. Esos dos que acaban de salir de la estancia son los únicos objetos que para mí conservan una clara apariencia material y esa apariencia me causa un dolor rayano en la agonía. De ella no pienso hablar ni ocuparme, pero desearía de todo corazón que se volviera invisible: su presencia no me evoca sino sensaciones desesperantes. Él me conmueve de forma distinta y, sin embargo, ¡si pudiera perderle de vista sin parecer un loco, no volvería a verle jamás! Quizá pienses que ya he enloquecido —añadió esforzándose por sonreír— si intento describirte las miles de asociaciones que me evoca o encarna. Pero sé que no le contarás a nadie lo que te digo y tengo la mente tan eternamente encerrada en sí misma que es tentador abrírsela por fin a alguien.

»Hace cinco minutos, Hareton no me ha parecido un ser humano, sino una personificación de mi juventud. Me ha causado tal variedad de sensaciones que me habría resultado imposible abordarle de manera racional.

»En primer lugar, su pasmoso parecido con Catherine me ha llevado a asociarlo con ella de una manera espantosa. Sin embargo, en realidad, lo que podría parecerte lo más susceptible de captar mi atención es lo de menos, porque ¿acaso hay algo que no asocie con ella, algo que no me la recuerde? ¡No puedo mirar este suelo sin que sus facciones aparezcan en las baldosas! ¡Se me aparece en cada nube, en cada árbol, colma el aire de noche, y de día centellea en cada objeto, estoy rodeado de su imagen! Las caras más comunes de hombres y mujeres, y aun mis propios rasgos, me hacen burla con su semejanza. ¡El mundo entero es una espantosa colección de recordatorios de que de verdad existió y de que la he perdido!

»Bien, acabo de ver en Hareton el fantasma de mi inmortal amor, de mis desmesurados esfuerzos por hacer valer mis derechos, de mi degradación, mi orgullo, mi felicidad y mi angustia…

»Pero es una locura que comparta estos pensamientos contigo. Aunque así entenderás por qué, pese a mi reticencia a vivir solo, la compañía de Hareton no me ayuda, sino que agrava el constante tormento que me aqueja, lo que en parte contribuye a que me desentienda de su relación con su prima. Ya no soy capaz de prestarles atención.

—Pero ¿a qué se refiere cuando habla de un «cambio», señor Heathcliff? —dije.

Estaba alarmada por su actitud, aunque no pensé que corriera peligro ni de perder el tino ni de morir. Tenía aspecto de estar fuerte y sano; y en cuanto al juicio, ya de niño le encantaba pensar en cosas oscuras y alimentar fantasías extrañas. Quizá padeciera monomanía por su ídolo fallecido, pero en todo lo demás estaba tan en sus cabales como podía estarlo yo.

—No lo sabré hasta que ocurra —dijo—. Por ahora solo lo intuyo a medias.

—¿No estará enfermo? —pregunté.

—No, Nelly.

—Y ¿no le tiene miedo a la muerte? —proseguí.

—¿Miedo? ¡Para nada! —repuso—. Ni le tengo miedo a la muerte, ni la presiento, ni la espero. ¿Por qué habría de tener miedo? Lo más normal en vista de mi robusta constitución, mi sobrio estilo de vida y mis actividades carentes de peligro sería que no estirara la pata, como seguramente no haré, hasta que no me quede ni un pelo negro en la cabeza. Pero ¡no puedo seguir así! Debo recordarme a mí mismo que es necesario respirar, ¡casi debo recordarle a mi corazón que lata! Es como intentar doblar hacia atrás un resorte rígido… Es solo porque me obligo que llevo a cabo el acto más baladí, puesto que no me mueve ningún pensamiento; y es solo porque me obligo que presto atención a algo vivo o muerto que no esté asociado con una única idea… Tengo un único deseo, y todo mi ser y el conjunto de mis facultades anhelan que se haga realidad. Lo han anhelado tanto tiempo y de forma tan inquebrantable que estoy convencido de que se cumplirá, y pronto, porque ha corroído mi vida. Me consumo esperando que lo haga.

»Estas confesiones no me han aliviado, pero quizá expliquen ciertos altibajos en mi estado de ánimo que de otro modo resultan inexplicables. ¡Oh, Dios, la lucha está siendo larga! ¡Ojalá ya hubiese terminado!

Se puso a pasear de un lado para otro murmurando para sus adentros cosas tan terribles que llegué a pensar que, como decía Joseph, su conciencia había convertido su corazón en un infierno terrenal. Me preguntaba con ansiedad cómo terminaría aquello.

A pesar de que rara vez me había revelado su estado de ánimo, ni siquiera por su aspecto, no me cabía duda de que aquel era su humor habitual: lo había afirmado él mismo, aunque nadie lo habría deducido por su talante. Tampoco lo hizo usted, señor Lockwood, y eso que en la época de la que hablo seguía siendo el mismo que entonces, aunque se había aficionado a una soledad más prolongada y quizá se mostrase algo más lacónico en su trato con los demás.

20

A partir de aquella noche, durante unos días, el señor Heathcliff evitó coincidir con nosotros a la hora de las comidas, pero no quería excluir formalmente a Hareton y a Cathy. Le repugnaba sucumbir tan en absoluto a sus sentimientos y prefería ausentarse él mismo. Consideraba que comer una vez cada veinticuatro horas era sustento suficiente.

Una noche, cuando ya se habían acostado todos, le oí bajar y salir por la puerta principal. No le oí volver a entrar y a la mañana siguiente descubrí que seguía fuera.

Era el mes de abril, hacía un tiempo apacible y templado; la hierba se hallaba cuan verde alcanzan a ponerla los chubascos y el sol, y los dos camuesos que hay junto a la tapia sur se hallaban en plena floración.

Después del almuerzo, Catherine insistió en que trajese una silla y me sentase con mi labor bajo los abetos colindantes con la casa, y engatusó a Hareton, que ya se había restablecido de su accidente, para que cavase y dispusiese allí su pequeño jardín, porque a raíz de las quejas de Joseph lo habían trasladado a aquel rincón.

Estaba yo gozando gratamente la primaveral fragancia que percibía a mi alrededor y el hermoso y delicado azul sobre mi cabeza cuando mi señorita, que había bajado corriendo a buscar prímulas para el arriate, regresó con muy pocas flores y nos dijo que se había cruzado con el señor Heathcliff.

—Y me ha hablado —añadió perpleja.

—¿Qué te ha dicho? —preguntó Hareton.

—Que me largara cuanto antes —repuso—. Pero tiene un aspecto tan distinto del habitual que me he quedado un rato mirándole en hito.

—Distinto, ¿cómo? —inquirió Hareton.

—Bueno, se le ve casi animado y contento. No, nada de casi: ¡excitadísimo y loco de felicidad! —contestó.

—Se ve que los paseos nocturnos le divierten —observé como quien no quiere la cosa.

En realidad, hallándome tan sorprendida como ella misma, y ansiosa por confirmar la veracidad de sus palabras porque ver al amo contento iba a ser todo un espectáculo, inventé una excusa para entrar.

Heathcliff se hallaba de pie frente a la puerta abierta. Estaba pálido y tembloroso, pero era muy cierto que sus ojos relucían con un extraño brillo de felicidad que le transfiguraba el rostro.

—¿Tomará el desayuno? —le pregunté—. ¡Estará hambriento después de haberse pasado toda la noche deambulando por ahí!

Quería averiguar dónde había estado, pero no consideraba oportuno preguntárselo directamente.

—No, no tengo hambre —repuso con despecho y volviendo la cara como si adivinase que yo intentaba averiguar el motivo de su buen humor.

Yo estaba perpleja; me preguntaba si aquella no sería una buena ocasión para regañarle un poco.

—No me parece bien que salga de paseo —observé— en lugar de estar en la cama: en cualquier caso, es una imprudencia hacerlo en esta húmeda estación. ¡Seguro que agarra un fuerte catarro o unas fiebres, porque ahora mismo ya tiene algo!

—No tengo nada que no pueda sobrellevar —repuso—, y ello con el mayor placer, siempre que me dejes tranquilo. Entra y no me molestes.

Obedecí y, al pasar junto a él, percibí que respiraba con la rapidez de un gato.

«¡Sí —me dije—, caerá enfermo de un momento a otro! ¡No se me ocurre qué puede haber estado haciendo!».

A mediodía se sentó a la mesa con nosotros y aceptó de mis manos un plato colmado de viandas, como si deseara compensar su previo ayuno.

—No estoy resfriado, Nelly, ni tengo calentura —comentó en alusión a mi matinal reprimenda—. Y estoy dispuesto a hacer los honores a la comida que me sirves.

Agarró el tenedor y el cuchillo, y se disponía a empezar a comer cuando de improviso las ganas se le disiparon por completo. Posó los cubiertos en la mesa, dirigió una anhelante mirada hacia la ventana, se levantó y salió.

Mientras nosotros terminábamos de almorzar le vimos pasear de un lado para otro en el jardín. Earnshaw anunció que saldría a preguntarle por qué no comía; pensaba que le habíamos ofendido en algo.

—Bien, ¿viene o no viene? —exclamó Catherine cuando su primo regresó.

—No —repuso él—, pero no está enfadado. Es más, se le ve contentísimo; aunque le he impacientado porque le he dirigido la palabra dos veces y me ha mandado que regrese contigo; le sorprende que busque la compañía de alguien que no seas tú.

Coloqué su plato en el guardafuego para que se conservase caliente y al cabo de una hora o dos, cuando ya no quedaba nadie en la habitación, regresó, pero para nada más tranquilo: conservaba bajo las negras cejas aquella aparente felicidad antinatural —porque era antinatural—, y en el rostro exangüe se le dibujaba aquella vaga sonrisa por la que de vez en cuando asomaban los dientes; le temblaba todo el cuerpo, pero no como cuando uno tiene frío o debilidad, sino como cuando vibra una cuerda muy tensa; antes que un temblor era un intenso estremecimiento.

«Le preguntaré qué le pasa —pensé—, porque, si no lo hago yo, no lo hará nadie».

—¿Ha recibido buenas noticias, señor Heathcliff? —exclamé—. Se muestra excepcionalmente animado.

—¿De dónde iban a llegarme buenas noticias a mí? —dijo—. Estoy animado por el hambre; al parecer, no debo comer.

—Tiene aquí su almuerzo —repuse—. ¿Por qué no lo quiere?

—Ya no me apetece —dijo rápidamente entre dientes—. Esperaré hasta la cena. Y Nelly, de una vez por todas, te ruego que avises a Hareton y a la otra de que no los quiero cerca. No deseo que me moleste nadie, deseo tener la casa para mí.

—¿Existe algún nuevo motivo para esa proscripción? —pregunté—. Dígame: ¿por qué está tan raro, señor Heathcliff? ¿Dónde estuvo anoche? No le hago la pregunta por vana curiosidad, pero...

—Claro que haces la pregunta por muy vana curiosidad —interrumpió él echándose a reír—. Sin embargo, la contestaré. Anoche me hallaba a las puertas del infierno. Hoy ya avisto mi cielo. ¡Tengo los ojos puestos en él, me hallo apenas a un metro de distancia! Y ahora será mejor que te vayas. Si te abstienes de andar curioseando, no verás ni oirás nada que te asuste.

Después de haber barrido el hogar y limpiado la mesa me marché más perpleja que nunca.

El amo no volvió a salir de casa en toda la tarde y nadie turbó su soledad hasta que a las ocho estimé oportuno llevarle una vela y la cena, aunque no me hubiese llamado.

Estaba apoyado en el alféizar de una ventana abierta, pero no miraba hacia fuera; tenía el rostro vuelto hacia la penumbra que reinaba en el interior. El fuego se había reducido a cenizas y la habitación estaba preñada del aire húmedo y templado de esa noche nublada que de tan serena no solo permitía oír el murmullo del arroyo que discurre por Cordera, sino también el borboteo y el gluglú que emite a su sinuoso paso sobre los guijarros o entre las grandes piedras que no alcanza a cubrir.

Cuando vi aquella sombría chimenea proferí una exclamación de disgusto y me puse a cerrar las ventanas, una tras otra, hasta que llegué a la de él.

—¿Quiere que cierre esta? —pregunté para sacarle de su ensimismamiento, porque no se movía.

Cuando le hablé, la luz de mi vela le iluminó el rostro un momento. ¡Oh, señor Lockwood, no hay palabras para expresar el terrible sobresalto que me produjo aquella fugaz visión! ¡Esos profundos ojos negros! ¡Esa sonrisa y esa cadavérica palidez! No me pareció que aquel fuera el señor Heathcliff, sino un trasgo y, como me hallaba aterrada, no reparé en que tenía la vela inclinada hacia la pared y me quedé a oscuras.

—Sí, ciérrala —repuso él con su voz de siempre—. ¡Mira que eres torpe! ¿Por qué sostenías la vela en posición horizontal? Date prisa y trae otra.

Me apresuré a salir, presa de un ridículo pavor.

—El amo desea que le lleves una vela y reanimes el fuego —dije a Joseph, porque en ese preciso momento no me atrevía a volver a entrar.

Joseph recogió unas cuantas brasas con la pala y entró; pero enseguida regresó con la pala en una mano y la bandeja de la cena en la otra diciendo que el señor Heathcliff iba a acostarse y que no quería comer nada hasta la mañana siguiente.

No tardamos en oírle subir la escalera. No se dirigió a su propio aposento, sino que entró en el de la cama con paneles. La ventana de ese cuarto, como ya le he dicho, es lo bastante ancha como para que se pueda salir por ella, de modo que se me ocurrió que tramaba realizar una nueva excursión a medianoche, que prefería ocultarnos.

«¿Será un demonio necrófago —pensé— o un vampiro?».

Había leído algo sobre esos odiosos íncubos. Luego me puse a recordar que yo le había cuidado de niño, le había visto crecer hasta convertirse en un joven y le había seguido los pasos prácticamente durante toda su vida, de modo que era una absurda sandez que me dejase dominar por aquella sensación de terror.

«Pero ¿de dónde había salido aquella oscura criaturita a la que un buen día amparara un hombre bondadoso para su desgracia?», me susurraba la superstición y, medio en sueños, cuando estaba a punto de dormirme y de perder la conciencia, me empeñé en intentar atribuirle unos orígenes que me cuadraran; y, reiterando mis cavilaciones de la vigilia, volví a repasar toda su vida, con siniestras variaciones; al final imaginé su muerte y su entierro, del que lo único que recuerdo es que me hallaba sobremanera irritada porque me habían asignado la tarea de dictar la inscripción para la estela y debía consultarlo con el sepulturero; como el difunto no tenía apellido ni conocíamos su edad tuvimos que contentarnos con inscribir una única palabra: «Heathcliff». Eso se cumplió: así fue. Si entra en el camposanto, lo único que verá escrito en su lápida es eso y la fecha de su muerte.

Al alba recobré el sentido común. Me levanté y en cuanto pude ver algo salí al jardín para comprobar si había huellas de pasos bajo su ventana. No las había.

«Se ha quedado en casa —pensé—, ¡por hoy puedo estar tranquila!».

Preparé el desayuno para todos, como de costumbre, pero dije a Hareton y a Catherine que empezaran sin esperar a que bajase el amo, porque seguía acostado. Ellos preferían desayunar fuera, bajo los árboles, y para complacerlos les saqué una mesita.

Cuando volví a entrar me encontré con que el señor Heathcliff había bajado. Hablaba con Joseph sobre un asunto relativo a una siembra y le daba precisas y detalladas instrucciones al respecto. Pero hablaba deprisa, volvía la cabeza sin cesar y lucía aquella misma expresión de entusiasmo, solo que aún más acusada.

Cuando Joseph salió de la estancia, se sentó a la mesa en su lugar habitual y yo le puse un tazón de café delante. Se lo acercó un poco y luego apoyó los brazos en la mesa y se quedó mirando la pared de enfrente, al menos eso me pareció: la inspeccionaba de arriba abajo con brillantes e inquietos ojos y un interés tan intenso que se le cortó la respiración durante medio minuto.

—Vamos —exclamé acercándole un mendrugo de pan a la mano—, coma y beba mientras está caliente. El desayuno lleva esperando casi una hora.

No me hizo el menor caso, pero esbozó una sonrisa. Preferiría haberle visto rechinar los dientes que sonreír de esa manera.

—¡Señor Heathcliff! ¡Amo! —grité—. Por el amor de Dios, no se quede mirando de esa forma como si viera una aparición.

—Por el amor de Dios, no chilles tanto —repuso—. Date la vuelta y dime: ¿estamos solos?

—¡Claro —fue mi respuesta—, claro que estamos solos!

Pero involuntariamente, como si no estuviera del todo segura, me volví.

Él apartó las cosas del desayuno con la mano para hacerse un hueco en la mesa y se inclinó hacia delante para mirar más a sus anchas.

Entonces, tras haberme pasado un rato mirándole solo a él, me di cuenta de que no miraba la pared, sino que miraba algo concreto que se hallaba a escasos dos metros de él. Y al parecer aquello, fuera lo que fuese, le ocasionaba a un tiempo un placer y un dolor sobremanera extremos. Al menos, eso me sugería su angustiada aunque arrobada expresión.

Es más, el objeto imaginado no se estaba quieto. Sus ojos lo perseguían con infatigable celo y no se apartaban de él ni cuando me hablaba.

En vano le recordé que llevaba tiempo sin probar bocado; si por atender a mis ruegos hacía ademán de tocar cualquier cosa, si alargaba la mano para agarrar un pedazo de pan, los dedos se le cerraban antes de alcanzarlo y permanecían en la mesa, olvidados de su objetivo.

Yo seguía haciendo gala de extrema paciencia, intentando distraer su atención de aquella absorbente especulación, hasta que se puso irritable, se levantó y me preguntó por qué no le dejaba comer a su ritmo; me dijo que la próxima vez no me molestase en esperar, que me limitase a dejarlo todo en la mesa y me marchara.

Tras pronunciar aquellas palabras, salió de casa, bajó a paso lento por el camino del jardín, traspuso la cancela y desapareció.

Las horas transcurrían con acuciante lentitud: volvía a ser de noche. No me retiré hasta muy tarde y cuando lo hice no podía dormir. Regresó pasada la medianoche y en lugar de acostarse se encerró en la casa. Yo aguzaba el oído y daba vueltas en la cama, hasta que al final me vestí y bajé. Era demasiado angustioso permanecer allí arriba, atormentándome con mil vanos recelos.

Oí que los pasos del señor Heathcliff medían sin descanso el suelo de la habitación, y que una y otra vez profundas inspiraciones que parecían gemidos quebraban el silencio. También murmuraba palabras inconexas; la única que logré captar fue el nombre «Catherine», acompañado de algún apasionado término de cariño o congoja y proferido, como si tuviese a alguien delante, en un fervoroso susurro que parecía brotarle del fondo del alma.

No tuve valor para entrar directamente en la estancia, pero como quería sacarle de aquella ensoñación me ensañé con el fuego de la cocina; lo aticé y me puse a retirar las cenizas. Aquello le hizo salir antes de lo que pensaba. Enseguida abrió la puerta y dijo:

—Nelly, ven aquí. ¿Ya es de día? Entra con tu vela.

—Acaban de dar las cuatro —repuse—. Si lo que necesita es una vela para subir, podía haber prendido una en este fuego.

—No, no quiero subir —dijo—. Entra, enciéndeme un fuego aquí y haz lo que tengas que hacer en esta habitación.

—Tengo que reavivar las brasas antes de traerlas —repuse agarrando una silla y el fuelle.

Entretanto, él andaba de acá para allá en un estado rayano en la enajenación. Sus hondos suspiros se sucedían tan seguidos que no le dejaban respirar con normalidad.

—Cuando rompa el día mandaré llamar a Green —dijo—. Quiero hacerle un par de consultas jurídicas ahora que aún soy capaz de dedicar un momento a esos asuntos y de actuar con serenidad. ¡Aún no he redactado mi testamento y no logro decidir cómo distribuiré mi hacienda! Ojalá pudiese borrarla de la faz de la tierra.

—No debería hablar así, señor Heathcliff —interrumpí—. El testamento puede esperar un poco. ¡Aún le queda tiempo para arrepentirse de sus muchas injusticias! Nunca pensé que fuera a trastornarse, sin embargo, ahora mismo lo está, y mucho; y la culpa la tiene casi toda usted. La forma en que ha vivido estos tres últimos días haría enfermar a un titán. Coma algo y descanse un poco. No tiene más que mirarse al espejo para darse cuenta de que necesita hacer ambas cosas. Tiene las hundidas mejillas y los enrojecidos ojos de quien no solo está muerto de hambre, sino también quedándose ciego por falta de sueño.

—No es culpa mía que no sea capaz de comer ni descansar —repuso—. Te aseguro que no lo hago adrede. En cuanto me sea posible haré ambas cosas. ¡Ahora mismo sería como pretender que un hombre que se debate en el agua se detenga a descansar justo cuando ya tiene la orilla al alcance de la mano! Primero debo alcanzarla y después descansaré. Está bien, olvidémonos del señor Green; y en cuanto a arrepentirme de mis injusticias, no he cometido ninguna ni me arrepiento de nada. Soy demasiado feliz y, sin embargo, no lo suficiente. La dicha de mi alma está aniquilando mi cuerpo, pero no se da por satisfecha.

—¿Feliz, amo? —exclamé—. ¡Extraña felicidad! Si me escuchara sin enojarse, le brindaría un consejo que le haría más feliz.

—¿Cuál es? —preguntó—. Dámelo.

—Señor Heathcliff —dije—, usted sabe que desde los dieciséis años ha llevado una vida egoísta y muy poco cristiana, y en todo este tiempo es improbable que haya tenido una Biblia en las manos. Habrá olvidado el contenido de ese libro y quizá no tenga espacio para hurgar en él ahora. ¿Qué mal haría que llamáramos a alguien, a un pastor de la confesión que fuera, no importa cuál, capaz de explicárselo y hacerle ver hasta qué punto ha vulnerado sus preceptos y lo indigno que será de su cielo si no se opera un cambio en usted antes de morir?

—Más que enfadarme, Nelly, te estoy muy agradecido —dijo—, porque me recuerdas cómo deseo ser enterrado. Deberán llevarme al cementerio de noche. Tú y Hareton podéis acompañarme si queréis y ¡ojo, tened especial cuidado de que el sepulturero cumpla mis instrucciones en lo relativo a los dos ataúdes! No es necesario que venga ningún pastor, ni tampoco que nadie diga nada ante mi sepultura. Te digo, ¡ya casi he alcanzado mi cielo y para nada reconozco ni aspiro al de los demás!

—Y en el supuesto de que persistiera en su obstinado ayuno y muriese por ello, ¿le gustaría que se negaran a enterrarle en el camposanto? —dije escandalizada ante su impía indiferencia.

—No lo harán —repuso— y, si lo hacen, tendrás que trasladarme allí en secreto. ¡De lo contrario, obtendrás la prueba fehaciente de que los muertos no son aniquilados!

Apenas oyó que los demás habitantes de la casa empezaban a rebullir se retiró a su guarida y respiré más tranquila. Pero por la tarde, cuando Hareton y Joseph estaban fuera trabajando, volvió a entrar en la cocina y con la mirada ida me pidió que fuera a la casa porque necesitaba compañía.

Me negué. Le dije sin rodeos que sus extrañas palabras y su no menos extraña conducta me habían asustado y que no tenía valor ni ganas de estar con él a solas.

—¡Tengo la impresión de que me tomas por un demonio —dijo con su lúgubre risa— por algo demasiado horrible como para que viva bajo un techo decente! —Y luego, volviéndose hacia Catherine, que también se hallaba en la cocina y se había escondido detrás de mí, añadió con cierta mofa—: ¿Quieres venir tú, cielo? No te haré daño. ¡No, a tus ojos me he convertido en algo peor que el diablo! ¡Está bien, sé de una que no rehuirá mi compañía! ¡Voto a Dios, es implacable! ¡Maldita sea! Esto es indeciblemente más de lo que puede soportar un ser de carne y hueso, incluido yo.

Y no solicitó la compañía de nadie más. Al atardecer se encerró en su aposento. Durante toda la noche y hasta muy avanzada la mañana le oímos gemir y murmurar a solas. Hareton ardía en ansias de entrar a verle, pero le mandé que antes fuese por el doctor Kenneth.

Cuando este llegó, pedí permiso para entrar e intenté abrir la puerta, pero estaba cerrada por dentro y Heathcliff nos mandó al cuerno. Se encontraba mejor y quería que le dejásemos solo, de modo que el doctor se marchó.

Aquella tarde fue muy lluviosa; es más, estuvo lloviendo a cántaros hasta el amanecer, y en tanto que daba mi paseo matutino en torno a la casa vi que la ventana del amo se hallaba abierta de par en par y que la lluvia entraba a raudales.

«Es imposible que siga en la cama —pensé—, ¡estaría calado hasta los huesos! Seguro que se ha levantado o ha salido. Pero ¡no me andaré con más contemplaciones, entraré sin miedo a ver qué pasa!».

Logré abrir con otra llave y me precipité a àbrir los paneles, porque no había nadie en la alcoba. Los descorrí rápidamente y me asomé: allí estaba el señor Heathcliff, tumbado boca arriba. Me topé con unos ojos tan penetrantes y fieros que me estremecí; luego se me antojó que sonreía.

No parecía muerto, pero las sábanas chorreaban y él, además de tener el rostro y el cuello empapados por la lluvia, se hallaba en absoluto inmóvil. La ventana, que batía de un lado para otro, le había raspado la mano que tenía apoyada en el alféizar. De su piel rasgada no manaba sangre y cuando la toqué ya no me cupo la menor duda: ¡estaba muerto y rígido!

Aseguré la ventana con la falleba, le peiné el largo y negro pelo para atrás a fin de despejarle la frente e intenté cerrarle los ojos con

444

objeto de intentar apagar aquella espeluznantemente vívida mirada de júbilo antes de que la viera nadie más. Pero ¡sus ojos, como si se burlasen de mis esfuerzos, se resistían a cerrarse, lo mismo que los labios entreabiertos por los que asomaban aquellos níveos y afilados dientes, que también me hacían burla! Presa de otro ataque de cobardía, llamé a Joseph. Subió arrastrando los pies y empezó a protestar, pero se negó en redondo a tocarlo.

—¡El dianche tie asaetao su alma ta llevásela —exclamó— y pola cuenta que me trai, pue llevase sus despojos ansimesmo! ¡Aj! ¡Menúa facha malhadada con sa mueca de bu'la ante la muelte!

El muy pecador sonrió burlonamente. Pensé que iba a ponerse a hacer cabriolas en torno a la cama, pero de repente se serenó, cayó de rodillas y, alzando las manos, bendijo a Dios por haber restituido al legítimo amo y a la vieja estirpe sus derechos.

Aquel terrible suceso me dejó anonadada. No podía evitar que mi memoria regresara a tiempos pasados con una suerte de opresiva tristeza. Pero el pobre Hareton, el más perjudicado por Heathcliff, era el único que sufría de verdad. Pasó la noche entera sentado junto al cadáver sollozando con auténtica amargura. Le agarraba su mano y besaba aquel salvaje y sarcástico rostro del que todos los demás apartaban la vista. Le lloraba con la profunda congoja que mana naturalmente de un corazón generoso, aunque este sea fuerte como acero templado.

Kenneth estaba perplejo y no supo determinar de qué había muerto el amo. Yo le oculté que no había ingerido nada durante cuatro días por temor a que esa información nos acarreara problemas, aunque estoy convencida de que su ayuno no fue deliberado: fue la consecuencia y no la causa de su extraña enfermedad.

Para escándalo de toda la vecindad, le enterramos como él quería. Earnshaw y yo, junto con el sepulturero y los seis hombres que cargaban el ataúd, formábamos toda la comitiva.

Los seis hombres se marcharon después de haber depositado el ataúd en la fosa. Nosotros permanecimos allí hasta que estuvo cubierto de tierra. Hareton, con el rostro bañado en lágrimas, arrancó verdes terrones de césped y los depositó sobre el mantillo marrón. Ahora se halla igual de liso y verde que los túmulos vecinos y espero que su ocupante duerma un sueño igual de profundo. Pero los campesinos, si usted les preguntara, le jurarían sobre la Biblia que «se aparece». Algunos cuentan que le han visto cerca de la iglesia, en los brezales e incluso en el interior de esta casa. Dirá usted que eso son patrañas, y lo mismo digo yo. Sin embargo, el anciano que está sentado en la cocina junto a la lumbre asegura que desde que murió los ha visto a ambos cada vez que en una noche lluviosa se ha asomado a la ventana de su aposento. Y a mí también me ocurrió una cosa extraña hará cosa de un mes.

Una tarde me dirigía a la Granja —una tarde muy oscura que amenazaba tormenta— y al llegar al desvío que conduce a las Cumbres me crucé con un niño, precedido por una oveja y dos corderos. Lloraba desconsoladamente y supuse que se debía a que los corderos estaban nerviosos y no se dejaban guiar.

—¿Qué te pasa, hombrecito? —pregunté.

—Hi, bajo l'espolón, ta'l señor Heathcliff con una mujer —balbució—, y n'atrévom'a pasar por lante d'ellos.

Yo no vi nada, pero ni el ganado ni él eran capaces de seguir, así que le sugerí que tomaran el camino de abajo.

Seguramente había sido el propio niño quien había invocado a aquellos espectros, porque al verse obligado a cruzar los brezales a solas se había puesto a pensar en las sandeces que había oído contar a sus padres y compañeros. No obstante, a mí ya no me gusta estar fuera cuando es de noche, ni que me dejen sola en esta siniestra casa. No puedo evitarlo. ¡El día que la abandonen y se muden a la Granja seré feliz!

—¿Han decidido mudarse a la Granja? —pregunté.

—Sí —repuso la señora Dean—, en cuanto se casen, que será para Año Nuevo.

—Y ¿quién vivirá aquí? —pregunté.

—Bueno, Joseph cuidará de la casa y quizá venga algún mozo para hacerle compañía. Vivirán en la cocina y el resto de la casa se cerrará.

—Para uso de los fantasmas que tengan a bien habitarla —comenté.

—No, señor Lockwood —dijo Nelly meneando la cabeza—. Yo pienso que los muertos descansan en paz, pero no me parece bien que se hable de ellos a la ligera.

En ese momento se cerró la cancela del jardín. Los dos paseantes estaban de vuelta.

—Ellos sí que no tienen miedo de nada —rezongué asomado a la ventana, viéndolos venir—. Juntos son capaces de desafiar a Satanás y a todas sus legiones.

Cuando vi que llegaban al umbral y se detenían para mirar la luna por última vez, o mejor dicho, para mirarse el uno al otro a su luz, de nuevo sentí el irresistible impulso de evitarlos. Y, poniendo un pequeño recuerdo en la mano de la señora Dean y haciendo caso omiso de sus protestas por mi falta de cortesía, me escabullí por la puerta de la cocina en el momento preciso en que ellos abrían la de la casa, lo que habría confirmado a Joseph su opinión acerca de las licenciosas indiscreciones en que incurría su compañera de servicio de no haber sido por el dulce tintineo del soberano que hice rodar a sus pies, que le llevó a tenerme por una persona respetable.

Mi caminata a casa se prolongó porque me desvié en dirección del camposanto. Cuando me hallé entre sus muros pude comprobar que en aquellos escasos siete meses el deterioro de la capilla era aún mayor. Más de una ventana se había convertido en un agujero negro desprovisto de cristal, y aquí y allá las tejas sobresalían del borde del tejado, de modo que las inminentes tormentas acabarían derribándolo.

Busqué y no tardé en dar con las tres lápidas en un declive próximo al brezal: la del centro, gris y medio sepultada por los brezos, la de Edgar Linton, armoniosa únicamente gracias al césped y el musgo que trepaban por su base, y la de Heathcliff, aún desnuda.

Deambulé en torno a ellas bajo aquel benigno cielo, contemplé el revoloteo de las mariposas nocturnas entre los brezos y las campánulas, escuché el suave soplo del viento al hendir la hierba, y me pregunté cómo podía ocurrírsele a nadie que aquellos durmientes fueran a tener un sueño desapacible en aquella apacible tierra.

ÁRBOL GENEALÓGICO

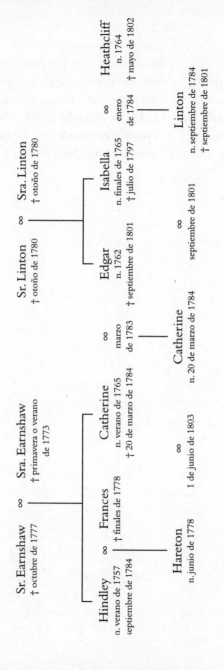

Nota biográfica de Ellis y Acton Bell

Hay quien piensa que todas las obras publicadas bajo el nombre de Currer, Ellis y Acton Bell eran, en realidad, producto de una sola persona.[1] Me propuse rectificar este error precediendo la tercera edición de *Jane Eyre* con unas palabras que lo desmintieran. Al parecer, estas tampoco consiguieron granjearse el crédito general, y ahora, con ocasión de una reimpresión de *Cumbres Borrascosas* y *Agnes Grey*, me recomiendan que exponga con toda claridad cuál es realmente la situación.

De hecho, yo misma siento que ya es hora de que la oscuridad que acompaña a esos dos nombres —Ellis y Acton— se disipe. Este pequeño misterio, que en su día reportó cierto placer inofensivo,

---

[1] La suposición de que Currer, Ellis y Acton Bell eran, efectivamente, seudónimos para un único autor la sostuvieron inicialmente varios críticos y más tarde fue también defendida por Thomas Newby, el editor sin escrúpulos de Emily y Anne. Newby intentó sacar provecho del éxito de *Jane Eyre* alimentando la creencia de que las tres novelas de las hermanas procedían de la misma pluma y también asegurándole a una editorial americana que *Jane Eyre, Cumbres Borrascosas*, y *La inquilina de Wildfeld Hall* eran del mismo autor.

Con la intención de aclarar el asunto, Charlotte y Anne decidieron viajar a Londres en julio de 1848 «para demostrar su identidad independiente a Messrs Smith y Elder [los editores de Charlotte] y preguntarle al editor crédulo el por qué de su "creencia"» (Elizabeth Gaskell, *Vida de Charlotte Brontë*). Como era de esperar, Emily no quiso hacer el viaje. El «Prólogo» de Charlotte a la tercera edición de *Jane Eyre* y su «Nota biográfica» a la segunda edición de *Cumbres Borrascosas* supusieron un esfuerzo extra para dejar las cosas claras.

ha perdido interés; las circunstancias han cambiado. Es mi deber por tanto explicar brevemente el origen y la autoría de los libros escritos por Currer, Ellis y Acton Bell.

Hace unos cinco años, mis dos hermanas y yo misma, después de un período de separación algo prolongado, nos encontramos de nuevo juntas, juntas y en casa. Residentes en un distrito remoto en el que la educación apenas había progresado, y en el que, por consiguiente, nada nos incitaba a buscar trato social más allá de nuestro círculo doméstico, dependíamos por completo de nosotras mismas y de los demás, de los libros y del estudio, para los disfrutes y las ocupaciones de la vida.[2] Los mayores estímulos, así como el placer más animado que habíamos conocido desde la infancia, recaían en nuestro empeño en escribir composiciones literarias; al principio solíamos enseñarnos lo que escribíamos, pero en los últimos años habíamos dejado de lado esta costumbre de comunicar y consultar; de ahí que desconociéramos los respectivos progresos que habíamos hecho.

Un día, en otoño de 1845, topé accidentalmente con un volumen manuscrito de poemas con la letra de mi hermana Emily. Por descontado, no me sorprendió, pues sabía que era capaz de componer poemas y que de hecho los componía. Lo hojeé y me embargó una sensación mayor que la sorpresa: la profunda convicción de que aquellas no eran simples efusiones, nada que se pareciera a la poesía que las mujeres acostumbran a escribir. Encontré los poemas condensados y concisos, vigorosos y auténticos. A mis oídos, tenían una música peculiar: indómita, melancólica, enriquecedora.

Mi hermana Emily no era una persona de carácter muy expresivo, y era imposible inmiscuirse sin permiso en los recovecos de su mente y de sus sentimientos, ni siquiera en los más cercanos y que-

---

[2] Los hábitos de autonomía e independencia se desarrollaron pronto en las niñas Brontë no solo como consecuencia del aislamiento de la casa parroquial, sino también a causa del carácter frío y distante de su padre así como de la enfermedad y temprana muerte de su madre.

ridos, y salir impune; pasaron horas antes de que ella asumiera el descubrimiento que había hecho yo, y días hasta que conseguí convencerla de que aquellos poemas merecían ser publicados. Sabía, de todos modos, que en una mente como la suya debía de haber una chispa latente de honrada ambición, y rehusé darme por vencida en mis intentos de avivar esa chispa para que prendiera.

Mientras tanto, mi hermana pequeña había escrito calladamente sus propias composiciones, dando a entender que, como las de Emily me habían encantado, a lo mejor me gustaría echar un vistazo a las suyas. Yo no podía ser más que una jueza parcial, sin embargo pensé que también aquellos versos contenían en sí mismos un *pathos* dulce y sincero.

Habíamos acariciado desde muy pronto el sueño de convertirnos algún día en autoras. Este sueño, que no abandonamos nunca, ni siquiera cuando la distancia nos dividía y las tareas absorbentes nos mantenían ocupadas, adquirió de repente fuerza y consistencia; adoptó el carácter de una resolución. Acordamos preparar una pequeña selección de nuestros poemas y, a ser posible, publicarlos. Reacias a darnos publicidad personal, ocultamos nuestros nombres bajo los de Currer, Ellis y Acton Bell, una elección ambigua, dictada por una suerte de escrúpulo de la conciencia que nos llevó a adoptar nombres cristianos decididamente masculinos, pues no nos gustaba la idea de declararnos mujeres; sin sospechar entonces que nuestra forma de pensar y de escribir no era lo que se denominaba «femenina», teníamos la vaga impresión de que existían prejuicios con respecto a las autoras; habíamos reparado en que los críticos empleaban a veces el arma de la personalidad para castigarlas, y para premiarlas, la lisonja, que no es un elogio sincero.

Dar salida a nuestro librito fue una ardua tarea. Como era de esperar, ni a nosotras ni a nuestros poemas nos querían para nada; pero para eso estábamos preparadas desde el principio, porque, aun siendo inexpertas, habíamos leído sobre las experiencias de otros. El gran problema residió en la dificultad de obtener alguna clase de respuesta por parte de los editores a los que lo presentamos. Enormemente agobiadas por este obstáculo, me atreví a solicitar consejo a los señores Chambers, de Edimburgo. Puede que ellos hayan olvidado esta circunstancia, pero yo no, pues recibí de su parte una respuesta breve y formal, si bien cortés y sensata, a partir de la cual obramos y, al final, nos abrimos camino.

El libro se imprimió: apenas lo conoce nadie,[3] y lo único digno de ser conocido son los poemas de Ellis Bell. La firme convicción que tuve, y que tengo, de la valía de estos poemas no ha recibido, de hecho, la confirmación de demasiadas críticas favorables, pero la mantengo no obstante.

La falta de éxito no consiguió doblegarnos: aquel mero intento había reportado un maravilloso entusiasmo a la existencia; debíamos perseverar. Cada una de nosotras se puso a trabajar en una historia en prosa: Ellis Bell escribió *Cumbres Borrascosas*; Acton Bell, *Agnes Grey*, y Currer Bell escribió también una narración en un volumen. Estos manuscritos fueron endilgados insistentemente a varios editores por espacio de un año y medio; por lo general, su destino fue un ignominioso y rotundo rechazo.

Al final, *Cumbres Borrascosas* y *Agnes Grey* fueron aceptados bajo unas condiciones algo ruinosas para las dos autoras; el libro de Currer Bell no encontró aceptación en ninguna parte ni reconocimiento de mérito alguno, de modo que algo parecido al frío de la desesperación comenzó a invadir su corazón. Llevado por una triste esperanza, probó con una editorial más, la de los señores Smith y Elder. Poco después, tras un espacio de tiempo bastante más corto de lo que la experiencia le había enseñado a calcular, llegó una carta, que abrió con la esperanza sombría de encontrar un par de líneas desalentadoras, dando a entender que los señores Smith y El-

---

[3] Los gastos de la publicación y promoción del libro *Poems* de Currer, Ellis y Acton Bell (Londres, Aylott and Jones, 1846) corrieron a cargo de las hermanas y solo se vendieron dos ejemplares.

der «no estaban dispuestos a publicar el manuscrito»; pero, en lugar de eso, sacó del sobre una carta de dos páginas. La leyó temblando. La carta declinaba, ciertamente, la publicación del relato por motivos comerciales, pero analizaba sus méritos y deméritos con tal cortesía, tal consideración, con un espíritu tan racional, con un criterio tan lúcido, que el rechazo alentó al autor más que cualquier aceptación expresada en términos vulgares. Se añadía que una obra en tres volúmenes sería recibida con cuidadosa atención.

Yo estaba terminando por entonces *Jane Eyre*, en la que había estado trabajando mientras aquella historia de un volumen daba fatigosamente su pesada vuelta por Londres. Lo envié al cabo de tres semanas; amables y hábiles manos lo recibieron. Esto fue a comienzos de septiembre de 1847; salió publicado antes de que terminara octubre, mientras que la publicación de *Cumbres Borrascosas* y *Agnes Grey*, las obras de mis hermanas, que llevaban ya varios meses en prensa, siguió dilatándose bajo una dirección diferente.

Finalmente aparecieron. Los críticos no les hicieron justicia. Los poderes que se revelaban en *Cumbres Borrascosas*, inmaduros pero reales, pasaron inadvertidos; su importancia y su naturaleza se malinterpretaron; la identidad del autor se desfiguró; se dijo que era un manuscrito temprano y más burdo salido de la misma pluma que había escrito *Jane Eyre*. ¡Qué error tan injusto y doloroso! Al principio nos reímos, pero ahora lo lamento profundamente. De ahí, me temo, surgieron ciertos prejuicios contra el libro. Un escritor que lograba endosar una obra inferior e inmadura al amparo de otra más lograda estaría sin duda entusiasmado tras ese efecto secundario y miserable de la autoría y sería tristemente indiferente a su verdadera y honrada recompensa. Si los reseñistas y el público creían en verdad esto, no es de extrañar que vieran con malos ojos el engaño.

No pretendo, sin embargo, convertir estas cosas en objeto de reproche o de queja; no me atrevería; el respeto a la memoria de mi hermana me lo prohíbe. Ella habría considerado cualquier manifestación quejumbrosa de este estilo como una debilidad indigna y ofensiva.

Es mi deber, y un placer para mí, destacar una excepción en la norma general de la crítica. Un autor,*[4] dotado de la aguda visión y de la magnífica comprensión propias de un genio, ha sabido distinguir la verdadera naturaleza de *Cumbres Borrascosas* y, con igual precisión, ha señalado sus encantos y mencionado sus defectos. Con demasiada frecuencia, los reseñistas nos recuerdan a la horda de adivinos, magos y astrólogos reunidos frente a la «inscripción de la pared»,[5] incapaces de leer los caracteres o de dar a conocer su interpretación. Tenemos derecho a alegrarnos cuando llega por fin un auténtico visionario, un hombre que alberga un espíritu excelente, al que se ha otorgado luz, sabiduría y entendimiento; que sabe interpretar correctamente el «Mené, Mené, Tekel, Parsín» de una mente original (por inmadura que sea esa mente, por mucho que se haya cultivado de un modo poco eficaz y se haya engrandecido solo a medias); y que puede decir con seguridad: «Esto es lo que significa».[6]

Sin embargo, incluso este autor al que hago referencia comparte el error acerca de la autoría, y comete conmigo una injusticia al suponer que había cierta ambigüedad en mi anterior negativa a este honor (un honor, lo considero). Le puedo asegurar que no me interesa, ni en este ni en ningún otro caso, jugar a las ambi-

---

* Véase el *Palladium* de septiembre de 1850. *Nota de Charlotte Brontë.*

[4] Ese crítico era Sidney Dobell en *Palladium*, septiembre de 1850. Dobell argumentó que *Cumbres Borrascosas* mostraba los defectos de la inmadurez y el exceso y para nada «el sello de un gran genio».

[5] cf. Daniel 5, 7: «Y el rey mandó a buscar a gritos a los adivinos, caldeos y astrólogos. Tomó el rey la palabra y dijo a los sabios de Babilonia: "El que lea este escrito y me dé a conocer su interpretación, será vestido de púrpura, se le pondrá al cuello un collar de oro, y mandará como tercero en el reino"».

[6] cf. Daniel 5, 24-8: «Por eso ha enviado él esa mano que trazó este escrito. La escritura trazada es: *Mené, Mené, Teqel* y *Parsín.* Y esta es la interpretación de las palabras: *Mené*: Dios ha *medido* tu reino y le ha puesto fin; *Teqel*: has sido *pesado* en la balanza y encontrado falto de peso; *Parsín*: tu reino ha sido *dividido* y entregado a los medos y los persas».

güedades; creo que el lenguaje nos ha sido proporcionado para expresar claramente lo que queremos decir, no para envolverlo en dudas engañosas.

La inquilina de Wildfell Hall, de Acton Bell, tuvo asimismo una acogida desfavorable. No es que me sorprenda. La elección del tema fue un completo error. No se puede concebir nada menos congruente con la naturaleza de la escritora. Los motivos que dictaron esta elección eran puros aunque, creo, ligeramente morbosos. A lo largo de su vida, había sido llamada a contemplar, muy de cerca y durante mucho tiempo, los terribles efectos de los talentos desaprovechados y de las aptitudes mal empleadas: la suya era intrínsecamente una naturaleza sensible, reservada, abatida; lo que vio se hundió en lo más profundo de su mente; le hizo daño.[7] Rumió el asunto hasta que se convenció de que era un deber reproducir cada detalle (por supuesto, con personajes, incidentes y situaciones ficticios) a modo de advertencia para los demás. Odiaba su tarea, pero perseveraría. Cuando se razonaba el tema con ella, consideraba los razonamientos una tentación para caer en la auto-indulgencia. Debía ser honesta; no debía barnizar, suavizar ni encubrir. Esta resolución bienintencionada le reportó malinterpretaciones y algún improperio, que soportó, como era costumbre en ella soportar cualquier cosa desagradable, con una paciencia templada. Era una cristiana convencida y practicante, pero el tinte de la melancolía religiosa proyectó una triste sombra en su breve e intachable vida.

Ni Ellis ni Acton se permitieron ni por un momento hundirse por falta de ánimo; la energía daba coraje a la una; la entereza sostenía a la otra. Ambas estaban preparadas para volver a intentarlo; diría de buen grado que la esperanza y la sensación de poder

---

[7] La alusión de Charlotte podía referirse tanto a las infortunadas experiencias de Anne en tanto que gobernanta como a la disolución y el declive de Branwell Brontë.

eran aún más fuertes en su interior. Pero se acercaba un gran cambio: la aflicción llegó bajo esa forma que si se anticipa causa horror, y si se rememora, causa dolor. Justo cuando el sol estaba más alto, las campesinas abandonaron su labor.

Mi hermana Emily cayó primero. Los detalles de su enfermedad están grabados a fuego en mi memoria, pero demorarme en ellos, ya sea con el pensamiento o por escrito, no está a mi alcance. Nunca en toda su vida se había rezagado en tarea alguna que tuviera entre manos, y tampoco lo hizo entonces. Se hundió muy rápido. Se apresuró a dejarnos. Sin embargo, aunque físicamente perecía, mentalmente se hizo más fuerte de lo que la habíamos visto nunca. Día a día, cuando veía con qué entereza se enfrentaba al sufrimiento, la contemplaba con una angustia llena de asombro y amor. No había visto nunca nada igual; en realidad, nunca he visto su paralelo en nada. Más fuerte que un hombre, más simple que un niño, su naturaleza no tenía parangón. Lo terrible era que, si bien estaba llena de compasión hacia los otros, consigo misma no tenía piedad; el espíritu fue implacable con la carne; a la mano temblorosa, a los miembros sin fuerza, a los ojos apagados, se les exigía el mismo servicio que habían prestado cuando estaban sanos. Estar a su lado y presenciar esto, y no osar reprobarla, suponía un dolor que no se puede expresar en palabras.

Pasaron dos meses crueles de miedos y esperanzas, penosamente, y al final llegó el día en que los terrores y los dolores de la muerte iban a afligir a este tesoro, que se había hecho más y más valioso en nuestros corazones a medida que se consumía ante nuestros ojos. Hacia el final de aquel día, de Emily no nos quedaba más que sus restos mortales, tal como los había dejado la demacración. Murió el 19 de diciembre de 1848.

Pensábamos que eso era todo, pero estábamos completa e insolentemente equivocados. Aún no estaba enterrada cuando Anne cayó enferma. No llevaba todavía dos semanas en la tumba, y ya veíamos claros indicios de que era necesario prepararnos mentalmente para ver que la hermana pequeña seguía las huellas de la mayor. Así pues, avanzó por el mismo camino con pasos más lentos, y con una paciencia que igualaba la fortaleza de la otra. He dicho antes que era religiosa. Pues bien, fue apoyándose en esas doctrinas cristianas en las que creía firmemente como encontró sostén a lo largo de su trayecto más doloroso. Fui testigo de su eficacia en su última hora y más dura prueba, y debo dar testimonio del sereno triunfo con el que la acompañaron. Murió el 28 de mayo de 1849.

¿Qué más decir de ellas? No puedo y no necesito decir mucho más. En apariencia, eran dos mujeres discretas; una vida completamente recluida les había conferido unas maneras y costumbres reservadas. En la naturaleza de Emily, el vigor y la simplicidad extremas parecían tocarse. Bajo una cultura poco sofisticada, unos gustos libres de impostura y un aspecto modesto, yacían un poder y un fuego secretos que podrían haber dado forma al cerebro de un héroe e inflamado sus venas; pero ella carecía de sabiduría mundana; sus poderes no estaban hechos para las cuestiones prácticas de la vida; no defendía nunca sus derechos más manifiestos, no tenía en cuenta su ventaja más legítima. Tendría que haber habido siempre un intérprete entre ella y el mundo. Su voluntad no era muy flexible, y en general iba en contra de su interés. Su temperamento era magnánimo, pero impetuoso y cambiante; su espíritu, por completo indoblegable.

El carácter de Anne era más templado y manso; deseaba el poder, el fuego, la originalidad de su hermana, pero estaba bien dotada de sus propias virtudes sosegadas. Sufrida, abnegada, reflexiva e inteligente; una reserva y una taciturnidad innatas la mantenían en la sombra y cubrían su mente, y en especial sus sentimientos, con una especie de velo monjil que rara vez se levantaba. Ni Emily ni Anne eran cultas; no se les ocurrió llenar sus cántaros en los manantiales de otras mentes; escribieron siempre por un impulso natural, según los dictados de la intuición, y a partir de las observaciones acumuladas que su limitada experiencia les había permitido amasar. Podría resumirlo todo diciendo que, para un extraño, no eran nada; para un observador superficial, menos que nada; pero para aquellos que las conocieron toda su vida en la intimidad de una estrecha relación, eran genuinamente buenas y verdaderamente grandes.

He escrito esta nota biográfica porque siento que es un deber sagrado retirar el polvo de sus lápidas y despejar de tierra sus estimados nombres.

CURRER BELL
19 de septiembre de 1850

Prólogo del editor a la nueva [1850] edición de *Cumbres Borrascosas*

Acabo de releer *Cumbres Borrascosas* y, por primera vez, he conseguido atisbar con claridad lo que denominan (y tal vez sean realmente) sus defectos; me he formado una idea definida de cómo lo ven otros, gente de fuera que no sabe nada de la autora, que no está familiarizada con la localidad en la que se sitúan las escenas del relato, para la que los habitantes, las costumbres y las características naturales de las colinas y de las aldeas lejanas del West Riding de Yorkshire son cosas ajenas y desconocidas.

A todos ellos, *Cumbres Borrascosas* les debe de parecer una obra tosca y extraña. Los páramos agrestes del norte de Inglaterra pueden resultarles de nulo interés; la lengua, la forma de ser, las propias casas y costumbres hogareñas de los desperdigados habitantes de esos distritos deben de ser para estos lectores en gran medida ininteligibles, y —cuando son inteligibles— repulsivas. Hombres y mujeres que, tal vez muy tranquilos por naturaleza, de sentimientos moderados, con un carácter poco marcado, han sido instruidos desde la cuna para observar la máxima templanza en su actitud y la máxima discreción en el lenguaje, difícilmente sabrán qué pensar de las palabras duras y bruscas, de las pasiones manifestadas con tanta rudeza, de los odios desbocados, y de las debilidades impetuosas de campesinos analfabetos y de curtidos terratenientes del páramo, que han crecido sin educación y sin control, salvo por parte de mentores tan rudos como ellos. De igual modo, una amplia clase de lectores sufrirá enormemente a causa de la introducción en las páginas de esta obra de palabras impresas con todas sus letras, cuando se ha convertido en costumbre incluir solo la letra inicial y la final y llenar el espacio intermedio con una raya. Puedo decir ya que, en cuanto a esta circunstancia, no está en mis manos ofrecer una disculpa, pues considero racional escribir las palabras con todas sus letras. La práctica de insinuar con letras sueltas aquellos improperios con los que las personas profanas y violentas acostumbran a adornar su discurso, se me antoja, por bienintencionado que sea, un procedimiento endeble y fútil. No sabría decir qué bien aporta, qué sentimiento evita, qué horror esconde.

Con relación a la rusticidad de *Cumbres Borrascosas*, admito la acusación, ya que percibo esa cualidad. Es rústica de principio a fin. Es agreste, y montaraz, y nudosa como la raíz del brezo. Tampoco era natural que fuese de otro modo, siendo la autora nacida y criada en los páramos. Si su destino hubiese estado en una ciudad, no cabe duda de que sus escritos, en caso de que hubiese escrito algo, habrían poseído otro carácter. Incluso si la casualidad o el gusto la hubiesen llevado a escoger un tema similar, lo habría abordado de otra manera. Si Ellis Bell hubiese sido una dama o un caballero acostumbrado a lo que llaman «el mundo», su visión de una remota tierra de nadie, así como de sus habitantes, habría distado enormemente de la adoptada por una chica criada en el campo. Sin duda, habría sido más amplia, más de conjunto, pero que hubiese sido más original o más verídica no está tan claro. Por lo que respecta al escenario y a la localidad, no habría habido esa empatía: Ellis Bell no describía como alguien que se limita a encontrar placer en las vistas con los ojos y con el gusto; sus montañas nativas eran para ella mucho más que un espectáculo; eran en lo que vivía y de lo que vivía, tanto como los pájaros silvestres, sus inquilinos, o los brezales, sus frutos. Sus descripciones del escenario natural, por tanto, son lo que deberían ser, y lo único que deberían ser.

En cuanto al esbozo del carácter humano, el caso es otro. Me veo obligada a confesar que en la práctica conocía a los campesinos entre los que vivía poco más que una monja a la gente que pasa a veces por delante de la verja del convento. La disposición natural de mi hermana no era gregaria, y las circunstancias favorecían y alimentaban su tendencia al aislamiento; salvo para ir a la iglesia o a dar un paseo por las montañas, rara vez cruzaba el umbral del hogar. Pese a que su sentir hacia la gente que la rodeaba era benévolo, nunca buscó relacionarse con ella; y, salvo contadas excepciones, tampoco lo experimentó. Aun así, los conocía; conocía su manera de ser, su lenguaje, sus historias familiares; escuchaba con interés lo que le explicaban sobre ellos y hablaba de ellos con detalle, minucioso, gráfico, preciso; pero con ellos rara vez cruzaba una palabra. De ahí que lo que su mente había reunido de cuanto les concernía se limitara exclusivamente a aquellos aspectos trágicos y terribles que, a veces, al escuchar los anales secretos de una vecindad tosca, dejan huella en la memoria. Su imaginación, que era un espíritu más sombrío que luminoso, más poderoso que lúdico, encontró en tales aspectos el material a partir del cual forjó creaciones como Heathcliff, como Earnshaw, como Catherine. Una vez formados estos seres, no sabía lo que había hecho. Si quien escuchaba su obra, leída del manuscrito, se estremecía ante la influencia demoledora de naturalezas tan despiadadas e implacables, de espíritus caídos y tan perdidos; si se quejaban de que tan solo escuchar ciertas escenas vívidas y temibles impedía conciliar el sueño por la noche, y perturbaba la paz mental por el día, Ellis Bell se preguntaba a qué se referían, y sospechaba de cierta afectación en el que se quejaba. Si tan solo hubiese vivido, su mente habría crecido de sí misma como un árbol robusto; más elevada, más recta, más amplia, y sus frutos maduros habrían alcanzado una madurez más dulce y una floración más alegre; pero en esa mente solo podían obrar el tiempo y la experiencia: estaba cerrada a la influencia de otros intelectuales.

Habiendo confesado ya que sobre gran parte de *Cumbres Borrascosas* se cierne «y de pronto le invadió una gran oscuridad»*, y que, en esta atmósfera tormentosa y eléctrica, hay momentos en los que parece que respiramos luz, permitan que señale esos puntos en los que la luz nublada y el sol eclipsado atestiguan de todos modos su existencia. Para encontrar un ejemplo de verdadera benevolencia y fidelidad hogareña, veamos el personaje de Nelly Dean; para uno de constancia y ternura, destaquemos el de Edgar Linton. (Algunos pensarán que estas cualidades, encarnadas en un hombre, no relucen tanto como lo harían en una mujer. Sin embargo, esta idea jamás llegó a convencer a Ellis Bell: nada le impresionaba más que cualquier insinuación de que la fidelidad y la clemencia, el carácter sufrido y la dulce bondad, que se consideran virtudes en las hijas de Eva, se convirtieran en debilidades en los hijos de Adán. Afirmaba que la piedad y la compasión son los atributos más divinos del Gran Ser que creó tanto al hombre como a la mujer, y que lo que cubría de gloria a la Divinidad no puede deshonrar forma alguna de débil humanidad). Hay cierto humor mordaz y sarcástico en su retrato del viejo Joseph, y algún que otro destello de gracia y alegría anima a la Catherine más joven. Y tampoco la primera heroína con ese nombre está desprovista, en su ferocidad, de cierta belleza extraña; o de honestidad en mitad de la pasión perversa y de la apasionada perversidad.

Heathcliff, ciertamente, es irredimible; no se desvía ni una sola vez de su camino, recto como el de una flecha, hacia la perdición; desde el mismo instante en que sacaron del paquete «a aquel niño sucio y andrajoso y de pelo negro, tan oscuro que casi parece que viniera del diablo» y puso los pies en la cocina de la casa, hasta el momento en que Nelly Dean encontró el cuerpo adusto y fornido, tendido de espaldas en su cama cerrada con paneles, con los ojos abiertos, que «como si se burlasen de mis esfuerzos, se resistían

* Génesis, 15, 12. *(N. de la T.)*

464

a cerrarse, lo mismo que los labios entreabiertos por los que asomaban aquellos níveos y afilados dientes, que también me hacían burla!».

Heathcliff delata un solo sentimiento humano, y no es su amor a Catherine, que es un sentimiento fiero e inhumano: una pasión tal que podría hervir y arder en la esencia maligna de algún genio malvado; un fuego que podría conformar el núcleo atormentado, el alma sometida al sufrimiento eterno de un prohombre de la región infernal, y por sus estragos insaciables e incesantes, la ejecución del decreto que lo condena a llevar el Infierno con él allí donde vaya. No, el único vínculo que conecta a Heathcliff con la humanidad es la preocupación que toscamente confiesa sentir por Hareton Earnshaw —el joven al que ha dejado en la ruina—, y luego su estima medio implícita hacia Nelly Dean. Si elimináramos estos dos rasgos aislados, tendríamos que decir que no era ni hijo de un lascar ni tampoco un gitano, sino la figura de un hombre animada por un espíritu diabólico, un gul, un ifrit.

Si es correcto o aconsejable crear cosas como Heathcliff, yo no lo sé: casi diría que no. Pero una cosa sí sé: el escritor que posee el don de la creatividad tiene algo que no siempre controla, algo que a veces, de un modo extraño, decide y obra por sí mismo. El escritor puede establecer normas e idear principios, y puede que a normas y a principios se someta durante años; pero luego, tal vez sin previo aviso, llega un momento en que se niega a hacer surcos en el valle o a ponerse un yugo para trabajar la tierra,* cuando «Se ríe del tumulto de las ciudades, no oye los gritos del arriero»,**; cuando, negándose en redondo a seguir tejiendo cuerdas con arena de playa,*** se dispone a tallar estatuas, y ahí tienes un Plutón o un Júpiter, una Tisífone o una Psique, una sirena o una madona, según

* Job 39, 10. *(N. de la T.)*
** Job 39, 7. *(N. de la T.)*
*** Referencia a un cuento popular en el que un mago conjura a tres demonios a los que debe tener ocupados durante el resto de la eternidad. *(N. de la T.)*

dicten el Destino o la Inspiración. Sea la obra nefasta o gloriosa, terrible o divina, apenas tienes más opción que la queda aceptación. En cuanto a ti —el artista nominal—, tu parte en ello ha sido la de actuar pasivamente bajo unos dictados que ni eran tuyos ni podías cuestionar; que no se enunciaban ante tus plegarias, ni podían ser eliminados o cambiados a tu antojo. Si el resultado es atractivo, el Mundo te elogiará a ti, que poco mereces el elogio; si es repulsivo, ese mismo Mundo te culpará a ti, que casi igual de poco mereces la culpa.

Cumbres Borrascosas se talló en un obrador agreste, con herramientas sencillas y materiales caseros. El estatuario encontró un bloque de granito en un páramo solitario. Examinándolo, vio que de aquel peñasco podía hacer surgir la cabeza, feroz, morena, siniestra; una forma modelada con al menos un elemento de grandeza: poder. Trabajó con un tosco cincel, y sin otro modelo que la visión de sus meditaciones. Con tiempo y esfuerzo, el peñasco tomó forma humana; y ahí se alza, colosal, oscura y torciendo el gesto, medio estatua, medio roca: como estatua, terrible, semejante a un trasgo; como roca, casi hermosa, pues es de un gris suave y el musgo del páramo la cubre, y el brezo, con sus campanillas en flor y su suave fragancia, crece, fiel, junto a los pies del gigante.

CURRER BELL
[Charlotte Brontë]